2017中国年度中篇小说［下］

中国作协《小说选刊》 选编

漓江年选 ■ 品质阅读 ■ 恒久珍藏

漓江出版社

六　根

杨丽达*

1

桂林城里，六根是吃书法饭的，一支毛笔打天下。那支毛笔是托人从湖州特制的，笔杆选用斑竹，紫褐色的竹皮上撒着点点斑痕，称之美人泪。牛角收口，管顶嵌一段翠玉，绿莹莹放着温润的光。笔毛是加鼬鼠须做的，细软柔韧。六根得此笔欢喜异常，悬挂在书案的笔架上，望之，美若妇人，相看两不厌。掬而嗅之，隐隐含香，遂在笔杆上方刻了篆体“妙香”二字。每逢有人索字，六根便用笔袋装了揣在怀里，贴着肌肤元阳津养，暖暖焉如近美人。日久天长沁了人的精气，笔生灵魅，助六根挥毫，处处皆妙笔生花。六根用这支生香妙笔写的墨宝也有挂在桂林城大街小巷茶肆酒楼的，多半不收钱，只是送朋友。六根也习惯，不喜润笔费，只好酒。因此隔三岔五就有人请他喝酒。六根并不贪杯，只浅浅悠悠地喝将来，自称薄薄酒。偶尔薄薄酒喝多了喝高兴了，亦醉人。醉态上来，六根喜欢击股而歌，哼唱彩调段子。眼醉肉钝，手下去无有轻重，回家脱裤子上床睡觉，妻子金满月发现腿上红巴掌大一块，就问谁弄的，六根说自个儿打的。金满月就纳闷半天。

略知六根的人，都知道他右手多长一根小指头。倘若在别人早就做了手术

---

* 杨丽达，作家，现居广西桂林。已发表小说多篇。

切除了，可六根是吃毛笔饭的人，就有不一样的理解，似乎在六根童年哭着闹着要学书法的时候就有了某种暗示。这暗示被尧山白云观的跛足道士点了机关，说蛇年出生的么，此手指是来显本相的。等六根成为桂林小有名气的书法家，这第六根指头便像天谶，应验老天的赏赐——多指（子）多福，徒叫那些书法爱好者羡煞。原本六根的小名，越叫越响。六根不净烦恼始。六根遂刻了一枚“六根禅”的闲章。那章选用一卵和田青花籽料，形不规则，盖在书法作品上，像六根另一张脸。

一大早，金满月不爽。说不出缘由。一只鸟在树上怪叫，她听见了就踢了脚趾，将垃圾桶撞翻。她就骂那只鸟报丧，捡了地上一截茄子往树上砸。

要说不爽，还有不爽的。金满月下楼到菜市买菜，卖肉的短她的秤。她返回肉摊讨公道。那卖肉的嫌她啰唆，显出鄙夷的神色，咂嘴咂舌地在猪骨头上砍了一刀，朝她扔了一坨骨头肉。扔完，刀从右手抛到左手又抛回右手，杵根秤杆哐哐哐在她面前抢刀刃，金满月就怵，捡了骨头肉扭头疾走。她来到卖鱼的摊位，买了鱼，掏出一张五十元的票子给卖鱼的找。卖鱼的拿着那张票子横看竖看倒看斜看翻看，正摸反摸点摸，然后说：换一张吧，这钱我不要。卖鱼的忙下一个顾客，不理金满月。金满月腾地一下气往脑门芯蹿，说：邪门了，这钱又不是我造的，别人给我，我要；我给你，你就不要了？卖鱼的说：你去找别人么，我又不是别人！金满月恼了，说：你不是别人，你是谁？卖鱼的说：我是谁，关你屁事！金满月说：这钱有假，是假钞？金满月跟卖鱼的老板争执起来。卖鱼的说：我又没说是假钞，是你自己说的。金满月说：既然不假，那你为何不要？卖鱼的说：这张钱老子不想要，不想得了不？！金满月更恼了，说：你不想，你还想不想做生意？卖鱼的说：做不做生意是我的事，关你鸟事！金满月眼睛冒火了，说：小子，你嘴巴放干净点，你鸟来鸟去，你鸟谁呀？卖鱼的说：你管我鸟谁？我鸟你了吗？金满月说：你敢！卖鱼的说：有什么不敢，鸟你就鸟你，有什么敢不敢的？！金满月脸撑红了，说：色胆包着天了，我是你老娘，你敢鸟我？卖鱼的朝地上啐一口唾沫，说：想当我娘，我嫌你 × 臭！

再吵下去就要动手啦，有人过来劝架。金满月被熟人拉走，愤愤回家。

六根还没起床。周二没课。如果没课，六根喜欢睡懒觉。金满月匆匆过来掀被子，六根就醒了。金满月摊出那张五十元钞票让六根辨别真假。六根睡眼惺忪地坐起来，等他明白了原委，就说："钱这东西，最不靠谱，过手不认人，银行都是离了柜台不认账的，我有什么办法，算了吧！"又倒下扯被去睡。金满月不满了，说："不能算！帮我想想帮我猜猜，这钱是什么人找的，是卖鱼卖肉卖蛋的还是卖米卖油的抑或是卖米粉的？"六根说："你闻闻么，看那钱是什么味儿？"金满月真的低头去嗅。嗅闻好一会儿，金满月说："闻不出。"金满月说："你向来鼻子尖，你嗅嗅看。"把钱放到六根鼻子底下去。六根打了一个喷嚏，说："拿开拿开，脏兮兮，害我鼻！"金满月就责怪六根假清高，说："嫌钱脏，有本事，赚个十万八万的回来，我才服！"六根听不得这话，嫌女人俗。穿好衣服到阳台拿上钓鱼的家什，出门钓鱼去。

下得楼来，六根去吃米粉。他到钟楼下的崇善米粉店吃。吃了几口，身上燥热。许是昨夜没睡好，六根有点说不清。有人说夫妻间白天的别扭往往是夜里床笫间惹下的，这话或许有道理。昨夜先是夫想行夫妻之礼，妻不想。夫就嫌妻拿架子。后半夜妻突然又想要了，夫却不予。夫不予，实为予不得，强来也不行。妻就骂他那东西没用。她一骂，那东西更软耷。折腾了半日，勉强进去，草草了事。结果一宿不爽。六根将吃米粉的速度放慢，身上的汗就退了下去。吃着吃着，天下起了小雨。六根不愿回去取伞，便沿街檐转到百花剧场。正月里，剧场热热闹闹，好戏连台，六根买了张票进去看。

台上唱的是彩调《梁山伯与祝英台》。六根一看就知道是草台班子，良莠不齐，底气不足。梁山伯老俗，祝英台稚嫩，不相配。俗话说外行看热闹内行看门道，六根介乎两者之间，是既看门道又看热闹的主儿。台上唱："撮土为炉，插柳为香，勾勾手发个誓，谁要是变心，变成黄狗嘴啃泥。"台下喝彩声片起。仔细听，梁山伯的唱腔虽不荒腔但气口不连贯，塌中。仔细看，六根看出遗憾来。梁山伯的戏作了些，油滑有余，憨味不足，与梁山伯的性格错落了，不相称。祝英台唱的却稀罕，叫人耳朵清亮，演得认真，假戏真做，一招一式都是行当里学练出来的，也贴心贴肺。动情处，六根能窥见祝英台眼里有泪光闪烁，心里就生了感动，湿酸酸的。六根想，若男女演员交换性情来演，可就相配了。六根喜欢在看中挑剔，在挑剔中鉴赏，在鉴赏中哼唱，在哼唱中享受，在享受中快乐。听听稀罕的，祝英台给梁山伯的十味草药方："一要清风一两整，二要天上两片云，三要中秋三分月，四要银河四颗星，五要观音瓶中五滴水，六要王母娘娘发六根，七要仙山七枝灵芝草，八要龙王身上八条筋，九要石头人九颗胆，十要泥菩萨怀中十颗心。"世上若有这十味药，我二人同药而生；世上若无这十味药，我二人同病而死。唱得叫人想抹眼泪。看看精彩的在最后的高潮叩坟。祝英台穿着一身新娘红装在梁山伯的坟前叩碑，问梁兄求他开门，一叩一唱，一唱一答，阴阳两隔，却心通无碍。一叩不开，二叩不开，三叩后祝英台在坟前快速胡旋，轰然一声坟飞碑开，火光四射，舞台启开另一层幕布，坟墓顷刻变成洞房花烛，大红一片，梁山伯穿着红色绣袍展双臂等着祝英台，祝英台奔过去与梁山伯相拥。生生将一曲悲剧演绎成活活的喜剧。六根就爱彩调那沁心暖肺的民间热乎味儿。台下叫好声蜂拥震耳，六根也叫了几声好。亲历美，是六根迷戏的原因。

出剧场六根抬头望天，天默默，无雨。时近晌午，六根拐到漓滨路吃砂锅饭。店小人多，老板娘忙都忙不过来。六根吃完给钱，一掏衣服口袋却是金满月用不出去的那张五十元的钞票。六根有点忐忑，将钱给出去，想不到的是老板娘将钱扫一眼就收了。六根接过找回的钱忙忙离开，终不知那钱的真假。

江边一坐，六根心就安顿下来。

在六根的心里，天下的江河都属龙王掌管，黄河、长江是大龙，漓江则是小龙。龙不管大小都是龙，都具灵性。这种灵性有时现在龙王庙里供奉的菩萨身上，有时现在端午节的划龙舟时龙头的安放仪式上，有时现在溺水的人身上。解放桥边有个九娘庙，现在是只有码头没有庙了。六根八岁那年在漓江溺过一次水，险些丧命，醒来后他说脚下仿佛有砖块将他顶起，一位白衣仙女将他拉上岸。母亲说是菩萨显身来救人了，六根信。六根相信美丽的漓江有一位美丽的女神守护着，他称她为九娘娘。

冬日的漓江静落落的，水清如镜。裸露的河床的腥味儿丝丝钻鼻，那是六根熟悉的味道。几只竹排在江面游弋，鸬鹚瑟缩在寒风里，被渔翁一次又一次赶下水去，从一处水面钻下去，从另一处水面浮出头来。好不容易逮住一条鱼，又被脖子上铁箍圈限，吃不着，吐出来给渔人。六根替鸬鹚感叹了。冬天鱼潜藏起来，水瘦鱼稀。

冬钓是最能考见一个垂钓者的水准的。六根摘了手套，将鱼竿一截截拉出来。接线，选钩，调漂。调好漂，六根顺手往水里撒了把酒米，打窝诱鱼。天寒香凝，再滴几滴自己制作的桂花药酒到鱼饵里，捻捏几下。六根将软如耳坠的鱼饵挂在鱼钩上，手腕子一抖，钓线抛出去，鱼钩入水。鱼线细若游丝，一段吃进水里，一段浮在水面。

看看今天运气怎样，六根面水掏出烟来抽。六根将烟架在指缝端，掌心窝在嘴角，虚罩着，轻悠悠地吹。六根能听见自己吹烟的声音。

六根看漂在水面一漾一漾的。眼睛盯住红色标头，盯久了，心里就生动。心动起来像一匹野马。信马由缰，六根就收不住。收不住就走神，神走了漂也走。漏鱼了。六根一发现漏鱼心里就觉得可惜，后悔自己胡思乱想，心不在焉。如果不来钓鱼，六根不会发现自己内心的散乱与驳杂。

六根将烟蒂吐了，看漂。有鱼吃钩，上鱼了。小鱼。如果是饭头鱼，再小，六根主张要。因为饭头鱼肉头重，系野生，鲜嫩好吃。如果是苦扁死，六根主张不要的。因为苦扁死刺多无肉，费油费盐，还败口。六根提竿一看，是颗饭头鱼。

饭头鱼晒干好吃，用木炭加甘蔗渣来熏烤，更好吃。鱼仔送饭，鼎锅刮烂，说的就是这一类下饭菜。五姨娘焖的干鱼烧饭跟别人的不一样，好吃极了。六根怀念起五姨娘来。五姨娘不仅饭菜做得好吃，而且人长得漂亮，天仙一样。五姨娘的娘家曾发话，说桂林城谁家的对联写得好就将女儿嫁谁家。选来选去，挑中了赵风雅。赵风雅是桂林城书法世家之子，字写得一流。每逢春节，在家门口搭台写对联，来索字的人从街头排到巷尾。嫁来赵家的五姨娘，每年春节总穿着漂亮的新衣在旁给赵风雅研墨。五姨娘的新衣真好看，翠绿底子上开满细密的花朵儿。六根看呆了，眼里看出蝴蝶来。赵风雅就拿毛笔敲他的头，说他眼珠掉地上了。六根被敲醒了，扑通一声跪倒，求赵风雅收他为徒教他写毛笔字。

赵风雅不愿收，六根就不吃饭。一日不吃没人管，两日不吃，六根的母亲急了，三日不吃，六根的父亲急了，一起来求赵风雅，说："瞧这孩子都傻成这样了，可怜见的，赏孩子口饭吃吧！"赵风雅最后就答应了。

学书法是件磨性子的事，吃这口饭不易呀！六根想起老师墙上挂的戒尺，将心里一口浊气吐向江面。六根提竿换饵，然后轻轻地将竿伸出去，抖腕漂立，六根紧紧盯着漂。漂在水里一漾一漾的，漾出好看的波纹。波纹在六根的眼里是水的花纹。水有花纹才美。水为什么有花纹才美呢？这是二十年前，赵风雅问六根的问题。六根当时答不上来。学生答不出问题是常有的事，可那回赵风雅发了狠，罚自己的徒儿在漓江边站了三个时辰，站完三个时辰的六根中暑了。等暑热退了，赵风雅用戒尺在六根手心里敲，一敲一个字：活！活水才魅，活线才美；死水臭，死线僵，死笔败！达摩面壁，赵风雅教弟子面水开悟。

大鱼不吃钩。吃钩的都是小鱼。

六根带几条小鱼回家，临近家门，给了邻居喂猫去了。金满月见六根空手回来，脸上就挂霜，故意将刀在砧板上弄得当当响，说：岸上骗不到钱，水里的鱼也骗不到一条，没尿屙的！六根不作声。按理女人脸色不好看，不看就是了，可金满月的话，六根的耳朵躲不开，不听也得听。六根是心细的人，耳朵听了，话就落进肚里。话一进肚，心里就不好受。心里不好受，饭就吃得寡淡。饭一寡淡，胃就痛。草草吃完，到书房找艾灸灸胃。六根按穴位灸。慢慢地舒缓了，胃解了痛。六根抬眼看墙上美人，美人亦看他。这是一幅仿唐伯虎的古画，美人抚琴图。六根点了盘香。香烟抽丝般从瓷钵的孔洞里分几缕升腾出来，悠悠荡荡袅袅娜娜缠住美人，只差一口气，墙上的美人仿佛要活转来似的。画两边是六根书写的一副对联：书山有路达彼岸，皓首穷经悟菩提。六根忽而觉得禅味太浓了，美人可解谜时在此岸，悟时在彼岸？若不解，岂不累着美人乎？便从书案的笔架上取笔来写，却是另一联：书读百遍慧，菜咬千梗香。美人咬菜梗，苦甚！不妥。六根忽而记起不知在哪里读来的句子：曾因酒醉鞭名马，生怕情多累美人。泼墨写去，两行草书呈现在宣纸上。停笔拊掌，连声道：此联妙，最配墙上美人了。六根高兴，醉眼觑那墙上美人，美人亦醉眼觑他。六根耳里似乎有了琴声，不禁吟唱起来。把赏良久，眼饧手软，抛笔睡去。

2

翌日，六根约了二皮，弄了条船，泊在象鼻山水月洞底下，临渊垂钓。

江上有雾，白腾腾的，棉搭絮。解放桥虚在雾里，像断桥。

六根与二皮是钓友，老熟。冬天垂钓者纷纷收竿停钓，可他们不停。他们一年四季喜爱钓鱼。二皮向江里吐了两口唾沫，摔了两把酒渍豆渣，打窝，诱鱼。六根从屁股后的裤袋里掏烟来抽。六根抛了一根烟给二皮，二皮接住了。他刚想再掏打火机，二皮却将他的打火机哎的一声抛过来。六根接住。六根将火机在手指间轻转几下，嗒嗒打燃，然后拢手罩风就火去点。点燃了烟，两人坐下钓鱼。

漓江鱼是一群狡猾的娘们儿。二皮老空竿，对水骂鱼。他把鱼当女人骂。他骂道：歪骚的娘们儿，婊子投胎呀，都跑到哪里去了？六根说：骂不得的，漓江鱼长耳朵的，忒灵，越骂越空。二皮不信继续骂：狗肏的，狐狸精转世呀！六根说：再骂，水都骂脏了！

六根不说话了，坐着悠闲抽烟悠闲钓鱼。二皮见六根不言语，也闭嘴抽烟。六根上鱼了。二指宽的川条子。二皮还是不上鱼，就怪起水来，感叹道：人清无财，水清无鱼。六根说：水清鱼诈。二皮说：狡猾的鱼肉嫩，好吃。六根说二皮的舌头是饿鬼投胎。

雾渐散，象鼻山透显出来，水戏山，青苍苍的，水墨画一般。

六根喜欢跟二皮扯风水，二皮祖上出风水先生的。六根说：你说说桂林城的龙脉穴位究竟在哪里？二皮说：一切玄机在独秀峰！独秀峰是整个桂林城风水龙脉穴位之所在。六根说：怎么讲？二皮说：独秀峰与月牙泉刚好组成一个太极图。独秀峰属阳，是山，往上耸立；月牙泉属阴，是水，往下渗透，好比太极里的阴阳鱼，两者有机地组成一个立体的太极图，桂林城就是以独秀峰为中心形成的风水穴场。左青龙是伏波山，右白虎是老人山，前朱雀是穿山，后玄武是叠彩山。六根说：象鼻山呢？二皮说：象鼻山是案山也是水口山也是印山，象鼻山近看是只象，远看是一个官印，以前那儿有个文昌阁，现在还有文昌桥。在王城中轴的子午线上，朝山无数，南溪山斗鸡山还有更远的群山都是，两个水口，一个水口是杉湖与漓江交汇处，另一个是桃花江与漓江的交汇处。山环水抱，一望无际，一派辽阔，因此桂林这地方自古多文才秀士。六根说：选象鼻山做城徽是选对了。二皮说：当然。

六根说：正阳步行街、小香港一直是桂林城最热闹的繁华地段，怎么看？二皮说：子午线正向，易得正气旺气，人都想到这里聚集，吸纳这里的旺气，这是人的本能和心理的需要。

六根说：那七星山呢？二皮说：库山，七星山都是朝拜的姿势向着独秀峰，山峦圆秀，左边四座山峰是普陀山，藏有七星岩，七星岩聚财呀；右边是月牙山，藏着全国密度最大的摩崖石刻桂海碑林，宝山呀！

六根说：不利的地方？二皮说：按风水理论左青龙要高大有力，右白虎要低矮柔弱，可现在的格局是刚刚相反，老人山一带明显强过伏波山，导致阴阳失位，故桂林坊间有句俗话说桂林山水养女人不养男人，就是这道理。六根听了笑，说不信。二皮说：信不信由你，阴阳颠倒，婚姻也不顺。六根再笑。二皮说：且这些山是背对着独秀峰的。外商投资也不看好桂林，又是兑位，乾位，这两个位都是官位。虽说北方的靠山有一组山，但并不高大雄伟，也不集中，离独秀峰又远，故靠山力量不大。六根应和着说，桂林乃山高皇帝远哟。

二皮钓不到鱼，上岸松松裤带撒尿去了。他尿尿时，惊走了一棵樟树上的一只翠鸟。那翠鸟点着水皮，一飞两飞三飞，就飞过漓江，落到对面訾洲公园里那棵著名的榕树上去了。六根知道那树上有个隐秘的大鸟窝。太阳照在水波里，一阴一阳一明一暗地漾着。六根望望天，日边起了好看的晕。鱼来了。那边起了水星，一星、两星、三星，更多的水泡往上冒，水星在移动，呈线形在移动，气泡又结成团。从水星判断，六根知道水下来大鱼了。六根沉住气，知道大鱼在拱漂。大鱼狡猾，用嘴碰碰饵，用鱼翅鱼尾扇打饵，并不急，试着吃一点又吐出来。六根沉住气，保持手稳，终于看到漂没了。黑漂，起竿，竿弯成一张弓，哗，一条金色鲤鱼，尾巴闪打着水面啪啪作响。六根忙用抄网将鱼抄起来。鞋底大小，约莫两斤。

六根上鱼了，二皮也跟着上鱼。结束时，清点战果。六根得鱼十五条：一条鲤鱼、五条饭头鱼、三条川条子、两条黄鳝骨、四条禾花鲤。二皮得了十一条：鲫鱼两条、川条子两条、哈巴狗两条、饭头鱼三条、黄鳝骨两条。饭头鱼、哈巴狗、禾花鲤、黄鳝骨，都是漓江野生鱼，黄鳝骨会咕咕叫。二皮说拿去他饭店一锅煮了。

二皮是百姓酒肆的老板。喜欢彩调，开起饭店跟别人不一样，他将吃饭喝酒与彩调结合起来，让顾客边吃边看，吃看两不误。若喜欢，是内行或者票友，还可以登台参演，过把彩调瘾。这样既热了场子又热了人缘更热了手里的钞票。故他的饭店开得热热闹闹，红红火火。打着弘扬地方传统文化的旗，钱也赚得名正言顺。

二皮将鱼放去厨房，然后带六根上楼到他办公室休憩。百姓酒肆装修花了点心思，弄得古朴雅致。店外青砖碧瓦仿古饭庄形象，室内布置和用具也古香古色，有小桥、翠竹、木雕、灯笼。二楼长廊配以雕花木栏，坐在木栏旁，边吃边看一楼大厅的彩调剧，让人恍若回到旧时戏楼一般。走廊尽头是二皮的办公室，推南窗可见戏台，推西窗可见青翠的七星山。室内红木家私，墙上装饰着名人字画。房间四围摆放着许多奇石，二皮爱玩石。他说将来有一天他不开饭店了就去开奇石馆。两人坐下来泡茶，抽烟，聊天。二皮说：打电话把罗广生、石浪与钱老大叫来一起喝酒。六根说好，于是将电话一一拨过去。

小坐须臾，石浪很快就到了。他就在七星公园画猴。他是桂林著名的画猴专家。他一到就给大家讲猴。他指着他的写生，说：这是一只美丽的母猴，我敢说它是七星山猴群里最漂亮的。身段修长，脸形娇媚，额线高，中央微曲，弯成小小的尖状，像旧时名媛额上的刘海。它的脸绯红，像施了胭脂，在猴群中，只一眼，你就能将它挑出。早上来公园喂猴的市民叫它二妃。

六根翻看石浪的写生本，有一幅上配有一首诗，念道：二妃脸绯红，寂寂坐林中，怀抱久死儿，凄凄听松风。六根夸石浪诗作得好。石浪喝了盏茶，继续说：二妃生了小猴，不知什么缘故小猴死了。它第一次做妈妈，抱着死猴不放，日日不放，刻刻不放，一个星期不放，小猴臭了，不放。半个月不放，一个月过去了，猴干了变成了干尸，仍不放。谁靠近，它就躲得远远的。好多市民跑来看稀奇，一传十，十传百，竟惊动了晚报记者前来报道。二妃一上报，更多的市民前来看热闹。不少人被二妃的母爱所感动，在网上贴文写诗，沸沸扬扬的。大家听了个唏嘘。

感叹完，钱老大到了。他坐下来，喝了两盏茶，就从脖子上解下一块玉佩来叫大家鉴赏。

二皮说：是真和田还是假和田玉？石浪说：现在市面上很多假和田。钱老大说：青海玉的色感硬，和田玉光泽柔。罗广生最后到，见大家说玉，便说玉。他说：我看这块和田不地道，像是青海料。六根看了看，真假莫辨，不言语，起身如厕。厕所在楼下，经过厨房，六根探过头去看了一看，厨房一片繁忙。厨房那边有厨子在杀鱼，旁边路过一红衣女子，那厨子举刀拍鱼头，那红衣女子就啊啊着双手去捂头。拍一下，捂一次，啊一声；再拍一下，捂一次，啊一声。好像那厨子拍的不是鱼而是她。六根看笑了，笑那女子胆小有趣。

回到二皮的办公室，已到了晚餐时间，大家移步包厢去喝酒。这是一间装饰考究的包厢，不大不小，中间放一张大圆桌。墙上贴杏黄的花壁纸，一面墙上绘有《清明上河图》，一面墙挂有仿古画《韩熙载夜宴图》，古香古色，让人忘却时间。大家推六根上座，他推罗广生坐，罗广生推石浪。石浪说：两位主席不要推，否则桂林书法界就要乾坤大乱了。罗广生与六根只好落座。大家跟着落座。酒喝廿五年陈酿蓝瓷瓶老桂林。菜上来，宴便开席。第一杯酒二皮敬大家，大家一齐起身碰杯一饮而尽。接下来就是自由举杯。你敬我，我敬你，你敬他，喝出许多由头与花样来。席间欢快融融。服务员敲门端炭炉子上来了。二皮说：今天我请诸位好友是来吃一回正宗瓦罐泉水漓江鱼。石浪说：是真漓江鱼还是冒牌的？二皮说：货真价实。石浪说：这年头的话信不得，哄你不死！二皮说：绝对正宗漓江野生鱼。钱老大说：除非自己钓的。二皮说：算你老兄有眼，讲对了，这鱼就是我与六根兄亲自在漓江钓的！

炭炉子放在桌子中央，瓦煲上来了。二皮说：你们猜猜我用什么水煮今天的鱼？石浪说：娃哈哈矿泉水，要不是农夫山泉？二皮说：再猜。钱老大说：尧山天赐坪的玉乳泉水？二皮说：再猜。六根说：桂花巷的井水？二皮说：都不对，这水是我们派专车从漓江源头猫儿山取来的天然泉水，漓江水煮漓江鱼，你们说正宗不正宗！听二皮这么一说，大家愣了，忙点头说正宗正宗。

鱼肉鲜嫩自不必说，单喝鱼汤就鲜香无比。酒至半酣，六根就听见外间有唱彩调的声音，他惦记着大厅里的彩调了，称小解，出了去。

戏台上唱的是《双采莲》，载歌载舞，闹闹热热的戏，谐谑有趣。六根熟悉里面的唱段，跟着哼唱。唱着看着，他总觉得台上女子好面熟，像在哪里见过？六根这样想来，心里笑话了自己。那女子扇子花舞得叫真正的好哇！平在腰间摆是波浪扇，平至胸前舞是摇扇，飞在两腋下是扑蝶扇，高出两肩是凌云扇，单手举过头上去是半月扇；抛扇，倒扇，端扇，砍扇，冲扇，抢扇，扬扇，浪扇，托盘扇，贴背扇，开关扇，十字单花扇，彩灯扇，观音扇。样样扇来百变化，看得六根眼里生花。突然六根猛拍一下自己的脑门，心一跳：哎呀呀，眼前这女子就是刚才厨房里见到的那个红衣女子，刚才那个红衣女子就是那日唱祝英台的女子，那日唱祝英台的女子就是今日台上演戏的女子。绕来绕去，线都穿到同一个针眼里去了，原来撞见的是同一个女子呀！

六根回席，想打听台上唱彩调的女子，可话到嘴边又吞了，只是说外边的戏唱得热闹。石浪接话说：中国人吃饭就喜欢热闹，热热闹闹饭店才火。二皮说：做生意就讲究个人气，人气旺财才能旺，这就是我引进彩调的原因。

大伙儿吃饱喝足，回到二皮的办公室，六根有点醉。偌大的桌子上铺好了毛毡，文房四宝一应齐备，只等书画家开笔。大家围着茶几坐着，喝茶的喝茶，抽烟的抽烟，不知是谁通了消息，前来求字画的人，一个接一个跟了进来。六根、罗广生、石浪也慷慨，有求必应。他们画画写写，写写停停，停停歇歇。一歇下来，就有人递茶劝烟。二皮要六根与罗广生为饭店戏台上戏台前各写一副对联。罗广生吃了两盏茶就写了：台上六七人雄兵百万，出门三四步走遍天下。挂上墙，大伙儿都说好。六根抽了烟，喝了茶，歇息了一会儿，许是酒喝多了，朦朦胧胧的，耳里仿佛有彩调的声音，那女子便在他眼前舞动。他吟得一联，一气写来：文中有戏戏中有文识文者看文不识文者看戏，音里藏调调里藏音懂音者听音不懂音者听调。大伙儿看了拍掌直叫好。

六根退后几步坐到板凳上，罗广生递烟给他吃。六根接了给罗广生添一盏茶，并坐一起吃烟。罗广生说：新建訾洲公园要弄书法石碑，知道不？六根说：耳闻了，但不知具体。罗广生说：旅游开发公司在搞。六根说：怎么搞法？罗广生说：选历代名人状写桂林山水的诗文刻勒上去。六根说：刻字要石头好，石材不好，风吹雨打的，不出一两年字就看不得了。罗广生说：我见过那石头都是从龙胜深山里弄来的，床那么大块，石色清纯石质坚硬，字刻上去一定好看又耐久。六根说：哪家旅游开发公司在弄？罗广生说：有几家在争，等消息确定，我再告诉你。六根将烟蒂在烟灰缸里摁灭。罗广生给六根续茶。

夜至深，热闹完大伙儿说散也就散了。

3

大家都在忙，各忙各的。金满月忙搓麻将，六根忙印新名片。市职工书法协会的主席患肝癌已去世一年，六根代主席也做了半年了。年前改选他正式转为主席，老名片就不好再用了，得换新的名片。

新名片上边写着：中国书法协会会员、桂林市职工书法协会主席、漓江学院书法客座教授、桂林市老年大学书法教授、桂林市乐年大学书法教授。只是后两个“教授”省写，与前一个“教授”共用而已。名片下边写着手机号码。六根这个学期除了老年大学、乐年大学的课外，增加了漓江学院本科生的课。乐年大学是师大工会办的，对外开办，广收门徒，什么学生都有，年龄参差，素质良莠不一。一周加起来六个课次十二节。课不多，钱也不多。钱不多六根自己不急，朋友急。猴急的朋友主动将自己空着不用的房子借给六根办书法班。房子是老宅院，院子里挺几竿瘦竹，孤零零的，遂取名瘦竹斋。六根选上好的酸枝木将瘦竹斋三个字写到两块匾上，一块挂在门外，一块挂在屋里。门外那块临于右任的字，屋里那块临弘一的字。他拿右任的字做面子，拿弘一的字做里子，是自有一番喜欢与考究的。瘦竹斋也印在名片的另一面，上面开设的班级有：书法基础班、书法提高班、书法创作班、高考班。但来瘦竹斋学书法的大都是启蒙的小学生。学生要上学，周一至周五没得空。因此瘦竹斋的书法班开在周末。两个班，周六晚上一个班，周日下午一个班。学生不多，一班六个，一班八个。

虽然学生不多，虽然都是临帖，教起来也不省心。因为学生来学习的时间不一致，六个人就有六个进度，八个人临帖就是八个帖。即使一个帖也不是同一进度。所以六个学生六根就要示范六次，八个学生他就要示范八次。家长们也是要看着六根一对一认真教自己的孩子，才放心。

书法启蒙多从临颜真卿的《勤礼碑》开始。六根对《勤礼碑》的理解是切骨的深厚的，但他不能把深厚切骨的体会告诉给孩子们，因为他们体会不到。

因此六根临帖时自己不说话，也不许孩子说话，只叫他们认真看，看仔细了。他们能看到几分就几分，能临摹到几成就几成，强求不来。总有好高骛远、自以为聪明的孩子，《勤礼碑》临了两三遍就不耐烦了。六根就想起自己一本《勤礼碑》临了三年五载的经历，便说：三遍？三年都未必临得好！话虽这么说，现在也没有学生像他小时候那样一本帖一临就是三年五载的。如果那样，他会把学生吓走，砸自己的饭碗的。颜真卿好，《勤礼碑》好，但世上好书法家多了去，好帖也多了去。人心大着呢，贪。因此一个学生一个学期下来，临了《勤礼碑》，还得临《兰亭序》《蜀素帖》，或者《玄秘塔》或者《张迁碑》或者《石门颂》或其他。总之要变换着花样来。花样多了，孩子与家长都开心。于是六根就有了感叹，道：如今的人呀，哪有个定性呢！

六个孩子，六根要做六遍示范，一对一教学。一人一张，就是六张宣纸。一张三尺宣纸竖折两下，横叠四下，就成了三寸见方的方格，再对角叠两次，整张纸就出二十八个方方正正的米字格来。每个孩子来学字，第一次六根总先教他们叠米字格。六根的手指长而有节，竹节指。小指留着长指甲，长指甲于叠纸很受用，轻轻刮刺，纸就服帖了。六根叠纸很耐心很仔细也很从容，因为要教学生，便有了一招一式的程序，看上去有板有眼。静静地，有节奏。学生跟着叠纸，往往未动笔墨，六根就能断孩子的性格与书法的前程。折好纸，六根要认认真真凝神定气安安静静写二百零八个字，有时或者更多。一个晚上下来，只有六根自己知道教人书法是件费心气的活儿。用了心气，人就累乏。

六根回到家已困乏了，沾床就睡。一睡就梦。他梦见师父赵风雅从背后悄悄抽他的笔，看他握笔是否有力，写字是否专心。赵风雅见他在临《勤礼碑》就夸赞他，说颜真卿的帖一年练手，三年练眼，五年练心，此谓书法童子功也。正梦酣，却被金满月摇醒，掀他的被子，说：脚臭烘烘的，洗澡去。六根只好起来迷迷瞪瞪去洗澡。

巨大的镜子照着六根，六根赤裸着，任何一个洗澡动作他都看得一清二楚。六根打小就不喜欢照镜子，更不喜欢窥视自己的裸体。水蒸气很快雾了镜子。

不知是谁的主意，在岸上画一条线，一伙男同学比赛看谁尿得远，谁能尿到漓江里，谁就有权放学时跟班上最漂亮的女同学一起回家。没想到那次六根尿得最远，尿落漓江发出嗒嗒的响声。一个长得又高又帅的男同学不服气了，抡拳就与六根打起来。六根又矮又小，被打得鼻青脸肿，哭着回来找师父，说：老天不公平，为什么把人造得美丑不一？赵风雅说：正是为了公平，老天才把人造得美丑不一样，慢慢去悟吧，等你长大就知道了。六根望着师父，赵风雅就说：好好练字，好好读书，书山有路。有宝要知道藏起来，不许再跟人拼撒尿！蒸汽腾腾很快雾了一屋子，六根看不见镜子，影子不存在了。六根一边洗澡一边在想他的书法启蒙老师赵风雅。

一张床上，总摆两床被子，六根睡左边金满月睡右边，各睡各的。假如有谁想夫妻之事，就主动蹭对方的被窝。可凡事总不是想象的那么简单，有想的矛就有不想的盾来挡。六根洗好澡出来，钻进自己的被窝，躺在床上舒服了反倒睡不着。他在被窝里辗转两回身子，伸出一只脚来去蹭金满月的被窝。金满月装不理。六根再蹭，金满月将被子卷得更紧，说：你睡你的被窝，我睡我的被窝，咱们井水不犯河水。六根听了这话，脚就缩了回来，僵在自己的被窝里。

忍字心上一把刀。结婚这么多年了，六根没让金满月怀上孩子，这是六根的痛。不孝有三，无后为大。六根背着不孝之名，心里像比别人更矮了。他去看过医生，身体没有毛病，金满月也去看过医生，身体也没有毛病。可金满月就是怀不上孩子。怀不上孩子，金满月就埋怨六根说他种子孬。六根想地不长草，不光是种子的问题，地赖，也会不长草的。

自此，夫妻床上那点事儿，六根也就淡了。

金满月嘴巴碎，话口袋，逮着什么说什么，六根就烦。六根嘴拙，天生寡言。老天生就的性格后天是不好改的。金满月就说他半天努不出个屁来，跟他在一起，嘴生蛆。六根不搭理女人，心里却有自己的理念。君子讷言，小人多妄语。他还在一本相书上看到说讷言者乃吉祥之相。讷言寡语也符合六根的养生之道，话多耗元气，散神，不利于涵养浩然之气。况且寡言还兼养口德。天下人皆知病从口入，祸从口出。

六根在网上见到一种自制钓乌龟的新配方，他照着做饵料。在厨房炒麦麸，待麦麸炒香，他又往里面加猪肝，加酒糟，加牛血。弄好鱼饵，六根就去江边钓鱼去了。

许是套路不对，六根空手而归。临近菜市，六根想想不妥，便进去买了一条鲤鱼拿回家。

金满月见六根有鱼回来，说："撞狗屎运了，得这么大一条鱼！"六根正要说真话，可话到嗓子眼又退了回去，他不作声，走到阳台放渔具，然后坐在厅里看电视。电视正在播放新闻，新闻看完，看天气预报。金满月高兴捉了鱼去厨房杀鱼烹煮。看完《焦点访谈》，鱼便做好了。金满月端鱼上桌，六根拿碗去盛饭，夫妻俩相向对桌坐了，开始吃饭。

金满月说："漓江鱼就是漓江鱼，看着就好吃。"

六根不作声，筷子伸向别的菜。金满月又吃了一块鱼，说："鲜！"六根不说话，低头吃饭。金满月说："吃鱼呀。"六根喝了一勺鱼汤。抬头看电视，电视正播广告，六根就换频道。他看戏曲频道。

"咿咿呀呀，唱个屁呀，绕死人了！"金满月说。六根没理。金满月就夺了遥控器，噼噼啪啪换频道。

吃着吃着，金满月吃出了不对，她嘴巴咀嚼的速度明显放慢，舌尖理出一片鱼鳞，从齿缝里顶出来，在唇舌间甄别，旋即用筷子夹了，放到眼前看，说："鳞这么硬，这鱼有假！"见六根不作声，又说："哑巴，问你话呢！"六根还是不作声。

金满月说："十哑九聋，问你鱼是不是漓江鱼？"

六根说："我说了是漓江鱼么？"

金满月说："你也没说不是漓江鱼哇！"

六根说："我什么也没说。"

金满月说："你没说比说了还混账，骗子！"金满月腕上一抖筷子，那片鱼鳞就落到六根脸上。

“你太过分了，泼妇！”六根擦掉脸上的鱼鳞。

金满月开吵了，六根架不住。来来回回吵了几句，六根便感到缺氧。鱼缺氧露头，六根缺氧喜欢抽烟。六根一抽烟，金满月吵得更凶。六根走到阳台抽，女人追到阳台吵。六根退到厨房去抽，女人追到厨房接着吵。六根避到厕所里去，想不到女人提脚打门来骂：抽抽抽，到火葬场去抽！六根觉得女人骂得忒毒，便回嘴骂：我死你寡！女人回骂道：你死我再嫁！六根就骂她烂屄。

厨房里传出砸碗的声音。

当晚，六根睡到了瘦竹斋去。

金满月迷麻将，泡在品茗轩里。品茗轩是茶楼，有吃有喝有牌搓。金满月迷麻将是真，迷马老板也不假。马老板是开金子铺的，兼营首饰加工。金满月喜欢那金灿灿的首饰，她的戒指换了一款又一款，样式不喜欢了，她就到马老板的铺子上去打新花样，马老板不收她的加工费，甚至金子的省耗也悄悄给她填补上。只要金满月愿意，她每天都可以戴不同款式的戒指，这于金满月是何等的欢喜。在这一来一往的欢喜里，金满月与马老板的关系也日复一日地暧昧起来。

马老板和金满月是麻将牌桌上的最好搭伴。这种默契只可意会不可言传。牌局开始前，先决定座次。座次是摔骰子决定东南西北的。一投骰子，马老板坐北面南，金满月坐西面东，夏姐坐南向北，牛老板坐东朝西。马老板成了金满月上家。金满月是下家，下家都巴望上家有好牌打出来给下家吃。打了几登牌，马老板就知道金满月等什么牌吃。牌打到最后，金满月也知道马老板等什么牌和。桌面上默契怕被人看穿，便将默契转到桌下。金满月在桌下跷着二郎腿，脚趾脚掌不同的击打方式能将她的信息传达到马老板的腿上。有了这种默契，金满月赢牌的概率大大增高。也有例外，因为那种默契极其暧昧，总有信息传达不到位或者对方理解不准确的时候。所以赌场中输输赢赢是常事。风水轮流转，下盘到我家，这是金满月在牌桌上常说的话。

金满月搓麻将分昼场与夜场。昼场包午餐，夜场包晚餐，谁赢谁做东。品茗轩设有自助餐，花样繁多，品种丰富。除了熟食还有油茶、时令水果、各色茶点。茶点则是整日供应。到了吃饭的点儿，大家就下楼去就餐。餐毕，有的接着打麻将，有的开房去休息。

金满月与马老板开的是钟点房，马老板有点急，一进门就将门掩了反锁。金满月进了洗手间解手，解完手，在镜子前照影儿。镜里映出一个浓艳妇人，金满月揽镜自笑。摘了发夹，找梳子来梳头，刮拉几下头发，马老板就进来搂她。

宽衣解带上得床来并头交股而寝。马老板说：明儿个我多加点金子给你重新打个新花样的戒指。

4

桂林城山怪石怪洞怪，米粉也怪，三日不吃舌头就不爽。六根是日日要吃米粉的。六根吃完米粉到独秀峰上葬笔。六根用旧的笔从来不乱丢，他把它们收集起来，放在一个瓦缸里，然后找了个干净、风景好的地方埋了。已是第五个笔冢了。六根刚埋好，手机响了。钱老大打来的，叫六根到壶山画廊去喝茶。手机那头说：有人看上你的字了，就是价钱问题，跟你商量。六根说：我过会儿到。

六根估摸着时间，走王城门洞，穿三元及第。解放桥公交车站牌下有一对老瞎子在讨钱。小板凳排排坐着，男的拉二胡，女的唱，唱得很卖力气，真嗓，出破音。从“月儿弯弯照九州”开始唱到“妹妹找哥泪花流”，听上去苦大仇深，细听还能听出几分婉转与深情。待唱到“天涯呀海角觅呀觅知音”时，六根看到那瞎女人伸手去找男瞎子，然后牵衣唱，六根霎时被感动了，从兜里找出两枚硬币走过去丢在搪瓷碗里，让钱砸出脆响。他想让这对瞎子知道，有人买账了，他们没白唱。俩瞎子会意，满脸堆笑。六根也跟笑，一笑，眼睛眯成一条缝，跟瞎子一样。白笑。

壶山画廊在七星公园内，近骆驼山，傍池，经营字画。店面不甚大，却会集了桂林城不少书画名家的作品。骆驼山旧称壶山，壶嘴那儿现尚存“雷酒人之墓”的摩崖石刻。雷酒人是明末江南名士，气节高，性嗜酒，常与人饮酒赏花，饮辄醉，外号酒人，存有诗文。六根赶到，钱老大跟画家石浪在看一张画。古香古色的，像件古董。但不知是真古董还是假古董，钱老大拿着放大镜在细勘局部。六根站在对面，倒着看画，瞥了一眼，说：观音像。石浪就笑他眼拙，错把美人当观音。走到正面去，六根才发现是一张美人葬花图。钱老大说作者是郎世宁，石浪说不是。叫六根过去看印章。看了印章，六根也不能断。六根退后几步观赏此画，画上美人还真美。荷锄提篮，眼眸轻睨，衣带飘拂，设若有风定能将美人吹走。六根一见便生出怜爱来，说东西倒是一见旧东西，大概是民国初年的仿品。石浪说就是拿不准时间么。钱老大说叫裘教授来，他眼毒。石浪说：他不在桂林，到台湾讲《红楼梦》去了。

钱老大告诉六根想买他字的人是一位女老板，姓蓝名海花，温州人，这几年在桂林搞房地产，海赚了。钱多得烧手。蓝海花原是文化人，喜欢古玩字画，早几天来这里要批字画去布置新办公楼。她看上六根写的“带”字，说此字与阳朔碧莲峰上的“带”字有得一比，是阴阳一对儿。碧莲峰上的“带”字可拆成“一带山河，少年努力”八个字，刚劲有力，天行健，属阳。六根的“带”字草书，柔韧婉绵，地生情，属阴。不仅暗含了八个字的意蕴，还将中国水墨的气息意境渲染出来。她说愿意交个朋友，晚上她做东请大伙儿吃饭，当面商定。六根说：我用“带”字换那张美人葬花图如何？钱老大说：算你问着了，这画就是蓝老板弄来的，我给你问问。钱老大便出屋外去打手机。一盏茶的工夫，钱老大回来，笑着对六根说：没问题，蓝老板晚上请大伙儿吃饭。

蓝老板的饭局定在福满楼，她与那儿的老板熟。那儿的老板姓万，光头，蓝海花叫他光老板，大家都跟着叫他光老板，不叫他万老板。光老板把蓝海花叫蓝花花，大家就惊呼说蓝花花好听，但大家不敢跟叫，仍叫她蓝老板。光老板是个有趣的人，讲话幽默搞笑，不经意间抖个包袱，让大家笑个不停。蓝老板推六根坐主位，六根推石浪，石浪推钱老大，钱老大推光老板，光老板说留给玉弟吧。六根不知玉弟是谁，那紧靠蓝老板的席位竟空缺下来。窗外有蝙蝠捉蚊子，捉来捉去，天就黑了。外边有燃鞭炮的声音，是楼下的婚宴开席了。蓝海花的手机响了，她一接，是玉弟打来的。蓝海花对大家说不用等了，玉山有演出，要晚些时候才能赶过来。于是举杯发话开宴。蓝海花看上去四十出头，中等身材，白皙而丰腴。大脸盘，大眼睛，眉文得细细地向鬓角上扬。着时尚装，傅粉，涂猩红唇膏，眉眼精心描画过，麦穗短发型。玉镯、钻戒、金镶玉耳坠，隔着桌椅不用看六根都能嗅出她的珠光宝气来。

菜一道道端上来，大家轮着敬酒。说恭维话，恭维话说完就说闲话。闲话是屁话，一句一句抖将出来，虚虚实实，到头，全是空话，一笑了之。光老板是话匣子，钱老大是话秧子，石浪是话痨子，蓝老板是话茬子，一桌子的话坛锦簇。唯独六根不说话，蓝海花说他是庙里的泥塑菩萨是个话哑子。

大家盼着的玉弟终于敲门进来了。六根第一眼就看出他是吃戏台饭的。光老板拉他过来介绍，将他送到主位上坐。六根于是知道玉弟名字叫秦玉山，是桂林城戏坛名角。秦玉山坐在蓝老板身边，蓝老板频频夹菜给他，他莺莺地吃着，乖乖然。秦玉山喝酒吃菜说话一招一式均有舞台化痕迹，兰花指，看人留眼风，矍矍焉好以目传话。

话自然围着秦玉山转，转得一屋子花团锦簇。光老板夸秦玉山俊雅，钱老大赞秦玉山玉树临风，石浪说秦玉山谦谦君子，蓝老板最后说秦玉山是本城戏苑奇葩。他私下里还有拿手的活儿，演旦角。于是大家争着要见识秦玉山唱的旦角。秦玉山真的唱了。他唱的是“黛玉葬花”。蓝海花给他击掌为节，他起身站到屋子空处，端容入戏，捏细嗓子唱道：“绕绿堤，拂柳丝，穿过花径，听何处哀怨笛风送声声。看风过处落红成阵，牡丹谢芍药怕海棠惊。杨柳带愁桃花含恨，这花朵与人一般受逼凌。我一寸芳心谁共鸣，七条琴弦谁知音，我只为惜惺惺怜同命，不教你陷落污泥遭蹂躏。且收拾起桃李魂，自筑香坟埋落英。”

听到此处，六根听出了恓惶，莫名想起自己葬的笔冢来，心里嗟叹不已。唱完又继续喝酒。光老板提议要秦玉山与蓝老板喝交颈酒。蓝老板不避，秦玉山倒不好意思起来，脸倏忽红了。大家见他脸红，愈要逗他。玩戏子并不新鲜，但蓝海花是玩真的，这是后话。

六根将那美人葬花图挂在瘦竹斋，画旁录了一首诗，诗是胡适题桂林雁山园的："相思江上相思岩，相思岩下相思洞。三年结子不嫌迟，一夜相思叫人瘦。"

一日这诗被石浪看见，说：妙！三日不见当刮目相看，六根兄外面可有相好的女子？六根说：何出此言？石浪说：这墙上又是美人又是相思的，岂是假语？六根说：画是别人的诗也是别人的，岂能当真？石浪说：借假说真，借景抒情么！六根说：石兄知道的，本人素来无缘桃花。石浪说：风水轮流转。六根说：别瞎诌了，咱们到祝圣寺吃茶去。

六根将车放在寺庙的斋堂外的石狮子旁，斋堂门墙上写着：天雨虽宽不润无根之木，佛法广大不度无缘之人。照例六根进庙要烧香的，说是跟佛菩萨打个招呼。阿福坐在柜台那里抄经，见有人进来买香，便停下笔，起身去拿香。六根说：写什么呢，那么专心。阿福说抄经。六根问：抄什么经？阿福说：抄《地藏经》。六根说：为何抄此经？阿福道：度胎灵。石浪问：胎灵是什么？阿福说：堕胎的婴灵。六根说：管用吗？阿福说：看发心与缘分。正说着，素猫从大殿那边窜过来，阿福就叫猫，猫听阿福叫它就乖乖拢到阿福跟前，阿福随手给它一片香芋糕吃。石浪说：这猫可有鱼肉吃？阿福说：没有，它随人，我们吃素它也吃素。六根说：这猫稀罕了。

有人在大殿那儿摇签，石浪也跟着去摇。摇好签拿来给阿福，阿福到木格子柜里拿解签条。石浪想叫师父解解签。阿福说：我给你找师父去。阿福找不见自空师父，见哑巴和尚拿着扫帚过来扫地，就叫他解。哑巴和尚原本不哑，出家前是个摆摊算命的，能说会道，后来得了场大病，病后喉咙失音，医生都治不好，便知老天在罚他止语。后悔自己妄言太多，胡言乱语骗人钱财。哑巴和尚看了签语，又瞅瞅石浪，然后在签背面写了一句话："要知前生事，今生受者是。要知来生事，今生为者是。"石浪看了良久，若有所思，亦不再问。

观慧知六根来了，下楼来迎见，说裘教授也来了，在楼上吃茶。裘千粟是师大文学院教授，研究民俗的，将《红楼梦》前八十回从民风民俗的角度一一做了研究，出版了几本探轶丛书，引起了红学界广泛关注。不久前去台湾参加海峡两岸红学研讨会，回来又在桂林百姓讲坛开坛演讲。上星期书城签名售书，报纸上做了专题报道，沸沸腾腾，热可炙手。裘千粟见六根与石浪上来，便介绍两位学生，一男一女，说他们对宗教感兴趣，正在撰写桂林市宗教现状的田野考察报告。裘千粟擅说，大家坐在亭子间吃茶，听裘千粟滔滔侃论。

裘千粟说：宝玉宝玉，温饱（宝）思淫欲（玉）。我在台湾演讲时，此话一出口，台下就有人笑倒。

石浪说：有意思，我也要笑倒了。

裘千粟说：最近我一边读《红楼梦》一边读佛经，将《红楼梦》与《楞严经》一起研究，发现它们有许多相通之处。同是讲色空，讲六根不净烦恼起，佛陀讲得苦口婆心，曹雪芹却将那苦口婆心演化得栩栩如生。

那女生说：曹雪芹有颗菩萨心肠。

裘千粟说：这是我最仰慕曹雪芹的地方，宝玉就是众姐妹心中的菩萨哥哥。我心目中，好的文学作品其实是一部佛书。

一只鸟口衔一粒籽飞向岩壁，停在岩壁上那棵榕树上，另一只鸟朝它叫，那鸟也叫，口中的籽就掉了，正好落到六根的茶盅里。六根一看是一颗桂花籽，起身向岩壁泼了，正泼着一株长在岩壁缝里的野水仙，那水仙正开着花，花瓣洁白如雪。六根嘴里忙说对不起。

那男生说：老师再举个例子。

裘千粟说：比如《西游记》。你可以当佛书来读，亦可以当世俗书来读。吴承恩之伟大在于给世人讲了一个复杂的"人"。唐僧、孙悟空、猪八戒、沙和尚，四个合起来才是一个真正的人。作者掰开人性，借唐玄奘西天取经的真实故事，凭一椽生花巨笔，生动写去，肉眼显肉，慧眼显慧，佛眼显佛。

观慧接话，赞道：佛法即世间法，稀松平常，把人做好了，佛就成了，即禅宗里说的人成佛成。

六根进到观慧的禅房里去。观慧的禅房清洁又干净，墙上素白，窗台养一盆兰花。没有床，对窗有一禅榻，榻中间有一矮几，榻上靠墙处排满书。一张用来写书法的大桌子居屋中央，桌上有文房四宝，还有一只小铜香炉，炉里点了檀香，虚隐隐的，有暗香浮动。近榻一张木几，上面放着一张古琴。那张琴是观慧挂单镇江金山寺时，扬州一居士送观慧的。蕉叶式，样式古朴，色调雅致。大家叫观慧抚一曲，观慧就将琴移出来，端坐亭子间，静静的，清吸一口气，抬手上琴，一缕音从弦上抹挑出来——《平沙落雁》。六根能听出雁飞雁落，雁盘雁旋，雁顾雁盼，回雁逗雁，雄雁让雌雁，大雁携幼雁，雁群扑翅的声音来。大家都说观慧弹得好听，观慧就又抚了一首《鸥鹭忘机》。听完琴，大家又看六根写书法。

六根举手落笔写的是："郁郁黄花无非般若，青青翠竹总是法身。"女学生问：何谓般若？何谓法身？六根说："般"不读般，读"波"；"若"不读若，读"惹"。然后请观慧来解释。观慧有些腼腆，憨憨对人笑，然后说："般若是智慧的意思。法身是佛的三身之一，不可以把形、色、相貌来拘泥的。不可见。话一落音，女学生继续问：佛有哪三身？观慧答：法身、报身、应身。男学生问：那么佛有三身就是有三尊佛了？观慧说：不是。佛只是一尊佛。千江有水千江月，而月只有一轮。我们说的释迦牟尼佛是应身佛的名号，法身佛的名号叫毗卢遮那，报身佛的名号梵语叫卢舍那。洛阳龙门石窟那尊大佛就是卢舍那佛。

正说得热闹，自空大和尚上得楼来，他手里拽两个大沙田柚，笑呵呵的，叫观慧拿刀破皮给大家吃。大家起身给师父让座。

自空师父乐呵呵地将柚子一瓣一瓣分开，梳子样放在盘里叫大家吃。

有婴儿的哭啼声传来。不一会儿，阿福抱着一个啼哭的婴儿上到楼上来找师父，说：有人把这孩子丢在庙门口了！这里还有一个包袱。自空师父说：打开看看！观慧将包袱打开，里面有两套孩子的衣服，打开衣服里面又包了一个红布包，再打开红布包，里面是一张纸条，上面写着这个小孩的出生年月日和时辰，其他什么也没有。无姓无名无丢弃理由，阿福说是有人故意丢到庙里的。自空师父说：既然有人故意丢在庙里，我们就好好养着。

到吃饭时间了，自空师父请大家到斋堂去吃饭，说：吃斋消灾。大家欣然下楼。

5

下午六根带学生去桂海碑林参观并学拓碑。讲解员是个年轻的姑娘，她的声音听上去既清纯又糯甜。六根静静地听去，声声入耳。六根边听边环视岩壁，石刻累累，重重叠叠，如一部翻开的石头书，一翻一千年不动，叫人叹为观止。龙隐岩又叫布袋岩，“布袋”二字就刻在头顶。环视整个岩壁还真像个布袋和尚肩上遗落的布袋，口收圆括，肚囊大而实，里面坠着沉沉的摩崖书刻。

正对岩口，有个“佛”字，堪称桂林摩崖石刻中的一绝。绝在它画中有字，字里含画。乍看是个四笔写成的一个草书“佛”字，细瞧却是一个老妇在擎香拜佛。笔画间可见香烟缭绕，字形与字义完美切合。上百年来一直被人们赞叹不绝。这字更绝的是写此字的时间。清光绪年农历七月十五，丙申年丙申月丙申日丙申时，难得四时凑齐准。存此书法，乃天意。

观慧小和尚也站在人群中看师傅拓片。拓片师傅先在石碑上洒水，将宣纸贴上去，用鬃刷刷平，四围用二指宽的纸条粘一圈，护住拓片。待干，用刷子打碑。刷子是用野猪鬃特制的，轻轻均匀地敲，目的是让宣纸吃紧碑上的字，吃得愈紧愈好，吃得愈匀愈好。吃紧了，字就显了出来。然后用墨包拓字。墨包里是棉花外面包成一团，大柿饼样，柿饼蒂儿即布包结合处，紧缠做出一个把儿来，握了，手一下一下在碑上拍打，将墨团打在纸上，便开始拓碑了。拓片手腕子上用力，力要均匀，一墨团压一墨团，排开去，笃笃笃听上去像庙里敲木鱼，只是声音更沉闷些。人群中有人说七说八，说东侃西，没有章法。有人央求亲手体验拓碑乐趣，师傅就让出来，给学生自己体会。有一男生接了师傅的墨包且按照师傅的样子去做，可不得要领。就有人在旁边教：像给女人傅粉一样。就又有人接嘴：麻婆子打粉，下手重点。有好事者出手，说：哪个女人有那么大张脸，不是脸是屁股。更有人说：你老婆的屁股那么长，要拿什么家伙来日弄？话一落，众人哄笑。

学员们都挨着个儿去体验拓片。先前的白宣纸变得乌黑油亮，黑底白字呈现出来，分分明明。是一副篆刻对联：“安心身不辱，知己心自闲。”拓片干后即可揭下完成。

六根在指导学生欣赏书法，因为篆书有很多人不认识。

拓片完，下课，人就散了。六根手机响了，是栖霞寺住持大慈法师的电话，说有急事求见，六根与观慧小和尚绕月牙山过去。

穿过曲折有致的回廊，才到方丈室。方丈室背靠七星山，两层，下面大厅是接待室，墙上挂满了各级领导来寺庙视察参观的照片。厅里供着玉佛，佛案前供着许多尊瓷制菩萨。六根看了看，一尊千手千眼观世音菩萨望着他笑。六根一眼就喜欢上了，觉得面善，便回头多看了一眼。

上楼，六根见栖霞寺大慈住持与一位戴眼镜的先生还有文化局局长在等他。大慈住持介绍，说：这是市长办公室易秘书。六根伸手过去一一握了。落座吃茶。易秘书说：有事麻烦柴书法家了。六根听了才明白。原来昨日北京来了一高官，那高官的岳母在七星公园游玩时，看见庙门前的石板上刻的《吉祥经》，便起了欢喜心。老人家笃信佛，说要请本寺法师的真迹回去供养。可大岳法师回衡山福严寺了，颜体楷书，整个桂林城写得好的书法家不少，要说好功底当推六根字最厚重。明天他们就要离桂，所以连忙赶来，叫六根救急。话说到这个份上，六根也不好推辞。他们先请六根到月牙楼里吃了饭，喝了酒。

酒吃到薄薄醉时，话就聊开了。局长说：市书法协会主席快退休了，你有意到市书协这边来吗？六根说：来，固然好，将两个书协联合起来，力量肯定会大大增强。易秘书说：联合起来好，合作双赢。六根说：事情没那么简单。易秘书说：有什么需要我帮忙的以后尽管言语就是。说完大家便举杯干了。

吃完回到大慈住持那里写字。六根从包里拿出墨块，观慧磨墨。六根缓缓从怀里拿出他那支生香妙笔来，去青花瓷钵里浸泡，然后坐回凳子上喝茶抽烟。抽完一支烟，喝了几盏茶，墨也磨好了。六根整袖踱步到书案前，凝神静气，捉笔提腕开始书写。

六根没要润笔费，他要了那尊千手千眼观世音菩萨。

照惯例每年春季桂林市要与日本友好城市熊本市举行书画联展，已通知六根参展。桂林城是个重视书画艺术的城市，每年都要举行大大小小不同规格的书画展。在这众多的书画展中，六根最重视跟日本的书画展。因为这是对外，代表的是中国人，中国人爱面子，输不起。六根想我得拿出好作品来，镇镇日本人。要让日本人知道书法的根永远在中国，骨髓里的东西是不好学的，血液里的东西外人是学不来的，它需要传承，几千年的传承。他们学去的往往只是皮毛。

六根在瘦竹斋临帖。他先临张迁碑，再临于右任的字，再后临弘一法师的字。弘一大师晚年的字最难临，炉火纯青，不着烟火气，明净、平淡、恬静、安详、稚朴、冲逸，朴拙圆满，浑然天成。那是大师一生的修为，六根心仰慕之。六根在临弘一写的《心经》。书法练到一定程度，功夫不在手上不在眼里，在心上。六根想，在心上磨刀，刀上出刃。一个“忍”字在胸，成就了多少英雄梦。

六根常梦见赵风雅，梦一次，六根就要给师父供一碗饭。对着虚空，三鞠躬，感谢师父赏他书法这碗饭吃。

桂林城不大，老城小如铜钱，外圆内方。王城是内圈，两江四湖是外圈，内圈写成一个“井”字，外圈写一个“回”字。铜钱的眼儿是王城内的月牙池，铜钱上有两个自然地标：内圈是独秀峰，外圈是象鼻山。在这水绕山环的桂林城里，最便捷的交通工具不是汽车是电动车。北门观音阁是卖电动车品牌最多的地方，六根买了一辆绿源牌电动车。

六根骑着他的新车去花桥展览馆参加一年一度的桂林市与熊本市联合举办的中日友好书画展。

祝贺的花篮排满展览馆门厅内外两侧。六根是带着老年大学的学生来观看展览的，他的学生站在他身后。上午九点开幕式在展览馆前的小广场上举行，中方书法界的名流讲话，日方代表讲话，市领导到场祝贺，最后是中日双方领导剪彩，同时军乐队吹奏迎宾曲，放飞气球，放飞象征和平的白鸽，气氛热烈。

参观书画展，是长眼的好机会。六根随着人流慢慢观摩，他身边聚围着不少学生，他一边看一边要回答学生的诸多提问，一圈走下来比旁人要累。六根参展的作品放在第一展厅显眼的位置，一幅扇面，行书，上书："漓江之水清兮可以濯吾缨，漓江之水浊兮可以濯吾足，漓江之水净兮可以濯吾心。"这幅字妙在对相同字的不同处理上。六根将它们处理得恰到好处、服服帖帖，观者无不赞叹。

下午是中日书画家座谈会，即两国书画家之间书画表演即切磋技艺结交朋友。六根泼墨写了几个斗方：一是虎字，二是鹰字，三是带字，四是福字。都被日本友人要去。

6

真是闲处光阴易过，倏忽又到端午佳节。端午节插菖蒲挂艾叶，祭龙祭神祭屈原，抛粽子划龙舟，放鞭炮，敲锣打鼓，跳傩戏，驱妖捉鬼。漓江两岸甚是闹热。二皮打电话给六根，说罗广生在百姓酒肆叫他过去喝酒。

六根到了，二皮高兴不迭，赶紧安排包间。六根说坐外面好看戏。于是就拣了楼上最好看戏的位置。六根与罗广生对坐，二皮去办公室拿他的窖藏酒，说：今天哥儿仨好好吃酒聊天。二皮叫人过来沏茶、送烟，自己亲自到厨房吩咐去了。六根看上次写的对联已经挂在舞台两旁的廊柱上，自个儿欣赏了一番。

戏还没开演，舞台显得空旷，偶尔有化了装穿了戏服的演员从台后走出来，六根就盯着看，出来一个盯一个——他在找那个熟悉的身影。

罗广生呷了口茶说：这些天，我忙得屁股冒烟，訾洲公园的石碑的块数已经定下来，消息一传出，踏破门槛了，协会许多人自荐或他荐前来找我要求写碑，饿狗抢食一般，人不知斤两了！六根不说话。罗广生又说：我只好装不知道，说这事是旅游开发公司的行为，与书法协会无关，这得罪人的事全揽到我身上了。六根打开纸扇摇了摇，风就来了。罗广生停了停，从包里拿出一张纸，说：现在还剩燕亭了，你看看愿不愿意写？六根没有挑选的余地，便答应下来。

二皮拿了瓶窖藏十五年桂林三花酒上来，卤味拼盘一上来他们就开喝。慢慢喝将起来，戏就开演了。戏开演，肚包鸡、蛇肉也先后端了上来。

台上唱《三看亲》，换了戏班子。戏是热闹逗笑也好看，可六根没看到上次那位红衣女子，心怅然，试着问二皮，说：上次唱彩调的那班演员呢？二皮说：你说白玉壶呀，被人挖走了。六根呷了一口酒，说：那女子的戏演得真不错。二皮说：怎么老兄对那女子感兴趣？六根马上否定，说：哪跟哪呀！遂劝酒，仨又举杯干了。吃菜。那夜，六根喝得有点醉，二皮说醉了正好草书。六根就草书一首唐诗，二皮说：看上去像一堆麻绳缠在一起跳舞。六根笑。罗广生说：要想一堆麻绳跳舞，且跳得兴致勃勃又极具韵味，那叫本事。

六根记住了白玉壶这个女子。

翌日，祝圣寺举行重修落成大典。六根起了个大早，他要到瓦窑工艺品批发市场取雕刻的《心经》送到寺里去。骑着绿源车往城南赶去，到了瓦窑那家雕刻店，老板还没起床。六根将老板叫醒，老板再把雕工叫来。雕工将一捆竹简抱进来，放在桌子上解开绳子打开让六根看。六根逐一轻声念去，字字珠玑，无一错漏。只是觉得题头上“心”字刻得不满意，“心”字的左右两点散了，无力，压不住，叫再刻。

六根跟雕工到工作间，雕工拿纸笔叫六根重写“心经”二字，六根说用毛笔直接在竹片写好了。雕工就选了一根新竹片叫六根写。六根用心写了，雕工马上刻。这回雕工刻得极认真仔细，六根看到刻出来的效果有泰山金刚经的味道，才满意。

祝圣寺人山人海，六根挤在人群中。六根打小和尚观慧的手机，观慧出庙门接他。观慧将《心经》竹简挂到客堂的墙上，住持自空师父看了直说好。

举行完仪式，中午在庙里吃饭。吃完饭六根回家，经六合旧货市场，六根进去转悠。六合市场有很多旧书摊，六根去淘了几本旧书。一本是郭沫若书写的毛泽东诗词，一本是齐白石书画篆刻，还有一本是堪舆风水。六根找了处有太阳的地方坐下翻看手里的书，忽而有锣鼓丝弦的声音往耳里钻，六根隐约听见了彩调声。他停下来，起身朝六合剧场走去。

果真有人在唱彩调，热热闹闹。剧场坐了不少人，台上唱的是《草鞋配》。以草鞋招婿挺有趣的。六根认为趣点一是里面有对对子。女主角出上联："真真假假，假假真真，真假真假，假假假，假真假真，真真真，真心相爱。"且对联是变化着的，纨绔公子对不出，便自动退出。趣点二是一只老虎将一只腿长一只腿短的穷书生吓得两只腿一样长，治好一个瘸子。趣点三是那女主角一直蒙面出场，直到洞房花烛夜不被其丑所吓走的才能看到她美丽的真容。吊观众的胃口，待女主角拿下半遮面的纱巾，六根才发现那女演员就是他要找的那个白玉壶。

一连数日，六根在想戏台上出的那个对子。他对了几个，均觉不妥。一日闲坐漓江垂钓，眼睛盯着一江丰盈的江水，久不上鱼。心里发呆，有了戏台上的下联："迷迷悟悟，悟悟迷迷，迷悟迷悟，悟悟悟，悟迷悟迷，迷迷迷，迷途知返。"六根收竿回家，将那对联潇潇洒洒地写了，挂到墙上。撰得了此联，他最想告诉的人是那女子。他不知道她是否也懂对联，剧本上肯定没有下联。第二天六根上完课再到六合剧场去看戏，那草台班子却走了，走得没踪没影，让他无法打听。空荡荡的剧场，六根由脚闲步，他发现小海报贴在舞台一角的墙上，近前去看。他看见其中有一张白玉壶的剧照，他有点不好意思，望望左右没人，才伸手去扯广告。广告糊得紧，又被另一张广告压着边。他怕撕烂，坏了照片，便小心翼翼用指甲沿四围边缘慢慢刮起。海报被揭了下来，边缘有损，白玉壶的剧照无损。六根端端地将海报夹在书里带回去放在床头。

六根将那个名叫白玉壶的女子藏在心里。藏久了，长草。草长莺飞，有时就乱六根的心。六根开始相思了。夜里睡不着，拿白玉壶的剧照看了又看，只是不厌。将照片放到枕头底下枕着，枕不多一会儿又拿出来，贴着脸儿瞅，瞅够了才去睡。

醒来，便骑着他的电动车满世界去找那个叫白玉壶的女子。从城南到城北，从城东到城西，只要彩调演出的地方，他几乎跑遍了，就是碰不着。六根只是不服气，桂林城就这么屁大个地方，他不信他找不到白玉壶。可日子一天天过去，白玉壶像雪花蒸化了，无踪无迹，就是找不到。

一日，六根吃过晚饭到玻璃桥看彩调。他沿漓江边走，到大瀑布饭店前再转杉湖到阳桥。过阳桥就是榕湖。玻璃桥建在榕湖上，连接岸与湖上一小块圆形陆地。夜里彩灯启亮，桥是琴弦，陆地是戏台，像只琵琶浮仰水面。戏一开场，那更是琴弦在拨动了。

六根早早买了票过桥去。露天演出，没有幕布，演员就坐在湖边化装。六根看到了一张熟悉的脸，那是秦玉山。秦玉山在勒头吊眉化装，他没有看见六根，六根却在看他。六根手里总要拿把扇子，扇子上多半是他自己的墨宝，诗是自己作的。在书法行当里，能自己作诗写联是件很光脸的事，在别人眼里你是有文化的，没文化是弄不好书法的。六根坐在一棵桂花树底下，袖出一把纸扇，扇而非扇，非扇又扇，舞台道具一般，在指间把玩。偶尔用来赶赶蚊虫，打打节奏。

远远地，六根看见一个女子疾速打玻璃桥那边走过来，就是在千万人中他也不会错认的女子，他眼睛一亮，他认出那女子是白玉壶。六根想不到他左找不到右碰不着的那个女子，在这不经意间像天上掉下来的林妹妹，突然出现在他的眼前。

白玉壶将拎的一个大包挂到一树杈上，脱了外衣，从包里拿出粉彩盒子准备化装。秦玉山将一把椅子放到白玉壶的屁股底下，再附她耳根说悄悄话。白玉壶听了一笑，伸手扯秦玉山的耳朵。六根一看就知道他们关系不一般。白玉壶坐下来，匀脸，扑粉，抹彩，再精细地描画眉眼，然后贴片子，梳大头，戴上点翠头面，插上绒花，一个鲜靓的舞台旦角就呈现在六根眼里。

蚊子在湖面赶圩，乌泱乌泱天就黑了。彩灯启亮，锣鼓弦子响了起来，演出开始了。他们唱《王三打鸟》，秦玉山演王三，白玉壶演毛姑妹，载歌载舞热热闹闹的戏。秦玉山唱：打开东门送花来。白玉壶唱：叫声哥哥请进来。秦玉山唱：哥哥就进来。白玉壶唱：妹妹笑颜开……台上的白玉壶秦玉山拿着彩扇，边唱边舞，像两只蝴蝶，眉目传情。六根明白二皮说挖走白玉壶的人应该是秦玉山了。

7

明眼人都知道白玉壶与秦玉山是一对恋人，台上是一对，台下也是一对，双璧。白玉壶是只鸽子来来回回在舞台上飞，不谙世事。她所经所历皆从戏中来。她入戏，演什么像什么，身心俱迷。入戏深时，几天出不来，台上连台下，秦玉山就笑她戏痴。

他们常常到七星公园约会。白玉壶躺在草地上数天上云朵。云朵善变，数着数着，羊变成了狼。秦玉山不数云朵数树上的鸟，跟白玉壶赌单双，说：如果单，我亲你一口；如果双，你亲我一口。白玉壶说：横竖是亲嘴，不干不干！他们俩滚在草地上嬉闹，惊得雀儿蓬蓬飞。

缠绵不够，他们就去花桥酒店过夜。

恋爱往往糊里糊涂犯错误，白玉壶怀孕了。秦玉山说：还不够票子还没有房子没有车子呢，堕胎吧。白玉壶于是去堕胎。

第一次堕胎，白玉壶害怕，没底。脱裤子，上手术台紧张得牙齿打抖，手脚发冷。医生说：吃东西了没有？白玉壶说：早上只吃了点米粉。医生说：再去吃点。白玉壶就穿好裤子出医院去吃东西。

白玉壶散着脚在街上走，找吃的东西。她在一家超市门口停下来，见一位母亲推着婴儿车出来，就盯着看。那婴儿胖嘟嘟的，对她笑。白玉壶心里犹豫了，她打秦玉山手机，说她害怕，不想手术了。秦玉山就在电话里劝她不要怕，待他忙完，马上就赶到医院。

白玉壶进了超市，心散着脚乱走。她发现自己莫名地停在卖婴儿用品的货架前，东瞅瞅西瞧瞧，她不知该做什么。

她最后是买了一个面包一瓶牛奶坐在餐吧那里吃。餐吧那儿有书架，书架上放着许多杂志，她随意翻看。她发现上面的靓女和帅男都装，装快乐，惊人相似，这是一个消费快乐的时代。

回转医院，秦玉山已守在那儿。白玉壶去手术了。在手术台上，白玉壶大呼小叫，那是未经谋面的孩子向她的挥手道别。若干年后，白玉壶有了后悔，悔恨自己将一个鲜活的生命扼杀在腹中。

白玉壶没有请假，隐瞒着休息两天就登台演出了。新排演《祭塔》。白玉壶扮白娘子，秦玉山扮许仙。在漓江剧院连演三天。

演三天，六根就看了三天。《祭塔》改自《白蛇传》，它是桂林版的白蛇传。锣鼓响起来，弦子拉起来，灯光打出一片桂林山水。青蛇着青衣，白蛇着白衣，青蛇开道，白蛇随后。幕后音乐响起，唱道："最爱漓江三月天，斜风细雨送游船，十世修来共船渡，百世修来共枕眠。"白玉壶一身素白装扮莲步出场，一个半托月亮相，唱道："离了仙山到岭南，人间竟有这美丽的河川，漓江上杨柳丝儿将船儿轻挽，颤声中桃李花似这怯春寒。"台下叫好声响起。六根细细看去，到仙山盗草一节，六根看出了异样端倪，他断定白玉壶身体不适。她眼眸里含了幽怨，不该皱眉时皱了眉台步夹得紧而沉。该使十分力时只使了七分，该抬七分腿时，只抬了五分，该下五分腰时只下了三分。这是用内力，精气神的东西，若外行是看不出来的，粗心的人也看不出的，不熟白玉壶更看不出来。但六根看出了，他不仅看出了还替她担忧。一声"断桥未断，却断了柔肠"，六根看出了白玉壶眼中的泪花。台下掌声四起。六根感觉太真了，他替她心疼，忽而他发觉自己的眼角也湿润了。他感到喉咙发干，他深深地吸了一口气，然后慢慢地吐将出去。

演毕，六根请秦玉山、白玉壶吃夜宵。

农历七月半，民间鬼节。人人不见鬼，家家却要祭鬼了，且马虎不得懈怠不得。鬼从风，喜走水路。天一黑，人们纷纷到漓江边祭祀。人一多，警察便出动维持秩序。有专用于祭祀的白色纸袋出售，上面印有祭祀格式，用笔填上祭祀人和被祭祀人的关系即可。六根在滨江菜市日杂店买了三个祭祀袋，分别填写好父母和赵风雅的名字。江岸上一堆堆火燃起来，连绵一气，远看像两条火龙。人多，六根下到河滩上去烧，用石灰打四个圈，依次是父亲、母亲、赵风雅、过路神仙，在圈里燃起蜡烛点上香，插在地上，开始烧纸钱。烧完纸钱，放鞭炮。也有不放鞭炮的，只静静地烧纸。水里有人在放河灯，空中有人放孔明灯。一盏一盏在空中飘升。六根烧完纸钱在解放桥下碰见白玉壶，白玉壶在放许愿灯。她在许愿灯上画了两颗心，一根箭射穿了两颗心。六根掏出打火机帮她点里面的石蜡灯，火燃起来，灯罩被热气撑开，圆成一个灯笼。随着火焰的燃烧，热空气越来越多，灯飘飘欲飞，待灯高过头，白玉壶就将它放飞，让灯飘到天上去。放完灯，六根邀白玉壶到瘦竹斋去吃茶。说他得到一饼尚好的普洱茶正等人去品。

走过王城门洞，两人来到瘦竹斋。进屋，上楼，烧水，沏茶，对坐着喝。茶至半酣，白玉壶向六根索要墨宝。六根要白玉壶为之研墨。六根拿出一把纸扇来。白玉壶站着，朝他微笑，静静地为他研墨，六根如在梦里。六根问：可要我写什么好？白玉壶娇羞一笑，低头道：把我的灵儿魂儿写到书法中去。六根说好。他眯缝着眼睛看白玉壶，一袋烟的工夫，白玉壶研好了墨。六根就取出那支妙笔，挥毫泼墨，竟是一首嵌有白玉壶名字的藏头诗。

那是一笔绝好书法，人见人夸。第一句："白雪红梅傲霜枝。"笔若春蚕，蠢蠢欲动，那是白玉壶出场的台步。第二句："玉兔月宫伴仙子。"笔如青烟，袅袅如挂丝，那是白玉壶的唱腔。第三句："壶内纳得天地在。"笔走龙蛇，脱跳有致，那是白玉壶在蹁跹起舞。第四句："一片冰心遇相知。"水决堤了，席卷而来，锵锵锵，锣鼓声震耳，转而一声裂帛，那是白玉壶眼里的晶莹的泪花与观众的喝彩！

8

金满月跟外面的男人跑了，跑得无影无踪。

半月后，六根在邮箱里收到金满月一封信。信里说不要为她担心，她过得好好的。离婚是迟早的事。她已委托了律师，不久律师会来找他。她还说她已怀上了孩子。

金满月怀上孩子了，这无疑是金满月给六根一记耳光，打击太大。医生无法证明的东西即科学无法证明的东西，她金满月给证明了。证明六根这个男人种子孬，他六根是个孬种。

这样看来，金满月不在桂林城当是件值得庆幸的事。六根要脸。

六根有一天碰见与金满月一起搓麻将的夏姐，她告诉他金满月在云南发了大财，做金镶玉的生意。由此六根心里更安妥了。

国庆节罗广生开车跟六根沿漓江下到阳朔兴坪去钓鱼。他们租了条船，泊在二十元人民币背景的地方，面景垂钓。天高云淡，云淡风轻，青壁高耸，日光晶晶。此处水深鱼肥，不多久，罗广生就钓上鱼。六根拿出一张二十元的人民币在看，看一眼手中的钱，又抬头望一眼面前的山水，像在甄别真伪，想找出钱的瑕疵来。罗广生说：上钩了！六根马上起竿，真的钓上一条大鲤鱼，四指宽。

收获颇丰，他们的心思就不在钓鱼上了，逆水而上，钓翁之意不在鱼，在乎山水之间。江上旅游船来来往往，一派繁忙景象。一路品山玩水，六根说：水波澹澹，望峰息心。罗广生说：水何澹澹，望峰起雄心。六根说：风不动，幡不动，心动。罗广生说：这山水怎么就看不厌呢？六根说：相看两不厌，唯有桂林山。罗广生说：每次来九马画山，我都要数马，但每一次马的匹数都不同。六根说：这就是大自然的魅力。他们就将船停下来，数马。一匹马，两匹马，三匹马，四匹马，五匹马，六根就数不下去了。罗广生数了一匹又一匹，好不容易数到八匹马，就数不下去了。重新来数，乱了，数到七匹就数不下去了。他不服气，再数，又再数，最后一匹马他还是数不出来。六根说：别数了，你天生中不了状元，没那个命呀，你知道么！谋事在人，成事在天。罗广生于是就笑了，笑完还是说：别急着走，让我再数数，我真不信，难道我眼睛有翳，看不出第九匹马来！六根说：眼睛有障眼法的，就像吃迷魂药，障住了，出不来局的。罗广生说：谁吃了迷魂药？六根说：谁都可能吃迷魂药，那二十元人民币就是一种迷魂药。

上岸他们把钓的鱼拿去饭店加工煮了，坐在临河的楼台上喝酒吃鱼。他们喝漓泉啤酒，一杯又一杯吃下肚，七分醉时，开始聊话，全是醉话，全是心头话。罗广生说：老兄，你猜我在桂林书法界最服谁？六根说：我不知道。罗广生说：你要不要听？六根说：讲。罗广生说：我最服的人是老兄你！六根说：想不想知道我最服哪个？罗广生说：我不知道！六根说：你猜猜么。罗广生说：猜不着，你说。六根说：赵风雅！

罗广生说：赵风雅是谁？六根说：我的书法启蒙老师。罗广生说：因为我服你，所以怕你，听说职工书协要与市书协合并，你要做下届书法大主席，是么？六根说：我做不了大主席。罗广生说：你愿不愿么？六根说：人各有志，我志不在此。罗广生说：你给我发个誓，说你不愿做大主席这把交椅。六根说：我用我第六根手指发誓，如果我有此野心，我就断了此指！六根真要拿刀砍手指，罗广生一把拉住，说：不用不用，这我就放心了！

两个都喝醉了，趴桌子上就睡了。睡醒，罗广生打电话叫人来开车回桂林。

世上没有不透风的墙，六根与罗广生在兴坪钓鱼的事有人瞎传，传成了黄色花边，说六根与罗广生在阳朔西街艳遇一个女子，为了争那女子，六根断了第六根手指。

天热，人们拥向漓江，像下饺子，一个一个往江里蹦。六根坐在九娘庙码头那儿钓鱼。这里水急，他换了根手钓老鱼竿，这竿是赵风雅亲自用竹子做的，三米长，中指粗细，竿尖装一拃长牛角，做成竹节形状，若不是颜色不同，你根本看不出是一截牛角。牛角弹性好，耐拉。六根坐着溜边钓。水急不用漂。阳光将漓江水分出七彩碧色来，苍绿、草绿、豆绿、鹅黄绿、葱儿绿、橄榄绿、祖母绿，翠色撩人。九娘庙码头那里有六匹铜铸的马，四匹公马，两匹母马，夕阳落在一匹优雅的母马的后腚上。一只啄鱼鸟贴着水皮飞掠过来，不大，黑身白翅喙长而尖，它抓了只蜻蜓到岸上的水泥地上甩头翘尾啄着吃。吃完，又返飞江面，一飞一冲啄水猎鱼去了。岸上有几个钓鱼的在议论漓江禁渔的消息。胖子问禁几个月，瘦子回答说两个月。麻子说那些职业网鱼的是得好好禁禁才行，他们日日划着鸟排放网，一张网织得密密的长长的，从解放桥上放到訾洲，从訾洲放到象鼻山，细鱼小虾都不放过，不禁，漓江鱼非得杀尽不可。胖子接话说杞人忧天，漓江鱼哪里抓得完的，九牛身上拔根毛罢了。麻子说以前的竹壳子鱼，现在连影子都看不到了，恐怕绝种了。瘦子说毛拔多了得不到休养，总有拔光的那天，野生鱼种类变少，就证明漓江生态在变坏。胖子说讲不定禁渔以后，竹壳子又会回来呢。麻子说变戏法呀，那么容易！

水流将钓线吃紧，蛛丝样牵着虚在水面。六根鱼竿在握如中医探脉，三指在竿上三指在轮，第六指触线，凭手感。有鱼吃钓，六根指头迅速转轮抖腕提竿，一条禾花鲤钓出水面。

夕阳洒在江里，碎成金子。有人在訾洲放风筝。纸鸢在天空飞，起起落落，有两只放得很高，像要高到云朵里去了。有风筝断了线，节节坠落，罩挂在河对岸一棵树上，像新娘的盖头。

有人跳河了。六根听到喊声，跑了过去，救人。

六根做梦也不会想到他从江里救出的人是白玉壶。

白玉壶疯了。

9

桃花塘精神病医院闷在一种热浪里，汗津津的，混着鱼腥草的味儿四处覆盖去。

六根与秦玉山在医院门口的小酒馆喝开了。闷喝。两人不说话，吃锅里的醋血鸭。两瓶三花酒落了肚，六根有了薄薄醉，眦眼相向举肘敲桌，对秦玉山说：掰手腕，谁输谁喝！秦玉山也有几分醉意，说：掰就掰，喝就喝，怕条卵！

六根端直身子，正正屁股，双足踩了踩地，选个合脚的地方，脚掌抵地脚趾抓地，气沉丹田，调好角度，伸掌等着秦玉山。秦玉山站起身，挪了挪板凳，将桌上的碗筷拂一边坐下，将右手掌与六根的右手掌扣上，掰腕就开始了。六根先不发力，只定住，让秦玉山掰。

这是一场心气的较量。秦玉山将六根的手腕从 90 度慢慢往下掰，70 度，60 度，45 度。六根咬紧牙关，45 度是秦玉山的极限，他不能再前进半步。六根开始慢慢翻腕，像竹笋顶破地皮，有一股不可抗拒的力量，将倾斜的角度一一拨回，深吸一口气，用力，缓缓放气下压，将秦玉山的手背压倒在桌上。六根说：输了，喝酒！秦玉山一饮而尽。秦玉山不服输说：再来！第二盘秦玉山又输了，他还不服，又比了第三盘。

再比，秦玉山再输。六根压住秦玉山的手腕不肯松，说：你服不服输？显然秦玉山的手腕被压痛了，扭着身子瞅六根，说：服。六根说：告诉我白玉壶为什么疯？！秦玉山说：你放开我的手才说。六根说：说了，老子才放！秦玉山说：她听说我跟蓝海花要结婚就疯了。六根仍不放手，说：你这不搭调的臭小子，你究竟爱哪个女人？秦玉山说：听真话还是听假话？六根说：真话！秦玉山说：两个女人我都爱。六根手上一用力，说：鬼话连篇。我今天就是要教训教训你这个脚踏两只船的孬种！

秦玉山想开溜，往门外走。六根跑过去抄起门边的一根棍棒去拦，秦玉山左行，六根堵左，秦玉山右行，六根截右。两人左左右右虚晃了几回，手就接上火，六根退到门外的空地上，两人打了起来。

六根横一棒，秦玉山只一闪，闪一边，躲开了。六根竖一棒，秦玉山又一闪，闪到石头边。第三棒，六根使出大力气，举棒从半空中劈将下来，只听见乓的一声，簌簌将那树枝带叶盖脸打下来。定睛一看，人没打着，棒打在石头上，断折两截，只一半在六根手里。树叶落下，有灰尘迷了秦玉山的眼，他弯腰揉眼睛。六根将棒丢了，两只手顺势把秦玉山的肩膀揪紧，往下按，秦玉山挣扎，六根照准秦玉山的裤裆飞一脚踢去，秦玉山就跪在尘埃里了。六根腾出右手来，提拳只顾打。

六根不松手，秦玉山龇牙咧嘴哇哇叫，两个都喝醉了，秦玉山说话结巴起来。六根说：知错了没？秦玉山说：知……知错了！

六根说：知错就改！

秦玉山说：我……我改。

六根说：发誓！

秦玉山说：怎……怎么发？

六根说：浑小子，老子今天教教你！六根踉跄到厨房拿刀断去第六根手指，将它砸在秦玉山脸上。

秦玉山被唬住了，当即发了个死誓。发了死誓，六根才饶了秦玉山。

农历九月十九，观音诞，六根到祝圣寺皈依去了。皈依仪式简单而庄重，六根合十跪在蒲团上。燃香礼佛祝告后，自空老和尚说：能就答，不能就不答。

“不杀生能做到否？”

“能。”

“不偷盗能做到否？”

“能。”

“不妄语能做到否？”

“能。”

“不邪淫能做到否？”

“能。”

“不饮酒能做到否？”

六根没有回答。

皈依后，桂林城里便找不见六根的踪影。坊间盛传六根辞去所有职务和工作，去阳朔白玉壶老家陪护白玉壶去了。有人看见他们泛舟江上。

岁末，祝圣寺门外省春岩掉下来一块巨石，没人说得清缘由，只有自空老和尚知道自己要走了。那天，自空住持跟大伙儿围炉聊话。谈笑间说了句偈子：人从梦里来要回梦里去。话音落下，人就坐着圆寂了。

荼毗，烧出许多舍利子来，众人哄看。

六渡桥消失之前

谢络绎 *

1

许阿满站在半月形人工水池边上，眯起眼睛，目光落在小区大门口。

“烦死人，早晓得我自己去买啦！”

她一面蹙紧眉头嘀咕，一面把之前从池子里捞起的树枝再扔回去，轰跑一群前来讨食的漂亮锦鲤。

等到王汉生瘦瘦的有些飘摇的身子终于出现在大门口，许阿满松下一口气，接着便像是被这口气推着走的，以十分惊人的速度离开了。

“莫被他看到。”

昨天她按捺不住给老街坊李梅打电话，带着炫耀的意味，描述新搬来的这个地方房间大得可以跳绳，楼下的花草红的黄的各式各样，不但如此，要山有山要水有水，不晓得有几好。李梅难得回了一句好听的，行吧，你算是享福了。王汉生却在一旁拆台，明知道许阿满开着免提还扯着嗓子喊，她就不是享福的命，整天操些冤枉心。挂了电话许阿满同他大吵，我操么事冤枉心了？刚才她

---

* 谢络绎，祖籍河南西平，现居湖北武汉。湖北作协文学院签约作家。作品有：长篇小说《外省女子》《卡奴》等；中短篇小说集《到歇马河那边去》《昏以为期》；中篇小说《旧新堤》《倒立的条件》等；短篇小说《鸟道》《他的怀仁堂》等。获第七届湖北文学奖新锐作家奖，第九届《中国作家》鄂尔多斯文学奖。

让王汉生去买酱油，正等着用的东西，他去了半个小时还没回来。许阿满把能想到的坏的情形都想了一遍：忘了带钱，在超市跟人扯皮了，打架了，路上被车撞了……越想越怕。这么长时间，莫说买酱油，饭都做出来了，这事换谁谁不操心？

穿过架空层下的石桌石凳，许阿满弓着背停在一丛杜鹃后面喘气。一只沾满灰垢、毛发粘连的白猫卧在那儿。听见动静，白猫惊恐地抬起头看了一眼，又马上怀着信任俯下去闭上眼睛。许阿满索性蹲下来，佯装逗弄白猫。

王汉生拎着酱油瓶子经过时，许阿满并不看他，而他也不看她，只故意把脚步踩得响亮一些。许阿满跟上他。两个人一句话也没有，一前一后上楼。到了二楼，许阿满任王汉生停下来开门，她气喘吁吁继续往上爬，爬到三楼，敲敲门，喊，十分钟后下来吃饭。

他们的女儿王竹应一声："好。"

许阿满耳朵不怎么好使，再敲，待女儿抬高声音又应一声，她才作罢，着急走下一层。

厨房里，王汉生刚刚买回来的酱油已经端端正正摆在了炒锅边上。许阿满嫌弃地撇撇嘴，用力撕开塑料拉盖，往锅里洒出好多。王汉生坐在客厅里看电视。

"盖子都不晓得打开，做不到一点事情。"

许阿满盯着锅里正在上色的红烧肉，大声说气话，脸上的愠气被抽油烟机顶灯照得十分鲜明，掌持锅铲的右手更用力地上下翻炒。电视里在放一个重播了很多遍的战争剧，声音开得大，炮火轰鸣，王汉生瞪着眼珠看得入迷，根本听不见许阿满的话。他倒是惦记着许阿满在做菜，突然高喊一声：

"红烧肉莫把太多盐！"

本来就有点耳背的许阿满哪里听得见。到饭做好，王竹下得楼来，便听见他们两个在吵。

"要你莫把太多盐，这莫样能吃。"

"哪个跟我说了？"

“这里还有哪个？”

“你跟我说我就要听？一天到晚不做事，动不动提要求。”

“我不做事酱油是哪个买的？”

他们一句更比一句偏离矛盾本质，不断延伸出新问题，直到双双厌倦，再也不想搭理对方，愤愤然沉默起来。

王汉生嫌弃红烧肉，只闷头夹另一个盘子里的酸辣藕尖吃。许阿满盛完饭，若无其事地端起藕尖，躲开王汉生的筷子，一股脑全扒进自己碗里。王汉生眼珠子越瞪越大，突然站起来，啪的一声把筷子拍在桌上，气哼哼走了。

他们的女儿王竹剪着短发，戴金属边框近视镜，斯斯文文坐在他们中间。她埋头吃饭，不时夹起一块红烧肉，在盛了半杯水的一次性塑料杯里涮涮，再扔进碗里，和着米饭吃。

半小时后她从气氛紧张的父母家出来，给还没下班的丈夫郭卫海打电话，要他快点回家吃饭。

“晚了妈妈又要嚼的。”

她走上小区被树木掩隐的人行道，平跟皮鞋踏在花岗岩路面上，发出轻微又清脆的嗒嗒声。路上静悄悄的。

王竹特别喜欢这个地方。

每次从许阿满和王汉生的争吵中钻出来，她就庆幸，至少出了门就是一片开阔地，不像从前。

2

从前他们住在老弄堂里，进进出出像是食物通过肠道，从入口开始，就被动粘连起各样杂碎，归拢在一股陈腐的咸渍气味之中。

这气味是从邻居家飘出来的，占领了半条巷子。邻居男人姓吴，女人姓李，常年做卤菜，临近中午推一辆架着大锅的小推车，在巷口叫卖，晚饭后才回来。

王竹与邻居家的孩子吴霞一起披挂着卤味去学校，常常被同学误会她们是一家子。王竹才不要跟吴霞是一家子。她在自己窄小的房间里总能听到吴霞的母亲动辄咆哮的声音。这声音不同于她母亲许阿满训斥她父亲王汉生的声音，至少有个来由，也有个尽头。吴霞母亲的咆哮是突然性的，不知何故，没完没了。王竹一开始会扒着窗户往他们家看，看那个不修边幅的女人张牙舞爪，声势吓人。习以为常之后，许阿满就只觉得吴霞可怜，吴霞的妈妈可憎。如果继续往巷子深处探究，王竹的另一位同学何帅跟他母亲李梅对骂的场景也会随时浮现。那时候王竹觉得何帅的确帅，因为他敢于反抗。王竹觉得她与这些声音不像是隔着家与家的墙壁，而是分处在自家不同的屋子里。

傍晚，除非下雨，人们总要搬张竹椅坐在门口，中间只留出勉强一人能通过的过道，东家长西家短地扯闲皮。吴霞游泳被江水冲走的事情就是这样被传开，被神秘化的。人们都说，吴霞早就不想回家了，她是故意这么做的，是自杀。王竹只觉得这样的事情恐怖，不想听。

在那样的环境中，王竹的母亲许阿满一度炙手可热，谁家有事都要问问她的意见。

吴霞死后，她妈妈李玉珍跑到与她一起游泳的韩鹏家闹事，把他们家的碗全都摔了，地上落了一层碎瓷片。许阿满及时赶到，拦下李玉珍去抓韩鹏僵了的脸，骂她混账，看不见韩鹏为了救吴霞人都虚脱了。这孩子比吴霞大那么多，已经长成了大小伙，明白事，人又壮，他在现场都救不起吴霞，可见吴霞去意有多大。她去意大是为什么？许阿满逼问李玉珍，在家受你打骂就好吗，可见不比死去好。李玉珍收了手，掩起脸疯了般跑回家。后来韩鹏考大学，他爸爸老韩头说家里没钱，要他考武汉本地的学校，他不愿意，老韩头愁眉苦脸过来找许阿满，要她去做韩鹏的工作。许阿满说，韩鹏这孩子心里头有事你看不出吗，你掐不住（控制不住）他的，让他走，他又不得依靠你们么事，他有那个本事。这事就这么定下了。这样的事还有很多，大家对许阿满都比较信服。

每次许阿满在巷子里作为焦点与人叽叽喳喳争争吵吵时，王竹都要紧闭门窗，以大声诵读课本来掩盖那些平平常常的事说来像吵架，真吵架时又像是要杀人的动静。

她的父亲王汉生作为动静的一部分，总是饶有兴致地站在二楼，头从窗户那儿探出来，面带欣赏的表情，像是在看一场精彩的演出，演出没完，他绝不离去。有时候他还会从上面撂下几句话，附和道，对，是那个事（做得好）。

随着王汉生单位的垮掉，许阿满渐渐在外就不愿意多说了。偶尔说点什么，别人稍有不同意见，许阿满便觉得是人家故意拆台，瞧不起自己。她往往情绪十分激烈地与人争论，强词夺理。到家后又延续着在外的劲头，乱发脾气。她嫌王汉生瘦干巴，不撑头（不好，不体面），懒，要他去找事做，数落他一个大男人天天站窗户边看是非算个什么事。她还嫌他粗俗，吃饭打嗝，上厕所不关门，换衣服不拉窗帘。王汉生一开始并不当回事，嘻嘻哈哈由着许阿满蛮横。但他很快就厌烦了，自尊心受到伤害，孩童时期的老脾性被触发，开始与许阿满对着搞，顶撞她，骂她是不是有什么外心，成心找事。

在王竹的印象中，这两个人是从她上初中起开始变成这样的。母亲许阿满嫌父亲王汉生没用，嫌王汉生一点都不在乎她嫌他，照她的话说就是，死猪不怕开水烫。

“男有志，女才有势。”许阿满常常这么说。

她拿自己做例子，告诫王竹将来无论如何要找个有志气能赚大钱的男人，不然活着没底气。

王竹却始终记得在家里条件最艰苦的时候，王汉生一日三餐全在家里做，风雨无阻去学校给她送饭，接她下晚自习。她觉得王汉生对这个家的贡献并不比许阿满小。她懵懂地产生了想要证明王汉生也是有价值的想法。她在由王汉生提供后勤服务的读书道上天才般地越学越好。大家都说王汉生没白忙活，王竹太争气了。许阿满却从来只夸王竹，觉得身为一个男人，王汉生只能在家做饭根本就是因为没本事。

王竹无能为力，只好保持中立，谁也不帮谁也不管，慢慢练就了一身金钟罩，坐在他们中间可以坦然地干任何事情。但她了解自己是在忍耐，隐隐感觉到，她也像吴霞那样渴望着离开，也必将离开。她有点害怕这微弱的心意，直到有一天她通过另一种方式实现了离开。

八年前，王竹与新婚丈夫郭卫海一起住进这个叫作华春园的商品房小区。

大概是这里的每一样事物都与里弄截然不同，反倒让她对过去产生了怀念，似乎那些随时涌动的声响，窄巷子里的平凡人生又可亲起来。但是每当她回去看望父母，还未走到巷口，便不可思议地感到自己已经嗅到了邻居家的卤味，这味道唤醒了她所有阴沉的记忆。接着她走进家门，看到父亲王汉生一如往常躺在楼梯下的摇椅上看电视，母亲许阿满垮着脸在他身边走来走去，为着他的腿又伸得长了些这点小事争吵，心里便又难过起来。

也正是到了这个时候，王竹才突然明白，以前觉得整条巷子都在争吵，其实是因为那里太破旧和矮小了，就好比扣住几粒骰子的碗，摇晃时产生了扩音效果。这样她便有了想要带许阿满和王汉生离开这只碗的想法。这想法一直要求着她，令她内心很不安定。直到上个月家里又买下楼下那套房子，把父母接过来，她才感到终于可以卸下负担，去享受梦寐以求的宁静了。她也确实在许阿满和王汉生答应搬过来的时候感到轻松，却不想只是一瞬间的事——许阿满和王汉生把里弄作风也带了过来，深更半夜吵得整幢楼不得安生。他们还试图跟每一个在小区里相遇的人做朋友，碰到钉子后便觉得这里人情寡淡。他们都不想想，这种商住楼，大家都是半路邻居，不知根不知底，不知未来，谁人不带着防备？他们住得很别扭。

3

第二天一早，王竹从医院下班回来，打着哈欠摸到床上。郭卫海正要去上班。他简短又略带调侃地汇报情况说，从昨天晚上吃饭到现在，楼下一声没吵。

王竹说，冷战呢呗，谁也不理谁了，他们俩就这样，要么不好好说话，要么不说话。

一觉睡到中午，王竹下楼吃饭，看到许阿满和王汉生一个来到餐厅，另一个就必然离开餐厅；一个去了客厅，另一个就绝对不会再进去。房间里，他们迎面碰上都会侧着身，小心又带着怨气地躲着走，便觉得好笑。

许阿满和王汉生住在里弄的时候，经常十天半个月谁也不理谁。那边街坊熟识，两个人不说话，自然能找到各自说话的人。自从搬到这里，这种憋一天还不说一句话的情况倒还是头一次。在这里，他们谁也不认识，彼此即使是吵架，也好歹有个对象，要是连这个对象都没有了，就太孤单了。王竹断定他们闹不下去。

一直到第三天，两个人还是一点动静也没有。吃饭错开，不同时上桌；看电视错开，不同时坐在沙发上；睡觉错开，一个睡卧室，一个睡沙发。

晚上吃饭，许阿满给王竹盛好饭，给自己也添了一碗，坐下来，同王竹一起吃。王汉生在客厅看电视。

王竹叫他："爸爸，吃饭了。"

许阿满立刻放下筷子，意思是，你叫他来吃，我就不吃了。

"我等一会儿过去。"王汉生的声音传过来，很和气，像是根本没什么事。

王竹小声对许阿满说："又搞么事？"

"就是要管一下他。"

王竹无奈道："管了他一辈子了，又么样？"

吃完饭，王竹回自己家换了一身运动装扮。

有人开始沿着步道散步或跑步，王竹加入其中。小区外面东南方向五百米的地方有个小型公园，王竹一般会跑到那里，在公园里绕两圈再跑回来。

等到王竹满头大汗地跑回小区，跑过假山，一眼看到许阿满站在水池边的路灯下，往门口眺望。

许阿满并没有注意到从暗处移动过来的王竹，她等在那里，眼睛望着小区大门，又似乎什么也没看，空空洞洞地想着什么。

“妈妈，等我吗？”王竹大声喊。

许阿满身子一怔，说：“你爸爸脑壳进水了！”

她说得满不在乎，身体却如脚下的流水，暗地里打战。

“么事？”

“他一个人回六渡桥啦。”

4

六渡桥在江北的汉口，泛指三民路一带。

那一片有条路叫民意一路，民意一路上有个旧式老里弄，叫大陆里，残残破破，连里弄口门楼上的牌子都被风吹雨打得快要看不出字迹了。

许阿满、王汉生和王竹，他们一家三口很多年来一直住在里面。

大陆里的房子跟王竹的爷爷差不多一般年纪，早先叫希昌里，是辛亥革命元勋蔡汉卿买下后用自己的另外一个名字——蔡希昌命名的，后来蔡汉卿又把这里转卖给大陆银行做职员公寓，这才更名为大陆里。

王竹的爷爷早年在汉口讨生活，做扁担（苦力）给人拉货。有次送货送到大陆里，听人说周恩来曾经在这里办过报纸，他吃了一惊，没想到眼前这条不起眼的巷子，灰蒙蒙的水泥地，他此刻正尽情踏在上面的这条路，竟然是这样一个大人物走动过的。送完货，他找到周恩来早年办公的地方，望着那幢二层小楼朱红色的木窗棂，暗暗想象里面曾经发生过怎样惊天动地的事。

打那以后，王竹的爷爷便觉得自己与汉正街的其他扁担不同了。他带着强烈的想要在大陆里安家的愿望，更努力地拉活赚钱，留心学做小生意。慢慢地，蚂蚁搬家一般，他在汉正街比较外围的位置上捯饬出了一个小店，专卖竹床竹席竹垫这类跟竹子有关的物事。到他结婚那年，他终于凑够了钱，买下大陆里的半边小楼，虽说上下两层加在一起不过六十来平方米，但总算夙愿以偿。

跟王竹的爷爷一起住进大陆里的女人也姓王，叫王银爱，在竹制品店隔壁卖文具，不怎么说话，看起来总是不高兴，让人觉得疏远。她离过婚，年龄比王竹的爷爷大十九岁，膝下无儿无女，也不见回老家看父母，就像从石头缝里蹦出来的，常年一个人进进出出打点生意。她跟王竹的爷爷公开住在一起没几天肚子就鼓了出来，大陆里弯曲的巷子里暗暗传着她的闲话，说她勾引了王竹的爷爷，要不是这样，他们两个怎么可能走到一起去。

打听出王银爱到底多大了之后，大陆里的人更是吃了一惊。老话说，男子有，到老有，女子有，不过四十九。意思是说，生育能力这事，男人是没有极限的，女人就不行了，到四十九就歇菜了。那一年王银爱恰好四十九。一时间，所有人都找到了下酒的菜，一日三餐，把这件他们认为好笑的事说过来道过去。

不知道究竟是老话有理，还是人言可畏，心情郁结的王银爱生产时果然遇到麻烦，当时命保住了，三个月后还是望着成天哭喊的小毛毛（婴儿）王汉生，一脸不甘地撒手人寰。

没了娘，当爹的又忙着打点生意，王汉生又野又犟，制服了一帮小屁伢跟着他厮混。大陆里八十来岁的吴爹爹至今还记得当年他的儿子吴春华跟另外一个叫何向国的，小时候被王汉生使唤，两个人用手和胳膊搭成人肉座驾，王汉生坐在上面，双手搭在他们的肩膀上，一下一下拍着，像赶驴子一样，大摇大摆地去上学。

野到十八岁，王汉生当兵去了，性情大变，都说是被部队铁一般的纪律管好了。复员后，王汉生的工作落在离家不远的老字号德华楼里，做一份与他变得富于耐性的脾气十分合意的工作——给领导开车。

好司机王汉生不久就被人发现对做服务员的潜江伢许阿满死缠烂打。许阿满脑子转得快，长相虽不出众，但身材比例好，脖子细长，看上去亭亭玉立。

她从小就觉得自己不一般，与身边的人格格不入，初中还没毕业就在亲戚的帮助下来到汉口，进入体面人才能经常出入的德华楼做服务员。她对王汉生的态度一直不明朗，既不接受也不拒绝。有人提醒王汉生说，许阿满没什么身家还心高气傲，这种人从来想的都是怎么一步登天，你掐不住她的，怕是被耍了都不晓得。陷入痴迷的王汉生哪里听得进去，一有空闲就围着许阿满转。许阿满特别喜欢吃附近蔡林记的热干面，又不愿起早，王汉生就天天跑去蔡林记打包，送到许阿满的宿舍。他还偷偷开公车接她放学。

那时候许阿满报了电大，虽然基础不好读得很吃力，但她特别刻苦，一心想做个有知识有文化的人上人。她并不把不求上进的王汉生当作自己的真命天子，只是觉得他对她好，又是本地人，吃公粮，万不得已也能是个归宿。许阿满在电大毕业后果然获得提升，成为前厅部经理，只是一直没有遇到转公职的机会。作为外来户加临时户，许阿满自觉吃了不少亏。眼看着年龄一天天大了，她只得认命，在当时看来相当高龄的二十八岁上，下嫁给了王汉生。

一年后，他们的女儿出生了。

给女儿起名字的时候，电大毕业的许阿满天天查字典，翻古诗词，想给女儿起个雅致的名字。王竹的爷爷看到说，不消搞那么复杂，我是卖竹子的，对竹子有感情，就叫竹吧，我看蛮好。许阿满一听，不错啊，花中四君子之一，又跟夫家的生意有关。但她嘴上说，我再想想。王竹的爷爷知道这是许阿满觉得自己那么有文化，却没起个好的出来，想摆谱。他并不说她什么，只管天天对着孩子竹子竹子地叫，硬是把这个名字叫实了。

婚后许阿满又在酒店干了一年，生产后因为要带伢，就没再回去上班，偶尔去王汉生父亲的竹制品店帮忙。

王竹两岁半时，爷爷在给人送货的路上，突然间脑袋刺胀，跌倒在地，再也没有起来。

彼时王汉生受到领导照顾，调到办公室做副主任去了。他本来有意接手父亲的竹制品店，被许阿满拦住，骂他像个苕（傻瓜），这么做下去，能当总经理都不一定，还干什么个体户。

竹制品店那边，许阿满咬咬牙，自己上了。她减少了品种和进货量，勉强一个月赚点生活费，节约下精力带孩子。在王竹很小的时候，许阿满就教她认字，天天教导她将来要往人尖上混，要成为她父亲酒店的座上客，千万不要再伺候人。

王竹不负母亲所望，从六渡桥小学毕业后考上一中，后来又考上医学院，进了武昌那边的一家医院。老公郭卫海在一家研究所上班，有天到王竹所在的医院看病，两个人一见钟情，什么波折也没有，半年后就领证结婚了。许阿满对她这个同样是知识分子的女婿很满意，工作和女儿一样好，长得也一表人才，唯一感到遗憾的是他是外乡人，在武汉没有根基。

有回她跟街坊在巷子里闲扯，扯来扯去就扯到孩子身上，许阿满各种如意，不免有些欣欣然，话说得满，把周围的人都比了下去。当中，何向国的媳妇李梅心气极不顺。她的儿子何帅与王竹青梅竹马，一度走得很近，后来王竹顺利进入大学，何帅考了两年都没考上，两个人慢慢就没有了话题，到最后彻底疏远了。

李梅反感地顶了一句："再好还不是嫁了个外码。"

外码指的是外地人，有贬损之意，相当于把许阿满也给骂了。

许阿满立刻失去了理智，大声嚷嚷："外码么样，人家是博士，你们哪个比得过？"

"还有老韩头的儿子呢，你可不要鼻孔朝天，看谁都不如你。"

李梅从来都是说着最凶狠的话也只是最寻常的表情，她淡淡笑着，十分不屑，就好像老韩头的儿子是她的儿子。

许阿满确实忘记了老韩头的儿子韩鹏。他的博士是工作几年后考取的，当时只是打电话回来说了一声。老韩头兴奋地从正在乘凉的街坊中走过，把消息传播开来。韩鹏虽然有出息，但常年生活在国外，从上大学开始就很少回来，除了老韩头夫妻两个，渐渐地没有什么人提他了。

许阿满早就觉得老韩头算是白白生养了这么个儿子，又在气头上，便把这样的话说了出来。她把头扬得高高的，问：“他？他在哪里？他爸爸妈妈在哪里？随他几有出息，有鬼用。”

“那你又在哪里？”李梅哼哼一声，说，“你傲什么傲，有本事搬走啊。”

许阿满被戗得回不过去话，憋着气回家，心里想，都变了都变了。

她走上吱吱作响的楼梯。王汉生摇着蒲扇在楼梯下看电视，露着粗大血管的腿瘦弱又可怜地弯曲在躺椅的支架边。她不想再看他第二眼。

即使是在二楼，屋子里的湿气仍然很重，散发着霉味。她坐下来，看着这个几乎被一张床占满的地方。地板多年前修补过，用几块花色相近的瓷砖替代了破碎的，已经磨得毛糙。家具还是结婚时从汉正街搬回来的，样式老旧，漆都快掉完了。窗外，邻居吴春华刚刚收了衣撑，趿着拖鞋，慢悠悠在窄窄的幽暗的巷道上吐一口痰，转到昏暗的屋里去了。他老婆李玉珍随即轻轻哎了一声什么，听不清内容，但还是把她特有的幽怨释放了出来。

许阿满把窗户关上，转过身，感觉胸中的气快堆到了嗓子眼。

这个地方她已经住了几十年，一直是她的骄傲，屋与屋挨得近也没什么，街坊吵吵嚷嚷也没什么，四下里越来越杂乱破旧也没什么，这里可是汉口的中心啊。

5

六渡桥一带曾经何其风光。

这里聚集着老汉口最早的一批生意人，他们走南闯北，脑子灵光，都是些见过世面的主儿，建起了很多新鲜场所，百货商场、酒楼、戏院、服装城、珠宝城、公寓，好不热闹。江南的人买重要的东西都要过汉口来，到了汉口不到六渡桥，就好像没到过汉口一样。在这个地方，大老板住在洋楼里，小生意人住在巷道内，不远不近守着各自的场子，赚各自的钱，真正是大河有水小河满。

许阿满十几岁来到汉口，高兴待在六渡桥做工，就是觉得生活在这里即便是武汉本地人都会觉得羡慕，她一个外乡人，再苦再难，能在六渡桥安下家，便是件荣耀的事。家乡的人问她在武汉的哪里做事，她从来都像任何一个生活在六渡桥的人那样，不说具体里巷，只说六渡桥。再问细点，就说是六渡桥的大陆里，一定要先讲出"六渡桥"这三个金光闪闪的字来。结婚的时候，许阿满特地请亲戚们过来开眼界，从民意一路左转过十字路口一直逛到铜人像，跟他们讲，这一趟走下来，置办一个家所需要的东西就都能买下来。她像个导游一样一本正经地把这句话背出来，说，六门就是六渡桥，整个汉口都是要望着这里过日子的。亲戚们边走边听，不但觉得许阿满有知识，有钱，还有运气，都夸她命好。

第二年，连接前进一路和民主路的六渡桥人行天桥建成时，王竹出生了。此后每每拉着王竹的小手打桥上过，望着桥下车水马龙，许阿满都心生欢喜。人往高处走，越是人潮人海处，越是寸土寸金地，这么好的地方，竟是她的地盘，她住在这里，有家，有门面，不晓得有几好。

她常常在早上跟王汉生一起，带着王竹去德华楼一楼过早，吃正宗天津小笼包。吃完了，一人再来一碗豆浆去油去燥，很是舒服。

吃饱喝足，王汉生留下来上班，许阿满送王竹去上学，转回来再去店里开门营业。

有时候许阿满实在欠（惦记，馋）热干面，他们就放弃德华楼的优惠，跑去蔡林记。

到了下午，许阿满把王竹接回来，有时候还会帮着打牌上瘾的李梅把何帅一起接着，先监督他们把作业写完，再允许他们限时在店门口跟其他小伢抽得螺（陀螺），得螺转啊转，小伢们追着疯。

他们常常坐在一起，手拍手念歌谣：

汉口的姑娘伢生得傲，麻纱裤子穿一套；红缎子鞋，皮底铰；燕子头，反镜照；新市场里买戏票，三层楼上靠一靠。

那阵子，许阿满虽然觉得生活并不尽如人意，但不吃力，过得还算有滋有味。

到王竹上初中的时候，一九九七年，情况发生了变化。

一天下午，许阿满收工回来，顺道买了菜，准备给还要上晚自习的王竹做饭，送到学校去。到家后她发现门是虚掩的。王汉生闭着眼睛坐在楼梯下的躺椅上，门外的光线直直投在放置在他脚边的破纸箱上。许阿满走上前踢了一脚纸箱，问，是什么？接着蹲下来把手伸进去扒拉。看到纸箱里全是王汉生放在办公室的个人用品，水杯、笔记本、合照等，她明白了，王汉生这是卷铺盖回家了。

大半年前，德华楼关门歇业的消息流传开来，真真假假，这下见了分晓。

“以后工资发不出哪个管？”许阿满沮丧地靠在楼梯扶栏上。

王汉生弯腰把水杯取出来，往一旁的小桌上一放，说：“先给我倒杯水。”

水杯是搪瓷的，杯口有一圈藏青色的收口，磕碰出好几个豁。白色杯身的一侧呈扇形分布着一行红字：德华楼先进工作者。底下有一行小一点的黑色的字：一九九二年七月。

“以后工资发不出哪个管？”许阿满阴着脸又问一遍。

“管不管老子都得喝水。”王汉生蹦起来，抓起杯子自己去倒水。开水晃了出来，打在他的左手上。他下意识松开手，水杯咣当一声摔在地上。

许阿满赶紧过去看发生了什么。

王汉生捡起水杯，在水龙头前冲洗。水流声哗哗啦啦响着。王汉生背对许阿满，身子弓着。洗着洗着，王汉生举起水杯，使劲砸在水池里。哐当当，惊得许阿满一颤。

那一年前后，整个六渡桥都在变。

热闹的桥东商城变成了听起来很洋的来雅百货，但依然难挽顾客渐渐减少的颓势。当年为了迎合六渡桥高涨的购物需求，由中南旅社扩建为商场的桥南商场也一蹶不振。周围的商铺，无论是卖什么的，尤其是那些老字号，四季美、蔡林记、福庆和等，都眼望着招牌颜色淡了，店里少有人来。

又过了一年，王汉生的老领导陈为来找王汉生。早先他由德华楼调去另一家老字号酒楼老会宾，准备大干一番，可惜没整起来。这一年武汉市提出保护老字号，他就又有了热情，准备注册商标，再拉几个得力的人一起，借着东风把老会宾的餐饮重新做起来。

陈为鼓动王汉生和另一个德华楼的老职工，干销售的廖长城去帮他。

王汉生和廖长城过去后也仅仅是帮着把会宾楼的商标注册了，算是保住了品牌，但想重整旗鼓，却是力不从心。为了发工资，他们把整栋楼都租了出去，一楼做五金生意，二到六楼做宾馆，如此才勉强给一百多号职工发得出基本工资。

王汉生时至中年，既没文凭也没技能，只好一边领着微薄的工资，一边到店里给许阿满搭手，更多的时候在家做饭。

被许阿满换了牌子，叫“阿满竹品”的竹制品店，情况也很凄凉，一天卖不出去几样东西。往些时候，全国各地的人都到这里搞批发，即使是在秋冬季节，也能往南方地区出不少货。为了生计，王汉生和许阿满不得已搭着卖电热水袋这类时令玩意儿，生意时有时无，得过且过。

廖长城一家的情况更加不如意。他爱人跟他一样也是德华楼的，两个人一起失业，不得不把在紫竹巷的老房子隔出一间来对外出租，赚点生活费。

夏天快过完的时候，有一天下着细雨，王汉生给王竹送完饭，慢慢走上六渡桥天桥，猛然发现桥对面明晃晃闪动着德华楼这几个字。他恍惚地立刻站住。

没错，是德华楼。雨丝密密柔柔落下来，在这几个字照出的微光中呈现出细小的连接。被霓虹点亮的德华楼一扫往日的衰老倦意，容光焕发。王汉生几乎小跑着进入装修一新的德华楼。

廖长城一身棕色制服，正端着一笼汤包往靠近门口的餐桌上送。

王汉生喊他：“老廖，又开业了！”

“是啊，叫我们回来帮忙呢。”廖长城看到王汉生也很激动，把他拉到一边，小声说，“叫回来的都是业务岗位上的。”

王汉生当初是开车的，后来搞行政，中途又去了老会宾，自然不在召回的行列。

“培训好些天了，说要走向市场，全是现代企业那一套，么事微笑服务。”廖长城一边说一边咧开嘴做鬼脸，让嘴角朝上。“晓得不，要这样，时刻保持微笑。”接着他又摇头，说，“我这大年纪了，还整天跟年轻人一起搞这些。”

王汉生看着他夸张的表情，想笑，却忍不住红了眼睛。

“蛮好，老廖，”他说，“要你么样就么样，蛮好，我想搞还搞不了咧。”

许阿满听说德华楼重新开业了，有点不相信。

原本她每天的路线是从民意一路出来，右转上中山大道，往友谊南路去。自从王汉生包下给王竹送饭的事，她就很少再往东北方向走了。到那天她才发现，被挡板隔绝了视线的六渡桥天桥经过几个月的改造，已经拆除了建筑围栏，露出了新鲜的花岗岩拼花图案，从底下往上看，可以看到侧面装上了奶黄色的塑铝板。她走上天桥，看着这个并不如从前热闹，但更漂亮了的地方，车辆、行人，都好似被刷过一道油漆，更鲜亮了。她此时已经四十有五，面对变化，会感到不知所措。站在桥上，她久久无法移动脚步。

她依据以往的经验，挑了个高峰时间过去，混在顾客当中，观察对比着。

她果然看到廖长城，只这一点，她便断定生意不会好过从前。像她这样的过来人，即使是受了贫困的罪，也不可能连续着伺候人。伺候人一定是年轻人当中比较懂事的那部分人做的事，只有他们才有热情，才不会计较，甚至觉得很应该，他们会把这当作是人生路上打拼的过程。她这样年纪的人不行，过得好的不屑做，过得不好的即使出于生活所迫做得了一时，也会因心有不平做不长久。请人做工，还得会请。虽然德华楼确实漂亮了许多，食物的品种也足够多，但她依然凭借自己对人生的理解，也或者是出于一种说不清的被冷落者的妒忌，感觉生意一定不会好过从前。她觉得那些本来就有的东西，一块石头，树，可能会看着人一代一代老去，而人建立起的东西，尤其是像德华楼这样需要去提供服务的东西，因为存在更新换代的问题，很容易垮掉，活不过一个人。

但是廖长城笑眯眯地跑前跑后，不知疲倦的样子又让她拿不准。

不管怎样，不想未来的话，廖长城至少现在比王汉生的情况好。

王汉生自从在德华楼见过廖长城，回到家把摔掉了好几处漆的搪瓷杯子又找了出来，每天望着杯子上的德华楼几个字解渴。许阿满从德华楼回来，见王汉生双手捧着搪瓷杯子，靠在楼梯下的躺椅上听收音机。她越看王汉生越窝囊，埋怨他没长远，好好的偏要从德华楼出来。王汉生不理她，抬手把收音机的音量调大，压过她也成功激惹了她。她气急败坏地走到他身边，从他手上抢过杯子，把里面的半杯水全部泼在他的身上。王汉生跳起来扇了许阿满一巴掌。

“搞邪了你还！”

许阿满捂住火辣辣的脸一动不动地瞪王汉生，片刻，她大喊一声，扑到王汉生身上同他撕扯起来。

待到两个人筋疲力尽安静下来，许阿满使劲拍了一下自己的右耳，说：“完了，我听不见了。”

李梅至今仍然坚持说许阿满是装的。

也有人说不像，装一时可以，装不长久。李梅说，那要看更长久的是什么事，她跟王汉生三天一吵五天一打七天不说话，这么不如意，总要有办法对付过去。

许阿满连这些议论都封在耳朵外面了。

她让王汉生带她去看医生，辗转看了好几个，什么检查都做了，结论五花八门，药也吃了不少。后来有个医生说，排除了先天的问题，就耳朵本身的情况看又不存在什么损伤，最有可能的情况是，你的情绪波动过大，引起全身毛细血管的痉挛、收缩，造成内耳血管血流减慢，发生微循环障碍，使内耳听神经缺氧，导致突发性听力问题。这个病没别的，只一条，莫生气。

许阿满竟然都听清了，立刻转过身去对王汉生说，听见冇（没有），你听见冇。

王汉生看着许阿满转过来的松弛的脸，突然生出怜惜来。他拍拍她的肩膀，安慰说，听见了。她转回去，愣了半秒钟，恍惚间说着什么，转眼又问，你说么事?

许阿满与王汉生始终如一个窝里的两只公鸡，战事不断，但并不能掀翻屋顶。他们越来越熟悉对方的套路，也越来越不把对方的套路当回事。艰难的生活在他们紧张的平衡关系中继续推进，一直到王竹大学毕业确定工作，顺利恋爱并结婚，日子才逐渐变得省力了。

那几年，临近六渡桥的汉正街开始实施搬迁改造计划，许阿满心心念念，很快便将这件事盼到了“阿满竹品”所在的片区。

在这之前，她对大陆里也产生过期望。六渡桥片区因为涉及很多老房子，拆得很谨慎，拆了的又分两种，有的盖起了新式楼宇，有的虽然被围起来，但时建时停，一直荒废着。没拆的还是占大多数。老里弄建得早，人又多，里里外外越来越杂乱和破旧。大陆里的很多人都盼望着能早点拆迁住新房子。

也不是没人过来勘察。

大陆里 4-9 号是新华日报社旧址，由两栋长长的两层小楼构成，加起来有一千来平方米。作为武汉市文物保护单位，大陆里 4-9 号吸引了很多热心市民和外地人前来参观，政府部门的工作人员也时常过来走动，为大陆里的命运做出设想。

也许是难度太大，大陆里一直没什么动静。

好在许阿满和王汉生还有一间商铺。

正是王竹结婚等着用钱的时候，许阿满把拆迁得的钱一分两半，一半自己留着过生活，一半帮着女儿付首付，在武昌那边靠近女儿单位的地方给她买了套房子，省得她天天汉口武昌一去一回三个小时。

这样的打算一开始王汉生并不赞成。

他是生在六渡桥长在六渡桥的老汉口，固执地认为不消说什么武昌，就算是汉口的唐家墩、巡礼门，过了万松园、解放公园都是乡里位置。

“新房可以买，但不能出六渡桥。”他说。

王竹为了劝王汉生，带他和母亲许阿满武汉一日游，告诉他们大武汉早已今非昔比，商业区不独有六渡桥一个地方，早在三镇遍地开花了，恰恰是老城区，因为人员密集，都是老古董房子，不好拆，修缮又是件麻烦事，慢慢地就呈现出衰败来。

逛了一天，王汉生带着抵触心理，看哪儿哪儿不顺，觉得王竹看中的小区除了好看，跟电视上播的国外似的，戒备森严，超市和商场都离得远，连个过早的地方都得找半天。吃，吃不到正宗的热干面和豆皮；听，听不到“莫板眼撒（什么名堂），信邪（服了你），个斑马的（牢骚话）”这些话，不是乡里位置是什么，从里到外都比不上六渡桥。

许阿满却看得吃惊。从六渡桥出来，一路上很多地方都起着高楼大厦，铺着花园绿地，每一样都时髦光鲜，衬得六渡桥像个笨拙虚弱的老太婆，无论如何也跑不过其他地方似的。这样的地方哪里留得住人？她使出一向在王汉生面前说一不二的劲儿，拿主意道：“不能说六渡桥不好，只能说别个位置跑过了六渡桥。再一个，给姑娘买房，当然要买到她单位附近，你对六渡桥有感情，未必就得你姑娘天天上下班跑几个小时去证明。”

王汉生在这件事情上完全不松口。他说："不管么样，王竹是汉口的姑娘伢，是六渡桥的姑娘伢，这个不能变。"

王竹说："这个就变不了。"

许阿满说："王汉生，你不清白（不清醒）。"

她咬咬牙，瞒着王汉生去银行取钱，带着王竹去售楼中心把首付给出了。她打心眼里鄙视王汉生没有头脑，看不明白世事变幻。现如今，留在六渡桥的才是乡里人哪。

6

这年春天，民意一路两侧稀疏的悬铃木生出成块成块的白絮，风一吹，带到大陆里，糊上人的眼睛。

许阿满一面轻轻拨弄眼睫毛，一面接听王竹的电话。电话里，一向文静的王竹激动地说，他们楼下的房子急着出手，比市场价便宜一半。

这时距李梅揶揄许阿满找了个外码女婿不过一个月的时间。

许阿满扒着窗户往下看，看见王汉生伸着干瘦的腿坐在楼下闭着眼睛晒太阳。她刚刚晾出去的秋裤吧嗒吧嗒直往他脸上滴水，他抬手胡乱摸了一把，翻动了一下身子，又继续睡了。

她把头缩回来，坚定地说："赶紧定下来！"

买下房，家具什么的都是现成的，样式新，质量也不错，许阿满很满意。她按自己的喜好简单摆设了一番，便向王汉生和盘托出，要他跟自己一起搬过去。

知道最后一点养老的钱也被换成了房子，王汉生气得蹦起来。

"我死都不搬！"

"你心里有得数吧，"许阿满数落他，"六渡桥前前后后搬出去多少人了？外面不好，大家为么事要搬出去，你看不清楚吗？你看看李梅知道我们要搬去跟姑娘住，而且是另有一套房住，她那样子，是不是气死了？她儿子何帅学何向国的样，冇得出息，书不会读，事情不会做，三天两头被炒鱿鱼，就那样也不愿回来跟他们挤。剩下他们两个老东西，冇得一点希望，生在六渡桥死在六渡桥，不憋屈？他们羡慕死我们了！”

“许阿满，你这辈子就是跟别个比来比去的吗？就冇得一点觉得特别重要的事？你有冇得能力搬出去不是别个说了算的，她李梅说你冇得能力你就冇得能力了？咱们家拆迁得了钱哪个不晓得？不是冇得能力，是不愿意。为么事不愿意？感情你懂不懂，想当初你要是有能力自己过早把我甩了是不是？你不懂感情，我懂。我对一个人有感情，就是这个人天天吵天天闹，我也不会走。我对一个地方有感情，这个地方再不如别处，我也不会走。你看在巷子口卖卤味的吴春华李玉珍两口子，他们起早贪黑，生意那么好，赚得不少吧，他们冇得能力走？他们是舍不得走。离开六渡桥，我们这些人就真成了外码了，腿脚都不会灵便，还么样过生活。”

许阿满从来没有听王汉生一口气说这么多。

半晌，她软塌塌，又碍于面子，强词夺理道：“他们赚得有那么多吗？”

见王汉生摆出一副再也不想理她的样子，她连忙扯住他，说：“好了好了，反正买都买了，钱是退不回来了，不如去住一住，不习惯了再回来。”

王汉生拗着头说：“不去。”

第二天，许阿满里里外外收拾行李，王汉生当没看见，一直拉着脸。

他照往常那样，洗完碗，用塑料镂空的罩子把饭桌上吃剩的两个菜罩住，踱几步站到门外。

巷道深处传来人群聚集的声音。他知道那些人早上就来了，还请了几只小号，天刚闹亮就呜呜啦啦吹起来。这几年，类似的声音越来越频繁地响起，老人们平日里都说，不晓得下一个是谁啊。

这家过世的是一位老裁缝，不到七十，是老韩头的老婆，韩鹏的母亲。

老韩头是一个大面瓜，凭谁跟他说什么都笑眯眯的，对老裁缝更是言听计从，退休后在家给她打下手，主要做一些拆补的小活儿。老韩头按照惯例请人在门口搭了一顶小小的红色塑料棚，占据了大半个宽的巷道，里面摆着好几只花圈，他坐在屋里，陪着将与他一起守夜的几个亲戚。屋子小，光线又暗，一眼望去满满当当。

王汉生前几天已经送过礼了，这会儿只是往那边走了走，没有过去打招呼。往回走的时候，他有意走得很慢，瞻顾着这条久经风雨的老里弄。走不过几步就会碰到一个搬着凳子出来乘凉的老人。大陆里的年轻人确确实实都一个个跑出去了，就算是何向国那个不争气的儿子，也是长年累月不见踪影，都不知道他在外面住在哪里。争气的呢就如这老韩头的儿子，常年被单位派驻国外，叫什么科特迪瓦，非洲一个城市，毕竟不是一个可以扎根的地方，他们老两口天天念叨，如果儿子回国了，他们就离开六渡桥，儿子去哪他们跟到哪，照顾儿子。

这话有回被李梅听到了，说："照顾儿子？是儿子照顾你们吧。"

老韩头嘿嘿一笑，轻声说："积谷防饥，养儿防老，也冇得错。"

李梅拍拍衣服，不好意思说似的，边说边走远了："儿孙自有儿孙福，莫跟儿孙做马牛；儿孙自有儿孙福，莫把儿孙当马牛。"

老裁缝望着李梅的背影，开导老韩头说："莫听她说，她自己养的伢冇得出息，指望不上，正话反话都被她说了。"

王汉生想到这些，感觉老裁缝戴着老花镜踩缝纫机，严肃认真的姿态历历在目，但这个人竟已经离去了。他回头又看了一眼老裁缝的灵棚，感觉它离得那样远，红色棚子变作一个点，发出轻幽幽失神的光。

他开始往前走，嘴里念叨，出去也冇得错，在哪里不是摆花圈呢。

正式搬去武昌前，他们向街坊告别。

李梅正在做饭，屋子里弥漫着呛人的烟气。她咳了几声出来，在门口举着锅铲赶他们。

“走，走，走，快点走，走了就莫再回来。”

许阿满知道这个女人的脾气，说话直，但并没什么恶意，把人气个半死，她自己该怎么说话还是怎么说，隔天再见面还是亲亲热热，一点也不会觉得生分。

住隔壁的吴春华听见动静匆忙迎出来，一只脚光着，一只脚趿着拖鞋，身上的灰色 T 恤染着大片卤渍，一双小眼睛像是怎么睁都睁不开。他端着一只卤猪脚，送到王汉生手上，说：“刚刚做的，一会儿才出摊卖，先尝一下。”

王汉生配合地捏起一只，放进嘴里。

在老韩头那儿，王汉生惊讶得说不出话来，仅仅一个星期而已，老韩头的腰就弯曲了，眼睛上像是蒙了一层雾，一直噙着泪。

许阿满说：“您还是把儿子叫回来接您走吧。”

老韩头摆摆手说：“我伤心，我这辈子都不得走了，我不走。”

王汉生说：“有么事嚷一声，我回来帮忙。”

他们最后去了巷子最深处吴爹爹那里。吴爹爹是吴春华的父亲，吴天明的爷爷，是抗战胜利后最早一批住进大陆里的人。他原本与儿子吴春华一家三口住在一起，四个人挤成了灰色的纸片。在吴春华李玉珍夫妇失去吴霞，有了第二个孩子吴天明之后，他搬到了现在住的地方。这里原本是一个福建过来的生意人买下的，九十年代末这个人回归故里，把房子转给了吴春华家。

买房子付钱的时候，吴爹爹很不高兴。

“想当初，这房子我想要哪间就是哪间，哪个敢要钱？”他神气地说。

谁都知道老爷子这是在说妄语。当年抗日战争接近尾声时，被日本人占来做马房的大陆里一片狼藉，等到日本人都撤走了，那里便成了一条空巷，谁没地儿住，碰巧来到这个地方，进去看中哪间，打扫打扫就成了自己的。吴爹爹快入土的人了，一辈子也就这件事像是得到了上天的眷顾，便说个不停。

王汉生许阿满来跟吴爹爹告别。八十多岁的吴爹爹颤颤巍巍走到门口，嘴巴皱成一团，上下吧嗒几下，像是在吞咽口水，好不容易拱出一句模糊的话：

"常回来啊。"

王汉生跟着许阿满顺着民意一路走到中山大道路口，往后看了看六渡桥人行天桥，想着吴爹爹的话，差点落下泪来。

许阿满嗤笑他想不开。

在公交车上，许阿满坐定后拉开随身带的小包，从里面摸出一卷纸，扯下一截递给王汉生。王汉生哭丧着脸不理她。她把纸放回去，又从包里摸出一个高高瘦瘦的保温水杯，拧开盖喝几口。王汉生突然问她带了他的杯子没有。

"么杯子？"

"搪瓷杯子。"

"写了德华楼那几个字的？破成那样。冇带。"

"停下，停下，"王汉生大叫，转头对许阿满说，"我回去拿。"

"拿么事拿，破得吓死人的，扔了。"

"么事？"王汉生盯着许阿满，说，"老子的东西你可以随便丢，看老子哪天把你丢了。"

许阿满说："跟我斗狠，你丢啊，现在就丢啊。"

王汉生盯着她，像是要打人，又突然转过脸看向窗外，扬起头使劲忍着。

7

新家实在漂亮。照王汉生的话说就是大，客厅大，卧室大，厨房大，卫生间大，阳台大。许阿满笑他，说，你漂亮的标准就是大。王汉生光是半夜起来上厕所，从床上摸到卫生间，这个漫长的过程就让他适应了好几天。

再有就是安静。四周总是静悄悄的，双层铝合金窗子一关，就像与世隔绝了一样。这让听惯了嘈杂的王汉生夫妇一度睡着睡着怀疑他们是不是已经死了。

清清白白的空气也让他们不习惯。没有了楼下吴春华家的卤味无时无刻不往鼻子里钻，他们老是觉得空气中有股怪味，令他们呼吸困难，睡不香甜。

最开始的几周，他们夜夜失眠，睡得很不好。

"非要过来，过来搞么事。"

"过来过好日子。"

许阿满抚着满头白发，心里琢磨是不是也学一单元的贾婆婆的样去染一下，对于王汉生的抱怨，她极不耐烦。

"么好日子，磨死人。"

王汉生一样一样在心里画叉。

没有老弄堂吊在厨房窗户外的油鼻涕，没有起潮残破的墙壁，没有杂物，没有灰尘，没有人大声说话，从前让人格外讨厌的这些东西推远了看，却是活生生的烟火气，没有了倒叫人感觉离地万里，心里空落。

没有过早的地方。小区外面没有沿街门面，都是树，过早要走很远。好不容易走到了，也只能勉强吃上一碗掺了大量花生酱的水货热干面，肚子饱是饱了，胃口却败了。

没有那种看起来乱哄哄其实处处有惊喜的菜市场。有时候乡里人打了鱼直接拉过去，碰着了就是捡着了。一年总有那么几次，新疆人在市场门口现场宰山羊，肉可是最新鲜的，价钱也美得惊人，惹人哄抢。而这附近呢，只有超市，还是唯一的一个，大是大，品种并不多，又不能讲价，每样菜都像是从真空里生长出来的，不带一点虫咬和泥印，好看得特别假。

最重要的是没有可以信赖的街坊。

"莫把自己搞得像是命蛮贱，这好的地方住不惯。"许阿满一面说，一面注意看时间。

"我命贱？你咧？你就蛮好？你还不是一样吃不好睡不香。"

"我吃得不晓得有几多，睡得不晓得有几好！"许阿满嘴硬。

他们正吵着，贾婆婆来了，门敲得轻轻脆脆，很小心的样子。

贾婆婆是许阿满在楼下喂鱼的时候认识的。她每天上午十点到十一点半，下午三点到四点半，铁定会出现在架空层，坐在石凳上织毛衣。许阿满观察了几天，主动靠近她，拿起石桌上塞进塑料袋的毛线团，帮助贾婆婆松毛线。贾婆婆一开始很警觉，要许阿满放下，她自己来。许阿满笑着说没事没事，这事她做着简单。她主动报出自家的门牌号，邀请贾婆婆去家里玩。贾婆婆一听，只淡淡地说了一句，住那里呀，那我们离得还是蛮近的。

到贾婆婆真的过来串门，许阿满也只是知道贾婆婆与她同住一幢楼，在一单元，至于几楼几号房，她并不清楚。

王汉生看到有人到家里来，也很高兴。

他这些天在楼下转，发现像他这么大年纪的男人并不多，大多都是婆婆，推着婴儿车。许阿满试着跟这些婆婆套近乎，但说几句话就没词了，毕竟干的事不同，人家现在都围着小毛毛在转，不同于他们。再说许阿满特别不喜欢别人问她外孙的事，王竹一直忙工作不想要孩子，许阿满很不高兴。不高兴的事，许阿满自然不愿跟人多说。他们后来碰到推婴儿车的都绕着走。再有就是在八幢与七幢之间的小花园里，有几个人吃完晚饭会在那里打纸牌。那些倒都是些大老爷们。王汉生过去看了几回，发现人人都只限于打牌看牌，都不怎么吭声，据说是物业有规定，不能大声喧哗。两个小时后，纸牌摊子散了，老家伙们各回各家，还是没一个说话的。本来王汉生就对打纸牌不怎么感兴趣，几次下来，便觉得再去看没什么意思，就不去了。

现在有人到家里来玩，虽说是个婆婆，找许阿满的，也算有点人气。

他勤快地给人倒茶，端到跟前。

贾婆婆一进门就抽抽鼻子，说："好香。"

"在卤猪脚，"许阿满热情地说，"一会儿尝一下。"

贾婆婆坐下来，环顾四周，问："这房子不是你们自己装的吧。"

许阿满不想承认买的是二手房，忙说："是的啊。"

"我么样感觉像是年轻人住的。"

“本来是姑娘女婿住，我们嫌三楼高，跟他们换了一下。”

“我说呢。姑娘女婿住三楼？”

“是啊，楼上楼下。”

“蛮好。”

“你咧，么不见你老公啊？”

“他忙。”

话说到这里，贾婆婆起身告辞，说还有事，有空再来。

许阿满把贾婆婆送走，关上门就开始生气，说这女的藏得太深，来了问东问西，都跟她说了，再问她，她倒是什么也不肯说。

“你看，按道理，她来了咱们家，走的时候要说句客套话，要我们有空去她家坐坐才对，她说么事？有空她再来。就是有来无往的意思呗。再来，来个鬼。”

王汉生安慰许阿满，说她想多了。许阿满转而冲王汉生发脾气，埋怨他太殷勤，那么急着端茶倒水，看她年轻是不是。

王汉生说你还是接着骂她吧。

许阿满说我骂她干什么，她跟我又冇得关系。

王汉生说那就跟老子闭嘴。

许阿满说你跟老子闭嘴。

王竹听见他们吵，下楼来劝，看到王汉生正往包里塞衣服。王竹把包按住，从里面扯出衣服，扔进衣柜。

许阿满什么事也没有一样在厨房忙活。她用筷子把油亮的卤猪脚一块块插起来，堆到小盆里，喊：“吃饭啦。”

王汉生扭捏了一会儿，出来捡了块最大的，忘乎所以地啃起来。

王竹说：“你们两个，吵归吵，莫记仇。以前你们吵，冇得地方去，吵完就算了，莫现在有个地方可以回，就闹得冇得余地。”

王汉生在一旁放慢了啃食的速度。许阿满用胳膊肘撞了一下他，问：“不好吃？”

王汉生没心没肺地说：“不如吴春华家做的。”

许阿满把王汉生手中的卤猪脚夺下来，扔到盆子里，说：“我要是比他们做得还好，还有他们么事？”

8

“他就是欠吴春华家的卤猪脚呗。”

许阿满同王竹一起回到家，鞋子也没换，就近坐在餐厅，嘴里念念叨叨。

王汉生就是在许阿满收拾碗筷的时候不见的。红烧肉被王竹蘸着水吃掉了三分之一，余下的许阿满舍不得倒掉，就先放在一边，等她洗完碗，再来看怎么处置这盘菜的时候，听见大门响动了几声。她以为是王竹跑步回来了，又一想，不对，王竹的习惯是跑完步直接回她自己家。她从厨房出来，发现房间只剩下她一个人。他应该是回六渡桥了。如果不是，他会去哪儿呢？她等了一会儿，坐立不安，只好出去站在水池边等王竹。

王竹给王汉生打了个电话，确认他确实回六渡桥了，还没到，在公交车上。

王竹说你这是搞么事，离家出走吗？

王汉生说么事离家，我现在是回家。

许阿满在一旁说，让他去让他去。

王汉生听得不耐烦，把电话挂了。

到了晚上，许阿满睡不着，披着衣服起来在房间里转圈。

她细细想着王汉生这些时候的表现，住得不如意没错，她也觉得不如意啊，左邻右舍没一个熟悉的，楼下的气氛也是冷清的，遇到的人都带着警惕，话说得客气，让人觉得生分，反倒不如嘴巴跟把刀似的李梅。她与李梅再怎么争吵，也是知根知底的争吵，谁多说一句，谁少说一句，说的都是事实，都不会凭着猜测和敌意随意编排什么。

睁着眼睛熬到天亮，许阿满开始担忧接下来的这一天该怎么度过。

她受不住寂寞，照例到架空层去等贾婆婆。两个人不冷不热地闲聊了几句就没话了。许阿满捋着鬓角的白发，伤感但坚定地打算还是一个人待着。借口是想起还要去超市买东西。她本来装作往小区大门方向走，走着走着想到，家里的洗发水已经用了一半了，买瓶新的备着吧，就真去超市了。

出小区门右转，走差不多五百米便是那个大超市，人总是很多。许阿满上二楼找到洗发水货架，比较了半天，选定的还是家里正用的那种。排队买单时她想，从出门到回家，这番折腾，好像确实需要半个小时。以前她哪会细细想这些。她生出一丝愧疚来，禁不住想起王汉生，感到他对自己的那些埋怨也不是没有道理。转念一想，是他把她丢在这里不管的，以前再怎么吵闹都没有出现过这种情况，他没有理，她却在这里反思，真正没有天理了。

许阿满的眉毛耷拉下来，眼神失去了光亮。

回到家，她把洗发水随便往桌子上一扔，躺在沙发上生闷气。她翻过来倒过去，扭得腰差点折。她决定给王汉生打电话，要他回来。可又不知道怎样才能说动他。要不她回去找他？正好回去看看。

回去找他！她立刻从沙发上坐起来。

慢着，回去干吗呢，王汉生丢下她不管，自己跑回六渡桥这事已经够李梅嗤笑了，现在她又死乞白赖地回去请他回来，左邻右舍都看着，丢死人。

正在发愁，手机响了，来电显示是李梅。许阿满激动得按错键，把电话给挂了。她赶紧重拨回去，电话接通的瞬间，她却拿起腔调来，慢声问李梅有什么事。

“你么样还不回来？”李梅说。

“我为么事要回去？”许阿满装模作样。

“老韩头死了，王汉生冇跟你说？”

“么事？”

9

老韩头是这天凌晨去世的。

他远在非洲的儿子韩鹏最近对父亲过度悲伤的情绪有所察觉，每天早晚打两遍电话给他。这天早上韩鹏打给老韩头一直没人接，他就把电话打给了何向国。何向国还在睡觉，李梅接起电话，听到是韩鹏，责怪他母亲去世了也不回来看看。韩鹏说他在负责一个援建项目，正在验收阶段，实在走不开，过些日子才能回国。李梅照韩鹏说的去老韩头家敲门，看看他会不会有什么事。敲了好一会儿没见有动静，李梅招呼左右邻居把门撞开，一眼看到老韩头趴在老裁缝的缝纫机上，像是睡着了一样，一动不动。其他人都去推老韩头看他有什么反应，只李梅一人站在门口，静静看着众人连声叫老韩头的名字，看着他任人推搡，无动于衷。李梅用手蒙住眼睛，快速往家走。她抓起电话给韩鹏回拨过去，吼他：

“你再也不用回来了！冇得人要你陪了！”

这件事情发生的时候王汉生还在睡觉。他预感到了什么，但也觉得无论发生什么他都能接受。这条里弄太陈旧了，这里的人也都太老了，总要有个了结。他一点也不着急地从屋子的另一侧转到王竹从前睡的更小的那间卧室，推开窗户。李梅何向国两口子，吴春华和李玉珍，老韩头的左右邻居也都在，簇拥着两个警察和两个穿白大褂的医生，朝巷子深处移动。他隐约听到老韩头的名字，不由得一怔。谁能想到会是老韩头呢。

许阿满接到消息后，第一反应是王汉生是因为老韩头去世了才回六渡桥的。她产生了一种无法说出口的轻微的喜悦。这喜悦与老韩头去世无关，仅仅只是合理化了王汉生的离开。不是因为厌恶她啊！她又马上从这样的微妙心意中走进了老韩头离世的悲伤中，慌里慌张地起身。

巷口吴春华家的卤味摊子上只有个子矮矮的吴天明一个人在招呼。许阿满嗅到熟悉的卤味，脚步变得越发沉重起来，好像吸进的味道增加了她的重量。

大家齐齐坐在老韩头家商量怎么给他办事。许阿满出现在门口，眼睛迅速找到王汉生，又马上从他身上移开，轻飘飘地看着李梅。王汉生沉浸在悲伤中，已经把许阿满抛在了脑后。他一直面朝门口坐着，看到许阿满，他转过脸，宁可看墙。墙上挂着一个大相框，相框里有五张照片，两张老韩头和老裁缝头挨头在照相馆拍的合影，一张韩鹏的单人照，一张老裁缝踩缝纫机的照片，最中间是他们一家三口的合照，里面韩鹏还小，老韩头和老裁缝还年轻。除了韩鹏常年在外这一条，他们算得上是大陆里最和睦的一家了。王汉生难过地拂了拂眼睛。

事情商量完，大家踩着一地斑驳各回各家。许阿满跟在王汉生后面，明明灭灭地走着。她刚才已经听明白了老韩头确切的死亡时间，比任何人都感到怅然。王汉生默不作声，像不认识她一样。左右两溜老房子还是老样子。吴春华家的卤味钻进她的鼻子。她打了个喷嚏。李梅撇着嘴说："闻不惯了？"许阿满对着她的脸打出第二个喷嚏。李梅躲了一下，骂："胆子粗了。"许阿满白她一眼，关上门。她看到家里居然储备了好几天的菜，不免咬牙切齿起来。还真不打算回了？她一口气做了八个菜，把所有的菜都用光了。她把菜摆上桌，故意弄得声响很大。王汉生默默地从楼梯下的躺椅上起身来到餐桌前，刚要端起碗，被许阿满伸出手压住，说："我做的饭，你凭么事吃。"王汉生抓起碗往上一抬挣脱了许阿满的手，又重重扣下来：

"你紧（一直）搞个么事！"

但他马上变得平和起来，像是强行遵循着什么规则，在突然间忘记之后又突然间想起来。他缓缓坐下，凹下去的眼睛充满谜一般的哀伤。

"老韩头死的时候身边冇得一个人。"他说。

许阿满正在往嘴巴里送饭，听到这话她停了一下，抓住机会说："事情处理完了跟我回武昌。"她见王汉生想要说什么，怕他反驳，又说："你要是不回去我就把王竹叫过来，我们三个再过回从前，你看可能不可能。”

王汉生拿起筷子。他其实就是这个意思。许阿满用她许阿满的方式说出了王汉生的意思。他不再说什么，像突然间老去了很多。

老韩头的儿子第二天就飞回来了。第三天，老韩头火化，在殡仪馆有个简单的告别仪式。第四天他便要走了。

告别仪式后，王竹走上前跟韩鹏打招呼。他已经是一个浮肿的中年男人形象。他像她远远端详他那样，看了好一会儿才确定她是记忆中的那个人。王竹笑着说不认识了？也难怪，你出去上大学的时候我才上高一。韩鹏说我当然认识你，你和吴霞是一个班的。王竹没想到韩鹏会主动提到吴霞，有些尴尬，毕竟当初吴霞的母亲李玉珍责怪韩鹏没有照顾好吴霞，言外之意是说韩鹏对吴霞的死是负有责任的。王竹点点头，不知道该说什么。

“这下我跟这里彻底没有关系了。”韩鹏郑重地说，看上去如释重负。

王竹惊讶地看着他。但他看不出她在惊讶，或者是早就适应了他人的惊讶。他转而与迎上来的李梅打招呼。李梅叮嘱他不管认不认识，是个人就要鞠躬。

“都是看着你长大的。”她说。

王竹拽着许阿满的衣角找到王汉生，一家三口结伴离开了。

王竹问：“回六渡桥还是……”

许阿满说：“我跟你走。”

王汉生说：“你们先走，我过阵子再回去。”

在他们身后，韩鹏还在向每个关心他的人解释说，忙，没办法。王竹低着头，拉住许阿满，一面细细听着越来越远的韩鹏的声音，恍恍惚惚听出早年自己诵读课本的心情来，一面同许阿满辩解说，韩鹏也不想这样。她们边走边说，王汉生什么时候与她们分开了都不知道。许阿满回头看到王汉生走远了，有些失落，停下来要王竹自己回去。王竹说你让爸爸再住几天吧，他会回去的。许阿满说我不是要去找他，我是想跟你李梅阿姨再聊聊。

10

许阿满一个人坐公交车回到六渡桥。

站在人行天桥上，初夏瓷白的太阳烤着她，使她的后背完全汗湿了。她想起当年他们一家三口从这里走到对面的德华楼去，在里面吃包子。那时候老韩头不叫老韩头，叫小韩，老裁缝也不叫老裁缝叫小裁缝，他们的孩子韩鹏还是一个青涩少年，偶尔带着吴霞、王竹和何帅玩，至于王汉生，他也不是现在这副动不动爱搭不理的样子。她望着桥下穿行的车辆，道路两边来来往往的行人，似乎他们这些人也在其中，由远处走来，越走越近，也越衰老，转眼就要消失不见。她感到一阵眩晕，连忙抓住扶手。

转过身缓了一下，许阿满慢慢移动脚步，想，去找李梅干什么呢？她又要看我笑话，扯一堆不该说的出来。她马上转回身去，显出身为一个老人百无聊赖的气息来，无所谓时间与去处，只慢慢走，东张西望。望着望着，望到德华楼的金字招牌，突然想进去坐坐。

尚未到正餐时间，大厅里人不算多。地板上土黄色的瓷砖刚刚拖过，有一点湿滑，许阿满小心翼翼地落脚，慢慢走到一个空位前。桌子是一块有着碎点花纹的人造石台面，圆圆的，上面摆着青花瓷筷筒和调料瓶，下面只在中间的位置撑一根钢管，围绕着它摆着四张大鼓造型的木凳。许阿满一面打量一面坐下来，顺手把提包放到身边的另一张凳子上去，又觉得离得有点远，不安全，往身边拉的时候，包掉在地上了。她弯下腰去捡，轻轻抬头时，看到从旁边直立的柱子后面伸出一条腿来。那条腿细长干瘪，布满杂乱的短毛，血管横生。

王汉生！

许阿满直起身子，伸长脖子越过柱子看他。的确是他。他正在认真嘬汤包里的汁，并未注意到许阿满。

许阿满走过去，拍了拍桌子。

王汉生有些意外，因为尴尬，眼神有些躲闪，但很快恢复了常态，显得无所谓地继续吃汤包。

许阿满恨不得抽他。

她不客气地夹起蒸笼里仅剩的一只汤包，恶狠狠咬开，却烫了嘴，一团和着面皮的汤在她的嘴里滚啊滚，使她不停地吸溜起来。

王汉生忍不住笑话她："你又不是冇吃过，这着急搞么事。"

许阿满烫得眼泪都要下来了："你是不是人，我烫成这样，还笑。"

王汉生说："冇的事，哪个吃汤包冇被烫过。"

许阿满继续吸溜嘴。

王汉生继续笑。

许阿满说："莫瞎笑。"

"喝点水。"王汉生说。

"我要喝豆浆。"

"汤包配豆浆，"王汉生说，"停了头（绝了，特别好）。"

"对对对。"许阿满似乎已经忘记了舌尖上的烫。上一次他们两个这样嬉笑着吃饭是什么时候呢？大概需要追溯到谈恋爱的八十年代。

"还有桂花米酒糊。"她说。

"配水磨年糕，"王汉生说，"竹子最喜欢吃的。"

"对对对，一会儿给竹子包上几个。"

"再来几个酱肉包子，明天过早。"

"酱肉包子这里卖几多钱啊，"许阿满问，"华春园那边要一块五。"

"两块。还是这里的好啊。"

"贵还好？"许阿满瞪起眼睛。

"一分价钱一分货，该这里的贵。"王汉生嘿嘿笑起来。

一会儿工夫，水磨年糕来了，许阿满撕下一小块放进嘴里咀嚼。

糯，还是那个味。

王汉生看她吃得高兴，也像正吃着一样，露出心满意足的表情。

“么不见廖长城啊？”许阿满一面嚼着水磨年糕，一面四下张望。

“他们两口子到北京给儿子引伢（照顾小孩子）去了。”王汉生说。

“你看看，都围着孩子转。”许阿满说。

她没有再说下去。她察觉到自己居然愿意在讲道理上有所保留，尤其是对方是王汉生，觉得有些不可思议。她看着他叫来服务员，再用服务员拿来的两个打包盒分装好水磨年糕和酱肉包，仔细盖上盖，最后吹开塑料袋，把两只打包盒并排放进去。他认真的样子使他变得威严，但他又那么细致，这使他又显得十分和善。她禁不住抓住他的手——这只手她已经多少年没有碰过了，她说：“跟我回去吧。”她的眼圈泛红——这也是多少年不曾有过的了，她从来都当什么事也没有，她说：“回去吧。”

王汉生被许阿满弄得不好意思起来，左右看看，拎起塑料袋，说：

“我本来就打算回去的。”

“今天？”

“今天。”

“么事？”许阿满把手放在耳朵边上，形成一个扩音器。

“今天。”

11

看到许阿满和王汉生一起回来，王竹把眼镜取下来又戴上，再三确认。

一早她去殡仪馆参加老韩头的告别仪式，离开的时候看到两个人还是那么别扭，就悄悄打电话劝王汉生差不多行了，非要闹到许阿满耳朵又严重了就舒服了。

“她冇跟我走，一个人去六渡桥了，说是找李梅阿姨吃饭，看着心事重重的，精神不蛮好。”王竹这么说着，但特别没底气，不知道王汉生这个倔老头会不会听她的。她让他差不多的时候去李梅那找一下许阿满，把她送回来。

没想到真回来了。

王竹把门一关，煞有介事地反锁上，说："都不准给我走了。"

王汉生并没有理会王竹，自顾自换了鞋，进房间准备午睡，好像根本不知道她在说什么。

许阿满追着王汉生要他洗一洗。

"一身的汗！"

"瞌睡了，一洗把瞌睡洗冇得了。"王汉生说。

"那你换件衣服。"许阿满小跑着到卧室的衣柜里给王汉生找衣服。

"几嘀哆噢。"王汉生埋怨道。

王竹伸长脖子在门外偷听。再怎么吵，只要不分开就行。

听着听着，王竹感觉到了不寻常，似乎两个人这一次从六渡桥回来，脾气收敛了许多，吵架的声音明显不比从前了，情绪是温和体谅的。

"起来嘛。"卧室里，许阿满一定要王汉生换了衣服再上床，"一会儿冷气上来，你这样睡着了着凉了怎么办。"

"你烦不烦啊。"

"我这是为你好。"

"你莫要为我好。"

"还有这样的人，为你好倒有问题了。"

"问题大着呢。"

王竹暗暗笑起来，听王汉生这语气，问题可不会有多大。

小时候如果哪天从外面回家，远远地听不到许阿满和王汉生的吵闹，她就会不习惯，到家后看到他们在家还好，要是见不到其中任何一个，她就会紧张。她那个时候特别容易紧张，老是觉得许阿满对王汉生不满意，怕她哪天不要王汉生了，把王汉生赶出去，或者丢下他去找她理想中的更好的男人。每次只要听到他们两个都在，管他吵成什么样，或者听不到他们的声音，知道他们在家，便会心安。

那些感觉延续到现在，楼下动静再大或者总没动静都不要紧，怕的是现在他们当中的任何一个一翘气，随时上演离家出走这种只有在青春偶像剧中才会出现的桥段。尤其是王汉生。王汉生老了老了倒比从前活泛了，从前什么事都是许阿满占上风，现在明显是王汉生一闹，许阿满就没辙了，怕王汉生走了，丢下她一个人。

王竹放心下来，蹑手蹑脚地上楼去了。

两个人吵着吵着又回到一个人做饭，另一个人看电视，吃饭时各吃各的，不说话，完了一个在客厅，一个在卧室的状况。晚饭时王竹小声提醒许阿满，这样下去，说不定哪天王汉生又回六渡桥去了。

“他敢！”许阿满往客厅看一眼，脸上带着装模作样的严厉和难以隐藏的调笑。

王竹看出她在虚张声势，也感觉到，尽管许阿满同王汉生不讲话，气氛仍像箍上了绣绷的布，弹一下砰砰响，但已经明显不如从前那般撕扯，甚至隐隐透出令人愉快的游戏感来。

第二天，也是怕王汉生像王竹说的那样，许阿满跟着他。

他们起得早，八点钟就吃完早饭收拾妥当了。再无事情可做。王汉生拉开门，许阿满赶紧换鞋。王汉生百无聊赖地沿着步道在小区里走，边走边晃动胳膊，活络筋骨。许阿满跟着他，也照他的样晃动胳膊。走着走着，王汉生停下来，转过头来问，你跟着我做么事？许阿满说，哪个跟着你了，我下来锻炼身体不行啊。王汉生哼一声，朝小区大门走去。许阿满在他快要走到大门口时拦住他，问：“搞么事？”“逛超市。”王汉生说。许阿满说：“我也去。”

小区门前横着一条马路，人行道两侧栽着栾树，黄色花朵烟云一样成片落在树顶。

超市已经近在眼前，但王汉生显然没有停下来的意思。许阿满离他有一米左右，大声问他怎么不进去。王汉生头也不回地说，又冇得么事要买。许阿满知道这是王汉生无聊，随便转转，也就没说什么，只跟着他。王汉生却突然转过头来，打商量道，往前面再走一下咧，看一下到底再走几远才能看到别的卖过早的。

“好。”许阿满点头。

这样他们便有了一件具有开拓意义的事情去做，心里瞬间存了信念。

大概又走了一站路的样子，终于在一条不起眼的巷道里看到几家。王汉生一家一家地看，选中其中一家，要了一碗热干面，坐下来与许阿满分着吃。“不好吃。”他摇头。许阿满也说不好。

“再往前找一下？”

“走咧。”

又继续走。慢悠悠的，有目的，却不赶着实现这个目的。他们渐渐从一前一后走成了肩并肩。

“热干面要想好吃，主要看芝麻酱，太多用花生酱以次充好的了，就算是纯芝麻酱，也要看芝麻好不好，用空心芝麻和陈芝麻做出的酱都不好。另外还分白芝麻和黑芝麻，味道差别蛮大。”

他们又走过几家早餐店，一一尝过后，王汉生评头论足。

“这几家的酱都不好。”他说，“除了这个，卤水也蛮重要。你那么爱吃热干面，晓不晓得热干面的卤水中有几味料？”

许阿满摇头，说：“我只管吃，哪管得了这多。”

“听我给你数一下，八角、桂皮、小茴香、甘草、三奈、甘松、花椒、砂仁、草豆蔻、草果、丁香……”

“这多啊，好几个听都冇听说过。”

“这还冇完，”王汉生继续数，“还有生姜、大葱、绍酒、冰糖、味精、盐。”

“我不晓得这些，但我晓得还有一样你忘了说。”许阿满笑着说，目光友好又十分得意，有着深刻皱纹的脸上竟微微透出一道粉红的光亮。

“是么事？”

“辣椒。我爱吃辣我记得。”

“现在都是另外调辣味了。”

“所以说还是以前的好吃。”

“以前也不全是直接放辣椒的。”

“我吃的都是直接放辣椒的。”

王汉生还要说什么，无意中朝前面看了一眼，停下，惊叹道：“我们都走到哪里来了！”

许阿满这才从十分投机的对话气氛中跳出来，细细看着周围，也叹：“都到了一桥了！”

长江一桥离他们还有一站左右，作为一个体格庞大的地标，它威严的形象自带光环，看上去像是近在咫尺。

王汉生瘦长的脸渐渐拉得更长，嘴巴张得大大的。

“要不我们走一下一桥吧，你走过冇？”

“冇。竹子走过，跟何帅一起，气死我了。”

“么时候的事啊？”

“他们上高中的时候，我偷偷看了竹子的日记。”

“我么样不晓得？”

“你不晓得的事情多了。”许阿满撇着嘴笑。

气温越来越高，许阿满和王汉生身上脸上全是汗，但他们再次迈开步子。走了那么远，他们竟一点也不觉得累，新目标让他们又生出百倍的力气来。

“其实我也走过一桥。”王汉生故意把头垂得低低的，斜眼瞟许阿满，看她的反应。见她果然脸色一沉，他便哈哈大笑起来。“也是上高中的时候，跟班上的一个女同学。”

“哪一个？”

“搬走了。”

“也住六渡桥？”

“也住六渡桥。”

“怪不得你不愿意搬出来。”

“不是因为这个。”

“就是因为这个。”

王汉生拉扯一把许阿满，说：“翘气了？婆婆，四五十年前的事啦，有点醋也都晒干啦。”

眼前，江面辽阔浩瀚，衬得对面的龟山矮矮的一点点小，汽车来来往往铺满了整座桥面。许阿满和王汉生走在人行道上，时不时倚着栏杆看江上的轮渡树叶一样静静飘来，又静静飘走。

望不到尽头的长江水稳稳流动，水波从某个角度看去，齐齐发出晶莹的光芒，刺得人眼睛流出泪来。许阿满的眼泪流着流着，越流越多，竟然控制不住了。她激动起来，好像从江水中看到了漂亮的吴霞，看到小伢们小的时候的模样，看到自己年轻时骄傲的一张脸，看到王汉生一大早敲开她的宿舍，捧给她一碗热干面。那时候他也年轻得很哪，高高的个子，可能是当过兵的缘故，眉眼间透出英气，见到她总是把自己放得很低，停不住地讨她欢心。

“喂，么样哭起来了，”这个已经同她一样衰老的男人问她，“好好的，想么事吴霞。”

“我想我自己，”许阿满抽泣着，“还有你，么样一下子就变这老了咧。”

王汉生看着她，本想逗她笑，却忍不住声音岔了气，产生了悲凉的意味。

他们停不下来了。

过了一桥他们说，索性再走走，走到六渡桥去。这简直要超过年轻时的豪情，像是进行一场竞赛。

他们先是坐在龟山脚下歇息，那里有一个公交车站，不远处是通向山上的小路。他们就坐在路口的路沿上，看着来来往往的车辆。突然之间，许阿满想起他们一起走过一桥。

“你开着公家的车接我放学，完了打鬼主意，不把我送回去，带着我乱转，有一回就转到了桥上。我嫌太远了，要你马上开回去。”

“有吗？”

“错不了。”

“哈哈。”王汉生站起来，说，“当年要不是有这股劲头，也追不到你。走！继续！”

他们下了一桥沿着滨江大道走过晴川阁，等到了晴川桥上，将那座起于嘉靖年间的古建筑四角起翘的重檐和簇拥它的高大的林木抛置身后，眼前便有了大汉口市井繁忙的景象。下了桥东北方向上一大片都曾是小生意人的天堂，尽管不如当年辉煌，站在桥上往那边看，依然能感受到人群聚集的热闹与生生不息的活力。王汉生真正激动起来。这才是他习惯的味道！许阿满要他慢些走，这样走会散架啊。他哪里还听得到她的话，也遗忘了脚底板的酸痛，大步流星朝前走，越走越兴奋。

“紧走，总要有个尽头吧，到底去哪里咧？”

“六渡桥啊。”

“我是说六渡桥的哪儿？回大陆里吗？”

王汉生想了片刻，说：“蔡林记吧，你不是总欠他们家的热干面吗，中午了，先吃饭吧。”

许阿满一时心都要化了，再顾不上说他，暗暗在他身后抹眼泪。她这一路，流了这些年来所有的泪。她不是轻易流泪的人，倒是王汉生，不定什么时候，突然就泪光闪闪了。可是今天，全反了，她一个劲儿地哭，眼眶被眼泪装得满满的，他咧，眼睛睁得大大的，被看到的一切装得满满的。

12

武汉特有的热，正午时分密不透风地压下来。

本来，接下来的最佳路线是下了晴川桥走沿河大道，再转到民族路上，最后到统一街。但他们不知不觉上了友谊路。这条路的前方与中山大道交会，走上中山大道，第一个路口就是民意一路。民意一路上有他们的大陆里咧。他们走着走着看清了自己的心意，也就不再纠结走错了路的问题，心之所向，身体是拗不过的，顺从吧，想么样走就么样走吧，他们还有很多力气！特别是走上中山大道，这一块就是六渡桥了，他们竟然从武昌那么远的地方走到了六渡桥！许阿满拽着王汉生湿漉漉的短袖衬衫，激动得话都讲不出来了。但是站在民意一路路口，他们顺着中山大道看到六渡桥天桥不见了，被遮挡起来了。

上一回它被遮挡起来还是一九九九年，那时候六渡桥的消沉就好像一棵水灵的大白菜望着望着就蔫了，许阿满都懒得管，觉得一定是要拆了，没救了。没想到几个月后去掉遮挡，就像揭开新娘子的盖头，看到一张修饰得娇艳动人的脸，六渡桥焕然一新了。

这一回是为什么？

许阿满隐隐有些不安。六渡桥一带叫六渡桥是个泛称，六渡桥天桥却是实打实有名有姓的，大红色的“六渡桥天桥”五个字就挂在桥栏上，中山大道一东一西各有一个，这座桥不单是桥本身，还是整个六渡桥的灵魂。昨天许阿满还站在桥上感慨呢，今天就被围起来，不让上了。

他们慢慢往前走，到再也不能靠近之时，他们拉住蓝色施工护栏边上一个工人模样的人问：“这是要搞么事？”

“要拆啦。”他见惯不怪地说。

有个围观的凑过来说：“你们不晓得吗？新闻都报出来了，今天拆。”

另有个人也说：“我们特意过来看的。”

这两个人都是老人，其中一个还牵着一个四五岁的小伢。

“哪个说的今天拆？”工人转过身来。

“新闻都报出来了。”

“那是说今天围起来，不让过了。”

“到底么时候拆？”

“看工程进度。”

聊了几句情况弄清楚了，这个地方要修地铁。

地铁在地底下走，碍着地上的桥么事啦？王汉生跺了跺脚，不服气地望着眼前好像手术台一样准备对六渡桥大卸八块的施工现场。

许阿满静静地站在旁边，心里一阵一阵起着波浪。

“晓得热干面是么样来的吗？”

坐在蔡林记定制的木桌前，热干面还没上来，王汉生抚摸着桌子上拓刻的巨大印章，上面的“蔡林记”三个字除非这张桌子垮了，否则再也不会被擦去。

许阿满不作声，心思还停在六渡桥天桥那里。

“好多年前，长堤街上住着一个叫李包的人，他在关帝庙卖粉面，有天天气太热了，到了下午他的面还冇卖完，怕放一个晚上就馊了，就干脆过了道开水，把面烫熟。因为是第一次这样做，他心里冇得底，手忙脚乱把桌子上的香油打泼了。冇想到这样一来，不但面变香了，还不会粘到一起，安安全全放到第二天早上。第二天他把这些面稍微过一下水，拌上平时掺在粉面里的调料，好，一道新式面诞生了。”

“你么样晓得这多咧？”许阿满敷衍地问。

王汉生看到服务员送来了他们的热干面，先停下，趁热把面拌好，一筷头一筷头地挑起来闻香，又觉得少了点什么，端起碗来到一个放置着各样调料的开放柜台前，加了一勺酸豆角。这样才对味嘛。他乐呵呵地回来，自己吃了一筷头，一面大口咀嚼，一面拉过许阿满面前的那碗，也去给她加了勺酸豆角，拌好，推到她跟前，说："好吃，尝一下。"

"武昌那边，华春园附近冇得过早的位置，你晓得吧。"

"晓得。"

"你和竹子又爱吃热干面，我动过念头，反正冇得事做，可以搞一家试一下。"

"么事？"

什么热干面是怎么来的，王汉生呜里哇啦说了一大堆，许阿满一句也没听进去。她舍不得六渡桥天桥，拆了它就好像整个六渡桥都被拆了一样。她这么想着，便觉得也许离那一天其实不远了。她唯一听见的是王汉生说要搞一家热干面馆，吓得立刻精神了。

"王汉生，老了老了，你倒有板眼（能耐）了。"她欣喜地打量他，使他不好意思起来。

他放下筷子，抬头往门外看了一眼。他好像在逐渐信任着什么，愈来愈信任。

老裁缝走了，老韩头走了，远一点的，他的父亲、母亲，还有吴霞这孩子，早走了；老韩头的儿子和李梅的儿子，其实也早走了；王汉生和许阿满，还有王竹，跟韩鹏和何帅一样，也走了。如今六渡桥天桥也要不见了，一个地方时间长了，地上的景致、人，都是要大换一遍的。他们就是那被换下来的。他们被换到华春园去了，那里不像六渡桥，没有热干面，他们就不能让那里有热干面吗，他们怎么对待那边，将来来到六渡桥的人就会怎么对待这里。凡事都有个变换和均衡，就是这么回事。

许阿满忘记了去吃她最爱吃的热干面。面对这样的王汉生她有点不知道该怎么办。她想了半天六渡桥天桥拆了以后会怎么样，其实答案就在王汉生的打算里。不会怎么样，六渡桥还在，这个地方还在，从来都是这样，铁打的营盘流水的兵，已经消失的各个商铺，消失的那些人，将要消失的六渡桥天桥和桥南商场，还有许阿满和王汉生，他们自己，一个个，都是时间的兵。她只有不断点头，对着王汉生点头，对着他们经历过的这些人和事点头。

“大陆里还有么事东西？”王汉生严肃地问。

“要紧的都带到华春园了。”许阿满说。

“再想想，”王汉生扒进最后一口热干面，满意地吧嗒着嘴巴，说，“清一下，早晚那里也要冇得的。”

“有一个。”

“么事？”

“你那个破搪瓷杯子。”

“你不是扔了吗？”王汉生露出微笑来。

“我哄你的。该留下的还是要留下。这个我不糊涂。”

13

二〇一四年十二月一日晚上七点，六渡桥天桥主体桥面拆除完毕。

此事无关风与月

李清源*

1

他就在门后等候。

走廊没铺地毯，赤裸的水泥地面犹如铜鼓，但有皮鞋踩过，即如援槌而击。不同的鞋子是不同的槌，在不同的脚下擂出不一样的鼓点，或急或缓，或疏或密，或清脆或重浊，或高亢或低沉，声声不漏地传进他的耳朵。从昨晚入住这家宾馆，他的脑海就被鼓点占领了，夜渐次深，鼓点又变成马蹄，轰隆隆驰骋来去，无情地践踏着他脆弱的睡眠。他关掉房内所有灯，在黑暗中寂然而卧，从脚步声推断那些过客的高矮胖瘦和性情。他想到了她。

如果是她走过，能不能从脚步分辨出是否是她呢？

这应该不难，但有个前提，必须得知道她走路是什么样子，脚步的声音又有什么特征。他开始回忆，试图从往事里寻找她鞋跟的回响。

回忆从初见开始。那时的情景与此刻颇为相似，所不同的是，那间酒店高档多了，房间和走廊都铺了地毯。毯绒厚而密，上面印着紫红色的图案，重瓣繁蕊，花藤漫绕，看上去富丽气派，跟酒店的格调很搭。在这样的毯上行走，所有噪声都被吸掉了，所以，当实木房门被笃笃叩响，突如其来的声音把他吓

* 李清源，河南禹州人。学医出身，中道从文。在《当代》《青年文学》《莽原》《四川文学》等杂志发表过小说，并有作品被《小说月报》《中篇小说选刊》等选刊转载。

了一跳，好像那声音和制造声音的人从天而降，搞得他措手不及。

想到这里，他在黑暗中笑起来。他侧身而卧，一边脸压在枕头上。枕头不够柔软，而他脸上的肌肉已显松弛，他的笑容自唇角绽放，开到枕头处，就被枕头挡住了。他的笑是自嘲。那一次他太紧张了，以至于多有失态。那段时间他正跟老婆闹离婚。究竟为什么要离，似乎也说不清，就是觉得过不下去了，再耗下去都会死。刚好他又调整了工作，事务烦冗，家庭单位两头受累，怨气遂以原子裂变的幅度迅猛增长。一天晚上，他忙完公务，走出单位时已经满天星斗。回家不可能有饭吃，他钻进一家小馆子，要碗烩面，又要了瓶二锅头，酒足饭饱之后，在春风沉醉的街道里鼓腹夜行。不时有女子从身边走过，飘飘的衣裙长长的腿，弄得他心旌摇荡。他在一个街口停下来，抬头打量面前那栋十几层的建筑。建筑临街而立，旋转大门上方矗立着四个光彩夺目的大字：杏园酒店。他在酒店外稍作犹豫，就在酒精的鼓励下穿门而入，走进灯火辉煌的大堂。

在他们这座城市，有个很有意思的现象：最好的几家酒店大多以果园命名，比如梅园、桃园、梨园，以及他所入住的这家杏园。在这些果园命名的酒店里，特殊服务是众所周知的秘密，而且据说，杏园里的姑娘尤其迷人。他住进八楼一个大床房，按照服务牌上隐晦的提示拨通电话，选了一名十九岁的小姐，然后去浴室冲澡，先把身上的卫生打扫一下。莲蓬里的水有点儿凉，哗啦啦如秋雨袭人，体内燃烧的酒精渐渐被浇灭，他开始后悔了。他并不是第一次召妓，他后悔，是因为冷静下来的头脑意识到了可能潜藏的危险。风传刘市长曾在省城某酒店消费，不几天后，就收到一张他主演的性爱光碟，附信勒索五十万。在本市，杏园酒店这个目标太大了，必定也有好事之徒在盯着。而自己仕途正好，只要不出意外，再干两年必能扶正，甚至有望外放辖下县市当县市长。在此关键时刻，万一闹出点儿乱子，岂非自毁前程？黄脸婆跟自己闹离婚，也必将更加理直气壮。凉水澡冲罢，他的丹田已结冰，裹着浴巾走出来，他决定中断交易。就在他准备拨电话的时候，叩门声突然响起来。

可想而知他当时的惊悸。一旦心中有鬼，任何响动都是惊雷，纵不足以使他在风声鹤唳之中吓尿裤子，也够他心慌气短吓飞几条魂魄。至于叩门者的脚步，他仔细想了想，确信没听到。地毯那么厚，他也不可能听到。

叩门者就是她。那时的她真年轻。叩门声坚韧不绝，似乎他不开，她就会一直敲下去。他蹭到房门旁，忧心忡忡地拉开一条缝，看到一张稚气犹存的脸。他虽不是花间常客，但也知道姑娘们的年龄就像她们的名字，只是符号而已，不可当真，所以当鸡头在电话里介绍她，说到她今年十九岁，他根本就没信。彼时，看着门缝外这张不失天真的脸，他依然不信她是十九岁：之前是不信有这么小，现在是不信有这么大。他警惕地问：干什么？

这话问得太荒唐了，以至于姑娘愣了一下，以为敲错了房门。她抬头看了看门牌号，才又笃定下来。先生，你叫的服务。她说。

她说的是普通话，但不标准。他据此得出两个结论：第一，她不是本地人；第二，她入行不久。这让他心头稍安。他以手护门，说：我没叫。

姑娘再次抬头看门牌。806，不错。她说：你叫了。

我不要了。

他耍起无赖，将门砰的一声关上。叩门声随即响起，不卑不亢，锲而不舍。他就像逃债的赌徒，被人追堵在房间内，要打不占理，要逃无路逃。他在无休无止的叩击声中坐立不安，几乎崩溃，再次将门打开一条缝。我说了，我不要了！他冲外头的姑娘吼叫：赶紧走！

说是吼叫，其实嗓门很低。他怕声音太大，被其他房客听到。姑娘并未被他装腔作势的姿态吓倒，神态坚决而镇定。你不能不要。她说。

为什么？

因为这儿很安全。

他一怔，继而羞臊不已，深藏腹心的秘密被人戳破，除了尴尬就是难堪。不要就是不要！他假装义愤，将眉头拧起来，表现出一种道德上的厌憎。快走，否则我报警了！

这回轮到她发怔了。她从门缝里盯着他，神情变得无比复杂。那副神情如此特别，像雕刻一样印进了他的脑海，并在日后每一次回忆时清晰浮现。在回忆的时候，他已经完全理解了她那神情里所包含的每一种情绪和态度，而在当时，面对着那张一时呆滞的脸，他只有一点儿表面的感受。纵使如此，他也被触动了：他在她的唇角看到无奈，在她眉间看到抑郁，在她那双突然黯淡下去的眼睛里，则看到丝丝缕缕迷烟般的绝望。报警是个严重的威胁，她在一怔之后，转身默然离去。他躲在门缝内目视她离开。在朦胧的走廊灯下，她的背影娇小而单薄，驼色紧身翻领小毛衣和棕色弹力紧身裤包裹上下，在纤细的腰间，则挂着一条当年流行的小短裙。她脚踩两只白色坡底休闲鞋，踏在厚墩墩的地毯上，如同一只悄无声息的猫。她走过了大约四个房门，他改变了主意。

喂！他打开房门，将身子探进走廊。回来！

他至今弄不清自己当时究竟为什么改变了主意。相信了她所强调的安全？她娇小无助的背影让他心生怜悯，还是突然良心发现决定继续完成被他无理中断的交易？或者这几个原因都有，并且相辅相成吧。而在这些难分难辨的理由之外，还有一个似乎不相关的小缘故：他看着她落寞而去，忽然为自己的傲慢和无理而自责。凭什么对人家小姑娘如此蛮横呢？仅仅因为她是个小姐？那也是个自食其力的职业，有什么理由歧视人家呢？他回想着刚才自居道德高地的荒谬，颇有点儿羞愧难当。

还好姑娘没跟他计较，他叫她回来，她就回来了。她不但没计较，还表现得很感激，一进到他房间，连接说了好几声“谢谢”。他颇有点儿惊讶，难以理解她何以如此谦卑，后来说开了才知道，他之前粗暴中断交易，几乎要害她赔钱：鸡头收到他的召妓电话，即备案在册，送小姐过来服务。收到嫖资对半分，鸡头称之为中介费和管理费，统称劳务费。如果客人反悔，中止交易，她们一般会叫马仔来解决，逼客人出钱。万一遇到不好惹的主儿，就只能自认倒霉，劳务费则由出台的小姐赔，总之，鸡头是不会白忙的。

还好你回心转意了。她说：我正缺钱，都快急死了，再赔一笔劳务费，还怎么活？所以得谢谢你。

这话无疑太夸张。他订的服务是包夜，服务费八百，半数也就是四百。区区四百块钱算个甚，能要了她的命？但说起来，自己总归也有错，不够道义。他坐到床上，点起一支烟，吹出一团团烟雾，袅袅绕绕地悬浮在两人之间。他的眼光穿过烟雾打量她。房间里灯光比走廊要亮，此时的气氛也和缓得多，他得以清楚而从容地鉴赏她的身材和相貌。大概一米五几的个儿，略显纤弱，但也并非特别瘦，紧身的衣服也颇勾勒出了一点儿肉感。最惹眼的是一对乳房，鼓囊囊地顶在胸前，令人一望而生亵念。其实它们的绝对体积并不大，但在她身上，就显得格外醒目。她在说话，向他重申这间酒店的安全，强调老板后台很硬，很多本市的大老板和大领导经常在此消费，根本没人敢查。他捏着烟笑起来。

如果我坚持不做，你是不是要去找马仔来收拾我？

我才不会呢。她说：我大老远来这里是为赚钱，无依无靠，谁也惹不起。你一看就是大老板，我哪敢得罪你？自己认倒霉就是了。她说着走过来，将手包放在床头柜上，动手为他宽衣。所谓衣，不过是件浴袍，剥掉之后，他就成了一只肚皮肥硕的光猪。

服务过程不便多讲，总之，他很满意。满意后的他对她心生爱怜，而她亦如一只乖巧的猫，贴肉卧在他怀里，脸颊温存地蹭着他的胸膛。她的脸堪称清秀，但说不上多俊俏，皮肤也不够白，就像材质较劣的A4纸，透着一点儿麦灰色。综合评算，她不过是中等姿色，但就胜在年轻——准确说应该是“年少”。他抚摸着她光洁弹手的肌肤，目不转睛地看着她，越看越觉得她年龄小。

你到底多大？他问。

她笑了笑说，其实我二十一了，生了张娃娃脸，看上去显小。

她倒很诚实！他心生赞许，将她搂得更紧了些。他还不想睡，闲聊遂以问答的方式继续进行下去。他问了很多问题，诸如叫什么，哪儿人，家中还有谁，干这行多久了，为什么要干这行，等等。这些都是无聊的话题，正常情况下只有体验生活的文学家们才热衷于此，可是对于颇有点儿心不在焉的他来说，实在没有什么更新鲜的话题可谈。她倒很配合，但有所问，即一一作答。于是他就知道了她家还有三个人，一父一母外加一弟弟；她入行半年多了，先是在邻省一个城市干，两个月前才经人介绍转到这里。至于入行原因很简单，为了赚钱养家。她父母体弱多病，尤其是父亲，有非常严重的肾病，就在几天前再次发作，至今仍在住院。而小她一岁的弟弟，也该盖房讨媳妇了。

这个故事并无新意，至少看到过三五个类似情节的小说，而且很可能，它并不是真的。作为欢场讨食的风尘女人，最擅长的恐怕就是琢磨人心，编一个小女子悲惨身世哄哄恩客，又岂是难为之事？她这样讲，难说就是看准了他内心的善良，意图以此打动他。他是混官场的人，当然不傻，也在不停提醒自己保持必要的警惕，可不知为什么，当她讲完后，他都信了。

很多事是没有理由的，也不在你是聪明是傻，有时候你明知道是坑，也非跳不可。这就是命。他事后这样跟朋友解释。我遇到她，也是命。

这是最讨巧也最省事的解答，可以拿来搪塞一切质疑。但是很显然，它也很难服众。其实他根本不必解释，基于对他的了解，朋友们对他会心存理解的。朋友们甚至认为，如果他没那样做，反倒不是他了。讲义气，同情弱者，这是美德，但也是缺点。朋友们说：美德到你身上都成了缺点。

那意思就是他智商低了。朋友们的讥嘲并不令他受伤，却促使他去总结其他足以影响决定的客观原因。他想了想，觉得当时应该是有点儿喜欢上她了。喜欢她什么呢？年轻吧，还有姿色，性格也温和。这样的女人谁不喜欢呢？她说话也有特点，语速不快不慢，声音温柔，却不时有倔强的言辞。那倔强不是强词夺理，也不是愤愤不平，而是对不幸生活的某种不满，认命却又不甘心。讲完之后，她叹了口气，神色间流露出一抹忧伤。他就绷不住了。

为什么不找个别的事干？比方说，做个小生意。他说。三百六十行，哪个行当都能挣钱。

我也想做生意，就是没本钱。

你想做什么生意?

开个小店，卖小玩意儿，卖衣裳都行。卖饭也不错，胡辣汤豆腐脑我都会做。她想了想，又说：回老家搞养殖也好，养蘑菇，我有个亲戚，养蘑菇发财了。

想法倒挺多！他笑起来，而且这些想法还都可行，说明她至少曾经认真寻思过，而非此时的信口开河。他说：要干这些，得多少本钱?

她又想了想说，得三万吧，三万差不多了。

五年前的三万不算多，也不算少。那时本市的商品房均价三千，三万元可以买十平方米。他说：如果有这三万块钱，你愿不愿离开这一行，回去重新生活?

她说，愿意啊，当然愿意。但凡有其他门路，谁愿干这个?

他的手在她脊背上抚摸。运动产生的热量早已散尽，裸露在被子外的肌肤微微发凉，他的手掌轻缓滑过，隐约感受到一层若有若无的微栗。然后他拍拍她的肩，把她从胸前推开。他叫她走，理由是他不习惯跟陌生人过夜。这个理由很牵强，也很拙劣：不习惯过夜干吗包夜？她有点儿纳闷，但是看到他从衣服里掏出钱夹，八百元如数支付，也就不说什么了。他看着她把钱放进手袋，然后将衣服一件件穿起来，心头忽有一点儿惆怅。

回去早点儿休息，好好睡一觉。他对她说：明天等我电话。

她正在系鞋带，闻言抬头看了他一眼，然后继续系。走出房门前，她握着门把手要开不开，犹豫了片刻，从手袋里取出二百块钱，折回来放到床头柜上。想必是她认为自己没有付出相应劳动，不愿多收。他一下子被感动得稀里哗啦。没办法，他总是很容易被陌生人的言行感动。他在感动中板起脸，一把拽住她的胳膊，把钱强行塞给她。

拿住！他吆喝道：听话，拿住！不拿我生气了！

或许是怕他生气？她没有再多推让。他盯着她把钱重新装进包内，想要矫情地拥抱她一下，她却转身走了。在出门前，她回头说：你好好睡吧，这里很安全。

他顿时又有一点儿尴尬，但这次他没有生气。他已经对她气不起来了。他拿着电视遥控器心不在焉地搜台，耗了半个小时，下到大堂把房子退了。已近午夜，街上人车寥落，迎面掠过的风仍有凉意，夹带着来自郊区农田的土腥味。他一路步行回到单位，在办公室的行军床上睡到天明。醒来时，阳光已经照进窗子，温暾地泼洒在窗台那盆山茶上。山茶花正开得炽烈，红色的花瓣重重叠叠。一只蜜蜂在窗外贴着玻璃嗡嗡飞舞，想要亲近这花朵，却被它看不见的东西隔在咫尺之外。他看着花和蜂出了会儿神，掏出手机给她打电话。

喂！他说：听出我是谁了吗？

嗯，听出来了。她说。

你马上收拾东西，一个小时后我去接你，送你回家。

好。

她的声音很温柔，像云，像水，像棉花糖，像清晨浸透馥郁花香的阳光，充满了人世间所能想象得到的最动人的柔情。而她的语气，却又非常笃定，似乎已经料定这样的结果，并已做好了准备。

2

所以朋友们都骂他愚蠢。

你说让她等你电话，她就明白什么意思了，退给你两百块钱，不过是假做姿态，让你认为她人不错，值得你为她花钱。他们说：你个㞞货！

朋友们七嘴八舌，把他往死里批。他们被他荒唐的行为惊呆了，并为由此造成的结果愤怒不已。

他们愤怒是有理由的。首先，他对资助女人的事讳莫如深，从未对任何人透露过，包括他们这几位心腹好友。而人家可是什么事都不对他隐瞒，哪怕是情人外遇老婆出轨，恨不得全世界都眼瞎耳聋不知不觉，都会在喝酒的时候向他袒怀倾吐。他当然有他的理由，所谓“施恩不图回报，为善不欲人知”，听上去冠冕堂皇，但在朋友看来，就显得不够意思。大家都把隐私拿出来无私共享，你心里头却秘藏着一部三言二拍故事，试问友谊何在?

坦诚讲，他刻意隐瞒此事，也并非全然是高风亮节，还有很现实的考虑。单位有名副局长，据说跟市里几个主要领导都有关系，在省里也有很硬的后台，因此前途看好，被公认为他最主要的竞争对手。竞争并不可怕，可怕的是不以正常手段。此君行事阴鸷，擅长背后整人，尤其喜欢从作风问题上下手。有同事调侃，说他之所以仇视男女问题，是因他阳痿，长得又猥琐，没女人缘，因此格外妒恨私生活不检点的人。这就像在帝王时代，最痛恨男女乱搞的，不是寺里的和尚，也不是孔夫子的信徒，而是宫里不能乱搞的太监。有这样一名彼此较劲儿的同僚，他怎敢走漏裤裆里的秘密？须知官场上的信息通道犹如蜘蛛网，每位官员都是网上的一个点，任何一个点上的新闻，都能在很短时间内借助四通八达的线路传遍全网。他不敢冒这个险，所以他那天晚上趁酒召妓，旋即就后悔了。

这也是他送她走的时候没去本市长途汽车站，反而绕远送去省城的原因。而他敢做这件事，还有个重要前提：她是自由的。在问答对话时，他曾问过她，做这行是自愿还是受人胁迫，有没有像传说中的那样被坏人控制。她说是自愿的，在这儿做有人管理，但并不限制人身自由，想走随时走，但是走了再来，可能就没那么容易了，除非盘靓条顺活又好，卖相过人。

要进这几个酒店做，得有关系呢，随随便便的野鸡根本进不来。她说：我来这儿，也是经人介绍。

那么也就是说，她既然带上行李跟他走，就等于自断后路，不可能再回来重操旧业了。这让他很欣慰，一路上话语稠密，滔滔不绝地讲述做人的道理和新生活应注意的事项。她坐在副驾驶上认真听，不时点头承应，神色之间充满仰慕之情。多懂事的孩子啊！他在心里这么叹息。到省城后，他先请她吃了顿饭，然后送她去火车站。他一直没提钱的事儿，她也沉得住气，自始至终都没问，以至于让他有种错觉，似乎她主意已定，不管有没有钱，都要从良去了。

多好的孩子啊！他在心头再次叹息。车至火车站广场，他才从包里掏出一包钱递给她。共三万，用橡皮筋扎在一起，包裹在一张报纸里。她犹豫了一下，要接不接。拿着！他以吆喝的语气说。她这才收下。她低着头沉默了一会儿，抬头望着他。

我不说谢谢了，这两个字儿太轻。她说：我也不知道怎么报答你。你叫什么？你还没告诉我你叫什么。

我不需要你报答，也不需要知道我的名。回去好好生活，孝敬好老人，照顾好弟弟，就是最好的报答。

他这番话堂而皇之，一副来自影视和文学作品的矫情腔。他被自己这种堂而皇之的矫情感动了，心里头热乎乎的，执意要陪她去买车票，然后把她送进候车厅。过程中她一直不说话，似乎沉浸在感激之中，不知道说什么好，遂以默默相对。他之前话讲得太多，把该说的和能说的全都说完了，此时也觉得没什么可以再说。气氛就在动人的沉默中变得有点儿尴尬。还好过程不长，不到半个小时，就买好票准备进站了。候车厅有安检，无票莫入，两人就此别过。在他想象里，此刻应该有个仪式性的道别，比如拥抱一下，彼此说些保重的话，而她会以近似偷袭的方式亲自己一下，可能还会流泪，然后拖着行李箱依依而去，边往里走边回头向他挥手。可是很遗憾，想象中的这一切都没有发生。她仅仅是说了句“我走了”，就走了。安检过道窄而短，一进门就什么都看不见了。他目送她乍然消失，突然很失落，兀自站在安检口的金属栅栏外，好像做了个怪诞的梦。他有点儿生气，觉得她没有礼数，连最基本的人情都不知表示。他坐到车上，打开音响找音乐，找来找去，没一首能让人安静的。后来翻到林忆莲的一支歌。他喜欢林忆莲，这个小眼睛女星的声音温柔而有力量，还带着一点儿宿命式的孤独与忧伤。

我觉得有点累

我想我缺少安慰

我的生活如此乏味

生命像花一样枯萎

这首歌他听过几次，名字叫《不必在乎我是谁》。车是单位的，音响效果不好，旋律里的深情和婉转被机器磨损，传出来时已粗糙许多。他略感疲惫，背靠车座听了一会儿。歌词很直白，也有点儿俗气，没有文艺作品应有的含蓄和蕴藉。他不怎么喜欢这首歌，只是被歌名触动了。他扭头望向车站。广场上人潮翻涌，候车厅门口也排起了长龙，密如蚁聚的人群里早已没有她。是不是坚持送她进站，被她当成某种监督了呢？如果是，她肯定会觉得他不信任她。他并没有明确说要给她钱，她就跟随他离开了那个地方，说明她是信任他的。而他却没有给她应有的信任，她一定会伤心，并因此疏忽了仪式性的道别吧。就算是小姐，也是有尊严的呀！他这样想着，自嘲地笑了笑。

这天晚上，他跟老婆吵了一架。她老婆去银行取钱，发现少了三万，第一反应是怀疑他要转移财产，为离婚做准备。老婆在纪委工作，专职整人，要收拾他很容易。她不动声色地与他吃晚饭，然后看着电视谈了会儿子女的事儿，突然话锋一转，要求他在十秒钟之内说清楚三万块钱的去向。他的脑袋当时就短路了。他根本没想到事情会暴露得这么快，都还没顾上编故事。他挣扎到第七秒时才反应过来，然后用剩下的三秒钟撒了个谎。他说钱借给张三。张三是他一个朋友。老婆说：张三借钱干吗？他说：他儿子不是要结婚吗，买房子。他老婆当即给张三老婆打过去电话，打听婚房买在哪个小区。张三老婆说没买呀，家里几套房呢，不用再买。他老婆挂掉电话，脸板得像生铁，两只眼里冒出两把刀，愤怒刺向无耻的丈夫。

老实交代吧！

他意识到撒谎是没用的，反而会使事情更加复杂，索性窝在沙发里装死猪，任凭老婆百般逼问，一句话也不说。他老婆怒不可遏，气得要放火烧房子。这时候他手机响了，掏出一看是张三，没好气地挂断。张三又打，再挂，还打。

他只好接了。张三第一句话是：嫂子是不是在审你？他鼻孔里哼了一声。张三说：钱数多少？嗯是千啊是万，咳嗽一声一个数。他说：啊。然后咳嗽起来，一连咳嗽了三声。张三说：好了，把手机给嫂子。他就把手机递给老婆。他老婆接过去，听到这样一番话：

嫂子，钱是我借的，三万，我打牌打太大，输疯了，不敢让你弟妹知道，你弟妹那脾气你清楚，她要知道了，非砍死我不可。所以就找我哥借。你刚才给弟妹打电话问买房子，我一听就知道肯定是你问钱的事儿，我哥替我撒谎了。你放心，我过些天就还，但是千万替我保密，不要告诉你弟妹。

挂掉电话，他老婆冷笑不已。真是好朋友啊！她说：赶紧的，请他喝酒去吧，感谢他救场之恩。他知道没事了，至少罪证已失效，否则她不会就此罢休。张三是朋友里最精明的，他暗自庆幸第一时间撒谎撒到他头上，若换个人，此事已不可收拾。好形势不可浪费，老婆要偃旗息鼓，他偏要乘胜追击，喋喋不休地批判老婆过分：这么一搞多难堪，让他以后还怎么面对朋友？夫妻之间连这点儿信任都没有，还有什么意义继续过下去？他老婆恼了，瞪着他说：别给脸不要脸啊，信不信我追查下去，让你下不了台？我不管张三借钱是不是真的，限你五天之内，把钱拿回来！

查啊，你去查啊！

他这样说着，钻进书房去了。五天后，他乖乖把三万现金拿给老婆。这是他从股票里割出来的。老婆深明经济决定一切的道理，自结婚后，就把财政大权牢牢地攥在手里，他想弄点儿私房钱，以备办私事之用，就悄悄养了几只股票。朋友那儿也需要给一个说辞。这个好办。在第二天张三主持的压惊宴上，大家反复追问，他欲说还休，唧唧哝哝了很久，他才说钱是给了老家的妹妹，她家里穷，有急用。大家想到他老婆的为人，即刻都相信了。

这场风波扼杀了他一些多情的想象。若没有这个几乎难以收场的意外，他可能还沉溺在义救风尘女的浪漫情景里，说不好还会对她怀抱一点儿以身相许的期待，就像影视里惯用的桥段那样。在变态同僚和明察秋毫的老婆双重威胁下，所有超越现实的男女私情全都自觉领便当。既然当不了情种，就当圣人吧。所以，从她离开那天起，他从没有主动联系过她。

在分别后的头两年内，她也没有联系过他。这应该是好事。试想，在某个非常敏感的时刻，突然接到一个历史不清白的女人电话，要跟他叙旧情或者谈生活里的新情况，将蕴含着多么巨大的风险！他深明这一点，所以，当他因着某些东西而想到她时，并不会因为她的寡情而心生怨意。当然，一点小小的失望是难免的。再联想到送别时她的态度，他甚至会有点儿闷闷不乐。她大概是个不懂感恩的人吧！他这样想。

让他稍感欣慰的是，她虽不打电话，但每年都会发几条短信。精确地说是三条，一条他生日，一条中秋，一条春节。这说明她并没有把他忘掉，但也仅止于此。因此，当两年后的一个下午，她突然打来电话，想向他再借两万块钱，他就有点儿不高兴了。

那天是周四，工作时间，他正陪主管基建的副市长考察矿区公路建设。看到是她的来电，他颇感意外。她破例打电话，想必是有要紧的事儿，他犹豫了一小会儿，躲到一边按了接听。简单寒暄几句后，他问她有什么事儿。她的话有点期期艾艾，说想借点儿钱。他就说现在正忙，过会儿再打吧，就挂断了。他走回副市长身旁，继续陪同考察，却再也听不进去工程经理的汇报。他觉得很郁闷，好像是被她讹上了。好人难做啊，一朝行善，终生被黏，圣人形象一旦确立，想中途下车都难。他有个老兄，退休之后牵头成立了个慈善组织，搞了几次活动，经媒体一报道，颇产生了些影响，但从此，办公地就被各种需要救助的人包围了，有些人甚至打听到他家地址，率领家小堵上门来。难道这个女人也想缠上我吗？他略带厌烦地想。他正出神，副市长突然问话，询问工程配套的相关问题。他吓了一跳，赶紧集中精神应付领导。当天工作到很晚，在山上吃罢工作餐时，天空已布满星辰。司机送他回家，途经市区一个十字路口，遇上红灯，逗留了一会儿。路口边上就是杏园酒店，他隔着车玻璃，看到灯火辉煌的大堂和旋转门上方那几个光彩夺目的大字，往事油然上心头，这才想起她今天打过电话。他说让她过会儿再打，可她并没有再打。这是否说明，她已经感受到了他的冷淡，于是知难而退了？他心生一点儿愧疚。她打电话之前，一定踌躇了很久，鼓足勇气，不料接通后，自己却给了她一盆冷水。他这样想着，愧疚之情迅速放大，进而又想到了责任问题。是他把她带出苦海，那么就有义务在她需要的时候继续给予帮助，所谓帮人帮到底，送佛送到西，半道上撒手不管，也未免不够君子。他对司机说：小王，靠边停，我想散散步。

他走到一条比较安静的街，拨了她的号码。他想，她会不会赌气不接呢？一念未了，电话已经接通了。她语声低沉，还有很厚重的鼻音，似乎刚刚哭过，此时尚未缓过来。看来她的确是遇到困难了。他问她发生了什么事儿。她说她爸病危，急需用钱。他说，把卡号给我，我打给你。那边陷入沉默。他等了一会儿，等不到回音，就说：喂！她说：在的。

把卡号给我。

嗯，好。她说。顿了一下，又说：我会还你的。

先别说这个，救人要紧。

救人的确要紧，可是钱呢？他答应得爽快，一挂掉电话，就开始犯愁了。股票已经跌得不像样子，无法从中抽钱，怎么办？他想到了老朋友们。救人如救火，容不得拖延，他不顾时间已晚，当即给朋友们打电话。朋友果然爽快，仅拨了一个电话，钱就打过来了。他如释重负，马上从 ATM 机给她转了过去。第二天中午，他给她打电话，问她父亲病情如何，她说正在重症室。他本想多聊几句，问一问她别后都做了什么生意，情况如何。说白了，他想问问以前那三万块钱怎么花的。但是还没来得及说这些，忽有人找，有个要紧的事儿需要他去办，于是就挂掉了。一挂之后，就又双双不再联系，于他，是怕频繁打电话过问钱的事儿，会让她觉得难堪；而她呢，本来就没打过电话，现在不过是回到之前的状态而已。

一切看似又趋归平静。生活依旧庸常无趣，而愿望中的升迁，仿佛就在眼前，却又遥遥无期。人生如此，让他倍感无聊。

3

他很快就不觉得生活无聊了。

借给他钱的是李四。两个多月后的某个周末，大家在张三家打牌，李四也在。大家东扯西扯，有人问到李四老婆的生意。李四说赔了，屁股后天天一堆要账的，烦得很，恨不能把老婆推给他们顶账。张三说：你老婆就一个，债主那么多，怎么顶？刀子卸了每人分一块？李四翻眼。蠢货，就不能一家轮几天？张三夸赞：好主意！哎，嫂子是不是知道你这想法，故意赔钱的？

李四一贯爱开玩笑，大家也没人当真，嘻嘻哈哈，热闹而过。他却放在了心上，觉得有必要尽快把钱还给李四。这天晚上，有人邀他吃饭。这人是搞工程的，在竞一个标，而招投标事宜由他负责，之前已邀请多次，都被他拒绝了。这次又殷勤邀请，他觉得不能太无情，就答应了。此人神通广大，各方关系都打点得很好，公司资质和实力也不错，这个标基本已经定下是他的了，所以去吃他一顿饭也无妨，反正又不用为他去违反规则。他以此为理由说服自己，开车去了市区东十公里外河边的一家饭店。席上无外人，只有那名老板和他一个女助理。三人推杯换盏，相谈甚欢，喝到开心处，女助理掏出一张银行卡递过来。这是此类饭局应有的情节，无须为怪，但要让他坦然伸手，一时半刻还是做不到。老板说：相关领导都有，不光您一个，这只是一点小小心意，不求领导为我的事违法乱纪，只求念兄弟这点儿情谊，不要给小鞋穿。他瞪眼说：你这是什么话？老板赔笑。开玩笑开玩笑，来陶局，再敬你一杯。

临走时他已半醺。卡是女助理塞进他衣袋的，非他自己亲手拿。回到市内，他在一个比较偏僻的ATM机前停下来，进去查看了一下。钱不多，五万。不过什么事都不用干，又不担风险，这个数也差不多了。他当即转了两万给李四，将卡抽出来塞到鞋垫下。不久后工程开标，中标的却不是那位老板，市长临时插了一下手，结果就变了。他觉得有点儿对不住老板，想把钱退给他。转思他花钱只是买自己不作梗，而自己事实上也真没有作梗，并不负约，况且收钱的又不止自己一个，没必要心存亏欠。再说，那点儿钱已所剩不多，若要退，还得去转借。想想还是算了吧。

几天后，他正在办公室忙，忽然接到老婆电话。他不耐烦地接通，还没说“喂”，老婆的声音已经撞上耳膜。

你是不是收人五万块钱了？

老婆压低了嗓门，但语气极其严厉，犹如一声山炮，直接将他震成了木头。老婆是市纪委第三纪检监察室主任，纪委信访科主任是她老表，此话从她那儿传来，必是被人举报无疑。老婆命他立即回家商议对策。到家之后，老婆先审问钱的去向。他自知事情已如纸中之火，无法再瞒，遂老老实实从头交代。老婆掂起茶台上的热水壶砸到他身上。壶里尚有余水，淋淋拉拉洒了一身。

你个王八蛋！老婆破口大骂。你去死吧！

老婆并没有让他死。她从家里拿钱补上缺口，让他赶紧打进廉政账户，然后再主动找局长和书记坦白情况。他依计而行。找局长和书记前，他还心存委屈，觉得老板太他妈不是人，明明“相关领导”都意思了，却只举报他一个，分明是欺负他老实。他本想跟局长书记结成联盟，不料想掏心之后，才发现人家都没收钱。那个老板认为已经十拿十稳，只给他这个负责人象征了一下。——活该他最终中不了标！——他彻底蒙了。

由于扑火及时，加上他老婆鼎力相助，动用各种关系替他开脱，最终有惊无险地过了关。至于前途，这时候了还好意思想前途？未免太贪心！事情过去后，他老婆把家产列了个清单，分门别类井井有条，然后通知他去办理离婚。他自知理亏，无颜再争财产，办过离婚手续后，就带上自己的东西灰溜溜离开了。他先住在儿子家。儿子儿媳对他还算理解，但他总觉儿媳妇看他的眼光很古怪，也不大跟他说话，深自羞惭，熬了不到一个月，就又带上东西离开了。九月的黄昏污浊不堪，大团大团乌云浮荡在雾霾密布的天空，秋风从西而来，刮得满大街垃圾飞扬。他拖着行李箱，孤独行走在薄暮中的街道。雨点穿过层层尘埃落下来，一滴滴打在他脸上，然后汇流成溪，顺着脸颊往下流。他掏出手机，拨了她的号码。铃声响了很久，他几乎都绝望了，那边终于接通。他再次听到了那个印象几乎已经模糊的声音。

喂！她说。

是我。

我知道是你。

他沉默了一会儿，说：你能不能来陪陪我？

她说：好。

第二天她就来了。他请了三天假，接到她后，直接带她到了邻市，住进一家快捷宾馆。她穿一件黄色小西服，一条白色紧身裤，碎发变成了大波浪卷。脸好像黑了点儿，但她本来就有点儿黑，时间也久了，弄不清是不是跟原来一样。她肩上挂着只棕色单肩包，安安静静地跟着他。进到房间时天色已晚，他站在床边，神情憔悴地望着她。她走到他面前，轻轻将他抱住。你到底怎么了？她说：到底遇到什么事儿，这么不开心？

她的声音这么温柔，语气也很诚恳，恰似情人发自肺腑的关切。这是他从没体验过的感受。这感觉真好，虽然远不抵付出的代价，终归有所补偿，不至于输个精光。他也将她抱住，两团富有弹性的肉球温软地顶在胸腹之间。他抱住她，在她的催问下讲了事情经过。一开始，她还偶尔插一下话，就不理解的事物问句为什么，到后来就不出声了，只是默默倾听。差不多讲完时，他感觉到胸前一片水湿，低头看了看怀里的她，发现她在流泪。

对不起！她说：我害了你。

他心中一时百感杂陈，却只是笑了笑。没事！他说。

这三天他们日夜腻在一起，就像热恋中的男女。事实上到第二天，他在床上已经力不从心，剩余的时间大多都是躺着说话，或者搂着她看电视。他们聊了很多，比如各自的家庭，生活里的烦恼，两地不同的风俗和小吃，等等。她说她结婚了，就在半个月前，这次出来向老公撒了个谎，说是参加一个闺蜜的婚礼。说到这里，她在他怀里嘻嘻笑起来。他忍不住也笑了，心头却有一丝失落飘来荡去，犹如萦绕山腰的雾霭。

三天匆匆而过，一切都还算美好。唯一让他心生芥蒂的是，当他问起这几年她都做了什么，她总是支吾以对，或者闪烁其词，明显不愿多谈。她不想说，他也就不再勉强，只是难免会有困惑，似乎她这些年的行迹也变得可疑起来。芥蒂虽小，却如种子埋在心田，而每一次在回想时的疑虑，则如一次次密雨灌浇，使它一点点发芽成长，最终枝繁叶茂，在心中遮起一大片阴影。

她走之后，他们仍有联系，但不频繁，十天半月会有一个短信，除了问候起居，也没什么其他内容。这种状态持续了将近三年。其间她生了个儿子，给他发短信报喜，并请他给孩子起个名字，因为他是她所认识的文化最高的人。这个要求不能拒绝，他翻书稽典，起了个很大气的名，又给她转过去一千元锁子钱。而他，工作和生活都没什么好说的。一开始他住在朋友家的空房里，大半年后，做生意的儿子心疼爸爸，在东区买了套二居室给他住，当然，房证上的名字可没他的份儿。他本来也没脸再在单位待下去，要办内退，但因能干事，而局里能干事的人不多，所以局长和书记都不答应。无奈何，他就天天打混等着退二线。有人给他介绍女人，闲着也是闲着，相了几个，都看不上。更多人在张罗着撮合他和前妻复婚。这也是孩子们的心愿，他也并不反对，只是前妻坚决不允。她说她不能容忍男人的背叛，尤其是如此荒唐的背叛。一个有身份有地位的男人，竟然为了一个仅有一日之缘的小姐违法乱纪，自毁前途，该有多么愚蠢！她宁死不愿再跟这样的蠢货生活在一套房子内。他闻听此言，羞愧难当，却也只能唾面自干，无言以复。每当长夜难眠，或者孤独来袭，他就会想女人，想给她打个电话聊聊天，或者约她再见。甚至有几次，他都决定要去找她，但最终无不废然而罢。她已经结婚了，还是不要打扰她的家庭生活了。而自己，大节已经堕地，儿女亦已蒙羞，倘若再闹出点儿什么事儿，在亲朋好友面前如何自处？所以，还是老老实实了此残生吧。业余时间，他打打牌，看看书，跟驴友们去爬爬山，力争过一种健康生活。他还成了老朋友慈善会的忠诚义工，并将工资之半捐了出来。他认为这代表着某种救赎，而手无余钱，则会减少很多犯错误的机会。至于他是不是还想借此塑造某种形象，试图扳回人们对他的看法，就非他人所知了。

总之，这三年一切平淡。他孤单地生活在热闹的人群之间，忙碌地浪费着冗长光阴，以一种健康而积极的方式自暴自弃，直到今年七月某一天的早晨。他每天都起得早，在大妈们占据广场翩然起舞前，他已经绕着东区走罢一圈。回来后洗个澡，他拿起手机看了看，见有一条新微信，是她发的。自有微信以来，他们就很少再发短信，因这个联系起来更方便，也更省钱。打开微信阅读毕，他愣住了。她又借钱！这是赖上自己了吗？他郁闷地想。没道理当年帮她脱离苦海，就得替她负责一辈子吧。他没有回复，换过衣服上班去了。他一上午心神不定，担心她会再发信息催问，然而等到下班，除了几个垃圾短信，手机上并未收到任何信息。他望着窗台上那盆茶花发了会儿呆。大概是侍弄不周，山茶已不再开花，每到花期，仅仅结出一些骨朵儿，不等绽放就凋谢了。他拿起办公室里的电话，看着手机拨通她的号码。

与上次一样，嘟声仅仅响了一下，她就接通了，而且她声音依旧很低沉，还有很重的鼻声，似乎刚哭过。他问她遇到了什么困难，她说儿子得了急性脑炎，很严重，进了ICU抢救，急需钱，一时借不到，就想到了他。她问他方不方便，能不能帮帮忙。他说：我手头没有，我借借看，你等我电话。

他手头真没有这么多钱。她要一万五，数目比以前少，可是他也比以前穷。他坐在皮革已皴裂的办公椅上，把相熟的人一个个过滤，盘算向谁借比较好。想来想去，还是张三最合适。于是他去了趟张三家。他觉得打电话不如见面说，电话里拒绝人很容易，当面就不好意思太无情。张三正在跟两个朋友斗地主，相互都很熟，他坐旁边看了会儿，就提出了借钱的要求。张三笑眯眯地瞅着他，问他借钱干吗。他实话实说，那个女人的孩子得了重症，进监护室了，急需要钱。张三说：那孩子是你的吗？

他说：别乱放屁。

张三说：那关你什么事儿？

帮人帮到底。他说：她开口了，总不能见死不救。

天底下没钱治病的那么多，你怎么不帮别人？

这是个让人无语的问题，看似符合逻辑，实则蛮不讲理，充满了小市井的狭隘和冷漠。他瞪着张三。废话少讲，你到底借不借？

要是你干别的，肯定借，哪怕你是去找小姐。但是这个，我不借。张三说：这女人害得你还不够惨吗？

他站起来就走了。带门的时候他有点儿赌气，手上劲儿大，砰的一声响彻楼道。真是不可理喻！他愤然想：不借就不借吧，还扯东扯西，什么嘴脸！秋风凉薄如水，在楼宇丛生的城市里哗哗流淌。他行走在青桐树斑驳的阴影下，心房里渐渐充满忧伤。他想到了与朋友们的关系。自他受贿事发以来，朋友当然还是朋友，吃饭喝酒打麻将，以前一起干吗，现在照旧一起干吗，但在感觉上，总似隔了一层东西。举个不恰当的例子，就像做爱时戴了个套子，虽然一样深入，却不再有肉贴肉的亲密无间。最初他以为是自己多心，后来多方注意，越注意越觉得有问题。今日张三的态度，在他看来，便是最直接的证明。得势相附，失势相倾，有用则来，无用则去，原属人之常情，没什么不好理解，试想，谁会把一个没有价值的东西放在眼里？只是他很悲哀，交了这么多年的朋友，你以为是伯牙子期，不料却是油头市侩，让人情何以堪。街头店家门口的大音箱在放歌，是流传已久的神曲《爱情买卖》，一句歌词锐不可当地闯进耳朵：最后知道真相的我眼泪流下来。多么应景的句子啊！他跟着旋律哼了一遍，嘿嘿笑了笑，掏出手机给她发微信：

没找到钱，很抱歉！

几分钟后，她回了微信：没事儿，我再想想其他办法。

他看罢微信，将手机关掉，回到家蒙头大睡。反正有她老公呢，自己身为外人，帮是人情，不帮是本分，况且自己也并非不帮，实属力不能及。张三说得对，天底下需要帮助的人那么多，能管过来吗？他这样想着，渐渐也就把这事儿淡忘了，只是性情越来越孤僻，很少再跟朋友们来往，尤其是张三。他并不怪张三，可就是不想见他。

直到两个月后，张三才意识到他的刻意疏远。他觉得这很荒谬，就做了些准备工作，然后设宴请客。李四奉命来叫他，只说去吃个饭聊聊闲天，在场的都是老朋友，并无外人。他被李四拖到城北的好厨子饭馆，跨进包厢，看到张三端坐其间，顿觉没好气。酒过三巡，张三踢开椅子，手捏酒杯站起来，两只眼瞪着他。

就因为我没借给你钱，你就疏远我？他一口喝光杯中酒，取过手包，掏出两沓钱拍到桌子上。要钱是吧？给你！你今天不拿走就是王八蛋！

他眉头攒起来。你想干吗？

不干吗，就是要证明我他妈不是重财轻友的人。张三说：你只知道我不借给你钱，你知不知道我为什么不借？那个婊子一直在骗你，她根本没从良，向你借钱的前一天，她还卖淫被抓了！

他吃惊地盯着张三。他和她的事情败露后，张三曾设宴慰问，大家对他的不幸遭遇深表同情，继而追问他和小姐的故事细节。他心情糟糕，很快就半醉，在他们陷阱重重的提问中坦白了所有情节和信息，包括她的姓名、年龄和籍贯。张三是市公安局政治部主任，可以通过内部协查平台查询国内任何人的违法记录，他这样说，那一定是真的。张三将他和女人的事从头分析，术语纷飞滔滔不绝，一副义愤之情不可遏制的样子。其他朋友也不时应和或补充几句。他明白了，今天这个饭局原来是鸿门宴，不对，是批判会，这帮亲爱的朋友们狠针峻药，下手凶猛，完全不考虑他承不承受得住。他们认为他们是在治病救人。玻璃杯里的茶水渐渐冷却，黄褐色的液体犹如隔夜的尿。他双手捧着杯子，眼光无力地趴在薄薄的杯沿上，满耳朵都是责难之辞。

她就是看你实在，吃定你了。张三说：你个信㞞货！

4

他决定一探究竟。

他是在饭局后第三天早上出发的。国槐和橡树掉光了叶子，在微茫晨光里萧瑟而立，他背着帆布包走出小区，看到雪片像烟灰一样飘下来。他没有告诉任何人，向单位请了个假，理由是近来心脏反复不适，要去省城住院治疗。本市第一汽车站有辆直达她们县城的班车。车站不远，他步行而往。走进车站时，雪花已渐繁密，被寒风翻卷着忽西忽东。他在车内坐定，望着漫天飞雪，无端想到了易水河边的荆轲。

一百五十公里的路程不算太远，下午四点钟，他已赶到了她所说的那个村庄。这边也在刮风，但没下雪，阴晦的天空里隐约能看见太阳的影子。他走进村口一家小卖部，买了盒烟，然后说出她的名字，打听她家怎么走。店主是个五十多岁的小个子男人，瞟了他一眼，说没有这个人。他撕开烟盒，抽出支烟递给店主，请他再想想。店主接过烟，在他的打火机上点燃，说：真不记得有这个人，她爹叫什么？

他说：不知道。

她娘呢？

他有点儿尴尬了。也不知道。

那没办法，你再去问问别人。

村子很大，差不多有小镇的规模，他顶着风四下游走，见人就问，一直打听到天光昏沉，才彻底死了心。毫无疑问，她撒了谎，她家并不在这里，甚至她的名字也可能是假的，就像她们出台时的称呼，小美小丽小花小朵，不过是掩护本名的代号而已。那么她所讲的家庭情况，是否也属杜撰呢？他坐上最后一班城乡客车回县城，望着窗外陌生的夜色愠怒不已。

车近县城时，他忽然又想到一个问题：如果她所说的一切都是假的，张三又是怎么查出来她的信息？这个迟到的发现令他寒彻骨末，觉得被整个世界戏耍和背叛，忍不住哈哈笑出了声，惹得旁人纷纷看过来，就像看个神经病。没有食欲，只想睡，到县城后，他随便找一间小宾馆住进去，也不洗澡，直接蒙着被子栽到床上。可是又睡不着，脑子里乱糟糟的尽是这件事。他发誓要找到她，不管多久，也不管多远。至于工作，去他妈的工作吧！

目标确定之后，事情就变得好办起来。五年之内，她换过两次手机号，理由是挪了地方做生意，换个当地号打电话便宜点儿。他撇开微信，用短信给她发了条信息，问她近来可好。等到半夜才接到回复，共四个字：还好，你呢？她以短信回复，证明手机号码还是之前那个，而那个号码归属某市。他回短信，说他很好，天冷了，给她买了套冬衣，要给她寄过去，让她告诉地址。又过了很久，她回复过来，说不用了，谢谢，让他也注意身体。他说已经买了，不寄只能丢掉。她这才发过来收件地址，是某市某街一家便利店，与手机号码所属城市吻合。

其实有更精确也更便捷的办法找到她：手机定位。但这要警方和电信部门配合，他没这个能力。次日一早，他直奔某市，在手机地图的帮助下，很快找到那条街的那家便利店。就在车站附近，不大，但很干净，旁边也都是小门面，诸如五金电料、水暖安装、定制窗帘之类。他假装买东西，进便利店走了一遭，没有见到她。此处肯定是代收邮件的地方，她并不在这里上班。这是意料中的事儿，所以他并不沮丧。接下来有两种办法，一种是找商场买件羽绒服，通过快递寄到便利店，然后守在附近等她来取，即可跟踪她的去向。这是备用方案，现在他要先试试另一种。他打开微信，找到"附近的人"功能，点选"只看女生"。他觉得，如果她仍操故业，很可能会常用这个功能。点选之后，呼啦一下出来一大排女士，而高居其上的，是一个"附近的朋友"，微信名叫"依人"，头像是美颜过的照片，看上去很性感。呵呵，正是她。

功能显示，她在附近两百米内。他在手机地图上定下一个位，然后绕街而行，走了大约三百米，再次打开"附近的人"。她依旧在，这次显示是在三百米内。他如此绕行，找了五个地点，画出五个圆，然后在地图上相叠加，最终呈现出一个重合的部分。这当然有误差，不可能精确标示她所在的位置，但是只要有个大体方位，再加上时间和毅力，要找到她应该不算很难。他在手机地图的指引下，朝重合区域走过去，进入到一条狭长的街道。这条街在车站对面不远处，两边小宾馆和发廊林立如栉，大概是天冷，街上无甚行人，窄小的街道也显得空旷。他在一家宾馆前停下来。所谓的宾馆，不过是所家庭旅社，由一栋四层民居改造而成。这是重合区最靠近核心的建筑。他决定住在这里。

里面陈设很简单，没有电梯，没有地毯，也没有遍布各个楼层的摄像头。楼道和走廊都是水泥的，不少地方起皮，被重新修整过，一片一片如同满地补丁。房间也很寒酸，仿瓷涂料粉刷的墙壁已失去本色，卫生间里的洗手盆摇摇欲坠，而散发着污秽气息的便器，竟然还是蹲式的。他联想到了杏园酒店，两相比较，简直有天壤之别。假如她真的重操旧业，或者根本就没有退出过，她会在这儿接客吗？他感觉很疑惑。

他昨晚没睡，本想歪床上眯一会儿，养足了精神好办事。可是走廊里不断有人来去，橐橐的脚步声伙同廊道的回音，粗暴践踏着他脆弱的神经。还好离天黑已不远，他抽了几支烟，夜色已然漫上窗台。他先去附近饭馆吃饭，饭后回来，看到老板娘正在一楼大堂与人聊天。老板娘四十多岁的样子，穿着黑茸茸的皮草，一张脸肥白欲滴，假睫毛黑而长，嘴唇则红得像刚揭了皮。这么一副尊容，欲使人不联想到老鸨，简直比抽彩中奖还难。他回到房间，抽了一支烟，然后给前台打电话。前台只有老板娘在，听到客人说淋浴没热水，马上就来了。这是个非常拙劣的借口，老板娘打开水龙头，热水很快就雾腾腾地洒下来。老板娘是聪明人，立刻明白了客人的意图，不等他羞涩开口，主动关怀起了他的夜生活，问他要不要小姐。

他装出一副老手的样子，说：货色怎样啊？能不能挑选一下？

老板娘有备而来，当即从皮草内掏出一沓照片，他一张张翻看。照片上的女士只能用两个无比恶俗的词来形容：浓妆艳抹、搔首弄姿。不过看上去还都有一点儿姿色。他漫不经心地翻着，问老板娘：这些照片真实吗？老板娘嘿嘿一笑。广告嘛，肯定有点儿美化，太认真就不厚道了，但是活儿都很好，你试试就知道了。活儿很好，是不是意味着入行时间久？而入行时间久，岂不是代表着年龄也比较大？想想也是，倘若是年轻貌美的小姑娘，肯定要去高档场所赚大钱，怎可能来这种地方浪费青春。而他此来是为找人，对这些女士们的活儿并无兴趣。照片一张张过手，眼看就要翻完，在倒数第三张，他终于看到了一张熟悉的脸：正是她微信头像所用的那个。他的手不由自主地颤抖起来。

天太冷了。他说：这个不错，就这个吧。

老板娘把头凑过来看看照片。这个不行，她不在。

去哪儿了？

回家了。

什么时候？

天快黑那会儿，坐老乡的车走的。

这算不算是擦肩而过，失之交臂呢？他懊恼不已。多久回来？他问。

不知道。老板娘说：你再看看别的，别的也不错。

他将照片又过了一遍，抬起头来瞅着老板娘。当面细看，老板娘又是一种风韵，而且额眉干净，眼睛明润，年轻的时候想必也是个美女。你呢？他问：你今晚有空吗？

5

他就在门后等候。

老板娘已打电话问过，她下午就会回来，至于到达时间，可能要到黄昏了。所以心急也没用，他只有等待。趁此时间，他可以做些准备工作，比如兑现应许，去商场给她买件羽绒服。十一月的天光最短，白日在云层里晃了几晃，便坠入参差凌乱的楼丛，才五点多钟，天就已经黑透了。这时老板娘打来电话。

她上去了。老板娘说。

他马上蹿到门后。他这样做是有用意的：当她叩门，他会打开一条缝，容她侧身而入，然后立即将门推上，再以后背顶牢。他怕看到是他后，她会夺门而走。他藏身门后，闻听走廊里脚步声款款而来，到了门前，又款款而去，一颗心悬起来又放下，放下去再悬起来。终于，门被叩响了。门上没有猫儿眼，无法让他先窥她的面容。他手握把手，激动中又有一点儿犹豫。开与不开，见或不见，在此时都有不堪重负的理由。可是怎能不开呢？这些年的荒唐遭际，将在今晚得到一个说法，隐藏在时光和距离之后的真相，也将在此夜一一印证。他轻轻压下把手，将门带开一道窄缝。

窄缝突然扩张了几倍，显然是被门外的人推的。紧接着一个人从半开的门里挤进来。是个女人，卷曲的长头发披散在前胸后背，俗气的红呢外套包裹着壮实的身躯。脸庞还算丰满，但气色不好，鼻梁和眼睛周围布满黄褐斑，犹如一团晦气笼罩在脸上。他怔住了。没错，来者是她。可真是她吗？在他想象里，从门缝里游入的应是细细瘦瘦的白鲦，不料却闯进来一条肥硕的草鱼！尽管已有心理准备，他还是难以接受。仅仅三年啊，曾经的动人少女就变成了庸常村妇，还有什么比时光的无情摧残更令人惊怖的呢？

他怔的时间太长。她与他同时看清对方，同时发怔，她的怔很快转化成惊愕，继而是惊慌，扳开门就逃了出去。他要阻拦已经晚了，追出门时，她已经飞奔过三个房门，折进楼梯道，咚咚咚跑下楼去，全然不顾高跟鞋可能崴了脚。他赶到楼梯口，想要追下去，两只鞋底却如黏在地上。他扶着肮脏的铁栏杆，望着视野有限的楼梯道发了会儿呆，默然回到房间。唉，这算什么事儿！他坐在破沙发上闷头抽烟，抽了两支后，掏出手机拨打她的号码。拨了五次，她都没接。怎么办呢？只有继续抽烟。烟雾连绵不绝，充斥于冰冷的房间内，犹如幻灭之情将他淹没。

两小时后，房门再次被敲响。他以为是老板娘来问究竟，将门打开，却看到是她。她站在尺余之外，抬头望了他一眼，又复垂下头去。他说：进来吧。

她就进来了。他将门反锁，站在靠门的方向，这次不用担心她跑掉了。他仔细打量她，娃娃脸的轮廓还在，娃娃气已经没有了。她一直垂着头，似乎不敢看他，神情却不是羞怯，也并不扭捏，只是不自然，千般万般不自然。他盯着她看，看得久了，不由自主也不自然起来。

脱吧。她说。

这应该是最好的开场白。两人脱光衣服，钻进冰凉的被窝，他搂住她，她也温驯地被他搂住。他的手在她身上轻轻抚摸。她的皮肤已不似记忆中的那么光滑，肌肉也不如以前紧致，尤其是腰腹部位，指掌到处，满手都是松软的赘肉。她在他怀里抖动了一下，好像敏感地方被触碰到，生理上本能地排斥。

芳姐给我打电话了。她说。芳姐是老板娘的花名，这他知道。她说你们谈了很多。

嗯。

都谈了些什么？

该谈的都谈了。他说。他把手掌从她腰上挪开，把她搂得近了些，似乎这样可以使两人更暖和。他的三百块钱没有白花，老板娘把她所知道的事情统统告诉了他。于是他知道，她所计划的事儿全都做了：先是开小饰品店，生意不好，又卖服装，依旧不赚钱，然后就卖小吃，干了一年，多少也挣了点儿，但跟不上家里的花销，就又改行去学美容美发。学习的时候认识了一个小青年，谈恋爱结了婚，婚后两人开了间美发店，她又生了孩子，小日子还不错。后来不知何故，两人突然又离了婚，孩子归她。养孩子需要钱，而她经过这么多折腾，意识到自己不是做生意的料，只好去省城打工。她把孩子放在老家她妈那儿。孩子太小，她妈又太老，照应不好，一场高烧引发了脑炎，她又没钱治，差点儿把命耽误了。

她在你们那儿干这行，本来干得好好的，收入也不错，虽说发不了财，也够养家。就因为遇到你，把一辈子毁了。老板娘说：你倒是好心，以为救她出苦海，可不知道她离开这一行，才是真的进了苦海。各人有各人的活路，适合你的不一定适合她，你逼她做生意，十足害了她。

他说：我没有逼她，是她自己愿意的。

那是她不了解自己。你看看，折腾这么久，最后不还得回到这一行？就是代价太大了，以前条件好，能进出高档酒店。生了孩子以后，整个人都变形了，要脸儿没脸儿，要身儿没身儿，一样是卖，价钱可是天上地下。

他麻着脸抽烟，听得无比气闷。顺着老板娘的逻辑推引，将会得出一个令他狼狈不堪的结论，所以他不能认同。他承认卖淫是人类最古老的职业之一，也尊重性工作者的人格，可卖淫毕竟是违法的，从事这一职业也很没有尊严，但他没跟老板娘辩论这个，他怕得罪了她，翻脸不再提供信息。

你怎么看这个问题？说到这里，他问怀中的她。

她没有立即回答。从她神色看，好像并不是不知道该如何回答，而是不愿谈这个话题。的确，这个问题很容易辩驳，尤其是关于"尊严"的论调，根本经不起以现实为依据的反诘。事实上，这些反诘也一直在他脑海里并不遥远的地方回响，只是过于直白犀利，缺乏成熟人士应有的淡定和蕴藉，而被他在潜意识里自我修正掉了。气氛变得有一点点僵。她感觉到了这种潜在的不愉快，觉得还是回答一下好。

我真的不想干这行。可是孩子病重急救，我又借不到钱，只好到医院附近站街。就是太倒霉了，才接了两个人，就被派出所抓住，罚了三千块钱。是芳姐帮我交的罚款，又借钱给孩子治病。孩子出院以后，我就来这边了。她说：先活着吧，再慢慢找能做的事儿，等有合适的工作，我就不干这个了。给我点儿时间，好不好？

他无言以复，只能把她搂得更紧。这说明已经取得他的谅解。她笑了笑。她侧身而卧，一边脸压在他胸前，她的笑容从唇角舒展，传到他胸膛前就被挡住了。你放心，我说到做到。她说：以后孩子长大了，我可不想让他知道他妈妈是干这个的。

说到孩子，气氛似乎轻松了些。桌子上有两只盒子，一只是幼儿早教机，另一只装的积木。据老板娘说，今天是她儿子的生日，她回去也是为了这个。他觉得有必要给这个素未谋面的小家伙送点儿礼物，就在给她买羽绒服时，顺道买了那两盒东西。她顿时变得非常开心。儿子肯定很喜欢！她说：哎，你要不要看看儿子的照片？她说着，从他怀里爬起来，要拿床头柜上的手机。他拽住她，把她拖回被窝。

回头再看吧。他说：别感冒了。

哦。她说。

他觉得身上开始发热，需要做些活动降降温，就爬到了她身上。在开始活动之前，他说：你还是别干这个了，我这几天再给你找点儿钱，你好好想想能做什么事儿，好不好？

她没有回答，或许是身体已经投入状态，思维就受到了限制，并未意识到他究竟在说什么。直到几分钟后，他都已经忘掉了自己说的话，才听到她梦呓似的说：好。

父亲的婚事

张学东 *

1

若不是让小妹半夜三更打电话吵醒，父亲的那档子事他还一直蒙在鼓里。寡廉鲜耻！程仁脑子里闪电般蹦出四个字来。想到当事者毕竟是自己的老父亲，马上又觉得，这种思想苗头来得太过尖刻，甚至不无恶毒。但是，他又分明听出小妹的倾诉声里，还带着那种蒙羞后的难堪、震怒后的余火，以至于跟他这个长兄讲电话时，还有些怒不可遏的火药味道。

大哥，你说说看，老爷子他咋变成这鬼样子了，亏他做出这号丢人现眼的事……我都替他害臊！

萦绕在程仁眼皮周围的蒙胧睡意，顿时让电话声震得无影无踪，他不无颓废地斜靠着床头，下意识地从床头柜上摸出一根香烟，又尽量侧过脑袋，手机夹在耳朵和肩膀头之间，火头一亮，第一缕烟气就从两只鼻孔喷了出去。迷幻的烟雾在黑色的空气中有些黏稠滞涩，跟现实纠缠不清的样子，半天也不愿意轻易散开似的，笼罩在宽大的红木床头上方。唯见天花板的吸顶灯上的那几串

* 张学东，1972 年生，中国作协会员，宁夏文坛“新三棵树”之一，国家一级作家。先后入选“国家百千万人才工程”“四个一批人才工程”，宁夏政府特殊津贴享受者。作品入选中国年度优秀小说选刊选本百余种，曾获《中国作家》《上海文学》等刊小说奖，三度荣登国内权威性小说排行榜。小说被译介到俄罗斯、美国、加拿大、日本及中国台湾地区。已出版中短篇小说集 8 部、长篇小说 6 部。现为《朔方》副主编。

水晶玻璃珠子，在烟头明灭间，闪射出一丝诡谲的亮光，隐约可见一个小小的人影，像个幽灵，不露一点儿声色。

这是他的老习惯，不管何时，只要从床上爬起来，头等大事就是先点一根烟熏上再说，离开了这个兴奋剂，他的大脑就会一片空白，无法运转，更不能集中精力去思考那些棘手的问题。习惯成自然，这世上几乎每个人都是依赖性动物。老婆被烟呛得咳嗽两声，猛地翻身坐起，头发披散着，活脱脱电影里诈尸女鬼的模样。让不让人睡觉？三更半夜接电话，还抽烟？你可真够烦人的！老婆满嘴嘟哝着，忽又怒气冲冲地下地奔向卫生间去了。他们住的主卧有个单独的卫生间，马桶喷水的轰鸣声，带着一股女人的怨气，彻底打破了这午夜中的沉寂。电话那头，小妹程信还在不停唠叨，简直跟那个著名的祥林嫂一模一样，程仁却始终不置一词。大哥，你倒说话呀，咱们得连夜想出个法子，不能由着老爹这样瞎胡闹！好了好了好了，我知道了，你先睡吧，有啥话咱天亮再说，行不？天塌不下来！他可不想惹得老婆半夜里跟自己置气，就急匆匆挂了小妹的电话，想了想干脆连手机也关掉为妙。

可事情并不能都像手机那样随时挂断或关闭，相反，它就悬在半空，不明不暗，不阴不阳，不上不下，或者就像一把利刃，闪着银光，随时会掉下来，在自己的脸上或身上，砍出一道深深的血口，留下永久的疤和刻骨铭心的痛。很快，老婆就从卫生间踢踢踏踏回来了，程仁赶忙在烟灰缸里掐灭了烟头。烦死了，刚才谁的电话？老婆的身体气哼哼地埋进被子里。他轻描淡写地回了句，还能是谁，程信的呗。

小妹的话几乎密不透风，灌满了他的脑壳和每一根神经。根据程信那通颇为露骨的描述，他能想象老爹在家都干了些什么。一个六十五六岁的老头子了，那方面还蛮有需求的，在外面找了女人不说，还明目张胆地往家里带，压根不把自己的儿女们放在眼里。看来，这回是要动真格的了，听程信说那女人还拖着个小油瓶子，这叫什么事啊？小妹今年也是奔四的年纪了，因为她家住得离老爹最近，又是小女儿，自从母亲病逝后，照料老人的任务就自然而然落在程信肩上。其实，老爹的身骨腿脚都还硬朗，平时小妹也就是隔三岔五过去看上一眼，顺带买点生活用品，再帮着拾掇一下屋子。等到节假日，大伙才会一起过去，给老人做顿好吃的，陪他说说话聊聊天。几个人事先讲好的，程信主要负责出力，他和程礼兄弟俩则每年都拿出点儿钱来交给小妹，权作是大伙一起孝敬老人的。今天已是腊月二十三，小年了，再没几天就是除夕，小妹当然得惦记着过年的事，想去问问老爹需要置办点儿什么年货，过两天她好一并去采买。没想到那个小寡妇和小油瓶子都在，瞧那意思，他们仨已经其乐融融地过上小日子了。房间好像收拾得一尘不染，最可气的是，阳台上居然晾晒着一套艳粉色的胸罩和内裤，一看就知道是新买回来，刚过了一水，这八成是老爹给那个小狐狸精买的呗。还有让人感到气愤的，本来程信是想等那女人走后要跟老爹好好谈谈，可老人竟然当着外人的面说，没啥事了，早点儿回去吧，这里用不着她操心。这无异于下了逐客令。小妹回到家后觉得实在窝火，躺在床上翻来覆去睡不着，越琢磨越觉得事态非常严重，后来终于忍不住爬起来给大哥打了电话。

像是要逃避老婆突如其来的温存，程仁也装模作样地上了一趟卫生间，顺手带了烟躲在里面一个人抽起来。尼古丁的气味迅速聚集在有限的空间里，他仿佛置身于不久前去北京出差所遭遇的那种无所不在的雾霾当中，整个人忽然失去了方向感和平衡度，思绪都变得漫漶而又滞涩了。母亲离开他们时的样子又艰难地浮现在眼前，那实在是不堪回首的，若不是今晚情况特殊，若不是事情赶着，程仁是不愿意再去想这些的。病入膏肓的母亲，早被大夫判了死刑，一次次可怕的放疗化疗，几乎把一女人彻底摧毁了，没有头发，没有眉毛，没有女人最起码的样子，皮肤苍白得像一层薄薄的窗户纸，浑身上下尽是干柴样骨头，剧烈的疼痛如影随形，每日就靠注射盐酸吗啡或杜冷丁来缓解。有那么半年光景，兄弟姊妹都不停奔走在医院和各自的家庭之间，忧愁、叹息、无奈和眼泪一刻不曾停止过，后来还是父亲做了个断然的决定，说别让你妈再受这号罪了，让她痛痛快快走吧。至今想起，那最后一幕还有些惊心动魄的罪恶感。

大妹程智大学毕业后，一直留在外省工作，成家以后每年春节举家回来一趟，那次应该是程智在这个家里度过的最长的一段日子。程智一直都不想放弃，她甚至为这事跟父亲拌过几次嘴，照程智的意见，应该立即带着母亲去外地寻求更好的医院和治疗，但父亲死活不依，说既然是绝症，何必让你妈那么遭罪，甚至还说，将来要是他也有那么一天，你们几个赶紧让我走，千万别花那冤枉钱。后来还是开了个临时家庭会议，就在住院部楼下，那个简陋的小凉亭里，还能怎样，他和弟弟程礼后来也都点了头，男人总是更理智一些。小妹其实也不忍心，只是一个劲儿哭，不表态。父亲就说，那就算三比二，少数服从多数吧。大妹恨得咬牙切齿，不等父亲把话说完，就扭头跑回母亲的病房了。母亲走后连着几个春节，程智都不肯回家过年，只是在三十那晚，给程仁他们发发短信，或打个电话拜年……

第二天上班的路上，刚一开机便弹出一串未接来电，全都是小妹打的。程仁一边开车，一边皱着眉头回了电话。小妹的口气依旧火急火燎，怎么办，大哥你到底想出好点子没有？真是急死人了！又说，我刚给二哥去电话了，你猜这家伙咋说的，他说天要下雨娘要嫁人，还是顺其自然吧，这个没良心的，怕是早就忘了咱妈在世时多疼他了。这倒是事实，做母亲的总是疼爱自己的小儿子，加上程礼自幼就很乖巧，很讨母亲欢心，功课成绩也不大用人操心，母亲就紧着把家里的好吃的留给他。后来有了两个妹妹，母亲偏心依旧，常常惹得程智和程信都很有意见，总戏谑说，母亲重男轻女思想严重，她俩就像是路边捡来的。

小妹最后不无狡黠地嘱咐他，反正眼看就过年了，要不这样，大哥你抽空也去老爹那边打上一头，假装关心一下嘛，顺便也好摸摸底啊。程仁觉得言之有理，不能单单凭着一套狗屁内衣，就给这件事情盖棺定论，那未免太草率了，万一情况不像小妹描述的那样，只是一场误会呢？到头来再惹得老头子动了怒伤了身，大伙谁也别想消消停停过这个年。小妹的性格他还是了解的，平时眼里揉不得一粒沙子，遇到一点鸡毛蒜皮的事，就爱瞎吵吵，嗓门比谁都大，啥事一到她嘴里，不免有些夸张的味道。至于程礼，在姊妹们心目中的地位本来就不太高，一方面过去母亲在的时候事事都偏向他，时间长了两个妹妹多少有点妒忌他；另一方面，程礼这个人严重惧内，媳妇的话就是圣旨，逢年过节大伙聚在一起，但凡屁大点事，他都要早请示晚汇报的，简直离开媳妇就没了主张。

在程仁看来，弟弟这种做派还不都是母亲当年惯出来的，从小衣来伸手饭来张口的，长大了对家庭其他成员漠不关心，有时甚至表现得相当自私。时隔多年，程仁依然记得，当初在医院讨论母亲病况的情景，父亲让程礼发表意见，他说什么还是听大伙的，大妹就不客气地问他，难道你不是家里的成员，难道你没有自己的思想？小妹也说，你是儿子当然得拿个主意。他半天支支吾吾才冒出一句，我媳妇的意思是，别让妈太煎熬了。这话一出口，大妹首先就气愤难平地说，笑话，妈是你自己的妈，跟你媳妇有啥关系？她说这话是怕到时候让你们掏腰包吧？兄妹俩为此大吵了一架，一个脸红，一个脖子粗的，那天若不是在医院里，说不准真就动了手。

2

年味渐近渐浓。街道和生活区里时不时传来噼噼啪啪的一串爆竹声，间或还有那种暴跳如雷的二踢脚，呼啸着直蹿到半空中，骤然炸裂，空气里的火药味裹挟着一股兵荒马乱的气息，非要打破现有的那些稳定秩序不可。发明爆竹的家伙八成有点儿心理阴暗，很擅长恶作剧，或者纯粹是吃饱了撑的，偏搞出这么个鬼名堂来吓唬人。从昨晚到现在，心里一直装着事，程仁下班后就没有回家，而是直接开车奔父亲这边来了。正好，单位工会发了一盒带鱼、一桶色拉油，外加一塑料罐正林瓜子，他都让门卫师傅帮忙扔进车后备厢里。想着瓜子留给老婆享用，女人总是喜欢坐在沙发上，用它们噼里啪啦打发时间，这样也省去了她没事找事地跟他瞎叨叨；至于带鱼和色拉油，干脆都提溜到父亲家里，正好算是个由头。每年三十傍晚，大家都要聚在父亲家里吃团圆饭的，这样也省得小妹再去采购这些了。

父亲住的这个地方年头不短了，那还是二十多年前单位分配的，六十来平方米的老式福利房，如今小区四周早被拔地而起的酒店和写字楼团团包围了，巨大的楼影如乌云一般很险恶地投射下来，走进这里路人不由得心里直发寒气。家属楼的外墙皮脱落得不成体统，远远看去，竟活像一条奄奄一息的老癞皮狗；仅有的一小片空地上，几乎见不到一丝阳光，腊月里飘过的两场大雪堆积如故，一条被人见天踩踏过的甬道，显得脏兮兮的；背阴处被谁随便泼了脏水，冻成很厚很硬的冰盖子，几摊狗屎或小孩粪便很扎眼地冻结在上面，真是叫人难受。

程仁始终眉头紧蹙，两只手里拎着年货，像杂技演员那样，踮着脚，左拧右闪，半天总算是屏住气息突出了重围，然后一头冲进眼前的楼门洞里。当初母亲就是从这里，被儿女们七手八脚抬出去的，直到她生命的最后一刻，再也没能回来。一晃几年过去了，作为长子，他除了每年清明节开车载着弟妹们，去山边的公墓给母亲上上坟烧烧纸钱，似乎再也没有为母亲做过什么。至于那个被母亲撇在世上的孤零零的老头子，有时几乎快被做儿子的给淡忘了，一如眼前这栋破败不堪的老楼，被有关方面遗弃了一样，如果今天不来，他简直快记不起它丑陋的样子了。究其原因，不外乎是忙孩子忙工作忙家庭忙事业，可忙来忙去又能怎样呢，自己不过是个庸庸碌碌的常人，既没生出三头六臂，更不可能叱咤风云，不过饱食终日，得过且过，无所用心，说来真是惭愧啊，到头来竟连老父亲什么时候有了新欢也全不知晓。

给程仁开门的不是老人，而是一个四五岁光景的陌生男孩，小脸蛋肉嘟嘟的，耳朵稍有点儿招风，但眉眼鼻子还算周正，清澈懵懂的眼神里，透着一股小孩子特有的好奇和稚气。门刚拉开一道窄缝，这张小脸蛋就鲜活地探伸出来。嫩生生地问了句，叔叔，你找谁呀？因为小妹已经提前给他打过预防针了，所以程仁倒也不觉得特别惊讶，他的目光只跟孩子稍一碰触，便径直越过小家伙头顶，朝屋内探寻而去，从他这个方向可以看见，厨房里有人影在袅袅的热气中晃动。他随手将两件年货放在鞋柜前的地板上。

小男孩的兴趣立刻被地上的东西所吸引。他先拿小手提了提色拉油的红色手环，油桶纹丝不动；孩子有些失望地嘟囔了一句什么，又撒尿似的蹲下身子，抻长脖子，去仔细研究那只扁而长的纸盒了，盒面上印着银灰色的带鱼模样，鱼的眼睛又黑又亮，孩子似乎看懂了，突然激动地叫了起来，哦，鱼鱼，鱼鱼！随即，小家伙便一溜烟地，跑进北面正在轰轰作响的厨房里去了，同时小嘴不停嚷叫着，妈妈，妈妈，是鱼鱼，你快来看鱼鱼呀。

直到此时，一个腰间扎着花布围裙、头上套着一只普通的蓝色塑料袋的女人才从厨房走出来，她手里掂着个油乎乎的锅铲，显然是在里面做饭。她倒是生得眉清目秀，嘴唇涂过粉红色的唇膏，两弯眉毛也是精心地画过的，身材不胖不瘦，仅从面相看，也就三十五六岁的样子。女人也盯着程仁上下打量着，但很快她的脸上就浮出一层自来熟的笑意，显然没有把他当陌生人看待，而是对他不无熟悉的样子，她嘴里一连声说，你是程家的老大吧，跟照片上的人一模一样，刚刚不好意思，油烟机太吵了，我没听到敲门声。然后，她又很客气地让他，你快坐吧快坐吧，我锅里还炒着菜呢。说罢，就急忙转身回厨房忙去了。

程仁愣了一愣，心想，看来小妹所言说还真是一点不假，这女人俨然一副女主人的姿态嘛，这让他心里很有些不自在起来。他没有立刻在沙发上坐下来，而是倒背着双手，心情复杂地从客厅走到南面的卧室，又从这里走进北面的次卧，然后像是被什么东西牵引着径直去了阳台。这时，他才留意到，家里包括阳台在内的窗户，都被擦得透亮透亮的，所有的家具床铺也都收拾得整整齐齐。阳台的衣架上倒是晾着几件外衣，能看出来，多数是父亲的，也有一两件女人的，当然还有那个孩子的小衣裤。不过，小妹电话里所说的崭新的女人内衣，他始终没有看见。八成是小妹敏感的目光引起了女人的警惕吧，或者，人家早已经穿在身上了也说不定。这样想时，他眼前兀自闪现出那个女人只穿着艳粉色贴身内衣的婀娜模样，心里竟有股不可抑制的纯属于男人的幽暗漾动，他忙掩饰什么似的干咳了两声。

男孩像只乖戾的小哈巴狗，猛不丁就蹿到他脚边来了。此刻正抬起毛茸茸的小脑壳，很吃力地盯着他望。很久没有被这么点儿小孩盯视了，自从儿子读了大学以后，程仁觉得身边一下子清静了，孩子的成长过程太快了，几乎一眨眼那只小鸟就羽翼丰满了，学会单飞了，再不需要两只老鸟的庇护了。眼下，这个小孩子让他多少有些想多看几眼的冲动，甚至想跟他说说话。于是，他就地蹲下身子，这样一来，孩子就不用总抬着眼皮费劲地瞧着他了。

喂，几岁啦？程仁拿那只被烟熏得焦黄的手指刮了刮对方的小鼻子。

我，我，我妈妈说，我过了年就，就五岁了。孩子鼓着小红嘴，一本正经地回答。

他嘿嘿地笑了，觉得真逗，小孩子说起话来总让人忍俊不禁。

叔叔怎么只看见你妈妈，那你爸爸呢？

这个问题看似漫不经心，实际上是他此刻最关心的。孩子却有些犹豫起来，像是识破了对方的奸计，一只小手慢慢地爬上脑壳，轻轻挠个不停，同时，斜着身子转动小眼珠，好像这个问题太大又太难，又或者是要等大人授命才能回答。

怎么？你连爸爸在哪儿都不知道？

他死死盯着孩子的眼睛，好清澈透明的眼珠，简直像水晶制成的，黑白分明，干干净净，一尘不染。

妈妈说，妈妈说……孩子有些胆怯地连连往后缩退着小身子，活像只小鸡遇见了居心叵测的老鹰，但似乎又无法避开对方追询的目光。妈妈说，要是有人问起爸爸，我就说爸爸他……

亮亮！

没等孩子把话说完，那个女人猛不丁冲过来，一把抓起孩子的小手，嘴里说，亮亮就知道缠人，快去卫生间洗洗手，准备吃饭了。

说这话的工夫，女人像是很不经意地瞥了他一眼，眼神多少有些愠怒。他还注意到，对方头上的蓝塑料袋没了，头发是悉心挽了髻的，用一只漂亮的琥珀色的发簪束着，看着不失雅致。很快，女人又微笑着说，这孩子有点儿人来疯。对了，你怕是也没吃呢，待会儿老程回来，你们爷俩干脆一起吃吧。

老程？程仁心里顿时泛起一股被人冒犯的不悦滋味。这个不足四十岁的女人，居然管自己年迈的父亲直呼老程，也太没大没小了，真是岂有此理。妈的，她到底凭什么？又一想，幸亏自己按照小妹的意思过来了，否则的话，接下来的这个年，真不知该怎么过呢，到时候年夜饭上，猛不丁冒出这么一个奇奇怪怪的女人，大伙该叫她什么，阿姨，还是小妈？这实在太荒谬了！

女人倒是压根没有注意到他此刻的情绪波动，接着说，老程他呀，每天雷打不动，不到钟点是不会下班的！程仁完全听蒙了，下班？什么意思？他可从没听小妹说起过，父亲在哪里兼职上班。女人这次倒是猜出了他的疑惑，忙堆起笑脸，用几根雪白的手指做了一个搓摸的动作，嘴里说，你爸每天上午，都在街边的老年人棋牌室搓麻将，跟上下班一样准时，不到饭口不回家。他迟疑地哦了一声，眼睛却盯着女人涂了红色指甲油的手指，那手很白，也很细腻，不像是长期操持家务的样子，右手的中指和无名指上，都戴着黄灿灿的戒指，看那成色应该是 24K 金的；随即，他又注意到耳坠同样也是，灿然鲜亮，勾勒出成熟女人特有的风韵。她整个人简直被这些行头装饰得比新娘子也不差。哼，兴许这些玩意儿都是父亲拿退休金买给她的吧？他又禁不住胡思乱想了，父亲每月的退休金少说也有两三千块，给女人买买衣服化妆品和首饰，还是绰绰有余的。一想到父亲的退休金，竟都花在这个女人身上，他简直嫉妒得够呛，虽说他并不指望花父亲的钱，可也不忍心这些钱都打了水漂。

卫生间的水流声哗哗响着，女人诧异着想起什么似的，突然丢下他，快步循着水声跑去了。很快，程仁就听见女人提高了八度的尖嗓门，亮亮，你又玩水，怎么那么不听话，弄得满地是水，都能养鱼了，看妈妈不揍你！随即，就听到啪啪两声，一准是巴掌打在屁股蛋上了，孩子呜哇一声号啕起来，这声音来得异常刺耳。程仁很久没有领教过小孩子那种歇斯底里的哭闹声了。他忽然觉得，这个女人也许并不像表面看上去那般和颜悦色，相反，某些时候她会很凶的。

果不其然，墙上的石英钟指向十二点的时候，父亲准时准点用钥匙打开房门进来了。这时程仁正跷着二郎腿，心事重重地坐在沙发上，若有所思地吸着烟，女人刚才给他倒了热茶，不过他连碰都没碰茶几上的杯子。父亲似乎一点儿也不感到吃惊，只是淡淡地瞅了他一眼，就径自低下头去鞋柜里找拖鞋，色拉油正好挡住了半拉柜门，父亲动手往开移油桶时才问了句，是从班上直接过来的？又说，我不爱吃这种油，寡得很，没啥味道，待会儿还是拎回去，你们留着自个吃吧。

程仁没接父亲的话茬，而是把最后一口烟一丝不落全部吸完，才用力在烟灰缸里捻了捻烟头。他又听见父亲咕哝道，你呀，就不能把那个烟少抽上点儿，对自己身体没啥好处！他这才掩饰似的开口说话，再有几天就过年了，我顺路来看看，你这里还需要啥，到时候也好去买。话一出口，连自己都觉得虚伪古怪，似乎是完全按照小妹给他事先设定好的路数在笨拙地出牌。也没啥需要的，今年三十，你们几个过来吃现成的，我们能对付得了。往年，父亲可从没说过这样的话，今年似乎底气十足，而且，父亲还用了“我们”，显然是指他跟那个女人吧。程仁一下子竟没了措辞，父亲太过直言不讳了，看来小妹说得一点不错，他们在这里正儿八经过上幸福的小日子了，已无须儿女插手。

父亲刚换好拖鞋，先前哭过鼻子的小家伙，便虎虎式式地蹦到他跟前，跳着脚问，给我买好吃的了没有？父亲闻声立刻跟换了个人似的，精气神都大不一样了，仿佛年轻了二十岁，他笑逐颜开地弯下腰去，一把将孩子抱在自己怀里了，同时腾出一只手，从裤兜里摸索出一只包装花哨的棒棒糖，举在孩子眼前轻轻晃动着。亮亮，喜不喜欢这个？快拿小嘴嘴亲亲我这里，不然就给妈妈吃了。孩子几乎毫无保留地，把那小红嘴以及肉脸蛋都贴在父亲脸上了，那个亲昵劲让人牙根都要冒酸水了。老人哟哟地叫唤着，很受用地一个劲拿下巴颏上的灰白色的胡楂，蹭那张肉嘟嘟的小脸，边蹭边亲，笑声哈哈不断，完全沉醉于天伦之乐中了。孩子趁机拿到了自己喜欢的糖果，迫不及待地用小手撕扯上面的塑料包装纸。父亲旁若无人地抱着孩子，向卧室走去。

整个过程程仁都看在眼里，父亲对待小家伙的架势，如同自己亲生的，他脑子里不由得又瞎琢磨开了：父亲到底在给这孩子扮演一个什么样的角色，爷爷、伯伯抑或是爸爸？这样一想，越发让他感到浑身都不自在，一个儿子的尊严前所未有地受到了亵渎和侵犯，假如真是那样，那未免太荒唐了，他们兄妹四个又算什么呢，难道让这小不点儿管他们叫哥哥姐姐不成？真他娘乱了套了！想到这里，他简直气不打一处来，便愤愤地起身大步走进父亲的卧室。

爸，这个孩子到底是……问这话时程仁又多少有些犹豫了。照他的脾气应该直截了当，比如父亲跟这娘俩到底是什么关系，可一时又不想问得那么露骨了，毕竟面对的是上了年纪的老父亲，万一哪句话戗着终归不妥，可不问问清楚，又实在是憋得人难受。小家伙旁若无人地坐在床沿边，两只小脚不无得意地晃动着，小嘴有滋有味地吮吸糖果，腮帮子一鼓一鼓的，甜蜜的滋味让人羡慕，他可完全不在乎大人们说些什么。父亲窸窸窣窣脱掉了外套，里面是一件手工编织的烟灰色毛衣，针脚很细密，图样也很新潮，使整个人看上去精神焕发。

你是问亮亮吧，他是那个小苏的儿子。对了，我还没来得及跟你细说，小苏男人出车祸没了，孤儿寡母过日子不容易，她一直在咱们这里做着钟点工，就是上门做饭洗衣服那种。说起来，小苏还是居委会介绍给我的，说她人可好了。你看，每天三顿三晌给我做饭吃不说，屋子也是她拾掇的，这女人手脚勤快得很，闲不住，待会儿你正好留下来，尝尝她的手艺，保准你也爱吃。父亲一股脑地说着，几乎没有半点卡壳，像是练过好多遍的台词，一切似乎都合情合理，程仁实在寻不出什么破绽。

程仁始终在悄悄地察言观色。这中间，他又一次看了看眼前那几扇明亮的玻璃窗，不用问一定是那个叫小苏的女人的功劳。也许，小妹真的有些敏感过头了，不就是父亲从外面请来的钟点工或月嫂之类吗，作为儿子，他倒是举双手赞成的，老人家确实应该雇个人，照顾一下自己的生活和起居。心里这样想着，脑子里那根神经已不再如先前那样紧绷着了，继而，换了另外一种和缓的口气，甚至笑着对父亲说，爸，这事你做得对，我们几个都不常在身边，小妹家里还有个婆婆要照顾的，你这边是得有个像样的人给操持操持。

父亲听到程仁这么说，也就会意地点了点头。爷俩拉话的工夫，客厅那边传来女人热情洋溢的招呼声，老程，你们快过来吃吧，我都弄好了。

这次，程仁倒是没有再去挑那女人的理。

3

一接到大妹的电话，程仁便开车往机场赶，航班延误得一塌糊涂，他在候机厅几乎迷糊了一觉，那娘俩才拖着箱子拎着包，从国内到达口昏昏沉沉挤出来，这年头回家过年还真是有种逃荒的味道。大妹依旧留着的短发，永远都是一副假小子样，不过看上去还是挺干练的；女儿娇娇的个头蹿得快撵上她妈妈了，面颊和眉眼多少透着一股程智少女时代的味道。但娇娇的性格一点儿也不像她妈妈，有点儿害羞、含蓄，嗓门小得跟病猫似的，她大概招手问了声大舅好，程仁压根什么也没听到。

程智倒是直言不讳，说大哥你看到了，娇娇这孩子一点儿也不随我，说起话像蚊子嗡嗡。程仁说，女孩子家嘛，总是温柔点儿好。程智马上敏感地反问道，那大哥的意思是嫌我不够温柔？这种时候，当大哥的只能打哈哈了，难得大妹心情不错，能主动带着孩子，不远千里地飞回来，跟大伙一起过年，仅凭这一点，他就得高挑大拇指了。于是，他忙转移话题，说她事先也不通报一下，怎么搞突然袭击。这时，娇娇总算伸过脑袋再次出声了：我妈她就是想给你们一个惊喜呀！程仁就轻摸了一下娇娇的额头说，呵呵，这个惊喜好啊，姥爷要是知道咱们娇娇也回来了，不定多高兴呢……

他的话刚出口，程智就把话插了进来，口气却是淡淡的。对了，她姥爷人还好吧？程仁依稀觉得大妹似乎话中有话，便想到几天前的事，说不定小妹嘴快，早已跟她通过电话了，不然依照程智的性子，怎么可能突然跑回来，要知此前的几个春节，她可都是缺席的，理由不外乎是，娇娇假期要参加课外补习班，或者，孩子感冒很严重还在打吊瓶，再不就是，她和丈夫节日需要值班，诸如此类。可转念又想，做女儿的回家探望老人，还需要什么理由吗？她不回来情有可原，她能回来也是本分，自己可别再节外生枝。他思忖着嘴里说，老爹他呀，能吃能睡也能玩，放心吧。程智坐在副驾驶位上，她把目光瞥向他，有种不无质疑的味道，好像在问，真像你说的那样，还是别有隐情？好在，她还没来得及再询问什么，娇娇又好奇地从后排探过头说，姥爷真的也爱玩？那他都玩些什么呀？程仁回头看了娇娇一眼，笑道，还能玩什么，当然是搓麻将喽。娇娇听后嘟了嘟嘴，连着打了两个哈欠，半天不说话了。大妹显然有些亢奋，回来的路上嘴巴几乎没停过，不是问这就是问那，程仁觉得自己活像个新闻发言人。

安顿这母女俩睡下，早已过了子夜一点，人还有点儿兴奋，一时半会儿睡不着。这时老婆忽然提起儿子的事，说晚上儿子来过电话了，下学期就要参加毕业实习，所以，这个寒假他想在外地跟同学一起过。程仁听了就有些不高兴，这小子，不是说好了晚几天回来吗，怎么突然又变卦了？难得娇娇跟她妈回来一趟，可真不懂事。老婆却不以为然地说，这事怨不得儿子，她们不也是突然决定来的，再说不就是过个年吗，没几天的事，少咱儿子一个，也没什么大不了的。程仁觉得老婆就是太纵容儿子了，早知道这样，元月份一放假，就该让儿子赶紧买票回来。现在木已成舟，说什么也晚了。两口子难免又为此事口角了几句，搞得彼此心情很不爽，后来谁也不想搭理谁，就背靠背赌气睡了。

早晨大妹一起床，便不顾旅途劳顿，提出要带娇娇去看姥爷。程仁听了，心中的一块石头总算落了地，他生怕大妹还记恨当年的事，不肯好好去见老爷子呢。可他因为单位例会脱不开身，说只能把她俩送过去，到时候他就不进去了。其实，他也是有意要避开这场时隔多年的父女会面，好给他们点儿单独的时间，彼此好说说话。程智笑着说，你可别把我当外人了，其实用不着你送的，我闭上眼睛也找得到老爹家的门。但程仁还是坚持把这娘俩拉上了车，路上，他觉得很有必要再啰嗦两句。大妹，老爷子的性格你是知道的，这几年你都没回来过，说不准他心里还堵着什么疙瘩呢，到时候要是嘟囔你两句什么，只当左耳朵进右耳朵出，千万别跟他拗着劲，毕竟大过年的嘛。程智听他这么说，只好吐了吐舌头，放心吧，大哥，我也不是三岁小孩。娇娇听大舅这么一说，还真有点儿紧张，问万一姥爷挑了理，该怎么办。程仁忙安慰道，放心，不会的，姥爷只要见了咱娇娇，高兴还来不及呢，还生哪门子气。等她俩下车的时候，程仁又忽然想起两天前在父亲那里见过的女人，又简单地跟程智交了个底。大妹听后，半开玩笑似的跟他说，除了女钟点工，还有别的猫腻吗？他嘿嘿一笑说，你这张嘴啊，还是这么不饶人！程智便撇着嘴道，这就叫江山易改，本性难移嘛。

这天后来发生的一幕，程仁压根没有料到，还是娇娇在电话里原原本本向他学说的。原来，大妹刚一下车，就给小妹拨通了电话，两个人约好去老爹家见面。事实上，从程信家到父亲那边步行也就二三十分钟，知道姐姐突然回来了，小妹激动得什么似的，急忙打的赶了过来。姐妹俩好久没见面了，当街抱在一处，又是笑又是哭的，惹得娇娇都差点儿流泪了。小妹一个劲拿手掌拍打着程智说，姐你真没良心，待在大城市里，把我们都忘光了吧。大妹则红着眼圈说，忘了谁，也忘不了你这个死丫头。娇娇打圆场说，我妈平时最惦记的就是小姨。小妹这才把娇娇搂在怀里，说好孩子都长这么高了，快让小姨稀罕稀罕。随后，她们娘仨才兴高采烈地往老爹家走去。

小妹身上常年都揣着这边的家门钥匙，进屋自然是不用再敲门的，再说这天早晨她们去得确实很早，又想着要给老人一个天大的惊喜。所以，就用那把钥匙轻轻打开了房门，三个人提溜着大妹从外地带回来的礼物，径直走进屋去。小妹大嗓门惯了的，进门就嚷嚷起来，爸，爸，你快出来瞧瞧，看谁回来了！可是，她连着叫了几嗓子，始终没见老爹的人影，却忽然听见卧室里传来一个女人含混的声音，你爸他下楼买早点去了。大妹简直吃了一惊，当即愣在客厅里，像是大白天撞到了女鬼。小妹二话不说，上前一脚，便踹开了卧室门，气冲冲地闯了进去。

那个叫小苏的女人，显然刚被她们吵醒，正迷迷糊糊从床上爬起来，手忙脚乱地往身上套羊毛衫呢。那个小不点儿，就躺在妈妈身旁，还在睡梦中呢。小妹见状，早已火冒三丈高了，如果说上一次仅仅是在阳台发现了女人内衣什么的，这回她可算是真正抓到了现行，证据确凿。

喂，谁让你睡在这里？起来，快给我起来！小妹气急败坏地冲上去，一把就扯开了女人身上的被子，一双白皙的大腿就毫无遮掩地裸露出来，在晨曦中闪着刺眼的白光。我就知道你不是个好东西，没想到你脸皮这么厚，赖在这里了！

起初，那个叫小苏的女人确实有些战战兢兢，可事情发展到这一步，尤其是小妹完全撕破了脸，不管不顾地跟她叫嚷起来，她反倒让自己镇定下来，甚至不再慌乱什么了，而是慢条斯理地往腿上套着裤子，嘴里不紧不慢地解释着。事到如今，我也不想隐瞒啥了，你也都看到了，我和老程确实好了一阵子了……这话一出口，小妹的肺管都要气炸了，她忽然失去理智像犯了歇斯底里症。狐狸精，不要脸，真不要脸……她一面恶狠狠地谩骂着，一面顺手抄起床头柜上的一只搪瓷茶杯，用力砸在地板上，水花溅起老高，墙壁都湿了一大片。熟睡中的小男孩终于被惊醒了，一头钻进妈妈怀里，呜里哇啦哭个不休，身体哆嗦得像只受了惊的小兔子。小苏赶紧抱过自己的孩子，一边宝贝宝贝地哄着，一边愤愤地说，有啥话最好找你爸说去，犯不着冲我们孤儿寡母使性子发火的，但凡老程发句话，我们立马卷铺盖走人，一刻也不多留……说着，她竟也失声号啕起来，仿佛受了天大的委屈。

这种时候，大妹当然什么都看明白了，不过，她始终没有像小妹那样闯进去大吵大闹；娇娇长了这么大，还是头一次经历这种糗事，而且，是在多年没有回来过的姥爷家里，本来满心期待亲人重逢的美好一刻，现在心情简直郁闷到极点。换句话说，眼前这戏剧性的一幕，完全让这对归乡省亲的母女感到震惊了。大妹在公司做白领多年，头脑当然比小妹清醒得多，她知道这样无休止的吵闹，根本无济于事，也许还会适得其反，毕竟父亲不在现场，而且男女问题向来又是一个巴掌拍不响的。所以，关键时刻，她还是把小妹从卧室里生拉硬拽了出来，妹妹你冷静点儿好不好，有啥话咱等老爷子回来再说也不迟。小妹后来离开时，恨恨地撂下一句，我真想不通，老爹他咋就能堕落成这样子，把我们兄弟姊妹都当成傻子了！接下来，姐俩几乎怒气冲冲地跑下楼去，那阵子也就八点半光景，外面冷飕飕的，西北风卷起空地上的纸屑和雪末子胡乱飞舞，她们宁愿在外面受冻，也不想再踏进那个房间半步。

娇娇在外面冻得鼻青脸肿，两只脚不停地在原地跺来跺去，妈妈和小姨都在一旁呼呼地生闷气，谁也不肯理睬她。好在没站多久，娇娇就看见了姥爷摇摇晃晃朝楼洞方向走来，他两只手里都拎着食品袋，里面装着两盒豆浆，还有油条和鸡蛋摊饼。姥爷走过来的时候，也明显愣了一下，以为自己眼花了，先抬起手背揉揉眼睛，见真是自己的女儿和外孙女，一时喜出望外，脸上跟开了花似的，笑眯眯地朝她们快步迎上来。可是，没等老人开口说话，小女儿早就劈头盖脸冲他嚷闹起来，好啊，你现在扯起谎来，眼皮都不眨一下，那天你跟我咋说的，后来你跟我大哥又是咋说的？！还说什么一个钟点工做饭的，我看你倒是成了人家娘俩的保姆了！啧啧，你也几十岁的人了，让儿孙们说你点儿啥好呢……

娇娇事后在电话里对程仁说，大舅，你是不知道，那一刻真是要多尴尬有多尴尬啊，小姨几乎指着我姥爷的鼻子，就跟我们学校教导主任，修理最淘气的差生一样不留情面，而妈妈呢，尽量把脸撇向一边，一副事不关己高高挂起的样子，或者，她压根就不打算过去认姥爷似的。娇娇很有些愤愤不平，她说姥爷当时的模样真的挺悲催的，愣在那里像只木偶。透过娇娇的电话讲述，程仁完全能够想象当时的情形，小妹倒是先放在其次，大妹毕竟远道归来，偏偏遇上这种糟心事，她的心情可想而知。至于老爹，也真是自作自受，就算有了这种事，也不该掖着藏着吧，纸里能包住火吗？早早跟儿女们沟通一下，也不至于搞得如此被动。他倒好，跟儿女们玩起了明修栈道暗度陈仓，还想搞什么金屋藏娇，连他这个长子也都被蒙骗了。这下有戏看了，大过年的捅出这么大个娄子，看他到时怎么收场。

这次，小妹的革命立场异常坚定，她当着老爹的面急赤白脸又振振有词，要是你不把那个狐狸精撵走，从今往后你就当没有我这个女儿。大妹倒是什么话也没有说，这多少有些奇怪，放在以前，她的嘴可是最不饶人的，但这次她却自始至终没有发言。

程仁暗想，也许这些年来，大妹内心深处承受了众叛亲离带来的苦果，表面上看，是她不愿意回来跟大家团聚，可实际上呢，她恰恰在为自己当年的决绝离去，忍受了太多的寂寞和别愁。时过境迁，她应该更成熟些了，毕竟连女儿都跟她个头一般高了。

4

下班回来，程仁便觉得家里的气氛有些不妙。大妹和小妹正在客厅里不咸不淡地嗑着瓜子，表情似乎都有些凝重。后来快吃饭的时候，程礼也急匆匆被她俩召唤来了。说心里话，别看兄弟俩同居一城，可程仁至少有大半年没跟程礼照过面了，所谓兄弟情义，不过是每年过节才互相走动那么一下，平时都在忙各自的生活，谁也见不到谁的面。

时光仿佛倒转了，姊妹们又急吼吼聚在一起，开这种临时性家庭会议。跟几年前有所不同的是，上次的气氛特别沉痛和悲哀，可以说每个人心里都湿漉漉的，甚至是在滴血；这回气氛虽说也有那么点儿沉重，但更多的还是作为子女心理上所承受的那种蒙羞后的尴尬。对于要讨论的这件大事，或者干脆叫作丑闻吧，除了程礼一人之外，其他三人可以说都已是眼见为实了，证据确凿，铁板钉钉。小妹之前也在电话里把情况跟程礼简单交代了，所以，大伙坐下来稍微寒暄了一会儿，主要是因为程智昨晚刚回来的缘故，总得象征性地拉拉家常吧，之后便直奔主题。

这种情景还是会让人下意识地要去回想伤心的过往。母亲去世后，这一大家子人，在很多时候像是失去了主心骨，丧失了家庭凝聚力，尽管他们的关系没有发生任何变化，哥哥还是哥哥，妹妹还是妹妹，但曾经那种完整无缺的家庭氛围，遭到了某种不可逆转的重创，说分崩离析似乎过了，可多年来就那么一蹶不振的，像一艘旧船摇摇晃晃搁浅在时光的河湾里。况且，几年前的那个历史节点，对于每一个人来说，又都是不堪回首的。当年主持家庭会议的父亲，如今变成了这次会议的重要议题或声讨对象：老爹的事咱们得好好合计合计。作为长兄的程仁，只能将这个问题摆在桌面上，好让大伙一起讨论。大伙你看看我，我看看你，彼此都有心事，又都忍无可忍。

程信说：依我看这事没商量，明天咱们就让那女人滚蛋！

程礼说：就是，小妹说得在理，她算老几呀，敢大言不惭地赖在老爹家里。

程信说：二哥，你可别小看那个狐狸精，你们没见她说话时的样子，好像我们老爹离不开她似的！

程礼说：问题就在这里，老爹要是铁了心跟人家好，咱们几个就算说破了天也白搭。

程仁说：我真是搞不懂，老爹咋会喜欢这种女人，就算他想找个老伴过日子，也得岁数大小各方面都相当吧。

程信说：谁说不是，老牛啃嫩草，老不正经，让人不知该说他什么好呢。

程仁说：这女人确实还不到四十岁，长相也过得去，你们说她跟老爹在一起到底图啥呢？

程信说：明摆着的，还用问吗？老爹有退休金，还有那套房子，再不值钱也得三十来万，万一将来人家老城区统一改造的话，怕还远远不止这个数呢！现在的女人，一个比一个现实，老爹要是个穷光蛋、捡破烂的，傻子才会死乞白赖地跟他好！

程仁说：那天我还真是亲眼所见，那女人手上戴着两只黄灿灿的24K金戒指，还有耳坠和项链，都是一色金子的，说不定都是咱家老爷子花的钱。

程礼说：小妹和大哥说得一点儿没错，那女的说跟老爹好了一阵子了，老爷子能不在她身上花钱吗？俗话说，手里没把小米，恐怕连鸡也哄不住，我担心到时候，她会不会乘机再讹咱爹一笔损失费？

程信说：做她的大头梦去吧，白吃白喝白住老爹的，还想要钱，门也没有！

程仁说：你们可千万别小觑了那女的，我觉得她可不是什么省油的灯。

程信说：这么说我们还怕她不成，大不了上法院告她！

程礼说：干脆明天一早，就去跟她摊牌。

程信说：对对对，事不宜迟！

……

七嘴八舌头吵到最后，大伙甚至开始摩拳擦掌了，恨不得马上就冲进父亲家里，把那个小寡妇轰跑为快。

直到这时，一直坐在那里沉默不语的程智终于开口说话了。

程智说：还有一个最重要的情况，不知你们都考虑过没有——万一，我只是说万一啊，他俩偷偷办了手续，就是领了结婚证，咱们现在跑去跟人家摊牌，是不是很可笑？这种情况电视里早就播过，往往都是做儿女的极力反对，到头来人家照样走到一起了。

程信说：姐，那照你的意思是，就任其发展下去，我们全都装聋作哑？

程智说：其实，有些话我真的不想说，说了我知道会惹你们不高兴，会伤姊妹间的和气。可这件事情我实在是感到很奇怪，也很痛心。奇怪的是，老爷子跟一个女人好了这么久，甚至已经到了同居的地步，大家居然才刚知道；痛心的是，老人眼里完全没有儿女，没有这个家，这么大的事，他居然也不跟任何一个子女说起。老话说父慈子孝，看看我们这个家现在都成什么样子了！当然我说这话也没有逃避责任的意思，我也是这个家里的一分子，这几年我反思了很多，我觉得自己有时确实非常自私，总考虑自己的那点儿感受，经常忽略了其他人……我觉得做女儿自己非常失败，做姐妹也很不合格。

这番话一出口，所有人都缄默不语了。

5

说好第二天，四个人要在老爹那边碰头的，可是程仁和程智都到了半天，坐在车里左等右等，就是不见那兄妹二人露面。只好再打电话去催，程信不无抱歉地解释，说她婆婆昨晚不小心把脚脖子崴了，非得有人在身边伺候，让他们先谈着，自己一忙完马上赶过来；程礼的手机打过去，总是那句该死的语音提示，对不起您拨打的电话暂时无法接通。程智无奈地摇了摇头，说早就猜到是这种局面，二哥鞋底子抹油——开溜了，小妹事出有因一时半会儿又脱不开身，只好让咱俩当出头鸟了。

程仁气不打一处来，用拳头砸了一下方向盘，搞什么名堂？关键时刻一个个都掉链子，我看咱们这个家算是彻底完蛋了，一点凝聚力都没有。程智倒是在一旁劝大哥别生气，说生气有什么用，再说人多嘴杂，他俩不来也成。程仁苦笑一下说，患难见真情，看来这事得靠你了。程智又拿话试探，大哥，你是不是觉得特难为情？程仁不好意思地点点头，啧着嘴说，嗨，谁说不是？这事还真不怎么好开口，毕竟是老人嘛，轻不得，也重不得，你说老爷子这不是给人出难题吗？

程智想了想说，你猜，昨晚睡觉的时候，娇娇跟我怎么说的？她说，你们全都神经过敏，不就是姥爷跟人家谈恋爱了吗，让他顺其自然就好了。程仁怪笑着说，看不出来，这孩子想得还挺开。程智接着说，娇娇还说，人老了就跟孩子一样，既然是孩子，就要按孩子的天性来对待，他有好奇心，也有冲动，你们想扼杀姥爷的好奇心，根本不可能，索性就让他随性去吧，一味地横加干预和阻挠，最终只能适得其反。这就像她班上的那些早恋男生一样，老师和家长越是强烈阻止，人家私下里越是谈得风生水起。程仁完全被娇娇的这通奇谈怪论给说蒙了，但仔细咂摸咂摸，又似乎不无道理。思谋了一会儿，程仁说，问题是，咱老爹毕竟不是孩子，这么一大家子人都看着呢，他也不能太为所欲为了吧，长辈总得有个长辈的样儿。

后来的主意还是程智给拿的，她说这阵子去家里反倒无益，那个女的在场总是不大方便，好多话都说不开，干脆把老爷子约出来，找个地方坐下来慢慢聊。程仁也觉得有道理，就忙把手机拨过去，老人在电话里明显迟疑了一下，口气多少有点生硬。程仁只好开门见山地说，爸，你要是没啥事的话，我和大妹想请你喝个茶。老爹沉默了片刻，才犹犹豫豫地说，也好，我正好也有话说。挂了电话，程仁不无紧张地说，看来这回老爷子十有八九是要跟咱们摊牌了，我怎么突然有种兵临城下的感觉。程智却抿嘴一笑，谁说不是，我们不是眼看都有点逼宫的味道吗？于是，两个人相视苦笑一下，又静静坐在车里等待。

程智盯着车窗外面望了一会儿，嘴里淡淡地说，其实，那天在楼下见到老爹，我连一句话也没有跟他说，小妹一直不停嘴地数落他，我当时就是觉得心里特别堵，特别痛，就像是被针扎了一下，这些年我好不容易快把过去的事忘得差不多了，可老爷子偏偏又闹出这么一出，一下子就把我那种归心似箭的好心情全部破坏掉了，我甚至开始后悔，这次真不该冒冒失失带着娇娇跑回家来。可有时，我又觉得，老天像是要有意惩罚我，惩罚一个女儿的种种不孝，说心里话，这几年我对老爷子确实够冷漠了，不管怎么说，父亲终归是父亲，女儿毕竟还是女儿。昨晚躺在你家的床上，翻来覆去怎么也睡不着，后来就胡乱回想当初老妈临走前的情景，她那皮包骨的可怜样子，忽然变得那么清晰，一切都好像是头天刚发生的事。后来不知不觉又迷糊着了，还破天荒地做了一个梦。梦中老妈拉着我的手，泪水涟涟的，看着叫人好心酸啊，要知道这些年我是极少能梦见她老人家的。这次真是奇了怪了，你猜老妈在梦里跟我说什么，她说我的好闺女，你可算回家来了，有件事妈要安顿你，你们千万不要怨恨你爸，他身边的那个女人是我让他去找的，我把他一个人丢在那个空荡荡的家里，不放心啊，要是能有个人给他做做伴，妈在那边也就安心了……

程仁看见大妹眼里倏忽闪起了点点泪光。

父亲大人终于出现了。他的脚步看上去多少有些蹒跚，不再像几年前那样风风火火，兄妹俩的目光就不约而同地从车内转向街对过。这阵子，街上车水马龙的，想横穿过马路并不太容易，那些汽车一个赛一个开得凶险跋扈，呼啸着在街道上横行，极少数骑自行车的本来就冻得瑟瑟发抖，又被这些车辆挤在中间，不得不使出浑身解数，左拧右拐，摇摇晃晃，个个都是一副亡命天涯的窘相。父亲夹杂其间，跟迷失了方向的老头那样走走停停，间或，惶惶地抬起头来，朝四下里瞅瞅望望，一时拿不准主意是该前进还是后退。他那半灰半白的头发在人流中晃动得格外刺眼，曾引以为荣的工人阶级最有力的双臂，也已无奈地耷拉下来，变得松垮垮，那发了福的腰身也不再挺拔，相反每往前迈出一步，他都会下意识地用一只手在腰眼处撑那么一撑，像是要给自己注射一剂强力针，才能勉强走下去……

程仁远远看着，心里多少有些不舒服，就顺口说要不要去接他一下。程智马上反应过来，你开着车呢，还是我下去吧。于是，大妹迅速跳下车，朝父亲那边一路小跑过去。多年未回家的闺女，脚步飞快地奔向自己的老父亲，这一幕的确来之不易，程仁始终待在车里吸着烟，透过朦胧的烟雾，他倒是也注意到，父女俩见面时的某种不自然或不协调，就像是两个彼此很陌生的人初识，尤其是，当大妹伸出手去，想要善意地搀扶对方一把的时候，老人明显地往旁边闪躲了一下，不无某种抵触和矫情，一点儿也没有配合对方的意思，客气得实在不像是一家人了。程仁暗想，也许老爹嘴里还在小声嘀咕呢，用不着你，我自己能行。对，这是父亲的口头禅，记得上次他去父亲家里的时候，就听他说过类似的话，但有时他也想父亲之所以这样说，不外乎是不想表露出自己已经老迈不堪，凡事已经离不开儿女搀扶和照顾了，这一点他多少还能理解。

不过，此刻大妹只是稍作迟疑，并未跟他计较什么，她的动作不无女儿家特有的亲昵和执拗，竟毅然将父亲牢牢地搀扶住了，那感觉多少有点儿要绑架对方的意思。父亲显然也拗不过女儿，只好由着她去了。两个人并肩躲闪着过往的车辆，像是在虚拟的游戏世界里联手闯关，他们总算是双双走过了熙熙攘攘的马路。这种场面对程仁来说久违了，他的心头不由得泛起一股暖意，抑或仅是酸楚，他仿佛要刻意掩饰什么，忙把自己的脸撇向马路的另一边。

好说歹劝，兄妹俩总算是把父亲硬拉进街边的一家茶楼里。若依照父亲的意思，坐在车里谈就可以了，何必再多花茶水钱呢。事实上，这个点喝茶的人寥寥无几，茶楼显得空荡荡的，昨夜腐朽的烟气和茶锈味始终在空气中缭绕着，给人一种邋遢和慵懒的印象。因为没有旁的人，他们随便找了个靠窗的位置坐下来，父亲始终盯着兄妹俩一言不发，又似在察言观色静待其行，那表情说不上是烦恼，还是忧虑。老板打着黏稠的哈欠，服务员尚未到岗，他只能亲自端上来一壶铁观音和两三盘瓜子杏仁之类。程智先忙着给父亲和大哥各斟了一杯茶，然后才给自己倒了，将茶杯紧紧握在两只手里取暖，袅袅的热气弥漫着三个人，缥缈的茶香中透着些许苦涩，一如生活的原味，而每个人的脸上，都笼罩着一层淡淡的气雾，显得阴郁而迷茫，神情都有些捉摸不定。这中间，程仁和程智互相悄悄对视了一下，像是都在催促对方先开口似的，可最终却是父亲先说话的，老人肯定也是有备而来的。

我的事，你们几个，恐怕是，都知道了吧。父亲半是嗫嚅，半是自语着，说出的话倒是言简意赅直冲要害。等他终于抛出这句也许是早就准备好的开场白后，整个场面就变得更加的不尴不尬。老人似乎并不在意这些，他稍稍停顿了一会儿，像是故意要弄出点儿动静，打破眼下快要腐朽的沉闷，嗞嗞啦啦地吹着杯面，又热热地抿了几口茶，再将茶叶梗咂出嘴皮，突然扭头，呸一声啐在旁边的地上，才继续说话。本来，我是想缓缓的，过了年再跟你们讲，可这两天都到家里撞上了，俗话说选日不如撞日，我们也不想再瞒着谁了。我跟这个小苏，交往了有一年多，觉得她人不错，心眼好，能持家，照顾人没的说，到了我这把年纪，也不图啥，只要能在家里给做个伴，就成了。父亲说到这里忽然刹住口，不无狡黠地望向他们兄妹二人，脸上有种叫人难以琢磨的味道，是豁出去，是木已成舟，或二者兼而有之，甚至于还有点儿可怜巴巴的劲，好像一切都是受人指使的，非得逼着他走这步棋不可。程仁偷偷瞥了一眼大妹，对方却始终低着头，在沉思什么，模样凝重。

爸的意思是……你俩非在一起不可了？果然，程智的话一出口，程仁就感到某种直面矛盾理直气壮的讨伐意味了。他生怕大妹再往下说过激的话，忙接过话头说，之前，咋一直也没听爸说起这事，怎么一下子就冒出这么个小苏来？关键是，我们还一点儿都不了解她，她到底是个什么来头，跟你好是真心，还是假意？现在社会太复杂了，尤其她一个寡妇女人，还带着个小孩子，万一是人家精心编好的圈套呢，到时候出了事，可怎么得了，这些情况总得容我们考察考察，再定吧……

哪知，父亲不等他把话说完，腾地从椅子上立起来，眼前的茶杯差点掀翻了。老人颌下的那撮短须颤抖着，真是天大的笑话！你们都把我当成三岁娃娃了，好赖人也分不出来？我这辈子过的桥，比你们走的路还多！老大，你给我说说，爸以前上过谁的当，受过哪个的骗？哼，我算看出来了，说一千道一万，你们是诚心不想让我找老伴儿啊，今天老子把话搁在这，你们高兴五八，不高兴四十，反正，我跟小苏已经在一起过日子了，你们几个看着办吧！

程仁见父亲真的急眼了，忙起身拽住老人的胳膊，想让他重新坐回到椅子上，嘴里不无央求道，爸，你这又何苦呢？谁敢说你的不是，咱们这也就是随便闲聊嘛，又不是在开批判大会，您犯不着又急眼又较真的。再说，这大过年的，万一生气窝火，伤了身子咋办？父亲听他这么说，才又呼呼喘着粗气，勉勉强强坐下来，脸色比先前阴沉得更甚。

程智一直都显得比较冷静，父亲冲大哥发火的时候，她始终不卑不亢的，这时她再次说话了，显然这番话是经过深思熟虑的。我觉得，爸说的话一点儿不错，婚丧嫁娶本来就是人之常情，即便是做子女的，也不能随便干涉父母，就拿那天小妹的做法来说，我个人也不太赞成，犯不着跟人家一个女的口角争执。话说回来，这件事打一开头，爸您确实没太顾及儿女们的心情，这个也是事实。您毕竟是上年岁的老人了，膝下又有一堆儿孙，小辈们也都有自己的思想了，别的不说，就拿您外孙女娇娇来说，这两天小家伙的心情就非常郁闷，她说自己都快没有勇气过年了，她甚至还批评了我这个当妈妈的，说我们都太敏感太狭隘了。我承认，我们确实存在类似的心态。可现在的问题是，爸突然决定要跟那个女人在一起生活了，这不能不引起大家伙的猜想和担心吧，所以，我们才变得有些焦虑，有些抓狂，甚至还有些不知所措！爸，我真心希望，您老人家也能设身处地替孩子们想想，替这一大家子人想想，好不好，千万别太感情用事。

程仁觉得大妹到底是兄妹中学历最高的，又常年在大城市里生活打拼，说话就是有分量，至少有礼有节，不温不火，让人不由得要暗竖大拇指，想必这下父亲应该挑不出什么理来了。他心里想着，还是偷偷扫了一眼坐在对面的老人，那张绛紫色的老脸，正由盛怒转向羞赧和茫然，不再一味地吹胡子瞪眼，也不再高高在上，而是片刻地沉默下来，说明这些话他还是能听得进去的。这时，程仁又听见大妹语气不无沉重地叫了声爸，然后照直说下去了。

本来，昨晚我们几个都碰过头了，约好今早都来家看您的，可现在的情况您也看到了，别人好像都有不来的理由，可我和大哥必须得来，而且，弄不好可能还得惹您老人家动怒发火，过不好这个年。但是，我们完全是为您和这个家着想的，毕竟妈她老人家现在不在了，她走得太早，把好多事情都留给了您和我们，您想追求晚年的幸福生活，这无可厚非，只要合情合理，我相信大家都能理解和接受的。不过，您是不是也要稍微考虑一下孩子们的感受？单这一点，我觉得小妹那天虽说做得有些过分，可那也合乎情理，在没有取得孩子们的赞成以前，那个小苏就贸然留宿在家，这多少是有些不太妥吧，毕竟那个家是我妈曾经住过的地方，那里有儿女们太多太多的记忆，谁也不想亲眼看到，自己最美好的回忆，随便被外人践踏吧，小妹那天之所以出言不敬，我想跟这个不无关系。那个女人不明不白住在咱家里，确实让谁都觉得不太舒服。所以，我觉得当务之急是，能不能让她先从家里搬出去，至少，等我们一家子人团团圆圆地把这个年过完再说吧……

父亲活像一头老牛哞地抬起头，脸色青铁铁的，身上仿佛挨了谁重重一鞭子，他双手一撑劲，忽地从椅子上立起身，颌下的灰白胡须根根都在扑颤着，脸色真的已经相当难看了，几欲发作的程度。可大妹说话的方式和声调语气，无论如何都不足以促使他当场爆发一场牛脾气，他才又愤愤然地，无可奈何垂下头思谋着什么了，最后低调而恼羞地咕哝了一句，啥破茶嘛，喝得人直想上厕所……就闷声闷气地转过身，呼哧呼哧走开了。

临街有无聊的家伙往空中扔双响炮，大清早的那种突兀的叮咚声，听着着实有点儿惊心动魄。两个人这才意识到，明天可不就是大年三十了。

6

跟往年除夕相比，今年家里人头最是齐全。程仁之前少不了又挨个给弟弟妹妹安顿了一番，说凡事都要以大局为重，眼下先把这个年对付完再说，所以，去老爷子那边吃年夜饭，谁都不准再提那件事。大伙虽然表了态，可都觉得，大哥分明有些前怕狼后怕虎的，依照小妹的说法，就算这个年不过了，也绝不能跟老爷子妥协，否则，家里就得多出一个小妈了。程仁皱着眉头道，这不是妥不妥协的问题，关键时刻你们一个个鞋底子抹油，溜得比兔子还快，到时候还不是把我跟程智晾在那里，当你们的替罪羊了，还好意思说这说那。小妹那张嘴巴这才让堵瓷实了。

当大伙浩浩荡荡捅进父亲家里的时候，所有人都怔住了，客厅里已经满满当当摆好了两桌子酒菜，冷热荤素大鱼大肉海鲜蔬菜搭配得十分齐全，孩子们喜欢的饮料，男人们要喝的白酒，女人们钟情的红酒，一切都应有尽有。往年这些事情，都要等儿女们到全了，大伙齐动手去张罗的，今年父亲却来了个大刀阔斧的改革，甚至就连饺子也是现成的，就等一会儿下锅了。程仁那颗始终悬着的心，才算咽进肚子里，他真怕昨天茶楼里的谈话惹怒了老爷子，搞得这个除夕夜冷锅冷灶没法过去，现在看来，父亲终究还是识大体的，到底也是个老革命，这点觉悟人家还是有的。

小妹进屋先神神秘秘满屋子转了一大圈，感觉像个十足的暗探，后来她还把程智单独拉进卫生间，反手锁了门嘀咕，咦，太阳从西面出来了，老爷子今儿是怎么了，我咋觉得像是要给咱们摆鸿门宴呢？程智倒是看得开，说即便是鸿门宴，那也是老爹亲自摆下的，咱们呀，只能照单全收。小妹又狐疑道，这些菜八成是那个女人准备的吧，她知道咱们这个点要来吃晚饭，所以趁大伙来之前开溜了。程智说，眼不见心不烦，只要今天她不露面就行。小妹还是疑神疑鬼地，说她总觉得今天情况不太妙。

两人扯悄悄话的工夫，父亲已经开始招呼大伙上桌了。一时间，板凳桌椅的腿儿吱吱乱响，儿子儿媳女儿女婿坐了一桌，另外一桌由娇娇跟几个小兄妹坐了，明显的，这代人要比程仁他们更活跃也更欢乐，气氛一下子就被搞热乎了。父亲很可能是被这群叽叽喳喳的小家伙感染了，他说难得娇娇能回来过年，非要凑过去跟孩子们挤在一起热闹热闹，他还给每个孩子挨个发了压岁钱。这种时候，大家倒觉得老人还是挺可爱的，多少还有点儿老小孩的样儿。接下来，父亲提议儿女们共同举杯，跟往年一样，他大概又要发表热情洋溢的春节祝词了。每年，父亲的祝酒词都是洋洋洒洒长篇大论，从国际局势到国内形势，再到一家老小吃喝拉撒睡，可以说是高瞻远瞩面面俱到，逗得大伙捧腹发笑，而每次几乎都是在小妹的强烈抗议下，父亲才不得不草草收兵偃旗息鼓的。哪知，今天大伙刚刚站起来，正准备洗耳恭听的时候，外面却有人敲门了，大伙就有些纳闷，娇娇刚去把门打开，一个满头银丝弯腰驼背的老太太颤巍巍走进来了，竟是程仁他们的老姑母——父亲这辈人总共姊妹五个，另外三位已相继谢世了，如今父亲在这世上只剩下这个唯一的老妹妹了。

老姑母来了，大伙自然少不了寒暄一番，小辈们又挨个过来给老人鞠躬拜年，之后老姑母才被程仁他们让过去坐了那桌的上席。小妹冲坐在身旁的程智挤了挤眼，压低嗓门说，看吧，我就说没那么简单，这回人家怕是救兵来了。话音虽小，还是让程仁听到了，他赶紧冲她俩摇头挤眼，意思是千万别造次。

酒喝到第三圈时，桌上的菜也动得差不多了，父亲那桌的孩子们早让糖果啦鸡腿啦鱼虾啦饮料啦撑得肚皮溜圆，一个个就不愿意再乖乖地坐着了。很快，娇娇就让几个表兄妹拉扯着呼噜呼噜下去玩了，楼下顿时传来一阵鞭炮和蹿天猴的吱吱响声，孩子们在外面大呼小叫，年味一下子被他们喊得浓酽了。屋里的大人似乎也受了孩子们的传染，也都喝得更欢畅起来，猜拳行令，频频举杯，面红耳赤。这中间，程仁带着姊妹几个，依次给老姑母和父亲敬了酒，父亲今天海量，跟每个儿子儿媳女儿女婿都干了满杯，尽管大伙一个劲劝他少喝点，意思意思就行了，可他打着酒嗝坚持道，没事，今儿爸高兴，咱这一大家子难得这样团聚。

后来父亲就栽晃着身子走到程智跟前，他嫌美中不足的是，大妹的老公没能一起回来过年。程智忙解释事出有因，又保证来年春节一定让娇娇爸爸也回来，陪老爷子好好喝一场。父亲笑笑说，回不回来其实也不重要，只要你们有那个心就好。显然，父亲话里是有话的，程智知道老人还是在挑她的理，就忙举起酒杯说，爸，都是我们不好，现在我替娇娇爸爸再给您敬个酒，以前做得有啥不周的地方，您千万别往心里去啊。说着，跟父亲手里的杯子挨了一下，一饮而尽了。父亲大概还想说点什么，程仁忙过来打圆场，说大妹其实早想回来了，今年清明节就跟他提过这事，他说统共放两天假，来来回回尽坐飞机玩了，就没同意，上坟的时候他还在老妈跟前叨叨过这事呢。父亲听了这话，也就不好再怨什么了，便喝了大妹敬他的那杯酒。或许是母亲的话题太过沉重，尤其这种时候被抛出来，欢乐的气氛中凭空注入了一股悲情的味道，虽说是有点不合时宜，但又能恰到好处地遏制某种不良情绪的滋生繁衍。

父亲后来又连着喝下了五六杯，终于栽晃着身子趴在桌上，脑袋不受控制地左右乱歪歪。老姑母这时就怪怨起来，你们几个也真是，咋让你们爸喝那么多，一点儿不知心疼他。回过头就指使程仁程礼，赶紧把他架到床上去歇着，又让两个儿媳妇沏了浓茶，端过去好给他醒醒酒。在这个家里除过父亲，就数老姑母德高望重了。父亲老早以前常跟孩子们念叨，说他小的时候，姑母跟他最亲最近，家里有好吃的，都互相惦记着对方，妹妹犯了错，哥哥总是替她扛着；妹妹在外面受了坏孩子欺负，哥哥总是不顾一切跑出去给妹妹出气，经常被打得鼻青脸肿；哥哥大了要结婚了，是妹妹连天连夜一针一线给他赶制的新婚喜被；等妹妹出嫁的日子，哥哥一直把妹妹送到婆家去，临走不忘瞪着眼睛给妹夫交代，这辈子要好好待她，不然准没他好果子吃，吓得新妹夫半天不敢吭声。后来，哥哥有了孩子，工作忙分不开身，半个月才能回一趟家，又是妹妹大老远跑来帮着伺候嫂子和带孩子，程仁姊妹小时候真没少给姑母添乱。可惜的是，姑母一生也没生下一男半女，姑父年轻时常常为这事跟她吵吵闹闹，有时姑母实在气不过，就赌气跑回哥哥家里住上一阵子散散心，母亲在世时嘴里总记挂着姑母的种种好处，说当年要是没有她帮衬，真不知该怎么办呢，所以，母亲在去世前也没忘叮嘱儿女们，将来一定好好孝敬老姑母。

等把父亲伺候着在床上躺安生了，老姑母才又提议，说让你爸睡他的觉去，可也别浪费了这一桌子好酒好菜，咱们娘儿几个好好乐和乐和。难得姑母今天兴致这么高，大伙当然得众星捧月般围着她，又重新坐了。桌上的菜都凉了，程信自告奋勇，端进厨房里挨个热了一遍，程智帮忙打下手，新的一瓶酒又打开了，兄弟姊妹又说要好好敬敬老人。这时，老姑母却摆摆手说，咱也改改规程吧，以往都是男人当酒令官，今儿这个酒令官，就让我老婆子也过过瘾。大伙没有不同意的，都说人老了像孩子，看来老姑母也不例外。于是，程仁就把刚起开的那瓶白酒款款放在老姑母面前。老姑母很郑重地把椅子往桌前拉了拉，又把身子坐端正了，才冲大伙说，酒桌上谁官最大？然后她拿手指着自己说，当然是我老婆子，所以你们今儿都得听老姑母的，谁要是不听话，就乖乖罚上一杯。说着，她已颤巍巍地拿起酒瓶，往自己眼前的三个杯里倒酒，老人手抖得厉害，酒水都洒到外面去了，程仁本想伸过手去代劳，可老人摇着头拒绝了，你是这家里的老大不假，可我这酒令官挂了帅，凡事都得按我的心思办，你就算是天王老子也没用。老姑母的认真劲，还真把大伙逗乐了。老人自己先端起杯子喝了一满杯，才吱吱咂着嘴皮说，咱也别高声大嗓地划拳了，吵得四邻不安，也没啥意思，干脆这样办吧，你们每个人都给老姑母讲一段自己小时候的事，不过可有一条，不管谁讲啥事，都得是跟爹妈有关的，谁若是跑了我这个题，就得老老实实把这三杯酒都喝光。别说，老人的这个建议还真有点儿新意，于是，大家或低下头或闭上眼开始静静寻思。

程信脑子转得最快，头一个举手要发言，老姑母目光慈爱地盯着最小的侄女说，哼，还别说，你们几个里面，就数老四的故事最多。程信说姑母的意思是嫌我小时候太皮了呗，这话惹得大家都哈哈笑了。程信就大大咧咧讲开自己的故事了。她说上小学那阵子，有一年春节，爸妈在伙房里忙着做红烧肉，大锅里煮了满满一锅肉块，肉都是老爸一刀一刀切出来的，四四方方的，看着好喜庆，老妈负责煮肉，撇锅里的肉沫子，让她往灶里添柴火，火苗子呼呼叫着，伙房里的肉桂香气越来越浓了。她实在是禁不住诱惑，就老抬头往锅里瞅，汤花正在翻滚呢，发白的肉块一起一伏，快馋死人了。这时，她发现伙房里只剩下她一个人，爸妈都不知上哪里去了，大人不在正好，她就用大漏勺捞起一块，拿嘴就去啃，差点把她烫了个半死，肉却还硬邦邦的，根本啃不动。她气得又把肉扔进锅里，嘴皮子火辣辣疼，越想越来气，就想再能搜腾点什么解解馋呢，翻腾来翻腾去，就在碗橱的最里面找到了一小罐蜂蜜，那是老爸专门买回来做红烧肉上色用的，她早就垂涎欲滴了，可一直被老妈像宝贝似的锁在斗橱里，没想到这阵子它却鬼使神差地现身在厨房里，想来是老天爷特意犒赏她的。她猴急慌忙拿小勺子扻了往嘴里送，甜死了，美死了，那滋味真叫一个幸福，要说蜂蜜真是世上最好吃的东西，这样左一勺右一勺，一小罐蜂蜜转眼扻下去了一大半，眼看要见底了，这时她听见外面有脚步声，忙撂下罐子，躲在灶坑前，假装埋头干活……

讲到这里，程智他们都快笑破肚皮了，都说怪不得你是家里最胖的，原来小时候偷吃了太多的好东西，那年你害得咱仨都受了株连，爸妈鼻子不是鼻子脸不是脸的，把我们挨个审贼一样审了一遍，没想到都是你这个小偷干的好事。老姑母也笑得流了眼泪，她揉着浑浊的老眼说，老四那时候没一点儿姑娘样，整天猴高爬低的，难怪你们爸妈总跟我叨叨，说这丫头将来可嫁给谁呀。程信就绯红着脸说，姑母他们都讨厌，人家故事还没讲完呢，就一个个跑来乱打岔，全都该罚酒了，每个人必须喝一满杯才成！老姑母止住笑声说，别看我上岁数了，可这眼不花来耳不聋，你刚讲的那些个都跑了题了，赶紧自个喝一杯吧。程智附和说，就是就是，小妹尽讲她自己了，压根没有爸妈什么事，理该受罚的。程信还想抵赖什么，早被她身旁的两个嫂子端了酒围住硬灌了一气。气氛一下子就活络起来，大伙都在绞尽脑汁琢磨该讲点什么好，程礼平时不吭不哈，今天喝了酒也变得活跃起来，争着说该他讲一讲了。

程礼说在他念初中那会儿，不知怎的就迷上了跳迪斯科，那时上课下课老想着去跳舞的事，礼拜六和礼拜天总往街上跑，去赶工人文化宫的群众舞会，学习成绩眼看就掉下来了，老师非让他请家长不可，他当然不敢让老爸去，就扭屁虫似的给老妈做工作，让她去学校随便应付一下老师，还央求她千万别跟老爸说起这件事。可老爸后来不知怎的，还是知道了他赶舞会的事，有一晚他跳舞跳得太尽兴了，竟忘了时间，结果等人家舞会散了，他到外面一看，晚上偷偷骑出来的老爸的自行车没了，满场子找了老半天，连个车影子也没有，后来只好灰溜溜回家来。那时一家还住在平房里，院门已经上锁了，他怕惊动家人，就蹑手蹑脚翻墙爬进来，可做梦也没想到，老爸一个人坐在院里葡萄架下的小马扎上，正气呼呼地抽着烟等他呢，看来东窗事发了，他吓得打了两个激灵。老爸声色俱厉问他，这么晚到底干啥去了，他撒谎说去同学家补习功课了，老爸又问是哪个同学，他随便胡诌了一个名字。老爸又问那自行车呢，他说落在同学家了。老爸听完二话不说，转身去煤房把那辆自行车推了出来，他这才傻眼了，知道老爸整个晚上都在盯他的梢。扯谎的代价当然是巨大的，老爸后来进屋把书包拎出来，挂在他脖子上，然后默默地打开了院门，一本正经地对他说，你这个扯谎溜屁的小混蛋，老子再也不想管你了，你爱去哪个同学家，就去哪个同学家，从今往后，这个家你休想再踏进一步。那晚不管老妈后来出面怎么苦苦求情，哭鼻子抹泪，老爸自始至终都没有松口……那以后他才痛改前非开始好好学习了。

程礼一口气讲完，他似乎忘了老姑母先前的规定，竟自己主动端起一杯酒爽快地喝了下去，像是在惩罚当初自己的少不更事，大伙也没在意，只顾低着头想心事。唯独程智注意到了这个细节，就说，我们仨光记着二哥一直被妈娇生惯养着，真没想到他也有过败走麦城的一段呢。程礼讪讪一笑道，现在你们知道了，其实老爷子当年对我够狠的，大半夜的硬是把我撵到大街上去流浪，这辈子我都忘不了那种滋味啊。老姑母接过话头说，你爸那叫恨铁不成钢，要是都像你妈那样只顾护犊子，你后来不知怎么样呢。说着，老姑母就把目光移到程智脸上了，咱们的三尖尖打小性子就倔，也没少惹爹妈生气，我说的没错吧。于是，程智就接着姑母的话题说，老姑母记性可真好，我这个人用身边好朋友的话说，就是太以自我为中心了，还有那么点儿自以为是，所以总是忘了考虑别人的感受，到头来惹得姥姥不疼舅舅不爱的。程仁听了就说，大妹这话算是说到点子上了。程信马上道，大哥故意打岔，姑母该罚他一杯！老姑母点点头，说老大多嘴该喝。程仁只好抿了一口。

于是程智言归正传。说起来，咱们每个人跟爸妈都有太多太多的过往，他俩辛辛苦苦把咱们拉扯大不易，一转眼老妈走了也好几年，老爸也到了该颐养天年的时候了，今天我突然就想起来，那年我要去外地上大学了，老爸那阵子整天喜笑颜开的，说心里话，他这个人一直不苟言笑的，我一直觉得他不够亲切，可那年他一下子变得有些奇怪，跟换了个人似的。记得我出发前，爸非要在家里张罗着摆两桌酒席，用现在的时髦话叫谢师宴，那时好像还不兴上街吃，当然街上也没那么多馆子。家里那次真叫一个忙乱和热闹，老爸几乎把我从小学到初中再到高中的所有班主任和主要代课老师都请来了，我记得那天就是咱妈和姑母在厨房忙乎吧？老姑母听到这里，一个劲点头称是。程智接着道，就在那天，咱爸喝高了，后来醉得一塌糊涂，我们老师跟他说了好几声再见要走了，他死活从后面拽着人家的自行车坐架不撒手，嘴里一个劲说，没把老师陪好抱歉得很，老师客气地说喝好了喝好了，老爸又说你们把我闺女培养成大学生，这个恩情喝多少酒也报答不了。就那样，他一直缠着老师不让出门，后来老师对我说，这辈子他教过那么多学生，还就数咱爸是最重情义的一个人……可不知为什么，就在老妈走的那年，我又觉得咱爸是这世上最残酷最薄情寡义的人，我确实打心里恨过他，因为我总在想，当初要是他不执意做那个决定，也许咱妈还能多活几年，我知道自己这种想法其实很偏执，那种病根本不以谁的意志为转移，不是想治好就能治好的，可我的心里就是结了个死疙瘩，好多年总也解不开，我不是不想回家，而是不敢回来，怕一到家往事都涌上心头……程智说到这，眼泪早已经止不住淌下来了。老姑母也跟着动了感情，一个劲地揩抹着皱巴巴的眼圈，干瘪的嘴唇嗫嚅，好闺女，这大过节的，咱不提那些陈芝麻烂谷子了……

终于，就轮到程仁开讲了。他想了想说，我干脆给大家讲个小故事助兴吧。说从前，有户人家，家里生了姊妹四个，老大是个聋子，老二是个哑巴，老三是瘸子，老四呢，偏又是个瞎子。未等程仁再往下讲，程信早笑得前仰后合，说大哥真有你的，你不是拿他们比咱们四个吧。一时逗得大伙都乐了。程仁倒是不动声色，继续讲他的故事。说有那么一天啊，爹又在外面喝得酩酊大醉，他脾气本来就坏，回到家指桑骂槐地，又跟老婆掐了起来，他嫌弃老婆这辈子太窝囊，尽给他生了一堆废物，将来连个养老送终的人都没有。两个人是越吵越凶，后来还真动起手来，妈无端地挨了爹的辱骂和耳光，实在是气不过，就哭着鼻子一口气跑回娘家去了；爹呢，醉醺醺地倒在堂屋的炕上，只顾呼呼大睡，两口子都忘了灶里有火，锅里煮着饭。结果，这柴火就引着了灶房，火越烧越旺，转眼间就把整个家院烧成了火焰山样。好在那天，老大老二都在外面玩耍，别看老二说不出话，数他耳朵最尖，老远就听到了家里的动静，忙给老大用手使劲比画。老大看明白了，拉起哑巴弟弟的手拼命往家跑。老三老四平时基本都待在家里，不怎么出门去，爹妈大吵大闹他俩当然都听到了，后来大火烧起来的时候，多亏了老三，用双手一点一点爬进堂屋，先把老四从里面拖出来，自己又不顾危险爬进堂屋去救人，爹身子太沉了，又醉成一团烂泥，即便用上吃奶的力气也搬不动，就在这个节骨眼上，老大老二也双双赶回来了，兄弟俩赶紧冲进火海，总算是把爹拖了出来。

姑母最后听罢才说，你们个个都讲得好，老二和老四呢，讲自个小时候怎么调皮捣蛋，怎么惹爸妈生气了，听着让人又想笑啊，又想抹眼泪；老三讲爹妈对自己的养育恩，和自己对爹妈的情义，我觉得做闺女的应该像老三这样，得时时刻刻记着爹妈的好处；老大听着是在讲古，可这里头有咱们做儿女的大道理在呢，子不嫌母丑，狗不嫌家贫嘛。姑母今儿也想就着你们几个的话，多唠叨两句。我知道你们这些天气都不顺，老人的事让你们烦心了，其实想开了，这又有啥呢？你爸这辈子说起来也够难肠的，打小小的时候，就没了爹妈，全凭兄弟姐妹互相帮衬着带大，不大点儿就跟着老钳工师傅做学徒，半夜里还要给人家端尿盆子，啥样的苦没吃过，啥样的罪没受过？后来好不容易在工厂站稳脚跟，从学徒工转成正式工，自个后来也当上了师傅，一个月能挣几十块钱养家了。说起来，你妈当年就是他一手带出来的女徒弟，一来二去两个人有了感情，再后来就有了你们这个家，有了你们兄妹四个。虽说这工人家庭的日子过得紧紧巴巴，也总算是把你们都养大成人了，可谁能想到你妈福分浅，偏又半道得了那么个症，撒开手撇下你爸走了。俗话说，亡人先升天界，这活人还得好好活着啊，你们都有各自的小家小业，兄弟妹子，各锁柜子，可你爸还得守着这个空房子，一个人吃，一个人睡，一个人活，身边连个说话的人都没有，想想他一个人能不孤清得慌吗？依我看啊，孝就是顺，顺就是孝，他眼看奔七十的人了，人活七十自古稀少，他还能活多长呢？你们的心思我老婆子最清楚，嫌他不吭不哈就找了个伴，嫌他好几十岁的人了，还挑那么年轻的，其实这有啥呢，这世上男人哪个不喜欢年轻貌美的？真要找个七老八十的丑八怪，恐怕你们还不答应呢，就算放开了让他可劲地找，顶多也就剩下几年光景吧。我们都老了，说得再难听点儿，黄土末子眼望就盖到脖颈上了，都是有今没明儿的人，你们做儿女的，但凡能顺着老人的心思，就都顺着点呗……

7

大年初一上午。儿女们自然还要上门来的，得好好给老人拜个年，可去那里才知扑空了，狠敲了半晌门，也没一丝一毫回音。大伙忽然有种不好的预感，以为老人的身体出了什么状况，毕竟昨天酒喝得高了些，好在程信身上有现成的钥匙，急忙动手拧开了房门，这才知晓家里已然人去楼空了。

一伙儿女如无头苍蝇满屋子乱撞，南屋、北屋、厨房、阳台，就连小小的卫生间也没逃过，搜寻的结果是，老爷子居然结结实实给大伙唱了出空城计。真是匪夷所思！这大年初一的，他人能上哪去呢？按理说么，每年初一这天，父亲总是一清早就穿戴齐整，一个人坐在屋里静候儿女们的到来。这是一年当中最当紧的日子，儿孙团聚，其乐融融，这一天父亲会给几个小孙子小孙女压岁钱，儿女们也都各自给老人备了年礼，什么营养滋补品、服装鞋帽、便携式老年人健身器，等等，都是孝敬老爷子的好东西。众人寒暄一会儿，父亲便会招呼大伙赶紧上桌子开始激战——打麻将。这种时候，老爷子很有些老将出马的架势，他常年都在小区外面的棋牌乐里摸牌打发时间，可谓寒暑不断，比他过去上班时还要准点，牌技自然不赖，什么清一色、一条龙、对对碰，时不时还下一两道鱼子，玩得那叫一个顺风顺水，又兼老谋深算，几乎总是他在和牌赢钱，惹得孩子们个个龇牙咧嘴不停抱怨，说这哪里是在玩牌，纯粹是给老头子送银子来了。老爷子始终在那里嘿嘿乐着，一副多多益善的老财迷相，嘴里还不住地叨叨，准备银子喽准备银子喽，这把非自抠不可。

还是娇娇眼睛最尖，她无意中一抬头，就发现客厅冰箱门上贴着一张字条，急忙撕下来递给妈妈。程智拿在眼前扫了一眼，上面写着：这两天我答应陪小苏出去转转，你们就好好过年吧，千万别惦记我们。这张字条真不啻为一枚重磅炸弹，轰隆一声巨响，把所有的儿女都惊呆了：老爷子准是疯了，大过年的竟撇下一大堆儿孙，带着狗屁小寡妇出门逍遥快活去了，这算怎么一回事！直到这一时，程仁他们也才如梦方醒，原来昨天的和谐欢宴确是早有预谋的，一切都是为了今天打铺垫的，包括老姑母那番语重心长的话，甚至还有父亲的酩酊大醉，大伙全都不明就里地钻进了该死的圈套中。

几乎是，每个儿女都被这张该死的字条给激怒了。程信简直气不打一处来，嘴里直嚷嚷，看吧，看吧，我昨天就说，老姑母准是咱爸搬来的救兵，专门来和稀泥的，这回你们都信了吧，人家这叫缓兵之计，我们就像大哥故事里讲的聋子瞎子，都傻乎乎的让骗了！更好笑的是，等现在什么都明白了，可咱们只能待在这里，一个个像个瘸子似的，追不能追，撵不能撵。

一时之间，大伙的心情都变得莫名而复杂，那个女人到底有什么好的，老爷子非要铁了心跟她好去，难道儿孙们都不重要，难道大伙还比不上一个寡妇和月嫂？这个问题再度困扰着每个人，如果说此前不过是怀疑和揣测，现在事情完全坐实了，父亲就是这么孤注一掷，一意孤行，甚至不再需要隐瞒什么，白纸黑字，写得再清楚明白不过：他就是要选择这种好日子，光明正大地，带上小女人出门逛去。自然，又少不了一番七嘴八舌的热议，就像联合国临时召开安理会，绝大多数常任理事都认为非得予以严厉制裁，否则不足以平民愤，而那个手持木槌准备一槌定音的重量级人物，已经被吵得头晕眼花了，完全失去了自己的主张。这种时刻，程仁忽然觉得，做大哥真是一件吃力不讨好的事，弟妹们的矛头基本都指向了他。

程信忍不住先发飙了，这事明明都怪大哥，昨天偏不让我们提，现在人家远走高飞了，看你怎么收场！

一向对家事有些漠不关心的程礼，这阵子也不无狐疑地质问起了程仁，大哥，我老觉得你是不是有啥事瞒着我们？

老二，别扯淡了，我能有什么好隐瞒的？程仁脑门的青筋都蹦起多高，他觉得自己真是有口难辩了。平心而论，这次父亲的事他确实知之甚少，他已经记不得有多久，没有好好跟父亲坐在一起聊一聊家常了，更不要说是这种本来就难以启齿的个人感情问题，因此，对于父亲的最新的思想动态，他完全忽略掉了。或者说，父亲在他心目中，早已经垂垂老矣，老胳膊老腿，定了型的，不会再发生任何改变，就如一株大半截都枯朽了的老树，根本不可能再起死回春，不过是一天天挨光阴，混吃等死罢了，他又何曾想到过，老人会有这方面的需求，而且，会如此的强烈，不择手段。

这一伙人里，唯独大妹还算比较理智，她见大哥脸色已十分难看，就过来打圆场说，事到如今了，咱们就别怪天怪地的，要怪就怪咱们自己，都太麻木了。可小妹还是不依不饶，她乜斜着白眼球说，大哥就是把她的话当耳旁风了，她明明打过几个电话提醒过他的，要是大哥能及时跟老爷子谈谈，做做工作，事情也不至于发展到今天这么荒唐的地步。程仁简直快被妹妹给气晕了，他竟像个大男孩似的蹲在地上，双手胡乱搓揉着头发，俨然一副失败者的沮丧嘴脸，他不满地咕哝着，谁说没谈，前天到底是哪条小狗，约好去见老爹，临时又不露面的？程智见大哥真的急眼了，又忙补充说，我和大哥确实跟老爷子摊过牌，结果怎么样，你们也知道，老爷子在茶馆里说是要去上卫生间，可他自个一道金光溜了，把我跟大哥傻傻地晾在那里。

大伙吵吵得正不可开交的工夫，程仁的手机忽然叫了起来，掏出来一看却是儿子打来的。他正憋着满腔的火气没处发泄，便抓起手机，大声吼嚷起来，你个臭小子，还记得你老爸死活啊，大过年的不老老实实回家，就知道一个人在外面躲清静，你还是不是咱程家的长孙了！

儿子在电话那边一个劲给程仁赔礼道歉，最后才言归正传说，爸，你听我解释好不好，不是我不想回家过年，主要是因为，爷爷说他好多年没出过远门了，在家待着闷得慌，他想趁着过年这几天来南方转转，我正好又放寒假没事，就帮忙订了机票和旅馆，爷爷还要让我一定替他保密，现在我已经在机场等着接爷爷呢，所以，才斗胆给你们打这个电话，我这也算是替爸妈尽了孝心，没有功劳总还有苦劳吧。

儿子说得轻轻松松，程仁却觉得自己仿佛石化了，老半天呆住没了言语。现在的情况是，就在他们兄妹几个对父亲的行为指指点点不恭不敬的时候，儿子却在遥远的南方全心全意地恭候着爷爷的到来。且不论事情的对与错，单就儿子的懂事程度和一番孝心，这屋子里似乎谁也比不了的。程仁只是茫然地冲手机哦哦了几声，最后才尽量平缓语气说，那你小子可要多费点儿心，爷爷我就交给你了。儿子马上给他打了保票，让他放一百二十个心，说已经把接下来几天的行程都替爷爷安排好了，一定会照顾好老人家，让他开开心心的。

当程仁一字不落地将这个突来的消息通报给大家的时候，房间里至少安静了一刻钟，每个人都变得有些心事重重的。

又是程信率先打破了沉默，她气冲冲地说，这到底算什么？老爸这分明就是成心的，表面看他是想出去转一转，可实际上呢，还不是想通过这事逼咱们就范，这叫和平演变，到时候生米煮成熟饭，我们几个还能怎么样？

这次程仁当机立断打断程信的话道，小妹，你也别太胡咧咧，咱爸还不至于那样阴险吧，再说退休这些年，他确实哪里也没去过，这回能出去散散心，又有大孙子陪着，我看也不是啥坏事情嘛。

程信听了，很不服气地梗着脖子道，那他干吗神神秘秘的，还非要带上那个狐狸精？搞得跟要去私奔似的，成啥体统嘛！

没等程仁再开口说什么，程礼也在一旁添油加醋，就是嘛，大过年的，亏他怎么想出来的？八成都是那个坏女人挑唆的！

这下，程信总算是找到了帮手，忙附和道，二哥这话在理，反正都是咱爸花银子，人家落得个潇洒开心，免费旅游，谁不喜欢。

程仁实在不想再听他们这样东拉西扯，就说事情已经这样了，总不能把他们追回来吧。

哼，追是追不回来了，可大哥你得好好给你儿子叮嘱叮嘱，让他千万把爷爷给盯紧了，别让那个狐狸精钻了空子！

程信回头说这番话的时候，眼神中忽然有种很狡黠的东西在闪烁。

够啦！够——啦！！

一直站在旁边安安静静的娇娇，突然失声尖叫起来。少女激愤的声音里几乎带着歇斯底里的味道，一下子就把在场的所有长辈全都镇住了，霎时，房子里变得鸦雀无声。程智稍一愣神，简直有点儿不敢相信自己的耳朵，当她意识到，那种可怕的尖叫声，是从自己女儿那副柔弱的身体里迸发出来时，才红着脸不无尴尬地快步走过去，狠狠瞪了娇娇两眼。

你疯了，乱嚷什么？这里哪有你小孩子家说话的份！

这种时候，娇娇的脸色的确非常难看，眼神中迸射出豁出去的味道，胸口正往外一鼓一鼓的，做母亲的还从未见自己的孩子这样激动过呢。

不等程智再次开口说话，娇娇就像打开了的话匣子，一股脑地冲大伙道：

你们口口声声都在数落姥爷的不是，好像姥爷真的让每个人都蒙羞了似的，可我觉得你们更有问题，姥爷不辞而别，他偌大年纪，出一次远门多不容易，可你们有谁真正关心过他的健康和平安，你们在乎的只有自己的面子，你们太自私了，太冷漠了！

程智压根没料到，一向文文弱弱的乖乖女，讲起话来竟跟大人似的，一套一套的，又那么不知轻重，她的脸上再也挂不住了，忙低着头用力推搡着娇娇的肩膀，想要把她弄到别的屋子去，绝不能再由着孩子信口雌黄了，但娇娇此刻就跟犯犟的牛犊相似，任凭谁也休想搬得动她。

娇娇变成一只好斗的小母鸡，一边用力反抗母亲的推搡与拉扯，一边继续向所有人嚷道：

妈，你别管我好不好，你就让我把话说完，这几天人家都快郁闷死了，要是不说出来，我会活活憋死的！本来好好的一个年，这下都让你们给搅黄了，就算姥爷真想跟那个女人结婚，那又能怎么样，地球又不会毁灭，世界末日也不会到来！再说，姥姥都走了那么久，姥爷又没犯哪门子法，难道他再婚了，从此就不再是姥爷了？还有，你们是否想过，也许将来有那么一天——对不起，我只是假设——假如你们自己也遇到跟现在姥爷一样的状况，你们希望自己的孩子——也就是在座的我们——怎么来对待你们呢，是置之不理，还是冷嘲热讽，横加干涉……

程智万万不能再允许女儿这样唐突下去了，她实在是忍无可忍，猛地挥起手来，给了娇娇一记耳光。

放肆！你这孩子，也太没大没小了！！

耳光声太响亮了，啪的一声，像炸开的炮仗，一时间屋子里的人又全都愣住了。

那一刻，娇娇惊愕地拿手捂着涨红的脸蛋，滚滚的泪珠儿就在眼眶里直打转，她狠狠地咬了咬嘴唇，鲜红樱桃般的下唇便留下一排清晰的牙印。最后，她愤愤地撂下一句，你们太让人失望了！就头也不回地冲进卫生间去，并随手锁闭了房门，只闻得水龙头哗哗啦啦在响。

8

父亲回来的那天已是正月初八。

程智娘俩是搭乘头天傍晚的航班飞走的，程仁依然开车去机场送行。一路上，娇娇始终泪眼迷蒙地望着车窗外，一语不发。那天之后，娇娇跟母亲的关系一直很僵，以至于吃饭两个人都不愿在同一张桌上坐着，谁也不想跟谁说一句话，或许，孩子正处在青春期的缘故吧，有些叛逆情绪也在所难免的。程仁尽量在她们娘俩中间周旋和调停，可这小姑娘身上确实有股子罕见的倔劲，可以毫不夸张地说，跟少女时代的程智几乎一模一样。所以，他才半开玩笑地劝程智说，有其母必有其女，你就原谅孩子吧。

分别的一刻，程智用力跟大哥拥抱了一下，同时，若有所思地说，这些天她反反复复想过了，老爷子的事还是顺其自然吧，老姑母说得在理，就算放开了让他找，还能找几个呢，只要他自己觉得晚年幸福就好。她还提及当年母亲那桩事，说她其实早就原谅了父亲，她相信父亲是疼爱母亲的，所以才能断然做出那个不得已的决定，这些年她只是一直不能说服她自己。现在，一切都过去了，明年这时候，她保证一家三口会一起回来过年的。

大人说话的工夫，娇娇就静静地站在旁边，兴许她也听到了母亲的谈话，在跟大舅作别的时候，终于忍不住呜咽起来，晶莹的泪珠儿扑簌簌地像断了线的珍珠，一颗一颗无声砸落。程仁赶紧拍抚着娇娇的后背说，好孩子，不哭，不哭……你在舅舅眼中是最懂事的！记住，千万不要记恨你妈妈，她那也是为你好。娇娇的额头终于轻轻地碰了碰他的胸口。

初八这天，因为单位头天上班要查岗脱不开身，程仁只好让程信去机场接人。程信在电话里一百二十个不乐意，说美得那个狐狸精，难不成还要拿八抬大轿抬她进门？程仁道，让你去你就去，难道连老爷子你也不管了！程信这才嘟嘟哝哝闭了嘴，又说，那你可得给我报销来回的路费啊。快到中午饭口时，程信突然兴兴头头打来电话，听那口气像中了刮刮奖头彩一样乐不可支。哥，我告诉你个好消息吧，这下他俩肯定臭了！程仁丈二和尚，摸不着半点儿头脑，什么香了臭了的，让你接的人呢？程信回答说，当然接到家了，老爷子见了我，还有点儿不好意思呢，我就拿话揶揄他，这回你老游山玩水逛美了吧，你猜他咋说的，他红着脸皮，半天挤出仨字，美个屁。这时，那个狐狸精拉着小崽子背着行李随后跟了出来，我压根没拿正眼瞧她，故意搀起老爷子的胳膊大步往外走。等一出大厅，我正拿眼睛踅摸民航大巴在哪儿停呢，你猜怎么着，那个狐狸精径自招手拦住一辆出租车，拉起孩子钻进车里就颠了，连头也没回一下。我就纳闷了，忙问老爷子，喂，人家怎么撇下你自己先溜了，是不是不要你了？你猜老爹当时是啥表情，那张脸啊，就跟吃了半斤黄连似的，半天只拿鼻子苦哼了哼，才气呼呼地说，走就走呗，好像谁离开谁活不成。后来坐大巴回家的路上，我才又拿话套他，可老爷子气得鼓鼓的，多一个字也不想跟我谈。我说，你那是活该的，谁让你放着好好的年不过，偏偏别出心裁出去旅游，还带上那么个狐狸精，不受气才怪呢。没想到老爷子这时真的火急了，差点没从椅子上蹦起来，他气冲冲地瞪着我说，往后不准再提那个姓苏的。

过去一周的时间里，父亲和那个小苏究竟在外面发生些什么，程仁也是后来从儿子嘴里零星探知的。儿子大概碍于爷孙间的情面，起初也是三缄其口，难露其详，只说也没啥大不了的，都是些鸡毛蒜皮的小事，让程仁还是亲自问爷爷去。后来经不住程仁再而三地追问，才透了其中的一两个小细节。

据儿子讲，刚去南方的头三天，倒也风平浪静，主要就是带着他们逛了附近的一些名胜古迹，和市内的公园广场什么的，爷爷跟那个女的每天都有说有笑的，两个人还一左一右牵着那个小家伙，儿子还乘机给照了好多相片。后来到了第四天头上，那个女的就提出来，不想再去看什么风景了，她说要上街好好逛逛大商场去。儿子欣然点头了，便带着他们去了当地最著名的步行街，那是这个南方城市最重要的一条十里洋场，中国每年的进出口交易会都是在这里举行的，国内外的各种商品货物琳琅满目应有尽有，女人们一到这种地方，就像到了天堂，眼睛通常都不够使了，脚底下根本迈不开步。

那女的尤其喜欢试衣服，天性使然，什么T恤、裙子、长裤、风衣、外套，甚至真丝睡衣，穿了一件又一件，惹得人家服务员都一个劲抛白眼。爷爷就像忠实的老仆人，抱着那个小孩子，傻呆呆地戳在旁边干等着。这样大半天逛下来，那女的总算是挑上一件自己满意的水红色长裙，一问价钱要好几千块呢，说是什么世界名牌，爷爷皱着眉头说，又不是金丝银丝做的，咋那么老贵老贵的。那女的不以为然地说，你老土了吧，这叫纯天然真丝的，穿在身上对我们女人的皮肤最有好处，我早就想买一件了，只是一直碰不上称心如意的。爷爷摇着头坚持说，要不咱们再往前面转转，兴许还有更好的呢。

其实，儿子知道爷爷嫌贵，就说他知道一个更好的地方，那里的东西绝对物美价廉。后来，儿子就辗转地把他们领到火车站附近，一个专门搞服装批发和集散的大市场里，果然儿子很快就找到了类似的女装铺位，一打问，同样的裙子还真比商场便宜十几倍，爷爷当即就大方地要掏出钱给买了。哪知，那女的却没了好心情，眼睛不是眼睛，鼻子不是鼻子的，甚至连那衣服都懒得再试一下，嘴里唧唧咕咕，说这种破地方能有啥好货，还说爷爷是诚心拿这种地摊货打发叫花子呢。爷爷说不就是件衣裳么，穿在身上还不都一个样，咱干吗花几千块冤枉钱呢。那女的急赤白脸，乜斜着眼睛说，这根本不是钱不钱的问题，这说明你老程心里压根就没我这个人，你把钱看得比命还当紧。爷爷听了这话，也多少动了气，忙争辩说，我大过年的带你们娘俩出门逛，把一家儿女都撇在家里，你还说这种没良心的话。那女的一听更来了劲，一手卡腰，一手指着爷爷嚷，不提这个还好，你一提他们，我浑身上下都想冒火，你那些狗屁儿女，哪个能像我那样尽心尽力伺候你？我让你花干把块买件衣裳，你就心疼得不行了，你留着那些退休金，将来是买棺材板用，还是等百年之后，让你那帮孝子贤孙们挥霍去！这话实在太过分了，连儿子也听不下去，老人当时简直快被气晕了，他一定没想到那女的会说出如此不堪的话，他浑身上下都筛糠样抖颤起来，好在儿子在身旁及时扶住，老人才不至于瘫在地上。

接下来两天，老人哪儿都没去，成天就闷在儿子学校附近的小旅馆里。南方的那种小旅馆非常简陋，主要是为了方便每年新生报到时，那些陪送学生的家长临时住宿用的。人家小苏每天洗漱完毕，照样描眉画眼拉着孩子上街去闲逛，顶多出门的时候不咸不淡撂一句，走了，饭自己解决吧。儿子说，那两天爷爷的心情糟透了，一整天也不说一句话，总是一个人呆呆地趴在窗前，盯着外面那片绿油油的芭蕉叶出神。南方的雨水说来就来了，漫漫漉漉下个没完，雨点噼噼啪啪敲打着外面的芭蕉叶，也敲打着模糊的窗玻璃，房间的光线渐渐暗淡下来，爷爷的身影变得瘦小而又孤单，偶尔发出的叹息声，让房间显得更加阴郁。

儿子说，他实在是无法理解爷爷当时的心情，只是从爷爷跟那女人的言谈举止间获悉，他俩的关系出现了不可弥合的裂痕。对此，儿子没有向程仁表达任何个人看法，也许只是出于对年迈的爷爷最起码的尊重。他倒是反问过家里人都是什么态度。

程仁只得在电话里敷衍一番儿子，说大家意见不太统一，关键要看爷爷自己的想法。儿子沉默了一会儿才说，早知道这样，他真不该帮爷爷这个忙的，爷爷当初并没有跟他说实话，只说是想带一个亲戚和小孩来南边散散心的。程仁想了想说，儿子你做得没错，不然爷爷会更伤心的。

9

春天真是不经过，刮几场恼人的沙尘暴，就到一年一度的清明节了。

父亲提前给程仁通了电话，说今年也想去坟上看看。往年，都是程仁带着兄妹们去扫墓的，父亲只在家中母亲遗像前上炷香，默默祷告一番。程仁就说，山上一开春风大齁冷的，你老腿脚又不方便，能不去就不去了吧，当心再受凉感冒。哪知老人的牛脾气又来了，冲着电话嚷叫，狗日的，我就是想去看看你妈，这个你也管啊？吓得程仁再不敢吱声了。这中间，程智也主动来电话，一是打听父亲近来的状况，二是也有回家上坟的打算。程仁就说，老爷子最近安生得很，能吃能睡的，就是麻将打得太凶，小妹说他整天泡在麻将馆里不动窝，颈椎病都快打出来了，劝他也没用，不过忙一点儿也好，省得他一个人又胡思乱想的。他还劝大妹别再兴师动众跑回来了，说那根本不值当，等大伙给母亲烧纸的时候，替她念叨念叨就成了。

其实，程仁还是跟大妹隐瞒了一件事，就是那个小苏后来到父亲家里狠闹过两回。

头次儿女们都不在身边，事后小妹还是听父亲家对门的女邻居讲的，说那女人一直哭哭啼啼的，一阵寻死一阵觅活，好像是来求老程原谅她什么的，具体说些啥，听不太真切。另外一回，小苏是带了帮手一同来的。这次父亲大概感觉到情况不妙，就在打开房门之前，先给程仁程信他们拨了求援电话，等儿女们急急火火赶到时，屋子里已经吵得天翻地覆了。

一个五大三粗的中年男人，自称是小苏的远房表兄，口口声声要父亲赔偿一笔青春损失费，说他表妹不能白白让一个糟老头子占了便宜，若是不拿出十万块来私了，他们就要上人民法院起诉打官司。程仁自然要据理力争，说这本来就是两相情愿的事，她一个已婚女人，难道不明白吗，谁也没强迫她这样做。程信更是当仁不让，说小苏原本只是居委会介绍来伺候老人的，放着好好的月嫂不做，自己心甘情愿赖在别人家里，撵都撵不走，我们还想告她图谋不轨呢。就这样，双方又是一番火力相拼，无非是公说公有理，婆说婆有理，最后实在闹得难开交了，程礼也是急中生智，就拿出手机威胁说，干脆打110报警算了，不要再跟他们啰唆下去！姓苏的女人或许自觉理亏，才悻悻灰溜溜地带那男人撤了。

再后来，这事也就不了而了了。但程信一直很怀疑父亲，她说老爹一准是私下里出了点儿血，肯定是拿钱封了那狐狸精的嘴，不然的话，那女的怎能善罢甘休呢。程仁倒也疑惑过，但他实在不想再提及此事，生怕事情真闹大了，于双方都没有好处，尤其是他自己，毕竟还要在机关单位混饭吃呢。

吃一堑总得长一智。兄妹几个里面数程信心眼最活泛。有一天，她又像往常一样去帮父亲收拾屋子，趁老人坐下吃饭不留神的工夫，她偷偷地钻进卧室，从柜子底里取走了那张房产证，她总担心老爷子哪天又犯糊涂病。不过，这件事小妹可再也没对大哥他们讲。

壁下录

西　元*

我坐在旧桌前，面对着墙壁。左手边是窗子，很久没擦过，几片玻璃还裂着。抬头往上看，泛黄的墙角里挂了张烂蛛网。之所以坐在这里，是因为前天首长被上级纪委的人带走了。作为他的秘书，我被要求协助调查。

1

这是一座三层红砖楼，在大院的角落里。来这个院子工作快十年了，我竟然没注意到它，更没料到有朝一日，我会坐在这座老旧矮楼的某间屋子里。冬日午后的阳光很淡很白，军人们陆陆续续通过驻有哨兵的门岗，走进苏式风格的主办公楼。远远看去，只是一串串小指尖大的黑点。我明白，我和他们再也不一样了。

两个穿迷彩服的年轻战士站在旧木门外，每隔一会儿，会向里面看看。我就这么一直坐着，坐了两天，一个字也没写下来。不是不想写，而是不知该从何处下笔。从第一次见首长到现在二十多年，满脑子素材，但我也知道，并不是所有东西都需要写下来。

---

* 西元，1976 年生，历任排长、干事、教导员，获文学博士学位，现为解放军总装备部《神剑》文学杂志编辑。出版长篇战争历史小说《秦武卒》，获第十二届解放军文艺优秀作品奖，2012—2013 年度《解放军文艺》优秀作品奖。

不知不觉，天渐黄昏，人们又陆陆续续从大楼出来，加班的到食堂吃饭，不加班的回家，一辆辆班车的发动机轰鸣着，有序地驶出大院。不久，夜色来临，一切恢复昏暗寂静。这一刻，我在红头信签纸上写下第一句话：“本人四十一岁，某某军区政治部干部部副部长，汉族，大学学历，某某年入伍，某某年入党，籍贯某某省某某县。”写下这句话，我的心倒踏实了。我接受了这样的事实，虽然名义上是协助调查，但也是在接受组织审查。依我过去的所作所为，不久，就会成为囚犯。时间从这一刻分成两段，我仿佛站在这边，隔着一道厚厚的玻璃墙，审视过去的时光。

二十世纪九十年代中期，我二十出头，农家子弟出身，老家在北方山区，没任何背景。这一年，我军校毕业，大学生，专业是哲学。那时，我身材很瘦，细长脸，显得眼镜有些大，一副不谙世事的样子。我背着被褥打成的背包，先到集团军军部报到，再转师部、团部，最后在一个驻在山脚下的步兵连落了脚。那座山叫凤凰山，在长江北岸，很热很潮，气候和我的故乡差别很大。不过，像我这样的小军官，学校派到哪儿就去哪儿，在哪儿都过一辈子，反正比老家的山里强。

我又写道：“我和某某某第一次见面，是在报到那年的集团军新下连干部集训大队里。”首长在接受组织审查，说得再明确点，就是被“双规”了。在这样的审查材料里，自然是不能再称首长，或职务，只能称某某某。这种叫法对我来说，实在是很陌生。

二十多年前，他什么样子呢？个子不高，挺瘦，也戴了副眼镜。和当时的大多数部队基层干部相比，显得有点文质彬彬。那年，他四十六岁，当了八年宣传处长，是集团军最老的团职干部，前途无望，马上面临转业。

我记得他给集训的新干部上了次思想政治教育课，到大家屋里聊过几回，还和我们自编自导了一台文艺晚会。他没有那种干到了头的干部的垂头丧气、无所顾忌，也没有刚提拔起来的干部的意气风发、咄咄逼人，而是怎么说呢？用随和这个词似乎倒挺合适。再接触一段时间，又会让人无缘无故地觉得这个人特别厚道、特别可靠。

老实说，第一次接触，他没给我留下什么太深的印象。一个没前途的干部又能留下什么痕迹呢？我当时只是觉得这是个好人。记得在集训后期，集团军电影院放了一部当时很热的电影，他，一个老处长居然攥着一卷电影票，来到我们这些新干部宿舍，挨门挨屋地发给大家。

多年以后，我又回忆起这样一个细节。在那次思想政治教育课上，某某某突然问道，像《读者文摘》《辽宁青年》这样的杂志一点也不黄啊！它们就卖得很好，在全国有那么大的发行量，这是为什么呢？要我说，走市场并不意味着就要搞低级趣味，市场经济也不必然就是物欲横流。现在咂摸这些话，当然是别有一番味道。

前些年，某某某成为军队高级领导干部之后，颇有些人不以为然，说，他呀，没什么本事，也没打过仗，就是个差点转业的老宣传处长。但我想，至少可以看得出，某某某还是有点脑子的，绝不是平庸之辈，和当时一些头脑僵化，只知照本宣科，某种程度上丧失了对当下社会鲜活思考能力的政工干部大不一样。后来，他能成为大军区正职领导，主政一方，也不仅仅是凭运气。

2

写审查材料和写普通的汇报不一样。普通汇报材料考虑的是结构、语法、美观，有时甚至失去了与现实的联系，而审查材料考虑的是真实。可怎样才算是真实的呢？总有一些似乎与主题无关的事情，挣脱我的意志和思想，猛地跳出来，浮现在脑海里。它们也在隐隐约约构筑起一种真实。

有一个关于女人的事情。为什么想起这事儿了呢？因为她既与我的青春记忆有关，也与我成为囚犯有关。认识她就更早了，大约是二十世纪九十年代早期，我正上大二。那所军队政治学院在上海，所处地段倒也不繁华，还显得有点荒凉，记得院墙外是一条排污水沟，更远处还有一小块菜地。那年，学院正忙着组织教员和学员们学习邓小平南行讲话。学得很认真，有讲座，有座谈，有考试，还得交学习心得。即使到了现在，讲话中的某些段落我都能背诵出来。

那时外出要请假，每周最多有半天。对于大上海来说，半天工夫也去不了哪儿，顶多到周边买点日用东西，就得赶回来。在围墙里封闭得久了，也懒得往外跑，有时几个月都不出去。所以，尽管在上海待了四年，但我并不真正了解它。我更不知道，因为我背诵过的讲话，外面世界都发生了哪些变化。上海似乎仅仅是院墙外布满浓云的阴霾天空，长年处在雨季。

说来好笑，二十多年前没有互联网，没有手机，没有传呼机，学员们与外界的联系只能靠信件。通过一些通俗情感类杂志，我们会给外面的人写信，建立朋友关系，称为“笔友”，和现在的“网友”差不了多少。我就是通过这种方式认识女人的，她那时还是个刚上大一的女孩子，叫霓云，很好听的名字。但她的真名不叫这个，这只是笔名。

霓云是本地人，在上海一所很普通的大学念书。她高高瘦瘦、大大咧咧，有点懒散。在我的印象里，她的头发一直是乱的，长年穿白 T 恤、牛仔裤，一副刚睡醒的样子。先是她给我随信寄了张照片，在杭州西湖边照的，耳畔插了朵白色小花。我也给她寄了张照片，穿迷彩服，一手端八一式冲锋枪，一手平举五四式手枪，脸上抹了三道炭黑，做出瞄准的姿势。

又通了几回信，我们就见面了。那时和现在不一样，现在人们很少写信，即便写，百十来个字之后就不知再写点啥了。那时，我们每封信都有四五页，和情人之间互说衷肠一样绵绵不绝。只是由于这二十来年居无定所，我把她的信和照片都弄丢了，实际上，我把大部分旧东西都丢弃了。但她竟然还保存得好好的，让我多年以后大吃一惊。不过，这都是后话了。

大概是十月末的某个晚上，一阵秋雨刚停，九点多钟吧，马上就要熄灯了。学员队队部的公务员神秘兮兮地找到我，说有个女孩子打来电话，声音很好听。我放下牙刷，跑去接了电话，是霓云。她的声音的确很好听，普通话之中夹着吴语，很清亮，还有种香甜的韵味。听到这声音，就让人想到略带微笑的嘴唇，或者飘着绒发的脖颈。

她说她在学院附近，想见我。我说我们这里马上要熄灯，出不去的，不假外出要受处分。她嘻嘻一笑，说，好冷啊！我一咬牙，道，在电话那里等着我，哪儿也别去。我问了下公务员，公务员也是同学。他说队长喝酒去了，一时半会儿回不来。我换上了黑色便装，钻进学院一角的草丛，从那儿翻过围墙。围墙外边是一条很宽的排水沟，有根尺把粗的排水管穿到对岸。刚下过雨，上面很滑，我猫着腰，小心翼翼爬到对面的小路上，浑身沾满雨水。

说来别人可能不信，那是我两年多以来，第一次看见夜色里的上海。到处泛着水光，五彩斑斓的灯影倒映在雨水中，宛如梦境。空气中充满了清凉的雨滴味道，整个世界银光闪闪。霓云站在电话亭旁边，牛仔裤，绛红色的手织长毛衣，不停往手心里哈气。在相距两三步远的地方，有阵香味从雨水中传来。好像是香水味，也好像是沐浴露味，但又都不是，还有种人身体的味道，总之，是这些混合在一起的气味。这种气味对那个在围墙里关了很久的年轻人来说，既陌生，又猛烈。它与枪管上涂的黄油味，与五公里越野后的臭袜子味，与单双杠表面的金属味、汗水味，与政治理论教材上的油墨味相比，是那么与众不同。

霓云打量了我几眼，低头微微一笑，一手捂在下巴尖上，道，还行，就是有点呆。

那晚，我们踏在湿漉漉的街道上，走了很久。可是有说不完的话，不知疲倦，身轻如燕。我把她送到学校，又徒步走回来，翻墙潜回宿舍，钻进冰冷的被窝，一夜不曾闭上眼。就好像这世界无缘无故给了我一个天大的礼物，而且只给我一个人。

3

那几年，霓云是我了解外面世界的唯一通道。她像一朵花，风吹在她身上时会带来香味。虽然我看不见风，但我知道那朵花的味道变了。而这种变化，我从学院门口小卖铺的老太太嘴里，从过年回家与亲人短暂的谈话中，从军事政治教员们的课堂上，从报纸的字里行间都无法觉察。

霓云从一个懵懵懂懂的姑娘变得特别焦虑，嘴里开始冒出一些陌生的词儿，比如说女权主义，比如说跨国公司，比如说投资环境，还有一人串奢侈品品牌，等等。从大二开始，她就一直在公司实习，基本无心学习。有段时间，她说和一个摇滚乐乐队的贝斯手同居了，不过，几个月之后，她就说那男人其实很垃圾，分手了。我觉得霓云一下子就成熟了起来，和这个世界大踏步地向前跑，而我自己，被无可奈何地远远抛在后面。但多年以后，我又觉得霓云那时的成熟，不过是年轻女孩子的装腔作势，有点青涩、浮夸。倒是在她不经意的手势和眼神中，我能瞥见一缕缕惊恐万状。

我就是这样透过霓云了解世界，她的焦虑也感染了我。不知为什么，那时时常有种坐立不安的情绪，却完全不知缘由。我望着围墙上方的天空，会莫名其妙地感到一阵阵惶恐。

我们仍然保持着一种不太正常，又很亲密的朋友关系，一两个月见回面，坐下来一开口就收不住，三四个小时转瞬即逝，像醉了一样。可是醒来之后的感觉却很不好，仿佛大病一场，得经过很长时间的恢复才能痊愈。然后，再次见面，再次大病。每次都是霓云在说，她好似毒瘾发作一般，拼命讲一些我们都不能理解的生活，有国外的，有正发生在上海的。我看着她，觉得她正在把汪洋一样的恐惧倾倒给我，而我变得越来越脆弱，不知该怎样盛下这种情绪。

转眼大四，快毕业了。我将去驻守在山脚下的连队，她正准备托福考试，找机会出国。其实她的成绩不好，出国也不是为了上大学，只要出去就行，至于干什么都无所谓。那时，出国似乎就是一切，出国就是最好的，出国就能摆脱那种不知从何而来的不安全感。现在，当然是不大容易理解这种情绪了。

那晚，我们俩都喝醉了，在大街上抱在一起，亲吻在一起，有点不可思议，那也是第一回有肌肤之亲。我送她回学校，她剪下一缕头发，夹在自己的粉色日记本里，塞进我怀中。然后，当胸推了我一把，就转身跑进宿舍楼去了。不久，我下了连队，在偌大中国的一个小角落里，与霓云失去联系，了解外面世界的那扇窗子也就关闭了。

4

我的思绪是如此混乱，与审查材料无关的记忆实在是太多了。许久，我才又写下一句:“第二次接触某某某，是在二十世纪九十年代中后期的某次演习中。”

那是毕业后的第二年，我刚刚被授予中尉军衔，任步兵团某连三排长。连长初中文化，指导员大专毕业，另外两个排长都是士官。那些年，大学生在基层部队显得有些多余，军事素质不突出，脑袋里的文化又没什么用处，总有低人一等之感。

从春天开始，停止一切休假，不知为什么气氛特别的紧张。两个月的高强度常规集训之后，我们团机动到福建沿海一带，参加跨区联合演习，主要课目是登岛作战。说到登岛作战，大家都知道要干什么，无非是震慑海峡对面要台独的人。但那一年，老兵们说，这回怕是要来真的了。我问他们为什么，似乎也没听见什么特别的消息。老兵说，今年不一样，你看咱们都配了实弹，登陆舰密密麻麻的，大家还写了遗书，以前可不这样。你看着吧，对面肯定发生什么大事情了!

发生了什么事情我们不知道，从演习开始以后，我们就不再与外界联系。除了给家里写过一封报平安的信之外，没收到过信，也没接到过电话。每天的内容就是从海滩冲进浪里，爬上登陆舰，再跳进海里，跑上岸，登到山顶。有的在白天搞，有的在晚上搞。整个人都累瘫了，脑子里一片空白，眨一下眼，睡着了，觉得一秒钟都不到，天就亮了，得起来继续训练。二百发子弹挂在腰间死沉死沉，八一式冲锋枪一下一下砸着前胸，像挨了重拳一样。筋疲力尽的时候，心里会想，他妈的淹死在海水里算了。

那时候怕打仗吗？说老实话，没怕过。像我这样的小军官，上了四年军校，没家没业，没儿没女，这点二杆子劲头儿还是有的。虽说眼里看着的都是黑暗面，嘴上经常骂国家、骂军队，但只要国家决心打，我还是会奋不顾身的。不说打赢，也得打个元气大伤，让他们一想到解放军就知道不是好惹的。而且，一帮大老爷们关在一起，炮声枪声一响，腿肚子哆嗦过几回，老兵们骂过几句，也就不怕了。问题是怕也没用，谁也走不了，要死死一块儿。

有天晚上，我带着几个战士在山脚下的林子里站警戒哨，遇见了某某某。他已经是师政治部主任，刚上任。我当时想，也算是好人有好报吧，却不知，这只是他飞黄腾达的开始。

尽管他提拔了，已经是副师职领导，可还是很随和，好像生活根本就没有任何变化。而且这种随和不是刻意装出来的，不像有些人，刚当上领导会摆出一段时间平易近人的样子。他在黑暗中一见到我，就叫出了我的名字，问我的工作怎么样。我有点沮丧地说，还在当排长，政治理论这东西在实际工作中根本用不上，谁会听你讲大道理啊？

他一点没生气，而是不缓不急地说，将来的战争是高科技战争，将来的军队是信息化军队，大学生干部别灰心丧气，军队的将来就在你们身上。你看吧，今后连长、营长、团长都会是大学生。这话，我当时根本没听进去，还沉浸在无法适应基层连队的苦恼中，能否继续干下去都成问题。可今天回忆起这话，倒不由得惊叹某某某的远见。

那晚，他还说，别有怨气，也别发牢骚，不要因为暂时的困难就撂挑子不干了，那样，你永远都不能成为军队的栋梁之材。这样吧，到了调整职务的时候，如有困难来找我，我帮你想想办法。

不过，我没去找他。不是不想，而是他晋升得实在太快，一年多之后，就调到另一个师当师政委去了。不久，演习结束，有点突然之感。子弹上缴，登陆舰消失在海平面，大批的登陆部队和导弹部队沿公路撤离。当然，一切都是按程序来的，突然之感来自气氛，空气中的味道不一样了，一部开足马力的机器猛然间刹了车。

现在想来，当年的战争一触即发。我就是登陆舰上的一个普通中尉排长，郁郁不得志。依那时中国军队的武器水平和信息化程度，战争绝无胜算。载着我的那艘登陆舰很可能会被敌方反舰导弹击沉，我和整个连队的战士将沉进台湾海峡。那样，也就不会有今天这个成为罪犯的我了。

但即便死在了二十年前，我也不后悔。我又在审查材料上写道："受党教育多年，在民族和国家大义面前，无论面临多大的困难和危险，我都会义无反顾的。"写下这句话后，我的眼睛竟然有点湿润，有种恍如隔世之感。一个是勇于赴汤蹈火的我，另一个是污秽不堪的我，两个我都是同一个人。怎么就成了这个样子呢？

再补一句话。演习结束回到驻地，我才收到霓云出国前的最后一封信。那封信是两个月前寄到的，如果仗真的打起来，我也许就看不见了。我握着信，在山脚下的公路边徘徊了一个下午，远远望着夕阳里绵延不绝的群山，长叹口气，心想，我在山里生，在山里长，山外面的事情，从此随它去吧！

5

有那么几年，我努力地忘记我是个大学生，忘记我曾在上海上过学，把有关那段时间记忆的物品全扔了，一张纸片、一块布头都不留。我安于做一个驻在山里的小军官，每天疲于眼前的事务，倒也充实。远方的回忆是一种持久的疼痛，不容易平息，只有时间做得到。几年之后，我在驻地找了媳妇，安了家，日子越来越快，那个大城市似乎更加遥不可及。

在连里干了两年排长，终于被任命为副指导员，指望着再干几年，指导员调走了，自己能接替他的位置。可我这个人，似乎总是不能成为一个货真价实的连队干部，大概是缘于那股子永远也磨不掉的学生气吧。副指导员没干多长时间，被借调到团宣传股写材料兼搞新闻报道，成了个笔杆子。几个月不到，又被借调到师宣传科。写东西这活儿倒挺合适，长期苦恼自卑的我终于找到了自信，也格外敬业。常年加班到后半夜，离开办公室就心慌，交出去的材料都是精雕细刻出来的艺术品。

转眼间就到了新世纪初那几年，我三十了，儿子上了镇里的中心小学。我是师政治部正营职宣传干事，拼命写材料，拼命在报纸上发表新闻稿，盼望着能下个副科长的命令。这样，一时半会儿倒不用担心转业。

某某某呢，一直没有从我的记忆里消失，实际上也没有从任何人的记忆里消失。他是我们集团军的一颗明星，是当时大多数人酒足饭饱之后的谈资。在干了五年师政委后，他仅仅当了一年集团军政治部主任，就接任退休了的老领导，成为集团军政委。人们都说，他这样的人是不干副职的。

那几年，我没怎么接触过某某某。军部和师部驻地隔了上百公里，他又是大领导，只能在开大会时远远往主席台上望几眼。他还是老样子，不慌不忙，从不发火，没官架子，总是波澜不惊的神情，至少在我一个局外人看来是这样的。

春天的时候，我在军队一家颇有影响的文化类杂志上发表了长篇特写，反映一个大学生连长工作生活的，有万把字，发在了头题位置。为什么写他呢？首先这是我的工作，干工作就得有业绩。其次，多多少少也有点同病相怜之感。那个连长的经历有点特殊，排长干三年，副连长干两年，同期入伍的大学生都调了副营职，他才当上连长，而且一口气干了五年。满五年后，团里觉得他不仅是个人才，还是个典型，便直接任命他为该营营长。这件事在当时的影响不小。

我和他比较熟。虽然都是大学生，但心里挺惭愧，因为我知道他能走到这一步，得吃多少苦，忍下多少绝望。十年时光真的是很长很长，别的大学生都熬不住走了别的路子，只有他坚持了下来。那篇特写写得很实在，没有太多浮夸的东西，很顺利地发表了。事后想来，那篇东西可能也真的写出了点硬邦邦的东西。

拿到杂志后没几天，师政治部主任通知我，说军政委，也就是某某某要见我。我问见我干什么？他说他也不知道。但主任眼里明显流露出羡慕的神情，说，你啊，有才，将来成了首长身边人，可别忘了老部队啊！

我当时一点没敢想成为“首长身边人”之类的事情，觉得要是首长还能记得我，念旧情，能让我顺利当上副科长那就太好了。你看，那时的我心里装的就是这么点东西，为了些许蝇头小利而奔波操劳。

集团军的办公楼可比师部的五层红砖楼气派多了。军长、政委的办公室在三楼，过去来军部办事，经过这一层都会屏住呼吸，匆匆而过，不敢弄出一点声响。这回，组织处的一个干事带着我，敲了某某某的门。楼道里很暗，水磨石地面却很亮，有点晃眼。身前的干事迈着平缓的步子向前走，而我，觉得有点呼吸沉重，喘不过气来。

在他拉开政委办公室门的那一刻，有股很强的阳光扑来，看不清门里面什么样子。我的脑中有阵短暂的空白，只觉得有个人站在一面巨大的军用地图下，肩上有颗很大很亮的金色星星，沉甸甸的，以至于我的眼中到处闪着淡淡的金光。

那间办公室很大，朝南面，有四扇大窗子。某某某打量了我几眼，微微一笑，道，别紧张，过来坐下。那语调缓缓的，夹杂着口音，似乎有种很熟悉的东西又回来了。有个公务员给我倒了杯水，我僵硬地坐了半张椅子，腰笔直地挺着。

他又打量了我几眼，说，你还是当年的样子，虎气不足。这句话仿佛兜头给我泼了盆凉水，心惊过后，倒是迅速冷静下来。我发现，他一直在仔细地观察着我，从一举一动，从最初的印象，从直觉来判断我是个什么样的人。而且，他说的没错，一眼就把我看穿了。

我抹把额头流下的汗，尴尬地笑一下，没说话，又抿了口茶水。他笑笑，直盯着我的眼睛，说，你发表在某某杂志上的文章我看过了，很有见识。有人还对这篇文章吹毛求疵，要我说，你看到了这个时代的主流。而他们，虽说级别也都不低了，但是，缺这个。说罢，他点了点太阳穴附近。我猜他想说“头脑”或“眼光”一类的词。

不过，我总觉得他不是在和我说话，而正同另外一些人争辩，只好沉默不语。某某某说过几句，稍作停顿，劈头问道，这样吧，过来当我的秘书，帮我处理些事情，有意见吗？

从进屋到现在也就十分钟吧。我不知道他是如何观察我，也不知道我给他留下了什么印象，心里倒是有点叹服他的果断。我推辞了一下，说，跟首长我没什么可隐瞒的，我只干过宣传工作，而对干部和组织工作没接触过，只怕是干不好。某某某毫不犹豫地说，这个没关系，谁也不是一下子就什么都会，来了之后，可以慢慢学。还有什么意见吗？

当天下午，我就先把铺盖搬了过来，开始工作，而老婆孩子等等后续问题大概花了一年时间才解决完。这中间还发生了件小事。当师里知道我留在政委那里当秘书之后，很快就给我下了个科长的命令，副团职，而且没有和我商量，就报给了军政治部。这事可把我吓坏了，当时，能下个副科长的命令都是奢望，哪还敢想当科长的事儿。而且我的任职年限还差两年，这种做法明显违反干部任用条例。

我忙给师政治部打了电话，说我刚到首长身边，这种事可不敢做，要是让首长知道了，会留下很坏的印象，没准还要把我退回去。政治部主任在电话那边呵呵一笑，说，别担心，都协调过了。我又说道，那么多人盯着科长的位置，会有闲话的。政治部主任又很亲切地在那边说，这个没关系，等你的命令下到军里，位置自然就空出来了。

我惶惶不安了一整天，在快下班时才对某某某讲了这事，说我事先根本不知道。某某某翘起嘴角一笑，摇摇头，没说什么，就走出办公室回家去了。

6

我在红头信签纸上又写下了一句话："刚刚走上军队高级领导岗位的时候，某某某是想有所作为的。"这是句很老套的话，我相信，大多数被"双规"的人都曾用过这样的句式。可是通过这句话，你没法回到一个活生生的过去。于是，我的思绪又开始变得杂乱无章。

其实我这个人不太适合当秘书，小心谨慎有余，而练达圆通不足。尽管是政委的秘书，可是见了其他比我级别高的领导，还是禁不住点头哈腰，低声说话，给各业务部门交代任务也是用商量的口吻。有人私下里对我说，你看军长的秘书什么派头，你这样做会给政委丢人的。我呢，把这话琢磨过一阵子，发现政委并未对此不满。而且，我骨子里头就是个基层小干部心性，多年隐忍，深知其中的痛处，也不愿摆那种高高在上的谱儿。

其他秘书忙得焦头烂额的事情，比如开会、汇报、接待、检查等等，某某某似乎都不在意。他经常对我说，要看闲书，要观察社会，要抽出大量的时间看晚报，看小说，看电视，看电影，要知道外面的世界是什么样子。有时候，他会把我叫过去，问我一些与工作完全无关的问题，比如对一部流行小说怎么看，比如对中国加入世贸组织怎么看，比如对沿海一带的血汗工厂怎么看，比如对夜总会、红灯区怎么看。如果我不太了解，他就会让我去收集一些资料，然后再找时间与他谈。他想听一些与众不同的见解，要是我说的都是大路货，他就会轻轻摇摇头，让我重新去找。时间长了，我也发现了一些门道，对于这些略带争议的问题，不要去收集官方媒体的意见，而要去一些学术期刊，一些民间杂志，最好还要打打电话，通过各种关系问问实际情况。这样，才能让某某某感到满意。

有一次，他递给我一份某师的党委工作总结，其中一句是"在五年之内，把全日制本科毕业生任营连主官的比率提高到百分之七十"。他用红色铅笔画了杠杠，问道，你觉得这话有没有道理？我想了半分钟，对于回答首长的问题，算是很久了，说，大学生有潜力，可也有问题，就是骨头软，要培养一个好的大学生连长、营长，非得老老实实磨炼十年不可。这样大换血式的改变干部结构，恐怕不合适。

某某某面无表情，说，这样吧，你再搞搞调查，收集些资料，听听其他人的意见。都要问一问，高级领导要问，普通干部要问，士兵也要问。半个月后提醒我，咱们谈一次。

半个月后的一个星期天早晨，我带着几十页材料、十几本杂志和几本书来到某某某家。公务员给我沏了杯茶，他说，开始吧。我谈了近两个小时，他几乎没插话。其间打进来无数个电话，师长、政委、政治部主任，全是集团军的实力派，想来家里见他。他轻描淡写地说，今天上午有非常重要的事，不见任何人。听了他这话，顿时让我感到后背压力巨大，手心不觉间冒了汗。

大家的意见嘛，大致和我当初的想法一样，反对意见多。我毫不隐瞒，原原本本地对某某某说了，这是我做秘书的本分。经过两个多小时的沉默，他问道，有支持的意见吗？我说，某师某团政委、某师某团干部股长等人赞成这个提法。某某某立即说，安排他们俩星期一下午来我这儿。如果到时我有别的事，务必尽早安排时间。

谈完话已经快下午两点了。公务员端了一盘煮毛豆，一盘炒豇豆，一盘煎小黄鱼，一碟腌萝卜丝，还有四个碱挺大的开花馒头。我和某某某在他家长餐桌上对坐着，无声无息地吃完了饭。我收好资料，提起公文包准备离开。

某某某突然叫住我，说，外面的形势非常凶险，稍有迟疑，刀就会架到我们的脖子上！

我愣住了，不知道他说的是什么意思，又为什么要这么说。他盯着我，又道，现在的世界是乱成了一锅粥，但我们还有乱中取胜的机会。凡事要往前头赶，不怕得罪人，不怕招人恨，甚至不能怕流血。四平八稳干工作，那就是在等死！

我的太阳穴处不觉流下一滴汗。他又说，咱们跟美国、跟日本随时可能翻脸，要打信息化战争、打高科技战争，你看现在的连长、营长们能行吗？

离开他家的小院前，他又说，牢牢记住，两害相权取其轻，没有多少时间让咱们浪费了！

后来，在集团军党委工作总结中，某某某画过红杠杠的那句话一字未改地被写了进去。

7

某某某的身上，似乎有些矛盾的地方。一方面，他很有眼光。有那么几件事，可以说是力排众议、大刀阔斧，而且后来的现实也证明他的判断是对的。但另一方面，在为人处世上，他却异常的宽厚。有了困难来找他的人不计其数，有的是老连队的干部，有的是宣传处的同事，还有的仅仅是相识的老兵，可无论什么人的困难，基本都能给解决。在别人眼里，他不是个翻脸不认人的人，也不是个忘恩负义的人，很念旧情。但今天看来，这种性格特点又特别危险，尤其是在新世纪那十年就更加致命。

在我的印象里，某某某的晚间和休息日都是在见各种各样的人中度过的。用门庭若市来形容不太准确，因为在院子外面看，永远是静悄悄的。来的人似乎都有惊人的默契，不会一起来，也不会相互碰见。

有天晚上，快十点了，某师政委来某某某家中谈过话刚走，我收拾收拾东西也准备离开。这时，公务员说，某团政委来了，见吗？某某某有些困惑，因为没事先约过时间。我倒是记起来了，那个政委到了最高任职年限，而且上午党委会讨论的干部调整方案中没他，年底就得走人。

公务员说团政委不肯走，今晚非要见他一面。某某某的困惑没有变成怒气，而是慢慢淡了，叹了口气，说，让他来客厅吧。团政委拎着一个很沉的手提袋，放在门口，情绪有点激动，走到某某某跟前，嘴唇哆嗦着，竟然不知该说什么。

某某某微微皱眉，缓缓地问，怎么了？有什么急事吗？

团政委扑通一声跪在地上，一把抱住某某某的腿，哭了起来。不时有鼻涕蹭在他的裤子上，那场面别提多尴尬了。公务员悄悄走掉了，我呢，躲不开，只好低着头装作收拾东西。团政委撸起袖子，又敞开胸膛，指着自己黑黑皮肤上的伤痕，说这是哪年哪年训练留下的，那是哪年哪年演习中留下的，说自己虽然比不上那些大学生有文化，但带出来的部队可是顶呱呱。最后，自然又说起自己的家庭困难，如何如何不能走。

某某某一直沉默着，最后说，你站起来，像个样子。片刻，他轻描淡写地说，这样吧，回去做好两手准备，如果能再向前走一步，就好好干几年，如果实在没办法了，就痛痛快快回家，好吗？团政委抹了把眼睛，感激地说，政委，我一辈子记得你的好。

其实谁都知道，在集团军干部任用上，某某某一言九鼎。他说做好两手准备，就等于有了活路。果不其然，某某某对政治部主任打了招呼，让某个年轻干部缓一缓，锻炼几年再提拔，而团政委则当上了该师副政委。

那晚上，团政委走到门口时，某某某说，把你的袋子拿走。团政委搓着手，道，一点心意嘛。某某某冷冷地又说，我什么都不缺，拿走！团政委抿着嘴，道，政委，我感谢你！某某某脸色稍有缓和，轻轻地向外摆了摆手，说，快点回去吧，团里离不开人，记住，好好干工作。走到外面的团政委在夜色里给某某某鞠了个躬，走了。

后来，团政委上任之后来看过某某某，又拎过来一只手提袋放在门口。不过这回，某某某仿佛没有看见，也没说什么。团政委走后，他对我说，把这袋子放库房去吧，在这儿难看。我拎着袋子进了库房，那里到处是灰尘，不知多久没人来过。我把那袋子扔在另一些袋子旁边，就赶紧出来了，沾了一脚灰。

在偌大客厅里，就我们两个人。他沉思了一会儿，问，你是不是觉得我太没原则了？

我木讷地摇摇头，没吱声。他稍带着点无奈的语气说，军队要伤筋动骨地改革，有时却又不得不向人性这个东西妥协，改来改去，说到底改的都是人，而不是一群木偶。

他又说，就拿刚才走的那个团政委说吧，他干得不错，拼命，就是初中文化，不符合将来军队发展的需要。可是，那天他给我跪下的那一下子，还是让我心软了。要不是被逼得急了，谁也不会给人跪的，得饶人处且饶人吧。

某某某长叹一口气，道，我们要在这个险恶的环境中存在下去，要争取时间完成军队的脱胎换骨，生死存亡之时啊！这一切要靠人，而人呢？又很复杂，他们有感情，有欲望，有私心杂念，还有不少肮脏的东西。军人也是人，该怎么办呢？过去阶级斗争那一套证明是错误的，现在，要正视人性，要学会驾驭它才行啊！

我点点头，默不作声，也实在说不出什么来，对于为人处世，我一直一窍不通。我从某某某的小院出来，走在夜色中的小路上，不禁有一丝困惑。其实，对我这个小干部来说，那个重重的手提袋才是心里最大的疙瘩。因为我知道，打仗要死人，而人可以为故乡，为爹娘，为爱情，为尊严，为报仇而死，却独独不能为钱而死。某某某爱财吗？大概也不是，那些手提袋扔在库房里落了厚厚的灰也没见他动过，也不允许家人碰。某某某说得有道理吗？我也觉得有道理，人性确实就是这么个东西。

可是，我又总觉得哪里不对头。但随着时间的推进，这种困惑被慢慢遗忘了。直到现在，我身处囚室，面对墙壁时，才记起多年前的疑虑。

顺便补充一个细节吧。某某某不怎么喝酒，但喜欢各式各样的酒瓶。渐渐地，送酒的人就特别多，酒也越来越好。某某某也不避讳这个，干脆把酒摆在了门厅入口处，有国内的，有国外的，有非常贵重的，也有十几块钱一瓶的。一进门，甚是有点金碧辉煌的感觉。直到现在，我都很怀疑他到底知不知道这些酒价值几何。

8

我写道："新世纪初的几年，军队发展开始起步，国防建设快速推进……"写下这句话，我又把笔搁下了。这话其实并不准确，多年以后我才知道，在台海危机之后，那次我还是个坐在登陆舰上的小军官，国家就开始了对军队的天文数字投入。只不过，当我真正触摸到这些改变时，已经到了新世纪初。

我记起了一个星期天，在当时看来，这一天似乎没什么与众不同，但现在想起，却一切历历在目。

那是在夏末，很晴朗。我陪某某某在军部院子里散步，一队勤务连的战士从身边走过。某某某打量了他们几眼，突然道，走，到你的老部队看看去！我很意外，问，不近呢！他很肯定地说，去！我又问，用不用通知他们一下？他说，不用。

当奥迪车子进了步兵团院子，自然是引起了震动。团政委进城了，团长在家，穿着迷彩服，气喘吁吁地跑过来。某某某已经站在了三营楼前的篮球场上，营长、教导员像个木头桩子似的立在一边，十分紧张。

某某某低声问，从接到命令到齐装出发需要多少时间？团长回答，二十分钟。某某某道，那就开始吧，我在训练场等你们。说罢，转身向训练场方向走。团长跟着走了几步，某某某摆了摆手，道，不用管我。

营区里响起了紧急集合号，半个小时后，近千把号人在训练场列队完毕，倒也壮观。其间出了些小洋相，无可厚非。某某某不置褒贬，而是一个连一个连、一个营一个营地看过去，与主官们握手。他笑呵呵的，没提任何意见，让大家很放松。

最后，他在一连那里停下，一手拉着连长，另一手拉着指导员，亲切地说，咱们合张影吧。两个年轻军官激动地站在两旁，嘴角牢牢地抿着，浑身紧绷。某某某又笑了笑，走到一名士兵跟前，摸了摸他身上黑色的九五式自动步枪，问道，这枪好用吗？那名士兵道，没有八一式皮实，不过很轻便，呵呵，背着不累。某某某稍稍瞪大了眼睛，道，那咱们试试怎么样？

在靶场，某某某一直看别人打，目光有些游离，但又很高兴。几个训练尖子打完，团长请某某某试几枪，某某某摆摆手，对我说道，你来试试？

我来到射击位，单膝着地，端起九五式步枪。这是我第一次碰它。八一式步枪是苏式 AK 系列改进过来的，拿起它就想起苏联时代，觉得正在和一个笨重却又耐久的俄国人打交道。而九五式源自欧洲，纯黑色，轻巧、机敏、新颖，又显得很有科技含量。这种枪刚刚配发军队不久，只有重点发展的部队才用得上。打过几枪，枪身微微颤动，声音不算大，也没耳鸣，子弹轻松命中靶子。

那一刻，我的感觉是不能言传的。枪让一个军人重新理解了世界，拿着什么样的枪，世界就是什么样子。枪不是情人，也不是朋友，而是自己，是灵魂，是一切梦想的载体。我突然有种感觉，我不是我了，我一瞬间脱胎换骨，以另外一种样子重生了。

这就是九五式步枪给我留下的记忆。我相信它也给中国军队留下了深刻的烙印。总有那么几件东西会成为一支军队灵魂里的印迹，比如说某型号的步枪，比如某型号的巡航导弹，比如某型号的隐形战机，还比如某型号的军舰。而九五式步枪冥冥之中告诉我，中国军队变了，再也不是老样子了。

放下枪之后很久，我的小手指都在颤抖。我连忙提起某某某的皮包，掩饰这一点。某某某对我说，而且仿佛只对我一个人说，从此以后，我们要用新枪了！

那天，某某某一直很高兴，又心不在焉，我觉得他和我一样，在掩饰着某些情绪，而这种情绪不太容易被人理解。晚上，有个不太相关的人宴请某某某。在休息日，他一般是极少外出赴宴的，可那晚上，他却破例去了。

9

集团军部所在的地级市自古就是兵家必争之地，近代以来，打过几场很大的战役，军民关系挺好。新世纪以来，这里变化很快。这种变化是全方位的，不仅是这个地方的外观变了，人也变了，我甚至觉得颜色也变了，气味也变了。具体来说，似乎土腥味不见了，到处是混凝土和不锈钢的味道。

对了，想起来了。那几年，军队变化也很大。不光换了枪，军装也换了新式的，尽管还仅仅换了夏季的，可样子精神多了，有了贝雷帽，有了臂章，像一支与世界接轨的现代化军队。不仅如此，军队还连涨了几次工资，翻了倍。在我们这个地方，算得上高收入，年轻军官娶的媳妇明显漂亮了一大截。

还是说说那晚的宴席吧。酒店的名字叫世纪富豪。现在看来是有点土气，当时，却是本地第一家五星级酒店。开业时搞得很热闹，请了个副市长给剪彩，各界有头有脸的人物也都到了场。之后大约十年光景，那家酒店都是一种规格的象征。

晚上人不多，十几个，大部分认识，几个人的事情还是某某某交代我办的。某某某坐主位，我坐在对面，一声不吭。一个搞城市绿化的老板做东，指着酒水单，要了瓶洋酒。某某某轻轻摆了下手，说，喝不了这个。老板顺着酒水单捋下去，叫了两瓶三十年陈的茅台。某某某道，早知喝酒，我带来好了，何必在这儿要酒？老板笑笑道，这儿的酒喝着放心。

接着，老板又拿起菜单，略看几眼，把最贵的都点上了。我略算了算，那一顿十万是有了。菜上了，无非是海参、鲍鱼、穿山甲、澳洲龙虾，未必怎么好吃，但撑门面管用，十多年后的今天，人们也不怎么热衷吃这些东西。某某某推辞一下，用高脚杯接了小半杯酒。我本想拒绝，某某某说，今晚你可以喝一点。我突然心有灵犀，觉得个中原因只有我们两个清楚。

口子一开，我就成了那晚的劝酒对象。某某某轻轻抿一口就行，我却一杯接一杯停不下来。我甚至觉得某某某那晚有意要让我喝多了。酒桌上的话，云山雾罩，真的少，假的多，现在想来，真是又荒唐，又可笑。某某某坐在正中，很少说话，但气场的中心却在他那里。他的每一句都会在宴席上揭起不小的波澜。

我有点晕，包房里的光线格外迷离。金黄色的物件特别刺眼，人脸的反差也非常大，有光的地方很亮，没光的地方又很暗，显得这个环境里的人十分可疑。但是，在醉意之中，面对着一大桌奢华的残羹剩饭，我却莫名其妙地生出一股满足感。我心里暗想，我也能坐在这十万元一桌的酒宴上，我可不是那个山里的孩子，我也不是那个驻守在山脚下步兵连的小排长了。

我甚至有点自豪感，喝了口酒，想着，原来，对大上海一直心怀畏惧，可现在，万把块钱的酒也可以喝了。大上海里的芸芸众生未必有我过得好呢！

接着，我又无缘无顾地生出一种安全感，在心里长叹了一口气，觉得这个小地方才属于我，在这里，我不再惶惶不安。外面的世界虽大，可又能怎么样呢？外面有的，这里也有，而且比外面更好。霓云，你知道我现在是这个样子了吗？

10

在这个古怪的时刻，我竟然想起了霓云，眼里心里只有她，她活生生地站在我脑袋里。有八年没见过她，也从未通过信。我三十岁了，有媳妇有儿子，可她竟然还在我心里。这滋味不是甜的，不是酸的，而是带着一丝苦涩，一丝怨恨，仿佛这是谁欠我的，而我要补回来。

快八点，有人敲包房门，一个十八九岁的小姑娘进来。老板介绍这是他的堂妹，在省城的音乐学院学钢琴，想认识一下某某某，见见世面。那女孩子很乖巧，化了妆，五官也特别精致。她敢喝酒，跟某某某喝了一个高脚杯，而某某某微笑着点点头，照例是轻轻抿了一口。女孩子脸颊绯红，眼带秋波，道，首长你太不像话了，我一个女孩子可是喝了一大杯呢！某某某被她这胆大包天的劲头逗笑了，众人也跟着哈哈大笑，就势劝某某某多喝一点。某某某无奈地摇摇头，说，你比我姑娘还难缠，好吧，我喝一大口。

女孩子稍有摇晃，在我身边的空位置坐下，一阵香气夹杂着淡淡的酒气蔓延而来。片刻，女孩子举起小杯子，大声问，这个哥哥还不认识，我要跟你喝三杯。众人又是一阵喧闹，她喝了三杯，我也喝了三杯。之后，在吵闹的酒桌上，我们两个聊了几句。聊的都是些不关痛痒的事，她也一副满不在乎的样子。我记得她很白的脖子上、脸颊上有一块一块红晕，像过敏似的，有种说不出的妩媚。

正说着，女孩子突然让我看她刚买的手表。一条白白嫩嫩的手腕伸到我眼前，上面布满红晕，手指娇滴滴地半垂着。那是只小巧的镶钻手表，但我没认真看，眼睛被女孩子的小手晃得一阵眩晕，而且心里一阵阵刺痛。我仿佛看见了当年的霓云，而且又和她在一起。我回到了过去，那时想说没说的话现在终于可以说了。

在醉意和恍惚之中，我意识到了危险，连忙正正身子，不再同女孩子说话。一会儿，又借故出了包房。门外，老板的司机正往某某某的车子上装东西，塞得满满的。

我站在渐冷的夜色中，心潮狂涌。过去，我是一个在军队底层钢铁秩序中步履维艰的小军官，为了一点蝇头小利都要奋力挣扎。现在，那一切对我来说已经算不得什么了。刚才，老板偷偷跑出来，往我的手提包中塞了一个信封，厚度有万把块钱吧，而我的工资是每月三千。他的手段比小偷还熟练，一下子就塞了进去。而我，还像过去一样谨慎地拒绝。老板笑着说，你们军人工资低，这点钱对我不算什么的。我知道他在说假话，拿了人家的东西必定要给人家办事。可是这回我累了，放弃了。厚厚的意外之财放在提包中的感觉很踏实，许多过去想得到而得不到的东西，现在都唾手可得了。

回去的路上，某某某突然兴致勃勃地对我说起话。他说，前段时间，我们一些军职干部去西北观摩了几次新概念武器试验，不得了哟！别看咱们现在藏着猫着，可手里已经有硬家伙了。你看吧，过不了几年，就要大变样！

某某某靠在后座上，长舒了口气，似是醉了，其实他没喝多少。他说，前些年，内外交困，真是危险啊！对内，在老百姓心中一副窝囊废形象，对外，连保卫台湾这样的事儿都困难，更别提美日了。现在想来都心有余悸！

他又说，这七八年算是没耽误时间。咱们在和敌人赛跑，有国内的，也有国外的，虽说没跑到头里，可也没落下。照这样子再搞十年，就能彻底站稳脚跟了！

我努力保持着清醒，让身子稳稳地坐好，认真听某某某的每一句话。酒意在身体里乱窜，皮肤发烫，有种又狂乱又幸福的感觉。我能理解他的喜悦，同时这情绪又因为掺入了酒而愈加迷乱。我仿佛在惊涛骇浪中游泳，在拼死的坚持之后，竟意外发现自己游进了海阔天空的境地，真是又诧异，又惊喜，大大地松了口气。

我有些兴奋地想，我们原来可以是这样的！跟美军这样高不可攀的军队干一仗，似乎也不是什么不可想象的事情。

把某某某送回家，他的司机又把我送到楼下。那晚，月光把楼梯照得雪亮。我想，明天一早就得赶到办公室，过会儿，进了家门又不能弄出声响，老婆孩子都睡了。于是，我坐在家门前的楼梯上，享受着这难得的清静时光。

我一会儿想起了霓云，一会儿又想起了九五式自动步枪，想起老连队的兵背着它的样子。我低下头，盯着手提包，里面还有一只沉甸甸的信封，明早，我打算把它给老婆，让她高兴一下。

坐了有十来分钟吧，老板打来电话，要叫我出去唱歌，车子在集团军大院门口等我。我说，不了，不了，太晚了。他嘿嘿一笑说，他的堂妹也在，让她陪我一起唱。我的心头一颤，一下子想起了那个长相很精致，又很乖巧的女孩子，仿佛连她也能得到。但我知道，鱼饵再香，里面也藏着钩子，这浑水是万不敢去蹚的。

老板有点生气地挂了电话。我靠在墙上，猛然记起，老板是江苏本地人，而女孩子隐约有些重庆一带的口音，也不知这是哪门子亲戚。

11

又是一个黄昏来临，我从回忆中挣脱出来。不知从哪儿透进一缕微风，吹动墙角的蛛网。一只棕色的小蜘蛛费力地爬下来，悬在半空中，在夕阳里的灰尘中摇摇晃晃。我入神地盯着它，觉得它就是我。

我低下头，发现自己的审查材料才写了一页半，而纪检人员让我交代的几个重大问题我还一个都没写到。但这也在情理之中，因为到此为止，某某某还未特别严重地触及他们。可随着我的记忆的推进，我感到非常惶恐，就像一片枯叶不由自主地被潮水中的漩涡吞没一样。

那之后有三年时间，某某某调任某军事学院当政委，大军区副职。而我，家中老小都在本地扎了根，也就没跟他走，而是留下来当了集团军宣传处长，算是干了某某某多年前的老本行。一朝天子一朝臣，那段时间过得比较压抑，我和任何一位上级领导都没建立什么亲密的关系，工作业绩平平。我甚至做好了再干半年一载就转业回老家的准备。

那三年基本没什么好说的，只和某某某见过一面。过年过节打打电话，也不多聊，所以，某某某发生了哪些变化，我也不很清楚。之所以对自己的前途没抱什么希望，还有一层原因。某某某虽说是晋升了一级，但仅仅是任军事院校的政委，不在一线作战单位，再晋升的可能性似乎不大。

唯一还记得起的是有关某某某的儿子小锋。某某某有一儿一女，大女儿和我年龄差不多，那时在国外攻读化学博士。小儿子学习不太好，先当了几天兵，后来考军校，读完专升本，又在读硕士。还是在新干部下连集训那会儿，老宣传处长某某某带着他来集训队打靶。只感觉他白白静静，有点木讷文弱，穿着初中生校服，腼腆地叫我们叔叔。

某某某的家教不错，尽管当了集团军政委，一言九鼎，但小锋似乎也没有太大变化。他的性格闷闷的，家里来了人，总是能从小房间里出来，应着场面说几句。后来高中毕业到连队当兵，再进军校上学，也不骄横跋扈、惹是生非。而且，对我的称呼也没变，一直叫叔叔。那些年，政治部各业务处对小锋照顾有加，每个月都会派人到部队或学校看望，询问有无困难。我的手机里存着他的连长、学员队长、教导员、政委的电话，隔三岔五会与他们联系，了解情况，出了问题及时摆平。小锋入伍、上军校、入党、读硕士这一系列事情，自己不必担心，都一手操办好了。

小锋那回回来，带着女朋友。那个女孩子是无锡人，穿军装，化了妆，个子高挑，一眼看去，有种惊艳之感。举手投足之间，既透着江南女子的雅致，又有种千锤百炼、世故老练的气质，让人惊讶。后来知道，她是某某某任政委的那所军事学院的校花，读哲学专业，家境一般。为了这桩亲事，学员队长、政委都找她谈过话，女孩子也蛮愿意的。

和小锋一起回来的，还有几个军校同学。我私下里请他们吃了一回饭，给他们安排了住处。酒桌上，女孩子很少说话，却有种无形的气场。如果除去其他因素，小锋是绝配不上她的。但小锋似乎浑然不知，当众指点她干这干那，女孩子也不说什么，很温顺很听话的样子。那几个同学，在我冷眼看来，可不是什么厚道之辈。看似很仗义，实则满嘴跑火车，根本靠不住。

陪他们喝完了酒，小锋拉我来到僻静处，给了我一只信封。我捏了捏，有张卡。他说，叔，帮我办件事呗！我说，能帮你的一定会帮你。他说，我一个哥们快毕业了，能给他安排到咱们集团军来吗？我说，小锋，你得明白，叔现在可不是首长秘书了，这事有难度。

他脸上不悦，又说，我还有个朋友的弟弟在咱们军某团当副指导员，你能想想办法调到宣传处吗？我答道，行，我派人考察考察，如果写东西可以，会尽快借调过来。小锋低下头，咬着嘴唇不说话，脸色冷冷的，一言不发，转身走了。我叫住他，说，把卡拿回去，咱们之间不讲这个。小锋不耐烦地朝外摆摆手，道，你拿着吧，办事需要这个。说罢，他就进招待所了。我有点失望，还有点后怕。毕竟和首长几年没见了，小锋若是回去说点什么不是，我是有口难辩的。

我在原地愣了一会儿，心想，几年没见，小锋变了。我仔细琢磨，又觉得他没变，还是小时候的样子，内向，不爱说话，心地也不坏，当然，不是特别精明。这些品性似乎都没变，但外在的东西变了。我发现，当外部环境变得不那么正常的时候，仅仅依靠个人良好的内在品质是远远不够的。外面的世界会强迫或者说不由自主地让一个人发生改变，鲜有人能例外。这个时候，要么是当机立断地主动改变所处的境遇，要么是时时刻刻地保持高度警觉，否则，必受其害。这一点，我在后面的回忆中还会提及。因为，它似乎能对一些很矛盾且不可理解的情形提供一种解释，或者说是一种观察的角度。

在结束这段回忆之前，我再提几句某某某的夫人。她姓张，我叫她张姨，有时也叫阿姨。张姨原来是防疫站的毒理检测员。我第一次见她还是在实验室里，她穿着白大褂，站在一大排玻璃试管前，入神地想什么事情。不少首长的夫人都很难缠，但她不是。某某某很少与张姨谈工作上的事，她也很少讲别人的好话或坏话。对公务员、司机和我这些人，也很宽松，基本不交代我们去办什么事。虽然谈不上对我们多么热情，但礼节性的事务做得还算周到。那几年，时常感觉不到她的存在。总之，我觉得她是个个性不太鲜明，很少说话，对人比较善良的女人。

我记得她不止一次说过，老 ×（指某某某）这官儿是捡来的，不求荣华富贵，只求把工作干好。况且他的年龄也不小了，退下来之后，让他带我游山玩水。到时候，我们没权没势了，你们要常来看望哟！

12

新世纪第一个十年的中后期，某某某被任命为军区政委，可称得上是一路诸侯了。当我得到这个消息时，倒没考虑得更多，只是长舒了口气，暂时不必想转业的事了。但一夜之间，我的上下级关系，与周围同事的关系就发生了改变。

某某某给我打来电话，语调没变，带着口音，慢条斯理。他让我先去军区组织部干一段时间，熟悉熟悉情况，然后回他身边当秘书。我挺感动，难得他还能记得我。然后，照例是推辞了一下，说自己一直在集团军，眼界比较窄，不适合做些全局性的工作。某某某在电话那头笑了笑，道，你还是老样子，什么都别说了，来报到吧。

军区机关设在长江边的一个省会城市。这里和上海比较近，氛围也相似，只是更厚重而有韵味，在不知不觉之中，还透露着一丝温婉。而上海呢，像是汪洋大海，五光十色、庞杂狂乱。

当我回忆起军区机关的时候，其实就已经回到了此时此刻。我正坐在军区大院一角的一座不起眼的小砖楼里，凝望着这里的每一处景物，流年时光像潮水似的涌到眼前。我第一天站在那座巨大而结实的苏式办公楼下时，心情是复杂的。我不是作为一个新调入的小军官而来这里，而是一个在这个建筑物里说话一言九鼎的首长的秘书。我仰望着这个庞然大物，并没有觉得自己渺小，反倒生出较量一番的心气。当然，这种心境是丝毫也不敢向外流露的。

还有另外一种情绪，现在想来也特别值得深思。那一刻，我突然觉得，当年我是被大上海、被霓云抛弃的，被扔在了一个小山沟里，可是现在我回来了，而且发现那一切似乎也没什么了不起。我将成为这个曾经抛弃我的地方的强者。

往更深一层说，无论大上海代表着的是现代也好，还是后现代也好，当年我都认为那是中国的未来。那是一种让我不知所措的未来，让我惶恐不安的未来，与其说是被抛弃，不如说是一种逃避。可是今天，我又沿着一条意想不到的路走了回来，而且走得很踏实，觉得这才是一条脚踩大地的大道。大上海那个纷乱的、令人眼花缭乱的情形不过是皮相，而这个世界真正决定性的肌理其实是我脚下的路。

我发现，从那时起，我的心态变了，我开始以一种藐视的眼光来看待我的过去。这藐视又包含着更多复杂的情绪，有委屈，有怨恨，有不屑，有狂妄，又有种急于把这一切扭个方向的冲动。

当然，初来乍到，心中还是会有一点忐忑，可这种感觉消失得惊人的快，完全超乎我的预期。我在组织部熟悉情况的那段日子，他们似乎明白我的身份，几乎不给我安排什么任务，我一直在旁观。我看见某某某走到哪里，哪里就会将星闪烁。政治部各个二级部的部长围在他身旁，有的帮助拿水杯、文件，有的拎着防止他腰疼的靠垫，所有的头和腰都指向他，好似开了一朵大菊花。

我的人际关系与工作关系也出奇的宽松，完全没有一个新人的压抑与小心翼翼。我周围都是和蔼可亲的人，我的工作没有遇到任何麻烦和阻力，还不时有将军匆匆而过时，亲热地停下来与我打招呼。我觉得，以我为中心，形成了一个看不见的场，走入这个场的人都会发生奇迹般的变化，从一个心事重重、冷若冰霜的人，变成一个脸色和善、体贴关怀的人。而且，这个场不仅改变了人，也改变了物。我得到了住房，超过了我应得的标准，而且没经过打分排队，甚至不是我主动要求的。领导亲手把钥匙交到我手里，并关切地叮嘱我不要对旁人提起这事。这些迅速发生的改变就不一一道来了，实在太多，而且是全方位的。

还有些情况在这里补充一下。这一年，我们换了军装，从常服到作训服，再到迷彩服全换了，发了军用毛衣、手套、作战皮靴，还有华丽的礼服。从外貌上看，军人们是彻底变了个样子。还有，我的工资在那几年又翻了一番，不再属于低收入群体。一些信息化的作战武器开始有选择地装备少数精锐部队。尽管这一切还很初步，很散漫，很脆弱，但我毫不怀疑，真正的脱胎换骨开始了。

13

还未等我适应新的环境，四川那边发生了大地震，伤亡严重。在应对这个突发事件上，某某某表现出色，某种程度给自己加了不少分。在相当长一段时间里，他的故事都以不同版本流传在军区干部口中。

刚到一线时，我在当地老百姓那里搜集到一些手机拍的视频资料。吃晚饭时，我用笔记本电脑播放给某某某看。这些资料拍的时候，地震刚发生，县城与外部通信全部中断，解放军的救援部队还没进去。大街上坐满了人，嘈杂、拥挤、恐慌，很多断了腿和胳膊的人大声号叫，白花花的骨头从血肉中间钻出来，格外触目惊心。还有一些人已经死了，躺在街头，淌了一摊血，脸上盖着块布，没人理睬。镜头不停地晃动，不时有浑身是血的人踉踉跄跄地从镜头前一闪而过，叫喊声不绝于耳。某某某看后久久不语，嚼了几口饭，说，注意到他们的眼神了没？咱们得快啊！

不一会儿，地方政府的人说山上还困着十几户人家，不知是死是活。主管空军的军区副司令有些犹豫，因为不久前，刚刚有一架别的军区的直升机坠毁在山里。某某某说，我只问你，如果这事早几十年，你我都是普通一兵，咱们会怎么办？副司令点点头，说，我明白了，那就跳！

那十几个空降兵出发前，某某某去看过他们。他说，在没有任何选择的时候，人民解放军宁可牺牲自己，也绝不牺牲老百姓。他又说，山里很危险，我盼着你们都回来，咱们喝团圆酒！他还说了些别的话，可是我都记不清了。这两句虽说有点官话的味道，可是给人的印象很深刻。后来，这十几人真的都回来了，一个没少，山上的人家也平安无事，那个中队还立了集体一等功。大家都说某某某真是个福将。更重要的是，他不是军事指挥员出身，却能在突如其来的事情中游刃有余，部队基本没受什么重大损失，却在灾区做了不少事情。从此，他的声名大震。

一个多月后，灾情稳定，部队开始撤离。我记得某某某站在泥泞的山路边，望着一辆辆军车载满士兵离去，眼里半含泪水。这是我唯一一次看见他如此地流露感情。

14

真是奇怪，当我的思绪看似按照某一条脉络推进时，有个人却意外地跳进了我的脑海。他与这一切好像都没有什么太深的关系，可一旦想起了他，就怎么也忘不掉。我在审查材料上写道：“其实，在某某某主政军区之前，有些同志对他是有看法的，也提出了异议。”

这人姓李，个性特点十分鲜明。怎么说呢，一句两句不好概括，我暂且用“老派军人”这个词形容一下。说他是老派军人不是说他脑子里的观念左，而是从性格上，从气质上，从习惯上，你能感受到一种东西，这种东西是老派的。这一类军人在我刚入伍时还很多，但进入新世纪以来，便逐渐稀少了。

他们基本上没什么学历，所有的知识都是边工作边学习，而且觉得这样得来的经验才最可靠。李某小学没毕业，年轻时在农村当过生产队长，还是革委会副主任。用某某某的话讲，是属于“大老粗”一类的军人。这类军人干工作强势、蛮横，心劲狠、下手重，一旦成了部队的首长，就必须以我为中心，我是林中的老虎，周围的人都得夹起尾巴，而且一片林子里只有一只老虎，不允许有第二只老虎。这种做派有点接近农村宗族家长习气，用时髦点的词来讲，就是缺乏民主作风。另外，在他们心里、眼里，是绝容不下婆婆妈妈、人情、通融、商量、和稀泥、做老好人、同情弱者等等一类的东西。一就是一，二就是二，对的就是对的，错的就是错的，同志就是同志，敌人就是敌人，这些界限是绝对不能暧昧、混淆的。

这一类军人大都是从普通一兵开始，一步一步提拔起来，且经过了严酷的淘汰。他们带出来的部队烙着自己的性格特点，而且响当当的。我当排长那会儿，我的连长、指导员、营长、教导员都属于这类军人。那时，像我这样的大学生，真有点一只雏鸡落到了狼群中的感觉。但无论如何，我很钦佩他们，尽管有这样那样的问题，但我依然认为军人应该是他们的样子。一支软绵绵的军队是没法打胜仗的。

某某某任集团军政委的时候，李某是军区政治部主任，官高一级，主抓军区政治工作。在一次政治工作会议上，我亲眼看见李某当众训斥某某某，真的是不留情面，甚至有点侮辱的意思。李某坐在会议桌正中，虎视眈眈地盯着某某某，而某某某垂头往笔记本上记着什么，一直无语，那阵势，真有点千军万马对阵的感觉。会场一片寂静，众人胆战心惊，那么多将军，连一个咳嗽的都没有。

李某的口碑没有某某某好，他周围的人都怕他，在他身边干工作战战兢兢，因此对他的微词也不少。几年以后，某某某远赴外地军事院校任政委，而李某转任军区副政委，等于是平调。再过几年，某某某回军区任政委，而李某仍然是副政委，成了下级。不过，这段时间不长，李某就到年龄退休了。李某对此一直愤愤不平，认为依能力，某某某是当不上政委的。

某某某的对头不多，大概是个性方面的原因吧。少数几个危险的对手最终也没能影响他的仕途，我想，很可能是某某某给人留下的厚道、可靠的印象保护了他。

在某某某的嘴里，我从来没听见他提起过李副政委。在成为他短暂的上级期间，也非常尊重他，重要的事经常找他商量。但李副政委似乎并不领情，在老派军人眼里，这不过是虚情假意、怯懦无能的表现。李副政委曾私下说，某某某不过是个当年差点转业的宣传处长，他有何德何能当军区政委?

也不知李副政委是否说过这话，但这话传得很广，语气倒也像他。总之，他对某某某的看法有这么几点。一是骨头软，人情重。二是没本事，能力弱。三是脑子里概念化的东西多，不切实际，导致军队好传统严重流失。四是对危险苗头警惕性差。

现在看来，这几句话有气话的成分在里面，但也有一些令人吃惊的预见性。我相信，李副政委说这话，并不是对历史有着多深的观察，而是出自一个老派军人的直觉。他这样的老派军人曾经是军队的主干，在新世纪初迅速地退出了历史舞台。这些话，姑且看作是他们所做的最后一次抵抗，或者说是警告吧。

我又想起另外一件事。在来军区机关工作的第二年，我给家里汇了五十万块钱盖房子。没过几天，父亲由大姐陪着来家里。父亲进门就给我跪下了，说道，你这些钱是哪儿来的？你一个月挣多少钱？能攒下多少钱？

我默默无语。他又说，你是老小，也最出息，但再风光也不能得意忘形。你年纪小，有些事没经着过，过去三反五反那阵子，你这些钱都够枪毙的了。

老父亲这些话，我当时不信，不信历史还能回到那个时代。但他的话我还是往心里去了，把他带回来的五十万甩在床垫子下边，再没动过。从那以后，也给自己画了几道红线，不私自办事，不收大数目的礼金，不要求超标准的待遇，不妄想今后有多大前途，安心尽一个秘书的本分。

15

某某某上任不久，遇到一起贪污案件，被检举的是军区总医院院长马某。军区总医院名列三甲，是本市数一数二的好医院。马某任院长八年，医院就像颗胖大海，吸饱了水，迅速地膨胀起来，规模大得惊人。

记得那是夏天，北京奥运会刚开完，这边很热。某某某在晚上把我叫了过去，我从潮热的夏夜走进办公楼大厅，一阵冷气袭来，不禁打了个寒战。某某某问我看没看过检察院对马某的调查材料，我说大致看过。他又问我有什么看法。我知道，每当他这样问我的时候，我都必须荡开思路，在更大的视野里谈我的看法，陈旧老套的想法他是不会满意的。在这样的视野里，甚至可以超越对与错，好与坏，但必须是新的思路，而且要简单管用。

我说，那只是个初步调查材料，留活口的地方很多。深追下去，一定牵扯很多领导。某某某略想了一下，说，这个不是问题，你再说说。我又道，这些年，纪委的工作基本上都成了摆设。看看每年的纪委工作总结就看得出来，想写点什么，又没什么实质的东西往里面写。只能搞点概念、搞点点子，什么“预防为主、惩防并举”，大部分是花架子。某某某沉思了一小会儿，慢慢点点头。我和某某某的私下谈话，尤其是这种谈话，一般都直言不讳，哪怕有些话说过了头也没关系。

某某某摇了摇头，说，这样谈也谈不出什么太深的东西，给你半个月时间，你去做个调查，重点是看看咱们的财务制度怎么样，摸摸钱是怎么花出去的。注意啊！别跟后勤部财务处的那些人要材料，就依你这么多年接触到的，看到的东西写。实际是什么样子就怎么写，不来半点虚的。

不久，我把一份五页纸的材料交给了某某某。这份材料写得很轻松，因为里面的东西都与日常工作相关。过去在集团军宣传处工作，每年从宣传口走的经费几百万，怎么用的，用在哪儿了，都一清二楚。自己就是曾经的参与者，考察别人，其实也是在考察自己。

某某某迅速扫了一遍，面色凝重地问我，你这里说的“不设防”是什么意思？为什么这么说？我盯着某某某的眼睛，吃不准他是否能承受住我下面要说的。他马上明白了我的意思，道，你是我的秘书，实话实说就是对我最大的忠诚，别有顾虑。

我理了理思路，道，“不设防”的意思是说，对于握有权力的人来说，投入到各类工作中的经费基本上已经不设防了，想不想贪污，贪污多少全凭良心。胆子小的，弄点小钱，胆大妄为的，我不好说多少，但只要认真查，肯定你做梦都想不到！

某某某问，不是实行了首长负责制吗？我说，说是首长负责制，可有人认真去查经费使用情况吗？退一步说，即使查出了问题，又动过哪个首长？现在，市面上发票随便开，交点税，随你要多大数额的发票都搞得到。有的商户都不搞实体经营了，专靠卖发票生存。对您我没什么可隐瞒的，这些事儿我过去都干过，其中的门道都懂。

我又说，所以，马某涉及的违规金额绝对是巨大的数字，这一点根本不必怀疑。

某某某又问，据你判断，你觉得我们现在的经费使用情况有多严重？

我说，这个不好估计。就像一个纸杯盛满了水，现在上面肯定是有数不清的小眼儿。要是将来有一天，这个纸杯千疮百孔，变成了一张网，连一滴水都兜不住的时候，那才是真正可怕的事情！想一想，这几年的军费难道不是个天文数字吗？

某某某望着窗外的夜色，久久不语。突然，他冒了一句，问道，你说，现在人性这个东西是变得好了，还是变得更糟了？

16

我说，难说是变得更好还是变得更坏，但大家谁也不希望是这样子，可是，又都无法自拔。想想看，谁没收过礼、送过礼？谁没报过假账？谁没吃吃喝喝过？有时，刚刚有那么一丁点崇高感，就给罪恶感磨没了。

某某某道，是啊！过去，我们说要承认人性，要对人性宽容，可现在，世界变了，我们这是在把军人们往火坑里推啊！

我把思绪收回来，在检查材料上写道："对新形势带来的新危险，某某某是有所觉察的，可警惕性还远远不够。"写完这句干巴巴的话之后，我就不知该继续写点什么了。记忆是如此的复杂暧昧，总是一再地偏离那些官方语言。

那晚，我们的谈话没有深入下去。某某某说，你把人性也作为课题关注一下，收集收集资料，看看当下社会人性变得怎样了，军人们需要什么样的人性，如何才能塑造出好的人性。

关于这个话题，我们又谈过几次，后面还会提到。当时，一大批主战武器正密集地装备部队，还有不少新的型号等着定型验收。有一次我随某某某进京开会，某集团领导请他吃饭，我也参加了。这个集团生产的某型号主战武器正在军区一个部队试点，搜集使用意见。

宴请地点在集团自己的宾馆。一进那宾馆，就有种感觉，钱在这儿就不是个事儿。大堂正中挂着某国宝级书法大师的巨幅作品，据说价值在千万元。包房是宾馆一号包房，专门招待最重要的客人。宴席上的酒和菜也不常见，基本上叫不出名字。连我这个首长秘书都有点手足无措之感。

来人中间有一个很有特点，又高又瘦，头发花白，挺凌乱，眼光木讷，戴着眼镜，鼻梁附近有道浅浅的疤痕。他和一干集团领导不太一样，也不大说话，偶尔说几句，感觉他这人一直恍恍惚惚。集团老总介绍说，这是某武器研究所著名专家，也是某系列武器火控系统的首席科学家。他脸上的疤，就是在一次误爆中留下的。还有，大家可能没注意，他的一只眼睛是义眼，是在另一次误爆中炸坏的。

我这才恍然大悟，为什么刚才与他握手时，他一直低着头不看我。这人姓李，集团的人叫他李老炮儿。看这名字，也能猜得出他是搞啥的。领导话音一落，他挥挥手，道，我这还算命大的，当年一起毕业来的同学，有两个给炸死了。领导略显尴尬，又道，老李是两代武器研究世家，他的老父亲是留苏的老一辈学者。李老炮儿马上插话道，是三代，我儿子刚留学回来，也到我们所了。领导又笑了笑，道，对，对，对。老李是贡献了青春献子孙。哈哈，大家别介意，他这人说话很好玩的。

几杯没贴标的白瓷瓶茅台酒下肚，李老炮儿倒是第一个显出了醉态，格外口无遮拦。他坐得略有歪斜，伸出细手臂，指着包房顶端一盏金光灿灿的灯说，这几年，国家给钱了，咱们也搞出了几件东西，但在座的可都是高级领导，千万别老把世界一流、国际领先一类的鬼话挂嘴边，咱们跟老美的差距可大去了。而且，咱们的东西都没打过仗。

集团领导道，老李，咱少说两句。李老炮儿用手搓了搓假眼珠子，好像很痒，使劲眨了眨眼，道，我这也是好心。我是怕你们忽悠军队的同志，哈哈！武器验收通过了，几百亿的银子你们拿了，可将来打起仗来，东西不好用，流血牺牲的那可都是当兵的。

李老炮儿嘿嘿一乐，脸转向某某某，说，首长啊，不知你肩上几颗金星星，不过，你们可得把眼睛睁大了，有毛病的东西不能要。别学北洋水师，打一仗，国家都他妈没了。

某某某自己摸起酒杯，抿了一口，没说话。可我知道，他很在意这话，从没见他主动端过杯子。李老炮儿半醉半醒，半疯半傻，又自饮了一杯，不依不饶地说，听说你们部队现在腐败也很严重，这可不行啊！收了这些人的……

说了一半，李老炮儿指了指桌对面的集团领导，一乐，又接着说，就没有不手短的。他们糊弄你们，你们糊弄下边。跟你说，大头兵们可都不傻，你糊弄他们，仗打起来，他们可不会给你们卖命。想一想也是，你们发了大财，大头兵们当炮灰，这事搁谁也不干啊！

集团领导和李老炮儿打交道可能比较多，听了这些话也并不在意，全当是醉话。但他们看到某某某脸上挂不住的时候，就有点紧张了。一个管人事的领导冷着脸，半开玩笑地说，老李啊，得管管你这嘴了啊！再说下去，今年可不给你报院士啦！李老炮儿哈哈大笑，忙捂住嘴，道，他妈的，人都有一怕，好，好，好，我闭上嘴。你们说吧！

另一个集团领导喝了杯酒，道，老李，别老说风凉话，一大把年纪了，还像个愤青似的。当年军队要忍耐那会儿，咱们集团一点任务都没有，你这个武器专家设计电冰箱门拉手、空调排水管，苦日子都忘啦？现在，日子好过了，你还骂娘！

李老炮儿撇撇嘴，道，此一时，彼一时，两码事嘛！

集团领导把酒杯往桌子上一摔，道，咱们都是集团的老人，当年最苦的日子没离开过，李老炮儿你给我说，我们他妈的是你说的那种人吗？

李老炮儿冷冷一笑，抿了口酒，说，知道生气，说明咱们这帮老家伙还都在乎这张脸，还没坏透了，也是好事儿，哈哈！

从北京开完会回来，有一天晚上某某某的车子路过军区总医院庞大的门诊大楼。某某某问我，你看这大楼像什么？我笑笑，说，看不出来。某某某道，这大家伙倒有点像个肿瘤，只是不知它是良性还是恶性的。

我们两个久久不语。几个月后，医院马院长的处理结果出来了，仅仅是给了个严重警告处分，撤了职。看来，某某某认为肿瘤是良性的。

17

那几年，一直有两种情绪交织在一起。一种是震惊，一种是不安。打个比方吧，有点像个困窘惯了的穷汉子，突然间就成了个暴发户。一切来得都太快了，过去做梦都不敢想，仿佛刘姥姥进了大观园，不仅进去了，还成了主人。另一方面，又总觉得哪里不太对劲儿，危机和问题一定都在那儿，可是给遮住了。

处理完马院长后的那个冬天，军区文工团参加全军文艺会演，一个独唱得了一等奖，一个话剧得了二等奖，还有个杂技获得三等奖。演出和打仗一样，拿不到好名次就等于打了败仗，谁的脸上都挂不住。既然战绩不俗，大家也松了口气，皆大欢喜。某某某决定宴请一下获奖的人，算是庆功宴。政委、副政委、政治部主任几个大区级领导敬过酒，再加上文工团的人表示感谢的酒喝过，七八杯茅台酒已经下肚。某某某自己敬的一杯酒全喝了，跟其他的人就仅是抿一下。

得了一等奖的那个女独唱演员姓白，三十出头，一直没结婚，通信团话务员出身，在音乐学院进修过几年。因为她调到文工团之前，在军区文化处帮过几个月忙，所以，大家现在还叫她白干事。

白干事和她的获奖团队过来给某某某敬酒。大约四五个人，包括作词、作曲、配乐等，还有文工团的政委。某某某很客气地微笑着，站起来，和这几个人立在大包房的一角聊天。白干事身体稍有摇晃，第一个走上前来与某某某碰杯。

她情绪激动，神情既像下级对上级讲话，又似女儿在向父亲倾诉。说了几句，她身体前倾，仿佛站立不稳，一只小巧的手轻扶在某某某拿酒杯的手腕上。

她眼睛一红，委屈地说，我们这些没娘要的孩子啊，其实都是在一个人打仗！

某某某一愣，竟忘了她的手还在自己腕上，问，此话怎讲？白干事眼里有一丝怨恨，道，看看外面都什么世道了？咱们的歌还有谁听？我感觉自己就像个怪物，被人笑话，真的太孤单了！

文工团的政委说，白干事见首长有点激动，酒喝急了。白干事没理这茬，稍一挺胸，扬起下巴道，可他们唱的都是什么歌啊！叽叽歪歪、娘娘们们、半死不活的，像给人骗了一样。咱解放军哪一天要成了那个样子，不如大家一起死了算了！

说到这儿，她眼里有了层薄薄的泪水，脸若桃花，煞是动人。白干事又说，我生是军队的人，死是军队的鬼，要不是我还爱这身军装，早就走人了。说完，她伸手摸了摸某某某胸前的军装布料，很痴情地盯着上面的金色扣子，给人感觉马上就会扑进某某某的怀里大哭一场。白干事倒也没那么做，抹了把眼泪，低着头，像个小姑娘一样羞赧地退到作曲身后去了。

那晚，某某某在酒宴的后半场有点走神，也没见他笑过。一般来说，这表明他内心的情绪是很激烈的。大约又过了半个月，有天晚上八点多，某某某刚签过一个文件，突然对我说，你看看文艺创作室的老朱睡没睡，没睡的话，我想和他聊一聊。一号台帮我找到了老朱，他在电话里说，刚搞过了点薄酒。我问了某某某，某某某笑了笑说，没事的，过来吧。

老朱有才，放在全国也算知名作家。他比某某某大两岁，年轻时写小说，这些年写电视剧剧本去了，没想到也搞红了，还是金牌编剧。他进了办公室门，嘴角微翘，略笑一下，道，失礼失礼，政委大人恕罪！某某某说，我这里刚好有冻顶乌龙，你解解酒。

某某某又说，我年轻时就看你的小说，写得真好。那一代人写战争、写军队的小说，留下来的，也就是你的了。老朱挥了挥手，不知是不屑还是痛苦，反正长叹了一声道，都是当年的事了，沧海桑田啊！

某某某问，这些年为什么不写了？老朱道，现在，写小说是个赔钱的买卖。

花两三年写一个长篇小说，不光一分钱拿不着，能花钱出版就算谢天谢地了。哪像写电视剧，剧本还没动笔，一两百万的定金已经打给我了。

老朱笑笑，说，当然了，我朱某人也不是为那几斗米折腰的人。写电视剧有存在感啊！电视剧播出来的时候，走在大街上，你能听见有人在讨论你的东西，你能觉得你的写作是有意义的。而写小说呢？一本书出版了，无非是有几篇评论，开个作品讨论会，一帮子人拿了专家费，瞎吹一通，和一块石子落进大海里是一样的。

老朱又说，我虽然是名声在外，可家里阳台上堆满了自己写的书，一印几千本，基本卖不出去，落了大钱儿厚的灰。一想到陪我进棺材的竟然是这些东西，你说，这行当还能干吗？

某某某沉默了一会儿，略带困惑道，话是这么说，可你看看，二三十年过去了，我记住你的还是那几篇小说。你这几年搞的什么电视剧，说老实话，我是一集也没看进去，使劲看过，但确实没法看。

话音未落，老朱竟然从沙发蹿了起来，说，政委你说得太他妈对了，今晚我就想跟你说这个呢！咱们军队一百年只要留下一篇小说，一首诗，就能名垂青史！

老朱又说，可你看看宣传部那些呆 × 们，用一个词儿来形容他们最恰当，就是行尸走肉！一天就知道开会，出材料，再开大会，再出集子，啥鸟事都开会。他们骗了军队大把的钱，糊弄了领导，一点效果也没有，自己倒是升了官，发了财。

某某某摇了摇头，忍不住笑了笑。老朱又大声说，还有，你们这些人也有问题，见了文工团的人眉开眼笑，见了我们像见孤魂野鬼一样。开那些花里胡哨的屌晚会花多少银子都不眨眼，给创作室的作家出本书倒是心疼了！还有——

18

某某某用手向下压了压，道，老朱，发牢骚是不解决问题的。有件事，我想问问你，过去，文学不是一直讲要表达人性吗？那据你看，现在的人性怎么样了？

老朱一拍茶几，道，操，现在的人还他妈有人性吗？吃喝嫖赌抽，坑蒙拐骗偷，简直是五毒俱全啊！

某某某看起来很失望，轻轻把身子靠在皮椅上，自言自语道，可是，如果我们的人性真的坏到这个程度，现在的世界不应该是这个样子的啊？大家都看到了，我们的一切在变得更强大更有希望，这难道不是我们一直梦想的吗？

老朱说，建立在坏的人性基础上的强大，不过是外表上的强大，有时经不起一根手指头一推，更经不起时间的淘汰。蒋介石一败涂地，苏联四分五裂，这些不都是先例吗？

某某某又问，可好的人性是什么样子呢？走回头路是不行的呀？

老朱说，对于军人来说，好的人性是他们在面对死亡时，能找到生命真正的意义。我说的这个意义可不是虚假的，而是真正的！但是，我老了，没有力气去做这件事。所以，我这样的人才是行尸走肉！

和老朱谈完话已经十一点多了。某某某没有要走的意思，他对我说，你看看小白睡了没有，没有的话，让她也来聊聊。我刚要问小白是哪一个？脑子里电光火石般地反应了过来，转身到外间，要一号台接通白干事的电话。那晚怪了，白干事也喝了点酒，来的时候脸颊绯红，一脸羞怯的神色。

白干事没坐在老朱刚才坐的茶几那里，而是坐在某某某办公桌对面的凳子上，和办公桌相距一两米远，通常政治部主任或其他部门领导来谈工作会坐在那儿。我给白干事沏了杯茶，她两腿并拢，一手握着茶杯把，一手托着杯底，双手放在腿上，有点拘谨地坐在某某某的对面。

某某某偶尔问几个问题，一直是白干事在说。她的声音不大，我坐在外间略可以听得清。二十分钟、半个小时，我进里间倒水，她的姿势基本没变，头稍稍垂着，眼睛看地板上的某个地方，若有所思。白干事说很久也不抬下头，只让人看得见她雪白的额头、长长的睫毛和布满红晕的脸和脖子。

某某某倒是一直看着她说话，耐心地听着。我坐在外间，已经是深夜，公务员去睡了。屋里，走廊里一片寂静。我有点不安，不太想听清白干事到底说了什么。其实听进去了几句话，和老朱说的大同小异。只是这深夜太寂静了，寂静得让一切都纤毫毕现，这让我坐不下去。当然，我也不能回家，只好借故出去，一出去就是很久，抽支烟，或在月色下站一会儿。

后半夜三点，白干事才谈完。她看见我时，本已经恢复原色的脸又是一红，低下头，用指尖将一缕头发撩到耳朵后。到了门口，她似乎才恍然大悟，忙转过身，和某某某道了别。某某某笑了笑，说，小白别不好意思张嘴，有了难事可以来找我。

大约又过了两个月，快过春节的时候，后勤部请主管城建的副市长吃饭，某某某是军区主要领导，自然也参加了。那次还有别的事，军区要盖一片经济适用房，那块地不错，得经市里批准。

上车之前，某某某略想了想，道，把小白也叫上吧。酒宴到了高潮，市政府的人又搞起了老节目，倒满了十几杯酒，让军队的人喝光，否则项目不批。后勤部长拿起一杯，道，我是后勤部长，造福军区干部的事，这个责任我义不容辞。接着，他冷冷一笑，道，你们说话可要算数哟！

这个时候，脸已经泛红的白干事说，这个酒我来喝，将来大家有了新房子，记得我也出过力呢！某某某说，我看行！这是我们最不能喝酒的同志，她最能表达我们的意思了！

十几杯下肚，一瓶酒就剩下底儿了。白干事坐下来，脸色煞白，久久捂着嘴，眼睛盯着某个地方。副市长说，歌唱家没事吧？实在不行吐了吧。白干事倔强地把手放下，一直坚持坐到了酒宴结束。好在酒宴不久就散了。

把市政府的人送走，某某某问后勤部部长，光吃顿饭是不行的，那边都铺垫好了吗？后勤部长说，您放心，都搞定了，要不他们也不会来的。某某某想起了什么，转身想对白干事说点什么。白干事身体有些摇晃，一把拉住某某某的手，也想说什么。一瞬间，她身体一软，晕了过去。

后勤部长安排车子把白干事送到地方医院抢救。某某某让我也跟着，一旦白干事没事了，不管多晚，都要打电话告诉他一下。

19

转眼开春了。某某某对我说，你阿姨早早就退休了，闷在家里没事情做，我呢，连和她说说话的工夫都没。这样吧，天气暖了，你陪她出去走走，让她散散心。这段时间的工作让小张（警卫干事）先顶一顶。

初春的风景很好，田野里开满了一大片一大片浓黄色的油菜花。一路上都有部队负责接待，倒也不累。张姨的心境好多了。原来，她细瘦苍白，很少交往，也不多言语，蔫蔫的。现在，许多人围前围后，热情洋溢，多少也改变了她。开始，她有点不胜其烦，悄悄对我说，在家里待久了，应付场面上的事实在很疲惫。后来发现根本不用担心这些，所有的照顾都是无微不至的，渐渐地，她也就适应了。

十多天之后吧，她变得精神多了，一大早起来，会半坐在沙发里，直挺起上身，眼睛亮亮地询问一天的行程，沿途都是什么单位、什么人负责招待。一些事情，她还会提出自己的意见，说如果那样办不合适。

有天晚上，我们临时住在一个师的招待所里。快十点钟时，我听见张姨的屋里有大声说话声。我吓了一跳，忙跑过去。房间门敞着，师长、政委并立在一角，双臂垂着，张姨坐在椅子上，挥着手指，正在说什么。

张姨其实并不太善于讲话，但这一次，似乎有什么事把她激怒了。屋子里的灯不是太亮，看不清她的表情，但我能感到她眼里泛着淡蓝色的光。她的话有点语无伦次，从没有热洗澡水，到没有暖气，从屋子外边一直有辆车的发动机响着，到服务员糊里糊涂，说到激动处，有泪光闪动，脱口而出道，你们就是这样对待我的吗？

师长、政委几次想解释，都被张姨打断，然后继续漫无边际地说下去。足有半个小时后，她的脸色慢慢舒展开了，竟然显得容光焕发。她说，我这个人啊，只对事不对人，说过了就说过了，你们改了就好，好了，都回去吧。

师长、政委默默退了出去。张姨把我叫住，道，唉，我这是怎么了？发了这么大脾气，我过去不是这样的人啊？我默默点点头，没说什么，可心里却突然想起了我的老母亲。有一次，我实在太忙了，一个多月没给她打电话，她就这样对我发过火，事后也就忘了。我暗想，其实也不必顾虑得太多，就当是在照顾一个上了年纪，并且有点孤独寂寞的老女人吧。

张姨又说，老 ×（指某某某）这个人啊，就是太老实了，让人欺负到了头顶上都不吭一声。你看，这回来，他们给我安排的是什么破房间啊？我过去和李姐（军区司令员的夫人）聊天时都知道，她到哪儿住的都是一号房。

我说，我再去问问，一定是有什么原因，他们绝不敢怠慢您的。张姨突然冷冰冰地看着我，说，有些话，老 × 不好说，我也不好说，你们当秘书的要说啊！如果这点事都做不好，不如不干了！这话把我吓得一激灵，心冷飕飕的，我一瞬间发现我其实一点也不了解她。而且，对于握有权力的人，绝对不是你想把她当作什么人，就可以当作什么人的。

第二天一早，吃过饭，我们将要出发了。等我收拾完行李，师长、政委已经在张姨的屋里聊了好一会儿天了。她的气色晴朗多了，大方地说，我还是那句话，只对事不对人，过去了就过去了。你们不必放在心上，也不用一遍一遍道歉了。

师长、政委的神情略有放松，出去了。张姨询问了今天的行程，说，你帮我把东西归拢归拢，看看别落下啥。说罢，便一个人散步去了。我看见写字台上放了个半开的盒子，露出半截满绿的翡翠手镯，忙向服务员找了块没用过的毛巾包上。临走之前，师政委瞅空拦住我，也塞了个盒子在我包里，恳求我一定向张姨解释清楚，昨晚确实是一号房间水管坏了，正在维修。后来，我看了看，盒子里是一块劳力士手表。顺便也补一句，那一趟行程下来，每到一处我都会收到各种东西，有信封，有手表，有首饰。后来，实在太多了，不方便拿，也根本记不清楚是谁给的，便狠下心拒绝。可古怪的是，第一次拒绝了，到第二站就换成了卡，再没有大件的东西，仿佛所有人都通过气了。

20

到了某某某任军区政委的第三年，一切似乎都很顺手了。当然，工作依然繁忙，我几乎是每天后半夜一两点钟才睡，第二天一早又要陪某某某开会、视察、听汇报，不到四十岁，鬓角的头发却迅速花白。我有种很深的感觉，一切工作开始了重复。什么事该怎么办，什么情况该怎么处理，大家似乎都已心知肚明，也不觉得其中有什么问题，一切都在按惯性前进。但是，那种感觉越明显，心中的不安也就越强烈，因为重复绝不是什么好兆头。

当工作开始了重复之后，有个东西却是不会重复的，这个东西就是个人的升迁。因为对于个人来讲，每晋升一个级别，就是一个全新的境遇，绝不重复。我能感到，某某某周围的温度变了，到了白热化的程度。而我自然不能置之身外，那种温度也烤到了我。比如说，政治部几位部长对某某某的称呼变了，有的时候竟然脱口而出叫他“老爷子”，比如说“老爷子说什么了”“老爷子的意思是什么”“老爷子叫这么做”。某某某其实并不老，当时六十二岁，按政策规定，还有三年任期。

找某某某办事的人也特别多，有老部队的战友，有亲戚，有乡里，要办的事也五花八门，有孩子上军校，有找工作，有想考研究生，还有的想到总医院看病住院。他们有的上门坐几分钟，带点土特产，或什么也不带。有的某某某实在没时间见，他们就托人打个电话，或来封信，说明困难。我的本子上记满了这些事情，并且按某某某的要求，负责一一办妥。总之，某某某在大多数人中间口碑是非常好的。他经常对我，也对其他人说，他这个人最大的缺点是心软，看不得别人求自己。当时，我没太把这话当回事，觉得他能当上那样大的领导，哪里扯得上心软不心软啊！现在回过头琢磨，他那时说的倒也有几分真心话。

和在集团军时一样，某某某大部分工作之外的时间都是在见军区各级干部当中度过的，甚至比那时还紧张。有一天，一个某某某老部队的师长刚离开，他指着墙角一块板凳面大小的毛坯玉石对我说，这个东西是小 × 拿来的，应该很贵重吧？我看了看，说，这是块翡翠原石，肯定不便宜。他是你一手提拔起来的，这情意可以理解。

某某某盯着石头看了好一会儿，叹了口气，说，也不好看，真不知为什么大家都喜欢这玩意儿，你和公务员把它放地下室去吧。我来到地下室，这里乱糟糟的，有石头，有摆件，有提包，有纸箱子，落了灰，呛得我一阵咳嗽。我拍了拍手上的灰，警告公务员说，这里的任何东西都不准碰一个手指头！那个新兵吓得大气不敢出，愣愣地点了点头。

见我回来，某某某又问，你说，他们要是能送我这个，那别人能送他们什么呢？我说，只会更多，两倍、三倍、八倍、十倍吧。某某某默默地点点头，问，你说我到了这个地步还缺钱吗？难道是我喜欢这些个东西吗？都不是。

某某某又说，小 × 这个人有本事，我相信我没看走眼，我也相信他的情意是真的，不会因为这几块石头就掺了假。可是你说，这种东西多了，会不会让我受了蒙蔽？时间久了，老部下与我的感情会不会真的就掺了假？你说实话！

我想了想，说，人的感情是经不起这些东西的。一回可能没事，但长此以往，一定会掺杂越来越多的其他因素进来，以至于有一天你会突然发现，你和他们已经变成了赤裸裸的利用与被利用关系。

某某某点点头，说，人性啊人性，我愿意相信它是好的，没人会想去做个十恶不赦的坏蛋。可是，人性又不能背负太多与它无关的东西，这是它承载不了的。早晚有一天，无论你情愿还是不情愿，你都没法再面对它了。

又沉默了片刻，某某某说，这个周六小白结婚，给我发了请帖，我不方便去，你代我去一趟吧，坐坐就走。还有，你到地下室取一个提包出来，存在一张卡上，算我的礼金。那些个玩意儿，堆了那么多，真不知今后该怎么处理。

白干事婚礼那天，我故意晚去了会儿，仪式已经开始。可我还是在黑暗中被军区的人认了出来，各部处的领导端着酒杯，猫着腰，悄悄地来到后排，找我聊天。慢慢地，倒是前排的不少桌子空了出来，显得很难看。后边喧闹了好一会儿，白干事发现了异常，连忙穿着婚纱跑过来，把我拉到了第一排的桌子上坐下。

无奈，只好坐在那里，摆出笑容，随着大家一起鼓掌喝彩。仪式倒是没多长时间，很快白干事和新婚丈夫就要到各桌敬酒。我打算在这个节骨眼儿上把某某某和我的礼金卡交到白干事手上，事情办完就走。可当我把手伸进公文包的时候，吓出了一身冷汗。我的卡还在，某某某的卡竟不见了！

那卡里的金额可是个大数目，而且某某某的名字和密码就写在装卡的信封上，被人捡走了，钱丢了是小，传出什么流言可就坏了大事。那一刻，我脑子里一片空白，一遍一遍在公文包里翻，又一遍一遍回忆把卡放进包里的全过程，手指不停地打抖。

就在我彻底绝望，并且接受了这个可怕的现实之后，一个新兵竟然找到我，一脑门汗，显然是刚结束新兵训练不久，脸色黝黑。他把那张卡递到我面前，憨厚地问，领导这是不是您的卡？我慌忙问，你怎么知道是我的卡？他拘谨地笑了笑，说，某某某我们都认识啊，我猜的。

我拉住这个年轻人的手，有点颤抖地说道，兄弟，我感谢你！你叫什么名字，是哪个单位的？新兵有点慌了，说，领导，应该的，应该的。说罢，就想跑。我忙拉住他，说，记住，有什么难事一定来找我。

白干事过来后，我把她拉到一边，把卡给了她。她眼睛红了，说，代我谢谢首长吧，对他说，我们都很想念他。白干事穿着鲜红色的旗袍走到下一桌去了，雪白的手臂搭在丈夫的胳膊上，显得纯洁无瑕、楚楚动人。

可这时，我无缘无故地就想起那张卡来了，又想起了那个每月只有两百块钱津贴费的新兵。我突然觉得那张卡很脏，真是不应该在新人的婚礼上把它掏出来。

21

当记忆的河流越来越接近现在这个时刻时，我愈加害怕。我不得不再把一件事情回忆一下，而且还要把它写进审查材料里边。我写道："在贪婪和儿女情长面前，我最终没有守住底线。"当我写下这一笔时，我知道，我的的确确是一个罪犯了。

老实讲，父亲对我说的话，我是一直记在心上的。我也一直画着一条线，不敢越过半步。但有时想想，也会给吓一跳。比如那次陪张姨出去，回了家，把下边人送的东西摊在床上，检视了一番。十几个信封，十几张卡，几块表，还有几个首饰盒。望着这些东西，心想，虽然每件东西都不大，但加在一起也够在监狱里过下半辈子的了。我吓得心狂跳几下，然后，赶紧把它们收拾到客厅阳台上去了，离卧室远一点。

我要回忆的那件事情是这样的。时间离现在不远，一年前吧。

一个军校同学领着一个广东鞋厂的老板找我，想拿到一些军用皮鞋和作战靴的订单。对这些老板，我打心里信不过。他们嘴上比蜜还甜，真要坑起你来，比谁都狠。送了你一些好处，非得从你身上咬回十倍的肉才肯松嘴。不过同学有求于我，不好一口回绝，想着给他们一点好处就算了，面子上都过得去。

那晚上的酒宴很豪华，尝了许多没见过的东西。你看，我的记忆大多与酒宴有关，光怪陆离，醉意醺醺，暧昧疯狂，现在想起来都后怕。

那老板似乎一直在等他的下属，而那人又堵在路上过不来。老板的电话响过几次，他不耐烦了，走出包房，关上门，在走廊里用广东话骂了起来。门看上去金碧辉煌，又很厚重，但隔音效果并不好，听得见老板的骂声很大，又很焦急。

老板的那位下属赶到时，已经喝掉了两三瓶茅台，我略带醉意。据我的经验，所谓“酒肉穿肠过”云云是根本做不到的。酒到了肚子里，就要对肉身发生作用，喝得少是小醉，喝得多是大醉，比化学实验还精确，任何人都抵抗不了。

当包房那扇很重的门给犹犹豫豫地推开时，我惊呆了，仔细看了看，忙拍了一下坐在右侧同学的手腕，装作若无其事地聊一些旧事。同学诧异地盯着我的眼睛说，你有点紧张！

老板的下属是霓云。她还是那样高，但丰韵了，身姿骄傲，经过二十年时光的磨洗，身上似乎染上了一股高不可攀的味道。她头挽发髻，略施淡妆，带着歉意微微一笑，默默坐在老板旁边的椅子上，也是我的对面。

席间寂静了一小会儿，波澜过后，又恢复了喧闹，阿谀奉承、打情骂俏、流言蜚语充斥了包房，由于酒的作用，每个人的脸上都神采飞扬。老板领着霓云来到我面前，拎着一瓶没开封的茅台，龇牙咧嘴地现场打开。

霓云看着我，有点惆怅地翘了下嘴角，笑笑。我也笑笑，代表我们两个都认出了对方。老板倒满了一个高脚杯酒，塞在霓云洁白小巧的手里，把她推到我跟前，说，这是我们集团总裁助理，我这老家伙已经肝硬化了，不能沾酒，让她代我喝吧。

霓云对我颔首微笑，喝了一整杯。再抬起头时，她的眼睛波光粼粼，红红的，像是醉意，又像是哭过。她很有礼貌地说，祝您一切顺利，事业有成！我轻轻抿了一口，按酒场上的权力规则，我是可以这么喝的。老板显然是不满意了，给霓云又倒了一满杯，责备地说，你看你，怎么这么不会说话，一点感情都没有！然后，他又半真半假地坏笑着说，跟你讲，× 秘书今晚就交给你了，要是陪不好，明天就开除你。说罢，他走了，给别人敬酒。

霓云又靠近了一点，望着我，仔细地打量着我的脸，很沉重地说，我没有办法。说完，她一口气喝完了杯中的酒。我们两个对视着，沉默着。我在思量该怎么办，为什么这么巧她就会在今晚出现?

好久，霓云有点听天由命地又倒满了一杯，这样，一瓶酒就快空了。她哀怨地说，我不求你。说完，有点费力地干了。这回眼泪流下来，她用指尖擦了一下，说，大不了离开，这么多年也漂泊得惯了。说完，霓云咬了咬牙，猛地转身走了。而我，抿了一口酒，茫然了一小会儿，又坐回桌子前。

那晚，我没再和老板、霓云喝酒，甚至连谈闲话都避开了。但其他的闲酒却喝了不少，在醉意中愈加丧失了判断能力，也似乎有意要让自己陷在这醉意中。酒宴散后，我步行回家。老板打来了电话，说要去夜总会看节目，霓云陪着我们。我犹豫了一下，他的车子就神出鬼没一般停在了身旁。老板坐在前排，闭着眼睡觉。霓云坐在我旁边，肩膀若即若离地碰着我。车子里一直很沉默。

夜总会里灯光闪烁，我有种说不出的恐慌，觉得某种危险正悄悄地靠近。突然浑身一冷，我猛地站起来，向老板告辞，转身向外走。老板特别慌张，不知是怎么回事。匆忙之中，他转向霓云，着急地对她说，你快留住 × 秘书啊!说话间，眼里暗露凶光。

霓云咬着嘴唇，低着头，一声不吭。我对她说，我走了，你多保重。她抬起头，看了我一眼，点点头，仿佛诀别一样。我头也不回地走出夜总会大门，在寂静的街边停住，靠在一棵树上，摇一摇晕沉沉的脑袋。然后，掏出手机，给老板发了条短信：这事可以商量，不要为难她。

22

一个月之后，霓云给我打电话，告诉我，她的鞋厂接到了近亿元的订单，是有史以来最大的一笔。本来，鞋厂快倒闭了，老板欠了一屁股债，如果资金再周转不开，他也只有跳楼的份儿了。

我默默听着电话，没言语。霓云说，我想见你一面，只有咱们俩。我说，还是别见了，不知该说什么。她在那边嗯了一下，犹豫了会儿，说，其实，那天晚上根本不是什么巧合，你的军校同学还记得许多年前你和我的事情。我也不是什么总裁助理，而不过是那个鞋厂财务部的一个小会计。

我嗯了一声，久久不语。霓云在那边哭了起来。我实在受不了这哭声，只好把电话挂了。又过了一段日子，我收到一个精致的木头匣子，里面装了把钥匙，上面挂了一块铸有某别墅区名字的金属牌子。我去那个别墅看过一眼，在青山绿水间，真的很漂亮。可是，站在小院子里，心却很麻木，一点快乐不起来。从那以后，我再没见过霓云，也不打算见了。我想，以这种方式与过去来个了断恐怕是最好的了。

我的记忆正在以加速度向此时此刻接近，像失控的车子，一头撞向悬崖。还有件事情，就发生在今年春天，我姑且记下来吧。

那一次，某某某视察某研究所。该所汇报说，准备启动一个科研项目，这个项目会对提升战斗力产生战略性的影响。所长、政委犹豫着不说话，某某某说，缺资金，对吧？两个人憨厚地笑着，说，对啊，首长一下子就把我们的心思看穿了。某某某说，需要多少？两人说，五千万吧，怎么着也不能少于三千万。某某某说，这个东西我看行，给你六千万，立刻上马吧！

所长、政委的表情从震惊到兴奋，再到喜悦，很是丰富。某某某瞥了他们一眼，嘴角微翘，不说话。下午四点钟左右，某某某突然把我叫到办公室，说，我有点放心不下，这样，你带着纪检部的小张，你们俩悄悄地，杀个回马枪，看看他们都在干什么。他们做什么都不要管，回来如实向我汇报。我就在办公室等着你！

纪检部张干事有经验，一切做得滴水不漏。我们得到的真实情况是，某某某走后，所长、政委和研究所常委们打了一下午牌。晚上，两人又宴请了军区后勤部几个管科研经费的处长。九点多钟，七八个人又唱歌去了。我和张干事坐在车子里，看着那些人进了夜总会大门，便回去给某某某汇报。

某某某勃然大怒，说，一群混账东西，我还是太信任他们了！对人性毫无保留的纵容，就是犯罪！你明天和干部部沟通一下，所长和政委立即免职，去夜总会的情况就不通报了，内部掌握一下。另外，那个科研项目还要抓紧，不要因为这两个败类给耽误喽！

23

到此，我的回忆戛然而止，就像我的人生一样。我很清楚，或许脑袋上不会挨一颗子弹，但在牢狱中过十几年、几十年是免不了的了。对我来说，那将是另外一种人生。

夏天，中央军委巡视组进驻军区。在第一次会议上，已经退休的李副政委拿着一封举报信走进会议室，指着某某某的鼻子说，我今天要检举的就是你！那场面，让所有人震惊。又过了两三个月，被免职的总医院马院长被重新立案调查，军区后勤部部长被双规。更重要的是，某某某的儿子小锋也被控制了。侦查到的一个线索是他在结婚的时候，接受了军区后勤部部长六百万元的礼金。

这几个月，一切工作还在进行，但气氛变了。再没有热情洋溢的笑脸，也没人再叫“老爷子”了。某某某除了在大会上念念讲话稿，几乎不再说多余的话。也很少回家，每天在办公室待到后半夜两三点，或者干脆通宵看书，主要看历史方面的书，比如大字版的《史纪》《汉书》《三国志》之类的。

我对自己的处境也很清楚，但对谁也不能说。每天陪着某某某坐到深夜，奇怪的是，一点也不困，脑子里又乱又胀，即便让我睡觉也睡不着。那滋味真是不好受，无法用语言表达，只有经历过的人才知道。

有天晚上，某某某走过来，说，回家把东西整理一下吧，将来出了事，不要再连累了家人。你孩子还小，以后的困难一定很多。

我点点头，试探着问，要不，我带几个人，把您家里的地下室收拾一下吧。某某某苦笑了一下，说，不用了，对组织我不隐瞒什么，是什么样子就是什么样子吧。突然领悟到一些东西，后悔也好，委屈也好，想重新来过也好，其实都不重要了。我这个人，人情味儿有余，但当机立断不足，我以前就预感到，这种个性要害了我，果不其然!

他又说，能走到今天，是我没觉察到自己已经一步步走到了危险的境地吗？不是，我看到了，可没痛下决心去改变这一切。现在，希望别人以我为戒吧!

24

又是一个黄昏。暗红色的太阳挂在远处办公楼的一角，摇摇晃晃地将要落下去。黑夜来临，我在稿纸上写下最后一句话："希望别人能以我为戒！"我是把某某某的话抄了过来，因为觉得这话也适用于我。

写完最后这几个字，我又想起了某某某过去留给我有关人性的课题，这个课题一直也没了结。我倒是觉得它其实更有意义。现在，每个军人都要走过一扇黑色的门，那就是人性的涅槃重生。这个过程肯定痛苦而又艰难，但必须走过去！我的前途渺茫，因为那扇黑色之门对我来说，已经变为现实当中的牢狱之门。但是，他们还要向前走。

海盗郑一嫂

蒋胜男 *

大海邀请人类从事征服，从事掠夺，但同时也鼓励人类追求利润，从事商业……平凡的土地，平凡的平原流域把人类束缚在土地上，把它卷入无限的依赖里面，而大海却挟着人类超越了那些思想和行动的有限圈子。

——黑格尔《历史哲学》

一、交叉小径的花园

对于英国商人格拉斯普尔来说，在南中国海的奇遇，是他这一生中最值得纪念的事情。

第一次见到那位传说中的女海盗时，他正处于生命中最恐惧的时候。作为想到远东发一笔财的商人来说，这次远洋航行是一次冒险。当他带着货物，历经数月的海上风浪，以为可以见到马可·波罗笔下的黄金帝国时，还没有登上陆地，他就遇上了海盗，成了俘虏。他被带上了一条船，然后换了一条船，之后又换了一条又一条的船，在经历了一个个航道，被许多海盗审问过以后，他

* 蒋胜男，女，浙江温州人，国家二级编剧、知名作家。中国作家协会第九届全国委员会委员、浙江省网络作家协会副主席、温州市文联副主席。代表作《芈月传》《燕云台》《历史的模样》《权力巅峰的女人》等。其中，《芈月传》已于2015年被改编成同名电视剧，长篇历史小说《燕云台》（四卷本）正在陆续出版中，同名电视剧已立项。

得到了一个通知："我们的大首领要见你。"

"大首领？"格拉斯普尔有些诧异，"难道我昨天见到的不是？"

事实上他每一次换船或换地点的时候，都以为自己见到的是首领。作为以海上强霸而著称的大英帝国，虽然这时候还没达到后世所称的"日不落帝国"，然而海上的实力也已经是数一数二。即便是远洋的商船，也配备了火炮枪支，具有一定的作战能力，三五条海盗船轻易动不得他们。

然而，当他遇上那十几艘大小不等、同样配备火炮枪支的战船时，却觉得仿佛遇上了一支训练有素的海军。他被带上主舰时，以为问话的那个人就是首领。主舰上的海盗训练有素、纪律严明，甚至见了金银和女人都表现出一定程度的克制，于是他在恐惧之外又生起另一种大胆的想法——要想在海盗手中活下来，就必须表现出自己有活着的价值。于是他见到主舰的船长时，第一句话就说："我有钱，请不要杀死我，我可以写信给我的家人交赎金。"

船长懒洋洋准备挥下的手停住了。他连忙趁机说道："我可以帮助你们买到一些珍贵的货物。相信我，我活着比死了对你们更有好处。"他便被送到了一个比这个船长地位更高的人那里，然后，又转了一条船，送到更高一级的人那儿。接着，他被送上了岸，蒙着眼睛带到一间房子里。他遇到了一个特别像首领的人。他以为这是最后一次审问了，但他被详细审问过后，又被关了起来。

这期间，他一直仔细观察着一切。很明显，这支海盗的团队比他听闻过的所有海盗团队都庞大。他还发现海盗们对规则的执行也严厉到令人难以置信。在他被俘的当天，就有一名违抗命令的海盗被处死。

而这一天，月亮刚刚升起，他再度被带了出来。海盗给了他一次沐浴的机会。他换了一身中国人的衣服，被蒙上眼睛扶坐到一个用竹椅加长杆改装成的轿子上，离开了他被囚禁了十多天的地方。虽然眼睛看不见任何东西，但高低不平的行程能够让他知道他们正走在一条山道上，然后似乎经过了一个山洞后，他听到了水声，闻到了若有若无的香气。这时候他的遮眼布被解开了。他看到前面一条小河边有船，还有船夫。他上了船，而那些押送他的人却忽然消失了。

船夫撑开了船，沿着河道向上行去，这时候香气更浓了，他看到小河两边，飘浮着一簇簇白色的花，散发着香气。白色有香气的花，常常会让人想到素雅，然而这种白色的香花，却让人感觉到艳丽，或者霸气。

当香气越来越浓的时候，船停下来了，船夫指了指岸边的小径和香花，示意格拉斯普尔自己走上去。这个人从头到尾，没有说过一句话。所有的事都显得如此神秘。于是英国商人怀着惴惴不安的心，走上了岸。越往里走，两边的香花越密集，香气也更加浓烈。这个花园到处是分岔的小径，如同迷宫。他不知道怎么选择，只是凭着本能顺着那白色香花开得最浓郁的地方走。路越走越往上，大约走了二十分钟，他看到花园的中央有一小片空地，上面有一座中国式的凉亭，凉亭里坐着一个穿白衣服的女人。他看不到她的脸。月光反射着她的白色衣服，让人一走进这花园，第一眼看到的就是她。他不由自主地向她走过去，如同看到灯光的飞蛾，一直走到离那凉亭还有十来米的地方，一个男人的声音叫住了他："格拉斯普尔先生，请你站住。"

英国商人站住了。这时候他才发现，凉亭外站着一个穿黑衣服的男人。刚才他没有看到这个男人，然而，月光下他看到这个男人的脸时就强烈感觉到，这是一个让人无法忽视他存在的人。他年轻，非常年轻；英俊，非常英俊。然而他的眼神，却让英国商人看出，他是一个习惯发号施令的人。

英国商人看看凉亭里坐着的女人，再看看凉亭外站着的男人，谨慎地没有开口。

那个青年说："格拉斯普尔先生，你说你可以帮助我们买到一些珍贵的货物？"

"是的。"英国商人连忙说。

那个青年从身边拎起一个箱子，递给英国商人："你能帮我们买到这样的东西吗？"

英国商人接过箱子。箱子看上去不大，然而出乎意料的沉重，他没料想到手一软，箱子差点儿砸到脚上。那个青年却敏捷地接住了那个箱子，打开，送到了英国商人的面前。“抱歉。”他说，然而他的声音里没有一点儿歉意。英国商人从他的眼神中看到他的态度是傲慢的，那意思应该是——我完全没想到你如此缺乏力量。

英国商人捧起箱子中的东西，那是一个铁制的圆球：“这是一枚炮弹？”

“是的。”青年说，“你还能认出什么？”

英国商人沉默了，好一会儿才说：“这是英国最新研制的 24 磅炮弹，只装备了少数船只。”

“你能帮助我们买到它吗？”青年说。

英国商人惊骇地看着青年，深吸一口气后才说：“您要什么？炮，还是炮弹？”

“都要。”青年说。

英国商人抹汗：“对不起，我办……”他想说，他办不到，然而话说到一半，他就没有再说出口。这一天虽然是满月，月光下却并不能清楚地看到人的表情，但他发誓他在说到一半的时候，便感到对面青年的眼神从期待变成了扫兴。

没有愤怒，也没有杀气，但这份突如其来的危机感，比愤怒和杀气还可怕。也就是对方这懒洋洋的一眼，让他忽然意识到，这是在和一个杀人如麻的大海盗说话。

为了活命，他必须要答应下来，于是他吃力地转口：“或许，我尽量想想办法。”

“好的。”凉亭里的女人开口了，“格拉斯普尔先生，我们希望能够和您成为朋友。”

“是的，是的。”这是一个酷热的夏天，很容易出汗，英国商人掏出手帕在擦汗。

“我们并不是不讲理的人。”青年说，“我们在海上保护商船的往来，并且征收应得的费用，只有不懂规则的人，我们才施以惩罚。但是，我们在你们的船上发现了鸦片……”

气氛顿时变得紧张起来，格拉斯普尔没有带鸦片，然而那条船上，并不止他一个人的货物。所以他张了张口，想要申辩什么，然而那个青年举手制止了他的解释。

“发现鸦片船，我们是要把相关的人处死的。然而我们已经查了，这批货物不全是你的，所以我们只处决了货主以及收货上船的船长。我们不会杀了你们，但要没收你们所有的货物。如果你们交不出赎金来，就要充当苦役。我想，这是合理的。”青年淡淡地说。

“是的，是的，我完全赞同。”英国商人说。

“一切都是为了您能安全地回去。”凉亭里的女人声音很美，英国商人莫名地想起女妖塞壬来，传说中她的歌声能够诱惑过路的航海者不知不觉地想靠近她，而往往在靠近她的时候，他们的船就会触礁沉没。

英国商人深吸一口气，手紧紧攥着，手心全是汗水：“您的意思是，我能安全地回去？”

“那就要看您能让我们得到什么了。”她说。

这是格拉斯普尔和他笔下的海盗女王 Ching 夫人的第一次见面。

Ching 这个姓氏，后来被翻译为秦夫人、清夫人，甚至是金夫人，但实际上，那只是中国南方一种方言的发音，她的正确姓氏是“郑”。

二、交叉小径的人生

他姓张，名保，小名保仔。

人生有时候选择的范围小得惊人，只能在无数的狭窄小径中迅速决定往左走还是往右走。而不管往左还是往右，每一个选择你都不知道是对是错。路径都是这么狭小，眼前都是这么黑暗。有时候需要用尽全身的力气，在一次次濒临死亡的搏杀中获得一线生机，才能挣得出人头地的微小可能。无尽的疲惫中，或许一点儿温情，一缕香气，就能让人一次又一次获得在血海杀场中搏命的勇气。

保仔在十五岁以前没有穿过完整的衣服，甚至没有过自己的鞋子，然而在此以后他的生命需要一次又一次回忆这段岁月的甜蜜，才能够支撑得下后面的苦难。

虽然是贫家子弟，但“保仔”两个字，足以证明他也曾经是父母心目中的宝贝孩子，他们希望所有过路的神祇都来保护这个孩子。在经历过无数次生死间隙的体验以后，保仔想，他能够活下来，或许这个名字起到了有效的作用吧。

当他第一次成为一艘船的指挥者，看着那面红色旗子升起来的时候，和他在一个渔村一起长大的四十三个孩子，只剩下三个了。那些人有些死于大海的风浪，有些死于劫掠时的对战，有些死于官兵的剿杀，而更多的，是他在十五岁那年亲眼看见他们死去。

那一天，他们渔村的船队，无意中撞入了大盗郑一和官兵的剿杀之战。那一仗，官兵输了，所有在场还活着的人都成了俘虏。他们被关在寨子里，等候发落。

一部分人在家人交上赎金后离开。而交不出赎金的人，只有两种下场，一是死，二是入伙。

饥饿和干渴如同一把火，灼烧着保仔的五脏六腑。他趴在地上，嘴唇已经干裂，感觉到所有的力气在一点点地流失，而他只余最后一丝坚持……他不愿意入伙，于是就没有得到伙食，海盗窝里不养没用的人。关在一起的人一个个地离开了，最后只剩下他一个人。

不是没有小伙伴来劝他，答应吧，出来吧，低头吧……然而他只是倔强地摇头。他想他的爷娘，他不想回到渔村后，被人指指点点说他是盗匪，这样的话，疼爱他的爷娘会无颜见人。少年的心，如此单纯，又如此倔强！然而他就是凭着这么简单到可笑的一个理由，支撑着自己的意志。

就在他的意识渐渐陷入昏迷的时候，有人扶起他，给他喂水。这水是那么甘甜，他不受控制，毫无意识地贪婪地喝着，直到被呛，他才敢睁开眼睛。

夕阳下，她的脸有些朦胧，但她的声音很温柔："为什么不出去？"

保仔抹了抹嘴边的水，有些依依不舍地看着那水壶，依旧倔强地一扭头："我不当海盗。"

"为什么？"她问。

"当海盗要被人指着脊梁骨骂的。"他说。

"你怕回到乡里被人骂，你怕你爷娘被人骂？"她冷笑，骂道，"你怎么不想想，你连命都快没有了，还听得到骂声吗？你爷娘连儿子都没有了，还怕人骂吗？"

他抬起头来，看到她叉着腰，泼辣地指着他骂。忽然间，他不想死了，他想活。连她都能够明白的道理，他怎么就没想明白呢？

这一年，他十五岁，她二十一岁。同是被大盗郑一掠到寨子中来的肉票，同样因为没有赎金，面临着生死选择：入伙，或者死亡。

她是疍家妓，他是渔家子，都是底层贱民，都是在苦海中挣扎着要活下去的人，抓住一切机会，活下去。苍茫大海，生命如蜉蝣，朝生不知暮死，看着一个个同伴和一个个猎物及敌人搏杀，死亡并不给任何一方更多偏向，只有最机敏的人、最快的船、最好的装备和最充分的准备，才能获得更多的生存机会。

一场场战斗打下来，他渐渐站住了脚跟，从船上杂役水手，渐渐成为冲锋的主力，队长，再到执掌一条中型的船。最终，在一场海上战役以后，他被带回大本营，来到红旗帮帮主郑一面前。这是他第一次见到这位传说中的总首领。

郑一，只是人们对他的昵称，他官名叫郑文显。有一种说法是，他们这些海盗是郑成功的旧部，但自郑成功之孙郑克塽降清以后，部分旧部拒绝归降，因而不容于清廷，于是率余部横行于东海和南海；还有一种说法，说他们是郑成功的父亲郑芝龙的旧部，在郑芝龙降清的时候就已经脱离他成为海盗。他们在这个王朝建立的时候，就已经以反对派的姿势而游走于海上，力量渐渐增大。

郑一身形魁伟，为人爽朗，谈笑间片言能折服人。如果说从一开始，保仔是有过怨恨和倔强的，然而他为了生存而屈从以后，倔强便已经消失。而郑一和他在帮中的身份隔得太远，连怨恨都被时间和距离冲淡了。当和海盗们日夜共处、同生共死一段时间以后，他从身到心，都已经认同了这个团队。此刻见到郑一，他只有面对首领的紧张：面对他的询问，他害怕自己会令他失望；得到他的夸奖，他只有兴奋和荣光。

过于单纯的少年，最容易被影响，也最容易崇拜强者。能够在无数次厮杀中活下来，并且越活越好，他是机敏的，也是最擅长抓住任何细微机会勇于发动进攻的。而他抓住了这次机会，向所有海盗最敬仰的首领，适时表达了自己的崇拜，展示了自己的观察与分析能力。

“你很聪明，做我的义子吧。”郑一说。他喜欢少年，少年代表着新血，代表着持久补充的后备力量，所以他更喜欢用超常规的手段，让这些少年发挥出超常规的作用来。

保仔很兴奋。集团中有一些规则和传闻，做义子代表着一种殊荣和嘉奖，代表着更近一步接近集团核心，代表着他可能掌握不止一条船，甚至可能掌握着一个小型的攻击船队。成为义子的集团成员，到目前为止，只有二十多名，从将近三万海盗竞争者中脱颖而出的二十多人。而他，仅用了一年多的时间，就达到了目标，进入了核心决策层。

郑一这时候正在进行一项艰巨的工作。他要凭自己的实力、威望、人缘，把这片海域上的六支队伍合并到一起来，组成一支真正的无敌军团。只有联合才能垄断，只有垄断才是获取最大利益的手段。

海上并不平静，除去朝廷围剿，欧洲各国也开始了大航海的探索，包括东印度公司在内的这些商业组织背后，还有所有国提供的最先进武器和官方支持，目前势力渐向南中国海扩张。郑一的势力也吃过几次大亏。目前南海的势力，其实已经初具合并的基础。各海盗帮以红、白、黑、蓝、黄、紫六色旗而区分，互划地盘、不抢客源，遇到朝廷围剿则守望相助。然而在郑一看来，这仍是远远不够的。

首先是组成人员的差异。虽然六色旗有一半是郑家旧部，但终究已经传续数代人，原来的宗旨理念早已渐渐淡忘，后人自然也各生心思；随着时间的推移，还有帮派之中人员替换的、中途折损的、新进势力坐大的，到如今六色旗实际上是各行其是，为理念为利益的争端在所难免。而今时又不同于往朝，随着清廷坐稳江山以后，力量渐至边远海疆，更有洋人的舰队船坚炮利，如今在爪哇岛渐成势力，对他们也形成威胁。

合则强，散则会被各个击破，这其实也是各旗的共识。然而海盗们都是桀骜不驯的，谁都知道联合的好处，可谁都不愿意臣服他人，哪怕是郑一这个于群盗中实力威望慷慨义气都毋庸置疑的首领人物。

于是，合纵连横、拉拢分化、克难定易……接下来的日子，郑一往来于各旗首领的寨子，游说征服。保仔等一干义子，随从护卫。

在往来的身影中，郑一身后，往往跟着一个女人。他看着她为郑一出谋划策，在郑一因为碍于情面不便出言，或被言语挤对，或犹豫不决时，她甚至亲自上前，巧辩强驳、娇笑斥喝，化争执为无形，化刀剑为谈笑。

保仔从第一天起，就认出她来了。那个声音曾多少回在他梦里回响，那个身影曾多少次于生死一线时闪现。她本就是个让人一见难忘的女人，更何况是在一个情窦初开的少年心中，无人可以取代。

在一年多刀头舔血的恐惧中，在无数次生与死后的空虚中，在已经知道无法归去的茫然中，他常常会想起她来。是真是幻，他无法分清。或者，她更像是他无望生涯中的海市蜃楼，苦海中的一滴蜜汁。想着她，就能够让他在绝望中多撑一刻，再多撑一刻。

他曾经潜回旧居，父母已死，故园已荒。那一刻，他茫然不知所措，甚至连死亡都显得空空荡荡。但他还是回来了，他已经无处可去。他为什么回来，他不知道，或者只是人对生的渴望，或许……

这一份未知，于再度见到她以后，变得清晰。他想，他是想还她一条命，或者还她那一杯水，或者是圆自己一个梦想吧。他就想这样跟在她的身边，只要远远地看着她，就好。他活着，她也活着，多好！就这样跟着她，保护她，一生一世，别无所求。

三、血海飘香

她姓石，小名香姑。

她是疍家妓，一双天足只能踏在船上，不能踏上陆地。

所谓疍家人，也叫蛋家人，生活如同蛋壳一样，飘浮无依，一不小心，就碎了。疍家人的历史不知道是从何时起，只知道，他们是朝廷的罪人之后，不准上岸居住，不准读书识字，不准与岸上人家通婚。甚至严格意义上，都不能算是天朝的子民，只能算是“贱民”。寻根、寻陆、寻出头之路，几乎是世世代代永远的梦想，然而，永远无望。

香姑的父亲亦是海盗。疍家为海盗者，郑、石、马、徐为其中四大姓。这个姓石的海盗，曾经风光过，然而最终还是死于非命，只剩孤女寡妇，苟延残喘于世。罪人和贱民的双重身份，使得母女生存更加艰难。母亲在这种煎熬中死了，而她，成为船妓。

然而她却没有放弃过努力。她依稀记得，小时候她的双脚是踏上过陆地的，她的身上是着过丝绸的，她的眼睛是见识过繁华的。她记不得更多具体的事，然而脑海中残留着的点滴记忆，如同蜜汁，让她能在睡梦中有一丝甜美。一场无意中卷入的劫杀，让她成了海盗的女人。

如同保仔成为郑一的义子一样，对于没有赎金的肉票，能够活下来的，顺从依附是唯一的选择，除此之外，就是进鱼虾之腹。

海盗很少有固定的伴侣，也无法拥有。女人是稀缺的，生命是无常的，一票成功便狂欢发泄，一朝身死便什么也没有。唯有部分首领，能够在某一段时间里拥有某个情人。她们通常是美丽的、聪明的，甚至是厉害的。然而，终究只是一个首领拥有的物件，没有独立的身份。

但是石香姑一开始就是不一样的。她识字，有见识，会有意识地学习，甚至很快能举一反三。郑一开始带着她，只不过是途中解闷，但他很快发现，她过目不忘、举一反三、擅长交际，甚至非常果断。

奔波数月，海上联盟终于成立，六色旗齐聚到了郑一麾下，南中国海号令从此归一。而在这一过程中立下大功的香姑，正式得到了郑一的承认，成为他的妻子，也成为盗帮的“一嫂”。这绝不仅是一个妻子名分的承诺，更是众家兄弟的认同，甚至是部分权力的分享。

作为一个在死亡边缘来回数次的亡命之徒，不得不说，郑一或许是在冥冥之中能够感应到自己的死亡，而提前做了这么一个决定。

联盟达成后，各旗的融合渐成，号令推行越来越通畅，就在郑一威望达到顶点时，也许有人预感到，这是最后一搏的机会了。

一次出海的行动中，郑一的船队遇上了风暴。一片混乱中，郑一落海，受伤而死。

“你说，他的死，真的是意外吗？”夜深了，一身素衣的女人，站在灵堂前，问保仔。

白天的喧闹已经散去。那不知真假的致哀，那杀机暗藏的探问，那号哭背后的心机，她都需一一分辨。没有人真正关心未亡人的悲痛，也没有人关心她独自站在那儿，迎着风刀霜剑时，是否已经千疮百孔。血海中活下来的没有弱者。她要面对的是生存，是自己的生存，也是她身后这一拨原来红旗帮叫她“一嫂”的所有兄弟的生存，更要面对着整个联盟的生存。

“我已经在查了。”保仔说。

越是生死厮杀中，越能练出人的原始本能来。在危难中，她从所有的义子当中，迅速捕捉到谁对她保持了最大的善意和忠诚，其次，才是看中他的机敏。保仔成为义子们的首领，她最信任的人之一。

随着追查的深入，似乎人人都有可能，可是不管是谁，都让她无法面对。她看着灵堂，屈指一一数来：蓝旗帮乌石二与郑氏兄弟为旧交，当年曾全力扶助郑一；黑旗帮郭婆带，是盗帮中难得的书生，为郑一出谋划策；白旗帮梁保自郑一堂兄时就追随郑家兄弟，忠心耿耿；黄旗帮吴知青受过郑一救命之恩；紫旗帮郑流唐更是同族兄弟……

每个人都可能是凶手，每个人都有可能不是。追查在进行，内讧也在潜滋暗长。

乌石二要拥立郑一之侄继位，郭婆带欲假借娶她而接手红旗帮，梁保与郑流唐发生争执，吴知青拥兵袖手。最终，灵堂前血光再起，郑流唐率先出局。他被众人指为凶手，虽然在搏杀中冲出重围，然而部属被杀，他自己亦已无路可走，最终只能带着脸上的一个刀洞，率余部三百八十三人，投降了曾为世敌的朝廷。

案子似乎已经告一段落，又似乎更加扑朔迷离。这是一桩不解之谜，哪怕过去了很多年，人们依旧无解。好不容易聚拢的联盟，就算大家心里各有算计，也不愿意看着它解散了。但是谁也不服谁，在这种诡异的情况下，竟然达成了一种平衡和统一。

“既然大家都无法决定，那就由一嫂来做这个大当家吧。”黑旗帮的帮主郭婆带提议说。

这是一个看上去文质彬彬的人，手不释卷，一副读书人模样，在诸海盗中，显得有些格格不入，他同样也轻视这些鲁莽粗汉。然而他手段了得，执掌黑旗帮几年时间，就把它发展成仅次于郑一红旗帮的第二大势力。

他像一只野猪群里的孤狼，众海盗不喜欢他，然而又畏他心机深沉，下手毒辣；不愿意附和他，然而又不得不为他的话语所动。

沉默良久，蓝旗帮乌石二终于也点头了。他之所以一力主张扶植郑一的侄子，也无非是为郑一一系争取权力。郑一身死，只剩孀妻弱侄，他并不看好一个女人。这是与郭婆带实力不相上下的另一股势力，最大的争斗其实是发生在他和郭婆带之间。这俩人决定了以后，余者就没有再跳出来挑头说不同意见的了。

于是，事情就这么决定了。郑一死后，诸旗在郑一灵前，拥立郑一嫂石氏为新首领。

刚开始，谁也没有真正重视过她。在他们眼中，她虽然看上去较寻常妇人更有胆色、更聪明，然而，终究只是一个女人罢了。

乌石二视她为过渡人物，更用心在郑一之侄的培养拉拢上，欲联合红旗帮这一支势力而称尊；郭婆带殷勤讨好，处处附和相助，不过是想以情诱之，借她的手来控制红旗帮。

然而，世事未必如人所料。

她没有想到，她会成为海盗们的首领，可是既然命运已经推着她一步步走到这个位置，她就不能再跌下来。因为跌下来，就是粉身碎骨。

她学习驾船、射击、搏杀……学习走到无数杀人如麻的海盗面前，威慑住他们，征服他们，让他们听她的号令。第一次发号施令时，她每一步迈向台上，都比迈向刑场更恐惧，看着台下黑压压的人头，无数双血红的眼睛，她几近失语；第一次临战的时候，她的耳朵里只塞满了枪声炮声喊杀声，根本无法判断情势……

做海盗不难，做一个优秀的海盗首领，却不容易。她要懂得看洋流、看天气、看海图，甚至是风向的变化、火炮的射程、火枪的种类、船只的航速，才能够在两船相遇的时候，迅速规划如何进攻，判断何时开火、何时接舷……

而这些，只是初步的能力。然而只有她自己做得了这一切，并且做得比别人都好，才能够让众人心服口服。

慢慢地，义子们臣服了她，红旗帮众拥戴了她，渐渐连其他五色旗中人，也无法再将她视为一个傀儡。她对部属约法三章：私逃上岸者杀，私窃公物者杀，强奸女票者杀。

海盗纵然在海上，然而根在陆地上，一衣一食，无不取之于陆地。她再下令，劫掠以官船、洋船为主，对于商船则以收“保护费”为主。只要取得六色帮旗号，航行海上不但无忧，还可得到海盗们的保护和帮助。于平民百姓，则市恩众人赢取民心，凡于百姓处购买东西，便加倍付钱；如有强取百姓东西者，立即处死……

红旗帮日渐扩张，她择数海岛为根据地。最终，大屿山成为她的最佳选择。于是她立起营寨，附近百姓亦依附前来交易。这里不仅曾有数万人定居交易，更有她为了整个六旗联盟而建立的船厂、药弹厂等基础设施。她与澳门的葡萄牙人交易，与广州的英国人交易，与爪哇的西班牙人交易……

西方的药品、武器甚至造船方法，没有什么是无法买到的。随着红旗帮的力量不断增大，当人马和装备超过其他五旗联合时，六旗联盟的总首领，从有名无实，终至名副其实。

诸旗首领，重聚大屿山上的营寨中。看到他们臣服之后复杂的眼神，她笑了。人群散去，保仔轻轻走入，给她披上外衣："夜深，防凉！"

她回头看他。这些年来，他从少年长为青年，一直默默地站在她的身后，护卫着她，为她出谋划策，为她身先士卒，甚至为她装神弄鬼，为她脏了双手。"保仔，你要什么？"她问。

只要他说得出来，她就给得起。

他什么也没有说，只是拉着她的手，缓缓走过山径，走到水边。营寨依水而建，一条小船就能够通到大海，这是沿海而入的那条江的一个分支。水边有一丛白色香花，散发着袭人的香气。她循香走到花前，有些惊喜。

她的名字中有一个"香"字，她一直喜欢所有带香气的植物，然而她从来没见过这种花。她见过的花，都没有它香得这么嚣张。这花，开得这么艳丽，而且旺盛，怒放夺目。

"这是什么花，从哪里来的？"她小心翼翼地捧着花，下面带着新土，显然是刚种下的。

"我也不知道是什么花。船经过婆罗洲的时候，偶然看到这种花，我觉得你会喜欢，于是把它带上船，种在这里。"保仔偷偷看着她，那灿烂的笑，连手中的花也相形失色。

“是的，我很喜欢。”她说。

这是一种生命力很强的花。到第二年的时候，这花就长遍了水边。花季时，花瓣落在水面，顺着水流入江，漂入海，郁郁香气，经久不散。

人们说，这条江是香的，就叫香江吧。

四、风起云涌

公元十九世纪初，南中国海。

英国东印度公司的舰队，再一次遭遇海盗的袭击。这一次，他们损失了数百箱鸦片，价值数十万两白银，这是他们今年第七次遭遇海盗的袭击了。公司高层震怒，今年报表上的庞大利润将因为这些海盗化为泡影。如果没有足够的白银运回国内，他们将会面临被召回，甚至会失去许多特权。而这些特权，比鸦片更令人迷醉。

英国东印度公司并不是普通的贸易公司，他们有皇家特许状，可以拥有军队、火器和海军舰队。他们来到远东，殖民侵占、掠夺财富、发动战争、杀死国王、洗劫国库甚至灭亡国家……

这个远东的国家，有着丝绸和茶叶，还有瓷器，每一项运回欧洲都是暴利。然而这个国度自给自足，并不需要多少物品进口，所以当从美洲运回的白银又流入这个国度时，东印度公司是无法满意的，直到他们发现鸦片足以令人上瘾的功能。于是这种原本在医学上用来麻醉的植物，变成了可怕的毒品。黑色的鸦片流入中国，雪白的银两流入东印度公司，报表上的数字，才会令人满意。但这两年，南中国海的海盗频频劫掠，令他们损失惨重。

商行的威尔逊先生想到董事会的警告，有些心寒。他召来了雇佣军的亨利少校，问他：“你有什么办法解决这些海盗？”

亨利少校摇摇头：“先生，海盗是无法被剿灭的，您知道。”

是的，威尔逊比谁都知道，英国人就是从海盗发家的。当年的英国内忧外患，伊丽莎白一世为了取得海上的霸权，不惜折节给海盗投资，为他们提供武器和后勤保障，甚至封爵授勋。著名海盗德雷克，就因为多次伏击西班牙商船，甚至同法国海盗合伙抢掠，不但大发其财，而且深得皇家钟爱。据说某次他沿着美洲东海岸，绕麦哲伦海峡横渡太平洋做了一次环球抢劫，女王在收到其分红以后，欣喜若狂甚至亲临其座舰，当场封其为爵士。在整个伊丽莎白女王朝代，海盗们带回的“分红”高达一千二百万英镑。官员们不胜自豪地记录着：“英国的财政，从来没有像1580—1581年冬季那样繁荣过。政府有力量去还清债务，去改善国外的信贷情况，同时也能执行比较强硬的外交政策了。”

到了一定时期，海盗摇身一变成了大英帝国的海军，甚至打败了当时被称为“无敌舰队”的西班牙海军。海盗挟英王名义在世界海域抢劫金银、贩卖奴隶、参加海战、镇压叛乱，英国自此逐步称霸海上，开启了“日不落帝国”的序幕。甚至从某种意义上来说，东印度公司，也是在继承当年海盗的衣钵。所以，他们格外不能忍受，大英帝国居然会在别的海盗手中吃亏。

“是的，海盗是无法被完全剿灭的，但是我们至少可以想到办法把这股海盗剿灭。”就在威尔逊跟他的其他合伙人商议这一点时，另一个东印度公司的资深职员潘义理说。

潘义理英文名叫查理，有犹太血统。他早年在印度和牙买加从事商贸，后受东印度公司委派长驻广州，负责与十三行贸易接洽，属于地道的“中国通”。他甚至像中国人一样，穿起长袍戴起瓜皮帽，还给自己取了一个中国名字叫潘义理。威尔逊知道潘义理在中国官场有许多朋友，听了他的话，不禁问他：“查理，你有什么办法？”

潘义理说出了他的办法：“我们可以让中国的官府替我们去消灭这些海盗。”

“这怎么可能？”威尔逊摇头，“中国的官府如果认识到海盗的价值，我们将不能再在远东待下去了。”

“可他们永远也不会认识到这一点，他们和我们不一样。只有岛国才最渴望征服海洋，而中国的陆地面积太大，大到他们认为自己不需要海洋。”潘义理说。

中国的官员只会认为那些海盗是不肯驯服的庶民。两广的海上贸易如此活跃，很少有官员没有在这些海上贸易中占有股份的，但是海盗的存在让这些官员的私下收入受到了很大的损失，令他们深恨海盗。他们或许可以出动小股的军队去保护他们的相关贸易，但海盗进化到康采恩的级别以后，官员们的私下交易就不是海盗的对手了。所以潘义理认为他可以游说这些官员，用官方的力量去打击海盗。

“我不认为那些官员能够剿灭海盗。”亨利少校首先摇头，他是个苏格兰人，早年加入皇家海军，后来在东印度公司服役。他从军事角度否决了这个建议。他怀疑地看着潘义理，觉得对方像是个准备假借此名义从中套取巨额游说资金的骗子。

但熟悉中国官场规则的潘义理告诉威尔逊，中国的官员对付他的子民比西洋人更有办法——“我们就算有最好的船和火器，也无法捕捉到这些海盗，而且我们军队的人数比不上他们。但是中国的官员可以弥补我们的不足。我的建议是，我们可以和葡萄牙人一起，帮助他们共同组建联合舰队，这样就可以彻底剿灭这些海盗。”

亨利却不肯相信。“我倒是认为，这些官员会投资这些海盗，就像我们曾经做过的一样。他们的战斗力很强。我觉得我们在远东的投资应该收缩，印度才是我们的殖民地。”他耸了耸肩，“这个国家并不是印度，我觉得我们会失败。”

威尔逊在心里是认同亨利的，然而他觉得他必须向董事会表明他对远东市场已经尽了所有的努力了，所以虽然他对潘义理的设想并不感兴趣，但还是给了潘义理游说经费，作为他在远东努力的备案。但他万万没有想到，这份投资，居然获得了重大转机。

潘义理和他的中国代理人开始行动了。先是官府接到多处上报，说是海盗袭击了村镇，然后广东水师开始对这些海盗进行围剿，但不幸的是，在对海盗的阻击中，官兵们并没有占到便宜。当事情越演越烈，最终摆到两广总督案前的奏报，便已经成了一件大事，好像这拨海盗不得不剿，否则将会影响清廷统治。尤其是这拨海盗属于郑氏余部，就更为大清官员围剿海盗之事增加了政治正确性。

很多时候，官和贼其实是保持着一种微妙均衡的关系，成为既敌对又利益共同的群体。而这种关系，是瞒上不瞒下的。一旦上面的官员想要对贼采取行动的时候，这种行动往往在执行过程中会被消解掉，让上面的官员既无奈又愤怒。当有更大的压力下来的时候，这种均衡又会被打破，然后就会有一拨人在政治风暴卷入后被消除。再过一段时间，会有新一拨人上来，再继续保持这种微妙均衡。而现在，显然这种微妙的均衡，被在海上频频受打劫的洋人和买办们打破了。当发现了可操作空间的时候，威尔逊和他的伙伴们大喜过望，迅速追加了游说方面的投资。

得到好处的官员们开始整顿军纪，他们不能容忍这些下属为了自己捞的一点儿好处，而让他们的福利落空。

红旗帮遭受了前所未有的围剿。在官府派出的军队越来越多，层级越来越高后，最终，张保仔的一次受伤，使冲突彻底走向极端。

张保仔在一次救援友军的行动中受到埋伏，被炮弹击中。尽管他的运气已经算是很好，避开了要害，但仍然身受重伤，体内数十枚碎弹片，需要手术取出。

"这需要西医。"帮里的大夫对一嫂说。

而西医只有广州城和澳门有，不是和英国人有关系，就是和葡萄牙人有关系。

一嫂沉默良久，击案："那就动手吧。"她看着张保仔苍白的脸，握着他的手，说了一句："保仔，我会让他们付出代价的。"

此时英国人势力渐长，而葡萄牙人势力渐弱。葡萄牙人据有澳门，令英国人十分羡慕。然而此时英国人虽难以有机会重演葡萄牙人当初借用澳门的渠道，但仍然不断为此而进行努力，并为此制造出一些事件作为楔入的机会。于是英国兵船一方面驰入广州湾炫耀兵威，另一方面又有英国兵船十三艘泊香山鸡颈洋，率兵三百擅入澳门，占据炮台。

这一日，本来只在远洋活动的红旗帮海盗忽然出现在广州湾，攻击了英国船队，并俘获一艘英舰，斩杀数十名英国士兵，令英军震怒。驰入澳门的英舰转向广州，夹击海盗。

而此时，红旗帮的潜伏人员，已经在澳门悄悄将著名西医周飞鸿劫到船上，送至大屿山。周医生在张保仔身上取出数十枚炮弹碎片以后，最终将他的生命挽救了回来。

张保仔被救回以后，红旗帮对清廷的报复也展开了。海面上官兵炮战，火光冲天，两边的冲突日益强烈，甚至势力延伸到福建、浙江一带。

海盗竟然如此猖狂，这事最终无法控制在两广，传进了北京城。皇宫内，嘉庆皇帝大怒，数番严责两广总督必须尽快剿灭海盗。

误判形势的部分两广官员骑虎难下了。一开始他们只是收了厚礼，认为可以将这些海盗轻易消灭，然而他们没有想到海盗的强悍出乎他们的意料，而海盗的报复心更出乎他们的意料。如果只是海面上发生的冲突，他们大可以将这些事情掩盖掉，然而海盗似乎发现他们最害怕的是什么。海盗上岸劫掠，甚至骚扰邻近省份，使得邻省的地方官员、士绅们对他们怨气冲天，纷纷上书，把官员们想要遮掩的事情给捅上去了。

事情闹大以后，两广总督那彦成也在后悔。他不应该因为顺从部分官员的贪婪，而打破了原有的平衡之势。然而此时悔之已晚，他只能不惜一切调集大军，对海盗进行围剿，企图在皇帝发怒之前，挽回自己的政治失分。

然而现实比他想象的更为冷峻，红旗帮在马洲洋大败清军，擒杀虎门总兵林国良；随后，又在阿娘滩大败清军参军林发；紧接着，于广东桅夹门大败清军总兵许廷桂，逼得许廷桂自刎而死；再于浙江打死水师提督徐廷雄……

终于，事情再也掩盖不住了。清廷震怒，嘉庆皇帝连罢两任两广总督那彦成、吴熊光，仍然不能挽救颓势，再调云贵巡抚永保为新任两广总督。不想永保忧急之下，还未到任，就死在路上了。嘉庆皇帝无奈，只得起用颇有争议的山东巡抚张百龄为两广总督。

五、两广总督

在路上走了一个多月，这位在三月份已经任命的两广总督终于在五月份到任。

此时的广州，已经酷热如蒸笼了。

张百龄坐在客厅中，虽然旁边的茶几上放着冰山，但并没有减弱暑气。这时节就是穿单衣也难以承受，何况他已经是六十多岁的老人，但他却还端端正正穿着里外两层的官服，头上戴着大官帽，蒸腾得汗珠不断往下流。

然而他已经顾不得暑热。眼前的海患，让他没有办法安坐，更没有时间回后院去解开衣服放松乘凉。他想到临行前，去宫中觐见皇帝时的情景。

嘉庆皇帝也五十多岁了。这位看上去比他实际年龄苍老得多的皇帝，曾经是帝国最擅长忍耐的皇子，他的父亲就是著名的乾隆皇帝。这位长寿的皇帝熬死了他的许多儿子和孙子，终于在过完八十五岁生日以后宣布退位，把皇位让给他的第十五个儿子颙琰，年号嘉庆。

嘉庆皇帝的前半生都在等待皇位，在他终于熬过排行在前的兄弟们，等到了皇位后，却发现自己只不过是个傀儡而已。作为皇帝的他，日子甚至比当皇子时更难熬。所谓皇帝，一切只不过是称呼上的改变，实质上什么也没有变化。他依旧是那个在长寿而多疑的太上皇父亲面前战战兢兢的儿子，一切仍然掌控在乾隆的手中。甚至他的皇后死了，他也不能对外宣布和表示哀伤，因为他年迈的父亲忌讳听到疾病和死亡。

然而那样可怕的父亲，也毕竟死了，他终于熬成了真正的皇帝。可是还来不及欢喜，他就发现面对一个庞大的帝国，竟是一种如此可怕的局面。

京畿有天理教，南方有白莲教，东南沿海有蔡牵之乱，运输上有河漕危机，俄国人在伊犁有异动，英国人在偷运鸦片……外加官员的贪腐、八旗军的溃烂、皇帝的政令推行不力，这内忧外患重重，一刻不能缓。皇帝想解决这一切，却又束手无策。皇帝并不像去世的太上皇那样，有着强大的威望和令人恐惧的手段。从本质上来说，他比他父亲善良而辛劳。然而这一切并没有换得比他父亲更好的名声和更多的尊重。但他对臣下十分温和，而且推心置腹。这一次他排除众议，在帝国面临危机时没有任用满洲亲贵，而将帝国的门户交给汉臣，这是一种信任。

而且，张百龄当年是被赶出广州的——

对于广州，张百龄比朝上诸臣更熟悉。三年前他曾是广东巡抚，因为清查南海、番禺两县蠹吏残害无辜，罢两县知县，结果反被诬告“使用非刑毙命、逼勒供应”，被两广总督那彦成弹劾，又有同僚吴熊光等一齐落井下石，他险些被贬流放。是嘉庆皇帝最终按下此事，再曲折重授六品，辗转福建、湖南、江苏、京中、山东等处，仅三年时间，又重新得回二品顶戴。

君恩如此深重，为臣子岂能不感激涕零、肝脑涂地、百死无悔？主忧臣劳，主辱臣死。看到皇帝为了两广海患，已经数日不能安睡，憔悴至此，张百龄心中固然是恨极了海盗，更恨的是两广贪官蠹吏造成大祸，贻害百姓，辜负君王。

临行前，皇帝对他说，海盗可剿灭则剿，可招安则招，无论如何，要尽快解决，不要让海患再蔓延下去。帝国烽烟处处，能扑灭一处是一处，河清海晏，方是国之幸事。

皇帝的话，一直如巨石压在张百龄心里，一路辛苦到了广州以后，他发现情势比自己原先想象的更加严峻。

张百龄重回两广，他曾经的强敌已经倒下，附尾之辈，惴惴不安。他拉拢一批，打压一批，整顿吏治，治理军队，更派出所有眼线，打听红旗帮内幕，渐渐摸清了所有的事情。

“郑一的起家，本是由郑七而来，郑七，原名郑连煌……”总督府的灯火，彻夜不熄，张百龄察看着所有的汇总情况。郑氏海盗帮，起于郑芝龙、郑成功父子旧部，多年来在东海、南海之域，但真正兴起，却与越南的西山政权有关。

越南当时分为南北两国，南部为阮氏执政，北部为郑氏执政。因阮氏末期朝政腐败，民不聊生，于是小贩阮文岳、阮文吕、阮文惠三兄弟率众起义，建立政权，因据西山寨而被称为西山军。西山军初起之时，因为势力薄弱，大量招引外援，部分越南的中国侨民因多年来深受阮氏王朝歧视而投入西山军，这些人又引了海盗帮派加入。西山军得到外援，接连击败阮氏王朝和越南北方的郑氏，一统越南，结束越南几百年的割据局面。于是西山王朝便酬诸海盗为官封爵，如莫官扶为东海王、郑连煌为总兵大司马等。后来的蓝旗帮首领乌石二、白旗帮首领梁保、紫旗帮首领郑流唐等亦在这几人麾下，各自得封为将军、总兵、都督等职。

只是好景不长，西山王朝一统越南不久，阮文岳兄弟便因争位而自相残杀，海盗帮亦因此各拥其主，相争不下。外逃的阮氏王朝嘉隆王阮福映趁机向法国乞援，得法国相助，又引暹罗军队入境，终于剿灭西山政权，将莫官扶等人献于清廷问斩，郑七等率余部逃走，然亦死于战乱。郑七死后，其主要势力由其堂弟郑一执掌，而部分手下则各拥旗号，最终由郑一收拢，结成联盟。郑一死后，其部由遗孀石氏掌控，麾下有张保仔、香山二、郑国华、萧步鳌等诸义子相助，数年来，已经真正成为南海诸盗之首。若要剿灭海盗，则应当先剿灭郑石氏掌控的红旗帮。红旗帮一灭，南海之海患便不复存在。

然而，此事说来容易，做来，却是极难的。

如今的红旗帮，已经跟之前所有的海盗都不一样了。若说海盗只懂得劫掠烧杀，全无纪律，但郑氏一开始就是郑成功余部，懂得行军作战，集团管理。兼之郑七曾率部加入西山政权正式统军为官，虽然西山政权已经覆灭，但海盗已经借此熟悉了军事化的训练和管理，不再如一盘散沙。加上西山军为巩固政权曾向西洋大量购买火器，海盗因此学会了最先进的火器技术和西洋人的海上知识。更兼整个越南的统治无力，使得数处避风良港成了海盗与清廷交战中进可攻、退可守的地方。郑石氏主持大局之后，法度森严，甚至深得百姓拥戴。

这桩桩件件，都构成红旗帮不同于普通海盗之处，因此横行海上这么多年，竟是肆无忌惮。

如今光红旗帮郑石氏手中，就有将近七万部众，数百条大船，一千多火炮，其余火器更是不计其数。这股势力，已经远非普通海盗能比。

就在前三任两广总督贬的贬，死的死，新的还未到任的这两三个月权力空窗期，海盗就已经骚扰了数个县城，甚至狂妄到冒充官兵上岸劫掠，以至于真的官兵赶来时，百姓竟不能分辨真假，见之即逃。如今两广沿岸当真是官不官、贼不贼，一片混乱。

张百龄思索着。他面临的局面，比他原来预计的更为艰难。

六、谁才是这片海域的主人

小院中，小径分岔，凉亭依旧。

一嫂坐在凉亭中，轻摇扇子。“周医生亲至，他是替谁来游说来了？”

这个周医生就是曾经救过张保仔一命的澳门医生周飞鸿。前日，他通过红旗帮预留内线传递消息，亲自来到大屿山，转交给张保仔一封两广总督府的招降信。

保仔把信递给她看，她看完，长叹一声，放下信说：“这个新总督，可真不是以前的草包昏官啊。”

自从新任总督到任以来，一反之前水师不断围剿的局面，反而是布下了一张密网，一步步缩紧红旗帮的活动范围。先是对沿海进行海禁。海盗在海上再威风，也不可能不上岸找个栖居地，一衣一食，无不依赖岸上。如今各种海岸线封锁，他们不得上岸。就算劫掠到再多的金银，也是不能吃不能喝的，又有什么用？

之后，他们在岸上的联系人一个个被清除。原来他们可以利用官兵的贪腐与争权夺利，找到各个击破的方式。可是自从这个新总督到任以后，在他大力整肃下，原来曾被买通的官兵不是被调防就是被处置，竟无着手之处了。

随着生存空间步步缩小，海盗不得已只能上岸劫掠，就算一嫂能够控制得住红旗帮大部分人，也控制不住其他各旗。而其他各旗遇险，又迫使红旗帮不得不前去救援，甚至要带头沿海袭击，以宣示首领的地位。如此，原来红旗帮赖以支撑的民心，也渐渐失去优势。

“我听说，乌石二、郭婆带他们也收到了总督府的劝降信。”保仔说。

“这是自然，给了我们，又岂会不给他们。”一嫂说到“我们”的时候，保仔的心，忽然一跳。

自从那次受重伤之后，两人的关系，似乎有了一丝微妙的变化。原来，他只是在一边远远地看着她，保卫着她，愿意为她冲锋陷阵、为她而死，却从来不敢想，他在她心中能够占据什么样的位置。然而那一次，他看到了，她为他受伤而恐惧、愤怒、冲动，甚至铤而走险掀起风波，对官府发动报复袭击。在此之前，她会打劫官船，也会打击水师，但这样有目的地发动一次次袭击，从掀起这次事件的几个水师官员，到他们幕后支持的顶级大官，甚至兴风作浪的英国人……她的报复深密周详，一步步有针对性地发出，既疯狂，又准确。

刚开始他听说她要除去的人时，他认为她太疯狂，又认为她做不到，又怕她将自己陷于险地，可是她做到了。他又觉得，她是为了他而做的，心里既是欢喜，又是悲哀。

有些事，以为永远不可能的时候，是最无所谓的。可是一旦觉得有可能，但又达不到的时候，人的心是最患得患失，也是最忐忑不安的；既不甘心，又无能为力；想去争取，又怕适得其反甚至是绝望。

他的心，就这么既甜蜜，又酸楚着。

“你说，我们就这么下去，将来会怎么样呢？”一嫂问。

“将来……”保仔迷惘地说。做了海盗，还会有将来吗？当他跟随海盗出海的第一天起，他就知道，自己是没有将来的。活着的每一天，都是偷来的。下一天，都不知道能不能活着回来。

“是啊，将来……”一嫂轻叹。她也曾经以为她是没有将来的，为了活着，她努力地学习，努力地搏杀，努力地变强。可是，要变强到哪一步，才是安全的呢？

她想到那个英国人说的故事了。他说，他们的国家也曾经有许多海盗，后来他们的女王收编了这些海盗，并且封以爵位，传之子孙。而那些没有被朝廷收编的海盗，在海上再如何叱咤风云，短则一两年，长则三五八年，最终还是会被围剿，处死。

她知道郑一的堂兄郑七等人，亦是在越南的西山政权中被授以爵位，成为王家正式的水师。

她不是没想过这样的收梢。跟随她的兄弟越来越多，这些年来同生共死结下的友谊，让她不能眼睁睁地看着他们继续祖祖辈辈的命运。受苦、造反、死亡，下一代再继续受苦、造反、死亡。

她想上岸，想让他们这些疍家贱民能够双脚踏上岸去，像普通人那样娶妻生子不受歧视，甚至为官为宦，恩荫子孙。

这样的梦，她原来是不曾想过的。可是一次次的仗打下去，她有了信心。知道得越多，心里的念想就渐渐被引发。既然英吉利的女王可以，越南的阮王可以，为什么她不能够在清廷为自己和众家兄弟们争取？

“你知道吗，我以前最讨厌宋江。水泊梁山的众家兄弟举起义旗，过得好好的，他为什么总想着招安，简直丢了水泊梁山的脸！”良久，一嫂幽幽地说。

保仔苦笑一声。“我也是。可是，我现在却有些明白了！官贼不相容，再厉害的贼，也没办法和朝廷斗。”他敲了敲桌子，“人家天下都打下来了，对付我们，岂能没有办法。只不过以前事情没闹大，没把我们放到眼里。如今事情闹大了，天下之大，又有什么人能够对抗一个国家？”

“你的意思呢？要不要同他们谈谈？”一嫂问。

保仔：“我听你的。”

一嫂却摇了摇头，扬了扬手上的纸张：“不，现在不能谈。”

这位张总督站得太高，高到对所有的人都是俯视的。他提出的条件，是红旗帮完全无法接受的。信中提出的条件是，要六旗全部无条件归降，为首者可以不论罪，但其他海盗有杀官者俱要问罪，余者收编或就地解散。

“那是把我们当成砧板上的肉了，想怎么剁就怎么剁！”一嫂冷笑，“我们还没有败呢，总督大人未免想得太美了。”

招安的命令，被海盗否决了，两广总督张百龄并不诧异，因为他会让这些海盗，再回过头来向他请降的。

曾经与东印度公司有过合作的水师提督孙全谋，虽然曾在新总督上任之后，被追究其过，但在新总督对海盗的围剿和谈判都陷入僵局以后，他重新看到了机会。

此时的情况，对于海盗来说，固然是步履维艰，但对于张总督来说，更是度日如年。

想起临行时皇帝殷切的嘱咐，张总督心情沉重，想起初来时满满的信心，可就在这段时间里已经泄了大半。他本以为，大清立国已经一百多年，偏远边境的几个小盗贼，如何能挡大军。只不过是官员贪腐，水师糜烂，所以才让海盗有机可乘。只要整顿吏治和军纪，海盗自然不剿自灭，望风而降。

可他没想到，这些海盗比他想象的更难缠。他们不但有严明的军纪，还有先进的火器，更有诡诈多变的手段。从年初到现在，海盗不但没有被剿灭掉，反而因为负隅顽抗，对地方的骚扰还更严重了。

他知道不能再这样继续下去了，如果到了年底，他还没有一个解决的方案，那他很可能就是下一个被换掉的两广总督。

这时候，香山知县彭昭麟匆忙来报。原来他接到线报，发现海盗的一个秘密巢穴，这个地方，就在广州府新安县最南端的一个港湾，叫作大屿山，居然有数百条海盗船都停泊在那里。

张百龄大喜，立刻下令水师提督孙全谋率水师前去围剿，孙全谋却面露难色。在张百龄的逼问之下，他才说出海盗火器厉害、擅于海战，最好请擅长火器与海战的葡萄牙人和英国人加入海战，才能够有更大的把握。

张百龄眼也不眨地答应了，不管是孙全谋畏战，还是水师糜烂，或者是手下与洋人勾结，这些事他都不在乎，就算要追究，也要等到把这拨海盗剿灭以后。

十一月，朔风起，在香港赤沥角大屿山，红旗帮忽然被广东水师与葡萄牙及英国一起组成的联合舰队团团围困。清兵炮火日夜不停，欲有将此孤屿整个炸沉之势。

夕阳下，一嫂负手立于大屿山，看着远方。天色渐暗，然而远处火光冲天，炮声震耳欲聋。

保仔站在她的身后，也在看着夕阳。

炮声渐渐停息，天暗了下来，黑暗掩盖住了所有袭击目标。

“两广总督这是把家底都拿出来了……”一嫂忽然笑了，“他们以为我们死定了！”

保仔也笑了。“是啊，他们以为有足够的人数和火器就能够消灭我们！”他微微昂起了头，神情傲然，“这一次，我们会让他们知道，这一片海域，我们才是真正的主人。”

“The sea invites men to engage in conquest and plunder.”一嫂轻吟。

这句话，是那个洋人肉票格拉斯普尔告诉一嫂的，据说是洋人中的一位贤人说的，译成中国话就是：“大海邀请男人从事征服和掠夺。”然而那个洋人才吐出“男人”这个词，就看了眼一嫂，立刻改成：“大海邀请人类从事征服和掠夺。”

一嫂是听得懂英语的，她也觉得正确的翻译，应该是后一句。

保仔没有说话，只是微笑。

万籁俱静，过了一会儿，簌簌响起了树叶被微风吹动的细微声音。如果不仔细听，是听不到的。

“风起了！”一嫂说。

保仔拱手："一嫂，我去了。"

他转身，一步步走下台阶，扭头看去。一嫂独立在山巅，只余夕阳剪影。

或许这一去，他可能再也见不到她了，这一刻的剪影，会是他心底最后的念想。

山下，江边，一条楼船灯火辉煌，上上下下数名道士着盛装，执法器，列于两边，恭迎诸位头领进入神楼船内。这是帮中决策大事的一处地方。海盗群体文化低，因海上岁月而显得更加迷信。自张保仔主事以后，每逢大事，通常都会在神楼船里召开部众会议，如遇决策不下，就会请道士卜吉问神，然后再执行。数年来，都没出过大的差错，部众也对此更加信服。

张保仔决定今夜突围，而何时突围，突围能否成功，就成了关键。

道士扶乩，得出八字："今夜子时，西北风起。"

子时未至，果然西北风起。在三国联兵还未有所准备之时，张保仔率部众突然来袭，上千门大炮同时向着三国联军舰队开火。与此同时，蓝旗帮乌石二也在珠江口外的万山群岛向清兵水军发起进攻。官兵猝不及防，首尾不能相顾，被张保仔冲出重围而去。

孙全谋率水师追击，双方在海面继续交战，此时却传来红旗帮忽袭广州的紧急军情，孙全谋只得撤兵回师，却又在中途中伏。

最终，清兵在此战中损失战船三十艘、火炮三百门、数千兵丁，广东水师提督孙全谋被擒。

消息传至广州，张百龄当场一口鲜血喷出，病倒在榻。

七、破局

世事如同一个迷宫般的花园，你不知道这一次的岔道，会走入什么样的峰回路转。

张百龄这边刚刚被联军水师大败的消息所击倒，另一边，却又传来了一个喜讯：黑旗帮首领郭婆带有意归降。

张百龄大喜，立刻封其为把总，并将其队伍收编，给予郭婆带相当优厚的待遇。

郭婆带，官名郭显学，番禺县人。他出身一破落的书香门第，自幼好学，立志科举。可是命运却阴差阳错，让他意外遇上海盗帮被掠，被迫成为一名海盗。

他本来就比别人聪明得多，又读过书，更增一层厉害。他先是做了前任黑旗帮首领的军师，令黑旗帮的势力不断扩大，成为仅次于红旗帮的一支力量。前任帮主死后，他顺理成章地继任了黑旗帮首领之位。

与绝大部分从不读书、行事粗鲁的海盗相比，他可算得是个异类。很多时候，他像个书痴，每日手不释卷，不管走到哪里，他的船中都会有一整间书房，他的营寨中更有无数的书籍。

虽然沦落为海盗，但他内心却是异常孤傲的。他看不上那些粗鲁的海盗。他一直觉得，他与他们是不一样的人。在自己的营盘里，他总是一袭长衫，手握书卷，翩翩然若世外高人。

郑一要各旗结盟，他内心是不服的。在他自己的地盘，他是说一不二的，如何肯向郑一那种粗鄙汉子低头。然而大势之下，他不得不虚与委蛇。但是他没有想到，那一次的宴席上，他见到了那个让他心动的女人。

他并非没有女人，甚至有些女人还颇有姿色。然而，这些女人如同他陷身的帮派一样，看似成功的勋章，却让他心里总有一种说不出的勉为其难和降格以求。

唯有在那次宴席上见到的那个女人，如同海之妖，清丽脱俗，又有一种异样的魅惑之气。这样的女人，怎么会属于郑一这样的莽夫？不应该，太不应该了！

郑一死了，他的确没这个福分，没当这个总盟主的福分，也没享有这个女人的福分。

灵堂上，她一身缟素，弱不胜衣，惹人怜惜。为了争那个总盟主的位置，他与乌石二相争不下，最终，乌石二转拥郑一之侄，而他转拥石氏。

她名唤香姑，真是人如其名。他是爱洁的。在大船上，不管是船上还是营寨里，总有一股挥之不去的鱼腥味。但一走近她的居处，他总会闻到一股若有若无的香气。她喜欢在住的屋子周围遍植香花，从栀子到茉莉到米兰，可到最后，到处种的都是张保仔从南洋移过来的那种白色香花。

他恨那个不知死活的小子。刚开始的时候，他并没有把那小子放在眼中。那只不过是个乳臭未干的小孩子，他根本不认为她会看得上那个孩子。郑一初亡，她刚接手红旗帮时，他经常过去找她，吟风弄月，怜香惜玉。而当她用那种微笑带着鼓励的眼神看着他时，更让他生起知己之感。渐渐地他会讲更多她想听的东西，比如他是如何从一介书生成为一旗首领，海盗是如何粗鄙无文的，他是如何挑起事端又平息事端，从而掌握人心的；什么叫兵法，什么叫军纪，如何与洋人交易，如何与官兵周旋……

他以为自己一日日在接近目标，却不知道，自己离目标一天比一天远。他知道其他诸旗中，抱有与他一样心思的人并非一二，于是他使出全部的精力来打压他们，帮助她稳固位置。

她的心思一直游移着，他的心思就一直不安着。就在这游移与不安中，他完全没有感觉到，事情已经不受他控制了。等到她的羽翼渐丰，等到她的发号施令不可违拗时，他才恍然大悟。她的心思从来就没有游移过，她也并非是在几个首领中选择不下。她的心思早定，她早就有了选择——她要自己当首领。

悔之已晚！

然而他是不甘心的。如果她就一直这样完全不属于任何人，他或许也就死了这条心。可是随着时间的推移，那个他曾经看不上的小子越来越多地停留在她身边，成了她最信任最倚重的人，甚至在某些时候可以代她发号施令。他愤怒而不甘，最终某一刻，嫉妒如蛇，咬噬了他的内心。

兵困大屿山，他本应与乌石二联兵，帮助红旗帮脱困。然而他在那一刻，却做出了相反的举动，就在张保仔的舰队要冲出大屿山的时候，他不但没有拖住清兵，反而故意纵放了清兵，甚至在张保仔最危险的时刻，他想将张保仔一举消灭。

他没有得逞。张保仔不但逃走了，而且还给了清兵反戈一击。清兵因此大败，短时间不会再有元气进攻。一旦红旗帮恢复元气，那第一个要算账的，就是他。

或许那一刻的举动是嫉妒，也或许是绝望，更或许是被张百龄的游说所动。身为海盗，本非他所愿，难道就真的这样一生流浪于海上，甚至朝生暮死？家乡多年未返，父母坟丘未葬故园，他何曾不想叶落归根，他更想自己一生所学显于人前，而不是沦落于盗巢。

就在清兵攻击大屿山战败后不足一月，黑旗帮首领郭婆带，率部众向朝廷归降。

郭婆带的黑旗帮在六旗联盟中势力仅次于红旗帮，他的归降，引起六旗联盟的震动。

从郑流唐到郭婆带，此时六旗联盟已经有两旗归降朝廷，而其他的四旗，又还能撑多久呢？

"黑白旗向来交好，郭婆带降了，我看梁保的白旗帮只怕也是不保。"张保仔沉声说。

一嫂没有说话，她沉思着。

"一嫂，你拿个话出来吧。"保仔说。

"现在，我们可以同他们谈招安了。"一嫂笑了。

保仔诧异："既然你同意招安，当日为何拒绝他们？"

"现在不是我们接受张总督的条件，而是张总督要照我们的条件来办，我要保住你我的身家性命，也要保住众家兄弟的性命前程。"一嫂冷笑。

保仔皱眉："就怕官家不肯，如今他们得了郭婆带归降，只怕更是嚣张了，能同意我们的条件吗？”

“只要他还想让皇帝满意，就必须和我们谈。”一嫂说。

“只怕我们拖不起。”张保仔想到这一场大战下来，虽然官兵损失惨重，红旗帮仅折损四十余人，但是环境却更险恶了，官兵如疯了一般地追剿着他们。

“我们是拖不起，但是官家更拖不起。我们不是走投无路任由宰割，而是我们拿出了实力打疼了他们，他们就不得不和我们谈。如果事情再拖延下去，这个总督就要走人。”一嫂判断。

“这么说我们可以拖延到张总督走人，等他走了，这一切还是属于我们。”保仔眼睛一亮，转而黯淡，“不，不管换多少总督，只怕都要围剿我们。”

“是。就算下一任总督来，他依然还要围剿我们。而且新官上任，会更急于求成。我们能打多少次必胜之战？我们总有一天会被朝廷逼到无路可走。”一嫂说，“但是，张总督气势已衰，如果我们能够给他一个机会，在他任期内完成招安，那他必须得答应我们的条件。”

张保仔站了起来：“我去。”

一嫂阻止：“不，这次我去。来而不往非礼也，既然总督兵马临我营寨，我岂能不往？”

得到郭婆带归降的清军喜出望外。这远胜于郑流唐归降。郑流唐归降时太早，对郑石氏执事时期的事几乎没有了解的机会。但郭婆带不同，他的黑旗帮势力既大，又对红旗帮了解甚多，甚至多次共同作战。于是，一次次围剿都是既准又狠。

张百龄也加紧了对红旗帮的招降。就在人员刚刚出发不久，忽然讯息传来，郑石氏与张保仔率兵数万，数百兵舰，泊临虎门，要总督亲至虎门面议。

原话是：“总督大人要我们率部招安，我们来了，请总督大人自己来与我们谈判吧！”

满衙文武官员，呆若木鸡。

张百龄心腹朱尔赓额见状只得上前劝道："想来海寇自知有罪，此是做垂死挣扎。标下以为，大人不如撤兵马，亲临海上，诣以恩威，必能令其归降。"

张百龄亦有几分胆子，慨然答应，就要前行，吓得众人连忙阻挡，于是另行派官员前去，不久，就带回了招安的条件，与之前所提，天差地别。

总督府官员连夜商议，最终答应了大部分条件，但有几条却是无论如何也不肯答应。一个是郑石氏要留下一个船队作为私兵自卫，另一个是赦免杀官的海盗，还有一个是不能跪拜受降。

海盗招安，还要留下私兵；这几次剿匪死了一大批重要官员，若是不惩治凶手，那些官员亲属故旧如何肯甘心，张百龄岂能无端为自己树敌；尤其是下跪受降，更是重中之重，海盗目无王法，若是招降不跪，朝廷颜面何在？

在这几条上，朝廷不能答应，而红旗帮又不肯让步。最终虎门炮声连连，不管是两广总督，还是红旗帮，都陷入骑虎难下的两难境地。

张百龄一夜未睡，眼窝凹陷，心力交瘁。一场大战在即，而他的前程、性命亦是一片黯淡。

他深恨这些海盗不给他退路。能答应的，他俱已答应，而海盗的这三个要求，他根本无法儿答应。就算他答应了，朝廷也不会答应，只会问罪于他；而不答应就是战，不管胜败，在虎门交战，损失难计，问起罪来，他的下场恐怕连贬去伊犁的前两任总督都不如。

他已经再度派人前去与海盗沟通，这几个条件，他是万万不能答应的。只要这几个关键条件能够退让，他宁可把给几个海盗头子的官职再提升几级，赏赐再厚几分。

就在此时，听得外面有人递上拜帖，张百龄接过拜帖，一怔，只见上面端端正正写着："民妇郑石氏拜上。"

"她们来了多少人？带了多少武器？有多少条船？"张百龄问。

"连郑石氏一共十八人，皆为妇孺，听说只划了一条小船过来。"门房答。

张百龄一口气堵在胸口，好一会儿才转匀了，目中寒光凛凛："这妇人，好胆色！”

总督府外，人声鼎沸。传闻中的海盗总瓢把子不带护卫，十八妇孺闯总督衙门，这就算是话本中的孤胆英豪。广州城的百姓只闻其名，未见其人，听到这样的消息，自然是围了个里三层外三层。

但见总督府一个青衣少妇，身后跟着十余人，或老或少，老的将有五十，小的才不过七八岁，就这么站在贴着重金悬赏她人头的布告前，对着众人负手而立。

总督府的官兵满头大汗，围成一个大圈，将这十八名妇孺围在当中，如临大敌。耳中传来爱听说书的百姓们好奇的议论声：“好胆色！这是黄天霸独闯连环套吧？”

“呸，黄天霸是男的，我看啊，这是扈三娘大闹祝家庄。”

“嘿，只听过关二爷单刀赴会，没见过关二娘独闯江东啊！”

“唉，你说总督大人会不会把她给杀了？”

“哼，两国交兵不斩来使，总督大人也不能不讲道上规矩吧，否则岂不惹江湖中人耻笑！”

“啐，总督大人又不是江湖中人……”

而此时，她已经走在总督府的回廊中了。

她来，张保仔是不同意的。“太冒险了，若是他们扣留你怎么办？若是他们下杀手怎么办？”

她笑了。“我不过是一介妇人，张总督的性命前程比我金贵，他是不会冒这个险的。”见保仔还想劝说，她摆手阻止，站了起来，走到保仔身边，按住他的肩头轻轻地说：“上一次我留守，你出击；这一次，我出击，你留守。若是情况有变，便如前约。活着的人，带着众家兄弟，闹个鱼死网破，快意恩仇！”

这一局，朝廷不肯退，他们不能退，变成了死局。而她，就要做这个破局之人。

八、传说

总督府书房。

铜鼎香烟袅袅，两人捧茶对坐。

茶端在手中，谁也没有喝，只是作为一种缓冲表情的道具罢了。

“郑石氏，你好大的胆子，孤身前来，不怕死吗？”张总督笑吟吟地说。

“我为和谈而来，总督大人杀我，不怕谈判破裂吗？”一嫂亦笑。

两人皆是掌过数十万兵马的人，生死早若等闲，真正的威慑，不在声色俱厉，而在温言笑语中。

“擒贼先擒王，你是群盗之首，拿下了你，海盗自然溃如散沙。”张百龄收了笑容。

“我一介妇人罢了，如今谁不知道帮中事务都听张保仔号令，我纵死亦无伤大局。但张总督这一刀下去，只怕南海失控，后果堪虞。”一嫂依旧在笑。

“老夫出京，受圣上之命平定海患，可不是一句空话。”张百龄说。

“我等本平民百姓，官府压迫，铤而走险，咎在何人？”一嫂说。

“粤人苦于海患，百姓不宁，朝廷不容。”张百龄说。

“我并不扰民，只劫富济贫，是你们苦苦相逼……”

唇枪舌剑一番，最终图穷匕见。

“总督大人上任一年多，若不能收拾残局，只怕朝廷问罪。”

“老夫便是问罪，尔等海寇又能逍遥几时？覆灭亦是可期。”

“大人为官一生，难道不想有个收梢？”

“非是老夫不肯让步，实是你等冥顽不化。”

于是，那些在表面上不能答应的条件，一条条细细地掰开看可操作空间。

“留一船队，只为食盐经营，非为私兵，大人，此点，可行？”一嫂顿了顿继续说道，“既然杀官之盗不可赦免，那几个人，不招安，不受封，不会再出现在大清境内，所以他们已经死于海战，可否？只要这些人不出现，就当他们已经死了，你也好交代。”

张百龄忍了又忍，问：“难道他们还想再为海寇？”

一嫂微笑，只说了两个字：“澳门。”

澳门已经租借给葡萄牙人了，洋人自行筑起城防，有枪有炮，谁也查不进那里去。

张百龄暗捶扶手。

“蓝旗帮郭婆带是把总，不知红旗帮率其他诸旗归降，是何职？”

“自然是要高于郭婆带。”张百龄微笑。

“延平郡王、施靖海自有先例，张总督未免小气。”一嫂亦笑。

张百龄差点儿被噎倒。延平郡王是指郑成功之孙郑克塽，归降后是一品公爵。施靖海即台湾降将施琅，归降后是一品大将军。这妇人胃口未免太大。

“只可惜你一介妇人，要此品级何用？”张总督忍不住讥讽。

一嫂肃然而立，拱手道：“民妇自然知道，朝中是没有女官的，此为红旗帮如今首领张保仔所请。”

张百龄惊得站起。“如此，你置自己于何地？”

一嫂微笑。“我孀居多年，与张保仔情投意合，正有婚姻之约。可否请总督大人上报朝廷，为我二人赐婚。再则，还请总督大人为我二人主婚，可否？”

“为何？”张百龄对这惊人的转折，已经不能反应了。

“一则，有朝廷正名，将来无人敢诘。二则，招安之日，便是成婚之日，还请总督大人于两军阵前为我二人主婚，我与夫君当大礼拜谢！”一嫂看着张百龄，在“大礼拜谢”四字上用力说出。

张百龄顿悟，好一个妇人，此一招以退为进，表面上是委身嫁于张保仔，然既解决了受降跪拜问题，又解决了她以妇人之身不能列入朝廷官秩的麻烦，一举数得，进退自如。竟是叫人既咬牙切齿，又不得不服。

她只解决这几项最重大的事情。之后诸事，张百龄再百般设计游说，她只端着茶，微闭着眼睛，表情漠然，一言不发。

最终，双方终于达成协议。张总督答应了海盗的所有条件，不能答应的也以在表面能糊弄过去的方式折中完成。

一嫂与保仔一起登舟，于万众瞩目中，在两军阵前，完成了皇帝赐婚、总督主婚的海上婚礼。

两广总督上报朝廷。嘉庆十五年四月，巨寇张保畏王师之威，携船二百七十多艘，大炮一千二百门，刀、矛等兵器七千多件，部众一万六千多人归降。

至此，南海的海盗之患平定。

蓝旗帮乌石二不肯归降，被张保率部剿灭，其余两旗远遁南洋。张保积功升至副将，从二品，妻石氏为诰命夫人，生一子一女，子张玉麟荫封千总。

十二年后，张保死于澎湖任上，妻石氏率子女及旧部隐于澳门。

红旗帮招安以后，南中国海势力成真空地带，南洋、印尼、越南等亦逐渐为西洋各国势力所据，洋人商船往来无忌，鸦片倾售数量不断增大。

1840 年，鸦片战争爆发。

1842 年，《中英南京条约》签订，大清国割地赔款，自此而始。而英国人只要了一个在清廷眼中微不足道的角落，叫香港。

负责谈判的官员告诉皇帝，这只是一个“小渔村”而已。他们自然不知道，这里曾有数万人安营，曾有过兵工厂、造船厂，有过宝藏，更有过传说。

只有英国人知道，这里有个女人曾经让他们吃过大亏。所以，香港对于他们来说，很重要。

他们在她曾经藏兵的地方重修港湾，用另一个女人的名字命名，叫维多利亚港，这是英国女王的名字。

1844 年，当英国兵船在修建一新的维多利亚港鸣响汽笛时，石香姑在澳门寿终正寝，终年七十岁。

传奇湮灭。

多年以后曾经有人认为，如果当时清政府没有去剿灭这些海盗的话，也许鸦片的贸易额不至于大到可怕。就是这可怕的利润，在英国为是否要触发与这老大帝国的战争而犹豫不决时，加了最重的一块砝码。当这老大帝国的第一块肉被撕下以后，这血腥味才引来了群狼撕咬。甚至他们还认为，如果清政府像英国的伊丽莎白一世一样，以海盗为海军，那么中国的这页历史将会不一样。

而这一切，或许就像那个小径分岔的花园一样，在无数分岔的时间点上，有无尽的可能。

设　防

周李立*

1

画家乔远在2003年春天认识吴勇。为什么是2003年春天？此后每到春天，乔远都这样问自己。那是特别时期，因为非典。口罩和中药的味道成为人们熟悉的东西。北京城空空荡荡，像老妇的乳房。乔远第一次来到艺术区，过程稍显艰难。因为那时他任教的高校，已经开始实施管控政策，进出校门都如偷渡客穿越国境。校门口的棕红色电动门终日封闭，一个月没有打开过，除了小汤山医院的救护车开进来拉走需隔离的学生那次。校门传达室，改为临时进出通道，装有自动检测体温的装置，很像机场安检通道，但又复杂些，因为进出校门都需要通过校办复杂的审批程序。

吴勇那一年已经是年与时空画廊的老板。乔远后来知道吴勇是山西人，面慈、手软，就像大同石窟里的佛头。画家乔远画国画，尤喜人物，曾去大同石窟造访过那些佛头。乔远看见吴勇一张可以做模特用来画佛像的脸，印象深刻。

吴勇的年与时空画廊在艺术区最西边。应天开车带乔远来艺术区，他们把车停在艺术区外的公路边上。应天说他不担心违章停车，因为现在没人管这

---

* 周李立，女，1984年生于四川，现居北京。中国作协会员。2008年开始发表小说。中短篇小说集《欢喜腾》入选2013年度“21世纪文学之星”丛书。获第四届汉语文学女评委奖、第六届“茅台杯”《小说选刊》奖新人奖。

些了。

年与时空画廊占用的是一幢公寓楼的一楼二楼，共两层——也许是后来打通的，中间接上楼梯。公寓楼紧邻艺术区外的公路。这条公路通往首都机场，然后，“通往世界”——应天这样解释。他总是喜欢这样夸张。他也许该是一名艺术评论家，乔远时常这么想。

画廊的一层，是大厅，可以明显看出改建的痕迹。原来的墙体都拆掉了，连成一间宽阔的、像样的大厅。大厅中央，放着最显眼的作品——是一些鸡蛋，装在金属制的镂空立方体里。六个金属立方体错落着，层叠上去，每一个都半米见方，像坏掉的一堆魔方。鸡蛋都是真的，乔远走近前查看过。他想起鸡蛋的保质期，非典让他开始考虑这些问题。

吴勇问，说实话，还不错，是吧?

乔远不太明确他指的是什么。但他笑着答，不错。

乔远这天是翻了学校西门的矮墙，从集中营里溜出来的。这也许才是真正不错的事。学生们那时开始都管校园叫“集中营”。两千多名青春期男女，在集中营里已经待满一个月，又停课了，终日无所事事，谁都难免想要逃逸。毕竟在草坪上晒太阳或者打羽毛球，这些事情，很快会让人厌倦。于是有人开辟了这条出校的秘密通道——矮墙本来也不高，沿着墙根又垒了些砖头，个子不高的女生也能轻松踩着砖头，翻墙进出。校方似乎也知道这条通道，因为那些砖头一度被清理过，但不久又有新的砖头出现。学生们心照不宣，谁也不问是谁做了好事。墙外面的北京城，其实也不过是一座大一些的集中营，但他们也乐此不疲。只是乔远翻墙出校，可不是为了像大学生们一样，只为看场电影或者吃顿没味道的麻辣烫。

乔远是被应天叫出来的。乔远的大学同学应天，早住在艺术区，这天打来电话说要解救乔远，去艺术区转转。

应天说，都这样了，还不出来。

这天下午，应天说他已经把车开到西门那处矮墙外了，他已经看见了三三两两的学生翻过矮墙出来。而且那些翻墙的动作熟练、轻巧，“就像做操一样”，应天在电话里说。

后来，乔远也翻了墙。他觉得这感觉很好，像是再也不用回来了。跨站在矮墙上的时候，他认为自己正在做一件了不起的事情，他很久都没做过什么了不起的事情了。

应天开车带乔远来到了艺术区。艺术区在北京城的另外一边。穿越城区的三环路，在乔远看来格外空旷陌生，就像另一座新兴城市的开发区。只不过两个月之前，这还是北京城最拥堵、最繁华的一条路。

那年春天北京的天空，也蓝得离奇地虚伪，酷似丙烯颜料里乔远最不喜欢的那种蓝。乔远打开车窗，摘下口罩，因为应天并没有戴口罩，乔远也不愿让自己显出胆怯。

乔远来到艺术区的第一站，就到了吴勇的年与时空画廊。画廊老板吴勇——应天这么介绍的——说，他在策划一个活动，叫“蓝天不设防”。吴勇找来应天，是为商量这件事。应天又叫来乔远，因为应天总是会在遇上麻烦事的时候叫上乔远。应天向吴勇介绍，说乔远是画家，画写意人物的。但应天没说乔远在城西的高校当老师。乔远心照不宣，于是也没有解释。他们都觉得在艺术区，画家的身份，其实更合适。

“随便看看。”吴勇说。他穿小方格子的衬衣，扣子扣到从上往下的第二颗。在他衬衫胸前的口袋里，装着一盒 KENT 香烟，透过薄薄的衬衫布，香烟盒清晰可见，于是他左边的胸脯就鼓了出来。那是心脏还是肺的位置呢，乔远不确定。

乔远在艺术区见到的第一个人是吴勇，这难免造成不太合适的印象。其实艺术家们从来不会在衬衫胸前的口袋里放东西——他们根本也不会穿衬衣这种东西。

吴勇带着乔远、应天，去了画廊的二楼。二楼装有落地玻璃窗，墙上挂着抽象表现主义的画。阳光从玻璃窗照进来，室内热得待不住，只有一楼装了空调。他们只看了一眼，又下楼。吴勇说去外面抽支烟。

“都差不多了，跟亦庄那边也说好了，到时候直接去就行。”吴勇跟应天谈着活动的事。他们似乎都知道这是怎么回事。乔远听不明白，但他也没问。

在学校的教师宿舍楼里，乔远已经独自打发了一个月的时间，从四月非典疫情公开，学校实行紧急封闭措施的时候开始。这一个月的日子过得很漫长，每天的娱乐，不过是看看新闻通报的非典病例和疑似的人数，就像股民每天守着看大盘指数。只是到现在为止，这个大盘的指数都只是在涨，没有跌。到后来，连新闻里的数字也失去了吸引力了，因为那毕竟太抽象。有些东西变成数字之后，便显不出什么意义。乔远开始进入一段沉闷的自闭里。没人给他打电话，他也不想跟什么人联系；学校的网络时好时坏，上网成为可有可无的事情；那些画画的东西，毛笔、砚台、宣纸、颜料，都搁置在宿舍一个角落里，发出干燥后的粉尘气息，谁还有心思画画呢；教研的论文，一直在电脑某个文件夹里，没被打开过，自然也毫无进展。乔远每天的活动，是晚饭后在校园内闲逛，看学生们如何花样百出地打发时间，谈恋爱或者发呆，本质上是一回事。有时会碰到认识的学生，他只是远远地点头，连微笑也省略了，反正大家都戴着口罩。他最久一个星期没有开口说话，沉默到错觉自己会因此顿悟而成为艺术大师。可是他知道，其实自己始终也没能真正平静下来，内心里有个声音，一直很狂躁，他安静不下来——反正，他一点也不想这样过日子了。所以，应天打来电话的时候，乔远几乎立刻答应了——是的，去艺术区看看，翻墙出去。

乔远认识的画廊老板从来不多，他还不知道怎么跟他们打交道。他们是商人，商人总是穿衬衣，是会在胸前的口袋放东西的另一种人。那大概很不一样。乔远一直自认是学院派。学院派艺术，依赖另一种逻辑。这种逻辑的核心是论文成果、教学成绩以及叫好不叫座的赔钱展览。可是，这种逻辑乔远也没能掌握。他当了三年高校的艺术课老师，一直教的是公共选修课，当然没人在乎，所以连副教授也没能评上。这大概很能说明些什么。应天一直在劝他辞职，大概也是意识到乔远在高校的日子难免捉襟见肘，还不如辞了痛快。

乔远开始听明白他们的活动内容。他们打算在亦庄开发区的空旷地带，放飞三百只风筝，名为“蓝天不设防”。风筝是在潍坊定做的，潍坊有家风筝厂自愿赞助他们三百只风筝，因为这毕竟是“公益活动”。“抗击非典，团结人心”，电视里都是这么说的。三百只风筝不算什么、微不足道，比起因此获得的名声来说。

乔远没有问“风筝”和“非典”之间，到底有什么关系。他只是默默听他们说话，那些细节，邀请多少人，还有宣传，最好能多去些人，什么人都行，反正所有人现在都没事干，机关不上班了，学校停课了，商场也没生意了，连公交车都空载了，闲人多的是……说实话，没问题的，因为在户外，亦庄那边很开阔的，比天安门广场还开阔，还可以戴口罩，如果还不放心的话，我们做过申请，跟有关方面打过招呼的……三百只风筝可能不够，潍坊那边愿意再提供些……但那不是关键，关键是里面有几只定做的，很大……你猜不出来，那是什么风筝，打死你也猜不出来，这可是出彩的部分呢……是孔子、佛祖、耶稣……上新闻的时候，得说说这个……可能还有别的，我一下想不起来了，反正都是些神仙们……说实话，现在不就该神仙们出场的时候吗……什么意义？没什么意义。意义是你们艺术家的事，说实话，我是商人，我不操“意义”的心……什么，那可不行，你最好再想点什么意义来……我不知道……我得打几个电话了，再叫一些人，最好有名气的，这几个电话得我来打，说实话，我有这面子……

阳光亮得刺眼，在艺术区空旷的柏油路面上，炙烤出一些气体状的东西。乔远觉得，透过这些气体看眼前的一切，都有种变形的感觉，好像时光穿越，总之是那种非现实的印象。他的心思，并不在吴勇的活动上。他从来也不关心那些被认为是哗众取宠的行为艺术，尤其在这样的时候。

两周前，乔远的一个学生被带走，去了隔离医院。跟他一起被带走的，还有他的宿舍以及左右相邻共八个宿舍的学生。他们还不知道隔离是怎么回事，在上车的时候仍然快乐得像是去春游。有女生朝那些穿着防护服的医护人员喊——宇航员叔叔。他们都没见过这样的场面。

后来，有不好的消息在校内网上流传，说起他们的隔离，医院那里早已是人满为患。疑似病例和确诊病例无法彻底分开，最多的时候六个人一间房。再后来，这些消息也没有了，因为那家隔离医院断网了。乔远开始收到一些陌生号码群发的手机短信，都是本校被隔离的学生发出的，收到短信的人又自发扩散这些信息。那些短信，让乔远一点点虚弱下去。此前，没有人会觉得这是生死攸关的事。但现在不一样了，现在，一切都不一样了。一切都虚弱得很，就像乔远一样。

这样的时候，吴勇想做一个抗击非典的活动。乔远顾不上他们，他不知道他们是不是也像自己一样，总是想着如果明天感染了非典，今天其实做什么也没用。

但也许，他们和乔远又不一样。乔远住在城西的高校，三条地铁在学校大门外交会，那里是非典的重灾区；艺术区在城东，疫情没那么严重。北京这么大，乔远与吴勇，曾经是天平两端遥远相望的砝码，难得遇见。但现在，乔远来艺术区了，见到了画商吴勇，天平就倾斜了，乔远觉得什么东西正在失控。

吴勇并不知道这些。城西是高校区，距离这里毕竟太远了。吴勇拍了拍乔远的后背，并就势把手停在乔远的肩上。

乔远从柏油路上那团诡异的气体里，回过神来。感受到吴勇粗短的胳臂上发烫的温度，禁不住一哆嗦。乔远很久都没有这样的身体接触了，无论男人，还是女人——现在，这都是奢侈的事了。

但乔远的反应，也许不是太礼貌，反正，吴勇迅速收回了手，几乎不着痕迹。吴勇的眼睛，躲在反光的眼镜片后面，乔远暂时看不明白他的神情。乔远宁愿相信，吴勇只是为表示友好而已，搭着肩膀，就像哥们儿一样。乔远想要道歉，为自己刚刚那么惊讶的反应。但他又不知道怎么道歉，因为吴勇把这些动作都做得那么自然，没有刻意的亲密，也没有故意去掩饰难堪——因为他是商人，乔远只能这样想。

吴勇走开了，他“有几个电话要打”。

应天抽完烟，招呼乔远进画廊。他们漫无目的转了两圈，一张一张看着墙上的画，还有画旁边那些小标签上的署名。有的署名旁边，贴着小小的红色圆形贴纸，像古代仕女额头的美人痣，代表这些画已经售出了。

“其实也不是，”应天神秘地说，“有时候没卖的画，也贴上这个小东西，显得热销。”乔远听过这样的事，艺术市场总是需要各种运作、炒作、营销和策划。这都是画商们的本事。

应天说，你也拿几张画来摆上，摆上又不花钱。

乔远答应着，心里并不喜欢应天的说法。乔远只在研究生毕业的时候卖过几幅画，是他的毕业作品，那时他喜欢抽象表现主义——在当代艺术领域，其实所有人都喜欢抽象表现主义。但那些画从毕业展览上撤下来的时候，乔远很难过。他为此很长时间都看不起自己，也因此认定自己无法靠画画生活了——不过卖了几幅画，竟像卖了器官般痛苦。但这些事，是不是做多了就习惯了呢？在年与时空画廊，乔远这样想着。就像女人卖身，次数多了就没事了。只要是为了生活——这总是一个堂皇的借口。

乔远说起吴勇的活动，问应天那到底是什么，怎么回事。

应天似乎很有兴致，他认为成败在此一举。“现在，后海已经火起来了，为什么？因为非典，三里屯不能去了，人们要到户外，户外是什么地方，就是后海，也是艺术区啊。”应天看这件事的角度，似乎跟吴勇不一样，跟乔远想象中，也不一样。艺术区有些偏远，交通并不那么方便。早期，一些美术学院的学生因为学校搬迁、装修，在这里租了厂房，做雕塑，也画画，因为房租便宜。应天也是那时到艺术区的，他被学校开除了，他住了三年的乔远上铺的那张床位不再属于他，他需要找一处便宜房子。

“到时你来就是了，反正没事。”应天说。

吴勇不知道什么时候也进到画廊来了。他指给他们看那些红色小标签，说行情不错。“尤其是红色题材的，你们知道的，说实话，就是红色题材。”吴勇来回解释，更像是在遮掩什么东西。

吴勇又问乔远画什么题材。乔远说水墨。

“什么内容的？”吴勇认真地问，眼镜片闪过倏忽而过的光。

乔远觉得很难回答。人物，或者山水，这该是吴勇的理解。其实乔远更喜欢那些形式主义的实验，但那可能会引发吴勇更多的疑问。

“什么都画一点。”于是乔远含混地说。

“哦，哪天可以去你的工作室看看吧？”吴勇说。

乔远没有工作室。他都在教师宿舍里画画。乔远看了看应天，应天已经替乔远答应下来了：“没问题，哪天我们一起去看看。”

乔远有些疑惑，但应天用眼神制止了他。乔远觉得应天的眼神里有些别的东西，大概在他们谈论的事情之外，但他不确定那是什么。

吴勇说他每天都在画廊里，要乔远没事的时候就过来看看，吴勇住在这幢公寓的九层。“租一二楼，送九层的公寓。”他补充道。乔远每天都没事，但他并不认为自己会再来这里了，进出校门都得翻墙——这事儿并不那么容易。

“说实话，多走动走动，是吧？”吴勇点燃一支烟，这次他没有到外面去。非典让所有人都对户外和户内间的差别敏感起来，乔远也想抽烟，他犹豫着要不要到门外去，并且已经挪到了玻璃大门处，透过大门进入大厅的阳光，像一束追光灯，让他感到自己从这一刻开始，每个动作都很受瞩目。

但应天也说外面太晒，他们开始在大厅抽烟。吴勇手上不知道什么时候多出来一个金属的小雕塑，一条美人鱼，上身赤裸，下身的鱼尾甩进一圈起伏的波浪里。乔远看见他们把烟头在那些金属波浪里拧灭。

“最重要的，你知道是什么吗？”许久，应天开口说道。

“什么是什么？”吴勇问，他刚刚在说这里的房租为什么便宜，因为马上会被拆掉，“市政府想把这里改成高新科技园区。”

但应天说的是别的事情，关于吴勇的行为艺术。“蓝天不设防，最重要的，是活动的最后，要让所有人都摘掉口罩。”

“摘口罩，摘口罩……”吴勇嘀咕着，突然把手里的美人鱼重重搁在展台上，“对，就是摘口罩，这就是我想要的。”他之前坐在展台上，两条不长的腿悬在白色展台边上，像没有骨头一样甩来甩去，但现在他猛地跳下来，大概很激动，“牛逼啊，就要这个，摘口罩。口罩？说实话，这玩意儿管用吗？”他从裤兜里竟真的掏出来一只白得耀眼的口罩。而乔远还以为艺术区没有人戴口罩。

“管用吗？谁知道呢，这些人……说什么都管用，现在说什么他们都会信的，说不管用，他们也信。”应天一边说，一边绕着那堆金属格子里的鸡蛋转圈，手舞足蹈着。烟灰于是落在地板上，又被他踩上去，留下一些散淡的痕迹。

乔远也在美人鱼身下的波浪里拧灭烟头，然后又觉得没什么事可做了，于是又点燃一支烟，他很长时间没有抽过这么多烟了，也许应天也是，吴勇也是。

但乔远并不像他们那样激动，他想起自己的裤兜里，也有一只刚刚摘下的口罩。口罩其实并不让人舒服，就像面具。乔远的家乡，就有一种傩戏，人们戴着花花绿绿的面具跳舞，竟然倍增勇气。乔远小时候很喜欢看这种傩戏，都在县政府前的广场上。七岁时，他窜到跳傩戏的队伍里，又被父亲揪出来。那天县政府的主席台上坐着省上管文化工作的头头们，傩戏是专门为他们演的。傩戏队伍早已失散，所以临时又凑了一些人，反正戴着面具、穿上戏服，谁也认不出来谁。但乔远还是在那些临时演员的队伍里，看见了自己的小学老师，他太熟悉那个讲台上的背影。乔远冲进队伍，是希望找那个老师。被揪出表演队伍的男孩乔远，注意力只好落在那些古怪的面具上。是那些面具，让他们变得不一样了。你看，连老师都能四仰八叉地跳舞，就像只青蛙。

“说实话，我没戴过口罩，你看我每天把口罩装裤兜里，但是我从来没戴过。我得说话，还得抽烟，说实话，戴上这东西，我喘不上气。”吴勇举着烟头的手在空中挥来挥去，他好像也忘记要把烟灰弹进那只有美人鱼的烟灰缸里。

“嘿，北京城西，你知道吗？他们都得戴口罩，我不知道他们怎么过日子……”应天用手蒙住嘴，像要呕吐的样子，只留出一双眼睛，假装惊恐地看来看去。

“哈，哥们儿，你说得太对了。”吴勇说，“说实话，蓝天不设防，是个好主意，说实话，我们得庆贺一下。”他一连讲了两个“说实话”。

乔远觉得自己已经被他们看穿，因为他每天戴口罩，跟谁都不来往，像他们嘲笑的那种胆小鬼。

阳光越发倾斜，刺入封闭的玻璃门。室内有空调低沉的轰鸣声，很让人昏昏欲睡。烟雾在这间阔大的画廊里也逐渐明显起来。太阳底下，那些烟雾飘动的情状，如同玻璃上的水迹一般明显。它们在闭幕的空间里，缓慢升腾，并终于凝结成如同抽象表现主义油画上的图案，也像乔远小时候见过的傩戏面具上的花纹。

应天拿过吴勇那只口罩，后来他又从一张展台的后面打开柜子。那是一个极隐蔽的柜子。应天从里面掏出一些东西，是丙烯颜料。他很高兴，说：“我他妈就是天才，你看，我一找，就找到了颜料。”他挤了一点水红色的颜料，在口罩上，用手指快速抹了两下，又单手举起口罩，像举着一条脏掉的白内裤。“看，画点什么东西，怎么样？”

“说实话，你真他妈恶心。”吴勇却是笑着说的。

“乔远，你来画！”应天叫道。乔远几乎没见过应天画画，应天大学肄业，认为画画是一种“灵感偷袭躯体”的事情，而他始终没被灵感偷袭过，所以他没法画画。

乔远在那只口罩上又抹了些蓝色的丙烯颜料——他最不喜欢的那种虚假的蓝色——他回忆起傩戏面具，觉得这也许是个好主意，在口罩上画画，然后让所有人摘下这些面具。

应天继续在他偶然发现的那个隐蔽的柜子里翻找，他竟然找出些别的东西，是大半瓶透明的纯粹伏特加。

“哦，现在喝酒，你不觉得太早了吗？”吴勇斜着眼睛看外面，但已经看得不是太清晰了，烟雾像是让阳光变重了一般。

“吴勇，你还藏了什么好东西，我们不是要庆贺一下吗？都拿出来！我们来庆贺一下。”应天并不客气，反正他贡献出了摘口罩的好点子。

“嘿，都被你小子找出来了，哪有什么好东西。”吴勇看着天花板上一个什么地方出神。

乔远在自己那只口罩上，也画了些东西。他想画一个耶稣，但吴勇没看出来，吴勇说那是星巴克的商标。“不，我们不要星巴克，我们已经有赞助了，潍坊风筝厂。”他说。

乔远戴上那只画有耶稣基督的口罩，耶稣不是他的信仰，但那有什么关系呢，现在这样的时候，信仰有用吗？他们还打算把耶稣的风筝，放到天上去呢，和孔子风筝一起。

两只口罩都画好了，那只被应天弄上颜料的口罩，被乔远改造成了傩戏面具的样子。“我觉得，你可以叫它，钟馗，也许。”乔远这样告诉他们。

应天并不介意这只口罩上是否真的是钟馗，反正他戴上了它。而乔远自己戴上了那只耶稣口罩。他们互相看着对方，大笑起来。但口罩让笑声听起来，有些诡异。

吴勇也希望加入他们，他竟然又掏出一只口罩，也许他的裤兜里还装着更多的口罩，但是他说过，他从来也不戴它们的。

他们把酒瓶传来传去，直接喝掉那半瓶伏特加。

乔远在吴勇的口罩上，画的是一个佛头。他擅长画佛头，慈眉善目、让人想流眼泪的那种。后来吴勇就一直戴着那只佛头口罩。乔远闻到口罩上丙烯颜料的味道，但他觉得那已经没什么关系了，他们抽了太多的烟，又喝了伏特加，对味道可以不在意了。

喷头开始喷水之前，有过警报，但他们都没在意。那警报声不大，就像微波炉完成工作后嘀嘀嘀的提示音。

“还有微波炉？”乔远记得应天这样疑惑地说。“什么微波炉？”吴勇问，口罩让他们的说话声都含混起来。“还有微波炉，我想热个鸡腿吃，天啊，太他妈想吃个鸡腿了！”应天说着酒话。

这时水就下来了。天花板上那个小巧的黑色挂钩一样的东西，就在装有鸡蛋的金属装置的正上方。刚才那微波炉一样的嘀嘀声，就是那个小东西发出来的。但他们忽略了它，所以它开始喷水了。水雾并不大，像春天里雾状的雨。

“靠，什么鬼？”应天被吓得弹开，他摸着自己的头发骂道，他的头发已经湿了，一些水珠在上面闪闪发亮。应天刚才一直倚靠着那些金属格子，现在，水雾垂直笼罩住他。

他们并未完全明白眼前的状况，但天花板四角的地方也开始喷水了，像那种随着节奏喷水的音乐喷泉。

“啊，是烟雾探测器！”吴勇话音刚落，警报声又响起来——这次的声音更大，像很多台微波炉同时完成了工作，一起发出嘀嘀声。

“怎么关掉它？”乔远也被水淋湿了。水雾越来越大，春雨继而转为微雨、中雨。乔远看见应天和吴勇，他们在水雾里走来走去，像是要找到什么东西。

“我们不该在这里抽烟的。”吴勇很无奈地说，看样子他并不知道怎么关掉这个。

“你该说的，这里有个喷泉！靠，真高级，居然有个喷泉。”应天很不满。他们互相看着对方，但又忍不住笑起来。吴勇已经扯下了口罩，在警报声和喷水的声音里，他大声冲应天喊着：“我他妈怎么知道，这里有个这玩意儿，烟雾探测器，没人说过这个……”

应天也扯下口罩，那只钟馗已经变形了，在应天嘴上留下一些红色的颜料，像嘴里在出血，又像一处夸张的吻痕。应天用口罩干净的一面擦嘴，但没什么用。“丙烯颜料是擦不掉的。”乔远说。

“你们都有，哈哈！”应天突然大笑起来，乔远看见吴勇的嘴上，也留下一圈黑色的痕迹，那曾经是一个画在口罩上的佛头，现在模糊地印在了吴勇的嘴上。乔远于是也知道了，自己嘴上也有颜料。三个男人似乎反而不在意了。他们看着对方脸上嘴上那些深深浅浅的脏兮兮的颜色，看着对方头发上衣服上不断凝聚起来的水珠，看着这场突如其来的不被设防的烟雾探测器喷射出的人造雨，看着朦胧的落地玻璃门以及门外的大白天光，竟就这样松弛下来。

乔远想起大学时候，应天还没有被迫退学，他们夜晚在宿舍楼的水房里洗袜子——这是他们都不屑一顾的麻烦事，于是最后会洗成一场惊天动地的水仗。七八个男生在水房里互相用盆泼水——那些年的夏天，他们都用这样的方式洗澡。但现在并不是夏天，只是一个古怪的五月，很长时间都没有结束的五月，永远过不去的五月。

应天碰倒了一个装有鸡蛋的镂空金属格子，鸡蛋砸碎了一些，黄色的、透明的液体，黏在地板上。“我去，你想干吗？”吴勇说着，听上去他并没有生气。吴勇正扯着乔远的衣服，大笑着想把自己脸上的颜料在乔远的衣服上擦干净，乔远躲着他，骂着：“你有病吧。”吴勇止住笑，说：“嘿，哥们儿，你那么紧张干吗，我又没病，我不会传染给你的，你别紧张。”

乔远突然蹲下来，想起了那些孩子——被带去隔离的孩子。他从昨天开始，就没再收到陌生的手机号群发的消息了，不知道他们是不是都会活着回来。学校里有些似是而非的传闻，说校长已经决定把孩子们带回来，在校医院准备拆除的那幢小楼里隔离。但没人能确定这消息的真假，因为人命关天的事情，谁也承担不起。乔远希望他们回来，哪怕两周的隔离期还有整整五天，才会真的过去——他仔细算过。

“哥们儿，你怎么了？起来嗨啊！”吴勇在水雾里东倒西歪地指着乔远。他不明白这些事，乔远想。

“它会自己停掉吗？”乔远问，但他们其实都不确定，烟雾探测器，这种东西，最后是不是会自动关掉。

“我不知道，真不知道，它从来没喷过水，抽烟也没喷过，今儿怎么回事？”吴勇说着，一边取下满是水痕的眼镜，露出真实的眼神。乔远第一次看清他的眼神，一种忽明忽暗的光，像那种诡异的、总是会坏掉的日光灯启辉器。“可能这东西坏掉了，靠，我得找他们去……”吴勇又说。

“嘿，你们干吗呢，谁能这么好玩呢，多好玩啊。”应天喊着，他在跳《雨中曲》，他还有这一手。乔远也站了起来，加入应天，开始跳舞。他不太会跳这个，但有什么关系呢。他想起小时候跳傩戏的老师。重要的是，他们遇上了这样的麻烦事，在会喷水的高级房间里被淋得透湿，而他们竟然都没有想要暂时离开这里，到外面去。其实很多人都离开了，那些得非典死掉的人成为新闻里的数字，还有那些离开北京的人——他们也许会把病毒带到更多的地方。他们三人，都没离开，尽管他们完全可以逃到门外，但他们还是让这些不知来路的、凉丝丝的水冲刷自己。

它突然停掉了。不再有水喷出来。嘀嘀声也没有了。

应天看着天花板上那些小小的黑色的挂钩一样的东西，好像不明白刚刚发生了什么。但乔远知道，这是一场意外的降水，就像这年春天意外发生的疫情一样，它总是会停止的，在某一个不被注意的时刻。

他们互相看着对方，似乎为目睹了对方那场狼狈又失控的表演而难为情——也许这才是需要他们好好想想该怎么去对付的局面。

一切都安静了，碎掉的鸡蛋在地板上又被鞋踩过了，鸡蛋液于是到处都是，像是无法回避的证据或记忆。

“噢……”应天长长地呼出一口气，一下坐在湿淋淋的地板上，像是刚完成一场筋疲力尽的比赛。

“我们太需要这种放松了。”乔远也坐了下来，但他不知道他们是否也这样想。艺术区，这样的地方，也许本就比高校让人放松。他想起自己此刻，这种如释重负的感觉，到底是来自那场降水，还是来自这混乱的艺术区。只有在这样的行将被拆除然后建成高新科技园区的地方，才没有自动体温检测装置，进出没人找你要复杂的审批手续，也没有需要翻越的院墙，你也才会遇到这样的怪事——坏掉的烟雾探测器。

“可不是吗，所以吴勇，你那个放风筝的活动，会管用的。”应天总是比他们反应更快些，现在，他马上可以一本正经地谈论他们的正事了。

“我想也是的，说实话，我不怕，”吴勇说，“他们让我别在这儿开画廊，说会被拆掉的，但是我不怕；他们也让我别搞这么大的活动，说眼下人多的地方都没人去了，但是我也不怕。我是下煤井挖过煤的人，我还怕什么？”

“你还借过高利贷，也放过高利贷，结过婚，也离过婚，被人害过，也坑过人，打过架，也被打过。你那些光荣事迹，我都知道。”应天说。

他们真的已经不在意了——那些光荣的却终将成为笑谈的事，乔远想。人们总是会彼此原谅的，尤其在这些特别的日子里。

乔远承诺道：“我一定得去你那个放风筝的活动，就算翻墙也要去。”他很珍惜这样的时刻和经历，他知道这并不经常发生。

“翻墙？”吴勇不明白。

“是的，学校已经戒严了，我是翻墙出来的。”乔远说。

应天似乎意识到什么，他急忙说：“没事儿，他们学校，没大事儿。”

“哪个学校？”吴勇认真起来。

乔远告诉了他。

“真的？你真的在那个学校？”吴勇似乎紧张起来，他掏出手机看了看，手机上也有水，他在屏幕上来回抹，一边呢喃着，“上周有学生被隔离的那个？”

“其中一个，是我的学生……希望他没事，我想。”乔远不知道这件事已经传到了艺术区，但这也不奇怪，所有的手机报都会传送高校区的病情，跟隔离和疑似人数的那些数字一起。

“你不早说！你不是画家吗？”吴勇站起来，他从地上捡起来纯粹伏特加的空瓶子，大概他想起了他们三人，刚才轮流对着瓶口喝酒。他又去摸衬衫上口袋里的烟，但烟也已经湿了。

“你也没问啊，我是画画……”乔远突然明白过来，吴勇在害怕什么，就像刚刚他对吴勇搭在自己肩上的手臂感到不自在一样。

“算了，算了，没事，没事……”吴勇似乎意识到自己的失态。他推开玻璃门，一股沸腾过的暑气扑面而来。地上的水迹漫延到门外的台阶上。吴勇回头，对他们说：“我得去找找他们，来检查一下烟雾探测器。”

“他怕你传染给他，所以我刚才没告诉他，你在高校区住。”吴勇走后，应天满不在乎地说。

“我以为，他不怕这个呢。”乔远并不觉得自己被吴勇突然的警惕伤害了，他明白，眼下人人都在自保，都在设防——只是一种本能，没必要被责怪。

“他？他怕死了。”应天说。

“他随身带了两个口罩。”乔远又想起来，吴勇可是要做一个“蓝天不设防”的活动的。

“哈哈，口罩，是，两个口罩——他还给这里装了烟雾探测器。”应天说。

乔远问，真是他装的？

“不知道。但怎么不可能呢，是吧？”应天说，“不过，我们没他那种经历，我们可能不会明白，他在煤井里被埋过一次，惜命得很……”

吴勇没再回画廊来，他去找修烟雾探测器的人了，但谁来为烟雾探测器负责呢？没人知道这个。也许那根本就没坏，只是他们自己做错了，不应该在有烟雾探测器的地方抽烟。他们都得为自己负责。

应天和乔远离开艺术区的时候，将玻璃门随手关上了。之前，他们花了很长时间来打扫一片狼藉的画廊。清理工作难度最大的部分，是那些碎掉的鸡蛋，黏腻的蛋液里掺进了烟灰，如同这世界上所有那些不堪忍受的肮脏面目。

“我们要做这些吗？”应天问。

“不知道。”乔远说，但如果就这么走掉，他还是感到过意不去。

“别往心里去，”在回学校的路上，应天开着车，这样说，“其实他这人，很多时候是不错的。这次活动，阻力还挺大的。”

“我知道。”乔远说，他的确知道，所有人都没错，但为什么所有人都在承受这些。这些隔离的日子，简直让人疯掉了。“你说，后天，他那个‘蓝天不设防’，我还去吗？”乔远担心自己会再次让吴勇难堪。

“哦，‘蓝天不设防’？你去不去，这，可能还真是个问题。”应天紧皱起眉头。“你刚说你会去的。”应天说。

“你刚说，什么阻力还很大？”乔远问。

“大型集会啊，现在，你知道，特殊时期，到处都很紧张。”

“应该是，但是，他说已经没问题了。”乔远说。

“是没什么问题了，他活动能力还可以，只是为做事，不为别的，所以，我们还是去吧，这也是我们的活动呢！”应天答道。

“我们？”

“嗯，策划人里也有我，吴勇说的，摘口罩的主意是我想出来的。”应天骄傲地说着。

车速越来越快，三环路空旷无人，像没有尽头一般延伸。三环路是条环线，如果应天一直这样开下去，他们只会耗光汽油，也根本到不了尽头——尽头是不存在的。

不过，他们也终究没有在三环路上一圈圈地重复，而是小心地找到了那个恰到好处的出口。乔远已经能远远看见那紧闭的棕红色校门。他想起翻墙而出的那一刻，他曾以为自己终于逃离了戒备森严的校园，可以不必再回来了。可事实上，并没有。但那短暂的不设防备的瞬间，也足以让乔远记住这一天——2003年春天，画家乔远认识了年与时空画廊的老板吴勇。

2

乔远从艺术区回学校以后，再也没有戴过口罩，直到非典结束。他的口罩已经被这次意外毁了，又不觉得需要再去买新的口罩。何况口罩其实一度是紧俏的东西，到处脱销了。后来他们可以去校医院领口罩了，还有那些苦得匪夷所思的中药。

那天翻墙回学校的时候，乔远遇到些麻烦事。一个女生央求他“搭把手”。

她长得不算瘦弱，但穿了不利索的绸子连衣裙，似乎低估了穿连衣裙翻墙的难度。她把裙摆紧紧裹在自己大腿上，露出肌肉分明的小腿，上面淡蓝色的血管隐约可见。真是让人心疼的血管——乔远想。

她那时刚好斜身坐在矮墙上，两条腿搭在矮墙外面，在乔远头顶处乱晃。“哦，天啊，我恐高，快，帮我一下。”女孩冲乔远说，好像他们是多年的旧识。

应天也下车来了，正看着乔远诡异地咧嘴笑，他说：“美女，我来帮你！”

“滚开！坏人！”女生熟练地骂道。

“还是个小炮弹呢！我就喜欢小炮弹。”应天说，一副满不在乎的样子。他的确不在乎，一个女生而已。

“他要你上！”应天阴阳怪气冲乔远说着。

“乔老师，你不记得我？”女生说话的时候，身体在矮墙上晃了两晃，像是马上要摔下来，但她又很快把自己稳住了，说，“我是牛牛。”

“牛牛？哈，美女，你真的叫牛牛吗？”应天插话。

“关你什么事？”牛牛嗔怪着，“乔老师，我上你的选修课。”

乔远还是没有想起来一个叫牛牛的学生。他的选修课面向全校，一百多人的课堂，只有一半的出勤率，他不可能记得所有学生的样子。但他觉得现在不是讨论选修课的时候，他说：“嘿，我们不是要这样聊天吧？”他仰着头，又看看应天，暗示着三人之间这可笑的位置关系——牛牛在墙上挂着，他和应天在墙外仰着头说话。

“帮我一下，我要你，我不要他，他不像好人，嬉皮笑脸的。”牛牛生气地指着应天。

“嘿，牛牛，我是好人啊。”应天解释着，但他马上又说，“你知道你现在在做什么吗？”

“什么？”牛牛戴着口罩，但仍然看出口罩下面噘起的嘴。

“出墙啊，一枝红杏——”应天故弄玄虚地说着。

“出墙你个头啊！”牛牛扔下来半块砖头，她手里怎么会有半块砖头？应天跳着躲开。但乔远知道，应天很享受这样的事。他擅长惹恼漂亮女孩，擅长在她们的嬉笑怒骂中表现出他最有趣的一面，当然也擅长在她们哭着央求他不要离开她们的时候佯装一副无辜的受到伤害的面孔。

“嘿，人身攻击啊！我饶不了你，小牛牛！”应天谄媚着。

乔远也上了墙，在朝牛牛伸出手的时候，他迟疑了一下，试图回忆起上次牵女孩手的时候。但他没能回忆出来，毕竟太久远了。在这所理工科大学，女孩们跟乔远读书时熟悉的那些美术院校的女孩们都不一样。她们似乎更冷酷，懂得与男人们周旋在一个理性的距离内。但乔远产生这种想法的原因，也许只是因为他自己的身份改变了。现在，他是这里的老师，虽然他知道很多学生并不像对待其他老师一样重视他，他不过是个有些怀才不遇的倒霉的美术课老师而已。他的职责是增加学生的审美素养，或者还有种说法，让这所理工科大学的课程表更好看。没人在乎他的课上得怎么样。美术欣赏，这样的课，那跟土木工程、程序设计、流体力学比起来，显而易见算不得重要。

牛牛戴着口罩，看不出是不是漂亮，但眼睛大，很适合她的名字。她似乎并未犹豫，便抓住了乔远的手。也许是在权衡了身体接触和一直困在矮墙上这两件事的利害关系后，她领悟到自己没有太多选择。

应天在他们牵手的那一刻开始大呼小叫，又哼哼出婚礼奏鸣曲的调子。

牛牛想扭头去骂应天，但她那时的身体姿势不允许她做出扭头这种破坏平衡感的事情。“我恐高，我恐高。”她像是在安慰自己，而不是做出解释。她一个人，翻墙回到戒严后的学校，没能成功，因此必须求助于年轻的老师，以及他不靠谱的朋友。

“没事，现在你把腿挪到这边来，我扶着你。”乔远小声对牛牛说，一边在手上用力。他觉得这是自己当老师以来，最被学生信任的一次，于是手都开始微微抖动。他看见自己脉搏处的血管，鼓了起来，像红红蓝蓝的一团电线，纠结在一起。

牛牛配合着乔远，把两条腿小心翼翼地挪到墙的一侧。然后，她只需再微微用力，脚就可以触到墙边的砖头上了。她的球鞋像两只红色的小鸟，在墙边稍作停留。

“要帮忙吗？我也来帮忙吧！”应天竟然也爬到墙上来了。

牛牛被应天突然的举动吓住了，差点滚下去。她躲着应天，并趁势跌进了乔远的怀里。她不好意思起来，在墙上坐直，稳住自己，松开乔远的手，似乎还是害怕，又立刻抓住了。应天笑起来，他提议他们应该“就坐在墙头，以便好好看看夕阳”。

“看什么夕阳？闲情逸致，我没那工夫。”牛牛对应天凶起来。

“小牛牛，生活需要美和发现美。”应天说。

“你也是画画的吧？”牛牛歪着脑袋问应天。她坐在他们中间。

“是，我也画画，跟乔老师是大学同学。你可以叫我应老师。”

“我不喜欢搞艺术的，弄不懂你们。”牛牛说。乔远知道，她和这所大学的女生们一样，认为艺术家是另一种古怪的生物。

“你可以不喜欢我，你怎么能不喜欢你们乔老师呢？”应天接着打趣，如果没有意外，他可以把这样的话说上一整天。

乔远于是打断他，然后直接把牛牛从墙上抱了下来。她脚上那两只红色的小鸟稳稳站在了那堆砖头上。然后她一本正经地整理着自己淡橘色的连衣裙，好像已经忘记刚才的花容失色了。

“谢谢，乔老师，再见！”她说，像小学生在课堂上说老师好一样。

应天还想说什么，但被乔远制止住。“你也该回去了，我们这儿，可是重灾区。”乔远若有深意地说。

“什么重灾区啊，你都没事，我能有事吗？”应天像暴富的纨绔子弟，整天只发愁如何打发时间这样的问题。

“喂，我们帮你‘出墙’了，你不得感谢我们哪？”应天朝牛牛喊。

牛牛转身又回来，大声说：“我说过谢谢了。”她是个一本正经的好学生。

“这样啊，那不客气了，下次再想出墙的时候，记得找我啊！你要不要我的电话？”应天也一本正经地问。

牛牛干脆又走回来，纠正应天道：“我是翻墙，不是出墙。”

牛牛是北京女孩，成绩不好不坏，后来她自己这么说。“如果在外地，我大概大学都考不上。”不过她不认为自己比成绩好的那些同学差，“我觉得我挺全面的。”说完她又迟疑起来，很坦诚地补充着，“我不喜欢艺术，我只上过你一节课。我选美术欣赏课，是因为别人都说，这课很容易，是送分的。”

“哦，小牛牛，那怎么行呢？你不上课，乔老师是不会给你学分的。是吧，乔远？”应天严肃地说。现在，他们都坐在校园中央的那块草地上。在户外，这让人有安全感，而且还有很多学生，都在他们周围，坐着或者躺着，看上去都昏昏欲睡，像《动物世界》里那些懒惰的海豹。

“因为停课了啊！”牛牛辩解。

“给你一个补课的机会！”应天从来没这么和蔼地跟乔远说过话。

“补课？不嘛！”牛牛当真了。

乔远悄悄笑起来。应天这才说：“跟乔老师去艺术区看画展，现场讲美术欣赏！”

“为什么？”牛牛不高兴地问。

“你问乔老师！”应天也很不高兴地解释。

“我看你先得学习翻墙。”乔远说。

牛牛这天翻墙出校，据她自己当时说，是为了回家。她已经一个月没有回家了，更何况，天气热起来，她必须回家“换裙子”。“再不穿裙子，夏天就过去了。”

可是，第二天她再次出现的时候，却背了一只毛茸茸的背包，远远看去，乔远还以为她带了只白色皮毛的狗或者猫这种宠物。如果在冬天，这样的包会很不错，但不是现在。

她如约出现在翻墙的地方，没有爽约。这似乎也没什么意外的。

你分不清季节吗？后来乔远问她。

“有什么关系啊，谁知道我还能不能活到冬天呢？”牛牛说。

“你太悲观了，小小年纪，不该这么悲观。走，应老师带你去接受下理想主义教育。”应天说。

“你不是老师，乔老师才是。”牛牛总是很认真，“不是美术欣赏教育吗？怎么又改成政治课了！”

“哦，小牛牛，我就喜欢认真的孩子，你这样的。”应天说。

他们又翻了一次墙，牛牛还是觉得很难。“我身体平衡不好，体育课经常不及格。”

“你美术课也不会及格的！”应天吓唬她。她被吓住了，一紧张，一只脚又从墙上滑了下来，好在这天她没有穿裙子，动作终于可以舒展一些了。

“我不跟你说话了！”牛牛对应天说。她又为自己解释起来：“我答应跟你们去什么艺术区，只是因为这里无聊死了。我不喜欢艺术，也不要看什么画展。”

乔远再一次把牛牛从墙头抱了下来，这一次，他感觉她其实沉甸甸的，像那种没发开的馒头，但也许只是因为她开始信任他，才把体重放心地交在他手上。

乔远又去了艺术区，这一次是因为应天喜欢这女孩。

在三环路上，应天开始给牛牛讲那个“蓝天不设防”的行为艺术。

“可是，放风筝，这有什么意义呢？我不理解。”牛牛问。

“乔老师给讲讲！”应天帅气地转了一下方向盘。

“牛牛，行为艺术你知道吗？”乔远说，“意义，这东西对每个参与者都是不一样的，没有唯一的意义，你觉得这个活动的意义在哪里，它就在哪里。”

“我只觉得，希望那些被带走去隔离的男生，快回来，一个也不少。”牛牛坐在后排，慢慢地说着。乔远没再说话，他自己也和牛牛一样，正在经历等待中那些无用的环节，比如希望，比如做些不知道因何缘故的无谓的事，但所有这些，都只是因为，他们必须等待，没有人可以忽略的，却是必然而强大的——等待。

“有个男生，我是说，被带走的其中一个男生，他喜欢我，总是在教学楼外面等我下课，但每次我想跟他说话的时候，他又说不出什么来。”牛牛突然说起这个，“他是好学生，绝对不会翻墙的，我其实也是，但是他被隔离了，因为住他旁边宿舍的男生发烧，他就要被隔离，他什么也没做，只是住的宿舍不对，我可能再见不到他了，因为他被分到一间倒霉的宿舍。”

“怎么会呢？我说你悲观吧，还不承认。”应天说。

“不，不是悲观，是认清现实。”牛牛说了句有哲理的话，“现实就是，我们怎么防备、戒严，还有遵守学校的规定，其实都没有用，你可能两年前被分到一间宿舍，所以非典来了，你就得被隔离，谁能预料得到呢？”

“是的。”乔远相信牛牛说的没错。

年与时空画廊一层的玻璃门开着，吴勇在里面独自发呆，看着天花板。他可能还在思考烟雾探测器的问题。他对他们依然热情，只是一种初识般的热情，仿佛昨天的事并没有发生过。他自言自语着，说烟雾探测器还没修，因为谁也不管。“他们只知道收房租，别的，什么事也不管。”

“可不是，现在什么事都得自己来。”应天附和道。

“我现在得自己去开水房打开水了！”牛牛也说。以前有喜欢她的男生帮她做这些事，但现在她得自己去打开水，拎两只沉甸甸的水壶爬上几层楼梯。

乔远对吴勇感到抱歉，为让他不得不再次面对来自高校区的自己，何况，今天跟昨天不一样，今天他们还带了一个同样来自高校区的牛牛——一个计算机自动化工程系的女孩，和艺术没有关系。“我五岁的时候去过中国美术馆，只是因为从我家过去有直达的公交车。然后就再没去过了，这是我第二次看画展哦。”牛牛说。

但吴勇对牛牛还不错。乔远相信吴勇会对所有来画廊的人都态度和善，用一种可以容忍的、不会让人产生黏腻与不适的热情，来取得陌生人的好感。乔远昨天听应天说过，吴勇其实“多不易”，不光是他在山西的煤井里被埋过一次，而且他跟错了人，那是个高官，然后出事了，官商勾结，吴勇被“供了出来”。他本来在山西做得不错，“是文化公司，大概卖字画，主要帮人洗钱”。但出事后不行了，他替人顶罪，赔光了家产。

应天昨天也这样告诉乔远：“他是关键时刻能顶住的人，所以，还不错的。”应天只是想表达这观点，而且吴勇让应天成为“蓝天不设防”的策划人了，如果活动成功，应天的履历表上会多上一条很值得夸耀的经历。

但吴勇昨天为什么会那么紧张？乔远没问。他想，那还是不一样的，钱财和性命——或者再文艺一些的说法，生命。吴勇是商人，相信千金散尽还复来。不是么，时隔多年，吴勇依然是画廊老板，而当年出事后供出他的那个高官，也许现在只是在边远地区的某监狱，像鼹鼠一般过着日子。只是，这世界总是有“预设前提”的，前提是一句苍老又强大的话：“留得青山在，不怕没柴烧。”怕死，这没什么羞愧的，现在看来，反倒是一种勇气。

所以乔远这天第二次见到吴勇的时候，对吴勇似乎又多了一种不一样的认识。他想起吴勇在北京如何从头再来，如何开办年与时空画廊，在城东这片区域——曾经是国营电子厂，厂房废弃了，留下方方正正、棋盘一般的“城中城”。听说日本和爱尔兰的知名画廊，也即将在这里开张，因为这是世纪之初，这是中国，这是北京……而这些概念，似乎都在预示着一种莫名的前景，这种前景，与市政府规划中的“高新科技园区”无关。当然，如果不是因为疫情，一切会更迅速而完美，就像一场一拍即合的爱情。即便如此，也足够证明吴勇的眼光，他不需要帮贪官洗钱，也能在当代艺术领域成事。

吴勇告诉他们，三百只风筝已经送到亦庄了。言下之意，万事俱备，只等明天。“希望是个顺风的好天气。”他淡淡地说。

“放风筝应该是逆风天。”牛牛纠正道。

他们都奇怪地看着她。乔远想，她只是太认真而已，不知道顺风和逆风，有时只是一种说辞，就像这世界总是需要通过一大堆无关紧要的废话，才能保持运转一样。

“计算机自动化系统专业，还学习放风筝的事情啊？”应天没有见识过太多牛牛这样的女孩——他认识的女孩都是艺术学院的那种，永远不会说起“风速”“风向”这种东西。

“不，不学风筝，但就是这样的，逆风放风筝。”牛牛没有听出应天话里的意思，“而且，我还是没明白，为什么要放风筝？你们不能做些有用的事吗？”

“什么是有用的事？”

“那些快死的，还有不知道自己会不会死的人，那些人，他们会在乎你们放了多少只风筝吗？”牛牛义正词严地说着，“难道你们放了三百只风筝，他们就不死了么？”她看上去很激动，像在广场上发表演说。

“可是，话不该这么说。”乔远朝她走过去，轻声说，“我们活着的人，我们怎么办呢？”然后，他被自己的话吓住了。

牛牛先是不说话，然后又突然说：“乔老师，我昨天去医院了，他们不让我去。在很远的地方，他们就把路封锁了，我进不去……”她直直地看着乔远，如果不是她说的这些话，也许乔远会把她抱住。

但她现在需要的不是拥抱，她只是没能接受自己什么也做不了。她真的什么也做不了，她只不过一直在房间里走来走去。这房间里还挂满了她弄不懂有什么意义的画作。

三个男人都没有抽烟，烟雾探测器仍让他们心有余悸。或者所谓“余悸”，也并不是因为烟雾探测器。吴勇看上去很没精神，他之前说过，昨天因为烟雾探测器的事情，折腾到很晚，他没睡好，还有明天的活动，千头万绪，他不可能再去安慰一个女孩的情绪。应天依然精神矍铄，他任何时候都是抖擞的，可是在应天的抖擞里，却有一些乔远无法形容的感觉，像是濒临绝境的人反而会肆无忌惮挥霍的那种感觉。应天一直在艺术区做各种“临时工”，他自己不这么说，他说那是“提供咨询”，或者“策划，靠脑子赚钱”，但非典让一切都放慢了节奏，像忘记时间的钟，他们都减速运转。应天也许很长时间都没法“靠脑子赚钱”了。那应天是如何应付艺术区的房租和生活开销的？乔远也不知道。应天也是不会让别人知道这一切的。他终究还是懂得如何应付女孩们小情绪的那个应天。

“小牛牛，你怎么这么傻呢？你去小汤山看他，就会改变什么吗？”应天说。

牛牛却突然抱住应天，喉咙里呜呜的声音，不知道是不是在哭。她昨天还认为应天“是坏人”，在翻墙的时候拒绝他的帮助。

应天狡黠地看着乔远和吴勇，像是在自证清白。乔远当然可以推测出来，牛牛去小汤山，是想去看望那个男生。但牛牛抱住的，只是应天。应天拍着牛牛的背，像最慈祥的长者。他说：“没事了，没事了，你看，这些没什么意义的事，你不也做了吗？”

“那是因为我不知道还能做什么。”牛牛说。

“我们也是，不知道还能做什么，所以我们明天去放风筝。”应天说。

牛牛抹着眼睛，东张西望着，说要去洗手间。

吴勇仍然站在门口的地方，给她指了指洗手间的方向。吴勇看上去心事重重，他这天的沉默跟前一天很不一样。乔远听说那都是因为“一些关键人物不能出席明天的活动”了，因为“现在不是合适的时候”。吴勇没有显得沮丧，他认为，“箭在弦上，不得不发”。他刚刚和应天又嘀咕了一阵，为“解决一些问题”。应天看上去并不紧张，他还能前后晃动着身体，显得格外松弛。后来吴勇似乎终于释然，大概是被应天的情绪影响。

牛牛在洗手间里，制造出很大的动静。三个男人对视一番，谁也没说该不该问问洗手间里的女孩是否出了状况。他们沉默着，似乎她不在场，便失掉了话题。昨天那场醉饮和烟雾探测器的事情，他们谁都没忘，但也许正是因为谁都没忘，眼前的一切才显得不同寻常——就像宿醉狂欢之后看见镜子里自己浮肿的眼袋，也像一场尽兴的性爱之后莫名其妙又无处不在的空虚。

后来，洗手间里安静下来。是应天最先开口，他说：“不错的女孩，只是，太认真。”

乔远低声说：“你不是就喜欢认真的女孩吗？”

“我就那么一说。”

“你别碰她，她是我学生。”

“哟，乔老师——别紧张，她说了，她不喜欢搞艺术的。”应天说，只是一个女孩，他不觉得值得再说下去。

“你为什么要抱她？”乔远问，他不知道自己希望得到什么样的答案。

“她要抱我啊！”应天委屈地解释着。

“那你可以不抱啊！”乔远不知道自己的怒气从何而来，他觉得这是毫无必要的，为一个刚认识的女孩，跟应天争执？可是，话已经出口，箭在弦上，不得不发。这是一个让人焦虑的天气，无风无雨，连日光也停滞不动。

“嘿，乔远，你至于吗？”应天嬉皮笑脸着，一脸自信，他知道自己说得没错——乔远不至于。

“你他妈的至于吗？一个女孩！”乔远声音大起来，他担心牛牛会在拐角处的洗手间里听见，可是，他忍不住，嗓子就像踩下油门的车，自行呼啸而去了。

"乔远，你丫没病吧？吃错药了？"应天声音也大了。他话音刚落，乔远的拳头就正中在他鼻子上，这是猝不及防的一拳，也是乔远唯一占上风的一拳。

乔远很清楚，应天来自河南，小时候上过少林寺，至今也会散打表演，但也主要用来在喝酒后取悦女孩了。但应天依然可以轻松制服乔远，乔远是瘦弱的南方男人，成长的地方太过潮湿，稀释了那些肌肉里应该积聚的力量。乔远明明知道这些，但他还是出拳了，就像那些没来由的话一样，他的拳头也自行其是。他没有喝酒，这天，他甚至连一支烟都没抽过。他只是想打一架，也许从昨天、从上个月疫情开始，从很久以前，他就想打一架了。

应天果断地回击一拳，打在乔远的右脸上。乔远没站稳，踉跄了几步，差点又碰到那些金属格子里装的鸡蛋。吴勇这时发话了："嘿，嘿，干什么呢？"但他一点儿也没有要劝他们的意思。乔远东倒西歪的时候，看见吴勇站在门口，把两手都放进了裤兜，摆出事不关己的样子。

应天又补了一拳，在肚子上。乔远也回击，用脚，但乱七八糟踢得不成章法，几乎都被应天躲了过去。

应天吼着："够了，够了，你发什么神经呢？打我？打我？"

乔远倒在地上，脸和肚子一样疼，像辣椒在油锅里乱蹦。

乔远安静下来，应天也没再出手——不过一场没来由的打斗。乔远知道，应天没有下重手。应天的鼻子右翼上，青了一块，像昨天的颜料没有洗干净的样子。只是青掉的那块瘀伤，根本是洗不掉的。

乔远说着抱歉。他知道自己是真的抱歉。这不是他的本意。甚至牛牛都不是他的本意。他和应天是大学三年的同学，直到应天被学校劝退，他们都睡在一张床的上下铺。他们打过很多次架，当真的、不当真的，但都有明确的缘由，只有今天是无缘无故的，还当着吴勇的面。也许洗手间里的牛牛也听见了外面的响动，被吓得不敢走出来。

"爽吗？"吴勇怪声怪调地表达责备，用力摇着头，有种恨铁不成钢的意思。他走过来把乔远扶起来，隔着衣服袖子，用了狠力。"走，我带你去外面转一圈，消消气，不过哥们儿，你这生的到底是哪门子气啊？”吴勇问。

应天说：“他就是闲得不耐烦了，找揍嘛。”

吴勇带着乔远，沿着画廊门口的路，向东走。只是一条普通的两车道柏油路，没什么特别。“但很快就会不一样了。”吴勇说，他指给乔远看几间破破烂烂的厂房，介绍说它们即将成为画廊、工作室还有咖啡馆。乔远趴在黑乎乎的窗玻璃往里看，什么也看不清楚——眼前的一切，还有他们面临的未来，都像在黑玻璃后面混沌一片的房间，似乎是那种立体主义的画，通通成为平面而棱角尖锐的几何体。798、797、799，他们依次走过这些数字编号代表的区域。到路东的尽头，又折向南。拐角处，几个穿着深蓝色工作服的工人，麻木地、像看外星人一样盯着他们。乔远猜想自己脸上肯定还有打斗的痕迹。他觉得不好意思，说：“我们又在你的画廊闹出事来了。”

“我也想找人打一架，可是，打架解决问题吗？”吴勇说，“都是非典闹的，脑子都不清楚了。”

乔远不知道吴勇是不是指的自己，他倒是很长时间都脑子不清楚。“我想，我只是憋坏了。你知道学校现在的情况吗？连打架都找不到人了。”

“情况很严重。”

“这不是关键，关键是，所有人都不知道自己怎么了，我们都没被感染，可是我们还是不一样了。牛牛昨天还说应天不是好人，今天他们就抱着哭在一起，什么世道？”

“什么意思？又跟我玩儿‘意义’那一套？”吴勇问。

“说真的，吴勇，我知道你昨天还担心被我传染，你不用不承认，你没错。我也没错，但我们都不一样了，因为这奇怪的病。不骗你说，我昨天真的感觉很好，被水淋过以后，可后来，又不对了。”

“可能，是这样的。”

“所以还是打一架吧，不然怎么释放呢？”乔远辩解着。

“不是为女人？”

“不是。”乔远肯定地说，“如果是为了女人，我就不会把她和应天留在那里，我自己倒跟你出来闲逛……”他觉得自己说得并不真诚，他还是依稀想知道，他们此刻在画廊里，会做些什么、聊些什么。

“其实也不是闲逛，我是想带你看看这里，虽然这里会被规划成高新科技园区，但至少这几年，这里主要是艺术家们在活动。我觉得你真的可以考虑搬过来，应天说过那个学校的职位，其实……不适合你。”

为什么又是应天说？这个该死的应天，总是比乔远更善于预见将来。他总以为自己更有远见么？什么后海会火、艺术区会火，什么让所有人都摘口罩，女人们又总是主动对他投怀送抱……那种无名的情绪，不知从何而来，似乎正在这燥热起来的世界里膨胀。

他们又转了一个弯，往来时的方向走回去。废弃的墨绿色的大型机器，堆置在路边，散发出铁锈的苦涩气息。乔远没有说话，他希望吴勇会以为他只是在沉默地思考着刚刚的提议——到艺术区来。

这里的空间是开放的，工业时代遗留下的废墟，像老朽的寡妇在等待涅槃重生。它不是封闭的、规整的，就像巨大的休息日的游乐场，只有粗犷的建筑与机器静静地，等待着新一场狂欢。苏荷区、布鲁克林、塞纳河左岸、蓬皮杜……这些世界现当代艺术圣地的基因，也许真的会在这里落地、生长。

蓝天之上，云朵虚假地停滞着，像一个玻璃罩子将世界笼罩起来，他们身处其中的每个人，其实都想砸碎那让人窒息的玻璃罩，乔远想。

还没有走进年与时空画廊，先听见牛牛的哭声。她又哭了。女人们的状况，永远这般层出不穷。但这一次哭，牛牛明显放肆起来，几乎已是号啕。

他们快步走进画廊，看见应天还在洗手间门口。他无奈地摊开手，又耸耸肩，略带委屈地说着：“我可什么也没干。”

“怎么回事？”吴勇问应天。

应天悄声说，乔远几乎是从他的口型上艰难判断出语义：“来例假了，没准备……”

“什么？”乔远话音刚出，应天又嘘了一声，暗示乔远声音小一点儿。洗手间里的哭声却减弱了，像是长跑者进入最拖沓疲乏的时期。

“乔老师？”

“牛牛，你先开门。”乔远大声说。

她很听话，开了门，乔远见她用那只毛茸茸的背包挡在身后，又紧贴着墙挪出来。眼睛红红的，胸口起伏着，是还在啜泣。

“哭什么啊？”乔远假装轻松地问。

牛牛激动起来，突然蹲在地上。“我受不了了，乔老师。什么事我都遇上了。”

乔远轻拍着她的背。“不就是例假么？没什么大不了。”他想莫非还有别的事？

“真丢人，我没有准备，我不知道它会突然来，我总是这样，什么都没准备好，事情就突然发生了。他被隔离了，我都来不及跟他说句话，他就被隔离了。我已经大三了，可是我学分不够，没有实习过，家里没钱，我没什么背景，我什么都比不过别人，可我不想这样……”

“哦，我也不想这样。”乔远不太会哄女孩。

乔远去艺术区外的便利店，帮牛牛买了卫生巾，因为她自己没法去。她后来又躲回洗手间了，自行隔离起来。三个男人都不愿意去做这件事——买卫生巾。况且便利店离他们还有一段距离。应天不愿负责任，他说：“乔老师的学生，该乔老师去。”吴勇大概也是这么想的。

乔远第一次买卫生巾。他拿不准该选什么品牌，最后选了粉红色包装的，他是画家，画家对色彩永远比对价格更敏感。他本来以为这会很难堪，但竟然没有。他坦然地结账，甚至还有些自豪。

收银员戴着口罩，露出的两只眼睛里，也没有显出任何反常的怪异情绪。

乔远相信，这或许是一种对于责任感的暗示——无论如何，在便利店买卫生巾的男人，他的生活里，一定有个需要他照顾和负责任的，而且多半还是一个爱撒娇的女孩子。这当然是不错的事。

他拎着塑料袋回到画廊，一种英雄救美的自豪感让他心情也开始好起来。这不算什么大事，但这些天里，他们已经经历太多大事了。

牛牛倒是很快便让自己平静下来了。她收拾好自己，可能在洗手间里还偷偷洗了洗裤子上的血迹，又用干手机烘干，很是忙碌了一阵。她再次开门出来的时候，看上去容光焕发，真是奇迹。她主动招呼着乔远和应天:“该回去了！”她到底是个乐观开朗的女孩，乔远想。

再次翻墙回学校的时候，牛牛没有再让他们帮忙，她费力地蹬上矮墙，表情严肃而坚决。应天兴致也不是太高，他没再说那些挑逗或打趣的话。他们相约明天还在这里见，一起去亦庄参加“蓝天不设防”的活动。谁也没问为什么得去。也许是因为，他们都意识到，今天的一切，都暂未了结。所以，他们还有明天。明天，又是不一样的一天了。牛牛还说，也许她会再多叫几个同学去，他们可以坐公交车，如果应天的车坐不下的话。

乔远跟在牛牛后面，也翻上了那处矮墙。他希望这是最后一次了——但他对此毫无信心：下一次，他们就可以不必费力地从学校大门进出了吗，带着那种平静的、倦怠的，当然更可能是无所畏惧的，笑容。

3

乔远在这天早上的电话里问牛牛:“你那边几只？”学生们把男生都称“头”，女生都叫“只”，他们喜欢这样“两头”“三只”地叫来叫去。

“只有我一头。”牛牛的声音听上去很沮丧。

“你一只。”乔远纠正她，她是女孩，女孩不论“头”。

“我一头，因为我是牛牛。”她说。

牛牛说她们都不去，因为“觉得这事儿没什么用”。放风筝？学校里也可以放风筝嘛，为什么要斜穿整个北京城，跑到亦庄去呢？

“跟她们解释不清楚。”牛牛很愤怒。

亦庄开发区在北京东南角，这里的一切都簇新得像是电脑里的效果图。这样的时候，路上更是见不到人，零星跑过一辆汽车，也惊慌得像被追赶着。出了城区，他们驶向更开阔的地带。国道边开始出现一些大红色的标语，不知道这些标语给谁看。再往前走，远远能看见白色幕布，上面有蓝色的字母。只是那些幕布，被风刮得一刻也不能停息，完全看不明白那些字母表示的含义。他们的目的地，是一片不知作何用途的砂石地，可能是待开发的地产用地，平整、宽阔，有两个足球场大。杂草一丛一丛的。已经零散到了一些人，都是开车来的。汽车就散乱停放在边缘区域。

走到中央，看见一些装置、影像作品已经布置起来。在一只巨大的追光灯前面，他们找到了吴勇。他换了纯白色衬衣，白色裤子，很容易被发现。“不能被抢了风头。”吴勇笑着解释起自己为何穿了一身白色，但他并不愿意对此再深究了，所以他说：“来了两百多人。”似乎很满意。可是看上去，并没有那么多人，也许是这里太空旷。乔远想。

那些风筝都整齐码放在不远的地方，一大块塑料布上面，花花绿绿的，很喜庆，让乔远再想起家乡的傩戏。一些无所事事的人，三五成群站着说话，其中一些人还戴着口罩，气氛沉闷。还有音乐，是交响乐，乔远不知道是不是《命运》。

牛牛觉得那些装置很好玩，金属制的巨大水滴，肥胖的大力水手，还有一些奇怪的木头做的东西，看不出是什么。地面也被艺术家做了手脚，一些三维立体画，从特定位置看过去，像是地面绽裂开来，形成一道幽深的沟壑。牛牛走到那个位置，抬起脚又收回来，摇摇晃晃的。

“不虚此行吗？”乔远问她。应天已经不知到什么地方去了，很多人似乎都认识应天，他们在艺术区早有来往。

“还说不好，只是，挺好玩儿的。”牛牛谨慎地回答。

“你昨天为什么跟他打架？”她突然问乔远。

“不为什么，闹着玩儿。”

“哦。”她似懂非懂地点头，又说，“是不是好多了？”

乔远惊讶地看着她，他相信她的话不是对他讲的，她只是需要这样问问自己，是不是好多了，这世界。

“他们很快就会结束隔离的，也许明天，也许后天，快回来了。”牛牛说。

“不会有事的。”乔远说的，是内心的愿望，但他知道牛牛会相信他。虽然来的路上，牛牛刚给他看过短信，简单几个字：“生不如死，在这儿。”牛牛觉得难过，乔远想象着发短信的男生，腼腆、内向，在夜深的时候仔细聆听自己身体发出的讯号，想念着她，然后在电量所余无多的手机里，按出这样的句子，生不如死。

可是，所有人都是要生还的，不是么？他们临别前，这样彼此承诺过。

乔远和牛牛，他们漫无目的地又走了走。到中午一点，音乐声停止，一些穿着黑色 T 恤的年轻人，开始分发那些风筝。他们的 T 恤背面，都写着白色的字“我们能战胜”。一个黄头发的年轻人把一只不大的黄色风筝交给乔远的时候，也这样说，我们能战胜。乔远在他的眼睛里，看出一种熟悉的东西，但是他说不好——那是一种什么东西。

乔远和牛牛分到的风筝，是一只蜜蜂。“哈，竟然是只蜜蜂。”牛牛觉得这也很好玩。他们打开那只风筝，发现那只蜜蜂，戴了一只口罩！

“今天是顺风还是逆风？”牛牛问乔远。

乔远也不知道，但他答道：“如果顺风，我们就逆着飞。”

牛牛笑起来，乔远发现这是两天来第一次听见她这么大声笑出来，像昨天她放声大哭一样，都是一些不被隐藏和设防的悲喜。

没有人宣布活动开始，也没有人讲话和发言，没有烦琐的程序，拿到风筝的人就自行放起来，先是一只孙悟空飞了起来，孙猴子戴着一只大口罩，后来，耶稣、佛祖也飞起来了，还有机器猫、蝴蝶、燕子、小熊……它们都有一只口罩。

但人们的心思并不在口罩上，为了在风势并不完美的天气里，让这些大大小小五颜六色的风筝飞起来，人们必须快速跑动，尽力避开地上偶然出现的一丛丛的杂草。有人被砖石绊倒了，嘻嘻哈哈地爬起来，拎开缠绕在身上的风筝线，再接着跑。有人跑的时候又撞到了其他人，但只要那些细细的透明的风筝线没有纠缠到一起，其实都没什么关系。

他们的蜜蜂也飞起来了。牛牛不愿意跑，她想暗示乔远，她还在生理期。乔远先跑起来，牛牛站在另一头，端着那只蜜蜂。乔远看见蜜蜂贴在牛牛的胸前，让她看起来，就像一只肥滚滚的大黄蜂。她不会知道。因为她的目光都在天上。依然是纯蓝的天，但这天没有一点扰乱视线的云朵飘来。这里是偏远而空阔的亦庄开发区，连云朵都不愿意前来。

天空却热闹起来，那些风筝，渐渐地越来越高，一只一只，都像要远离地面，直升而去。它们欢快地招展着各自的小翅膀，似乎告诉地面的人群，它们会就这样离开，不再回来。

乔远跑起来，喊了声“放”。牛牛松了手。蜜蜂呼啦啦贴着地面滚了两下，终于也挣扎着，飞起来了。乔远不敢停下，一手拉着风筝线，拼命地跑。

牛牛大叫起来，很多人都在莫名其妙地大叫。

放风筝并不难，你需要的，不过抓住那根隐约的线，以及一直这样跑下去。乔远感到手上传来沉重的力量，那是风的力量，风把风筝们送上蓝天，也通过风筝，把它的力量，传递给放风筝的每一个人。

乔远发现自己其实不必再跑了。蜜蜂已经可以稳稳当当地飞在半空，和蝴蝶、耶稣还有牛魔王，并排在一起——不是最高的那只，也不是最低的。

乔远停下来，控制着那根线，仿佛那根看起来不怎么结实的线，才是他此刻能握住的最紧要的东西。线勒在毫无防备措施的手心，有种尖锐的痛感，像握着一把小刀。但他会一直咬着牙保持这种仰头向上的姿态，然后坚持下去，等待一切结束的那一刻——因为这，其实已经是人们所能做的全部。

傍晚，乔远和牛牛随吴勇的车一起回城。应天被一些扎着皮带、穿着黑色警服的警察带走了，理由是“组织非法集会”。

可是，应天又不是组织者——那些带走应天的人似乎并不喜欢这样的解释。

“我们有证据，你们自己写的责任书，带走领头的就行。”他们办事讲究，向应天礼貌地出示过墨绿色封皮的小证件。其中一个警察，照一张纸上读着一些什么东西。乔远只是远远地看着，并不能听清。那警察的口罩下，嘴唇迅速地嚅动，像里面有只小肉虫在爬。他们彬彬有礼地请应天跟他们走。但警车没有停在旁边，于是他们凭空指向刚才来时的方向，似乎他们把警车停在一个十分遥远的地方了。

“只是放风筝，有什么问题啊？”所有人都面面相觑，相互询问，或试图解释，是的，只是放风筝，没什么问题。

“要我再念一次吗？现在特殊时期，不允许组织任何大型集会。超过两百人，就算大型集会。”领头的警察一边把那张纸慢悠悠叠起来，一边大声嚷道。

应天倒是一脸无所谓的模样，他看上去还有些享受这样的时刻。在众目睽睽下，像被出卖的革命者一样被押送，多么与众不同的离场——所有人都将因为这个时刻而记住或者感激他，毕竟是应天，在为他们所有人的行为付出代价。事实上，应天的表情是凝重的，但乔远却看出了那凝重里的欢快。他不知道他们会把应天怎么样。非法集会？特殊时期？未经审批？大型活动？这些关键词，就像一块块砖头，不知道终将垒出一座什么样的建筑。

“像电影一样……”牛牛惊魂未定地说。她还说刚才注意到，“那些人，他们给他戴口罩了”。而那些警察自己，也是全副武装的，连手套、脚套也是齐全的。乔远希望告诉他们，“蓝天不设防”活动的最后，所有人可都是要摘掉口罩的。而提出这个好点子的应天，现在，戴上了口罩。

“真不敢相信。”牛牛在吴勇的奔驰越野车后座上，被冷气吹得瑟瑟发抖。

吴勇开着车，一句话也没有说。

乔远想起下午活动开始前，一袭白衣的吴勇，像蓝天之下一个虚幻的鬼影。

“为什么带应天走？”乔远终于没能忍住，他希望自己的语气里没有太多的怨恨及责备——这不是容易的事。但现在也不是该他怨恨的时候。吴勇的越野车，在傍晚时分的高速公路上慢悠悠缓行，像小心翼翼地拨开云层的鸟，忐忑、迟疑着，在天色近晚、街灯未明的薄暮里，惊恐不已地寻找方向。

“是应天在责任书上签的字。”吴勇答道。

“责任书？”牛牛问。

“是的，责任书。我们搞这样的事，总要有个人负责任的。”吴勇张望着，他似乎不知道眼前的高速出口是否正确，干脆踩了刹车，但很快又加速了——他们就这样离开了那个似是而非的高速出口。

“为什么是应天签字？这不是你的活动吗？”牛牛困惑地问吴勇，听起来她已经疲惫不堪了，这终究是漫长的一天。

“不知道，他喜欢当老大，这样行吗？”吴勇大声说，“我只是想做点有影响的事，我现在，说实话，我还需要什么呢？只是想做点事，但应天不一样，他还需要这样的名分，只是，说实话，不知道为什么又不允许我们搞活动了，明明说好的，那些人又反悔了。”

乔远还想问什么，但牛牛在后排座位上按住了他摊在自己膝盖上的那只手，暗示他别再问下去了。

牛牛感叹着：“现在，做什么事都不容易。他们应该像你这么想，就好了。”

乔远问：“应天会不会有事？”

吴勇摇头。“不清楚，但应该不会有大事的，原来艺术节的时候，也来过警察带了人走，不过关两天，批评教育一下，没大事的。”

乔远希望他说的是真的，而不仅仅是一种美好的愿望。他很长时间，都把愿望当成事实对待了，但它们终究不一样。事实会永远存在，而愿望，并不一定。

乔远也不难想象，那些发生在吴勇和应天之间的对话，或许就在昨天，心事重重的吴勇与毫不在意的应天的那些谈话——如果他们真的有过交谈的话。但也许，那些对话也是不必要的。他们彼此理解，心照不宣、达成共识。应天成为名义上的组织者，他需要这样的名义，就像应天需要靠"策划"、靠脑子赚钱的生活一样——一种虚幻的，如同风筝一样高蹈晴空，却又是摇摇欲坠的象征。而事实上的组织者吴勇，打电话找来两百人，并没有留下任何文字记录。他清白地脱身了，成为一袭白衣的隐者。人们会记住他的年与时空画廊——艺术区最早一家由民间资本开办的画廊。他们互取所需，像人们通常做的那些事。

只是应天被带走了，这是唯一的意外。年与时空画廊作为活动的支持方，也许会受些影响。也许也不会，毕竟活动的场地，远在亦庄。但现在谁也不知道究竟会如何——那该是明天的事了。

"我本来是想帮应天的，他需要一次这样的经历，他得组织过大型行为艺术的活动，然后，他才能在这圈子里待下去啊。"吴勇沉默了一会儿，才说。

吴勇的电话响了，他看了一眼，没去理会。

电话铃声刚落，成排的路灯突然亮了起来，微弱的金黄光芒，像这天下午他们一起放飞的那些风筝，悬浮在头顶之上。而它与人们之间的那段距离，似乎触手可及，但又遥不可及。

4

乔远再见到牛牛的时候，已经是盛夏。八月，北京的高校开始复课。非典和这个春天一样，成为短暂又深刻的那种记忆。学生们从各地陆续返校。他们带着简单的行李，不再需要翻墙进入校园。学校朝南开的棕红色大铁门，仍然没有开放。门卫处检测体温的安检装置还在。他们一个个，带着模糊的歉意，通过那座会“哔哔”作响的机器——在检测出高温的时候。

人多了起来，只是夹竹桃粉红色的花朵已经不见了，他们都错过了这一年的花期。当然，他们同样错过的，还有这大半个学期的课程，于是他们需要在八月里，把落下的课程补回来。这似乎是合理的事。只是天气炎热，老师和学生们，都像劫后余生的幸存者，带着一种随时会爆发的怨念。教室里没有空调，电风扇呼啦啦吹动的声音，反而让一切更为寂静。谁都没有说出那种话：“谁让你们当时要离开的？看，现在还得把课都补回来，这是八月，本该是暑假。”——所有人心里都在这么想。

乔远的美术欣赏选修课，本就无所谓。那天乔远走进一百人的大教室，一个烈日灼人的天气。十几个学生，疏拉拉地坐开，彼此远离着。

乔远那天讲了讲“所谓行为艺术”的历史。他希望这会是比较有意思的话题。但学生们和他一样，兴味索然。他们都还有更复杂的功课——比如英语、政治——需要应付。于是一堂课倒更像是一次“行为艺术”的表演——师生共同完成，还有电风扇参与其中——显露出荒诞以及发人深思的古怪。

下课后，乔远在教室外的走廊里碰见了牛牛。他不知道她是否专门来这里等他下课的——不太像。她非典期间还在学校，所以，她不需要补课，她可以名正言顺地放暑假，在八月的北京。

乔远觉得她看上去长高了一些——尽管这也是不太可能的事情，或许是她的眼神让他有了这种错觉。她看上去有些疲惫，不再大呼小叫地对乔远讲话。她只是点头、微笑，似乎这已经足够表达他们这几个月里所积淀的那些情绪。

他们一起去食堂吃饭。乔远想起这大概是他们第一次吃饭。在“蓝天不设防”的活动之后，应天被警察带走，两天之后放出来了。因为剧情改变了——没人知道为什么。因为警察的出现，媒体开始大规模报道这次活动，但报道中并没人提起警察、非法集会这样的词，他们只说，这是很好的活动，随后又更多的消息源源不断传来：放风筝的活动会继续下去，在八达岭长城、前门、平安大街……在北京各个地方轮流开展。更多的风筝从山东潍坊运来北京。运风筝的车还可以走专门的绿色通道。危急的时刻里，人们释放出如此的善意。

牛牛知道这些，但她还知道更多。

她说吴勇上了电视。而乔远从来不看电视。她说："他成了名人。"语气听起来有点怪。

乔远想起那天在吴勇的奔驰车后座上，受了惊吓的牛牛的那些感慨——"现在，做什么事都不容易了，如果他们都像吴勇这么想，就好了。"吴勇只是想做艺术，可是人们不都是这么想的。

但牛牛说，不是的，真的不是的。

食堂很吵，饭菜依然无味，好在他们可以坦然坐在这里吃饭，不必担心那些看不见的病毒。非典得到控制，逐渐淡去，像一场肆虐并让人面目全非的青春痘——终是会逐渐淡去的。

乔远问及牛牛的那个男孩。她很乐于谈及他："他没事，他们都没事，多好，我们下午会一起去图书馆。"然后，她又说，那个男孩才是她现在珍惜的东西，而不是吴勇。

"跟吴勇有什么关系？"乔远并不理解，他在那次活动之后又见过吴勇两次，应天都在场。他们看上去没什么芥蒂，或许只是乔远没有发现他们的芥蒂而已。应天被警察带走那两天，网络上有一些零星的消息，谈论着艺术家们抗击非典的活动是否应被算成为"非法集会"。这些议论也许有用，因为更多人都知道了这件事，并形成一种压力——应天认为这决定了事情后来的发展，"蓝天不设防"会继续下去，风筝会在北京城东南西北的天空中，陆续起飞。这让应天得意，于是他可以忽略掉那两天在派出所临时被看管的经历。

但牛牛说："整个事情，都是吴勇故意的。是他故意找来了警察。因为他知道，这样才有用，警察都来了，事情闹大了，然后越来越大，然后，他就成功了。"

"你为什么这样说？"现在，乔远对所有的事情都不再轻易相信了——这是一种获得？还是失去？说不好。

“我就是知道。”牛牛很肯定，“我还知道，那些风筝，让吴勇大赚了一笔。”

“什么？不是风筝厂赞助的么？”

“一开始是，后来量太大，政府就出钱买了，你也知道的，这事儿闹大了。”

“吴勇为什么能赚钱？”

“风筝厂感谢他吧，我想，可是一笔不小的钱。”

乔远开始相信她的话，凭着一种直觉。

吴勇的事并没有让他惊讶，乔远惊讶的，只是告诉自己这些事的，是牛牛。

牛牛说她看错了吴勇，他不是艺术家。

她一度是年与时空画廊的常客，在六、七月的那段时间里——乔远只知道这么多。

她没再说下去。但是她的神情却足以令她自圆其说。她一度和吴勇亲密过，只有亲密之后的人们，才会感受到幻灭。是的，幻灭，这使她看起来和从前不太一样，更成熟，也更疲倦而无所谓，那个在洗手间忘记带卫生巾的女孩，和现在坐在乔远面前，胡乱划拉着盘子里的几颗青菜，一边解释着“吴勇如何获利”的姑娘，她们是如此不同——乔远这么理解。

牛牛说起这个夏天，她其实可以不再留在学校的，但她还在这里，因为她想“陪他上课”。隔离的事情已经过去了，现在，他们正在度过这个属于彼此的夏天。

只有乔远，仍然面对着这个疲乏的世界，但转机仍然存在。他计划月底的时候去一次敦煌——这是一个酝酿多年却终未成形的计划。八月底九月初的时候，他会有大半个月的闲暇。他没有告诉牛牛去敦煌的事，因为这只是他自己的事，他吝啬地希望可以不与别人分享，也或许，只是因为他对自己缺乏信心，他不知道自己是否真的会站在那些洞窟上佛像前，低眉凝视。那些慈悲的神的面庞，他曾经在画册上无数次抚摸过的面庞，是否终将如自己所愿那般给予他启示或力量，令他可以面对随之而来的全部——毕竟，这世上的一切都从未停止过运转，从未凝滞不动。

空 山

东 君

那说话人五十来岁年纪，一件青布长袍早洗得褪成蓝灰色。只听他两片梨花木板碰了几下，左手中竹棒在一面小羯鼓上敲起得得连声。唱道："小桃无主自开花，烟草茫茫带晚鸦。几处败垣围故井，向来一一是人家。"

——金庸《射雕英雄传》

南

1

彼时，洪七正手握鸡翅，看着一只鸟飞过，远远远远地飞过。洪七与我相对坐着，一座大山的阴影覆盖着我们——时间在这里仿佛有着高深长阔的形状。山是华山。那枯树的形状仿佛是风随意塑造出来的，充满了不可驯服的野气。风也是带野气的——在山谷间，如同野狗一般跑来跑去——眼睛固然看不见，但能感觉得到。

打坐之后，口就淡了，肚子里老是念阿弥陀佛，幸好这褡裢里还剩一只鸡翅。洪七说完这话，大概是发觉自己的言行在我这样的出家人面前多有冒犯之

---

* 东君，原名郑晓泉。以小说创作为主，兼及诗与随笔，偶涉戏剧。结集作品有《恍兮惚兮》《东瓯小史》《某年某月某先生》等，另著长篇小说《树巢》《浮世三记》。曾获《人民文学》短篇小说奖、第九届十月文学奖、第二届郁达夫小说奖等。

处，便吐了吐舌头，把鸡翅放回腰间挂着的褡裢里，扳直了身板，学着禅和子模样，继续盘坐。我们坐的是一块船头状的悬崖，三边没遮挡，风从山口灌进来，吹动着洪七的胡子。脚底下有雾气冉冉上升，整座山像是要飘浮起来。

移时，我睁开了眼睛，洪七也睁开了眼睛。我说，我看你的目光，就知道你的静坐功夫又进了一层。

智兴，我坐在你身边，感觉就像坐在水池边，能叫我安静下来。

智兴是我的俗家名字，洪七总是习惯于像从前那样称呼我。我不语，望着空中的一朵浮云出神。从华山之巅掠过的浮云，有数十席宽。

智兴，整整一天你不是低头念阿弥陀佛，就是抬头看云。念阿弥陀佛是你本分，这云又有甚好看的?

我念阿弥陀佛，阿弥陀佛也念我；我看云，云也看我。

世事变幻真好似这浮云，几年前，我见到你，还是穿一身龙袍的，现如今却换成了僧袍。

世上最重的是龙袍，最轻的是僧袍，何不让自己换得一身轻?

你只是换了一身衣裳，可大理国却不知道换成个什么模样呢。

啊啊，我当初出家，竟没想那么多……罪过罪过……这事说起来，真是一段让人难以启齿的罪业啊……

2

母亲生我之前，梦见窗外有人持剑而立，那人对着一颗脑袋挥剑时，她突然惊叫一声，我就从她身上滚落了。她不知道这把剑预示着什么，心里一直惴惴不安。父亲虽为一国之君，却像一只柔弱的绵羊。朝中很多事，都是高氏族人说了算。父亲知道，以一己之力对抗庞大的高氏族人，还不如默默忍受。他除了唪念经文、把玩南红，在朝多年实在没有什么像样的作为。不过，自我诞生之后，他就决意将我从一只小绵羊驯养成一只可以威服四方的猛虎。因此，在我刚刚学会识字之时，他就迫不及待地为我四处寻访剑客，教我剑术。待我长大成人，羽翼渐丰，父亲也就萌生退意，而高氏族人趁这时机主动示好，要将高家名媛许配给我，结为世代姻亲。父亲一直忌惮高氏族人的势力，权衡其间利弊，也就答应了这门婚事。他给我铺设了一条坦途之后，索性禅位做了和尚。就这样，我作为大理国第十八位皇帝，正式登基。我一改父亲当年的作风，开始整治朝纲，修建城墙和寺庙，平衡各方势力。我时而像暴君那样凶残，时而又像佛陀那样慈悲。这种喜怒无常的性格让我的敌人和朋友都望而生畏，不敢造次。在短短几年内，我就把自己的位置给坐稳了。可以说，作为一名国君，人家该有的，我都拥有；人家没有的，我也拥有。我有一柄可以照亮黑夜的宝剑，有一个专门为我磨剑的侍从，我还有一群我谈不上喜欢或不喜欢的女人和一支效忠于我的军队。我看起来好像什么都不缺乏，但我就是感觉自己缺点什么。有一天清晨，我提剑出门时，突然明白自己缺的就是一个强劲的对手。彼时血气方刚，好斗，但凡遇见什么高手，总想跟他比画一下，非要见出高低不可。俗话说，刀剑不长眼。死在我手下的，也不乏其人。

一件奇怪的事就是在我砍掉一个刺客的脑袋后发生的。那时我正要收剑入鞘，背后突然冒出一个沙哑的声音。回望，除了一溜树影，没见人，心中不免疑惑。声音忽前忽后，飘没无着。我越过几堵高墙，追到外面的护城河边。月亮正从东山升起，一只鸟扑棱一下飞出树丛。四野沉寂，月光在地上一漾一漾的。嘎的一声，沙哑的声音又烟一般从我背后飘过来。我问，你是谁？为什么老不出现？那声音答道，我就是死在你剑下的那个衡山道士。我猛一回头，才发现地上多了一条影子。影子说，那回我跟你比剑，我原本可以战胜你，但我念你是一国之君，故意让了一手。不承想，你被血气所迷，愈斗愈勇，所出剑法是我平生见所未见的，再加上你是顺风使剑，速度更快，我一着不慎，被你刺中。我流了很多血，你原本可以救我一命，但你却骑马离去了。那时，我就死在这里，你还记得？我自然记得，我说，你现在变成厉鬼，想要向我索命？影子突然立起说，我虽然只是个影子，无法杀死你，但我不会让你这辈子安生。我朝影子连劈数剑，影子也不躲避。只见几片落叶，在剑底回旋着。影子在月光下缓缓升起来，跟怪鸟似的，发出嘎嘎的笑声。我杀不死你，你也休想再杀死我，彼此好自为之吧。影子语罢，如同烟雾般淡去，没入夜空。

我曾请来一名法师做法祈禳，念了七天七夜的打秽鬼经。影子似在非在，我也就见怪不怪了。影子自然无法拿刀剑砍我，只是在我杀机陡生之际，冷不丁地冒出来惊吓我。反过来说，我也不能拿刀剑杀死影子。我们就是这样一种关系。

我年轻时除了好斗，还落下一个毛病，那就是好色。我的宫殿很大，而我的女人散布在不同的角落，我得骑马去找她们。我的箭射在哪座房屋的木牌上，我就会在哪里过夜。有时我也会乔装打扮成商人的模样溜到宫外去打点野食，我喜欢偷偷跑到勾栏听歌、青楼买醉，看着那些晃动的柔软的身影，听着软绵绵的曲子，我就忘掉一身烦恼，直至在云团一样的酒香中渐渐沉醉。翌日醒来，常常不知道自己身在何处。

我说过，我是一个不安分的人，四处游荡是我生活的一部分。有一回，我驯服了一匹烈马之后便更换行装，独自一人外出狩猎。天色将晚，我骑着马，在一只鹰下面飞奔，呼啸而过的风声让我暂且忘掉自己背负的烦恼。鹰长唳一声，猛地俯冲下来，扑向一只野兔时，我的一枚箭也脱手飞出，射穿了它的胸膛。鹰落地，羽毛散开。兔骇，突然定住，回头睃我一眼，又开始没头没脑地朝前奔逃。在一片旷野里，我继续骑马追击着野兔。我虽带弓箭，却引而不发，因为我要像猫玩老鼠那样慢慢玩弄这只野兔。迎面一片树林，一下子遮暗了光线。一群白鸟被马惊吓，蓬蓬然散开，如同飞花。野兔跑进了一座李园，我的马也随之一跃而入。环顾四周，李花虽已凋谢，但满园荡漾着木叶的清香。我正要继续向前寻找那只兔子时，忽然有人从斜刺里冲过来，挡住了我的去路。那人骨骼粗壮，像一匹头大额宽的蒙古马，短衣打扮，看样子是个仆人。我没把他放在眼里，只管跃马向前。那人便拉住马头的缰绳，恼怒地告诉我，这是军巡使老丈人的府上，不得擅入。我听了，便想举起鞭子，劈脸抽过去，然后告诉他，这里所有的领地都是我们段氏的。但我很快就冷静下来。一阵风吹过来，我的目光微微一颤，越过他的肩膀，看见树林间走出一名女子，手里抱着的，正是那只惊慌失措的野兔。她穿着黄罗销金裙，两襟敞开，丝带飘拂。又一阵风从我手指间吹了过去，掠起她额前的一绺黑发。她噘着嘴，挑着眉头，有点带挑衅的意思。这世上的妙人儿都是甜蜜的毒药，见到她的第一面，我就想毁在她手里了。

在黄衫女子的眼中，我大概就是那种架鹰走马的公子哥。她没搭理我，抱着那只蜷成一团的兔子转身穿过李树林，向一座花木掩隐的瓦屋走去。我下得马来，也跟着走进李树林中。可我走着走着又转了出来。连闯三遍，不得其门而入之后，我就明白，自己进入的不是一片李树林，而是精心布置的迷魂阵。那一刻，我不知道是树在移动，还是自己被人施了奇门法咒，脑子里有魇魔作祟。本想拔剑砍掉那些树木，但念及此举一则唐突美人，一则煞风景，也就知趣地退了出来。转眼间，黄衫女子又从树林间露出脸来，向我喊话：陌生的客人，你没有主人的邀请，怎能进得了我的家门？我知道她不是个简单的女人，就向她请教芳名，她却称自己只是一个小女子，姓甚名谁不值一提。既然这样，我说，我赐你一箭，请你收下，也许有一天我会再次来到这里。这样说着，我就拉满弓，把一枚箭射中了她身边的一棵李树。黄衫女子连看都没看一眼，说，我夫君若在，准会还你一箭。我问道，请问夫君高姓大名？黄衫女子笑而不答。

这时，屋内传来一声老人的叫唤：瑛姑，你在外头跟谁搭话？黄衫女子回头应了一声。

你叫瑛姑？我对瑛姑说，能否把你怀里的兔子交还给我。

瑛姑说，兔子既不是你的，也不是我的，它从哪里来，就让它回哪里去吧。我说，我要定这只兔子了。瑛姑说，我们不妨打个赌，官人若是输了，就放过这只兔子。我说，你怎么知道我会输？瑛姑说，官人守信便好，我且斗胆向官人请教一个简单的问题：今有雉兔同笼，上有三十五头，下有九十四足。问雉、兔各几何？我自然知道这是一道算术题，但我也知道眼前这女子没有我之前所想象的那样简单，我若是往深里想，就怕自己像走进林子那样绕进去。再说，我看中的已经不是她手中的兔子了。多情如我，见美姝在前，即便有一阵微风吹过，似乎也能牵动一缕欲念。但我仍然装出一副满不在乎的神色，把那个问题撇到一边，牵着马往外走去。没走几步，林子那头突然又传来瑛姑的声音：既然官人赠我一箭，我也回官人一箭吧。

我在树下驻足片刻，一枚箭嗖的一下，穿林而至，射中我脚前一步之地。我从地上拔出箭来，细视箭杆，上面镌刻着一个我所熟知的神箭手的名字。我隔着林子扔去一句：我已经明白你的夫君是何许人了。随即就传来一声回应：明白就好，免得下回再来我家门前炫耀自己的箭术。

我把箭收入囊中，骑马离开了。

得遇瑛姑，我才算明白，宫里面的女人都不过是庸脂俗粉。瑛姑是一位幻戏乐人的女儿，她熟读周易，精通九章算法，会布阵，也懂音律，是我生平所见过的一等聪明的女子，她有个外号，叫神算子。那一阵子，凡与瑛姑有关的消息，我都要向人打听。

3

那年初冬，草木黄落，我带领部属去京畿山野间狩猎。扈从三百余人，连扛药箱的太医和抬恭桶拎夜壶的太监们都没遗漏。当然，我还特意叫上了羊苴咩城的一位军巡使。那人善射，据说是一位"能教鬼怕神愁的神箭手"。我们就在猎场的空地里搭起帐篷，挂起虎皮狼蜕。我喜欢那样一种冬狩的排场：白云覆地，马嘶鹰飞，旌旗飘展，弧矢鸣荡。想想都令人过瘾。

我屏退左右，让军巡使侍坐一侧，把温好的酒递了过去，他跪下来，诚惶诚恐地接过杯子。在我看来，酒便是酒，在他看来，这是御赐之物，自然非同一般。我饮下一盅，说，喝了酒，肺腑开张，正好可以杀几头虎狼助兴。军巡使说，这一带很少有虎狼出没，卑臣多年前同好友在这里巡逻时，曾见过不少麋鹿。说话间，我看见一只麋鹿正在山麓的溪流边饮水。我对军巡使说，我跟你打一个赌如何？你我之间，看谁抢先射中那只鹿。军巡使问，难得皇上有此雅兴，却不知赌的是什么。我说，若你赢了，我宫中的嫔妃任你挑选一个；反过来说，若我赢了，你家中的美妾也任我挑选一个。军巡使说，皇上既出此言，一定是胜算在握了。

我与军巡使折箭为誓，他那张脸满是络腮胡，看上去似乎没有一点表情。我们取了弓箭，各自上马，分头追杀那只麋鹿。

最后当然是我赢了。

我迫不及待地跑到那座李园，跟瑛姑见了一面。瑛姑得知事情的始末后，依旧隔着一片树林跟我说话。她说，让我做你妃子，只有一个条件。我问，你无论提出什么条件我都会尽可能满足你的。瑛姑说，砍掉军巡使的一条手臂。我问，他是我的爱将，又是你的夫君，你为何要砍他手臂？瑛姑说，因为他把我当作跟人交换的物品，便是对我不敬。既然他不敬在先，也就休怪我不讲情义。

三天后，我派人给瑛姑送去了一份彩礼，顺便带来了军巡使的一条手臂。

羊苴咩城的人都说，瑛姑是一个悖德的妇人。而我娶了悖德的妇人，也不会有什么好结果。他们是这样说的。

迎亲队伍进入羊苴咩城之后，我便穿上一身吉服，带上仪仗队来到皇宫大门外迎候。一名文官跪在我跟前说，皇上是九五至尊，不可屈尊。我立刻把他轰开了。瑛姑下了凤舆，我让她从正门进来。又有一位文官跪在我跟前说，先皇已定规矩，迎娶皇后的时候才可以走正门，皇上万万不可让妃子……我二话没说，就把他踢到侧门那边去了。那晚，我牵着瑛姑的手，大摇大摆地从正门走进大殿。

我为什么会喜欢瑛姑？因为她脸上有一颗痣。皇后身上几乎找不到一颗痣，但我偏偏不喜欢一个没有瑕疵的女人。

那一晚，我喝了很多酒。我和瑛姑躺在床上的时候，有一阵巨大的声音突然从我头顶滚过，然后就听到远山传来空洞的回响。是打雷的声音？我问瑛姑。不是，瑛姑说，这声音好像是从地底传来的。瑛姑说，床好像在动。不，是地在动。我抱住瑛姑说，是我的身体在动。那时候，酒劲已经上来，我感觉自己脑袋里有什么东西也在动。

4

（智兴，你说每个人的心里都有一个暴君和佛陀？暴君手里拿着一把刀，佛陀手里拿着一朵莲花。是这样吗，智兴？）

5

翌日，外面传来急报：威楚府地震，地忽然裂开，吞没了不少人。坏消息传到我宫中的同时，我的坏名声也传到了宫外。于是，民怨沸腾，骂声一片。朝廷上下，但凡遇见灾异，都要找个煞有介事的说法。事情闹大了，话也就多了。朝中大臣历数了我十条罪状。即便连地震这样的事，据说也是因为我忤逆天意惹得天怒人怨，以致上天以灾异示儆。高氏族人借势向我倒戈，发动了一场规模不可谓不大的政变。那些骑马的人、拿刀的人、放狠话的人，全都杀过来了。失掉一只手臂的军巡使与叛军里应外合，浩浩荡荡地从正门进来，说是要“入宫谢恩”。也就是在一夜之间，高氏族人借着“勤王”的名义掌控了朝政。我跟父亲一样，再次沦为傀儡。

想来这也是宿命：一旦大理段氏摆脱高氏族人的掌控，边地必出骚乱；一旦高氏族人入主朝廷，边患即刻消除。我现在终于明白，父亲当年是如何过着委曲求全的生活。那一年，金兵犯境，军国大事大都由高氏族人说了算，我坐在龙椅上不过是摆个样子——既然如此，我也就懒得上朝听政了，索性把日朝改为朔望朝，后来连初一、十五都不上朝了。那些当初称我是“暴君”的人又开始嚷嚷着骂我是“昏君”。过了些日子，高氏族人大概是拿金人没法子了，便把烂摊子甩给我，指使大臣们一次又一次地提醒我，我长久以来疏于临民莅政，以致几座边城屡屡失陷。我掐指算了一下，我已经有好几个月没跟大臣们见面了。于是，我又披上袍子，懒洋洋地登上那张被人们称为“龙椅”的椅子。我不算勤政，但有时也会把堆叠如山的奏章带回寝宫。瑛姑见我在灯下支着下巴长叹，便问我为什么忧虑。我把那些奏章带来的烦愁说给她听。瑛姑翻阅了一遍，给我出了一些点子。她的才智远远在我之上，花了一个通宵的时间，就帮我把各种奏折批阅完毕。第二天，我把朱批交给朝中大臣时，他们几乎不敢相信自己的眼睛。

瑛姑发现我的剑术不进反退之后，就暗暗替我担忧。她开始管制我的后宫，收起我的酒杯。在瑛姑看来，凭我的悟性，若是用志不分，勤加修炼，不出几年，就能与那位终南山剑客一争高低了。在她的督促下，我刚日打坐，柔日练剑，自觉有了精进。每回我练不下去，想找点乐子时，瑛姑就会像一位严厉的师傅那样提醒我。至于朝中的事，我已交付几个朝臣把持。如果他们还有什么事不能裁决，就经由瑛姑转告于我。事实上，那些事让瑛姑打理起来会比我更得体。碍于妇人不能主事的老规矩，我也只能让瑛姑在暗中帮我出主意。

鸡叫三遍了，你也该去练剑了。

月亮刚从东山出来呢，你为什么就早早收剑了？

我每天总能听到瑛姑口气温柔却又不失严厉的敦促。

瑛姑才智过人，无书不读。像算六十甲子书、占贝卜书她都能通读，还有一些从江湖异士那里收罗过来的稀奇古怪的剑谱，她也能读一些。她边读边讲解给我听，然后就让我照着本子把每一路剑法都练上一遍。我练得愈多，忘得愈快。当我忘记所有的招数时，我的剑术就有了明显的长进。汗水流淌下来，血气翻涌上去，不能不说是一件痛快淋漓的事。每回收剑，看到满地落叶，我就很满意。

半年过后，瑛姑请来了一位国中剑术名家。他看了我的剑术，感叹说，我的剑里面带秋声，让人想起无边落木萧萧下。这句话很美，我就让史官记下了。还有一位琉球高手，称我为“三百年来剑术造诣最高的剑之圣者”，我也让史官把这句话一并记下了。

在我不理朝政的年头里，高氏族人反倒不知道应该怎么办了。他们掌控的权力愈大，内部的纷争就愈多。他们闹得不可开交时，又希望我出来平衡一下。于是，我又可以做一些让自己说了算的事。比如恢复旧制，比如兴建寺庙和城墙。有朝臣送来青铜大鼎，内铸铭文，对我的文治武功大加赞赏；又诣阙上表，向我提议废除身为高氏族人的皇后，另立瑛姑为后。

我把这事说与瑛姑听。瑛姑说，她昨夜做了一个梦，梦见一位羽人进室，把凤袍披在她身上。我告诉她，我已经把万千宠爱都加在她一人身上，还要凤袍作甚？瑛姑说，她喜欢凤袍上绣的那些熠熠生辉的金翅，她觉得自己穿上这样的衣裳走出去会是一件很体面的事。

很快地，我就收到了皇后的宫怨诗，说的是自己在凄清的夜晚如何翻出箱底那件大婚时穿过的凤袍暗自落泪，如何抚摩着熟睡中的孩儿替他的命途担忧。我把这诗扔给瑛姑看，瑛姑读了，叹息一声，说，这世间的男人都爱青丝，嫌憎白发，等我老了，或许也会被人冷落。这些话说得我心里凉一阵、热一阵的。外面的竹影映在窗上，风吹竹叶的声音传到我耳中，我没什么话可说，只好望着窗外出神。女人心思细密，在房栊四围种了竹子，以求幽情，现在听来，全像是凄凉的低语了。

6

（那一年秋天，我经过瑛姑的李园，见了她一面。她的头发全白了，像李花一样白。我问她，怎么会变成这样子？她说了一些不知所云的话。她好像是真的疯了。我唯一听懂的一句话是，她痛恨这世上所有的男人。智兴，她像疯婆子那样诅咒着世上所有的男人。）

7

从她身上，我能闻到李花的味道。我们站在塔楼上，她的眼睛里倒映着暮春三月的晚空。她说，昨夜我梦见一只黑鸟飞入我帐中，遗落一枚透明的白卵。我问，这是什么意思？瑛姑说，我查了一部解梦的书，说是吉兆，古代的皇后就因为做了一个玄鸟堕卵的梦之后诞下一子，后来成为皇帝。所以，我觉得，这个梦就是天启，我也要替你生一个孩子，让他继承皇位。我听了，不由得吸了一口凉气。瑛姑不仅想做皇帝的女人，还想做皇帝的母亲。我向她解释说，我已将皇后所生的长子立为王储，现在如果废长立幼，必致宫乱。再说，你又如何能保证自己所生的是儿子？瑛姑的回答令我大为吃惊。她说，你别忘了，我的绰号是神算子，我凭借五行八卦算出哪个时辰交合可以怀上男孩的。

我开始害怕跟她见面了。

为生孩子的事，她跟我没少发脾气。很显然，她身上有着强烈的占有欲，如果可能，她想占有我的一切。后来我就以练先天功、务须禁欲为由躲进密室，避而不见。

我闭关修炼的时候，把兵符与印信交给朝中几位信得过的大臣。每个月，他们还要捧着我的金靴去城外转一圈，代替巡视。我回到朝中的时候，很奇怪，手下的人竟没有一个做出背叛我的事。唯一背叛我的人是瑛姑。

出关那天，她就跪在我面前，泪流满面地告诉我，她有了。那一刻，我仿佛听到了内心里传来一柄剑崩断的声音。我没有逼问，她就把那个男人的名字告诉我。那人是我的朋友，确切地说，是我朋友的一个师弟，长着圆胖脸，性喜谐谑，有点像古书上记载的那种俳优、狎徒之流。按照她的说法：他只是用手指碰了一下她的身体，她就爱上了他，然后就做了他的女人。我问她，这件事还有谁知道？瑛姑说，朝中上下都已经知道了。

我知道，所有的人都在暗地里谈论我的隐私，而且都在迫切地等待我以一种残酷的方式了结这件足以让我一辈子都抬不起头的事。望着墙壁上挂着的宝剑，我的怒气仿佛带着一股呼啸的声音蹿出了我的身体。我可以驾驭一匹烈马，却怎么也无法控制自己的情绪。然而，当我举剑刺向瑛姑的时候，那个久违的影子突然出现了。

我问影子，莫非又是我做错了什么？影子没有回答，只是发出一阵嘎嘎的笑声。我用剑尖指着影子喝道，不许笑。影子反倒笑得更厉害了。门口的珠帘也在不停地晃动着。

影子消失之后，我才转过身来，看见瑛姑依旧跪在那里。

我的剑始终没有落下。

一缕曙光照在我手上。我像收起一柄剑那样，收起了我的愤怒。

我是一个罪大恶极的人：我好斗，滥杀无辜，结果被影子附身，摆脱不得；我好色，淫人妻子，结果自己的爱妃反被人淫。用佛门的话说，这都是因果报应。

从此以后，我开始憎恶刀剑，憎恶女人。宫里面的人和大臣常常找不到我。更多的时候，我是去外面访僧问道。听说有位西域圣僧，在城外一座山里结庵居住，我便带着十余名侍从、一车礼物进山拜访。山很大，上有白云缭绕，下有烟岚弥漫，茅庵藏得很深，我们费了一番好找。在一口水潭边，我看到了一座依树而建的茅庵，柴扉紧闭着，寂中透静。侍从说，这和尚真是不识抬举，皇上来了，也不开门。我下马上前，敲了三声门，里面就传来一个小沙弥的声音：谁呀？我曼声应道，大理国皇帝段智兴特来拜会圣僧。小沙弥答道，师父三天前闭关，再过一个月出关。我说，师父闭关，你可以开门呀。小沙弥说，师父说了，茅屋太小，容不下你这样的贵客。侍从威吓道，如果你不开门，我就放火把你们的茅屋给烧了，看你还敢不敢不开门。屋子里面突然就没了声息。罢了罢了，我说，既然圣僧不想见人，你就是把整座山烧了也不管用。我让侍从奉上礼物，就下山了。

后来，我派人请圣僧出来做国师，他婉言谢绝；赐他一座寺庙，他也谢绝。听西域过来的人说，圣僧原是西域某国的王子，身为天潢贵胄，享尽了人世间的一切荣华富贵之后，突然又看破一切，出家做了和尚，从此草衣卉服，穴居野处，不跟世人往来，却与鱼鸟相亲。又听人说，他在山中修行时，身上落满了树叶，爬满了蚂蚁，也不去拂拭。那年冬天，我想起这位圣僧，又带着几个侍从去拜访他，他还是避而不见。没法子，我就把那座山送给了他。

下得山来，我让侍从先行，独自一人沿着一条长河默默行走。听着潺潺水声，感觉自己也在缓缓流动。山在恍惚间退远，近似于无。河流没有尽头，时间也没有尽头。天地之间，只有我和马的影子在缓慢地移动着。我脱掉了自己身上的袍子，卸掉了马身上的鞍辔。一下子感觉自己轻松了许多，马在我前面踢着土块，微尘飘落河面。这时我忽然明白：去见圣僧，是不应该穿着皇袍、带上那么多侍从和礼物的。

到山中寻访圣僧的念头一直没有打消。下过一场雪之后，太阳劈开一条爽净的山路，我穿着一身粗布衣裳来到山中。我站在一座低矮的茅屋前。听得里面有人问：谁呀？

答：是我。

又问：你又是谁？

又答：我是我。

门开了，圣僧走了出来，双手合十对我说，站在我面前的，不是一位国君，而是一个善男子。来来，我们可以坐下来聊聊了。

我盘腿坐了下来，把腰间的剑横放在膝头。

果然是剑不离身。

习惯佩剑，好像它已经成为我身体的一部分了。

那么，你能否告诉我，你的剑在心外还是心内？

剑在心内。

那么，你的心又安放在哪里？

啊啊，一直以来我都过得浑浑噩噩，不知道把心安放在哪里。

那就暂且把心安放在我的茅屋里吧。

我在茅屋里坐了一个下午。圣僧给我讲了一个故事：他的高祖晚年耽悦佛法，长年不问朝政。有一天，他突然心血来潮召来八方工匠，在宫里建造了一座百尺高的塔楼。他在塔楼顶端，闭关修炼。据说他可以偷听神仙说话。多年来，他没再下得楼来，光是听神仙说话，却没有听到底下臣民说话的声音，结果是可想而知的，他的亲信不得力，以致大权旁落。某夜，星坠木鸣，朝中有人认为这是天降异象，于是联络京畿一支军队，闯入皇宫，杀掉了护卫，在塔楼底下点燃了大火。高祖皇帝的三个儿子听到兵变的消息，便各带三支军队前来勤王。我们的高祖皇帝看到楼下张开的大网，却不敢往下跳，因为他在那一刻连自己的儿子都开始怀疑了。他宁可死于敌人点燃的大火，也不愿意死于亲人之手。就这样，眼看塔楼就要坍塌下来，我的高祖依旧抱着柱子，用绝望的目光俯视着我的曾祖父。

圣僧接着又说，我这位高祖皇帝，活到一定岁数，忽然想到人的寿命无论有多长，终有一死，于是就看淡了手中的权柄与眼前的富贵，看上去他好像是悟道了，其实不然；他后来为了求得长生，宁教皇权旁落，视生灵于不顾，这实在是不智之举。我知道，圣僧讲这个故事，说这番话，便是要告诫我：既然做了皇帝，就应该做皇帝应该做的事。

那一晚，我就在茅屋里住了下来。睡的是草荐，盖的是破被。

第二天，圣僧突然问我，昨天是否睡得不太好？

岂止不太好，简直就是一夜没合眼。

为什么？

被几只跳蚤骚扰，不得安宁。

你捉到那几只跳蚤了？

一只都不曾捉到。

一个皇帝竟拿几只跳蚤没法子。

是的，我可以战胜很多人，却无法打败几只跳蚤。

几只跳蚤都可以制造出这么大的麻烦来，何况是人。

唉，当皇帝有太多常人难以想象的烦恼。这一切，家父最能体味。他曾把我带到一片松林里，教我如何打坐。松风吹拂一颗心，有禅意啊。可我走出松林时，心底里还是觉着苦啊。

烦恼不除，正念不生。种种烦恼，譬如缸底积垢，越积越厚。

如何除去烦恼？

太阳出来了，我们晒暖去吧。

圣僧脸上露出了淡静的笑容。有风缓缓而至，他像一片树叶那样飘到了阳光那一边。

8

皇后听说我有出家的念头，便派人送来一撮用绳子系好的头发，还特地在捎带的信中说，这是我当年与她共枕后遗落的头发，她每天晨起都会将它捡起来，放入匣子里，时日久了，就集成一束。我揪着这一撮头发，心绪纷乱。隔日，我将太子召来，让他坐在一边，看我如何批阅奏折，如何跟身边的大臣商讨国事。

我们大理国衰弱的时候，有人说我们偏安一隅；强盛的时候，又有人说我们独霸一方。我把城墙修得愈坚固，就愈是招来敌国的侵犯；我把法典修得愈完备，就愈是有人敢以身试法。治理一个国家，我知道，不是靠手中的一柄剑。你有一把利剑，但用来切菜还不如一把菜刀。这是圣僧对我说的话。尽管我凭借一已之力无法改变这个国家的命运，但我还是试图改变点什么，以此证明我比父亲那样的傀儡皇帝要强。直到有一天，圣僧突然告诉我，我在十月会遭遇一场“天变”。所谓“天变”就是：日月交晦，星辰昼见。

圣僧所说的“天变”之日果真来了。太阳刚刚还高挂空中，转眼间天色就暗了下来，狂风乍起，在顷刻间席卷羊苴咩城。这一阵风，不是从西方或北方来，也不是从东方或南方来，而是从四面八方来。我坐在宫中，但听得门窗吱咯作响，桌椅吱咯作响，梁柱吱咯作响，我的牙齿也在吱咯作响。

侍卫来报：高氏族人已在门外陈兵三万。

他们是来逼宫的吧？

他们要皇上登上城楼跟城下将士和百姓对话。

他们为什么偏偏要挑这个时辰？我挥了挥袖子说，不见。

无须探看，我也知道外面已是黑云压城之势。宫里面的人东奔西窜，早已乱作一团，更多的人偷偷卷起了珠宝，打算趁乱逃生。几个嫔妃来到我跟前，用可怜巴巴的目光看着我。我知道她们想要说些什么。

紧接着，一位老臣跑过来传话，归总起来，无非是说我在位多年，内忧外患不绝，天灾人祸不断，宜尽早禅位给太子。

我对老臣说，这个我自然明白，太子有高氏族人的血统，他们往后操控起来自然更省心。

老臣说，他们还放话：如果在天光再现之前，皇上还不退位，他们只能采取兵谏。

我自然知道“兵谏”这个词意味着什么。从前，我好斗成性，手中即便没有刀剑，脑子里也是刀光剑影。而现在，我早已倦于争斗了，也深知一场恶战之后，不知道会有多少人最终变成累累白骨。古书记载：周穆王南征，一军尽化，君子为猿为鹤，小人为虫为沙。怎敢想象，那样的惨状就将在羊苴咩城内重演！

想到这一节，我就让老臣跑过去传话：只要他们退兵，我就退位。

我的话刚刚传出去，天光就亮了。城外响起了一阵雷动般的欢呼。

随后又有一名太监来报：皇上，他们已经把您的坐骑准备好了。

够了够了，我冲着那个老太监咆哮道，他们为我准备的东西已经够多了。王位是他们为我准备的，皇后是他们为我准备的，刀剑是他们为我准备的，现在，让我滚出皇宫的坐骑也是他们为我准备的。可我要告诉他们，唯独这坐骑，我不需要他们为我准备。

我脱下了皇袍，解下腰间的宝剑，丢下了所有可以丢下的东西，孤身一人，举着火把，穿过一条秘密通道，逃出了皇宫。此时，一道天光忽然映照在我脸上。远远的，我回头望了一眼，一座城在疏淡的树枝间浮动着，依稀听得草丛下一缕风的呜咽。

我跑到山中，跪倒在圣僧面前，问他如何摆脱眼前这场“天变”。圣僧吹熄了一盏灯，又将它点燃，说，熄灯的人就是点灯的人。我知道，他的意思是让我“先死而后生”。杀死我的人，和拯救我的人，不是圣僧，也不是别人，正是我自己。我把一个俗名叫“段智兴”的人杀死了，然后一个法号叫“一灯”的和尚就重生了。

之后也曾心生邪念，也曾发出恶声，但圣僧会让我跟随他默念一段经文。以前种种，散作骷髅、蛇蝎、闪电、刀剑，交会眼前，我依照圣僧所授心法，收视返听，什么腥风啊血雨啊，全都不见了，那一刻，我心里只有绵绵细雨，只有雨后的彩虹。出家之后虽说不能把一身的烦恼洗得一干二净，但心里到底是清净了许多。至于那个影子，是的，他再也没有出现过。我一度以为它跟那个名叫“段智兴”的人一起死去了。事实上，它一直在那里。我不会惊动它，它也不会惊动我。我们相安无事。

9

这么多年来，我修炼的是如何消除身上的杀气。现在我手里即便拿着刀剑，也不会有杀气了；如果我身上还有杀气，树叶放在我手里也可以伤人。

华山论剑之后第十年，我们约定再上华山，此行的目的当然不是论剑。洪七在信中说，他有点想念老朋友了，想在此会会，仅此而已。其实见了面，也没什么好说的。瞧洪七的神色，心里像是装着什么事，可话到嘴边又咽了回去。我不便多问，照例是手捻佛珠，口念心经。洪七觉着无趣，拍拍屁股离开了。两只凝固在枯枝上的黑鸟也突然张开翅膀，向天空飞去，画了一个大圈，又陡然飞下，落入滚滚云涛。洪七在山里面转了一圈，带回了一只骨瘦如柴的山鸡。不觉间天色暗了下来。洪七从石屋中取来柴火，在我对面点燃了一堆火。远山在风中微微晃动。

洪七来到我跟前，盘腿坐下。

刚才你离开之际，我听到有人发出狼嚎般的声音，心里仿佛藏着大悲恸。

我也听到了，如果我猜得没错，那人是从白驼山来的。

想想也是，只有他的啸声能如此深厚绵长。

我可以感觉到他的内劲。

你过来的时候，我也能感受到有一股强劲的气息拂面而来，这是一股至纯至精的阳刚之气。洪七，你是如何练成一身绝学的?

就是为了混口饭吃，没有什么可说的。

但洪七终于还是说了。

洪七有兄妹八人，他排行老七，洪七这名字就是这样来的。至于他真名叫什么，连他自己也记不得了。洪七的兄妹中，有三个因七日疯或别的什么病夭折，还有两个跟随宋军，战死沙场。他们平生事略都很简单，没什么可说的。唯独洪七的父亲，似乎可以一说。他是个老饕，好吃懒做。平日里，酒杯常满，光阴虚度，也没有一丁点愧疚感。洪七的母亲对他颇多抱怨。洪七的父亲除了吃，竟不晓得自己还能做什么。洪七的家人迁居异地、妹妹远迁之后，宅院从此夷为平地，断了人声。后来盖起的一家酒楼，就跟洪家无关了。洪七在外面浪荡，一直没有回过老家。有时即便惦念那个地方，也是因为那里还有未还的酒债。洪七当过步兵都头，因为酒后痛骂官府，被人告发，当即贬为一般的差人。当地人都说他是“申时一官，酉时一卒”。不过，他也乐得自在，仍然喝他的酒，发他的牢骚，此间跟街头小贩打过架，砍过几个金人的脑袋，偷吃过邻居家的鸡。在大伙眼里，他就是这么一个浑浑噩噩的人，后来有一天，有幸得遇高人指点，练就了一身绝学。他参加过几场能让人谈论七天七夜的武林大会。于是，原来被人瞧不上眼的江湖小混混，也便被人奉为豪侠。

我本不想习武的，洪七说，我的梦想是跟我爹一样做一个老饕，吃遍天下。但有位算命先生说，我这辈子口福不浅，却是乞丐的命。

我说，我还在位的时候曾碰到过一个从汉地过来的乞丐，我问他，现在最想要的是什么?他说，我想吃一顿红烧肉。于是我就送他一碗红烧肉。他问我是做什么的，我说我是大理国皇帝。他有点不敢相信。他想了半天，跟我说，当皇帝定然是天天有红烧肉吃吧。我说，天天吃红烧肉又怎样?烦恼照样没见少。他很惊奇，皇帝怎么也有烦恼？我说，这世上如果没有烦恼，我更愿意去做乞丐。乞丐说，乞丐也有烦恼，比如，吃到了红烧肉之后，他还想要一个女人。我说，我赐你一个女人之后，你还会要更多的东西。人有了妄念，也就有了烦恼。洪七，你说是不是？

洪七呸的一声吐掉鸡骨的渣子说，皇帝与乞丐有甚区分？也屙屎，也吃饭，困来也睡觉。

你说得对。皇帝与乞丐没有区分。我们什么都不是，我们不过是浮云的一部分，是这座山的一部分，是这一阵风的一部分。在我之前，早有一个我存在于天地之间，在我之后，那个我还在那儿。坐在你眼前的，不过是一副臭皮囊。

洪七啃着鸡翅，看几只鸟绕树而飞。

看样子，今夜就要下雪了。

我已经准备好了一壶酒，可惜你不能跟我对饮。

洪七，为什么你的嘴总是一张一合？你是不是还想吃鸡肉？

不，我是想跟你谈谈我的女人。

你的女人？

我听到“女人”这个词，突然想笑，但又忍住了。

算了，不说了。

那你谈谈你在酒池肉林中的故事吧。

酒肉与佛隔着肚肠，不相碍的，不相碍的。不过，我一直弄不明白，为什么我吃得越多，越是感到饥饿？

人啊，就是这样，你的双手越满，内心越是虚空。

如果有一天我突然死去，定然不是饿死，而是撑死。

没想到你看得如此通透。

可是现在，我感觉自己心底里空荡荡的，就像房屋建好了，却没有人居住。

那么，我们就坐在风里享受空荡荡的快乐吧。

寂静好像是从岩石中渗透出来的。我刚刚说完一句话，寂静就包围过来。

我除了往碗里再添些水，已不赘言。

西

1

铅灰色的天空重重地压下来，雪白的山间，藏着一粒黑色的影子。风一吹，那粒黑影就滚动起来。瞬息之间，影子变大。来人正是洪七，一件黑氅披在他身上，被风吹得鼓荡起来，活像一只刚从天空飞下的大雕。他身后，只有浅浅的脚印。

你是怎么找到我的？我问。

我听到了你的啸声，洪七说，只有你的啸声才能震落天上的那只鸟。

洪七，这些年你的侠名越传越远，连白驼山那一带的人都知道了。

我也听说，这些年来白驼山一带出了不少山贼，手熟刀快，杀人如切菜。

我把他们统统杀掉了。在白驼山一带，我没有对手，也没有朋友。

没有对手的人很可怕，没有朋友的人更可怕。

我的恶名怕是也从西边传到了你们北边吧。你为什么不上白驼山来找我？

因为我不知道自己应该把你当作对手还是朋友。

人人都说我身上带毒，不愿意跟我接近，我只能躲在那山里面了。没错，当我心生仇恨的时候，牙缝间就会分泌出一股毒液。这股毒液让我的牙痒痒的，很难受。

洪七听了我的话，蓦地亮出白刃般的牙齿。他的笑如刀光一闪而过。我从洪七的眼睛里看到了自己。我是一个脸上有刀疤、眼睛里有杀气的人。

洪七从已见油光的袖子里伸出手来，脱掉靴子，在手掌上拍了拍，抖落一蓬灰土，然后就用手指抠着脚趾间的皮垢。目光微闭着，仿佛那是一件令人称快的事。

无聊，口淡，便问洪七，这回带来的是什么酒？洪七把腰间的大葫芦拿起来，摇了摇。酒在壶里晃荡的声音听起来仿佛海浪轻拍船舷。洪七说，这是用修罗采花法酿的仙家酒，你不曾喝过吧？我问，这酒好喝么？洪七说，喝过一回，你就记住它的滋味了。

我们相对坐着。斗酒只鸡，吃将起来。

洪七好吃。洪七吃到兴头上就说，人生最大的乐事莫过于尝别人未曾尝过的异味，喝别人未曾喝过的美酒。

我说，有人好吃，有人好色，说穿了都是一回事。

洪七拍掌大笑三声，说，老毒物，我想听你谈谈女人。

"老毒物"是我的外号。一般人不许叫，叫了，轻则吃一记耳光，重则掉脑袋。不过，洪七例外。

十多年前，我第一次跟洪七在昆仑山下相遇，就有一见如故的感觉。他说我在月光下的脸色极其难看。我告诉他，我是一个厌世者，我曾经想过用各种方式了结自己，可我没能办到。我之所以能死皮赖脸地活在这个世上，是因为这世上曾经有一个我最爱的人和最想杀掉的人。我还告诉他，我爱的是一个我不能爱的女人，恨的是一个一直想杀却无论如何也下不了手的人。洪七说，我明白了，你担心的是如果有一天你杀了那个男人，娶了那个女人，自己反倒没有活下去的意思了，是这样吧？是的，就因为这一句话，我把洪七当成了我的知己。我跟他痛饮了一场，还一口气杀了几十匹狼。

我后来喜欢喝酒，也跟那个女人不无关系。醉眼蒙眬的时候，我看到每一个女人身上都有她的投影。因此，我必须杀掉更多的人，才能忘掉那个男人；我必须寻找更多的女人才能忘掉那个女人。

你的女人？洪七问，还在白驼山？

在那边，很远很远的地方。

我站起来，拔出腰间的剑，指着鸟飞过的地方。我的手指颤抖了一下，又收回了剑。

剑已入鞘，但空气里仍存寒气。

2

智兴青年浪荡，中年出家。而我跟他相反。少年时节我随同师父读佛经，差点出家做了和尚，到了青年时节，我经历了一些事，反倒浪荡起来了。改变我人生的，从前是一部佛经，后来是一个女人。那个女人就是我的嫂子。哥哥风流成性，在他匆匆打发过的一大堆女人中，嫂子算是他最为倾心的一个。嫂子金发碧眼，能弹会唱，听哥哥说，她是波斯皇族的远裔，祖上从高昌迁来，向来不与外族通婚，但哥哥偏要他们打破这一相沿几百年的规矩。哥哥成亲那日，我喝了许多酒。那一刻，我忽然发觉，嫂子是这世上我所见过的最美的女人。酒后看女人，跟酒前看女人是不一样的，这就像月下看竹影和日光底下看竹影一样。哥哥抱着嫂子进洞房时，嫂子回头瞥了我一眼，用脚尖把门轻轻地掩上。那时候我就是不明白，为什么门轴的吱咯声会让我浑身发痒？

自从有一天，嫂子给我一碟炒熟的蚂蚁，我就倍加怀念蚂蚁的味道了。我舍不得把蚂蚁一口吃完，每次只动用一小撮，放在嘴里，细嚼慢咽，渐渐地，就品尝出火腿的味道来了。这味道勾起了我的欲念。我吓了一跳，赶紧拿起从前读过的经书。读了一段，又开始走神了。那点心思，如何能收拾得住？

我抛掉经书，开始吃肉。可我仍像受了魔一般，心中不安。坐不住，出去走了几天，回到家中，人虽坐着，却依旧感觉自己在不安中游荡。

白驼山的人都说，哥哥娶嫂子花去了不少钱财。光是第一次见面奉上的贽礼就有大宛良马、土产珍珠、彩玉、帘幕、裘帽、黄熟香、一种叫作无名异的药。而嫂子的嫁妆除了随身衣物，只有一筐子蛇。嫂子来自白驼山以西三百里地的一座蛇谷，那里的人事天不事佛，独独奉蛇为神（对他们来说，养蛇就是敬神）。嫂子进门那一天，便是把蛇绕在脖子或腰间当作装饰品。白驼山的人见了，都觉得不可思议。嫂子问我，怕不怕蛇？我说，不怕。嫂子就把蛇系到我脖子间。嫂子是这样对我说的：你没有害蛇之心，蛇也不会害你。

平日里无事，她也是把手指般细短的盲蛇放在手掌间玩耍。玩累了，就把蛇挂在床栏上，不许任何人触摸（事实上也没有谁敢碰）。哥哥不喜欢这种冷冰冰、软绵绵的东西，每逢入睡前，他总要把蛇驱赶到门外，可第二天醒来之际，他却发现蛇已缠绕在床柱上，等候着主人的抚弄。哥哥曾经这样对我说，你的嫂子是一个有毒的女人，我不知道哪一天会死在她怀里。

跟哥哥不同，我喜欢玩蛇，月夜里银光闪烁的蛇，蜕了皮、不穿衣裳的蛇，缠绕着树、发出咝咝声的蛇，在不安和期待中曳尾独行的蛇。我从嫂子那里学得咒语，只要对它们发出一声召唤，它们就会游过来。我的手指上有蛇的气味，它们可以在黑暗中找到我。我抚摸着那些曾被嫂子的手抚摸过的蛇，心中时常涌起一阵隐秘的激情和难言的羞耻感。因为嫂子，我认识了蛇；也因为蛇，我认识了嫂子。某些时刻，看到众蛇起舞，我便知道嫂子心情不错；众蛇颓然不动，我便知道嫂子起了愁思。

春夏之交，雌蛇的尾部散发出一股腥甜的气味，雄蛇纷纷爬过来，柔软而无声。我与哥嫂二人坐在瓜架下喝酒的时候，有两条蛇相互缠绕，跟麻绳似的紧紧地拧在一起，两个蛇头，此起彼伏，仿佛都不愿轻易就范。哥哥说，这两条长虫打得恁火热，居然也不避人。正在一旁的嫂子说，这两条蛇都是雄的，它们正为一条雌蛇压颈呢。哥哥问，什么叫压颈？我突然发出一声讪笑，说，你跟嫂子相处这么久，居然不知道这事儿？哥哥说，你是读书人，懂的自然比我这个粗人多。我心中暗暗有些得意，指着脖子最终挺立上面的那条蛇说，两雄蛇相争过后，脖子挺立的这条蛇等一会儿它就可以游到雌蛇身边去了。哥哥突然把目光转向了我，说，男女之事你没经历过，两条长虫交配的事你倒是一清二楚。我听了哥哥的话，像个姑娘家那样低下了头。嫂子看着我，也发出了咯咯的笑声。那年我十七岁，虽然学过一些拳脚功夫，但骨子里还是一个读书人，生性腼腆，发现有人的目光落在我身上，我就会退缩到一边去，不敢对视。

哥哥把我的手拉过去，说，你嫂子的手是凉滑的，像蛇一样。这样说着，他把我的手放在嫂子的手臂上。我却像是被火焰烫了一下，倏地收回。嫂子再次发出了咯咯的笑声。

之后就梦见了蛇。我与哥嫂二人在瓜架下喝酒时，嫂子的筷子突然弯曲了，像在水中所见的那样。筷子在蜿蜒中变长，缠绕着我的手臂。然后，我就看到嫂子甩动的头发变成了蛇，吐出的舌头变成了蛇，伸出的手臂变成了蛇。然后，我的四肢不能动弹了。呼吸也变得越发急促。那一刻，我的舌头和四肢都变成了蛇的一部分，融入蛇的身体。哥哥站在我面前，手里拿着一把刀。哥哥身后，是蛇一般淅淅然落下的雨……

热啊热啊。嫂子的嘀咕在我耳边响着。

入夏以来，天上不降一滴雨，地上扬起的尽是黄尘。白驼山的岩缝里渗出的那一点水，每天也就浅浅一碗。我们三人轮流舔那块斑驳的岩石，把棱角都舔得圆润了。嫂子总是跟哥哥抱怨说，没水吃，一说话嘴里就像是含着火焰；没水洗澡，皮肤都渴了，皱纹都长出来了。哥哥骑上马，说是要去远方找水源。可他这一去就是半个多月，没一点音信带回来。我们都疑心他在路上渴死了。嫂子对我说，待岩缝里的水都干涸了，我们就离开白驼山。我说，再等等吧。

哥哥临走时留给我一把短刀，他说，如果有谁敢动你嫂子，你就用这把刀子干掉他。我把短刀一直带在身边，它没有派什么用处。我无聊的时候就把刀拔出来又插回去，插回去又拔出来。突然想起，这只握刀的手至今还没有摸过女人的手呢。这么一想，连手指都有了莫名的冲动。天空中没一丝风。树叶不动。人也不动。一动就出汗。而我想出点汗。我的身体没动，心却在动。心动得很厉害的时候，我的嘴突然想嚼嫂子送给我的炒蚂蚁。阳光移出嫂子那个房间的窗下时，我就跟着移了过去。我听见嫂子的房间里传来布谷鸟般的嘀咕：热啊，热啊。我坐在窗外，出汗如浆。我担心自己这样坐下去会被汗水淹没。

哥哥这么长时间都没有回来，怕是真的出事了。我隔着墙把话递了过去。

她依旧嘀咕着：热啊，热啊。

太阳收起余光的时候，我放大胆子走进了嫂子的屋子，对她说，我带你去一个凉快的地方。

嫂子说，索性带我去遥远的地方吧，我不想再见到你哥哥了。

你去哪里？

马跑到哪里就去哪里。总之，不要再见到你哥哥了。

夜晚来临的时候，我把嫂子抱上了一匹白马。照着我的月光也照着她，她像是坐在水底，浑身闪烁着银光。紧接着，我也翻身骑上了马，轻轻地搂住她的腰。马一跑动，一阵热风就迎面扑来。嫂子说，这样的情景，我好像在哪里经历过呢。我问，是在梦里吧。不，她说，小时候读过一本波斯文的传奇，里面有个骑士，凭着单枪匹马把公主从魔鬼的城堡里带出。我现在闭上眼睛，就能想起那本书里描绘的场景。

我的马跑进了风里，越跑越快。然后，我就感觉马消失了，我们在风里面飘着。嫂子说，我们这样跑着，说不准像那本书里写的那样，能跑到天边的仙宫里去。她这样说着，忽然翻过身来，与我交颈相偎，嘴里的热气喷到我脸上，有一种说不出的刺痒。紧接着，嫂子像一条蛇那样缠绕着我，好像恨不得把我勒死。我能感觉到她那纤细的骨骼里埋藏着惊人的力量。

从马上下来之后，嫂子就成了我的女人。想到她那裸露在风里面的、流着汗珠的身体都属于我的，我还要什么白驼山，还要什么好名声？很快地，有关白驼山的流言就传了开来。这些流言当然是跟男人和女人有关的，被风一吹，也就传回我的耳边。我听到的那一切比起眼前这一个妙人儿，不过是一阵风罢了。我不在乎了，什么都不在乎了。这一辈子为一个女人而堕落总归是值得的。

3

（那年秋天，老毒物，亏你还记得，我们坐在昆仑山脚下，黑压压一群狼围了上来。你我各执刀剑，一口气杀死了三十多匹狼。后来你把那一口带着毛血的宝刀赠给我，我也把手中的短剑赠给你。那一晚，你竟在睡梦里发出了狼嚎的声音。）

4

白驼山的太阳随时都会让一个正常人变成一个疯子。我在白驼山中研读佛经，修炼剑术，原本只是为了防非止恶，但后来我无法抵挡各种诱惑，最终还是破了戒体。哥哥曾说，你只需学会我三分坏，就可以在江湖上混了。这是哥哥对我说过的最真诚的一句话了。

哥哥这一走，也不是断无消息。

哥哥的消息总是零零星星地传到我耳边。他这一路外出找水，遇到了一些匪夷所思的事。他出门两百余里时，先是在半路上犯了先前从未犯过的头风病。那一带，一眼望出去只有红沙，太阳照得快要昏死过去了，日头西斜的时候，幸好有一支马队经过，把他给救了。马队里有人认得我哥哥，当年他们从白驼山下经过时，给我哥哥狠狠地敲了一笔银钱，心里头原本就有些愤恨，这下子他们大可以见死不救，但马队里的头目说，把我哥哥就这样扔下不管，还不如送到前头的双旗镇。哥哥全身乏力，就任由他们把自己的手脚绑了个严实，搁在马背。白驼山与双旗镇各设关隘，但凡商队从这一带经行，要么抄近路走双旗镇，要么绕远道走白驼山庄，我们要做的就是给商队提供向导和饮用水，然后收取一笔大小不一的银钱。白驼山地僻路远，因此，商队往往喜欢选择在双旗镇歇脚。早年间，哥哥在白驼山混不下去，就跑到双旗镇上做些鬼市买卖，他以滥饮闻名，也以滥杀闻名。因此，在这个镇上，他没有一个朋友，只有一大堆仇人。哥哥从双旗镇回来之后，就拉起一伙人建起了白驼山庄，开辟了一条可保商队五百里畅通无阻的路线。车过压路，马过压草，收点保护费也合情合理。这下子，一些原本投止双旗镇的商队也不嫌脚程远纷纷改道走白驼山。有利益争夺的地方，就有江湖。双旗镇的人对我哥哥恨之入骨，曾派人上门挑衅，但都有来无回。没承想，天公不作美，入夏以来，白驼山一带久旱无雨，水源干涸，所有的商队又不得不走水源丰沛的双旗镇。那支马队也是临时改道，他们去往双旗镇虽说是投宿，却像投诚。设若他们交出我哥哥，不仅可以得到一笔赏钱，往后出关入关兴许还可以获得免费派送的向导和饮用水。在送往双旗镇的路上，我哥哥居然跟他们做起了一笔买卖：此去双旗镇是两百余里，此去白驼山也是两百余里。若是把他送往双旗镇，也无非拿到少得可怜的赏钱；若是放他回去，他可以赠送对方一笔可观的银钱。权衡利弊，马队的头目就下了决定，亲自带上两名精壮汉子来到白驼山，向我和嫂子讨赎金。马队头目带来了我哥哥的一封亲笔信和帽子，说明来意之后，又试图晓以利害。我看着那个马队的头目，露出了微笑。他问我笑什么，我说，我笑这世道呵。这世道越来越看不明白了，商人可以变成强盗，强盗也可以变成商人。马队的头目冷笑一声说，在这乱世里，还有什么世道人心可讲？能够活命就不错了。我给他们端来两张椅子，让他们在大厅里稍待片刻。我进里屋洗了个手出来，他们就已经口吐白沫，横躺在墙角了。我没有惊动一粒灰尘就把他们放倒了。这是我第一次亲自动手杀人。嫂子问我，为什么非要杀了他们？我说，哥哥如果带来的是一只鞋子，就说明他处境危险；但他带来的是帽子，就说明他虽处险境，但他好歹可以设法脱身。是日，我孤身一人骑马去寻找哥哥，沿途看到几具尸体横七竖八地躺在地上，每具尸体的脖子间都有一道很长的伤口。我瞥上一眼，就明白，哥哥让马队的人到白驼山取赎金，就是为了求得让自己缓过劲来的时间。他一口气杀了那么多人，大概又可以找到一家酒店痛痛快快地喝上一坛酒了。我见过哥哥杀人的场景，手起刀落，仿佛干的是一件可以带来快意的事。每回杀完人，他就开始喝酒。这回他去了哪里，我不得而知。我沿着遗落路边的驼粪，一个人在荒漠里走着，天是青的，地是黄的，心间荒凉的。穿过一座又一座废墩和土堆子，前面就是双旗镇，被破败的土墙围绕着。黑暗中能见到悠远的灯火和低矮的星星，也能听得细弱的哭声，但这些跟我统统无关。哥哥的生死也跟我无关了。我脑子里只有嫂子。她是唯一跟我有关的人。一想到她正独自一人待在黑暗中，我就拨转马头，急着赶回去。嫂子问我是否见到了哥哥，我就把自己一路上的所见所闻告诉她。事实上，有一个细节我有意无意地遗漏掉，那就是：我看到了哥哥遗下的鞋子。之后，从双旗镇传来消息，说哥哥杀掉了那个镇上最厉害的人物，还带走了他的女人。哥哥是一个耐不住寂寞的人，一个喜欢冒险的人，他总想去追求那些得不到的东西。因此，我疑心他此行原本就不是为了找水，而是寻找另一种更重要的东西：女人。当然，女人也是水。是另一种用来解渴的水。再过一阵子，又有人传来消息，说我哥哥已被官府收押。我知道，凭牢里那几条生了锈的铁锁是捆不住我哥哥的，他想走就走。他愿意蹲在牢里，大概是为了躲避仇人的追杀。或者，他那脑子里还有别的什么盘算。一个多月后，嫂子突然告诉我，她怀孕了。这一下，我不知道该如何是好了。嫂子说，一直待在这里不好，会有人传我们的闲话。我说，谁乱咬舌头我就把他们的舌头给割了。嫂子说，算了吧，舌头是割不尽的。

我问嫂子，如果哥哥知道了我们之间的事，他会怎么做？

嫂子说，他不会杀我，因为他知道，谁杀了我们蛇谷的人，鬼魂就会变成毒蛇纠缠他一辈子。

我掏出哥哥赠我的一把短刀，在灯下久久地凝视着。嫂子说，你看刀的目光比刀更可怕。但我的目光从那把刀移到嫂子身上时，她的目光也变得跟我一样可怕了。

嫂子说，带我走吧，离开白驼山。

为了躲避哥哥，我带着嫂子离开了白驼山。我们沿着昆仑山走了半个多月，找到了一座跟白驼山相仿的山，就此住了下来。这一年秋天，我们诞下一子。孩子满月时，一个皮肤黝黑的僧祇人找到了我们，说是受我哥哥所托，要带我们回去。我问他，你是如何找到我们的？僧祇人说，这一路上，我见到有几个小混混使用白驼山的功夫，自然就猜到你们躲在这儿了。他这么一说，我才想起，之前我为了补贴家用，确曾教过他们一些拳脚功夫。我原本想教他们自创的功夫，但他们嫌这种像蛤蟆一样跳来蹦去的拳法难看，我就只好教些寻常套路了。僧祇人看起来是个老江湖，哥哥托他办事，算是找对人了。不过，他也算坦诚，把我哥的意思都一五一十挑明了说。他还帮我们分析，说我哥哥手头不缺女人，只要我带嫂子回白驼山，低头认个错，兄弟之间往后还可以和和美美地过日子。嫂子给那僧衹人烧了一碗面条，以礼相待，他却不敢伸箸。嫂子和我坐下来，就把那碗面条呼啦一下吃掉了。那人在门外，一边吃着自带的馕饼，一边晒着太阳，吃着吃着，头一歪，就倒下了。没过多久，一条蛇就游了回来，沿着嫂子的大腿，一直游到嫂子的袖子里。嫂子的袖子里藏有两条毒蛇，一条能置人于死地，一条可以致人昏迷。僧衹人只是暂时昏迷，应该没有大碍。我趁机收拾好银钱常物，携妇将雏，离开了这个已经暴露行踪的地方。这一路上，我们好不容易才甩掉哥哥布设的眼线。我们穿州过府，辗转水陆，从西域一直走到北方一座县城，然后又坐漕船来到临安府。毕竟是都城，繁华的景象跟诗文里所描述的大致不差。除了对南方的湿热天气抱有不满之外，我们对这里的风土并无恶感。因此，我们就决定在城里一个偏僻的角落赁屋住下来。嫂子虽说不是富贵人家出身，但她不想被南方的蛮子们低看，平日里买东西居然也是大手大脚的。短短数月，只出不进，我们身上所带的盘缠和珠宝很快就挥霍殆尽。

八月中秋，家家户户都围坐起来吃团圆饭，唯独我与嫂子对着一张空桌子，长吁短叹。嫂子说，这穷日子过起来也真够漫长的，白天也漫长，夜晚也漫长。我笑问，你说说看，这日子究竟有多漫长？嫂子说，就像从北方到南方那样漫长，你还嫌不够么？我听了便自嘲说，穷人家嫌时间过得慢，别叫隔壁的富人家听到了，否则他们是要羡慕的。嫂子轻叹一声说，早知这样，当初还不如听从你哥哥的话回白驼山。我说，你要是回白驼山，怕是少不了我哥的一番虐待。嫂子说，你哥那脾气我摸得透了，他是不能拿我怎样的。见我闷声不响，嫂子就说，我们这样子吃老本到底不是个法子，好歹得找点事干。我说，我早年也算读过几部圣贤书，不如去做馆师。嫂子说，你不会说官话，天晓得哪位东家会延请你做馆师？我拍着胸脯提高嗓门说，我还有一身武艺呢。嫂子说，你也是空有一身力气，让你撂地卖艺你不屑于去做，让你开家武馆你又怕暴露身份。我说，难不成让我去打家劫舍？嫂子冷笑一声，你敢么？我说，不是不敢，而是不为。嫂子又叹了一口气，还是早点睡吧，明天的事儿明天再说。嫂子转身睡去。我很无聊，便从枕底掏出一本卷了角的、掉了线的剑谱，就着油灯翻看。嫂子说，省点灯油吧，夜里给孩子把尿还用得上呢。我也叹了口气，把灯吹灭了。这一夜无话。

鼻下这一横，最是要紧。我仗着自己有一身武艺，接了一桩替富人家押送绫罗绸缎的活儿。半路上，我察觉到同行者的言行有异，便多留了个心眼；细察之下，方知此行是哥哥设下的一个圈套。我急匆匆赶回家中时，发现嫂子和孩子都不见了。桌上留着一封嫂子的亲笔信，说是哥哥找过她，要带她和孩子一并回白驼山。还说哥哥已经原谅了我们，往后不会亏待母子俩。从语调来看，这封信显然是在哥哥的劝哄之下写成的，字里行间，能读出他的几声冷笑。从我离开白驼山那一天开始，哥哥就已经给我撒了一张网，无论在哪里，他都能收放自如。我带着嫂子东躲西藏，到头来却发现自己不过是一条网中之鱼。也许，哥哥正是以这种方式告诉我：他可以把所有的人玩弄于股掌之间。

我在江湖上行走的时候，磕磕碰碰经历了一些事：中过毒、吃过官司、被人坑蒙过、被一群号称名门正派的人围攻过。我没有像洪七那样幸运，在危难关头，蒙受高人的指点，还得到一本发了霉的手抄本。有江湖的地方就有刀剑，那些看得见的刀剑和看不见的刀剑，有时在前，有时在后，有时在头顶，有时在脚下，有时在太阳底下，有时在黑暗中。我每向前走一步，就是离死亡更近一点。所以，我告诉自己，下手必须狠一点。我在江湖上混了些年，好歹也有了名气。因为我，那些人记住了“白驼山”这个名字。有些找我约战的人，曾奔赴白驼山，让哥哥不堪其扰。哥哥不得不托人给我带来一份口信，警告我不要在外面给他添麻烦。可我偏偏是一个喜欢惹点麻烦的人。

有一天，我发现自己变得越来越像哥哥：杯子里一定要有酒，床上一定要有女人。

5

你们兄弟俩后来有没有再见过面？洪七问。我没有回答，只是望着阴沉沉的天空。过了半晌，我问洪七，你谈过恋爱么？洪七说，自然谈过。

我冷笑一声。

你笑什么？

我没笑。

你笑了，而且我知道你为何发笑。洪七我虽说是条硬汉，但硬汉也是有柔情的。

洪七，你身上的侠气重了些，可你要知道，侠气这东西是不能带到床上去的。

我对女人的态度恐怕跟你大不相同。

别跟我讲你是懂女人的。上回你见了那些个蛇精一般的女人还不是拔腿就跑了？

你找过那么多女人未必就比我更懂女人。

我找了那么多女人就是为摆脱一个女人。

洪七举起手掌，露出一根残指说，因为对不起我心爱的女人，我剁掉了自己的一根手指。

可你还是不懂女人。

可我懂得女人的心思。

你懂？

我懂。

我们能不能谈点别的什么？

你哥哥后来怎么说没消息就没消息了？

我知道这个话题是无法回避的。但我的目光仍然在半空中茫然地搜索着什么。铁条般的枯枝被风吹着，发出呜呜的声响。

我将他杀了，我说，后来又将他埋在白驼山下的一口枯井里。

你就这样干掉了自己的亲哥哥？

是的。

我还记得那天傍晚突然下起了大雨。雨水打在我脸上，继而又打在泥土上，冒起了一个个泡眼。有很多雨点落在很多树叶上，我的心思很乱。哥哥张开双手，对我说，弟弟，你总算是回来了，可你嫂子已经等不到这一天了。雨是黏糊糊的。我流下了眼泪，哥哥也流下了眼泪。我们拥抱着，在泥地里打着滚，然后我就把刀子缓慢有力地插进他的胸口……

东

1

雪天喝慢酒。雪是慢慢落的，酒也是慢慢喝的。不知不觉，天黑了下来。山上就这么一座石砌的小客栈，大雪封山之前店主下山过冬去了。留下柴米，客人可以自己取用。人人是客人，人人也都是主人。循旧例，客人在临走前会留下几块碎银或一些值钱的物什。

我们早有约定：每隔十年作为朋友在此聚一次；每隔二十年作为对手在此聚一次。好像我们活在世上，就需要这么几个作为对手的老朋友和作为朋友的老对手。老毒物和法师就善恶的问题聊了一整天，似乎都觉着有些乏味，便打算早早进房歇息了。老毒物进屋看了看，出来对法师说，一间房，两张床，小得不能再小了，怕你这种富贵出身的人会嫌憎。

能容膝否？

能。

那就好了。

床也极小。

能伸脚否？

能。

那就好了。

二人进去后不再言语，各自睡下。

我和洪七仍在灯下对饮。两条影子映在墙上。洪七脸上布满了寒气，没有笑容，仿佛它已经被冰雪冻结了。我左手执杯。杯中的酒尚是温热的。

能跟我坐同一张桌子对饮的，这世上恐怕不多，你是其中一个。

能跟我论剑的，这世上也不多，你是其中一个。

你是我的对手，也是我的朋友。

有了这杯酒，我没白活了。

这话有点意思，我记下了。

我是个酒徒，举杯之前，总觉着，喝酒是世界上最有意思的一件事。但每回喝完酒后，就觉着喝酒是世界上最没意思的一件事。

我从桃花岛赶到华山，走了几千里路，心里头觉着没意思透了，但此刻跟你举杯对饮，忽然又觉着有意思了。很多你觉着有意思的事玩到最后会发现它没意思；很多你觉着没意思的事玩到最后却突然发现它还是有点意思。所以，人就是这样，不玩到最后，不知道这一辈子究竟有没有意思。

你在岛上住着，徒弟们逐出去了，女人又没了，有意思？

我喜欢享受这种孤独。

那样一个岛，跟悬在天上的月亮一样，想想都让人觉着冷清，你居然还说自己“喜欢享受这种孤独”，真叫人不可思议。

门外的雪山发出一阵怪异的低吼。洪七脸上的寒气仿佛不是漫天大雪带来的，而是背后挂在墙壁上的剑。

我能感觉自己脸上的寒气正一点点变重。

2

我出身书香门第，家父是一位名气不薄的郎中，他得知我无意于参加春闱考取功名之后，便希望我能传习岐黄之术，将来也好养家糊口。但我平素喜欢跟一些奇人异士混在一起，写写诗，弹弹琴，此外就是遍访名师，学习剑术，偶尔也跟人比画两下，出点汗。在江湖上，打得精彩的，就叫比武；打得不精彩，就叫打架。我跟人打斗时，连捕快们都会过来围观。家父见我生性桀骜不驯，也就放任不管了。家父去世前，嘱我把他的诗稿交给一位住在邻县山中的冯先生，请他写序。他姓冯，素以诗书画著称，性情有些孤傲，因此就住到山村里来。听父亲说，他不会舞剑，却喜欢在墙上挂一柄剑，偶尔也会拔剑出鞘，在灯下端详一阵子。我到他府上的时候，家奴告诉我，他中午喝了点酒，至今酣睡未醒。我就坐在客厅里，一边喝茶，一边浏览四壁的书画。不过片刻工夫，就有一个姑娘走过来，跟我打了一声招呼。得知我也会写诗，她就跟我谈起诗来。见她才学不凡，我就把诗稿递给她看。她坐一隅，粗略翻了一下，然后对我说，诗才倒是有几分，不过，有些诗句分明是从古人那儿偷过来的。我说，家父每一句诗都是自己苦吟所得，怎么会偷别人的东西？她说，有几首诗她在古人的诗集里面读过，不信的话可以从头到尾背出来给我听。说完之后，她就一口气背了四五首，居然跟家父的诗一字不差。我听了，既惊且怒，却又不知道怎么解释。我拿起诗稿正要离开时，屏风后面走出一人，正是冯先生。他笑呵呵地告诉我，方才的谈话他都听到了，继而向我介绍身边的姑娘，她叫冯蘅，是冯先生的小女儿。冯先生还特地说明，她有着惊人的记忆力，读书过目不忘，而且倒背如流。待我得知她在捉弄我时，我的怒气才渐渐消掉，而她大概有些不好意思，出来道歉时脸上还带着大朵腮红。我们就这样认识了。之后我写了诗，就悄悄递她过目。她跟我说，她会看诗，但从来不写。因为她一提笔，脑子里就涌现出无数现成的诗句。这也从另一面证明她是心高气傲的：既然前人比自己写得好，她就没有必要写什么东西了。这一点，她倒是跟我颇为相似。如果我要弹琴，绝不容许别人比我弹得好；如果我要学剑，绝不容许别人的剑术在我之上。但蘅是个例外，她的琴棋诗书画都在我之上，我对她只有膜拜的份。

后来我就放不下她了。从冯先生跟我对话时流露出来的奇异的热情，我可以觉察到他已经在暗中打量我了。当我请求他将蘅许配给我时，他拈着胡须沉吟半晌说，我等你这句话已经等了很久了。然后，他就把墙上的宝剑摘下来，赠给我，说这是他祖上的佩剑。

我该怎样比喻我的蘅？说她是清晨的露珠未免显得轻薄了；说她是春夜的月亮又显得玄远了。是的，我将她握在手中的那一刻就找到了一个贴切的比喻：她就是我手中的玉箫，可以吹奏出温润而洁净的声音。新婚第二天，蘅就早早坐到案前。我喜欢看她目光柔和、双颊温暖的样子。问她作甚？画画。又问她要画甚？她笑而不答。蘅年幼时曾梦见有人赠她一支笔，醒来后她就开始画画。她只画梦里见过的东西，无中生有的东西，因此，她的画跟每个画师都不一样。那天，蘅画的是一幅桃花岛的长卷。她在桃花丛中添了一男一女，我自然知道她画的是谁。蘅在画中落款之后，就对我说，她很想去海外寻找这样一座桃花岛：那里有一大片桃林，有一群飞鸟和一些温驯的走兽。我说，那里还应该有一群男女老少做我们的邻居吧。蘅皱了皱眉头说，我们不需要邻居。

我这样子，算是入赘冯家了。冯先生是个方正的、近于古板的读书人。有一回，我和蘅从城里归来，穿上金人的时髦衣裳，戴上金人的首饰项链，冯先生见了，大为光火。他说，金人毁了他们的家园，他是不愿沦为异国臣民才从北方迁居南方的。事实上，冯先生也并非我想象中的那种方外高人，他是恋栈的，他也总是惦念着那座已经辟作战场的北方的故园，他一直在等待着有朝一日像宝剑出鞘那样被皇帝召回。这个机会他是终于等到了。于是在知命之年，他毅然带上家人走马上任。我和蘅既没有与他同行，也没有留下来，而是开始外出漫游。我们不知道自己应该去往哪里，我们只是朝着一个方向不停地走。走到海边，人们告诉我们，这里已是陆地的尽头了。已经没有路可走了。但对我们来说，消失的是道路，而不是方向。我们找准了方向，道路很快就会出现。这条路就是海路。我们驾着一艘大帆船出海。白昼的时候，船在海上，有好风相从，平直如矢。我们一边饮酒，一边观赏海景，感觉就是御风而行的神仙了。不料到了晚间，海上起了恶风波，我们只能躺在船上。第二天晨光微露时分，我们居然发现有一座岛跟蘅所描画的一般无二。就是这里了，蘅指着岛上盛开的桃花说，这就是我们可以终老的地方了。

我凭借书本上的营造法式，造了两间竹屋，一座木屋。我用藤皮茧纸制成纸帐，蘅在帐上画了梅兰竹菊，还题上了诗。为了我，她那双娇嫩、纤细的手开始操持起锅碗瓢盆了。冬天我们住木屋，夏天我们住竹屋。我们还在庭院间种了一大片桃花，屋舍里外洁净无尘。平常出入，除了我与蘅，还有鸡犬。岛上的时日是悠长的，好像我们不会老去。我们可以花整整一天时间推敲几行诗句，借此打发雨天或炎日困居带来的种种无聊。更多的时候，蘅弹琴我吹箫，偶或有鸟相和。

设若这世上果真有一对神仙眷侣，彼此相爱，爱得极深，过着与世隔绝的生活，无须担心外人夺其所爱，天天有麦饼可吃，有玉簟可睡，日子久了也难免要心生厌烦。我与蘅，毕竟是吃五谷长大的，都有七情六欲，在孤岛上生活，何尝没有厌烦的时候？人这东西，别说相看两不厌，有时对自己也会莫名其妙地讨厌起来。让我不能忍受的，不是孤独，而是整天价腻在一起的生活。我背着她独自一人去密林中打坐的时辰，她居然可以凭借嗅觉找到我，然后搂着我的脖子不停地问：你是不是厌烦我了？你是不是不爱我了？在这座岛上，除了蘅，我还能爱谁？但我每天须得不厌其烦地回答她一次。

我们都不想要孩子。这是蘅的意思，也是我的意思。其实也不是我们不想要孩子，而是要了之后，会给我们带来可想而知的麻烦。孩子一旦长大成人，无论男女，好歹得给她物色一个伴侣。倘若夫妇不谐，一辈子在岛上受闷气，固然不是一件好事。可是，万一孩子不要伴侣，喜欢独来独往，也不见得是好事，我不能想象，当我们死后，我们的孩子独自一人，与野兽为伴，孤独终老。因此，蘅总是担心自己会怀孕，担心我制作的鱼鳔不够牢靠。

3

（孽障啊孽障，你看那白驼山兄弟，先是叔嫂通奸，继而是哥哥虐嫂，最后是手足相残，真不晓得为的是哪般。再看那大理段氏，祖上几代，先是做皇帝，风风光光，到后来，个个看破红尘做了和尚，为的又是哪般？再说你，桃花岛岛主，与冯氏才貌相当，称得上是神仙眷侣，谁知有一天，生出了恁多变故，说书先生若是把你们的故事编成传奇，怕是三天三夜都讲不完。）

4

每年春天，我就会浮海登陆，在一些城市或乡野游走。我杀过几个人，也救过几个人。我这一辈子最懊悔的一件事就是收了一个女弟子。我从几个刀客手中救下她时，她还只有十来岁。她姓梅，是孤儿，长得黄瘦，看了叫人心疼。我对蘅说，我们把她带到桃花岛，做家中的婢女吧。蘅端详了半晌，淡淡地抛下一句话：是一个美人坯子。

在蘅的调教下，梅学会了读书、写字、做女红、种植花草。梅性格活泼，对陌生事物总是抱有异乎寻常的好奇心。一天饭后，她忽然跑过来问我，先生，猫会做梦？我答，会。又问，狗也会做梦？又答，会，万物有灵都会做梦。她的眼珠子转动了一下，似乎明白了点什么事理。

但梅也是独独怕我的。有一回，我舞罢一套剑法，她突然来到我面前，绞着双手，怯怯地问，先生是否可以教我剑术？我没吭声，瞪了她一眼。她吓得退后一步，眼眶里似有泪水隐隐蠕动。这时，蘅也走过来，笑着解释说，让你教她剑术是我的意思。我仍然没作声。

看得出来，蘅对梅是满怀怜爱的。她曾经嘱托我，下次出海，一定要带回一个少年，以后做梅的丈夫。我把这话记下了。

次年春天，我再次出海。这一回，我一口气收了两个徒弟。一个是秀才，屡试不第，回家后，才得知家里发生匪祸，一家老小无一幸免，妻子被辱，坐着一条破船划到河中央自沉而死，秀才自知复仇无望，一时间万念俱灰，便打算偷我的剑自刎。我把他打翻在地，对他说，我的剑不能沾上读书人的血，不如我送你一根绳子，你自己找一棵树吧。这人跟我聊了一晚，后来就想通了。另一个，是我在海上遇见的一名被海盗绑架的少年，这事我本可以袖手不管的，但忽然想到梅，便出手把他救下了，这少年，有秀骨，也有清相，跟梅在一起，可以说是天生一对。我把二人带回桃花岛，教他们剑术。梅见了，就嗔道，先生偏心，光收男弟子，瞧不上我这女流之辈。我问她，这话是谁教的？梅一怔，不敢说话了。站在她背后的蘅，默默微笑着。

一年以后，梅就能把我所授的一套剑法舞得十分流畅自如。再过一年，她就可以跟两位师兄对练了。竹林内、山洞中、海滩上、峰顶、亭下、溪畔时常可见他们的身影飘来飘去。我喜欢站在一株树的顶端，看他们舞剑。骨清年少，什么都是好的。眼前落英缤纷，剑花迷离，我能感受到天地间循环流转的气息。

后来，我又收了三名徒弟，分别为他们取了一个带“风”的名字。蘅也曾问我，为什么每个人的名字里都带“风”字？

无他，我说，那天我给他们取名时，岛上正起大风。

忽忽过了多年，梅已长开了——脸上的一片嫣红、肌肤上的一层柔光都让我想到蘅当年的模样。有时天气晴好，她会无所顾忌地躺在一张鲜绿的芭蕉叶上，沐浴着古铜色的肌肤，而阳光恰到好处地落在她那张稚气未脱的脸上。直到有一天，蘅看到梅像一只梅花鹿那样步履轻盈地从树下经过，就跟我断定：梅已经爱上了一个人。

梅究竟爱上了谁？出于好奇，我也在暗中察看她的一举一动。

一个有月的夜晚，我看见梅与二师兄来到沙滩上。二人对视片刻，二师兄突然拔剑，刺向她的喉咙；那一瞬间，她的身体却像一片桃花那样飘开了，继而拔出腰间的剑，向对方进攻。他们时进时退，上蹿下跳，如同起伏的波浪。两剑频频相交，碰出一簇簇火花来。一开始，他们的一招一式皆不离章法，及至后来，体力渐衰，手法和步法便越发杂乱，喘息声也越发粗重。我从未见过如此酣畅淋漓的缠斗。大概是虎口震麻的缘故，他们索性扔掉手中的剑，相对而立，渐渐地，二人变成一人，如同凝固一般，唯闻风吹衣袂的噼啪声。忽地，一个巨浪打过来，吞没了他们的身体。当他们浮出水面时，浑身闪烁着鱼鳞般的银光。

临睡前，我把这事告诉蘅。她说，你这当师父的，为老不尊，怎么可以偷窥自家的弟子？我说，有时感觉这座岛屿好比一池水，太过沉寂了，偶尔来点风吹鱼跃，仿佛也能散发一点生气。蘅说，自从梅情窦初开之后，岛上的桃花就开得比往年更欢了，真好似汲取了天地间的阳气呢。我听了，微微一笑。蘅说，你的脸整天像鼓皮那样紧绷着，近来却见笑脸了。我摸了摸自己的脸，仿佛微笑跟湖面的涟漪一样，是可以触摸的。

蘅是一枝素莲，温婉娴静；梅是一株桃花，天真恣肆。我在心里这样比较着。

正是桃花开放的时节，梅的身体里仿佛也有一株桃花争相绽放。她开始叫了。她的叫声里面有一种胎里带的、未被损害的元气。是她的叫声让那一年春天的桃花看上去更娇艳袭人了，也是她的叫声在我枯寂的心中突然注入一股活水。听着听着，我便有了逸兴，拔出剑来，舞了一阵，心思还是有些散漫。

梅与二师兄把身体藏在树林里，但他们的快乐却像藏不住似的，随着叫声飘到天空。于是，徒弟们开始向我抱怨：梅的叫声太放肆了，简直像个娼妓。

我说，这是因为你们每个人的心里都有个娼妓。

师父也听到了？

听到了，我说，岛上所有的人都听到了。

如果她再这样下去，师父可以把他们逐出桃花岛。

如果有一天我把他们逐出桃花岛，也会把你们一并逐出去。

可是，师父，你不觉得他们有多不知羞耻？

你们偷窥别人，难道不觉得羞耻？

原来师父都看到了。

是的，我说，我听到了不该听到的，也看到了不该看到的。不过，你们应当感谢梅才对。

我们还要感谢梅？

你们的剑法原本是中规中矩的，可这一阵以来，你们的剑法中却添了一种恣肆之气，这是我先前不曾见过的。

他们听了，有的嘿嘿冷笑，有的在暗中嘀咕起来。

与徒弟们闲聊一番之后，我回到房间。蘅说，我听到了梅的叫声，突然想生个孩子了。蘅跟我在一起，向来是谨守古风的，可是那一回，她说这番话时双颊却飞起了两片艳红。我们吹熄了灯，静静地躺在纸帐里，听着潮水在黑暗中拍打的声音，体味着属于夜晚的隐秘欢乐。蘅再次跟我说，我们生个孩子吧。

5

蘅的肚子变得一天比一天大了。

蘅的变化我当然是最先觉察的。先是穿着变了。自从来到岛上居住，蘅一改往日，只穿一些偏于清素的衣裳，颜色以蓝色或玄色为主。这阵子，她竟翻出了箱底那些桃红柳绿的旧衣裳，每天更换。

然后变的是脾气。奇怪的是，蘅突然变得多疑了。有一天夜晚，我与蘅坐在院子里仰观天象，忽而听得远处密林间传来梅的叫声。我指着天上的星星笑道，一定是九紫桃花星落在八卦桃花位的东南方了。蘅突然抓住了我的手问，你说那晚看到梅裸露着上半身从海滩那边跑回来，远远地就能闻到她身上散发的盐味，那一刻，你脑子里究竟想了些什么？我说，这盐味飘过去也就飘过去了，谁还会想得恁多？蘅又不依不饶地问：你有没有察觉，梅看你的目光是不是越发不一样了？我素知蘅心地纯净，但一个女人的心被嫉妒这条毒蛇噬咬之后，就会引发种种离奇的猜想。我跟梅之间的师徒关系，一直以来都没有发生变化。梅自幼丧父，不能排除她对我确乎有一种微妙的依恋，而我对梅自然也不同一般，但我总能很得体地把握师徒之间的分寸，不至逾分。蘅是何等聪明的女子，她从梅的一个眼神就能看出什么苗头来，虽然不欲点破，却早已心存防范。这一晚，我们观望的是天象，蘅却从紫微斗数谈起，以主星、桃花星，煞忌星比拟我与梅以及她的二师兄之间的关系，还说什么三星会合，必致乱伦，越说越离谱，我就闷声不响地走开了。

我与蘅偶生扞格，但很快就会和好如初。她总是害怕我会疏远她，害怕别的女人（当然是梅）会分走我对她的爱。当初，她让梅拜我为师，何曾有过这种无端的忧虑？这里面大概就有点像她自己说的“种了芭蕉，又怨芭蕉”的意思了。

当徒弟们告诉我，梅同她的二师兄坐着我的船，悄悄离开了桃花岛。我只是很淡然地说一声“我知道了”就回到自己的屋子。我知道，他们是迟早要离开我，去寻找属于他们的桃花岛。我在吃饭时跟蘅说起这事时，蘅的反应也是平淡的。她说，他们在这里跟大家格格不入，找个自在的地方倒也不错。蘅这么一说，我反倒有些怅惘了。毕竟，我们相处了那么多年，已是情同家人，说走就走，于情于理都说不过去。可是，这世上很多事都是没有情理可讲的。吃过饭后，我独自一人躺在床上，漫无边际地想些往事。竟感觉，梅不过是我梦里见到的一个女子，而桃花岛也不过是我梦见的一个地方。我不知道自己何以会如此怅然若失。月光照进屋子，我披衣起来，转到书房里，翻了翻书，仍旧两手空空地回来。我走到蘅面前，告诉她：那部经书的上册不见了。

蘅自然明白我所说的经书指的是什么。她怔怔地看着我，突然冒出了一句话：你的脸色真可怕。

我不用照镜子也晓得自己的脸色有多可怕。不过，在蘅面前我还是忍不住说了几句不必挑明而她也能会意的话。她想对我说什么，却只是嚅动一下嘴唇。也许她在慌乱间还没想好如何应对，因此就对我说，你出去转一圈吧。

为什么让我出去转一圈？

你还是出去转一圈吧。

我长叹一声，出门去了。屋外有清风吹拂，有月光涌地而出，可身上的怒气丝毫未减。远处是一片黑沉沉的树林，树林后面是万顷波涛，在黑暗中涌动着。穿过桃林，便是竹林，再转过去，愈见深幽，芭蕉林中，六角亭下，四徒弟的身影隐约可见。他们在岛上有大把的时光无可排遣，除了习武，也读点古书。饭后无聊，这几位自称山人、堂主什么的便会在此吟诗作对。月光下，宽衣大袖，随风飘动，很有点雅致。我平素不喜欢偷听别人的闲话，此刻恰好听到有一两句话与自己有关，便隐在树间侧耳倾听。

听说师父那部经书是师母帮他夺得的。至于如何夺得，就不晓得了。

你还听说些什么？

听说有个终南山道士得到了那部经书，不出一年就莫名其妙地病故了。可见，持有那部经书的人，若是不得神灵护佑，也是白搭。

说得这么神奇，喂，那部经书里面究竟写了些什么？

师父当初不是说了么？里面什么都有，什么都没有。对于有悟性的人，他们可以从中悟得剑法，悟得内功修炼之法，甚至可以悟得养生之术、排兵布阵之法，不过，对于一个根基尚浅的人来说，读了这样的经书很容易走火入魔丧心病狂。

没错，师父说过，那部经书太深奥了，他不敢多翻，但它放在那里，能让人心生敬畏。

二师兄和师姐盗了半部经书，怕是迟早要走火入魔的。

早知如此，今早我们应该拦住他俩了。

二师兄那一副嘴脸我们早就厌憎了，他要是走火入魔，那是活该。

可怜的师姐也跟他遭了殃。

呃，可怜的师妹。

由它去吧。

桃花岛原本就孤悬海外，我们何不做个方外之人？

呵呵，大师兄说得极是。

呵呵。

呵呵。

他们这样说着，忽然压低了声音，似乎察觉到附近有什么异样的动静。有人竖起了一根手指发出“嘘”的一声，有人干咳了一声。芭蕉园里，只剩下一片幽微的虫鸣。我悄然退了出来。

我不知道蘅为什么要让我出去转一圈。我像一只笼子里的困兽一般，转了一圈之后又转了一圈。再次经过芭蕉园，看见四个徒弟白衣飘飘，走了过来。我停住了脚步，感觉身体顿然变得沉重起来，脚下的沙土有点暄。我对着天空做了一下深呼吸，仿佛要把全部的黑暗都吸入肺腑。然而，从胸口奔涌出来的，却是一个阴郁的念头。

我回来的时候告诉蘅，我已经挑断了四个徒弟的脚筋，把他们一并逐出了桃花岛。

你疯了，蘅说，我可以断定，你的后半生将会在悔恨中度过的。

我又回到多年前的孤寂。同蘅，似乎也没有什么话可说的了。蘅见我有意疏远她，就怯怯地来到我身边。这些天，她似乎也没睡好，眼眶上有了一层淡淡的阴影。她说她昨夜梦见了我，是一张死人般的、凝着寒气的脸。她说她梦醒后，双手至今冰冷。然后，她就把手放在我的掌心，可我的手也是冰冷的。灯下相顾，眼前的蘅与心底里藏着的那个蘅交相叠映，不觉间心生恍惚。我捧着她的脸说，我有时候觉着你很远，有时候又觉着你很近，你说，这究竟是为什么？蘅将脸垂下，倚在我肩头，深深地叹了口气。

我不知道这事竟会闹得这么大。

这一切都是天意吧。

到了这个份儿上，我也不得不跟你坦白，怂恿梅偷经书的人是我，设法赶走她和二师兄的人也是我。如果你知道我这么做是为了什么，也许就不会埋怨我了。

我还有什么可埋怨的？这本经书原本就是因你而得，也是因你而失。

现在我们失去的是那本经书和那些人，找回的却是从前的安宁。

经历了一些变故，我们还能回到从前？

不妨想想，从前是怎样的吧。

起初，岛上只有我们二人，没有纷争，没有世俗的欲望，多好。

后来呢？家中闹鼠患，我们又养了一只猫。

养猫还不够，又添了一条狗。然后又添了几只鸡，鸡生蛋，蛋又生鸡，这么着就有了吃不完的鸡和蛋。

养家畜还嫌不够闹热，又想添些人气。

梅来了，更多的人来了，就这样，岛上开始变得不像先前那样平静了。

我抚摸着蘅那个高高隆起的肚皮问，你是否害怕梅有一天会取代你的位置？

蘅说，梅是一个好姑娘，可她长大之后，我竟然无法容忍她跟我一起生活在这个岛上。我是看着她长大的，她有什么想法，我只需要看她眼睛就能猜个八九不离十。一个人的舌头会撒谎，眼睛却不会。她知道我一直提防她，因此有意找了二师兄做自己的男人，来打消我对她的猜忌；可是，她心有不甘，每晚发出不知羞耻的声音来刺激我们。我除了设法驱逐她出岛，没有更好的办法改变这种处境。我不知道自己做得对不对，反正我就想让她早日离开。

蘅这么一说，我才明白，梅与二师兄相好，原来还有这么一层意思。一个女人所做的一切可以隐瞒一个男人，却又怎能隐瞒另一个女人（尤其是像蘅这样的女人）？

蘅深深地吸了一口气说，我欣慰的是，她最终选择的不是桃花岛，而是那本经书。天知道，那本经书是否会毁掉他们的一生。

嫉妒之心，也会毁掉一个人。

我说这话的时候，语气有点沉重。平日里，我跟蘅说话的口吻重一点，心里就会莫名其妙地生出歉疚之情，因此，说完这话之后我就把一只手搭在她的肩上，做了一个安抚的动作。

那晚你让我转一圈，究竟是什么意思？我换了一个话题问。

蘅在黑暗中叹了口气，沉默有顷，说，我原本是想，等你出去转了一圈，心中的怒气消去大半之后，我就可以告诉你，经书上的文字我早已入脑，随时可以帮你默写出来。

我听了，只是发出一声苦笑。蘅问，你笑什么？

我没有告诉她苦笑的原因。

次日清晨，蘅坐到案前，一边抚摸着隆起的肚皮，一边用蝇头小楷默写经书。那部经书里有不少异体字，她能记得笔画顺序，却不详其义，因此写起来不是很顺畅。蘅虽说聪明绝顶，却不明白一件事：那部经书对我来说，是独一无二、不可复制的。我当初之所以没有录副或熟背，就是因为我所迷恋的不光是书中所写的内外兼修之法，还有作者手迹中暗藏的心迹，与之相对，就会感受到有一股神秘的力量源源不断向我涌来。这一点，我委实不敢与蘅明言。我之所以由她去做，就是让她可以借此消除内心的愧疚，以免伤害身体。

蘅坐在那里默写经书的时候，我就在窗外的竹林里。穿过竹叶的清风并没有减轻我的忧虑——我有一种不祥的预感，却不知道它从哪里来，接下来就要发生什么事。时不时地，我会进屋子看看蘅。由于胎动，她在默写过程中时常受到干扰，难免会忘掉一些词句，须得苦思冥想。那时我竟然没有意识到，默写经书，耗损了蘅身上的大量元气。

那天傍晚，我出门转一圈回来，看见蘅依旧坐在桌子前默写经文。写着写着，她的手突然抖动起来，嘴里还发出谵语般的声音。

你在说什么？

我好像听到有人在屋外叫喊。

这个岛上除了你和我，再没有别的人了。

没错，我听到梅在屋外叫喊。她手里拿着那本经书，嘴里喊着你的名字。

你写累了，耳朵里怕是出现了幻听。

我走过去，赶紧抽掉她手中的笔，让她平躺下来，给她搭了搭脉。寸脉浮弱，知是劳累过度动了胎气。自此，我就不再让她伏案默写，甚至不允许她手触刀斧、秽物，以及别的不洁之物。我也保持手洁心清，等待新生儿的降临。可蘅还是背着我，偷偷默写那本经书。吃饭的时候，她手中的筷子仍然在碗里划着，好像在极力搜索一个忘掉的词句。

有一天，她突然对我说，她的脑子被经文里的一句话卡住了。这比鱼刺卡在喉咙里更让她难受。然后她就开始在我书房翻书，试图把那句话里的几个字从书中翻找出来。到了酉时，她的肚子就疼起来了，看样子是要坐蓐分娩了。孩子偏偏不听话，竟在娘肚子里横着，出不来。此时即便有稳婆在场，恐怕也奈何不得。蘅疑心胎儿横生跟前些日子吃了螃蟹有关。情急之下，我也相信早年间一些乡人的说法，赶紧把米缸的盖子打开，把糊窗的茧纸撕掉，把酒埕的泥封启开，把家中所有捆着的物什都解开。我还烧了一张催生符，念了一段催生咒。至子时，蘅忽然惊坐起来，嚷着，你快去开门，你快去开门。我问，开门作甚？她说，梅回来了，她在屋外喊你的名字。我打开了门，月光似水一般涌了进来。然后，我就听到蘅有气无力地哼了一句：孩子快要出来了。我屈膝跪在地上，便像是从她身上掰下一块肉似的，把孩子取了出来。我把她放在一块冻绿布上，她看上去仿佛一朵素净的芙蓉花。我跟蘅说，你给孩子起个名字吧。蘅没应声。我走了过去，蹲下来，抚摸着蘅那张毫无血色的脸。挂在眼角的泪水竟已冰凉。

6

（别人问我为何切掉了这根手指？我就告诉他们，是因为自己贪吃误事。而事实上，它跟一个女人有关。她已经死了。她是因我而死的。我无以为报，就把一根手指切下来，跟她埋在一起。那晚没有下雨，但我梦里出现那晚的场景时，眼前竟是一片纷纷扬扬的大雨。）

7

从前，我有一个鲜为人知的怪癖：我把很多事分为左手所行之事与右手所行之事。对我来说，这世上的事不分好坏、轻重，只分左手与右手。我习惯于用左手喝酒、使剑，这倒不是因为我是个左撇子。事实上，我的右手比左手更顺，更有力。但我就是不用右手。很多事，我用左手能够摆平，就绝不动用右手。譬如比剑这种事，我认为我用一只左手就可以胜任。说一句狂妄的话，能让我使出双手的人，这世上大概找不出几个来。我的右手是属于蘅的。蘅死后，我的右手就形同废物了。

人是废物，剑是废铁。

直到有一天，桃花岛迎来了一位不速之客，我不得不动用右手才能击败他。他像是一个不倒翁，被我一次次击败，却又一次次站到我面前。说实话，他是我这些年来难得一遇的对手。他跟我对视时，眼睛里居然没有一点憎恨。因此，他虽然败在我手下，但我对他依旧保持应有的敬重。我很认真地告诉他，你至少得在岛上待上十年才能跟我打个平手。他听了，几乎是带着沮丧的口吻说，十年？！我怎么可能在这座岛上忍受整整十年的孤独？！我说，如果你连孤独都无法击败，又如何能击败你的对手？

他终于留了下来，等待着有一天可以击败我。我们谈不上仇人，但我们相搏时就像是一场生死决战；我们也谈不上朋友，但每每发现对手出新招奇招，我的眼前就会一亮，精神也为之一振。我没有杀掉他，是因为我感到自己很孤独，需要一个像他那样有分量的对手。若是没有这个对手，我也许会在这个孤岛上郁郁而终。有了他的存在，我的双手大概不至于就此废掉。

我的对手也很孤独。他把自己分裂成了两个人，用这一只手给那一只手喂招，由此发明了一种叫作“双手自搏”的玩法。他是一个真正的老顽童。左手跟右手玩，就像是自己跟自己说话。每隔一段时间，他就会找上门来，向我挑战。渐渐地，我就有一种奇怪的感觉：他是另一个我，而我仅仅是在跟自己搏斗。

8

你在岛上还有一人可玩，我独自一人在山里住着，整日里就听鸟说话。

洪七说这话时也不顾酒渍濡袖，吞下了一大口酒。

你为什么要跑到山里去？我问。

因为一个女人，洪七说。

你几时恋爱了？怎么没听江湖上的人说起?

呃，我们还是谈点别的什么吧。

谈谈外面的风吧。

我这样说着，又吞下一口酒。西北大山里的风跟东南海岛的风到底是不同的。这风在山谷间搅动，像是从几万里外奔来的狼群，到了这儿，就不再走了，只是在峡谷间转来转去。好像我们一出门，它们就会猛扑过来。

洪七说，多年前，我跟老毒物在昆仑山脚下初遇时，听到狼群吼叫的声音，也跟这风声一般。

你听听，我说，这老毒物的鼾声也同狼嚎一般，智兴跟他同睡一屋，也真够受的。

也许他们已经在梦里厮杀起来了。

我们相视一笑，然后就变得沉默起来了。屋外传来树枝折断的声音。用一张松木桌子顶住的木门被风吹得哐啷作响。

大约过了卯时，屋子里的饭香就弥漫开来了。洪七说，早饭已经煮好了。满满的一锅米饭啊，我今早可以吃上十碗。

洪七，你还能吃这么多饭？！

你不陪我吃饭?

我酒后通常不吃饭。

可你好歹也得陪我吃点饭啊。

我只听说与人对饮的，不曾听说与人对饭的。

我心里不痛快的时候就想吃很多饭。我把肚子塞得满满的，就没甚闲愁可放了。

天还没亮，洪七就开始迫不及待地吃早饭了。他吃饭的样子有些庄重。吃着吃着，他就流下了眼泪。

北

每年麦子收割过后，总会有一些盗贼兴起来。洪七我便背着剑，骑着马，到处游走，遇贼杀贼，有酒吃酒。这些年就是这样过来的。人人都说我是条硬汉，人人都以为我身上只有侠气，没有柔情，甚至不相信我也有过一段刻骨铭心的恋情。可我很想告诉他们，一个没有真正爱过的男人，怎么会是一个真正的男子汉？

我确曾与一个女人谈过恋爱，她只是一个农家女子，不识字，不会武功，长相平平，可她有一颗纯净善良的心，对我来说，这就足够了。每回在乡野间行走时，我总会特别留意那些跟她长相有点相似的女子。有时即便看到一个略微相似的背影，我也会紧追不舍，多看几眼；及至那人的身影在一扇门内消失之后，我就会长时间地注视着自己那根残余的手指。我是这么想的：只要我还活着，她就永远在那里。她为我死，也因我而活。所以，我想活得更久一些，这样她也会在我的记忆中活得更久一些。

可我始终不知道自己应该怎样跟他们谈论我的女人。

三个人，都是我写信招来的：一个从西南边陲的寺庙来，一个从西域的山坳来，一个从东海的孤岛来。我跟他们的交情也许都不算太深，只是由于江湖上的人时常把我们的名字放在一起谈论，我才会在某些时刻觉得我是可以跟他们谈谈的。此番没有论剑，只是谈些家常，谈各自的女人。他们那些跟女人有关的逸事早已在江湖上流传开来，我分不清哪些是真实的，哪些是虚构的。说法很多，可他们早已不在乎了。即便连他们亲口跟我讲述的故事里面，又何尝没有修饰的成分？在我听来，那些女人简直就是一种奇怪的动物，明明是被一个大富大贵的男人宠爱着，却偏偏喜欢上一个穷而且愚的男人；明明嫁的是哥哥，喜欢的却是弟弟；明明是有个男人真心实意地喜欢她，却偏偏怀疑他存有二心。于是就有了法师所说的爱恨贪憎痴，有了颠倒、离乱的众生相。

与之相比，我的女人只能算是一个普通的农妇，我还能跟他们谈论些什么？

黎明时分的一颗白星挂在天边，东方既白，它也快要淡灭了。

四条影子坐在华山之巅。没有人知道我们在干些什么。

我实在弄不明白，自己为何非要选择那么高的山峰跟他们见个面。不过，在这么高的山上看一场雪景，也是一件不错的事。照在山顶上的阳光同样也可以照到平原上。但阳光里分明是带着寒气的。一只鸟投下了一声长唳，也投下了一片寂静。

待山上的积雪融化之后，我就决定下山了。

从北峰下来，我折了一截枯木，装扮成挑夫模样。路上遇见几条壮汉，正在议论华山之巅的一场决斗。见我挑着物什从山上下来，就拦住我问，听说华山之巅有四名高手在打斗，可曾见过？我说，我刚从华山之巅下来，不曾见过有谁在打斗。他们听了，似乎很扫兴。其中一个说，那四个人，也许是浪得虚名，连华山都不敢上了。另一个说，兴许他们已换了个地方。我自顾低头走路时，听到后面有人说，咦，刚才那个挑夫倒是有点像洪七呢。另一个说，我听说洪七身高八尺，气度不凡，怎么会是这样一副邋遢相？

那人说得没错，洪七是洪七，我是我。下山之后，我就跟那个名叫洪七的人分了手。他来到乞丐们中间，振臂一挥，发出了一声号令。很快地，底下就有了动静。有人说，大宋亡了，皇帝沦为乞丐，而洪七却做了乞丐中的皇帝。

摩擦取火

陈　仓*

1

凡事需要上天来证明的，那基本就是谎言。

2

整整五年了，这是陈元第一次迈出大铁门。

陈元出门后，听到身后吱咛一声再哐当一声，已经走出十米开外了，他摸了一下自己的光头猛一回头，目光碰到大铁门的时候，像碰到一块冰一样打了一个激灵。

在里边的五年时间，他无数次地想象过大铁门一开再一关的声音。他曾经想让提前出去的狱友告诉他那大铁门一开一关究竟是什么感觉。有一次，陈元跟第二天就要出去的大胡子说了自己的想法，谁料想，被大胡子给骂了个狗血喷头。大胡子把拳头顶到陈元的鼻梁上，说，你什么意思？陈元说，没什么意

* 陈仓，诗人、小说家。著有诗集《流浪无罪》《诗上海》《艾的门》，2015 年推出八卷本《陈仓进城》系列小说集，2017 年推出长篇非虚构作品《小上帝》。近年获得了第三届中国红高粱诗歌奖，第二届广州文艺都市小说双年奖，《小说选刊》（2014—2015）双年奖，《人民文学》第四届观音山游记征文奖，首届陕西青年文学奖，中国作家出版集团 2016 年度优秀作家贡献奖。

思啊。大胡子说，你是在咒我吗？陈元说，怎么会呢？我就是想知道大铁门一开一关的时候，会不会像刀子捅进去再拔出来的感觉。大胡子正好是因为动刀子而进来的，于是骂道，妈的，要不要我像当年一样再捅你一刀试试？这是监狱，又不是婊子房，你觉得我还会回来吗？陈元说，当然不会呀。大胡子说，我不回来，又怎么告诉你呢？陈元说，那还是别麻烦你了，我争取早点出去自己体会吧。

陈元发现这种声音并没有传说的那般刺耳。大铁门吱咛一声开了，而后又十分轻软地关上了。若真要他陈元打个比方的话，大铁门一开一关并不像白刀子进红刀子出那样凶猛，倒像是一把手术刀在做一场手术，切开了经过麻醉的腹部，是缓慢而麻木的，甚至有点明亮的快慰。

陈元站在外边，打量着隐隐作痛的大铁门——大铁门漆黑漆黑的，虽然刚刚刷过了油漆，还是可以看出一点锈迹在努力地朝外透着。大铁门与大多数的门都是一样的，中间照样有一条缝，刀子一样的一条缝。陈元真想走近一点，从缝隙朝里看看，到底会看到什么。但是他一点儿也迈不开步子，因为里边的一切在他的脑海里已经扎根了，已经被放大了。比方说，院墙下边的一棵小草，在他的眼睛里，通过五年的时间，早已长成了一棵畸形的大树。

陈元是陕西丹凤人，来上海已经十年了，前五年是在外边度过的，后五年都是在里边度过的。在外边的时候，他刚刚过不惑之年，自己却迈进一扇大铁门，等他再迈出这扇大铁门的时候，没有想到他马上就知天命了。他在外边最后的身份是小学校长——上海市大沙镇菜场农民工子弟小学的校长，而在里边的时候，他的身份却是“那种人”。那两个字实在说不出口，他总觉得用那两个字定性的，不是他陈元而是他的孪生兄弟。

陈元想，妈的，我是那种人吗？在这个世上有谁知道我是那种人呢？又有多少人知道我不是那种人呢？恐怕绝大多数人，比如菜场小学的师生，大沙镇的居民，还有陕西老家的乡亲们，包括老婆屈爱琴、儿子陈改朝，都认定他就是“那种人”。

相对来说，明白他不是那种人的人，恐怕只有三个了。

一个是田老板，一个是仅有一面之交的不满十四岁的小丫头黄丽，第三个就是他陈元自己。自己明白自己，那相当于一百乘以零，结果还是等于零。

应该还有一个人明白他不是那种人，那就是苍天。

苍天明白自己，结果会不会也是等于零呢？

陈元想到这里，抬头看了看，此时的天空很蓝很蓝，蓝得似乎动一指头就会破碎一般。冬天的天空本来就应该这么蓝，并不是因为自己终于出来了而蓝的。他又摸了一下自己的光头，先是嘿嘿地笑了两声，而后再也笑不出来了。他清楚，在这个世界上，到处都是人，有几十亿的人，能证明他不是那种人的，可怜得仅仅只有两个，或者是三个——陈元还无法确定，那个办案的民警邢小利，是不是明白自己不是那种人。

为什么连他自己与苍天，都无力证明他的清白呢？

陈元从耳朵上取下一支烟，这是刚刚离开的时候，王管教送给他的临别的礼物。王管教扔过来一支烟，对他说，不能再干那种傻事儿了啊，不仅丢人，而且蛮亏的，以后脱裤子之前，问一下人家有没有满十四周岁吧！我再给你普及一下法律吧，为了加大对未成年人的保护，最近国家对刑法进行了修订，如果未满十四周岁，如今像你这种“未遂”的，全部都是要重判的。

陈元没有正面回答王管教。在五年之中许多狱友像王管教一样，都拿那件事儿取笑过他，他开始还会说一句，我是清白的。人家就哈哈大笑地说，你未遂嘛，当然是清白的了。后来，他发现自己的辩解很无力，一是清白的人怎么会在里边呢？二是他写过的几封申诉信都石沉大海了。万般无奈，他干脆把那种人想象成了自己的孪生兄弟，予以漠视。

陈元笑了笑说，你也快了吧？王管教说，我和无期徒刑差不多，这辈子算是耗在里边了。听上去，王管教似乎不是管教，而是罪恶更加深重的人。陈元想，王管教除了领了一份薪水之外，与他陈元不一样的地方并不明显。

陈元把烟叼在嘴上，打量着四周。有位大妈清扫完了落叶，放下手中的大扫帚，靠在马路边上的一个角落里，掏出打火机先给自己点燃了一支烟，然后远远地问陈元，你想借火吗？

陈元说，我有，不需要。

正好风刮了起来，她的打火机就熄灭了。

陈元走向了大妈。其实他走向的不是大妈，而是大妈靠着的一面墙壁。

陈元撕开棉衣的袖子。这身黑色的棉衣是新的，是出来前王管教送给他的。陈元像往常一样，从棉衣袖子里掏出一小撮棉花，放在手心搓成了一根棉花条子。他蹲下去，脱下一只鞋。这是一只布鞋，也是王管教送给他的。这么多年从来没有人给陈元送过东西，于是在出来之前，王管教就送了他一身衣服，还安慰了一句，等你回去了家里人就原谅你了。

陈元用那只布鞋，把那根棉花条子压在一面墙上，开始上上下下地摩擦着。那种动作有点像在磨刀，而且越磨越快。这是刚进去的时候，他发明的取火之法。刚进去的时候有烟，但是没有火。火保管在王管教的手中。王管教害怕他们生事，把火都给没收了。在外边的时候，陈元除了是校长之外，平时还是一名物理老师，他懂得摩擦起火的原理，就是一个物体与另一个物体紧密接触、来回移动的时候会产生一种力，它的大小与物体表面的光滑程度和重量有关。在这种力的作用下，物体的内能不断增大，温度会越来越高，最后就达到了着火点。在进去的第七天晚上，他利用这种原理，从光秃秃的墙上帮大家取到了火，从而成为神一般的人物。从此，他们撕开自己的棉衣，用一只鞋压住棉花，在墙上猛烈地摩擦。夏天不穿棉衣，那就撕开被子。棉衣和被子总是被他们撕得越来越薄。尤其是四面墙，被他们摩擦得油光发亮，像打磨出来的一面镜子。

相比之下，外边的水泥墙粗糙多了。

陈元仅仅摩擦了几分钟，棉花条子就燃烧起来了。

他从棉花条子中间轻轻地吹出了火苗，把自己的烟点着了。

大妈并没有走开，吃惊地凑过来说，你这招在哪儿学的？陈元说，当然是在里边了。大妈说，你从里边出来的？还以为你是过路的呢。陈元回过头，再次看了看大铁门。门缝里边的世界像一把一指宽的刀子，被磨得闪闪发亮。里边很安静，大部分事物都隐没其中，似乎偌大一个地方什么也不存在。

陈元有些窒息。他是真真切切地进去过了，而且是真真切切的五年。

五年前自己是清白的，经过日日夜夜的洗刷自己仍然还是清白的吗？

到底是谁夺走了他这五年的时光？这些时光到底都流到哪里去了？在邢小利那个民警那里，在姓田的那个超市老板那里，还是在十四岁不到的小丫头黄丽那里呢？

陈元觉得，他有必要去找找他们，看看能不能找到他白白流走的含着屈辱的时光。

3

陈元蹲在大铁门前边吸完了一支烟。

他迷茫地问大妈，大沙镇怎么走呢？

大妈说，不远，你坐地铁九号线吧，九号线全线都开通了。

陈元记得十分清楚，地铁九号线二期遗留站是自己进去的前一年开通的。开通那天陈元十分兴奋，因为在菜场小学的背后设有一个出入口。有老师问他，你高兴什么呢？上海不是你家的，地铁站也不是你家的。陈元说，它不是我家的，却是咱们菜场小学的，它是菜场小学给我这个校长配的专车！他本来是没有任何事儿的，但是那天，他对着所有的学生说，你们还没有去过徐家汇吧？走，坐我的专车，咱们去徐家汇拜一下徐光启，再逛一下清朝的那个藏书楼。于是，他把学生全部组织起来，排着队，举着小红旗，唱着《我们是共产主义接班人》，坐着地铁九号线来了一场体验之旅。

大铁门外边，是一条并不繁华的大路，大路上边建起了高架桥，显得有些凌乱和荒凉。两边的梧桐树叶子已经落光了，却还有一些没有消融的雪花。原来这座城市下雪了。自己在外边待过五年，都没有下过一次雪。在里边待过五年之后，一切就面目全非了，很少下雪的江南也开始下雪了。

前往地铁站的时候，路过一家理发店，陈元一下子钻了进去。当他坐在一面镜子前边的时候，突然发现自己不应该理发。自己的头发已经很短很短了，而且大面积地谢顶，和光头是没有什么差别的。有一个小丫头走过来说，大爷，你要剃光头吗？陈元说，我现在不是光头吗？小丫头说，你这不算光头，你还是剃光头吧，说得不好听一点儿，你这不清不白的，让人感觉很不舒服。

陈元一边退出门一边问，我怎么不清不白了？

小丫头对着他的背影说，你这个头呀，头发吧又不长，剃吧又没有剃光，有点像犯人。

陈元回过头说，你从哪里看出来我像一个犯人？

也许因为做不成生意，小丫头就恶狠狠地说，不仅是头发，还有感觉，彻头彻尾像个犯人。

小丫头似乎是一个未成年人，还带着稚嫩的腔调，让陈元忽然想起了小丫头黄丽。他在心里又骂了一声，妈的，我怎么就成犯人了呢？犯人是凭着感觉的吗？当年他们就是凭着感觉把我逮起来的吗？陈元毅然决然地离开了理发店。他希望自己的头发瞬间就长出来，长成他原来的一头披肩长发——没有进去前他留着一头长发，每次和人说话的时候都会朝后甩一下，那是多么潇洒啊。

在九号线的地下通道，陈元看到了一间小店，是卖假发的小店。他不管三七二十一，就挑了一个假发。他戴上假发，对着镜子凝视着。假发有原来那么长，也是又黑又亮，但是戴在自己头上，味道完全不一样了。或许是自己老了，脸上的皱纹多了；或许是假发就是假发，它永远不可能成为身体的一部分，像他身上曾经背负的所谓的罪名。

他还是愿意戴着假发。戴着假发起码给人的感觉不再像个犯人了。

不是他想逃避什么，是因为他根本就没有犯过什么。

陈元坐上地铁九号线，半个小时就到了大沙镇。从地铁大沙镇站二号口出来，前边就应该是菜场小学了。陈元顺着四周找了一圈，那所自己办起来的菜场小学已经不见了。院墙，几座平房，一个小操场，一根篮球架杆，一点痕迹都不见了。四周全部变成了高楼大厦，只有小操场的位置和原来一样空旷，确确实实地建起了一个菜市场。

陈元钻进了菜市场。已经过了采购的高峰期，菜市场人并不多，地面上污水横流，里边掺着血水、鱼鳞和菜叶。几个摊主懒洋洋的，有人问，大妈，你要萝卜青菜吗？冬天多吃萝卜青菜不容易感冒。有人说，大妈，割点肉回去吧，马上过元旦了，而且北方下大雪了，说不定要涨价了。

陈元扶了扶自己的假发。同样是披肩长发，年轻的时候从没有人把自己误会成女的，如今为什么人人见了他，都叫他大妈呢？

陈元低头看了看，污水中的自己确实像个大妈。

陈元想辩解一下，张了张嘴还是作罢了，是大爷还是大妈对别人对自己有什么关系呢？

陈元在一个大妈的摊位前，犹豫了一会儿站住了。他觉得这个大妈不太一样。不太一样的是大妈有点眼熟，似乎原来在大沙镇遇见过。让他眼熟的，其实也不是大妈的面孔，而是大妈眉心上的一颗黑痣。有豆子那么大的一颗黑痣。但是，他站了几分钟，大妈并没有任何反应。

大妈说，你是要西红柿吗？

陈元说，嗯，来一斤吧。

大妈挑拣了几个西红柿，陈元执意要付钱的时候，大妈说，我不收你的钱。陈元说，为什么？你认识我吗？大妈说，我不认识你，但是我看你不像个买菜的。陈元真想问，自己怎么就不像买菜的了？他不明白什么样子的人才像买菜的。是指有家的人，还是指一日三餐有着落的人呢？

陈元离开的时候，还是没有忍住，回头问大妈，这里原来好像不是菜市场吧？大妈说，你原来在这里住过？这里确实不是菜市场，最早是一个纸板厂，后来办了一所学校，农民工子弟学校，农民工子弟学校关掉后，有段时间成了屠宰厂，杀猪杀羊杀鸡，什么东西都杀，再后来发生禽流感，屠宰厂也被关掉了，把旁边盖成了居民小区，居民闹腾了好长时间，说是没有地方买菜，就建成了这么个地方，这个菜市场刚开张不久。

陈元摸出一个西红柿在袖子上擦了擦，咬了一口。

陈元一边吃一边说，为什么关掉了呢？

大妈说，你是指纸板厂还是小学？

大妈拉了一条板凳，让陈元坐下聊。大妈说，当时大沙镇有很多工厂，有制衣厂，有五金厂，有建筑公司，外来打工的都住在这里。每年夏天有好多孩子，从全国各地赶到这里看望父母，假期结束的时候，孩子们个个都哭着闹着不愿意回去，有的抱着大树，有的抱着电线杆，想留在父母身边，但是根本没有地方念书，好多孩子干脆辍学了，留在大沙镇上打工，小小年纪，有的进了理发店，有的进了商场，有的拾垃圾。其中有个陕西来的小丫头为抢一个空瓶子，被另一个孩子推到小河浜里，活活地淹死了。

陈元两口下去，连柄也没有留下，就把一个西红柿给咔嚓掉了。

他的眼睛湿润了，在他模糊的眼睛里，那一幕幕再次浮了上来。

当时，他随着一家大型建筑公司来到了上海大沙镇。他是一个中专毕业生，在学校学的是工程监理，按说学历不高，在硕士博士成群的上海，是没有他立足之地的，但是他文笔不错，而且会写一手不错的毛笔字。他到建筑公司打工之后，除了负责监工之外，还兼公司的宣传与文案，比如写写“安全就是生产力”之类的标语。有一年，他的女儿来上海度暑假，眼看着假期就要结束了，但是女儿哭哭啼啼地央求他说，爸爸，让我留下来吧。陈元说，留下来干什么呢？女儿说，留下来念书啊，关键是我回去的话，别人欺负我怎么办？陈元说，不是有妈妈和哥哥吗？女儿说，哥哥和妈妈，一个是小麻秆儿，一个是小麻雀，保护不了我呀。陈元说，那你是什么呢？女儿说，我是一片小树叶子，也保护不了自己呀。陈元说，我也想让你留在爸爸身边，这样就有人给爸爸做饭了。

女儿十二岁，只比桌子高出半个头，但是已经会下厨做饭了。女儿说，我留下来的话，天天给爸爸做好吃的。陈元说，你能做什么好吃的？女儿说，多着呢，面条、锅盔、葱油饼，我还会蒸大米饭。最后一个晚上，陈元从工地回到宿舍的时候，发现桌子上已经摆好了饭菜。一盘西红柿炒鸡蛋，一盘醋熘土豆丝，一盘腊肉炒青椒，还有一盆西红柿鸡蛋汤，两只碗里盛上了大米饭。建筑公司有食堂，陈元基本是吃食堂的，但是公司里的兄弟们，来自天南地北，人家对饭菜的要求不一样，有的喜欢吃甜食，有的喜欢吃辣椒，有的喜欢吃又甜又咸的，所以总是那么不合口味。于是他空闲的时候，还是自己亲手烧饭。

女儿说，怎么样？陈元说，米饭特别香。女儿说，这是我的绝招。陈元明白，她的绝招是从她妈那里学的，淘好米之后，在锅里放一点盐，再放一点油，蒸出来的米饭不仅粒粒不粘，而且香喷喷的。女儿说，你没有发现问题吗？陈元说，没有啊，都是我喜欢吃的。女儿委屈地说，爸爸不老实，你没有发现西红柿炒鸡蛋与西红柿鸡蛋汤重样了吗？陈元说，不呀，一个是炒的，一个是汤，怎么会一样呢？女儿说，爸爸喜欢，我以后天天给你做，我有几个拿手菜还没有亮出来呢。

陈元低下头只顾着吃饭，真不知道再说什么好了。为了女儿，白天他去过附近的几所学校，也去过大沙镇教育部门，打听下来的结果是，像他这样没有上海户口，没有居住证，四处流动的建筑工人，子女根本不可能留在这里上学。陈元吃完了饭，女儿又忙着洗碗。陈元说，爸爸对不起你，马上要开学了，你明天还得回去。

那天晚上，父女两个坐在一片荒凉的工地上。这个工程是一个居民小区，地基已经打好了，墙已经砌出了两米高。他们两人坐在墙头上，静静地看着远处的灯火和天上的星光，一直坐到了凌晨四点。

陈元说，四点了。

女儿说，那走吧。

陈元与女儿回到宿舍，收拾了一些行李，准备送女儿去汽车站。大沙镇那时还没有通地铁，陕西丹凤也没有通火车。女儿必须坐大巴到河南南阳，再转车回家。陈元带着女儿来到恒丰路汽车站，女儿在进站的那一刻突然回头说，爸爸，如果我迷路了怎么办？陈元说，你怎么会迷路呢？来的时候也是你一个人呀。女儿说，爸爸，若我被人贩子拐走了呢？陈元说，我给司机交代过了，他会帮你转车的，你听他的话就行了。

女儿检完票之后，她猛然回过头，一下子冲了出来。女儿坐在汽车站外边的广场上，紧紧地抱着一棵梧桐树不放。女儿说，我还不想走，明天走吧。陈元说，那车票就作废了。女儿说，我有钱，我挖药赚了好多钱，就为了来看爸爸的，如果作废了我还你。陈元说，爸爸不是这个意思，你要回去念书。女儿说，我不想念书，我只要爸爸。女儿说着，又哭了起来。陈元也哭了起来。无奈，陈元把女儿又带回了工地。

陈元的老婆屈爱琴打电话来催了，说是要上六年级了，学校马上就要报到了，怎么还不见女儿回家呢？陈元说，明天就回去，或者是后天就回去。女儿抢过电话说，我不回去了，我在上海念书了。屈爱琴说，上海除了楼房高，学校有什么好的？女儿说，当然好了，不但上语文数学英语，还会教我们打排球呢，我以后说不定就像郎平阿姨一样，成了铁榔头。屈爱琴说，你就吹吧，小心变成了铁疙瘩，不过你留在那里也好，可以盯着你爸爸不要让他花心。女儿说，你说什么呀？我爸爸想花心，怕也没有机会。屈爱琴说，堂堂大上海，十里南京路，怎么没有机会？你可不能跟你爸爸一起糊弄你妈妈。

女儿说，爸爸待的地方，除了砖头就是水泥，你就放心吧。

第二天一清早，陈元就出门了。他买了几条中华烟，去了附近的那所学校。他想找校长再谈一谈，希望让女儿进去。没有桌子，哪怕自己买张桌子；没有地方，哪怕在教室的拐角上站着；如果连站着都不行，那就让她坐在窗子外边。总之，他必须让女儿上学。让他最为悔恨的，就是自己书念得少。如果自己不是中专毕业，而是大学本科毕业或硕士博士毕业，那他绝对不会活成现在这个样子。起码有一点，可以在上海落户，或者办理人才引进类居住证，有了户口或居住证，自己就成了上海人，能享受上海人的待遇，女儿自然也可以留在上海上学了。

但是与过去一样，陈元刚刚靠近学校大门，还没有开口说话呢，就被保安给撵走了。保安说，你为孩子上学这事儿来的吧？别做这个梦了，除非你是居民、镇长或流氓，如今开学报到已经结束了，镇长和流氓恐怕说话也不算了。

第二天一清早，女儿也出门去了。女儿给陈元的说法是，与工地上的几个小伙伴一起出去玩玩。女儿晚上回来的时候，手中提着一把韭菜、半斤五花肉、几个土豆。女儿洗了一把黑乎乎的小手，说是要烧晚饭了，做土豆焖肉给爸爸吃。陈元说，你去哪里了？玩得那么疯？女儿从身上掏出四十块钱，神秘地塞到陈元的手中说，我可以帮爸爸赚钱了。陈元把钱狠狠地摔在地上，很生气地说，谁要你赚钱了？有本事你给我赚四万块回来！你这么大孩子，为什么不听话呢？你现在最重要的是什么？是念书！是回去念书！

第三天一清早，陈元去工地上班，想在午休的时候再去另外的学校试试。女儿照样提着一个塑料袋子出门去了。她与几个同样辍学的孩子约好了一起去捡饮料瓶子，一个饮料瓶子可以卖两毛钱，一天下来每个人可以捡几百个瓶子。

那天，陈元正在刷写标语。上边来检查安全质量前，工地上都是要刷写标语的，无非还是“欢迎领导莅临指导”等，当陈元把一条横幅刚刚写好，正在朝工地上悬挂的时候，眼睛突突地跳了几下。正好这时他接到了一个电话。电话是民警打来的，事后才知道这个民警叫邢小利。

邢小利说，你是不是有个女儿在上海？陈元说，你谁呀？邢小利说，我是派出所的。陈元说，派出所也管孩子上学吗？陈元以为自己这几天跑来跑去，终于有人被感化了，要安排女儿上学了。

邢小利说，上什么学？到哪里上学？你快点过来吧，过来就明白了。

当陈元赶到一条小河旁边的时候，那里已经被围得人山人海。大家让出一条通道来。陈元不明白为什么大家会让出一条通道，他从来没有受到过如此尊重。陈元有点茫然。当时他已经是一头披肩长发了。他从人群的夹缝中穿过的时候，不停地朝后甩着自己的长发。在小河边的草地上，躺着一个人，确切地说是一个孩子。她身上的衣服湿淋淋的，紧紧地贴着瘦小的身体。双手、大腿和脸上糊满了污泥，像一个还没有捏好的泥人儿，是看不清面目的。

没有一个人吱声。

陈元说，怎么回事?

有个民警上来说，我是邢小利，你辨认一下，这是不是你家的孩子？陈元再次细微地看了看，他看到她下巴旁边的一块红色的胎记，看到左胳膊上的一道褐色的伤疤。她手上紧紧地握着一个瓶子，瓶子里没有饮料，而是灌了半瓶子泥水。陈元说，妞妞，怎么睡在这里了？妞妞是他女儿的乳名。

他要上前摇醒她。

但是邢小利说，她已经停止呼吸了。

陈元迷茫地望了望旁边的人。有个护士说，是的，我们赶到的时候，她已经停止呼吸了；有个穿着靴子的男人说，我们把她从水中打捞起来的时候，已经停止呼吸了，掉到水里三十多分钟呢，谁有这么大的本事还活着呀。

陈元像一个聋子似的，大声地问，你们说什么?

旁边有两个工人，是工地上的工友，陈元是认识的。一个工友说，她和我们家的孩子一起，在这里拾饮料瓶子，另外一帮孩子不让，说这是他们的地盘，就把她逼到了河边，然后，然后，她就掉下去了。另一个工友说，什么掉下去了？是被推下去的!

有两个孩子在瑟瑟地发抖，他们哭着点了点头说，我们是一伙的，所以不是我们推的，是那个孩子推的。

这里不得不向各位交代一下田老板了。

田老板当年五十来岁，也不是上海本地人，但是他张口就是“阿拉”，闭口就是“伊们”，其实他只会阿拉和伊们几个词，所以没有人知道他是哪里人，都以为他是上海本地人。田老板胸口刺了一条龙，远远看上去，怎么都不像一条龙，而像半根霉烂的草绳子。有人问，这刺的是什么呀？他啪啪地拍着胸脯说，是龙呀！阿拉是龙的传人。有人说，龙头在哪里？依我们看，倒像一条蚯蚓。他赶紧把衣服敞开说，有句古话怎么说的？见头见尾不见身！我这条龙啊，是见尾见身不见头，侬就不懂了吧？说完，他会自己解释说，龙尾龙身都刺好了，一只眼睛都刺好了，仅仅剩下一个龙头了，但是那个痛呀，太他妈的难受了，所以真是太遗憾了。田老板之所以叫田老板，是因为他在大沙镇开了一家超市，规模还是比较大的，里边不仅有服装鞋帽和日用百货，还有蔬菜瓜果、食品香烟和安全套避孕药。

把陈元女儿推下水的，就是田老板的孙子。田老板的孙子不可能外出拾饮料瓶子，即使是拾饮料瓶子也不会为钱。他们当然不缺钱。可是那天，田老板的孙子在那里玩耍，看到陈元的女儿在那里拾瓶子，就上前问，你拾瓶子干吗？女儿说，拾瓶子卖钱呀。孙子说，你要钱干什么？女儿说，买东西呀，还要买菜呀，我要给我爸爸买条鱼。孙子说，买条鱼干什么？女儿说，还能干什么，当然是做晚饭了。孙子说，瓶子是你能随便拾的吗？这些都是我的，我就住在旁边，别说几个瓶子了，就是地上的毛毛虫也是我的。于是两个人追着，就跑到了小河边。

事后，在民警邢小利主持调解的时候，有人说是被田老板的孙子推下水的，有人说是陈元的女儿自己滑下水的。邢小利说，不管怎么样，人已经死了，除了赔钱还有什么办法呢？我提一个数字，就六十万元吧。田老板说，一个乡下小屁孩子，哪值这么多啊？陈元说，我给你六十万元，买你孙子一条命怎么样？田老板说，侬能拿出那么多吗？反正阿拉是拿不出来的。民警邢小利说，拿不出来也得拿，你不是还有一家超市吗？田老板说，阿拉孙子还是孩子，这个情况也得考虑进去吧？民警邢小利说，你孙子多大？若超过十四岁了，还要负刑事责任的，属于故意杀人你明白吗？邢小利又对陈元说，按照相关规定，农村人与城市人，确实是同命不同价的。

最后，田老板赔偿了三十五万元。陈元拿到三十五万元之后，却一分钱都不敢花。每花一分钱好像都是在出卖他女儿的命。所以思来想去，他就想到了那群辍学的孩子。到了第二年春天，附近一家纸板厂倒闭了，陈元就盘下了那块地方，准备办一所农民工子弟学校。申请开办小学的时候，陈元见人就哭诉自己女儿是如何如何想留在上海，是如何如何被人推到河里淹死的。也许是被感动了，也许是农民工子女不上学，在大街小巷四处晃荡，毕竟是一种社会隐患，所以就得到了当地政府的支持。

因为学校门前有一条马路叫菜场路，陈元干脆给这所迷你型的学校起了个名字叫“菜场小学”。陈元自己亲自担任校长，从外地招了几名一心想到上海发展的老师，又在旧厂房里添置了一些桌椅板凳和教学用具，还在操场上树了一根旗杆和一根篮球架杆，学校很快就开学了。

这些都是旧话，按下暂且不提。

大妈从自己摊子上，抓起一个西红柿，也啃了起来。大妈说，纸板厂倒闭之后，这里开了一家农民工子弟学校，办学校的钱说是校长的又不是校长的，其实是一个姓田的老板卖掉自己的超市赔给校长的。可惜好景不长，校长出事儿了。可能是冤家路窄吧，有一天田老板报案，说干女儿被人给那个了。那个校长姓什么来着？如今记不得了，就被抓起来了，被判了整整五年。为什么被判五年？说是干女儿未满十四岁，不管怎么样都是犯法的。

陈元浑身一阵颤抖，忽然站了起来。

大妈说，校长被判刑之后，学校自然就关门了。

陈元说，那些学生呢？大妈说，本来就没有多少学生，据说通过报纸和电视台一报道，政府怕事儿闹大了影响不好，特事特办，不管是外地的，还是哪儿的，也不讲什么条件了，统一安插到附近的公办学校念书去了。前几天听说，有些孩子明年初中毕业，照样不能在上海上高中，要想继续念高中考大学，还得回老家，老家都没有人了，这些孩子怎么回去？大家都念着那个校长，若那个校长不进去的话，他们的孩子恐怕连初中都上不完，现在毕竟是初中毕业，也不算文盲了。

陈元又掏出一个西红柿咬了起来。

在里边的五年中，他多少次猜测过农民工子弟学校的命运，什么结果都想过了，想到了关门，想到了被别人接替继续办着，唯独这个结果是自己万万没有想到的。自进去之后，这是第一次接收到让自己有点欣慰的信息。

陈元在准备离开的时候问，你相信校长是那种人吗？大妈说，我们普通人，相信不相信有什么用呢？这得听警察的吧？那个田老板，把大超市赔进去了，不排除他设计圈套，来打击报复校长。我当时在那家宾馆当服务员，虽然在眼皮子底下，也没有亲眼所见，什么都是猜测的，所以这是是非非，再怎么想也是白想。

陈元说，你做过宾馆服务员？

大妈说，是呀，在那个红星宾馆，田老板超市的隔壁，你在那里住过吗？当时我在那个宾馆当服务员，而且那天晚上还是我值班，当警察跑过来的时候，我才知道出事儿了。

陈元忽然意识到，他之所以对大妈那么眼熟，就因为当时在红星宾馆的前台，他向她打听过宾馆内部的保健按摩房在哪里。她告诉他就在宾馆二楼的时候，顺便提醒了一句“我们的按摩房是正规的”。陈元在上楼之前还拿她眉心上的那颗黑痣开过玩笑。陈元说，你是斯琴高娃吗？她说，如果我是斯琴高娃的话，我就去韩国把这颗黑痣给祛掉。陈元说，那可是一颗福痣，祛掉你就当不成明星了。

想到红星宾馆，陈元又开始窒息了。他从身上急忙摸出一支烟，从撕开的袖子里掏出一撮棉花，搓成一根棉花条子，然后脱下自己的布鞋。但是菜市场的墙似乎是塑料板或光滑的预制板，地板上到处都是水渍与垃圾，根本容不得陈元进行摩擦。

大妈从另一个摊子上借过来一个打火机。

陈元说，不需要，我有火。

大妈接着说，出了那种事儿之后，红星宾馆因为生意冷清就被拆迁了，我也下岗了。你别看在宾馆当服务员，那可是国营宾馆，食堂随便吃，空闲的房间随便住，电话也是随便打，工资不高，但是全部都落下了。我常在想，若没有发生那件事儿，宾馆会不会倒闭呢？若不倒闭的话，大沙镇现在是迪士尼板块，酒店的日子是不是更好过了？我会不会当上经理了？如今我摆的这个摊子，肯定是赚钱的，可惜它不是我的，我是给人家老板打工的。

陈元不想再说什么了。

他必须到外边去，找一堵能摩擦取火的墙。

他向大妈询问了一下大沙镇派出所的位置，知道派出所还在当初的那个地方。

正是中午休息时间，陈元坐在派出所对面的一家小饭馆里要了一碗面条，一边吃着一边看着派出所那排低矮的房子和像杂货铺一样的院子。只有这些地方，可谓铁打的衙门。菜场小学倒闭了，红星宾馆倒闭了，田老板的超市也转让了，唯有派出所还那么破旧地设在那里，不会受到任何人的命运的牵连。

4

陈元去大沙镇派出所，就想找民警邢小利。

他出的那件事儿也是邢小利一手经办的。他想看看在他进去的五年时间里，那些人最后的情况都是什么样子，其中包括那个狗日的田老板、不知轻重的小丫头黄丽，当然还有邢小利本人。只有这三个人，或者只有前边的两个人，是他那件事儿的主人公。

陈元吃完一碗面条，围着派出所转了一圈。当初为了女儿的事儿和自己那件事儿，没少来这家派出所。其实，他为女儿的事儿来派出所的次数比较多，为自己那件事儿只来过一次，就那么一次，便彻底给交代过去了。

陈元记得，派出所背后那条巷子比较深，七拐八拐地一直通往稻田，穿过稻田就到了女儿出事儿的小河浜。有一位大爷，在巷子宽大一点的拐角处，摆了个自行车修理点。大爷叼着一支烟，正在低头补胎，见陈元站在旁边不走，便问，你要补鞋吗？陈元说，你不是修自行车吗？大爷说，自行车都能修，修鞋还不是小菜一碟？陈元本来没有什么要修，还是拉过一条板凳，把鞋脱下来扔给了大爷。大爷看了看说，哪里烂了？

陈元说，没有。

大爷说，那补什么？

陈元说，你看着补吧。

大爷笑了笑说，你偏脚，鞋底子要垫一垫才好穿。

陈元说，从这里朝前走，是不是一块稻田？大爷说，是啊，原来稻田里长稻子，现在稻田里开始长房子了。陈元说，再往前是不是一条小河浜？大爷说，原来叫小河浜，如今叫景观河，不过再怎么变，流水是不变的，照样是可以淹死人的。陈元说，没有设栏杆吗？大爷说，没有栏杆的时候，是被别人推进去的，现在设了栏杆，都是主动跳进去的。陈元说，跳进去洗澡吗？大爷抬起头说，洗澡？在臭水里洗澡，岂不是越洗越脏？陈元说，那干什么？大爷说，是寻死，也就是自杀。经我的手捞起来的，有七八个了，最小的那个，是陕西的，才十二岁，是被推进去的；最大的那个是一个姓田的老板，都五十多了，是自己跳进去的。

陈元说，他那么大把年纪了，为什么要跳进去？大爷说，是活腻烦了吧。那天我去小河浜里钓鱼，听到扑通一声，以为有人落水了，我跳下去把他给拉上来了，你知道拉上来之后出什么事儿了？陈元说，死了？大爷说，哪死了？活着呢！是我救上来的唯一一个活着的，而且是唯一一个不想活的。

哎哟，妈的。大爷似乎被手中的刀片削破了，手指头在流血。

大爷说，谁知道救人还救出麻烦了。陈元说，这是做善事儿，他们理应谢谢你。大爷说，还谢呢，救了那么多人，连根烟都没有抽上过。陈元当时确实没有问过是谁把女儿捞上来的，也没有说过一句谢谢。

陈元抽出一支烟，递给了大爷说，我要谢谢你。大爷说，你是谁呀？我又没有救过你。陈元真想告诉大爷，那个陕西的孩子是自己的女儿，就是他给捞起来的，好像大爷还说过，他捞了半个小时。如果陈元说出这些，会引出自己后边的事儿。虽然后边的事儿都是莫名其妙的，因为没有人证明是莫名其妙的，所以那种羞耻依然储存在别人的眼睛里。

大爷说，田老板胸脯上刺了一条龙，当我把他拖到草地上，他竟然拍着张牙舞爪的胸脯指责我不应该救他。我说，你又不是一头畜生，我怎么能见死不救呢？他说，我就是畜生，一心想死的畜生，是你让我没有死成。我说，那你自己再跳下去吧。他说，水那么深，想跳就能跳啊？这需要勇气的！他缠住我，非让我把他给推下去。你说说，我敢把他推下去吗？他有个大超市，孙子把人家女儿推下去，赔了三十五万元，如果我把他推下去，我拿什么赔人家？恐怕只有光屁股了。

陈元说，他寻死，不会是因为赔钱吧？大爷说，有关系，但似乎又没有关系，当时大超市已经转让掉了，连第二个案子都发生了。第二个案子牵扯到的还是田老板他们两个人，所以各种各样的猜测就非常多，有人说他们上辈子就是冤家，也有人说他们都上了别人的圈套。反正田老板非得让我把他推下水去，不然就不准我离开。

大爷说，我那时还在派出所上班。

大爷朝着派出所的屋顶瞄了一眼，屋顶上有一根不高的烟囱。已经过了午饭时间，所以并没有冒烟。不冒烟，或许因为那个烟囱已经不是烟囱了。

陈元说，你在派出所干什么？大爷说，厨师，他们临时雇的。我正急着回去给派出所做午饭呢，但是田老板抱着我死活不放，我赶紧给派出所打电话，副所长邢小利赶了过来。陈元说，邢小利不是民警吗？大爷说，是刚刚升任副所长的，可能一连办了两个案子，所以立功了吧。

大爷又“哎哟”了一声，另一个手指头也被刀片削破了。

有个小伙子推着自行车来修，大爷说，我这是补鞋的，不修自行车，工具都在那里，你需要的话自己动手吧。陈元笑了笑说，你怎么又变成补鞋的了？

大爷说，生气啊。我回到派出所的时候还不到十二点，比平时开饭也就晚了半个小时，结果你猜都猜不到。当我洗完碗，刚解下围裙呢，邢小利就来通知我，让我第二天别来了。我问，别来了是什么意思？邢小利说，我们要另请厨师了。我说，不就晚了半个小时吗？又没有饿着谁，何况我是见义勇为去了，不是我的话田老板就死了。邢小利说，他死不死与你有什么关系？何况他这种人多一个少一个有什么影响吗？我说，好歹也是一条命吧？邢小利说，反正你的行为影响了本职工作，辞退你也是经过派出所研究的。我说，你跟谁研究的？我在这里做了十几年饭，你刚刚升任一个小小的副所长就把我开除了？邢小利说，开除了又怎么样？我说，你恐怕居心不良吧？邢小利说，你说说看，我怎么居心不良了？我说，感觉你希望田老板死。

大爷又抬起头，朝派出所那边的屋顶瞄了一眼，而后低着头嘿嘿地笑了。

陈元说，后来呢？他们给你说法了吗？大爷说，食堂是邢小利分管的，不就他一句话吗？他让我走，我能不走吗？当天离开派出所后，我变成了无业游民，有阵子在这里开过冷饮摊，可是从这里经过的，要么是报案的，要么是犯事儿的，都是火烧火燎的，哪有心情坐下来喝一杯呢？尤其到了冬天，一根冰棍也卖不出去，万般无奈我就摆了这个摊子，说实话这个摊子也不怎么样，原来骑自行车的人还挺多的，现在大部分换成小汽车了。

陈元又想用棉花取火了，但是大爷已经修好了鞋。大爷说，你试试吧。陈元穿上鞋试了试，果然走起路来平稳多了，不再歪歪扭扭的了。

陈元说，多少钱？

大爷说，不要钱。

陈元说，为什么？

大爷笑了笑说，我这是自行车修理点，补鞋只是义务的。

陈元看了看天，晴朗的太阳有点偏了。陈元便辞别了大爷，拐到了派出所的大门口。保安拦住陈元说，你报案吗？陈元说，我找人。保安见陈元有点迟疑，便说，最近风声紧得很，如果找人办私事儿，我劝你还是省省吧。陈元说，我想找邢小利，副所长邢小利。

保安说，你是他什么人？陈元说，什么人都不是。保安说，你在这里有案子？陈元说，也不是。保安说，那到底是什么？陈元说，我亲自和他说吧。保安说，他已经不在这里了。陈元说，我真没有什么事儿，找他就是想看他一眼。保安说，你们是朋友吗？陈元说，算是吧，所以你就没有必要骗我了。

保安说，我没有骗你，实话告诉你吧，他现在在城西监狱里。

陈元一愣，那不是自己刚刚出来的地方吗？

陈元说，他调到那里去了？保安说，调？什么叫调？他是服刑去了，他犯法了你不知道吗？人家躲他都来不及，你还主动往上贴呀？陈元说，犯什么法了？保安说，除了杀人越货，现在能犯法的，不就是贪污受贿吗？我一年前来当保安的时候，他已经进去了，据说除了受贿之外，还有侵占他人财产。陈元说，判了多少年？保安说，具体我也说不清楚，大概是五年吧。陈元说，没有带出别的什么案子吗？保安说，你是指同伙吗？同伙倒是有一个，是他手下的一个民警。

陈元心想，肯定没有牵连出自己的事儿。若自己的事儿有了转机，他应该早就被放出来了。

陈元对邢小利一下子失去了兴趣。即使邢小利没有进去，如今见到了邢小利，他又能和邢小利说什么呢？告诉他自己出来了？继续告诉他自己是被冤枉的？问一问是不是他邢小利设下的圈套？那又能怎样呢？现实是，邢小利也进去了，很有可能就是因为自己进去的，而且与自己一样判了整整五年。

保安对着陈元的背影说，你们真是朋友的话，就去菜场路七十三号看看他老婆吧。

陈元朝着菜场路走去。他不是有意要去看看邢小利的老婆。邢小利的老婆又不认识自己，而且和邢小利本人还是不一样的。陈元之所以朝菜场路走去，是因为那是地铁九号线大沙镇的那一站。

陈元在离大沙镇地铁口还有五十米的地方，一抬头不经意间就看到了七十三号。那里是一个居民小区，一楼全是临街的门面房，七十三号门面房安装着玻璃门。正是下午时分，大白天依然开着灯，是粉红色的霓虹灯。灯光下摆着一张红色沙发。沙发上坐着一个女人，看上去已经不太年轻，应该四十多岁的样子，但是一副小清新的打扮，身上穿着一条白纱裙，低胸的，半透明的，可以清晰地看到桃红色的胸罩兜着半个被挤压的乳房。裙子特别短，稍微动一下，就露出了水红色的三角内裤。

陈元从门口经过的时候，她没有把陈元误会成一个女的，或者她根本不在乎男女，一边嗑瓜子一边朝陈元勾了勾手，还撵到门口，贴着玻璃门说，进来吧，进来玩玩吧。陈元原来遇到此情此景，肯定会大大方方地摆摆手，如今莫名其妙地心虚起来，最后一慌张就钻进了隔壁。

隔壁是一家正规的理发店。陈元并不知道这是正规的理发店。当他走进去的时候，凭着那亮亮堂堂的灯光，还有服务员"欢迎光临"的口气，他觉得应该是一间正规的理发店。一位年轻的小伙子拉出一把椅子，直接告诉陈元说，我们是正规的理发店，请问你要理发吗？陈元说，不理发。小伙子说，那你要烫头吗？陈元说，也不烫头。小伙子有点迷茫地重复说，我们是正规的理发店。

陈元说，你看着办吧。

小伙子说，我看你头发挺长的。

陈元说，头发是假的。

小伙子有点意外地说，这样啊！那刮刮胡子吧？

陈元说，我这胡子能刮吗？

小伙子说，当然能刮了，你又不是女的。

小伙子把椅子调平，开始给陈元刮胡子。陈元说，你怎么发现我不是女的？小伙子说，女的也长胡子，但是没有这么硬，而且你喉结那么大，女的是没有喉结的。陈元说，你老家是哪里的？挺聪明的嘛。小伙子说，老家是河南南阳的，聪明有什么用，念书少，只能待在这种地方。

陈元说，为什么念书少？小伙子说，外地的呀！上到初中毕业，就不让考高中了，若不是有个校长，恐怕连初中都上不了。陈元说，哪个校长？小伙子说，我也不知道，我那时候年纪小，但是听我爸妈说，有个人自己出钱，建了一所农民工子弟学校，我在那里上了一段时间，后来学校关门了，就转到正规学校去了，这些天我爸妈还在念叨，说那个校长应该快出来了。

陈元心想，虽然大家忘记他姓什么叫什么，总算还有人是惦记着自己的，甚至是感激自己的。但是惦记自己、感激自己有什么用呢？是丝毫也无法证明他不是犯了那种事儿的人的。

小伙子说，你不去隔壁是对的，老实说隔壁很脏的。我给你讲个故事吧，前几天有个同性恋，泡了一个娘娘腔，带回家干完事儿之后，又有一个老男人跑过来，说那个娘娘腔是他的女朋友，逼着同性恋拿出八千块钱。同性恋没有那么多钱，只好交出银行卡和密码。趁着娘娘腔拿银行卡出去取钱的机会，老男人又把同性恋给那个了。同性恋一气之下就报案了，警察把娘娘腔和老男人都给抓起来了，在被逮捕之后，给老男人体检，发现老男人患了艾滋病！

陈元说，都是隔壁发生的？

小伙子说，当然不是了，是从电视里看到的。但是隔壁那个女人，谁知道带着什么病呢，传染上了可就毁掉了。而且你不知道，那个女人可不简单，她老公原来是派出所的副所长。据说，她当副所长老婆的时候威风得很，整天开着汽车在大街上乱窜，手上提着的包包都是上万块的，穿着的裙子人家说像只花蝴蝶，我看啊，蝴蝶的翅膀也不见得有那么漂亮。有人说副所长被抓起来，就是她和别人联手举报的，之所以要举报自己老公，是副所长在外边有花头了。为了那个花头，副所长在大沙镇盘下了一家超市。不管谁是谁非，副所长进去之后，家里人都劝她和副所长离婚，但是她死活不肯。她不离婚，也不去里边看他，就开了隔壁的理发店，理发店里就她一个人，既当老板，又当小姐。她那个理发店，与我们不是一样的，我们这个理发店是真理发，而她那个理发店什么都有，就是不理发。大家以为她为了钱，人家说不为钱，就为了报复副所长。

小伙子说，大叔，对不起啊。

陈元说，为什么对不起？

小伙子说，只顾着说话，我一失手，把你下巴刮破了。

陈元才意识到下巴在流血，有一丝火辣辣的痛。

陈元起身要结账的时候，小伙子说，我不收你的钱，因为我把你的下巴刮破了。

陈元出了理发店，本来还想在大沙镇逗留两天，比如去自己曾经打工的建筑工地看看，比如去找找田老板和他的那间超市，比如去看看红星宾馆拆迁后都建成什么样子了。但是，一切都在五年前开始拐弯了，像一条路突然拐向了让人看不见的方向。他不忍心多看一眼那间粉红色的门面房，还有那个对着路人不停招手的有些沧桑的女人。他立即转过身，钻进了地铁九号线的入口。

目前他最想的就是回家，回陕西丹凤的那个家。

如今他无法预料自己的老婆屈爱琴和儿子陈改朝会朝着什么方向拐去。

5

陈元仍然选择先到南阳，再转乘前往西安的大巴。

前往西安的大巴会经过陕西丹凤。这是自己以往回家的线路，也是女儿当初来上海度暑假时逆向而行的线路。陈元心想，五年时间，也许从上海到丹凤已经开通了直达的班车，但是他不愿意直达，他希望转车。如今转车还是不一样了，原来从上海到丹凤，有一大半路是走国道的，会遇到一个个小镇，比如叶子镇，比如太阳镇，在那些小镇上，大巴要停下来，一边上人，一边让大家吃口饭撒个尿，有时候还会在小镇上住一夜，回到家基本需要三天两夜。如今全成了高速，陈元在车上迷瞪了一下，醒过来的时候已经到了南阳。在南阳等候了两个多小时，转了车，再迷瞪了一下，中午十二点就到了丹凤县城。

陈元的家在塔尔坪村，离丹凤县城还有七十里。每天下午的时候会有一趟班车前往庾家河镇，并不经过陈元的家乡塔尔坪，所以中途下车还要步行十多里。陈元不愿意坐班车，也许是嫌班车还要等几个小时，也许是嫌班车开得太快了，也许是怕遇到一些熟人。能坐这趟班车的人基本都是镇上的，即使不是镇上的，起码也是经常到镇上走动的。虽然过去了五年，陈元变化很大，还戴着一顶假发，但是不排除有人会认出他。即使不认识他了，他身上的那件事儿，应该是人尽皆知的。

陈元决定全部步行，七十里路对他来说算不了什么。七十里路，要翻过两座大山，不出意外的话，路上会有积雪，陈元若慢慢走，回到塔尔坪的时候应该正好是天黑时分。

陈元实在太饿了，在半路上推开一户人家的门。虽然午饭时间已过，但是大妈还是给陈元烙了锅盔，下了挂面。陈元好久没有吃到锅盔和挂面了，严格意义上是五年没有吃上锅盔和挂面了，所以他像一个吸毒的人突然拿到了一堆白粉。大妈看他吃得那么香，便说，你是哪里人啊？陈元说，我去塔尔坪。大妈说，走亲戚吗？

陈元说，去看看。

大妈说，我怎么不记得有这么个地方了？陈元笑了笑。

继续往前走的时候，路上遇到了两个人，陈元装作问路的样子，问人家塔尔坪还有多远或塔尔坪怎么走。人家都摇摇头说，是寺庙吗？好像没有听说过呀。真是奇怪了，塔尔坪再小，再不出名，它毕竟是一个村子。何况村子里的一个女儿还淹死在上海，村子里的一个父亲还出过那么丢人的不清不白的事儿。是那些事儿在如烟的时光中根本不值一提，还是都被人给遗忘掉了？

正如陈元所预料的一样，他是在暮色苍茫的时候，看到了那棵熟悉的大核桃树，看到了那棵大核桃树上的一个鸟巢，有几只乌鸦站在树顶上有气无力地哇哇着。

所以，塔尔坪还是存在的。

陈元想等到天黑才进村，于是坐在那条无名的小河边。

老婆屈爱琴还是老样子吗？还剪着齐肩的短发吗？还喜欢穿着碎花的棉袄吗？脸上还涂着双生花牌雪花膏吗？还会莫名其妙地眉开眼笑吗？此时，她是否系着围裙在喂猪呢？冬天了，栏上的猪应该两百多斤了吧？到腊月是杀了吃肉呢，还是卖钱？她见了他，还会不会像过去一样，他一进屋就被她给抱住了，而后稀里哗啦地把他剥个精光？

陈元骂了自己一声“妈的”。他怎么就把儿子给忘记了呢？陈元进去之前，儿子陈改朝刚刚订婚。儿媳妇她爸在另外一个村当村长，她在另外一个村办小学当代教，模样儿十分水灵。有人问儿媳妇，家里条件那么好，为什么看上了陈改朝？儿媳妇说，因为他有一个爸爸在上海，以后到上海去旅游都不用住宾馆了。儿媳妇有一半是开玩笑的，有一半是大实话。陈元在堂堂的上海工作，在建筑公司写写画画，这是多么让人羡慕。虽然陈改朝没有考上大学，还是一个农民，但是在大家眼里，有个厉害的老爸，迟早是要被安排工作的，而且肯定是在上海。

可惜的是，在儿子订婚之前，陈元没有机会见儿媳妇。她应该和儿子陈改朝结婚了吧？应该有孩子了吧？是孙子还是孙女呢？陈元突然发现，自己忘记带礼物了，没有给老婆屈爱琴买双生花牌雪花膏，也没有给儿子买几包红双喜，给孙子或者孙女买几包大白兔奶糖。过去他回家的时候都会大包小包地带着这些东西。如今若是带着这些东西回来，会不会显得十分奇怪？自己是被放出来的，又不是光荣退休了。

陈元突然想抽烟。

他从袖子里掏出一撮棉花，可是四周没有墙。有山，山上有积雪；有树，树已经枯干；有草，都是荒草；有一条小路，没有铺水泥。陈元拾起两块石头，像古代人一样碰撞，一下两下三下四下，整个山谷都回响着敲击的声音。最后石头都被撞碎了，还是擦不出火花。

天真的黑了。

陈元感觉有点毛骨悚然。

他一回头，看到背后站着一个人，对着他嘿嘿地笑。

虽然天黑了，光线十分暗淡，陈元还是认出了这个人。他是塔尔坪有名的老光棍，长得一表人才，而且心灵手巧，会制猎枪，会修收音机，会织毛衣。

他不仅织毛衣自己穿，还织毛衣送人。曾经送过两件毛衣给陈元的老婆屈爱琴，一件是水红色的，另一件还是水红色的。不过，一件是高领的，另一件是鸡心领的；一件胸口有一朵花，另一件什么花也没有。关于老光棍为什么变成了光棍，说法比较多，有人说年轻时家里穷，有人说是挑花了眼，也有人说他一直在暗恋陈元的老婆屈爱琴。

老光棍的名字叫马青。

马青说，你躲什么呢？

陈元说，我没有躲呀。

马青说，你躲到哪里我都会找到你的。

马青对着河边的一棵杨树轻轻地踢了一脚，说你以为你躲到树里边，我就找不到你啦？从杨树上落下一片叶子，也许是最后一片叶子。马青从地上拾起叶子，朝着它吹了一口气，而后说，赶紧回家吧。

陈元感觉，马青像是在和自己说话，又不像是在和自己说话，而是在和自己背靠着的那棵杨树说话。陈元喊了一声，马青。马青说，谁叫马青？这片树叶子原来就叫马青啊？陈元说，你认识我吗？马青嘿嘿一笑说，你是谁？不可能是屈爱琴吧？屈爱琴比你漂亮多了。

陈元有种不祥的预感。

照着马青说话的语气，马青可能疯了。

在自己没有进去前，就有人说马青有点疯，不过并不彻底。

马青说，跟着马青快点回家吧。

陈元跟在马青背后，向村子里走去。路上没有一个人，整个村子也没有一点光亮。每从一户人家门口经过，马青都会上前，扣住人家的门环，把人家的门敲得哐当哐当地响。他敲敲汪家的门说，准备好了吧，要赶班车的话，应该出发了；他敲敲方家的门说，快点起床吧，天都大亮了，应该下地收苞谷了；他敲敲马家的门说，快点放炮吧，小媳妇马上就到了，要拜堂成亲了。他的话也不全是颠三倒四的，当年汪家开了一个小卖部，卖点油盐酱醋和针头线脑，经常要搭班车进城进货；方家是个懒汉，要睡到太阳晒屁股才起床，经常地里的庄稼都顾不得收；马家有一次结婚，新娘子都进门了，迎亲放炮的人竟然喝醉了。

无论他敲谁家的门，门上都挂着一把大锁。

陈元明白，大家应该进城打工去了，或者迁移到开阔的地方去了。

终于到了自己家的院子外边，院门是半开着的。马青还是一样，走上前去，敲了敲门说，屈爱琴啊屈爱琴，你梳妆打扮得怎么样了？你们家的男人从上海回来了。陈元不明白，马青是认出自己来了呢，还是随口说说的。马青不等有人来开门，就把门给推开了，而后回头对着陈元说，跟着马青快点回家吧。

陈元进了院子，马青再轻轻地把门给掩上了。

陈元一下子又要窒息了。

原来的三间大瓦房不见了，成了一块平地。

从前摆着香案和祖宗牌位的位置如今长着一棵树。

陈元认不清是一棵什么树。因为是冬天，树上没有一片叶子，枝丫显得无比瘦，像核桃树，又像柿子树，还有点像梨树。陈元以为走错了地方，在塔尔坪总共十几户人家，大多数人家的院子是一模一样的。比如马青家的院子和陈元家的院子，无论大小进深不仅一模一样，而且还在隔壁。

陈元说，这是你家吧？

马青说，是你家。

陈元准备退出来的时候，被马青给拉住了。马青拉来一张凳子，让陈元坐下来。陈元坐下来后，再朝院子后边的山看了看，又回头朝院子前边的山看了看，他感觉自己并没有走错，这确实就是自己的家。自己的家为什么不见了呢？是自己在做梦，还是老婆屈爱琴与儿子陈改朝在别处，比如在镇上盖了新房，全家一起搬走了？

陈元说，我老婆呢？

马青说，在那里呀。

陈元说，现在呢？我说的是现在。

马青说，她躲起来了。你以为你躲到一棵树里，我就找不到你了吗?

陈元仔细地辨认了一下，长在废墟上的那棵树确实是核桃树。塔尔坪的人喜欢种核桃树，因为核桃树寿命长，而且可以结核桃，所以在房前屋后，坟头坟脑，都会见缝插针地栽种核桃树。

陈元认为马青是真的疯了。

陈元出了院子，在整个村子又转了一圈，还是没有发现一个人，大多数房屋破败了，有些房屋已经倒塌了，到处都种着核桃树，有的已经合抱粗了，有的还是小树苗，把整个村子打扮得像森林似的。马青跟在陈元的身后，每到一家，他仍然上前敲门，敲完了门，又上前去敲树。他把一棵棵核桃树敲得嘭嘭响，而后一声声叫着，你们快点开门吧。

陈元说，我得走了。

马青说，门马上就开了。

马青跟着陈元离开了塔尔坪。陈元不知道自己要去哪里。他觉得自己应该先去镇上，镇上应该是有人的，他要打听一下老婆屈爱琴与儿子的下落。当马青把陈元送到一个山顶的时候，马青塞给陈元一个纸卷，陈元以为是马青自己卷的一支烟，就接了过来，夹在自己的耳朵上。马青掏出一个打火机，要给陈元把烟点上。

陈元笑了笑说，不用，我有。

但是四周一片漆黑，根本不知道哪里才能摩擦。

陈元摸索着赶到庾家河镇的时候，已经是晚上十点多了。陈元在镇上上过两年初中，那时仅有一条一百米的石板街，弯得像个“V”字。如今石板街已经没有了，全部改造成了水泥，而且两边全是小洋楼。可惜的是，小镇毕竟是小镇，一点儿都不繁华，街上不时有人经过，也有一两对男女没边没沿地溜达着，但是店铺基本关门了，四周显得一片漆黑。

陈元在街角的一座桥头，找到了一个摊点，是做烧烤的，还亮着灯。有一个人，没有坐在摊子上，而是坐在桥上，背靠着栏杆，独自在那里喝酒。摆烧烤摊的，是二十多岁的一个姑娘，梳着马尾辫，穿着绛红色的棉袄。

姑娘说，你想吃什么？鱿鱼，鸡腿，羊肉，什么都有。陈元说，随便吧。姑娘说，你是大妈吧？陈元笑了笑说，有关系吗？姑娘说，当然有关系，大爷爱吃羊肉，大妈爱吃鱿鱼。陈元说，随便吧。姑娘说，你要几条呢？陈元说，还是随便吧。姑娘说，那就先烤两条，不够了再添。

姑娘说，你不是本地人吧？陈元说，你看我像什么地方的？姑娘说，听口音，我看像南方的，冬天来我们这小地方，怕是收药材的吧？陈元说，你哪里人？姑娘说，我是本地人，又不是本地人。

陈元说，你知道塔尔坪吗？

姑娘说，那个地方，我知道呀，听我堂姐说过。

陈元说，你堂姐是谁？她怎么知道的？姑娘说，我堂姐就是我叔叔家的女儿，她险些就嫁到塔尔坪去了。陈元说，险些是什么意思？姑娘说，快结婚了，听说我姐夫他爸是个大流氓，所以就泡汤了，当时我才十几岁，具体我也说不清楚。陈元说，大流氓是你堂姐说的吗？姑娘说，她呀，一句话没有，都是别人瞎掰掰的。陈元说，你们信吗？姑娘说，据说人被抓起来了，法院都判了，信不信又有什么意义呢？

姑娘把鱿鱼架在炉子上，一边烤着一边说，当时我堂姐在一个村办小学教书，事儿很快就传到学校了，无论老师还是学生见了她，都是指指点点的。她一站到讲台上，底下一片沉默，不提问，也不发言，都直直地盯着她。有个学生考试成绩差，两门功课不及格，我堂姐通知家长来谈谈，哪知道家长一进学校就大吵大闹，说这么流氓的老师怎么能教出好学生呢？校长说，人家一个姑娘，怎么就成流氓了？家长说，她的公公是流氓，公公的儿子肯定是流氓，她嫁给这样的流氓，不是流氓是什么？校长说，不能这么推吧？家长说，她是教数学的，这叫等量代换明白吗？我堂姐无脸再进学校，第二天就辞职了。后来，婚事就泡汤了，据我叔叔说，不是他们薄情寡义，是我姐夫主动提出取消婚约的，不取消婚约怎么办呢？他不敢上我叔叔家的门，也不敢带我堂姐出去。

姑娘叹了口气说，我堂姐多漂亮啊，眼睛像两个桃子，粉扑扑的脸蛋像红富士大苹果，苹果都没有她那么水灵。现在二十七八了，还没有嫁出去呢。

鱿鱼烤好了，陈元却一点胃口都没有。他只想取火抽烟。

姑娘说，我姐夫与我堂姐分手后就离家出走了，开始说是在外边打工，后来有人在陕西铜川煤矿遇到了他，说他在洛南县某个村里，当了上门女婿。我姐夫离开塔尔坪后，就剩他妈一个人了。据说他妈去了一次上海，在上海待了几个月，最后是一边要饭一边回到塔尔坪的。回到塔尔坪后，她就再没有出过院子。我堂姐去看望过她，但是无论怎么敲门，她都不开。村子里任何人敲门她都不开。她在院子里待了将近两个月，直到第二年春天，有个疯子翻墙跳进院子里，想强行把她拉出来，发现两间屋子已经垮掉了。可能是被那年的一场大雪给压垮的。那年的雪下得太大了，把好多大树好多电线杆都压垮了。她躺在仅剩下的一间屋子里，尸体已经发臭了，头发已经全白了。其实她从上海回来的时候，头发已经全白了。

在桥头喝酒的人醉了，把一个酒瓶子扔进了河里，发出一声破碎的声音，而后摇摇晃晃地离开了。

摊子前没有一个客人，姑娘坐到陈元的身边，拿起给陈元烤好的鱿鱼，自己吃了起来。姑娘哽咽着说，疯子恐怕是有意的或是无意的，放了一把火，把剩下的一间房子点着了，大火不仅烧光了院子，还把院子后边的几座大山都给烧掉了。火特别大，我们从几十里外赶过去，帮忙把大火给扑灭了。最后大家和疯子一起，干脆把墙推倒，把她埋在了她家的院子里。

姑娘挑了挑炉子说，后来塔尔坪就空了，只剩下了一个疯子，疯子哪儿也不去，他在她的坟头上栽上了核桃树，在整个村子的边边角角都栽上了核桃树。听说塔尔坪原来有个塔，是镇鬼的，会不会塔倒了，妖魔鬼怪都跑出来了？

陈元万万没有想到在这个小镇上，轻而易举地遇到了未过门的儿媳妇的堂妹。似乎不是姑娘在讲述，而是岁月在向他讲述，是老婆屈爱琴在向他讲述，每个人的讲述尽是悲凉，像小镇上的那个冬天的夜晚。

姑娘吃完了一条鱿鱼，擦了擦眼泪笑了笑说，你到底是大爷还是大妈？

陈元说，为什么要把我误会成大妈呢？

姑娘说，也许头发太长的原因吧。

陈元掏出五十块钱，姑娘说，你一点儿都没有吃，所以不收你的钱。

有人在向这边走来，姑娘指了指说，我堂姐来帮忙收摊子了，大爷不如去我们那里将就一晚上。陈元看着那个不断靠近的有些疲惫的身影，站起身说，算了，我该走了。姑娘说，这么晚了还能去哪里呢？陈元说，我要回塔尔坪。

从庾家河镇到塔尔坪，是几十里伸手不见五指的山路。路上还有一些积雪，沿途也没有一户人家，陈元一脚深一脚浅地往回赶，赶到了最后一个山顶的时候，看到有个黑乎乎的东西在山顶上晃动。它不像一个人，而像一根树桩。

陈元是从里边出来的，所以不怕鬼，也不怕人，更不怕树，唯一怕的，是把鬼误会成了人，把人误会成了树。还不等陈元喊叫一声，那黑乎乎的东西嘿嘿一笑，瓮声瓮气地说，你躲到哪里去我都会找到你的。

陈元听出来了，他是马青。看样子，马青把他送到山顶之后并没有下山，而是一直在山顶上守着，似乎知道陈元还会回来一样。

陈元说，走吧。马青并不跟着他下山，而是靠着一棵松树坐下了。陈元说，赶紧走吧。马青还是没有吱声，几分钟就疲惫地打起了呼噜。马青应该太累了，他一直站在山顶上，在等着什么，所以他太累了。陈元也太累了，于是他依着马青，靠着那棵松树，坐下来闭上了眼睛。

陈元迷迷糊糊之中发现自己带着女儿回到了塔尔坪。他穿着一身西服，打着领带，皮鞋擦得锃亮。两个人一起进了门，女儿在东厢房里找妈妈，他则在西厢房里叫着屈爱琴。他在西厢房里找来找去，发现屈爱琴躺在一只储存麦子的柜子里。她没有剪齐肩的短发，而是留了一头与自己一样的披肩长发；她没有穿上带着碎花的棉袄，而是穿着一身白色的袍子；她没有眉开眼笑，而是脸上蒙着一块黑布。陈元说，你以为你躲在这里，我就找不到你了？她说，我不躲到这里还能躲到哪里？她说着，一骨碌从柜子里站起来，堵在了他的面前。

陈元定睛一看，站起来的不是她，也不是一只柜子，而是一副棺材。

其实也不是棺材，而是疯子马青。

天大亮了，马青醒了，陈元的梦也醒了。

从山上往下看，整个塔尔坪还如从前一样，根本看不出有什么异常。一片树林之中，一块块屋顶上，还残留着积雪。如果细细地对比，原来是有炊烟的，或者有弥漫的雾气，如今什么也没有，显得十分清冷。像一个人有了呼吸，哪怕他的身体再冷，还是温润的，一旦没有了呼吸，就失去了生气。积雪上，原来是有喜鹊的，如今尽是乌鸦。它们从屋顶跳到树枝上，又跳到另一根树枝上，百无禁忌地哇哇地叫着。

陈元与马青一起下了山。陈元进了院子，终于把一切看得清清楚楚。除了院子基本完好无损之外，里边的三间房子连残垣断壁都不存在了，唯有破碎的玻璃还一如既往地反射着光。猪圈里长满了灌木，石磨上长满了青苔，水井隐没在衰败的蒿草之中。陈元终于看到了一块木板，插在隆起的地上，上边写着“屈爱琴”几个字。估计是马青给屈爱琴立起的牌位。

陈元在牌位前蹲了下来。

他从棉袄里掏出一大撮棉花，从废墟里捞出了一块青砖，从脚上脱下了自己的布鞋，开始使劲地摩擦着。他从没有用青砖取过火，由于青砖沾上了融化的雪水，有一大半还是潮湿的，但是他没有因此而丧失耐心。他一只手拿着鞋，一只手拿着青砖，夹着一根棉花条子，快速地摩擦着。第一根棉花条子被磨碎了，他又搓出第二根棉花条子继续摩擦。青砖从干燥到发热，从发热到发烫，半个小时之后，棉花条子慢慢地变黑，终于冒出了一股青烟。

陈元吹了吹，把一把艾草和一把树叶点着了。

陈元对着燃烧起来的火苗跪下了。

马青把一个火苗捧在手心，嘿嘿地笑着说，你以为你躲到树里我就找不到你了吗？

陈元想抽支烟，但是烟盒里已经空了。他从身上摸出了昨天晚上马青给他的那根卷烟，叼在嘴上。但是似乎是实心的，里边并没有烟叶。陈元把这根卷烟展开，只要揉一些树叶包进去，照样是可以当成卷烟抽的。

当陈元展开这张纸，发现上边有字。

虽然那字迹有些模糊，但是陈元一下子认出了这是屈爱琴的字。

屈爱琴曾经给自己写过信。写得比较稀少，每年就一封两封。每次接到屈爱琴的信，陈元都特别开心，坐在工地最高的墙头上，一个字一个字地反复读。屈爱琴的信很简单，要么告诉陈元收了多少麦子，要么告诉陈元槽上的猪多少斤了。这些话在电话里说过一遍，但是经过她写出来，味道又不一样了。有一次，屈爱琴在电话里说，他爸呀，咱们改朝看上了一个丫头，丫头的爸爸是村长，丫头在小学里教书，人长得也不赖，你回来把把关吧。陈元说，我把什么关呀？儿子看上了，你看上了就行，怕就怕人家看不上我们。屈爱琴说，咱儿子又不差，何况人家看中的，是你这个老爸。陈元说，你这个当妈的，也没有正经吗？既然你们定下来了，就请媒人提亲。过了不久，陈元收到了屈爱琴的信，信中又把那些话重复了一遍，不过里边多了一张那个丫头的照片。订婚的时候，陈元的建筑公司走不开，没有办法回家，就寄了两千块钱。

屈爱琴在这张纸上写着：

妞妞：大沙镇柳沙河。

他爸：上海市雪山路 1551 号。

学校：大沙镇菜场路 177 号。

副所长邢小利：上海市大沙镇大沙浜路 1 号。

田老板的儿子田小龙：西安市阎良区前进东路 14 号 ×× 小区。

黄丽：陕西省渭南市临渭区河西乡河东村，十三岁零十个月。

改朝：陕西省洛南县灵口镇桑树洼村。

纸上还有几个大大的感叹号，几个大大的疑问号，在田老板的名字上打了一个叉。纸头上印着“大沙镇派出所”的字样，看来屈爱琴真去过上海了。

陈元分析了一下名单和地址，她在上海的两个月时间里，应该去过女儿淹死的那条小河浜，柳沙河就是那条小河浜的名字；应该去过菜场农民工子弟学校，那时学校恐怕已经关门了，学校一关门，除了桌子椅子就什么也没有了。她肯定首先去的是大沙镇派出所，见到了已经是副所长的邢小利，从邢小利那里了解到女儿的事儿，当然主要是了解自己的事儿。田老板的地址是他儿子的，在陕西而不在大沙镇，是田老板已经离开了，还是这个地址是假的？甚至她还去了位于雪山路的城西监狱。王管教从来没有提起有人去看望过他陈元。陈元在里边五年时间，从没有任何人进去看过他。但是并不代表屈爱琴没有去过城西监狱。说不定她到城西监狱大门口，从门缝朝里看了几眼，而后就离开了，因为她明白他，就算她进去见他，他也不见得答应见她。

陈元爬起身，拍了拍马青的肩膀，说了句，谢谢你。

马青说，你以为你躲到树里我就找不到你了？

陈元穿过村子的时候，马青跟在他的后边一家家地敲门。

咚咚的敲门声在空洞的村子里不时地回荡着。

陈元要离开了。老婆屈爱琴留下来的那张纸其实就是一个天意，或者说是她冥冥之中对他的指引。陈元原来的计划是先见田老板和黄丽，因为田老板与黄丽是掌握着真相的两个人。如今必须颠倒一下，接下来他第一个想见到的，是自己的儿子陈改朝。因为自己蒙受的不白之冤，让那个可怜的孩子已经流落异乡，起码改朝养育的儿子或者女儿不会再姓陈了。他不知道是不是预兆，因为在他给改朝起名字的时候，老婆屈爱琴就提醒过他。

改朝改朝，不就是要改换门庭的意思吗？

6

根据屈爱琴提供的地址，改朝家住陕西省洛南县灵口镇桑树洼村。陈元对洛南县的灵口镇并不陌生，它就在丹凤县的隔壁，是从塔尔坪通往河南灵宝县的必经之地。

他曾经跟随着马青，也就是那个疯子一起，去河南灵宝县淘过金。灵宝县有很多金矿，在陈元青春年少的时候，不仅仅是塔尔坪，方圆几百里的男女老少，唯一的营生就是去灵宝县淘金。说是淘金，其实就是偷，半夜三更钻进矿洞里，偷人家的矿石下山卖钱。那时候，偷不叫偷，叫背；金矿不叫金矿，叫山上。陈元记得十分清楚，矿石一斤两毛钱，一克金子五十块。背矿石并不容易，因为矿洞里是伸手不见五指的，身后还有人拿着棍子追赶，一不小心就掉到矿井里，被当成矿渣给铲走了。村民们农闲的时候，或者家里困难的时候，就会吆喝一帮人去山上背矿。陈元去过几次，其中一次是自己想上学，家里出不起学费；还有一次是和屈爱琴结婚，为了给屈爱琴买块手表。那一次，他和堂兄一起去的。堂兄也准备娶媳妇，想攒几桌子酒席钱。刚刚坐车到了灵口镇，就发生了车祸，堂兄推了陈元一把，把陈元推出车外，堂兄自己来不及逃，被活活地轧死了。

从塔尔坪去灵口镇，必须经过三要镇。从塔尔坪到三要镇，有六十里的大峡谷，当年不通汽车，如今应该也不通汽车。反正陈元不喜欢坐汽车，坐汽车会遇到杂七杂八的人。这条线路，完全就是上山背矿的线路，不过似乎一切都变了，山似乎矮下去了，河流似乎窄了浅了。陈元不明白是自己眼光长了，老了，还是这些山瘦了，水干了。

陈元在太阳落山的时候赶到三要镇，再转车赶到了灵口镇。陈元出了灵口车站，问一家旅舍桑树洼怎么走。老板娘说，从没有听说过，还是住下来再说吧，一晚上三十块钱，要热水有热水，要按摩有按摩。陈元又问了一个保安，保安说，是桑树洼吗？会不会是桑树岭呀？桑树岭倒是不远，往北走就三里路。

陈元赶到桑树岭，有位老人坐在村口抽烟。陈元问，大爷，村里有没有一个叫陈改朝的人？老人说，你问的是女的吗？陈元说，是男的。老人说，我们虽然叫桑树岭，却清一色地姓杨，杨树的杨，怎么会有姓陈的呢？陈元说，是上门女婿。老人说，上门女婿那倒是有一个，在村东第一家，不过人家不叫陈改朝，人家叫杨利。

陈元想，肯定是走错了，或者屈爱琴把地址给抄错了。

正想离开的时候，有一个女人背着一袋子东西，弓身从村口经过。

老人指了指说，桂花，你们家杨利是不是改过名字？桂花放下肩膀上的袋子。她原来不是被压弯了腰，而是一个罗锅子。她弓着腰说，他说原来的名字不好听，入赘我们杨家后就跟着我们杨家姓了。老人说，他原来叫什么？桂花说，叫陈改朝，改朝换代的朝。老人说，那就对了，这里有人找呢。

桂花看到了陈元，问，你哪来的客人呀？

陈元迟疑了一下说，我是他煤矿上的工友，他不在家吗？

桂花说，还在铜川煤矿上，恐怕过年才能回来吧。

儿子不在家，陈元反而踏实了。陈元说，走到这里天黑了，就是想来投个宿。陈元接过口袋，是一袋子面粉。陈元背着面粉，跟着桂花进了村。桂花走路的时候，每走一步，头几乎都要磕到地上了。天黑，陈元判断不出桂花的年纪，不清楚桂花是儿子家里什么人，凭着样子感觉不像自己的儿媳妇。

儿子家没有院子，只有三间瓦房。房子不是青砖的，而是用泥巴夯起来的。中间有一个香堂，写着“天地君亲师位”，西边是一间厨房，东边从中间隔成了两个卧室。地板没有铺砖，也没有打水泥，积着厚厚的尘土。家里陈设简陋，没有几件像样的家具，只有几只漆成红色的木箱子。桂花生了一盆火，而后问，大伯还没有吃晚饭吧？

陈元笑了笑说，还没有呢。

桂花便进了厨房，忙碌着做饭去了。

东边的门帘子揭开了，是一位五十岁左右的大妈。大妈说，你是哪位亲戚，怎么一点都不认识呢？陈元说，我是路过的，这么晚了，打扰您了。陈元估计，应该是儿媳妇她妈。她若是儿媳妇她妈，正在厨房添水做饭的，难道就是自己的儿媳妇？陈元看到儿媳妇弓着身子，几乎都够不着锅灶了，心里顿时生出一丝悲凉。

大妈说，你是哪里人？陈元说，我呀，原来是丹凤县的。大妈说，我们家杨利也是丹凤县的，那个村子叫什么来着？陈元说，叫塔尔坪。大妈说，听他说，塔尔坪已经没有人了，他们都迁到哪里去了呀？

陈元说，有的迁到镇上去了，有的迁到城里去了。大妈说，你和我们杨利熟悉吧？陈元说，挺熟悉的。大妈说，他家里都有什么人？父母和兄弟姐妹呢？我们问他的时候，他只说死了，到底怎么死的，什么时候死的，从来也不告诉我们。陈元说，孩子可能伤心吧。大妈说，如果不伤心的话，怎么会入赘到我们家？陈元说，他是怎么跑到这里来的？

大妈说，按说去灵宝背矿，也不经过我们桑树岭，哪知道他是怎么绕到这里来的？有一年冬天，下了好大好大的雪，雪把四面八方的路都封住了。我们早晨起来，不仅找不到路，吃水都找不到河。我们推开门，门外坐着一个人，看上去哪像人啊，倒像一个被冻僵的雪疙瘩。这就是我们家杨利。他在我们家睡了两天两夜，醒过来后，什么也不说，也不打算离开，挑水，劈柴，干活都不用人叫。春天了，帮忙下地锄草；夏天了，帮忙下地收麦子。待了半年多，我们问他，家里有没有媳妇？他摇头。我们问他，以后有什么打算？他摇头。我们问他，愿意不愿意做上门女婿？他竟然点头了。就这样，在那年农历八月十六立了招书。

大妈说，这个女婿话少，勤快，懂事儿，对我也孝顺，每次从外边回来，都给我买衣服，你看看我身上这件羽绒服，穿着多舒服啊。我们家桂花，按说也没有什么说的，但毕竟是个罗锅子，还长杨利三岁。我们能招这么一个女婿，恐怕是上辈子积了阴德。

看大妈对儿子如此称心，刚刚生起的那股悲凉稍稍地减轻了一些。

陈元摸出一支烟。他犹豫了一下。地板是泥巴的，墙壁是泥巴的，又是半夜三更，他怕吓着了人家，所以打消了摩擦取火的念头。

房间里传来了孩子的哭声，大妈说，是我孙女杨小青。

大妈掀起帘子，进房间里哄孩子去了。

陈元对桂花说，随便吃点就行了。但是桂花摆了一张桌子，蒸了一锅大米饭，炒了一个腊肉萝卜片和一个鸡蛋土豆丝，还提出一瓶子太白酒。桂花说，冬天里没有什么菜，就请大伯将就一点吧。陈元说，够多的了。桂花说，听你刚和我妈说，你是杨利老家那边的，又都在铜川煤矿待着，第一次上我们的门，算是稀客。

桂花说，大伯你一把年纪了，怎么还要上煤矿吗？陈元说，不挖煤能干啥呀？桂花说，电视里经常说，这边煤矿塌方，那边煤矿渗水，每次都有几十个人被埋在下边，你们待的煤矿怎么样？陈元说，都一样，哪儿都一样，不安全。桂花说，有没有死过人？陈元说，听说过，不过我们还好。桂花说，我劝说杨利，在家干点别的，钱有啥多少的，他总是不听，按说铜川离家也不是太远，可是一年到头，除了收麦子和过年，他多数时候都不回家。

陈元说，煤矿也没有外边说的那么可怕，你别太担心了。桂花说，我好奇，煤都埋在什么地方？陈元说，埋在地下。桂花说，多深呢？陈元说，我们不清楚，反正挺深的，下去要半天。桂花说，上边种庄稼吗？陈元说，煤多值钱，不用种庄稼了。桂花说，你们挖煤的时候是怎么进去的？陈元犹豫了一下。

陈元想起自己去过的金矿，便说，有洞，洞口有点像我们这里的墓，也像隧道或地铁，你坐过地铁吗？桂花说，还没坐过呢。

桂花要给陈元倒酒，陈元推开了。桂花说，大伯，煤挖出来是什么样子？陈元说，挖出来是黑的，和泥疙瘩一样。桂花说，从地下一挖出来就能烧吗？真是奇怪，我们地里的泥巴为什么不能烧，人家那里为什么就能烧？陈元真想告诉她，在地壳运动中，有一些植物被埋在地下，在不透气或空气不足的情况下，经过几亿年的高温与高压，最后就形成了煤。但是陈元觉得那样解释，文绉绉的不合适。

陈元说，泥巴和泥巴能比吗？

桂花说，我一直想去煤矿，但杨利他不带我。其实我去，不是为了挖煤，而是为了陪陪他，给他做做饭，顺便看看煤是什么样子的，煤矿到底安全不安全。

几天一直在外奔波，加上在里边五年的煎熬，陈元第一次有了家的感觉。他三下五除二地吃了一顿饱饭，倒床便呼呼地睡去了。自是一夜安宁无话，第二天，陈元一觉睡到大亮，吃完早饭便起身告辞。桂花拿了一件棉袄，一双新做的布鞋，一袋子煮熟的香肠，让陈元捎给杨利。陈元说，这些东西，哪儿买不到，用不着吧？桂花说，杨利总不给自己添衣服，恐怕还穿着原来那件破棉袄。大伯你劝劝他，让他别舍不得花钱，想喝酒就喝，想抽烟就抽。再捎句话给他，马上过元旦了，如果元旦不回来，过年就早点回来。

大妈也送出门，对着陈元耳朵边悄悄地说，关键是让他早点回来，给咱杨家抱个孙子。

有一群孩子，你追我赶地跑了回来。有个孩子冲着陈元的后背喊，爸爸，爸爸。陈元一扭头，看到一个三岁左右的孩子，扎着马尾巴，单眼皮，清秀的模样，像极了自己女儿小时候。陈元想，没有猜错的话，女儿就是这孩子的姑姑。

桂花说，杨小青，你眼睛长哪儿了？是不是想爸爸了？杨小青说，他和爸爸长得一样。桂花说，确实有点像你爸爸，昨天晚上在村口遇到的时候，我也以为是你爸爸呢。杨小青说，长得一样就应该叫爸爸对吗？桂花说，不对，这是爷爷，快点叫爷爷。

杨小青便躲在桂花的背后，弱弱地叫了一声“爷爷”。

陈元听到叫喊，他的心扑通一声，悬在胸口的两块石头一下子落地了。陈元一阵感动，忙从身上掏出五十块钱，说是给杨小青买糖吃。但是杨小青不要，桂花也死活不要。桂花不但不要钱，反而回到家里，又装了几个馒头，让陈元带着在路上充饥。

7

陈元平白无故地在里边待了五年，从四十不惑即将熬成五十知天命，但是自己处在一个与世隔绝的地方，除了王管教那些人之外，大家都是有罪的，无论是偷盗还是抢劫，无论是杀人还是放火，无论是罪有应得，还是蒙受不白之冤，犯人与犯人的交往从精神的角度看，就显得平等多了。但是老婆屈爱琴呢？儿子陈改朝呢？儿子原来的女朋友和邢小利的妻子呢？他们这些与那事儿不相干的人，是生活在正常的社会上的。他们的一点一滴都牵扯到尊严，牵扯到脸面，牵扯到羞耻。陈元想，与他们相比，自己遭受的折磨轻多了。

陈元返回灵口镇坐车，在车站一打听，去铜川煤矿要经过渭南。陈元决定顺路去看看那个当时不满十四岁的小丫头黄丽。他怎么也想不通，那么小一个娃娃蛋子，她知道什么是男女之事呢？她哪懂什么是法律呢？她为什么要与人一起陷害一个陌生的和她父亲一般大小的人呢？如今小丫头已经长大成人了，推算一下已经十九岁了，若是五年前还不明白轻重的话，五年之后是否已经明白了呢？

在五年的时光流逝中，命运又是怎么安排她的呢？

陈元根据老婆屈爱琴列出的地址，坐了一趟大巴，倒了一次火车，在渭南南站下车后，往南走了两公里，或许是三十年河东三十年河西的原因，轻易就找到了河西乡河东村。

陈元在下午三点左右进了河东村。刚进村子不远，有一条小河，临河住着一户人家，三间房子有些破败，房前的河里结了冰，冰块之间有几只鸭子在游泳。屋檐下有位老人，估计七十岁左右，耷拉着头坐在太阳底下晒太阳。

陈元说，大爷，家里有水喝吗？

大爷半睁着眼睛说，你自己进门倒吧。

陈元不好意思自己进门，便又问了一句，你们村里有没有一个姑娘叫黄丽？

大爷彻底睁开了眼睛，打量了一番陈元说，我就是她爷爷，这就是她家，你是干什么的？陈元刚刚开口，就撞到了黄丽家的门上。陈元有点意外地说，仅仅见过一面，她不在家吗？大爷拉了条凳子让陈元坐下，说你在哪里见过她？在省政府那边，还是在医院那边？你不会又是来做思想工作的吧？

陈元听说黄丽不在家，便在大爷的旁边坐下了。大爷说，前些日子，省里的，市里的，信访办的，卫生局的，民政局的，还有什么残联的，分头都来过了，让他们别再到处上访了，但是黄丽她爸那个孽障，哪里听得进去呀。他越来越起劲了，家里庄稼也不种了，什么营生也不管了，整天挂着个牌子，牵着自己的女儿，到处又是哭闹又是上访的，把我们的人都丢尽了，他们不要脸，我这张老脸还要呢，等我死了怎么好意思去见阎王爷？

陈元心想，他们究竟为什么上访呢？

陈元说，肯定是有冤屈吧？

大爷叹了口气说，我孙女命苦啊，从落地那天起，就没有受到爸妈疼过。我那儿子，也就是黄丽她爸，是一个大酒鬼，整天把自己泡在酒瓶子里。如果没有酒喝，他不仅打黄丽，还打我这把老骨头，你看看我头上这几道疤，就是他用酒瓶子打的。有一次，酒瓶子见底了，他还没有喝好，便提起一壶开水，泼在了黄丽身上，把黄丽半个肩膀的皮都烫掉了。

当初的那些镜头如雾霾一样在陈元的眼前开始扩散。

有一天晚上，在菜场小学的宿舍里，陈元接到了田老板的电话。田老板说，陈校长你是不是还在恨我？陈元说，一切都过去了，我恨你干什么？田老板说，那出来喝酒吧。如果田老板不把超市低价卖掉，就没有三十五万元的赔偿款，没有那笔赔偿款就没有菜场小学，没有菜场小学的话几十个孩子就辍学了。田老板卖掉超市后，不仅倾家荡产了，而且失去了应有的经济来源，一下子从老板变成了无业游民。陈元本来不会喝酒，一是对田老板存有愧疚之心，二是冤家宜解不宜结，所以就接受了田老板的邀请，跑到红星宾馆门前的大排档上，陪着田老板喝了几杯。

几杯酒下肚，陈元和田老板都有些醉了。田老板说，我有一个干女儿你知道不？陈元说，我和你又不熟悉。田老板说，她现在没有地方上学，能不能送到你们学校去？陈元说，孩子多大了？田老板说，差两个月十四岁。陈元说，原来念过书吗？田老板说，念过，在老家念六年级。陈元说，我这里只有六年级，念半年就毕业了。田老板说，半年就半年，上完小学再想办法。陈元说，你明天让她来报到。田老板说，你们学校是免费的吗？陈元说，这个学校有你的功劳，所以我给她全部免费。

田老板说，那太好了！她正好在楼上的按摩房里上班，我让她给你做一次按摩表示感谢吧。陈元说，我是老师，老师怎么可以去那种地方？田老板说，这种地方也有干净的，何况她不到十四岁，又是我的干女儿，纯粹就是保健按摩，你脑子不要长歪了好不好？其实人家自己不愿意上学，你是校长，要去给她做做思想工作。

陈元随着田老板，晃晃荡荡地来到了红星宾馆的二楼。

据陈元后来了解到的情况，田老板的干女儿叫黄丽，是陕西那边的老乡。她是到上海来找她妈的。据说她妈在大沙镇，也许在某家服装厂，也许在某家商场，也许在某家饭店。小丫头一家挨着一家找，在那年冬天，几乎找遍了大沙镇，也没有找到她妈，在身无分文的时候，由于几个月没有地方睡觉，几天没有吃饭，恰好晕倒在田老板的超市里。当时田老板还开着超市，还是财大气粗的田老板，便把小丫头认成了干女儿，安排在红星宾馆的按摩房里。

就在那天晚上，就在红星宾馆，就在二楼尽头的按摩房里，就是那个十四岁不到的小丫头黄丽。时间，地点，人物，情节；酒，包厢，按摩床，脱光的衣服，流血的身体；灯光的昏暗，环境的封闭，自己的好言相劝，小丫头恐惧的目光；突然消失的田老板，突然尖叫起来的黄丽，突然而至的警察邢小利。一切好像都很普通，又好像是布置好的；一切好像都是巧合，又都是上天注定的；一切好像都十分道德，也没有任何违法行为，又十分失常和扭曲；一切好像都有人证明，但是又都百口莫辩。关键是，一切都是空白的，偏偏被人描绘得有鼻子有眼。

陈元听到大爷的话，终于明白黄丽肩膀上的那一片惨白，不是花纹，而是被开水烫伤后落下的疤痕。

陈元并不愿意回忆，每当那些镜头跳上自己脑海的时候，他都用各种各样的办法，比如说摸摸自己的光头，最有效的办法就是摩擦取火，逼迫自己中断那些无中生有的回忆。他取下自己的假发，摸了摸自己的光头；他慌张地抽出一支烟，从棉袄里掏出一撮棉花，从脚上脱下一只布鞋，但是墙壁依然是泥巴的，地板依然是泥巴的，还有一些泥泞，甚至有一些结冰。

陈元拒绝大爷用打火机给他点烟。

陈元把那支烟在手心里捏碎了。

大爷说，黄丽每天一放学，就去附近捡垃圾卖钱，供她爸喝酒。有一次我病得很重，黄丽放学回来自己做饭，没有顾得上出去捡垃圾。而她爸呢，酒又喝光了，他让黄丽出去买酒。黄丽说，没有钱。他说，没有钱，不知道赊吗？黄丽说，之前欠了几百块，还没有还清。她爸听了，立刻提起一个酒瓶子，朝着黄丽扔了过去。黄丽流着血出门了，那天正好下了那年冬天的第一场雪，雪下得不大，但是外边很冷。黄丽出门后，让村子里的人捎信给我，说她去南方找她妈妈去了。

大爷抹着泪说，黄丽她妈多贤惠啊，忍受不了那个孽障，在黄丽十岁的时候，跟着一个药材贩子跑掉了，从此失去了音信。有人说跟着药材贩子回浙江结婚了，也有人说是被人骗到了上海，在一些乌七八糟的地方打工。黄丽是春节前回来的，回来后整个人都变了，死活不愿意上学了。问她都去了什么地方，她摇摇头；问她见到她妈了吗，她摇摇头；问她有没有看到东方明珠，她摇摇头。肯定在外边遇到什么事儿了，或者是没有找到她妈吧，黄丽回来不久就生病了。她说头里边有一个大石头，硬邦邦的大石头卧在里边。而且头发大把大把地脱落，十几岁的女孩子就成了秃子。她每次一发病，就口吐白沫，满地打滚，滚着滚着就晕过去了。晕过去之后满嘴胡话，说抹在床上的血，不是人家打的，是自己的鼻血；说自己的衣服是自己脱掉的，不是人家脱掉的；说告诉警察的那些话都是别人教的。别人拿着刀子威胁她，如果不照办就把她卖掉，或者扔到大海里喂鱼。

陈元说，病治好了吗？

大爷说，治好了。

陈元说，为什么上访？

大爷说，还能为什么？头痛治好了，双目却失明了，变成了一个瞎子。变成瞎子后，黄丽反倒开心了。她说自己活该，就应该是个瞎子；她说世界上不管红的白的，在瞎子的眼睛里都是黑的；她说再好的东西都不值得她看，也没有脸去看。她爸那个孽障，看到黄丽瞎了，也挺高兴的。他说在头上开刀，怎么把眼睛弄坏了？说得轻一点是手术失误，说得重一点是医生故意的，因为我们没有给医生塞红包；他说不管怎么样，那是要赔偿的。于是他用纸板子，制作了一个“状子”，用红色油漆在上边写着：我叫黄丽，现年多少多少岁，渭南市河西乡河东村一个穷苦农民，本来我的眼睛好好的，两只眼睛视力都是一点五，但是由于某某医院进行脑部手术时，发生了医疗事故，致使我双目失明，请青天大老爷主持公道，给我们申冤。她爸那个孽障把状子挂在脖子上，拉着黄丽去了那家医院。医院解释说，脑部手术致使双目失明，这是正常的，而且手术前，把风险告诉你们了，你们家属也签字确认了。她爸那个孽障发现是我签的字，耍赖说，那字不是他签的，他不承认。

那个孽障每次去，都喝得醉醺醺的，甚至提着酒瓶子，医生跑到哪里，他就跟到哪里。医院饱受折磨，就报了警。见警察来了，他上前对警察说，青天大老爷啊，终于把你们等来了，你们可得为民做主啊。闹得警察也是万般无奈，总是尴尬地收兵了。医院天天解释，发现解释不通，干脆准备了好多太白酒，等那个孽障一来闹事，就提一瓶酒塞进他怀里。他抱着酒瓶子喝完了，基本就醉得不省人事了。那个孽障不但去医院，还去省政府大院，据说每次去省政府大院，对方像接待外宾似的，笑呵呵地主动和他握手，就差没有放音乐铺红地毯了，如果遇到吃饭时间，还到食堂给他买饭吃，好好招待一番后，让他回来等消息。

大爷抹着眼泪说，后来有人告诉他，你女儿是一棵摇钱树，你在这里瞎折腾干吗？你把她拉到大街上去要饭，钱会哗哗啦啦地扔过来的。那个孽障，从此拉着我可怜的孙女，白天在医院和省政府讨说法，晚上就在饭店酒店前边要饭。

陈元说，手术到底有没有失误？

大爷说，医院申请了事故鉴定，结果是没有责任的。

大爷说，不让黄丽看病吧，她受那么大折磨，现在病看好了，又变成瞎子了。其实，我们哪有钱做手术啊，硬是向老战友借了一点儿。我当年是国民党老兵，新中国成立前投靠了八路军，你看看我这半条腿，被日本人的子弹打穿了，现在还是麻木的。因为我是老八路，有很多战友。从战友那里筹到钱，我带着黄丽去渭南检查，什么也没有查出来，再跑到西安一家医院，检查的结果是脑瘤。黄丽说，就让她死，她该死。我是硬把她逼到医院去的，在上手术台的时候，她说，爷爷，如果我死了，你帮我一件事儿吧。我问她，什么事儿呢？她说，你帮我对人家说句对不起。我说，你对不起谁呀？她想了想说，对不起好多人。

陈元迷茫地望着在冰块中间戏水的鸭子，不明白是河水还不够冷呢，还是鸭子根本不怕冷。

大爷说，你喝水吧？你刚才好像说讨口水喝的，我都忘记了。

大爷进门倒了一碗水，递给了陈元。但是陈元不想喝水，他想抽烟。

陈元递给大爷一支烟，大爷掏出打火机，又要给他点烟。陈元犹豫了一下，还是对着那小小的火苗，把烟给点燃了。

陈元发现，这样抽烟轻松多了。他深深地把烟吞进了腹部，吐出来的时候那烟清淡了许多，几乎不像烟，而像出了一口淡淡的气。

陈元离开河西乡河东村，搭上了前往西安的火车。陈元到西安的时候天已经黑了。他出了火车站，迷茫地往南走，走了两百多米，看到了五路口地铁站。变化真大啊，五年前那个春节，他从老家返回上海，走的就是西安，当时西安好像还没有地铁。陈元进了地铁站。在地铁站的通道边，摆着各种各样的小摊，有卖袜子和手套的，也有的卖一些小首饰，中间还夹杂着几个乞丐。在通道的尽头，有个乞丐是个年轻的姑娘，她与其他的乞丐不同。其他乞丐要么坐着拉二胡，要么是跪在地上的，而她懒洋洋地坐在地上，前边放着一个牌子，牌子上写着“状子”，“状子”前边放了一个碗，里边扔了许多硬币，旁边躺着一个中年男人，抱着一个酒瓶子在喝酒，似乎已经喝多了。

那个姑娘站起来，伸了几个懒腰，朝前挣脱了几步。

但是她与男人之间，有一根绳子系着。

陈元见过人与狗用绳子系着，人与人之间还是第一回。

陈元从她身边经过的时候，斜眼瞅了一下“状子”。他被吓了一跳，上边似乎有“黄丽”。他以为看走眼了，回过头再仔细一看，确是“黄丽”无疑，后边还写着“河西乡河东村”。他再去打量那个姑娘，人瘦得像根麻秆儿。他不明白她长大了，还是自己忘记了，无论从哪方面看，她都不是印象中的那个小丫头了。

陈元想，如今无论是缺胳膊还是断腿，都成了一种乞讨的资本，既然有人假冒瘸子，有人假冒哑巴，当然就会有人假冒“黄丽”。何况一个年轻的女瞎子，自然更容易博得人的同情。陈元不管她是不是假冒，凭着她身上系着一根绳子，也是值得自己施舍的，于是摸出二十块钱，放进了碗里。

或许那个姑娘真是个假的，或许她听到了细微的声音。她发现了这种施舍，于是对着陈元离开的背影说了一句“对不起”。她没有说“谢谢”，而是说了一句“对不起”。陈元不知道是她说错了，还是她惯用的感激之词就是“对不起”。

陈元不想再坐地铁了。在他即将撤出地铁口的时候，听到身后一阵吵闹，大意是为了自己留下的二十块钱，那个男人要拿钱去买酒，而那个姑娘不从。随之听到一只碗碎裂的声音，还有那个姑娘的一声惨叫。果然，那个男人摇摇晃晃地在前边狂奔着，那根绳子在后边拖着那个姑娘，朝着地铁站外边冲去。那个姑娘一会儿摔倒在地，一会儿又爬了起来，她一只手拽着那根绳子，一只手捂着额头，指缝间在汩汩地流血。

血洒在光怪陆离的夜色之中一点儿都不起眼。

8

陈元又回到了火车站。他问一个路人，有没有去阎良的火车。人家说，阎良？什么阎良？陈元说，阎王爷的阎，善良的良。人家说，这是什么地方？你还是去窗口问吧。陈元去窗口，窗口说，阎良就在西安，不值得跑火车，你出门向东走五百米，有个汽车站叫三府湾，那里有大巴。

陈元坐了四十分钟的大巴，来到西安市阎良区，东问西问，终于找到了位于前进东路十四号的某某小区。保安告诉他，田小龙家住十三楼。陈元上了十三楼，敲了敲门，门轻易就开了。开门的是个女的，留着一个爆炸头。她自称是田小龙的妻子，也就是田老板的儿媳妇，当年把女儿推进河里的那个小男孩儿的妈妈。

爆炸头不让陈元进屋，拦在门口说，田小龙还没有下班呢。陈元说，那田老板呢？爆炸头说，我们家一帮穷鬼，哪有什么田老板？你到底是谁呀？陈元说，我是从上海来的，田老板在上海的时候，我们在一起待过一阵子。

爆炸头说，不管你找他是讨债还是干啥，反正找也白找，他现在还不如一棵树，一棵树还会自己吃饭睡觉，会自己摇晃几下呢，他呀，像块木头。陈元说，他当年机灵得很。爆炸头说，再机灵有什么用？在外边待了十几年，不明白是中邪了，还是脑子坏掉了，我们什么都不清楚，前几年从上海回来刚刚半年，稀里糊涂地变成了植物人。这个植物人可把我们给坑苦了，放在家里吧，翻身呀，拉屎撒尿呀，都得有人帮忙。我们忙着上班，平时连盆花都养不活，哪有精力养一个植物人啊，所以干脆送到敬老院让他享福去了。

陈元说，他没有出事儿之前，有没有留下什么东西？爆炸头说，他在上海的时候开超市，听说都成百万富翁了，但是回来的时候已经身无分文，你说说，他把那些钱是不是送给哪个女人了？陈元说，他变成植物人之前，有没有留下什么话？

爆炸头说，话多着呢，嘴里整天咕嘟咕嘟的，都不知道他在咕嘟些什么。除了神神道道之外，还躲在房间里写写画画的，写了撕，撕了写，都写了几百张纸，撕了几百张纸，最后只落下了一张，像鬼画符似的，如今还压在玻璃板下边。陈元说，能不能把那张纸拿给我看看？爆炸头返回家，拿回一张纸递给了陈元。

陈元看了那张纸，上边写着三个字——忏悔录。陈元心想，他写下的肯定不是法国作家卢梭的那本书，因为还有一些词，零零散散的，别人看不懂，但是陈元能看懂，有邢小利、黄丽、陈元等人的名字，还有好人、奸人、冤枉等。

爆炸头说，他画的该不会是藏宝图吧？哪怕就是一张藏宝图，你感兴趣就送给你吧。爆炸头进门提了一个包，出来的时候把门给锁上了，而后说，为了一个月几千块护理费，这么晚了我还要去上班。我在按摩房上班，你如果要按摩就跟我走吧。陈元说，想问一下，田老板他在哪家敬老院？爆炸头说，不远，叫清福敬老院，你出门右拐，三百米就看见了。

陈元刚出小区不久，果然看到了清福敬老院的大门。除了上边闪烁着的霓虹灯，那扇大门也是铁的，也是漆黑漆黑的，也有城西监狱那么高，中间也有像刀子一样的一条缝。从刀子一样的门缝看进去也是空荡荡的。

他又想摩擦取火了。这里到处都是水泥地面，到处都是粗糙的水泥墙。他随便选了一个地方，脱下布鞋，撕开袖子，掏出一撮棉花。他把棉花条子压在一堵墙上，上上下下地摩擦了起来，两分钟，三分钟，四分钟……这一次，也许他力气太小，也许他动作太慢，也许墙面太潮了，棉花条子始终没有冒烟。

他觉得他已经没有必要再见田老板了，也没有必要再见其他人了。

他如今唯一想见的只有一个人。他把儿媳妇桂花捎给儿子的棉袄、布鞋和香肠，挂在肩膀上，转身离开了。与清福敬老院一路之隔，就是一家长途汽车站，这里有通往四面八方的班车。他要坐其中的一辆车，也是当天最后一趟车，连夜赶到他唯一可以见，也必须面对的一个人那里去，说不定那个人正在犹豫徘徊地期待着他呢。

陈元上车之前，他突然觉得有点热。再过几天就是元旦，已经属于深冬了，他仍然觉得有点热，这是十分奇怪的。他想起了自己头上的假发，一头披肩的假发。他取了下来，把它挂在汽车站里的一根树桩上。这根树桩像是一个人似的，一下子有了活着和走动的欲望。

陈元身边坐着一个小伙子。小伙子嘻嘻地笑着说，原来你是一个光头啊？

陈元摸了摸自己的光头，望着开始后退的窗外景物嘿嘿地笑了。

他掏出一支烟，主动地对小伙子说，你有打火机吗？让我借个火可以吗？

9

如果我们从人世朝上看，故事已经有了结尾。但是如果从上边朝人世看，一切应该还在继续。比如有一股风，你看似已经平息了，但是风永远不会灭的。它没有在地上吹，并不能证明它不在空中吹。树木不再摇晃了，并不能证明云不在飘。还是开头那句话，需要上天来证明的，那基本就是谎言。

黑画眉

老　藤*

1

谁也说不清这个世界上到底有多少种气味。作为生命与生命之间的联系，它无影无踪，却又无处不在；它能决定运势、左右食欲，却又平淡无奇，被人忽略不计。每个人都有选择气味的权利，豆花小嫚喜欢的气味与众不同，她对紫花苜蓿青储后散发出的干草味十分入迷，这气味温暖、香甜、清新，让人入静止躁。由此，她对那些以紫花苜蓿为饲料的家畜也很喜爱，比如牛、马、羊，当然，她最偏爱的还是驴，这不仅因为驴散发出的干草味比较纯，还因为她对驴有一段刻骨铭心的记忆。

小嫚上学时，每天要路过一个叫五魁驴肉馆的饭店。清早，饭店门前的木桩上总会拴着不同的驴。小嫚和同学小黑经过这里，小黑说，我讨厌这根木桩，拴在木桩上的驴就像绑在绞刑架上的人，真可怜！小嫚走过去摸摸驴的脊背，看看驴的眼睛，与牛眼的执拗、马眼的惊惧和羊眼的呆滞相比，驴眼要生动许多，透过这双眼睛，似乎能看到清澈流淌的蒲河以及河畔繁茂的紫花苜蓿。紫花苜蓿长满蒲河两岸，夏天，紫色的花海彩绸一样随风起伏，似乎要将蒲河水

---

* 老藤，本名滕贞甫，1963年冬月生于山东即墨，中国作协会员，辽宁作协主席团委员。出版长篇小说《樱花之旅》《鼓掌》《腊头驿》三部，小说集《没有乌鸦的城市》《无雨辽西》《大水》《会殇》四部，文化随笔集《儒学笔记》《探古求今说儒学》两部。

染碧成朱；到了秋季，勤快的农户将它收割打捆，垛在河边，像一座座迷彩碉堡。小嫚和小黑放学后常到这些草垛捉迷藏，玩耍够了，带着满头草屑回家，干草味儿浸透在她儿时的记忆里。

小嫚从来不做梦，尽管她处在一个多梦的年纪。她认为女人做梦都是闲的，不信，白天推磨磨两筲豆子，看晚上还做不做梦？但不屑于做梦的她，突然做了一个奇怪的梦，这个梦让她第一次感到，原来梦是有重量的。

小嫚说的磨豆子，是她每天都要重复的工作，这是石磨豆花最大的卖点。小嫚的石磨豆花从祖辈开始，就忌用铁器，石磨、木桶、陶缸，连舀水都用葫芦水瓢。机器磨出的豆花吃起来有股铁锈味儿，只有手工石磨磨出的豆花才是原汁原味儿。小嫚家的石磨豆花店是甜水镇名副其实的老字号。清晨，赶着上班或出工的人到石磨豆花喝碗咸豆花，吃张热油饼，如同有钱人下馆子，是一件很体面的事。大腹便便的镇长牛志也常常在清早光临石磨豆花。牛志开辆黑色切诺基，威风霸气，往店门口一横，进到店里人未落座，话先爆棚：小嫚，两碗石磨豆花、一张油饼！麻溜点，赶着下乡呢！邻桌吃豆花的人便想，甜水已经算乡下了，再下乡，就是要到村里去。牛镇长虽姓牛，却是驴脾气，顺毛摩挲怎么都成，要是戗茬顶牛，便会尥蹶子。牛志对甜水百姓的事很上心，比如说石磨豆花的老井能留下来，就是牛志的功劳。为防控地下水位下降，县水利局不允许居民私自打井，原有的水井也要封填，要求居民一律用自来水。石磨豆花不行，用了自来水这豆花就变味了。牛志来吃豆花时小嫚说了这事。牛志筷子一拍：石磨豆花老井比我牛志岁数都大，要封井先把我撤了再说！一句话，石磨豆花院子里的老井免去了被填的命运。

小嫚男人在外跑船，她和父亲经营石磨豆花店，店不大，人气却旺。父亲说，豆花是穷人的盛宴，只要甜水镇还有穷人，石磨豆花生意就不会差。父亲过世后，小嫚和丈夫商量店还开不开。男人说，算了吧，你一个女人撑不起门面，店虽小，该打理的事一样不少。小嫚说，石磨豆花若是关了，街坊邻居喝不上豆花、吃不成油饼，咱不成了罪人？男人说，我是大副，船上离不开。小嫚犹豫了一会儿说，你安心跑船吧，我留在甜水接班开店。男人很担心，说有上门找碴儿的无赖咋办？小嫚说，我养条狼狗，看谁敢来欺负我？男人也觉得石磨豆花关了可惜，就说，那就买吧。小嫚果真就养了条威风凛凛的黑贝，继续留用父亲在世时就雇的邻居全婶，还新收了个叫雷子的哑巴当帮工，石磨豆花店在众人的期待中又重新开张。教过小嫚的甜水中学高老师说，小嫚你做了件好事，石磨豆花要是关了，甜水人的记忆就没滋味了。与大城市一样，甜水的生活节奏也像上足了发条的钟表，时针、分针、秒针争先恐后往前跑，人们疲于这种刷屏般的节奏，开始怀念慢悠悠的过去。甜水人一怀旧就想吃石磨豆花，很多家爷爷吃、父亲吃，到了自己这一代还是吃，吃石磨豆花已经成了一种回味。

小嫚这个梦清晰真切，如同现实中情景再现，她甚至知道自己在做梦，却无法改变梦的走向。她梦到了镇东面那条芦花摇曳的苇河。甜水镇东临苇河，西接蒲河，北靠椅子山，全婶的老伴全叔说这是绝佳风水宝地，要是在古代，说不准就被阴阳先生选了去做皇陵圣地。甜水人都暗暗庆幸，要真的被选为皇家陵园，甜水人还能在这里居住吗？苇河东岸除了甜水中学外，还有个只有一间房的小城隍庙。庙建于何时已无从查考，小庙像甜水中学的私生子，孤零零地站在一片油菜地里。苇河西岸是店铺林立的镇中心，镇上街道不多，却干净，家家户户门前屋后栽有核桃、李子和山楂。从苇河西岸到东岸去上学，没有桥，只能踩着河底几块青石过河，好在水不深，流也不急，站在青石上可以看到水中游来游去的小鱼。有机智的学生用细绳拴住空罐头瓶，里面放一点饭团，将瓶置于水中，待贪吃小鱼儿进到瓶中，再猛地提起来，会捉住许多青脊银腹的小鱼儿。养着小鱼的罐头瓶就成排地放在教室窗台上，成为一道风景，老师也懒得管。河底的青石路东头通甜水中学，西头是甜水有名的五魁驴肉馆。小嫚的梦就出现在这样一个真切的环境里。

梦中，小黑向她求救，说马五魁要害他。马五魁是五魁驴肉馆老板，一个能把账算到骨头里的生意人。他的驴肉馆，三百六十五天一天一头驴，大年三十也不收刀。驴肉馆门前的场院成了驴的鬼门关，有驮货或拉车的驴经过这里，不用吆喝便会加快步伐，逃离这血腥之地。马五魁是临夏人，黄胡子，单眼皮，将军肚，喜欢穿无领白汗衫，二十几岁开驴肉馆，开到了四十几岁，算是甜水先富起来的一拨人。梦里，小嫚见到浑身湿漉漉的小黑被绑在木桩上，正痛苦地挣扎，见到她小黑说："小嫚你快救我。"小嫚说你已经淹死了，怎么会在这儿？小黑说我惦记这些驴，天天在河边为驴引路，怕它们掉到河里。小嫚说，你死后我为你哭过好多回，你平时在哪里呀？小黑说，河水又湿又冷，没有落脚的地方，我就在芦花里蜷着。小嫚哭着上前给小黑松绑，她闻到了一股紫花苜蓿干草味儿，这气味像一截点燃的蚊香，把她从梦境中熏醒。醒后小嫚觉得蹊跷，怎么平白无故会做这样一个梦？小黑多年前放学时，遇到椅子山跑山洪，浅浅的苇河顿时激流狂奔，柳罐斗大小的石头在河里翻滚，小黑不知怎么发现一头被洪水冲走的小驴，为了救这头小驴，小黑不幸溺水身亡，这件事让她难过了很久。小黑是她最好的朋友，两人在紫花苜蓿草垛间捉迷藏时头上沾满草屑的情景历久弥新。

小嫚有事愿意和全婶说。全婶油饼烙得好，为小嫚出主意也能拿捏好火候。小嫚说了昨夜的梦，全婶听后摇摇头，说这个梦她圆不了，得回去问老伴。全婶老伴全叔外号全大下巴，是甜水镇骡马市场上的牲口牙纪。牙纪是一个几近消亡的古老职业，说白了就是骡马交易中介，凭牙口判断牲口年龄，在交易中捅袖袖、定价码，有黑话一样的指语，什么伸七捏八勾子九，讨价还价全在袖子里搞定。全叔和牲口打了一辈子交道，对牲口说的话比人还多。骡马市场上的客户常常见全叔和一头牛、一匹马独自对话，说了些什么谁也不知道。全叔吃素，身上却带煞气，街上的恶狗都怕他，再厉害的狗见到他要么摇尾示好，要么就夹着尾巴溜掉。

全叔对小嫚梦的解析简单至极：石磨豆花要来新人了。小嫚有些不解，小黑求救和店里来新人有什么关系？再说，自己从没有想过要雇人的事。小嫚没有多问，这个梦在心里如同一箅待磨的豆子，越胀越大，越来越沉。

2

五魁驴肉馆欠了石磨豆花两年的账，每次催要，马五魁都是一副死猪不怕开水烫的无赖相。马五魁老账不还，新账还在增加，小嫚面子矮，不愿意撕破脸皮，驴肉馆来赊石磨豆花，还是照给不误。五魁驴肉馆那么大的生意，一点石磨豆花几个钱？马五魁不至于总是赖账不还吧。小嫚不知道，马五魁欠账不还有他的目的，就想让小嫚来求他。马五魁天天吃驴三件，甜水有几个跳广场舞的女人喜欢跟他搓麻，但小嫚对马五魁颇为不屑，认为马五魁有点像捞上岸的河豚，一个劲儿地膨胀。有钱又怎样？小嫚对全婶说，有了钱就咋呼的男人其实不值钱。全婶的话更狠：马五魁算什么？连驴都不如。

但是，小嫚免不了与马五魁打交道，两年欠账，对于本小利薄的石磨豆花来说不是小数。小嫚来找马五魁，叼着烟的马五魁正和三个女人搓麻将，见小嫚来了，马五魁一边搓麻将一边说，要不要打一圈儿小嫚，赢了给你输了算哥的。小嫚说，我还要忙着磨豆子，麻烦你把账结一下。马五魁说，好说好说，不就几个豆花钱吗？明儿个就结。小嫚站在那里没动，马五魁说过多少次明儿个了，也不见他结账。麻桌中有个抽烟的女人叫季子红，在石磨豆花旁开了个保健品专卖店，店面冷清，便总是忽悠一些老人搞促销活动，有上当的老人举报到镇工商所，工商所所长侯仲杰发狠话要查。让举报人失望的是，侯仲杰亲自到季子红店里查了几次，查处的事便没了下文。季子红见小嫚不走，劝小嫚："回去吧小嫚，不说明儿个结吗？"小嫚知道等下去也不会有结果，就扭头离开了。房间里满是刺鼻的烟味儿，小嫚差点被呛出眼泪来，她不理解那三个女人怎么能坐得住。

第二天再去，马五魁把小嫚领到办公室，关上门说，现在青藏铁路通了，我想去西藏旅游，带上你怎样？开销由我出。小嫚冷冷地说，我没工夫，天天两筲豆子等我磨呢。马五魁脸色有点绿，道，多少女人想跟我去我都没答应，给你面子你还不识抬举。小嫚不想和他纠缠，说，别人去我不管，我知道自己没有理由和你去旅游。马五魁办公室里挂着一张唐卡，唐卡下有转经筒、香炉，他走到转经筒前轻轻拨动了一下，经筒开始转动。他说，我们做生意的应该到西藏求个活佛保佑，听说挺准的。小嫚说，我等着结账呢马老板。马五魁说，坏了坏了，会计去县城看病了，慢性阑尾炎，今早走的，你下次再来吧。小嫚叹口气，那我明天再来。

再次来五魁驴肉馆，还没进门，小嫚看到门前木桩上拴着一头黑驴。很瘦的一头驴，皮毛暗淡，沾满尘土。她停下脚步，这么一头驴马五魁也忍心杀？她过去抚摸了一下黑驴的鬃毛，鬃毛很乱，缺少梳理。黑驴抬头看着小嫚，目光哀怜，小嫚觉得这目光好熟悉，似乎在哪里见过。黑驴除却眼圈、嘴头、前胸口、两耳内侧是白色，其他部位皆为黑色。拴驴的木桩很粗，小黑当年叫它索魂桩。木桩是槐木，嶙峋的树皮早已磨掉，露出裂开的木纹，泛着黑乎乎的油腻。小嫚转身到河边薅了一把紫花苜蓿放在驴跟前，黑驴甩甩尾巴，并不低头吃草，目光一直跟着小嫚。

马五魁已经在窗内观察了好一会儿，看到小嫚去河边薅草，便推门出来。这是一头抵账的驴子，因为太瘦，他正愁着催肥。催肥需要几麻袋豆粕，现在饲料看涨，买豆粕要花不少钱。他不明白小嫚怎么会对这头黑驴感兴趣，看了一会儿，下意识发出一声坏笑。怎么？看上这头驴了？马五魁叼着烟从饭店走出来。

这么瘦一头驴，你也杀？小嫚看着腆肚劈叉的马五魁问。马五魁脖子上挂着一个蜜蜡观音，精致庄严的观音与无领老头衫很不搭。

不杀驴，我卖什么？马五魁将燃着的烟头掷在地上，上前拍了拍黑驴的脖颈道，瘦不打紧，至少驴三件和驴板肠能卖好价。

小嫚心里一紧，再看黑驴，两只大眼睛还在望着她，眼角似乎有些湿。小嫚叹了口气，她知道自己无法救这头驴，不管什么驴，也不管胖瘦，只要往五魁驴肉馆门前索魂桩上一拴，就等于判了死刑。她对马五魁说，我是来结账的。

马五魁眼睛眨了眨，又点燃一支烟，深吸几口，吐出个慢慢放大的烟圈，又一口气将烟圈吹破，然后说："这样吧，看你可怜这头黑驴，我就做点善事，你把黑驴牵回去，顶两年豆花账，咱俩两不亏，怎样？"

小嫚心里算了一下，黑驴顶两年的豆花账，亏马五魁想得出，这是明睁眼露占便宜。马五魁见她没有回话，又跟了一句："不顶就算了，侯所长预定了明晚的驴三件，明天一早这驴就下锅了。"说完，斜眼观察小嫚，他知道自己的话标枪一样击中了小嫚的软肋。或许，黑驴能听懂马五魁的话，马五魁下锅一句刚说完，黑驴竟然伸长脖子叫了三声，叫声凄切，让人心里发颤。马五魁被吓了一跳，嘴上骂一声，朝驴尻踹了一脚。小嫚听到驴叫后忽然想起高老师说过，驴叫在古代是受人追捧的美声，古代的竹林七贤、曹丕皇帝都学过驴叫。高老师是甜水中学历史老师，教过小嫚，是石磨豆花常客，有时吃完豆花也不回学校，到隔壁找全叔对弈。高老师对驴叫的褒扬影响了小嫚，她听到黑驴的叫声不但不反感，反而觉得很是嘹亮。她说，顶账就顶账，这驴我要了。马五魁愣了一下，似有一朵花在脸上绽开，说好好好，我这就写字据。小嫚摸了摸黑驴的脊背，有一种皮包骨的手感，心中对这头驴充满怜悯。马五魁拿来字据，小嫚看了一眼，签上名字，亲自解开缰绳，牵着黑驴头也不回地走了。马五魁拿着一纸字据，斜靠着那根索魂桩，看着小嫚牵驴慢慢走远，又点上一支烟大口大口抽起来。

雷子见小嫚牵着一头黑驴回来，跑过来接了缰绳，嘴笑得合不拢。雷子没学过哑语，无法与人交流，在甜水几乎没有朋友，有了驴，雷子就有了伙伴。石磨豆花西面是蒲河，河边有草甸，草甸上是大片野生紫花苜蓿，正适合放牧。以往，雷子没活儿的时候就到河边玩耍，持一根竹竿钓鱼，现在有了驴，他就有了营生。全叔听老伴说小嫚牵了头驴回来，感到很意外，小嫚买驴不找他当参谋，这事说不过去啊，他便来看看到底是头什么驴。小嫚说，马五魁顶账给我，我就牵回来了。全叔明白了，掰开驴嘴看了看，目光泛出神采："才三岁，好驴！"小嫚疑惑地问："这么瘦，好在哪儿呀？"这是广灵驴呀！全叔兴奋地说，五白一黑，叫黑画眉，通人性，能负重，还长寿，拉磨拉车那是一等一！黑画眉？小嫚觉得这个名字好，这名字像人、像鸟，就是不像一头驴，但全叔这么叫，就等于给这头驴子命了名。她琢磨，那晚的梦是不是与这头黑驴有关？

小嫚开始留心黑画眉。雷子教它拉磨，拴好套后，黑画眉竟然不戴蒙眼就默默地围着磨道转圈。黑画眉拉磨用心，每一步都走得坚实有力，只要小嫚在看，黑画眉就兴奋，大大的眼睛如同黑玛瑙一般流光溢彩。小嫚觉得没有必要将黑画眉的眼睛蒙上，让一个人稀里糊涂干活且不好，让一头驴蒙眼拉磨就好吗？

黑画眉颇有君子之风，它的礼让完全颠覆了小嫚对驴的认识。黑画眉的石槽也是黑贝的饭碗，雷子喂食时没有偏向，同步进行，将不同的饲料各置一边，中间用一块隔板分开。黑贝吃东西时，黑画眉不会去石槽吃草料，它站在一边静静地看着。黑贝狼吞虎咽的时候，它还会甩甩尾巴，不时打个响鼻，像自己吃到了可口的饲料一样高兴。雷子不会说话，却能看出黑画眉的谦让，就比比画画想给黑贝另准备一个食盆。小嫚没有同意，在同一个石槽子吃食，像人一个锅吃饭一样，黑贝和黑画眉同属石磨豆花，为什么要分槽饲养呢？

小嫚男人休渔期回来，黑画眉在草地上撒欢跑了两圈儿，把河畔的野鸭惊得扑棱棱飞走。男人说，这驴懂得里外，就应该是咱家的牲口。小嫚说，不要用牲口这个字眼，它是黑画眉。

驴一岁等于人七年，三岁的黑画眉正处于青春期，浑身散发着活力。一次，雷子牵它去镇东粮站驮黄豆，路过五魁驴肉馆门前它忽然停下了，盯着那根曾经拴过自己的索魂桩，两只耳朵矛一样前竖。索魂桩上拴着一头灰秃秃的小母驴，低眉顺眼，眼睛盯着地面，地上有一摊似血似油的污渍。黑画眉走过去，在毛驴身上嗅了个遍，毛驴很顺从，两只耳朵向后并拢，这是表示亲昵的动作。黑画眉和毛驴头顶头靠在一起。马五魁出来了，高声说，这是小嫚那头驴吗？小嫚都喂啥喂得这么肥？说完，在驴背上拍了一巴掌。黑画眉甩甩脖颈上的鬃，用力喷了个响鼻。黑画眉不一样的响鼻表达不同的情绪：喜悦，响鼻清脆响亮；忧郁，响鼻低沉拉长；不满，则是一种喷射。黑画眉这声响鼻，很明显在表达对马五魁的不满。

3

三个月，黑画眉不催自肥。小嫚说这要归功于雷子，雷子和黑画眉兄弟般相处，一早一晚都散放黑画眉去蒲河边吃紫花苜蓿，有夜草可吃的黑画眉怎能不肥？

黑画眉来到石磨豆花后，不用戴笼头，也不用缰绳，除了拉磨上套外，其他时间都是散放。雷子只要在它脖子上拍两下，黑画眉就会跟着走，雷子在前，黑贝在中间，黑画眉殿后，在蒲河畔构成一幅优美的乡村图画。

让小嫚对黑画眉心生敬意的是黑画眉在母驴的问题上绝不苟且。东街邓皮匠家一头母驴到了发情期，邓皮匠相中了威风凛凛的黑画眉，来找小嫚求情，让黑画眉配种。小嫚懒得处理这等事，便请全叔来办。邓皮匠家的母驴是一头晋南驴，清秀细致，背腰平直，算得上是驴中佳丽。邓皮匠在它的宽额上系了一个红缨，看起来更加楚楚动人。整整三天，黑画眉不为所动，无论母驴如何表示亲昵，黑画眉总是雕塑一样，邓皮匠只得牵着母驴无功而返。

让小嫚始料不及的是，一向温驯的黑画眉竟然把杨光给踢了。杨光是谁啊？甜水街面有名的愣头青，城管中队长，他姐夫就是大名鼎鼎的牛志。一日，雷子去河边放驴，在店里忙碌的小嫚忽然听到黑贝狂叫起来，黑贝从不谎叫，叫得这般激烈，肯定是遇到了歹人。小嫚记得三伏天一个夜晚，因天热，她只穿件内衣开着窗子睡觉，半夜里黑贝忽然狂叫起来。她被惊醒后打着手电到院子查看，发现院墙根有一只皮凉鞋，黑贝的嘴角带着血渍。她知道院子进来人了，被黑贝咬了一口跳墙而逃，慌乱中落下了这只皮凉鞋。黑贝的狂吠让她想起了那天夜晚的事，雷子毕竟是个哑巴，没法与人交流，她便快步来到河边，只见杨光正捂着裤裆蹲在地上哎哟哎哟叫唤。原来，杨光是来没收黑画眉的，他手持一根柳条抽打驴肚皮想赶驴走，结果被黑画眉踢在裤裆处。雷子则抱紧黑贝，不让黑贝再冲上去撕咬。杨光个头不高，权力不小，甜水镇大小店面都拿他当盘硬菜。他到石磨豆花吃早饭从不付钱，吃完撂下一句：记我姐夫账上。其实，牛志吃豆花不欠账，每次都扔下十块钱，找零都不要。牛志有这样一个小舅子，跟着吃了不少挂落儿。杨光蹲在草地上说，镇上有规定，散放牲口一律罚没，这黑驴还敢踢我，今天不把你送到驴肉馆宰了，我他妈不姓杨！说完，又哎哟哎哟叫个不停，看来黑画眉这一蹄子蹬在了要害处。

你怎么能抽驴肚子呢？驴和马的肚子是万万抽不得的，若是马，一抽就惊，若是驴，则会尥蹶子踢人。小嫚解释说，杨队长你可要记住，打哪儿也不能打驴肚子。

小嫚不明白杨光怎么会忽然来这一手，如果不让放牧，通知一声不就完了，为什么要等到黑画眉体壮膘肥再来执法？她怀疑背后有人捣鬼。她说，黑画眉还要回去拉磨，你把它没收了，明早就没豆花吃了，到那时甜水镇都会知道是你没收了黑画眉。杨光一双小眼睛转了转，道，你说咋整？小嫚说，先让黑画眉回去拉磨，明天再去找你商量处罚的事。杨光常来吃石磨豆花，他也不希望明天没有豆花吃，此外，黑画眉没有缰绳，他想牵也无法牵，黑画眉又不会主动跟他走，便点点头同意了。杨光想站起来，弓着腰又蹲下了，气哼哼地道："我还没娶媳妇，要是被这黑驴踢废了，你要负责任。"小嫚轻轻一笑："杨队长，你还是找驴算账吧。"

午后，小嫚去镇里找牛志。牛志中午有接待，下午正歪在沙发犯困，见小嫚进来，耷拉着眼皮问："啥事？"小嫚说了杨光要没收黑画眉，请牛镇长给讲讲情，镇上禁止放牧的事也没见到告示，怎么说没收就没收？牛志性子直，听完小嫚的诉苦眼睛顿时瞪圆了，骂道："这个二百五又让人当枪使了！"抄起电话打给杨光，劈头盖脸一顿骂。原来，这主意是季子红出的，季子红为了给侯所长弄驴三件，鼓动他没收黑画眉，然后卖给驴肉馆，驴三件给侯所长，驴肉钱就留给城管队当经费，马五魁那边她去说。牛镇长在电话里骂，你再听那个骚娘们儿的馊主意，我就把你给骟了！小嫚觉得牛志真是个好人，骂小舅子就像骂三孙子，不搞官官相护。有牛志撑腰，黑画眉总算安全了。不过，她想不通季子红这么做是为什么，她明明和马五魁穿一条裤子，为什么又去傍侯所长呢？

说起季子红，全婶对这个时髦女人的评价与众不同。她也不容易，全婶说，街面上的事不是女人说了算，不能把脏水都泼到女人身上。全婶的话让小嫚憋在肚子里的气消了不少，季子红的确不容易，上次忽悠老年人高价买保健品的事虽然摆平，但侯所长水蛭一样吸住了她。侯所长小气、猥琐，害着疝气，没有哪个女人会看上他，相貌出众的季子红更不会喜欢他。有一次季子红来吃豆花，对小嫚抱怨侯所长太色，隔三岔五到店里拿玛卡胶囊吃，也不知道吃了后到哪里去寻欢作乐。侯所长喜欢肉，早晨也要到五魁驴肉馆吃驴肉包子，他说早晨不吃肉，一天没精神。他和季子红之间的关系说不清道不明。小嫚有点同情季子红，尽管黑画眉的事让她再来吃豆花有些不自然，但小嫚并不把话说破。倒是被姐夫撸了一顿的杨光缓过神儿来，酒后找上门对季子红破口大骂，说你给相好的弄驴三件，差点让驴把我给废了，你缺德不缺德！这些话被全婶听到后告诉了小嫚，小嫚说，人总有犯浑的时候，过去了就让它过去吧。

黑画眉危机解除，小嫚松了一口气，这件事也应了全叔的一句话：仁畜自有天助。

小嫚觉得黑画眉不是一头驴，而是一个不会说话的人，甚至比人更值得信任。她每次看黑画眉，它都会打一个响鼻，甩一甩尾巴，她知道这是在向主人示意。仔细观察黑画眉，越看越像小黑，小黑虎头虎脑，长得像电影《闪闪的红星》里的潘冬子。当年，小黑跳进苇河救驴的情景恍若就在昨天，河水中那头小驴浮上浮下，下游几十米就是陡坡深潭，小驴被冲下去必死无疑。小黑将书包塞给她，三两下脱下褂子跳进河里，用力将驴往河岸推，待岸上同学拉住驴时，他却脚下一滑栽进激流，被山洪冲下深潭。小黑为了一头驴结束了十五岁的生命。小黑落入深潭，第一个跳下去救人的是马五魁，那时马五魁还年轻，身体也棒，他潜水摸到了小黑，和众人一起合力将他打捞上岸。小黑的死让小嫚精神恍惚了很久，学习成绩直线下降，每次打开课本，看到的要么是小黑，要么是那头被救的小驴。小嫚就是那段时间对驴眼有了刻骨铭心的印象。小嫚没有考上高中，初中毕业就跟父亲学做石磨豆花。父亲说，一招鲜、吃遍天，学会了石磨豆花，一辈子饿不着。

我怎么看到黑画眉总想起小黑？她问全婶。

小黑是淹死的，淹死的人不能托生，全婶说，你去城隍庙烧点纸吧，老全说当年那个学生溺水后，苇河再没发过水，也就再没淹死人，死人的魂魄只能挂在芦花上摇荡。小嫚很清楚这是迷信，但为了小黑，她还是去城隍庙烧了两刀黄表纸。小黑是多好的男孩啊，好人的灵魂应该有个归宿。回来时，遇到了站在河边剔牙的马五魁，马五魁看小嫚去城隍庙烧纸感到奇怪，那地方只有给死人报庙、送盘缠才去，小嫚无缘无故去烧什么纸？他好奇地问："你去城隍庙干什么？"小嫚不愿意与他搭话，便没头没脑地回了一句："替你送盘缠。"一句话把马五魁的脸说得煞白，骂了声操，便扭头回去了。

小嫚轻松了不少，心里那一筲泡好的豆子磨成豆汁流走了。其实，她知道这么做有点愚昧，但不管用什么办法，能做到心理安慰就达到目的了。

回到石磨豆花，黑画眉正在葫芦架下站着，见到她竟迎上来，在她身上嗅了嗅，好像在寻找什么。她抬起手臂闻了闻自己的衣袖，结果闻到了紫花苜蓿浓郁的干草味。她想，这回可好了，自己和黑画眉气味相投了。

4

马五魁也有苦恼的时候，他的苦恼在季子红身上。季子红本来答应跟他去西藏，最后却跟侯所长去了，为此，马五魁大发牢骚，说有多少钱也不如有权好使。

事实并不是马五魁想的那么不堪，季子红去西藏从某种意义上讲是响应镇政府号召。镇政府召开民营企业发展工作会，牛志在大会上批评说，你们这些个体户都照镜子看看，个顶个鼠目寸光，整天守着甜水一亩三分地，能有多大出息？你们要走出去，深圳、海南、西藏，只要有路的地方都应该去，开阔视野，取回真经，把企业做强做大。侯所长领会镇长意见快，散会第二天，就给镇上的个体户发通知，要组织大家去西部考察，其中最重要的一站是西藏。季子红当然不会错过这个机会，她来动员小嫚一起去，小嫚说，我一个卖石磨豆花的，去西藏抢人家酥油茶生意吗？季子红不这么想，她有她的打算，就这样，季子红跟侯所长去了西藏。

被放了鸽子的马五魁决定不去西藏，他说老子不能步人后尘，要去，就去东北！他带着几个喜欢跳广场舞的女麻友去了东北，长白山、威虎山、大顶子山，转了一路山，打了一路麻将。跟他去的女人回来说，马五魁将整个东北骂了一圈，好像不是去旅游，而是去打架。

季子红从西藏回来，人黑了不少，与侯所长的关系近了许多，两人可以毫无顾忌地在一张小桌子上吃豆花。季子红是个爱炫耀的女人。小嫚在洗碗，季子红拉着小嫚从厨房来到餐厅，在她崭新的苹果手机上一张张翻照片。这张咋样？这可是纳木错，圣湖！不厌其烦地给小嫚分享她在雪域高原上的快乐。小嫚本不想看，但经不住季子红的一再介绍，便在围裙上擦擦手，接过手机翻看。手机里的照片全都人大景小，去西藏是为了看景色而去，你照些大头贴回来有啥用？在椅子山也能照，还用上青藏高原？但她嘴上不说，她不想扫季子红的兴。照片无所谓，倒是季子红手机皮套上的味道引起了她的好奇，这味道怪怪的，闻到后像有只无形的小虫往鼻子里钻。问季子红这是什么味儿，季子红神秘地说，费洛蒙香水儿，你不懂。

晚上，去西藏的考察队员在五魁驴肉馆聚会，侯所长高原反应没缓过来，加上马五魁不怀好意猛劝酒，侯所长酒有点高。晚上九点，季子红打电话，说小嫚你看好狗，侯所长喝多了，要喝碗豆花解解酒。店已经打烊，但季子红来电话，小嫚不得不起身应酬。她让住在厢房的雷子拴好黑贝，自己打开院门，见季子红扶着侯所长摇摇晃晃正走过来。

多了？小嫚问。多了，季子红说，侯所长和马五魁拼酒，一人一瓶，两人都萎了。

侯所长意识有些模糊，嘟哝道："我鞋呢？我不能光着脚。"

小嫚和季子红低头看，侯所长脚上是一双崭新的鳄鱼牌皮鞋。季子红说："新鞋，他担心丢在五魁驴肉馆。"

雷子将黑贝拴好之后，把黑画眉也拴在葫芦架上。拴住才安全，这是上次杨光来没收黑画眉后，雷子心里生出的想法。

小嫚热了两碗豆花端上桌，又上了一盘油饼。石磨豆花的确能解酒，这个结论是牛志得出的，牛志每次醉酒都来喝两碗石磨豆花。牛志的经验是，豆花要热，多放胡椒，这样几口喝下去，体内的酒会变成汗排出来，酒困自然解除。牛志把这一经验分享给大家，无意中为石磨豆花做了广告，让午后和晚餐之后的石磨豆花，又多了一份生意。

季子红正在减肥不愿意多吃，侯所长却胃口大开，吸溜吸溜两碗豆花不一会儿就见了底。令人奇怪的是侯所长吃豆花不出汗，而是走肾多尿，吃完两碗豆花就说要出去方便。雷子已经回厢房，两个女人又不便扶他，侯所长便自己到院子里解手。因为醉酒，视线不清的侯所长靠在了黑画眉的尻子上方便起来，大概他把黑画眉当作一堵墙，把石槽当成了小便池子，正在他解开腰带的时候，黑画眉本能地向后蹬了一腿。这一腿，便把侯所长踢趴下了。小嫚和季子红闻声出来，见状急忙扶起侯所长，好在黑画眉蹄下留情，侯所长没有受伤，只在屁股上留下一大块瘀青。被扶起的侯所长说，我还没来得及方便，就被马五魁推倒了。季子红知道他真的多了，只好扶他到院外方便，小嫚摇摇头回屋了。侯所长这泡尿时间不短，院子外草地里扑扑腾腾动静不小，过了好一会儿，外面才恢复平静。小嫚出门看，人已不见踪影，知道是走了，便关门熄灯，不再去理会。

次日一早，黑画眉已经拉完磨，小嫚和全婶正在店里忙，季子红急匆匆赶来。季子红头没梳、脸没洗、妆没化，一副憔悴的模样让小嫚很吃惊，她一向注重装扮，今天这是怎么了？

我的手机不见了，你看到我手机了吗？季子红很急切。

小嫚和全婶店里店外找了个遍，也没有找到。季子红几乎要哭了，天哪，这可如何是好？现在的网络可是能杀人呀！小嫚说你丢部手机，跟网络有什么关系？季子红的眼泪还是下来了，道：“你不知道小嫚，手机里有些东西是不能给人看的。”小嫚恍然大悟，照片！季子红丢的手机里肯定有不可示人的照片！这时，雷子出来把缰绳解开，提着鱼竿领着黑画眉和黑贝去了河边。

小嫚，你再好好找找，你找到手机我给你一万块。季子红开始悬赏，看出来她要急疯了。

你还是回家好好找找吧，床底、枕下，还有卫生间，用别的电话拨一下，小嫚说。季子红说都找遍了，手机被我设了静音，能打通却没人接。季子红脸色有些灰黄，丢失的手机如同一枚无声炸弹，将她瞬间炸回了原形。

我得离开甜水了，她说，手机里的东西一旦流出来，我没法在甜水做生意了。季子红红着眼圈说，小嫚，姐以前有对不住你的地方，你别往心里去，姐打算离开甜水去县城。

小嫚和全婶不知怎么安慰她，看来丢失的手机太重要了。本来想留个撒手锏，没想到成了我的致命伤，我是自作自受！季子红喃喃地说。说这些话时她精神有些恍惚，很像昨日侯所长醉酒的状态。

要不要找全叔算算？小嫚说。

季子红摇摇头：“知道的人越少越好。”

突然，草地上的黑画眉叫起来，叫声划开晨雾，在蒲河两岸久久地回响。黑画眉早晨去草地从不叫，今天这是怎么了？小嫚站在院子里向外张望，雷子是聋哑人，他在河边钓鱼，听不见黑画眉的叫声。小嫚感到奇怪，对季子红说，我们去看看黑画眉是不是踩到了水蛇。两人来到黑画眉旁，发现黑画眉面前是压倒的一片紫花苜蓿，草地上，季子红的手机赫然在目。天哪！季子红扑腾跪下去，双手抱住手机，禁不住喜极而泣。她想起来了，昨夜侯所长借着酒力，在河边的草地上与她好一顿忙活，应该是激情中将手机掉在了草丛里。或许是手机上的费洛蒙香水刺激了黑画眉，让它引吭高叫。季子红说，我要买一千斤黑豆犒劳它，黑画眉发现的不是一部手机，是我的命啊！

5

黑画眉挽救了季子红，这让季子红对黑画眉的态度发生了一百八十度转变，她真的买了一千斤黑豆送来作饲料。小嫚不收，季子红说，这是黑画眉应得的奖赏。不仅送黑豆，季子红还经常过来给黑画眉梳理皮毛，她在网上买了一个小铜铃铛挂在黑画眉脖子上，这样，黑画眉拉磨时便有了悦耳的铃声伴奏。季子红渐渐与侯所长变得疏远，也不再去五魁驴肉馆搓麻，她甚至戒掉了烟瘾，只要空闲，她要么在店里做瑜伽，要么就到石磨豆花来为黑画眉梳理鬃毛，与小嫚说说话，话题总是围绕着黑画眉展开。季子红问，小嫚，你相信人会变吗？小嫚说，当然会变，坏人能变成好人，好人也会变成坏人。季子红望着窗外的黑画眉说，它怎么能找到我的手机？季子红一直想不通，手机若是黑贝叼回来这不奇怪，黑画眉发现后叫个不停便有些不可思议。小嫚想了想，道："站在我们的角度，黑画眉是一头驴，如果站在黑画眉的角度看我们，我们又是什么呢？全叔说过，用蠢驴这个词来骂人，恰恰说明人比驴蠢。"

季子红的变化让侯所长和马五魁产生了越来越深的矛盾，他们都认为季子红因为喜欢对方而冷落自己，他们没想到自己的竞争对手原来是一头驴。

问题爆发在一张网络照片上。在当地网络论坛，有人发了一张侯所长与季子红的合影。如果说是一般合影哪怕亲密一点也不会有问题，关键是这张照片透露出的信息涉及信仰，照片上的侯所长和季子红正在一尊佛像前虔诚地上香祈祷，看上去如同一对新人在拜天地。照片被人举报到纪委，把它上升到信仰不纯的高度。上级一调查，问题就来了，你侯所长带人去考察经济，到庙里干什么？去了就去了，还拜佛上香，还拍照留念，这举动就太离谱了。上级下令，侯所长停职检查，并严厉问责了甜水镇安排的考察举动，牛志为此领了个记过处分。牛志很窝火，这事到底是谁举报的？牛志的驴脾气上来了，非要查个水落石出，要让举报人吃不了兜着走！

根据侯所长的怀疑，牛志把马五魁叫到办公室，问他是怎么回事。马五魁万分委屈地说，牛镇长啊，我整天搓麻将什么网不网的，根本就不会弄。马五魁说的是实话，他真不会上网，他办公室的电脑只会斗地主。接着马五魁发出一声坏笑，小声说，侯所长遍地撒情种，不知哪粒长出刺来了。马五魁这话说得狠，还真把牛志说服了。他知道，马五魁要想整侯所长会有一百种办法，唯独不会选择时髦的高科技。

牛志来找季子红，问她西藏拜佛的照片都发给过谁。季子红说她微信朋友圈有五百人，应该都能看到这些照片。牛志一听傻眼了，这个范围就不好调查了，就问，你猜网上照片是谁发的？季子红说你别查了镇长，这照片是我发的，要问罪你就找我吧。牛志不相信季子红的话，但他很佩服季子红的担当，便哈哈大笑说，算了，你挺爷们儿的，我过去小瞧你了。季子红说，过去的我，你小瞧不冤枉，现在的我，你高看也没错，因为我有榜样。牛志好奇地问，能给季老板当榜样肯定不赖，你是说豆花小嫚吧？季子红摇摇头，不是，是黑画眉。牛志张大了嘴，你在学一头驴？季子红点点头，没错。牛志说，你带我去看看这头驴，到底有什么好。

季子红带牛志来到磨坊，用一把梳毛刷为黑画眉梳理。黑画眉见了牛志，两只耳朵摇动了一下，便盯着牛志的裤裆看，开始，牛志并不在意，但黑画眉目不转睛地看他裤裆，把他看得有些发毛。他低头一瞅，发现裤裆开着，露出大红的裤头儿，急忙转身扣好扣子，对季子红说，这驴是挺神的。季子红说，每次看到它，我总会想起吉祥天母，那是绿度母的护法，吉祥天母坐骑是一头马骡，马骡的父亲就是黑画眉这样强健的驴，天母骑着骡子飞行在天空、地上、地下，因此有骡子天王之称。牛志听不懂什么骡子天王，他看季子红一副虔诚的模样，摇摇头说，看来你去西藏收获还真不小。

侯所长坚信照片和上访信都是马五魁干的，原因是季子红跟自己去了西藏，马五魁心头醋意一直未消。侯所长在甜水深耕十年，从专管员到所长，一路积累了不少资源，他不想栽在一个自己的管理对象手上。作为马五魁昔日的朋友，对五魁驴肉馆的猫腻他早有所知，比如用骡子肉来假冒驴肉，用五粮醇假冒五粮液，还用鸭肉抹驴油假冒驴肉串等等。尤其是骡子肉一事，要是被甜水人知道了，他马五魁就没法在甜水街面上混了，因为甜水人非常忌讳吃骡子肉，认为老年人吃了会诱发旧患，年轻人吃了不生孩子，马五魁这么干真是缺了大德。

马五魁用骡子肉充当驴肉的做法小嫚早就听说过，她和高老师、全叔议论过此事。高老师说，驴肉香，马肉臭，打死不吃骡子肉，古人既然有这个谚语，肯定是从生活实践中得出来的结论，马五魁这么干太不讲究了。全叔的话则总是带有某种神秘色彩，他说，驴也好骡子也罢，都不要吃为好，古人的餐桌上根本没有这两道菜。很多忌讳都是用命换来的，马五魁自己姓马，却肆无忌惮地杀驴宰骡，人不报天也会报。

五魁驴肉馆的厄运果然被全叔言中。县食药卫生站对五魁驴肉馆进行了突击抽检，发现了驴肉馆长期以骡子肉充当驴肉的造假问题，勒令驴肉馆停业整顿。消息一出来，人们大呼上当，驴肉馆的一些常客更是忧心忡忡，担心稀里糊涂吃下去的骡子肉不知何时会在体内兴风作浪。马五魁成了人人唾弃的害人精，连那几个跳广场舞的女人都和他划清了界线。

小嫚虽然觉得马五魁粗鄙，但五魁驴肉馆毕竟是二十多年的老店。她还记得上学时的五魁驴肉馆，门前挂着四个带飘带的大红幌子，像四个大红灯笼，喜庆红火。驴肉馆虽然欠账，但每天都从石磨豆花进货，算是老主顾。她和季子红说，侯仲杰在赌气，冤家宜解不宜结，还是化解了好。季子红说，黑画眉让我悟出了许多禅意，我不再参与马、侯之间的是是非非了。小嫚只能自己去和侯仲杰谈。

侯仲杰被停职后门庭冷落，以前天天泡在饭局上的他深感世态炎凉，跟随他去西藏的大大小小企业主都土遁了一样，连个电话也不打。一大早，他泡了一壶墨汁样浓的普洱，在家里闷头喝茶。小嫚敲门进来，他端着茶碗愣了半天，才问："你怎么来了，有事？"小嫚说，来看看你，你现在是虎落平川，心情肯定不好。小嫚这么一说，侯仲杰便开始大骂，骂举报人，骂那些势利眼的小老板，骂上级不分青红皂白就停他的职。骂了一大通，才回头说，危难见真情，小嫚你能来看哥，哥就是被停职也认了，毕竟在甜水还有你这么个朋友。小嫚在侯仲杰大骂的时候，看到地上有一只皮凉鞋，这是一只很眼熟的皮凉鞋，她忽然想起来了，这不是那天落在自家院子里皮凉鞋的另一只吗？再看侯仲杰没穿袜子的右小腿，一道深色的伤疤十分显眼。

你和马五魁之间的梁子能解就解吧，僵下去对谁都不好。小嫚说。

侯仲杰没想到小嫚来给马五魁说情，拧着眉头问："马五魁让你来的？不对，应该是季子红，季子红天天往你那里跑，是她让你来的吧？"

没有谁让我来。小嫚说，我是希望驴肉馆别倒，毕竟是家老店，黄了可惜，马五魁能拉直那些弯弯肠子，你就大人大量一回。

侯仲杰摇摇头："这小子太阴，竟然写匿名信，网上发照片，我咽不下这口气。"

小嫚说，你应该知道我的黑画眉吧，那是马五魁顶账给我的，季子红当年撺掇杨光没收它，说是为了你要吃驴三件。后来这件事被牛镇长拦下了，按理说黑画眉应该痛恨害自己的人吧，但黑画眉没有这么做，那天晚上你和季子红在草地上打滚，结果季子红手机丢了，手机里的东西把季子红吓得要死，店都不想开了。你知道谁把手机找回来的？是黑画眉！黑画眉在吃草时发现了手机。这件事让季子红知道了什么叫放下，什么叫感恩，我劝你还是息事宁人为好，再说，人还不如一头驴吗？

小嫚一番话把侯仲杰说动了心。他眨眨眼，嘴唇努了努，道："那不是便宜了马五魁，我都停职了，他却毫发未损。"

马五魁怎么能毫发未损？驴肉馆停业整顿，厨子服务员都回家了。小嫚说，你停职，他停业，你们扯平了。

侯仲杰还在犹豫，他在甜水一向威风八面，这次栽了跟头有点抬不起头来，关键是季子红不再理他，让他大有赔了女人又折兵的羞耻感。他的心态小嫚猜得一清二楚。要想从根本上解决问题，必须把季子红这枚绣球从两头狮子中间摘除，否则，马、侯不会和解。

你不要以为季子红倒向了马五魁一边，季子红现在的心思与你们二人无关，全在黑画眉身上。黑画眉是她最好的朋友，你们俩都败给了黑画眉，季子红也不是过去的季子红了，从西藏回来，她成了一个端庄贤淑的女人。

侯仲杰有些怀疑，甜水街上梨花带雨、摇曳多姿的季子红会变成一个文静淑女？而且仅仅因为一头驴子。

侯所长，有些事你该学学我，得饶人处且饶人吧，你看你这只皮凉鞋，它的另一只在哪儿你应该比我清楚，可是我没有声张。我想，给别人留面子，也就是给自己留出路。

侯仲杰的脸色突然涨红了，红得像猴腚，他喝了一口普洱，擦擦嘴角的茶汁，道："你别说了小嫚，哥给你面子，你去和马五魁说吧，这事到此为止！"

从侯仲杰家出来，小嫚直接去了五魁驴肉馆。馆内冷冷清清，厨师、服务员已经放假，昔日喧嚣的麻将室也没了动静。马五魁一个人坐在办公室里抽烟，眼皮有些浮肿，左腮像馒头一样隆起。见小嫚进来，他坐着没起身，不耐烦地说："来要账？我说小嫚，咱能不能别落井下石。"

小嫚摇摇头说："马老板，我不是来讨账的，我是为你的驴肉馆才来，你我都是做生意的，民不和官斗的道理不会不明白，你和侯所长斗，你有多大的胜算？"

马五魁站起身，哭丧着脸说，哪是我要和他斗？是他揪着我不放，县食药卫生站站长是他中专同学，他要找我麻烦还不是易如反掌，我正为这事犯愁呢。

小嫚把自己去做侯所长工作、侯所长也答应和解的事告诉了他，让他主动上门两人把话说开。马五魁有些发蒙，结结巴巴地问，小嫚小嫚，你……你怎么会帮我？我挺对不住你的啊。小嫚冷冷地说，我帮你是因为黑画眉，你没杀这头通人性的驴，是你的一份福报。

马五魁一个劲儿地点头，小嫚帮他的理由原来在这里，这让他心里很惭愧，做生意都盼着邻居倒，谁像小嫚有这种菩萨心？难怪季子红早就说，小嫚就像一碗不温不火的石磨豆花，虽说不是高大上的海参鲍鱼，但人人都喜爱。

6

马五魁和侯所长交恶全甜水镇都知道，包括牛志在内的许多人都认为两人的矛盾不可调和，龙虎相斗，必有一伤。全叔不这么看，他对高老师说，马、侯两人虽然势同水火，但有人还是能摆平的。高老师问，你是说牛志？全叔摇摇头，是小嫚，只有小嫚出面，这场龙虎斗才能化干戈为玉帛。高老师有点不信，小嫚的话就那么管用？这两个人可都是甜水镇响当当的人物。全叔说，依我对小嫚的了解，她肯定会出手。小嫚果然出手了，当全婶把小嫚出手的结果告诉全叔和高老师时，正与全叔对弈的高老师下巴仿佛坠了秤砣，张大的嘴半天没合上。

全叔说，小嫚是看了黑画眉的面子。高老师捏着一枚棋子，却不知落到哪里，他满脑子都是黑画眉。黑画眉种种异常之举通过全婶的嘴他没少听，比如黑画眉会在早晨或黄昏时低头朝老井里看，眼睛眯起来，像人一样笑。而早晨和晚上看老井，老井里的水就是一面镜子，难道黑画眉在照镜子？全叔说，驴看井不奇怪，西藏的野驴在干旱缺水的时候会在河湾用蹄子刨出一口井来，当地人叫驴井，野驴除了自己饮用外，还为其他动物提供水源。

高老师落下棋子，问全叔，我看黑画眉时总有种似曾相识的感觉，我就瞎想，黑画眉是不是被小黑附体了？

全叔盯着棋盘，没有回答。

全婶把高老师这句话告诉小嫚，小嫚扑哧一下笑了："我和小黑同桌，又亲如兄妹，小黑为何会来吓我？话又说回来，小黑的魂魄要能附体倒是好事，他游荡的灵魂也好有个安置。不过，听说附体的东西有鬼魅味儿，而黑画眉身上却是实实在在的紫花苜蓿干草味儿。"

全婶活了五十多年，从没听说什么鬼魅味儿，问全叔，全叔说，鬼魅味就是啥味儿也没有，气味发自体物，而鬼魅因为是虚化的魂魄，是灵气，所以什么味也不会有。全婶说，小嫚小小年纪怎么会懂这些呢？全叔道，玄机不玄，有些人对很多东西能无师自通。

高老师的历史课不饱和，校长让他把生物课兼起来，他欣然接受。但第一天上生物课，他就被一个学生问住了。学生的问题很简单，为什么说六畜兴旺，而不是七畜八畜或九畜？他说这个问题一两句说不清，等下堂课再讲。放学后他请全叔到石磨豆花吃饭，想请教一下六畜方面的学问。这种知识问网络靠不住，全叔作为牲口牙纪，应该有权威答案。

两碗石磨豆花，一把嫩葱，一碟豆瓣酱，几盘小菜，两人相对而坐，小酌长叙。与全叔交往多年，高老师对动物植物兴趣大增。高老师认为，全叔带给他的是一个全新的观念体系，这个体系不是把人作为万物之灵，而是作为万物中平等的一员来看待，这让高老师有了许多新看法。全叔自己带了酒，是用牛膝、杜仲等几味中药泡的药酒，他每晚喝二两，不多也不会少。高老师承认知识储备不足，一个六畜问题就把自己难住了，只能来求助全叔。店里食客已经陆续离开，高老师让小嫚也过来坐下。

所谓六畜，就是马牛羊豕犬鸡，是人早期饲养驯化的动物，后来成为家畜，马牛羊为上品，猪狗鸡为下品，此六者皆入属相，可以借物喻人，故有六畜之说。全叔开门见山，从来不云山雾罩兜圈子。

高老师点点头："看来，六畜乃家畜中的精英。"

六畜以马为首，之后的五畜可对应五味、五色、五音、五德、五行，演绎出一个超乎牲畜的世界。全叔果然学识渊博，一个六畜概念，竟能发散出这般大道理。高老师心中敬佩不已。

坐在一旁的小嫚突然插话问，驴呢？怎么评价驴？

全叔扭头朝窗外看了看，灯光下，黑画眉正安静地在石槽前吃草料，黑贝趴在一边，下颌平放在两只前爪上，几条葫芦蔓爬到石槽上方的棚架，大大小小的葫芦悬挂着，一副恬静惬意的田园景象。见全叔没有回答，小嫚接着说，我老是觉得黑画眉不是一般的驴，它能听懂我的话。

驴当然能听懂人话，古代文人雅士多喜欢骑驴，北宋的王安石官至宰相，却一直骑驴不骑马，就是因为驴通人性，懂人话。全叔说，西汉时期，朝中有四宝之说，是琥珀、珊瑚、翠玉和驴，驴被称为奇畜，在御花园中放养。很可惜，后来驴的地位江河日下，究其原因，在人不在驴，驴还是驴，人却不是古时的人了。

小嫚说，驴通人性，为什么在六畜之外？小嫚问到了核心。

谁说驴在六畜之外？全叔的下巴高高扬起来，语气不容置疑，不对，应该是六畜之上！小嫚和高老师都愣了一下，全叔可谓语出惊人，六畜之上，驴的地位将超越牛马。

全叔说，驴比牛马驯化为役畜要早很多，说明它辈分在六畜之上；驴能怀仁含义、顺天应时，说明其德行在六畜之上；驴与人气味相投，水流湿，云从龙，说明它志气在六畜之上。

小嫚问，什么叫怀仁含义、顺天应时？

天性慈悲，解人危难，顺德从善，这就是怀仁含义。全叔打着手势道，打个比方说，马会骇，牛能惊，但驴不会狂獗，不会伤人。驴在路上遇到倒卧之人，要么绕行，要么跨越，绝不会践踏。所谓顺天，就是顺从使命，人让驴拉磨，驴就无怨无悔地转圈儿，这是役畜的天职，尽天职亦是顺人道；驴在夜晚会叫，但它从不乱叫，驴叫与更次相应，叫声是替人打更，这不就是应时吗？

高老师插话，气味一说怎么讲？

全叔说，动物以气味辨亲疏，眼里不分美丑妍媸，包括发情求偶，皆以气味为信号，同声相应、同气相求就是这个道理。

驴有这么多好处，人真不该辜负驴。小嫚心生感慨。

全叔接着说，驴在六畜之上还有原因，六畜乃六牲，六牲充庖为祭可为常理，而驴在六牲之外，故不可杀之过当，这是对驴的敬畏。民间有句话常常被误读，即天上龙肉、地上驴肉，此言不是说龙肉、驴肉如何美味，而是强调龙肉驴肉吃不得。想想看，龙作为民族之图腾，皇权之象征，能吃吗？敢吃吗？同样，对怀仁含义的驴你又如何下得了刀、张得了口？

小嫚道，全叔这话应该让马五魁听听。

释家有偈语，万事皆空因果不空，马五魁总有回头的一天。全叔问小嫚，你不说当年他还下河救过小黑吗？小嫚说是的，当时马五魁第一个跳下深潭，很勇敢。

7

季子红的保健品店不开了，她加盟了一家医药公司，开连锁药店。季子红在做出这一决定前对小嫚说，当年，看到有人凭两只甲鱼就能卖三年鳖精，我觉得这是本事，便开始搞保健品。入了行我才知道，这钱赚得心慌，人一辈子还是活得踏实好，心安，才有幸福感，所以我要改行，正经卖药。

季子红让雷子帮忙做一件事，就是把她店里某些保健品装入纸箱，趁着夜幕，挖个深坑埋掉。之所以选择夜里埋，怕有人看到给起了去。

药店开业那天，来了几十个熟人，门前摆了七八个鲜花花篮，其中就有马五魁和侯所长的花篮。马五魁和侯所长握手言和后，两人各得其所，侯所长停职两个月后得以复职，马五魁的驴肉馆交了罚款后，也正常营业。两人都感谢小嫚，如果没有小嫚从中斡旋，打到今天两人也不见得有胜负。

药店开业，没有致辞，没有剪彩，季子红只请牛镇长将牌匾上一块红绸布一把扯下就算礼成。雷子帮忙放了一挂三万响的鞭，鞭很响，但雷子是聋哑人，不怕，别人都捂着耳朵，唯有他站在那里憨憨地笑。鞭炮放完，众人放下捂耳的手，却听到隔壁传来一阵嘹亮的驴叫声。驴叫好似合着短促的节拍，众人都伸直了脖子，倾听这不期而遇的驴叫。

没有人发现，季子红的眼角有泪水流出，她能听懂黑画眉为何而叫。

黑画眉停止叫声后，小嫚对季子红说，你这药店里很奇怪，没有来苏水味儿，也没有中药味儿，倒是满屋子紫花苜蓿干草味儿。季子红点点头说，不是紫花苜蓿，是黑画眉的味道。

开业仪式结束，马五魁请侯所长吃饭，不去五魁驴肉馆，而是去椅子山水库边一户农家乐吃鱼。邀请小嫚和季子红，两人婉言谢绝了。她们都希望两人真能和好，而男人和好的标志就是一顿透酒，借着酒劲揭掉最后一层窗纸。

季子红要到椅子山北面的青堆镇进一批药，如果从公路绕过去，开车得小半天，如果从椅子山下小路过去，也就十几里。小嫚说让雷子去吧，黑画眉已经配了挂胶轮车，几个钟头就把药拉回来了。季子红同意了，给雷子写了便条，让他赶车去山后的青堆镇。从甜水去青堆镇全是五尺宽的田间土路，典型的牛马道，走不了汽车。都说老马识途，其实，真正认道儿的是驴，驴车拉了货，只要绕过椅子山，不用人赶，自己就会把车拉回来。雷子去拉过几次黄豆，返回路上往麻袋上一靠，抱着鞭子就呼呼大睡，觉醒时，已在石磨豆花门前了。

雷子拉了一车药，将驴车赶过椅子山，走上那条窄窄的牛马道，道旁开着成片的山菊花，稗草已经成熟，那是牛马的最爱，黑画眉对此视而不见，它从不在路上捡东西吃。它吃东西除了院子里的石槽，再就是蒲河边的野草滩。黑画眉步伐平稳踏实，午后的阳光似乎有催眠的效果，在沉寂世界里的雷子特别爱睡觉，不知不觉已经打起鼾声。雷子是孤儿，流浪来到甜水，到石磨豆花乞讨被小嫚收留，他很感激小嫚，视小嫚为恩人，自觉担负起保护小嫚的责任。一次，一个货车司机醉酒在石磨豆花纠缠小嫚，他拎着把铡刀就过来了，把个司机吓得屁滚尿流逃走了。当然，他拎着铡刀不是来拼命，小嫚和司机发生争吵时，雷子正在给黑画眉铡草，全婶过来向他勾勾手，他没多想卸下铡刀拎着就过去了。这件事在甜水传开，街头小混混都不敢来石磨豆花滋事，一来怕那条咬人下死口的黑贝，二来怕拎着铡刀拼命的雷子。杨光曾经在外面说，和谁打也不能和哑巴打，因为哑巴听不见，到了法庭上法官也愁。杨光说过在甜水他只怕他姐夫，后来出了铡刀事件后，甜水人都知道杨光还怕雷子。

晃晃悠悠的驴车什么时候停下的没人知道，雷子睡得太沉，昨夜他垫了磨道，又新錾了磨齿，睡觉已是子夜。

小嫚和季子红估计雷子应该回来的时间却没有回来，便有些不放心，说去看看吧，别出什么意外。在通往椅子山草绳一样的小路上，两人看到熟悉的驴车停在路中间一动不动，快步走过去，两人顿时吓呆了。黑画眉前面躺着个人，仔细一看，是马五魁。马五魁喝醉了，呕吐后就伴着一堆呕吐物睡在了路中央。小路很窄，马五魁前面一横，驴车就过不去了。两人叫醒马五魁，又推醒沉睡的雷子。小嫚和季子红都感到后怕，若是黑画眉不停下，那么驴车就会碾过马五魁，这么重的驴车碾过去，马五魁肯定去城隍庙报到了。

马五魁明白了事情经过后，酒被吓醒大半。他和侯所长酒喝得很开，都觉得再闹下去对不住小嫚一片苦心，人家小嫚图啥呀？人家是真心实意帮咱们，再说咱这么对着干，让季子红也瞧不起。两人说话掏心窝，酒就下得快，结果都喝高了。侯所长在农家乐就睡了，他觉得自己还能走，便摇摇晃晃往回走，没想走到半道酒劲上来，就倒在路中央稀里糊涂睡着了。本来已经站起的马五魁，看着黑画眉好一会儿，突然扑腾一声跪在黑画眉蹄前："仁义啊，你比人还仁义啊！人遇到醉鬼都会迈过去，你一头驴子却怕伤到我，停下来保护我。"马五魁真流泪了，他知道，是黑画眉救了自己一命。

一周后，马五魁来找小嫚，还清了欠账。他说，五魁驴肉馆不开了，他上次去椅子山吃饭，发现椅子山上植被茂盛，各种野生菌类资源丰富，他准备将驴肉馆改成菌王火锅城，从此与肉类告别。马五魁信心满满，临走时说，当然，石磨豆花还是要天天进货，作为菌王火锅永远的配菜。

马五魁真的回头了，全叔的话又一次应验。

小嫚很开心，她觉得整个院子甚至整个甜水镇里都充满了紫花苜蓿的干草味儿。夜里，小嫚又做了一个梦，梦见小黑在新开的菌王火锅城门前垛草。她问，你垛什么呢？小黑说，紫花苜蓿啊，城隍庙里闹饥荒呢。小嫚说，我来帮你一起垛。她抓起一捆紫花苜蓿，闻着香甜清新的干草味儿，舍不得放手。醒来发现，自己抱着枕头睡了一夜。

后 记

文学的价值在于捕捉瞬息万变的人类经验。我们需要有人执笔似火，燃烧遥不可及或被遗忘的荒地，照亮幽微细部；需要有人投身为水，循环往复通行于真实与虚幻之间，廓清生命本真；需要有人缄默如土，埋葬那些神秘奇异的种子，以此孕育觉醒的力量。它敲击文明的碎片，发出金属般的鸣响，引起我们内心的共振；它拥有草木般生生不息的生命力，向地平线拓展着可能性的限度。

时序入冬，2017 年已行至尾声。创刊至今的三十八年来，《小说选刊》人阅读着、发现着、思考着，把每一年最能代表中国中短篇小说创作成就的作品提供给我们最忠实的文学读者，这里有着我们的期望，有着我们的担当。每一期《小说选刊》的质量好坏，与我们的荣誉息息相关，这一切都不能离开读者的支持，读者对文学的信念和期望也支撑着我们为之努力的初心。为了这份初心，我们在激变的时代中砥砺前行。

《2017 中国年度中篇小说［上下］》由《小说选刊》编辑部选编。《小说选刊》编辑部全体同仁殚精竭虑，分头举荐佳作然后集中研究讨论，本着对历史负责的态度，对文学本体的忠诚，对创作新变的思考，最终择定了入选篇目。这些小说汇聚了多个代际作家的作品，艺术风格多元，兼容并蓄，关注历史也关注现实，更关注未来，追求丰富性和时代性，足以代表 2017 年中国中篇小说的成就和活力，反映 2017 年中国中篇小说创作的整体面貌，体现中国中篇小说创作队伍的梯队状态。

文学的希望在于青年，鲁迅把青年比作东方的微光、林中的响箭、冬末的萌芽，对青年寄予了莫大的希望。近年来《小说选刊》一直关注青年的创作，他们富有锐气与探索精神，又接续着传统经典的文脉，蕴藏着无限的可能性。我们同样关注那些与我们共同成长起来的作者，他们的写作非常成熟，但他们从未停止生长，始终保持着探寻、游牧。他们展现了写作本身所具有的审美价值。我们同样关注那些陪伴我们成长的读者，通过新媒体与传统媒介多重渠道增进交流互动。可以说，是作者、编者与读者共同绘制了这幅灿烂的四季星图。

小说要具有时代精神，注重历史的流动和生命的变异，在拆解表象、批判丑陋的同时，葆有人性的温情与善念，以悲悯之心慰藉那些痛苦的灵魂。置身于现代性的洪流，如何重新认识传统文化，对我们读解“世界”这个复杂琐碎的“文本”、建立文化自信、书写中国故事有着非常重要的启示。由于篇幅所限，加诸近观历史难免的局限，《2017 中国年度中篇小说［上下］》未能尽善尽美之处、不足之处亦难免，希望能得到读者的批评与肯定。

《小说选刊》编辑部

附　录

［上］

银子岩 …………………………………… 姚辉（2016.12《人民文学》 2017.2《小说选刊》）

旁观者 …………………………………… 马金莲（2016.6《花城》 2017.3《小说选刊》）

雄鸡一唱 ………………………………… 叶舟（2017.2《人民文学》 2017.3《小说选刊》）

向西，向西，向南 ……………………… 王安忆（2017.1《钟山》 2017.3《小说选刊》）

双十一 …………………………………… 林那北（2017.3《上海文学》 2017.4《小说选刊》）

流杯池 …………………………………… 黄茜（2017.3《长江文艺》 2017.4《小说选刊》）

猫王乔丹 ………………………………… 蔡骏（2017.2《十月》 2017.4《小说选刊》）

大树 ……………………………………… 张忌（2017.2《江南》 2017.4《小说选刊》）

大乔小乔 ………………………………… 张悦然（2017.2《收获》 2017.5《小说选刊》）

母亲 ……………………………………… 曹寇（2017.2《红岩》 2017.5《小说选刊》）

［下］

六根 ……………………………………… 杨丽达（2017.2《天涯》 2017.5《小说选刊》）

六渡桥消失之前 ………………………… 谢络绎（2017.4《人民文学》 2017.5《小说选刊》）

此事无关风与月 ………………………… 李清源（2017.6《芒种》 2017.6《小说选刊》）

父亲的婚事 ……………………………… 张学东（2017.5《人民文学》 2017.6《小说选刊》）

壁下录 …………………………………… 西元（2017.5《解放军文艺》 2017.6《小说选刊》）

海盗郑一嫂 ……………………………… 蒋胜男（2017.5《啄木鸟》 2017.6《小说选刊》）

设防 ……………………………………… 周李立（2017.3《十月》 2017.7《小说选刊》）

空山 ……………………………………… 东君（2017.4《江南》 2017.8《小说选刊》）

摩擦取火 ………………………………… 陈仓（2017.9《芒种》 2017.9《小说选刊》）

黑画眉 …………………………………… 老藤（2017.10《人民文学》 2017.11《小说选刊》）

图书在版编目（CIP）数据

2017中国年度中篇小说：全2册 / 中国作协《小说选刊》选编.
—桂林：漓江出版社，2018.1
ISBN 978-7-5407-8343-3
Ⅰ.①2… Ⅱ.①中… Ⅲ.①中篇小说—小说集—中国—当代
Ⅳ.①I247.5
中国版本图书馆CIP数据核字(2017)第288362号

2017 ZHONGGUO NIANDU ZHONGPIAN XIAOSHUO [SHANG XIA]
2017中国年度中篇小说[上下]
选编者：中国作协《小说选刊》

责任编辑：张　谦
助理编辑：辛丽芳
　　　　　谢青芸
书籍设计：石绍康
责任监印：杨　东

出版人：刘迪才
漓江出版社有限公司出版发行
广西桂林市南环路22号　邮政编码：541002
网址：http://www.lijiangbook.com
全国新华书店经销
发行电话：0773-2583322　010-85893190
北京汇瑞嘉合文化发展有限公司印刷
[北京市经济技术开发区荣华南路10号院　邮政编码:100176]
开本：690mm×1000mm　1/16
印张：52.5　字数：740千字
2018年1月第1版　2018年1月第1次印刷
定价：82.00元

如发现印装质量问题，影响阅读，请与承印单位联系调换
[电话：010-67817768]

